國家社科基金重大招標項目
“明人别集稿抄本搜集、整理與研究”階段成果

東浙讀書記

下

李聖華 著

人民文学出版社

卷六

丹城稿不分卷　　稿本（臨海博物館）

明范理撰。理字道濟，一字士倫，號操齋，又號省菴，天台人。早孤，刻勵讀書。宣德四年，年十九舉鄉試第一。明年舉會試第三，成進士。宣宗召諸進士至齋宮親試，居第二。時重守令之選，授江陵知縣。至則平訟傜，謹學校，正禮俗，卹窮振弱，禁奸招逋，表彰忠義。甫七月，以卓異聞。會詔大臣薦所知，少保楊溥與學士馬愉薦之，擢知德安府。以治最超擢福建左布政使。時大兵剿鄧茂七等，范理司饋餉，善調度。丁内艱，起拜貴州左布政。秩滿，擢南工部右侍郎，尋轉南吏部左侍郎。考滿赴京，道中遇疾卒，成化九年五月四日也，年六十四（楊守陳《范公墓誌銘》）。萬斯同《明史》有傳，張廷玉等《明史》未爲立傳。所著有《詩經集解》三十卷、《讀史備忘》八卷、《天台要略》八卷及《説苑要語》，纂《德安府志》十卷。詩文有《丹城稿》。《四庫總目》僅據浙江范懋柱家天一閣藏本列《讀史備忘》八卷入存目，《提要》云：『其書自西漢迄唐代，先列諸帝於前，而以諸臣事實摘敘於後，大略皆因正史而參以《綱目》。其所分《謀臣》《丞相》《名將》《名臣》等目，割裂煩碎，殊無體要。如李布入《名臣》，而曹參入《名將》之類，義例尤不可解。蓋隨筆記録，而于史學殊無常也。』

按楊守陳《范公墓誌銘》：『《德安府志》《丹台稿》，皆八卷，藏于家。』范理詩文名《丹台稿》，凡八卷。過庭訓《本朝分省人物考》卷五十四《范理傳》採楊守陳《墓誌銘》，末則稱『《德安府志》《丹台稿》皆十卷，藏于家。』《千頃堂書目》、萬斯同《明史》、《明史·藝文志》、民國《台州府志》皆著録《丹台稿》十卷。民國《台州府志》云：『是稿見《明史·藝文志》《千頃堂書目》，而正德《天台志》誤作《丹城稿》。今未見。』今按：范理詩文集未刻行，今僅傳手稿《丹城稿》不分卷。「丹城」之名不多見。明人張聯元《天台山全志》卷十一稱范理著《天台要略》《丹城稾》。『丹城』、『丹台』，其義一也。《丹台稿》八卷或爲重新釐定之集，其究爲八卷或十卷，莫能詳也。

此爲《丹城稿》稿本，經摺裝，上、下兩冊，共一百十九葉。無版匡、界格。每半葉十行，行二十至二十一字不等。卷端不題撰者名氏。無序跋、目録。上冊收諸體詩，依次爲五言古詩、律詩、排律、七言古詩、絕句。詩題下時注作年。五言古《送石駙馬南京祭告還朝》詩序有『成化壬辰孟秋中旬，江南風雨大作』云云，作於成化八年。是集寫定約在此後不久。下冊收賦、詞及諸體文、雜著，依次爲賦三篇、說二篇、詞《滿庭芳》二闋、贊四篇、題跋三篇、策問二道、奏疏五道及雜著二篇，末數葉有殘損。收文甚略，序、記、傳、表、誌、碑銘諸體文未見。如《讀史備忘序》（民國《台州府志》卷六十七）、《天台要覽序》（民國《台州府志》卷六十九），皆不載集中。

范理居官清慎，一以興利爲主，官至侍郎，家無半椽寸土之增，服食粗糲如貧士。其文操紙筆立就，溫厚坦明，深切事理。備荒諸疏，頗有可採。仕盛明之時，猶得從臺閣錢習禮諸子遊，詩亦染習臺閣之風。如《復次韻松竹梅蘭石之作》：『奇節芬芳總足誇，霜臺吟處筆生花。天寒雪幹參雲表，歲暮冰姿照水涯。窻外平安長在耳，庭前森列最宜家。巉巖更有平泉質，公暇何妨翫物華。』《復次紅梅韻》：『一種香肌品色多，歲寒先自領陽和。翻嫌艷質污鉛粉，只任嬌姿奪絳羅。漁父看來應錯認，洞真睡起尚含酡。冰霜同調神仙客，移對臺前索共歌。』不自振拔，然味清意澹，時有風致。七言古如《遊華頂石橋之作》《山水圖爲邑士洪剛中題》《題劉僉憲梅花圖》，有太白俊逸之態。曹學佺、錢謙益、朱彝尊皆不選理詩，《明詩紀事》乙籤卷十六僅録《石梁》一首。蓋《丹城稿》罕見，四家未睹其集。

范理嘗與楊守陳、商輅、姚夔、盧楷、楊守阯等人作解元會，蔚爲盛明勝事。集中有《江浙解元會》詩，序云：『予自庚寅十月念日抵京，後三數日，洗馬楊先生守陳過寒寓不值，書折簡案上，約以二十九日同會商先生、姚冢宰二公。翌日復過，謂予曰：「向吕逢原學士在館閣時，言及近時京師士大夫有同年會，我與諸公三數人皆江浙解首，獨不可會乎？吕尋以憂去，不果。今喜先生至，其言可踐矣。昨已達於商、姚二先生，皆欣然欲同此舉，辭以先戒，今復移約次月一日。」予謝不可，既赴約，座中又有大司寇陸公、金華盧楷公及洗馬，一弟守隨、守阯。守阯與盧亦未第解元，尚俟後科，守隨爲御史，共八人也。酒半，姚公口占一絕，有「四十年來六解元」之句，遂用分韻。予得四字，於是諸公共推三元閣老商公序諸首簡云。』詩云：『聖世重文儒，百年隆致治。招來固多方，科目尤注意。浙藩實淵藪，雲集當大比。一雋尚未期，解首孰敢跂。自此階南宮，大對陳丹陛。三元自古希，世間得人瑞』，『豈惟六文元，居然八仙吏。談諧玉屑飛，觥籌交錯至。離合昔難常，嘉會今豈易。三祝頌皇仁，竊取周詩義。行當全暮節，不負平生志。』楊守陳《范公墓誌銘》載：『余童而慕公，壯被知愛深矣。公嘗入賀萬壽節，退燕余第。同燕者，今户部尚書兼翰林院學士商公，故太子少保兼吏部尚書贈少保姚文敏公，國子生故盧君楷公，余弟守阯，凡六人，皆浙解元也。三公勳德位望冠當世，而公與文敏對居兩京天官，豈惟浙之儀，固四海之表也。』（《楊文懿公文集》卷二十一）《四庫總目》據浙江巡撫採進本錄楊守阯編《浙元三會錄》（無卷數）入存目，《提要》云：『是書乃以浙江解元同仕於朝者邀爲文會。其六元文會始於成化六年，范理、商輅、姚夔、楊守陳、盧楷及守阯也。至成化十五年，復爲七元會，則胡謐、沈繼先、楊文卿、黄珣、謝遷及守陳、守阯也。成化二十二年，再爲後七元會，則李旻、王華、胡謐、沈繼先、謝遷及守陳、守阯也。守阯兄弟後先三會皆與焉，故守阯錄贈答倡和詩文，彙爲此編。』

勿齋詩稿一卷、勿齋遺稿一卷　清初抄本（浙圖）

明陳員韜撰。員韜字從熙，號勿齋，臨海人（按：談遷《國榷》誤作寧海人，陶元藻《全浙詩話》誤作臨安人）。永樂二十一年舉鄉試，宣德五年成進士。宣德八年授江西新城知縣（按：一説正統三年始任，未確）。政宜於民，羅倫稱之云：『建昌屬邑四，令宜其民者，百年吾得二人焉，南豐衡君岳，新城陳君員韜，民到于今稱之。』（《一峰先生文集》卷六《新城縣治重修記》）正統六年，以才調繁永新。甫兩月，禮部聘典會試。文衡竣事，擢監察御史。正色直言，不避權貴，風裁凜然。楊士奇子稷不法逮繫，員韜劾士奇『不能教子齊家，何以服人事上』。正統九年，巡按四川，黜貪奬廉，然性寬弘，能容小過。正統末，大軍征鄧茂七，命員韜往撫其民，得全者衆。丁艱歸，服除，復任。正統十三年，福建沙尤盜起，特簡員韜鎮撫，事平定，還任。景泰二年，陞廣東左參政。未兩月，轉福建右布政使。景泰三年，漳州海寇竊發，往平之，九月遘疾卒，年五十四。所至拊循備至，得士民心，居官二十餘年，囊無餘資。《明史》有傳。丘濬《陳員韜方伯輓章四首》其一云：『海内知名久，朝端屬望頻。未登三事位，遽殞百年身。士憶無言教，民懷有脚春。清風踰十載，今世少斯人。』其二云：『學古今時用，爲儒吏事通。頓忘身已顯，但覺道難窮。白日郎官雉，清風御史驄。甘棠曾憩處，過客淚無從。』員韜三子，長子英，官都督府經歷；仲子選，官廣東左布政使；三子箴，官如皋縣丞。

員韜與子選並受業於同邑翰林檢討陳璲之門。璲字廷嘉，號逸菴，永樂六年鄉試、七年會試皆第一，九年殿試，對策有『陛下嗣登大位，黄子澄、齊泰、方孝孺等，彼食人之禄，與人之難，夫亦自盡其心。陛下既處以極刑，復戮及妻子，其如政刑何』語，覽者驚爲端士，慮罹不測。及進呈，朱棣親批曰：『「骨月」誤寫「月」字，殊不敬，可列二甲。』（康熙《臨海縣志》卷七《人物》）選庶吉士，坐郎中盧信事下獄。事白，授檢討，預修《五經四書性理大全》。永樂十九年，以疾乞歸，杜門十五年。强徵起，擢廣西按察僉事，提督學政。丁外艱，服除，改江西。日與諸生講學，三載乞休歸，創白雲書院，講學終。著有《逸菴稿》。員韜與侯潤、侯臣、林貴璧、林鶚皆出其門。陳選《陳氏宗譜序》云：『選非其人，第父子同遊，則有不異者耳。選日侍先生，教必本於忠孝，文必關於世教，至於言之與行，較若畫一。竊嘗自歎，雖古之醇儒，何以加焉！』員韜通數經，邃於《詩》。著有《詩義》及詩文數十卷。朱睦㮮《萬卷堂書目》卷四、焦竑《國史經籍志》卷五、黄虞稷《千頃堂書目》卷十九皆著録《勿齋集》一卷。《明史·藝文志》《四庫總目》未著録。

員韜之集，傳本極少。此爲浙圖藏清初抄本《勿齋詩稿》一卷、《勿齋遺稿》一卷，一册。無版匡、界格。每半葉九行，行二十字。卷端題曰：『臨海陳員韜從熙撰。』集前有《赤城新志・陳員韜傳》及《目錄》。《陳員韜傳》甚略，僅云：『陳員韜，臨海人。庚戌林震榜進士，累官福建右布政使。初知西江新城、永新二縣，有去思碑。詳見張編修元禎所爲傳。』（『庚戌』前，後人校增『永樂』二字）鈐『四明盧氏抱經樓藏書印』、『吳興劉氏嘉業堂藏書印』二圖記。《詩稿》卷端首葉鈐『四明盧氏抱經樓藏書印』。内封貼簽爲嘉業堂藏書牌記手書，曰：『集部別集類，勿齋詩文稿不分卷，明陳員韜著，舊鈔本，一冊。』集中『玄』字缺筆，『弘』字不避。檢浙圖藏陳選《恭愍公遺稿》，與此本抄寫字蹟、纂輯體例同，『玄』字不避。由是知二者皆清初抄本，寫時有先後之別。《中國古籍總目》及館目皆著錄作『清抄本』。

是集收詩一卷、文一卷。詩得《寄張廣文存粹》《送友人》《寄邵廣文》《夜宿清源，懷彭廣文》《樂壽堂》《陳母挽詩》諸作，文得《草巷陳氏族譜序》諸作，篇數寥寥。民國《台州府志》卷七十七著錄《勿齋稿》一卷，云：『是集見《千頃堂書目》、雍正《通志》。今有舊抄本。』其下引謝鐸《讀勿齋稿》：『鄉先正方伯陳公有遺稿曰《勿齋稿》，凡幾卷，合五七言絕、古律詩若干首，序、記、雜文又若干首。公没之二十有三年，予始從公之子憲副君士賢得而讀之。其詞直，其義明，其志遠，類非當世區區雕畫爲詞章者。既又讀公傳，見公在盱、吉、閩、蜀之間，爲良令尹，爲名御史，爲賢方伯，歷歷如前日事，予益信公非徒能言者』，『公爲令牧，當有諭俗之文；爲御史諫官，當有論諫之文；爲方伯平寇亂，當有檄，有露布之文，而所存止此，則此蓋非公之全稿。抑此稿與此傳互見，不然，將公之爲政不在言語文字間邪！』《府志》所言『舊抄本』，蓋即此本。謝鐸所見《勿齋稿》，詩文已不能多。此本乃後人重輯，所存益少。今觀是集，詩作平易，文章暢達，略可知大概。員韜弟員睿，字從恩，著有《懋齋集》，陳選撰序，集久佚，未見後人拾掇成編。

畏齋存稿一卷、附錄五卷　明正德八年林薇刻本（國圖）

明林鶚撰。鶚字一鶚，號畏齋，其先莆陽林氏，徙台州黄巖，黄巖析爲太平縣，故爲太平人。父純字居粹，永樂十二年舉人，正統間掌興國教。鶚登景泰二年進士第，授御史，與會稽沈性齊名，而簡静過之。時舉以總三法司奏按，士論推重。監京畿鄉試，閣臣陳循、王文子被黜，相與構考官劉儼、黄諫。以太平人林挺預薦，遂疑鶚有私，逮挺考訊，事得白。英宗復辟，倣先朝故事，出廷臣爲知府，鶚得鎮江，至則興利革弊，在郡五年，以才任治劇調蘇州。成化初，超擢江西按察使。訪陸九淵、虞集後人存恤之。遷右布政使，尋轉左。成化六年，遷南京刑部右侍郎。丁母憂，服除，召爲刑部右侍郎，執法不撓。成化十二年十二月八日以疾卒，年五十四（吳寬《林公神道碑銘》）。鶚容貌莊偉，奉身儉薄，公餘輒危坐讀書，歿不能具棺斂。謝鐸、黄孔昭爲治喪，鐸歎曰：「官至三品，家無百金之積，產無一畝之增，古所謂居官廉，雖大臣無厚蓄者，真其人矣。」（《五名臣傳》）嘉靖中，御史趙大佑上其節行，贈刑部尚書，謚恭肅。《明史》有傳。鶚詩文集生前未刻。病歿時，子薇尚幼，僅知藏父所作於篋笥。及長，謝鐸見其稿，爲正訛舛，欲刻未果。正德七年，薇任壽州同知，明年募工刻《畏齋存稿》一卷、附錄五卷。正德九年，又刻《續集》一卷及附錄不分卷。嘉靖三十七年，板燬於寇。萬曆五年，鶚曾孫元棟刪刻《畏齋存稿》二卷。正德八年林薇刻本、正德九年林薇刻本、萬曆五年林元棟刻本，今皆存，又有抄本數種傳世。

又，清道咸間亦有名林鶚者，字太沖，泰順人。歲貢，官蘭溪訓導。能詩，有《望山草堂詩鈔》八卷。

此爲明正德八年林薇刻本《畏齋存稿》一卷、附錄五卷，共六冊，即鶚集初刻。每半葉十行，行二十一字。黑口，雙魚尾，四周雙闌。卷端不題撰者名氏。集前有林薇正德八年六月《題識》、謝鐸《讀畏齋存稿》（缺末葉）、林鶚畫像一幀、謝鐸《像贊》、王守仁《題識》及《諭祭文》。正集一卷，收詩文四十九首。詩得《題鷺鷥圖爲都憲韓公賦》《題竹送王克修掌教金壇》《題墨菊寄外舅王櫄軒先生》《次陳儒珍兄探梅韻》《輓西蜀周祭酒先生夫婦》二首、《輓史僉憲祖》《歸隱》《九日書懷，和唐人杜牧之詩韻》《挽鄧都御史》《送楊太守先生赴任平陽》《輓桃溪謝友松》《送陳正初司訓赴新塗》《竹窓清隱爲蜀人賦》《輓會稽章尚則先生》《送先輩周御史赴南臺》《存耕爲蘭溪宋君賦》《送應復軒先生赴蘭陽司訓》《瑞芝軒》《莆田陳處士挽詩》《輓章約齋先生》《送瓊臺邢都憲歸田》《鎮江題中泠泉》《題慨萱堂》《無題》等二十五首。文得《送潘貢士還雲間序》《慶全歸應先生百歲壽序》《祭園趣三叔父文》《與陳儒珍兄書》《致從弟尤溪司訓克祥書》《致克獻賢仲書》《致從弟克賢舉人書》二首、《與沈郡侯年兄士彝書》《與表弟趙存堅書》《與王僉憲書》《致從弟克賢進士書》《致從弟克賢主事書》《奉耕讀、集怡二長兄書》《奉外父王櫄軒先生書》《奉耕讀大兄書》《致克獻、克沖二賢仲書》《致從弟克賢主事書》二首、《與夏方伯宗成年兄書》《與牟憲長公爵年兄書》《致從弟克賢主事書》二首、《致從弟克陬書》等文二十四篇。附錄五卷，卷一爲序文，收錄時人贈序；卷二爲詩，收錄時人贈詩；卷三爲啓劄，收錄時人書啓；卷四爲祭文；卷五爲碑傳、志狀、挽詩，收黃孔昭《明故刑部右侍郎畏齋林公行實》、林克賢《故從兄刑部右侍郎畏齋先生行狀》、丘濬《明故通議大夫、刑部右侍郎林公墓誌銘》、翁世資《刑部侍郎林公傳》、吳寬

《明故通議大夫、刑部右侍郎林公神道碑銘》、謝鐸《書侍郎林公墓誌銘後》、戴豪《刑部侍郎林公挽詩序》，及戴豪、馬文升、張悦、白昂、周經、閔珪、李東陽、林瀚、顧佐、劉震、黄珣、徐源、李旻、錢承德、艾璞、傅潮、歐陽晳、王弼、蘇章、吴文度、劉存業、鮑恩、楊一和、王瓚識、葉培、侯溪、金禎、皇甫福、方良節、周惠、陳熙、趙璜、林夔、朱稷、羅政、張希、施槃、項亨明、鄭文嘌、蔡餘慶、都穆、張景暘、僧懷讓、周佩、張弘宜、邵恒、陳暢、盧濬、趙式、任順、鄭瓘、孫允洪、方榮、林仲璧、范吉、魯謂等數十家挽詩。附録篇帙富有，遠過於正集。集末有應紀弘治十六年中秋日《畏齋林先生文集後序》、陳紀弘治十七年八月《書畏齋存稿後》。林薇《題識》述刻集始末云：『先君子官京師，雖勤于政務，然賓友需求，搢紳酬應，詩文啓劄之類，無慮一三百篇。成化丙申，不幸捐館舍。薇時甫識人事，但知藏之篋笥，以爲家珍而已。嗣後大司成方石謝先生一見，爲正訛舛，意圖刻梓以傳而未果。正德壬申，承乏壽州，值境土多難，惟知急營公事，一向未酬夙心。茲頗優暇，遂募工竟厥事，爲永傳焉。』謝鐸《讀畏齋存稿》云：『秋官亞卿畏齋林公既殁之二十有一年，其嗣子太學生薇始克收拾公之遺稿，得詩若文凡三十四首，蓋所謂所存十一於千百者也。公博學好古，聚書幾萬卷，與人言，往往舉以成誦，其發而爲詩文者，殆不止此。況公爲柱史，爲牧守，爲憲府，爲方岳，而終以秋卿之佐，後先歷官幾三十年，所謂論諫諭俗之篇，明刑弼教之謨，皆公所宜有也。而此一不之見，豈公之沒，生方在髫齔，故散落至此？』蓋謝鐸初欲刻《畏齋存稿》，所見鶚詩文僅三十四首，林薇刻集增至四十九首。後世未細察之，猶謂是集僅詩文三十四首。民國《台州府志》卷七十八《藝文略》著録《畏齋存稿》云：『其子薇方在髫齔，及長，哀集遺稿，僅得詩文三十四首。』

民國《台州府志》又云：『正德癸酉，刊於壽州官舍，莆田林俊爲之序。』檢國圖藏《畏齋存稿》殘卷，集前謝鐸《讀林畏齋稿》缺葉，然末葉完好，署『弘治丁巳冬十一月既望，南京國子祭酒致仕邑人謝鐸識』。其後林俊《畏齋存稿序》署『正德癸酉冬仲月至日，莆族人見素俊書于雲莊青野』。林《序》又見於正德九年刻本《續集》集前。林薇正德九年十一月《題識》亦明言爲《續集》作也。

林鶚性方直，謝鐸《像贊》云：『雍容詳雅，公之德容。清潔謹畏，公之丹衷。』正德六年冬，林薇入都謁選，遇王陽明，請爲像贊。陽明自謙未敢，書謝鐸贊，並作《題識》。談遷《國榷》卷三十七稱其有才而廉方，好古博雅，然『政事頗刻』。林鶚詩文，稱其爲人，有清氣，無恣漫。如《題墨菊寄外舅王樗軒先生》：『竹外山光映石壇，羣芳正怯曉霜寒。晚香亭上題詩處，冷淡秋容獨耐看。』《次陳儒珍兄探梅韻》：『愛梅花好探梅頻，雪裏模糊恐未真。老樹已經三度白，南枝纔漏一分春。參横月落啼青羽，歲晏天寒見玉人。翻憶牡丹池館地，此時不復碾香輪。』惜集中多存酬贈、壽慶、歌輓之作，無甚驚人處。其《致從弟克賢主事》云：『狀元王進士來，知吾弟三月初得授秋官主事，深以爲喜。法司雖有參錯訊鞫之勞，然吏道以法令爲師，可以治人，可以檢身。在昔名賢嘗論及之，而古今有志經世者，未嘗不究於此也。尚須嚴以操持，勤以聽斷，熟究律令，參考科條，常使仁恕行於明決之中，則窮經有致用之實。即此而在他日，移之以居他職，將無難處之事矣，惟吾弟其圖之！附去《文章關鍵》等書，公餘細心觀之，自當有助。蓋仕優而學，又兄弟規勸未盡之意也。』言說娓娓可聽。其主於窮經而有致用之實，不輕文章。呂祖謙《古文關鍵》又名《文章關鍵》，取韓、柳、歐、蘇、曾諸家文，標抹注釋。鶚勸從弟讀東萊書，學問文章淵源可明矣。林俊《畏齋存稿序》雖曰鶚詩文可傳，不當以所存多寡論，然是集止錄祭文、書啟，序、記、傳、狀諸體文不存，尚不足論定之。

畏齋存稿續集一卷、附録不分卷　明正德九年林薇刻本（臺圖）

明林鶚撰。鶚有《畏齋存稿》，已著録明正德八年林薇刻本。此爲《畏齋存稿續集》一卷、附録不分卷，明正德九年林薇刻本，二册。每半葉十行，行二十一字。黑口，雙魚尾，四周雙闌。卷端不題撰者名氏。集前有林俊正德八年十一月《序》，缺前四葉。上册《續集》，收詩文二百零五首。詩缺第八葉，即《輓王主事先生》《送友人汪正言司訓赴新蔡》《送應廣平學正赴廣德》《送從兄克漸赴南平司訓，兼柬從弟尤溪司訓克祥》《送徐璘司訓赴五河》等五首，而得《題扇圖》《爲黄澄濟繡衣題四倫圖》四首、《題竹送王大年貳守赴廣平》《挽彭大尹》《挽隱士》等九十四首，七律爲多，古體附後。文得《祭刑部耿尚書文》《祭華亭司訓五叔父文》《與陳郡侯書》《與任司訓書》《與李孟陽進士》等一百零六篇。下册收親舊友朋贈詩、贈序及《入祀鄉賢祠案驗》，篇章雖富，不復分卷。卷末《畏齋存稿續集後序》謂林薇集鶚『所爲詩若文，僅三十有四首，題曰《畏齋存稿》』，又訪之數年，『得百首有奇，題曰《續集》，稿併刻諸木，而屬序於予』。末有殘損，署時缺葉。先是正德八年，林薇官壽州同知，刻《畏齋存稿》。其集曾經謝鐸校訂，遺逸尚多，林薇雖蒐訪增輯，然不欲變更舊編。明年，復出俸刻所蒐遺稿，以成《續集》，版式沿於初刻。林薇正德九年十一月於壽春官署作《題識》云：『先人舊遺墨蹟一帙，大司成方石謝先生嘗爲訂其訛，而題曰《畏齋存稿》。然其散失亦多矣，訪之數年，又得若干篇者，迺請于大都憲莆陽見素宗丈及太史渼陂王先生，爲之敍其顛末，而又别其名曰《續集》。薇竊祿于壽之三年，藉其餘而相繼繡諸梓，俾永其傳。』（清道光間郭協寅紅格抄本《畏齋存稿》集前）由是知《續集》鏤板即在正德九年，林俊《序》爲《續集》所作，《畏齋存稿續集後序》乃王九思所作，林薇《題識》爲《續集》作，此本散佚。《中國古籍總目》著録此本作：《畏齋存稿續集》一卷、《遺稿》不分卷，明正德間刻本。宜改作：《畏齋存稿續集》一卷、附録不分卷，明正德九年刻本。

《續集》收録鶚詩文四倍富於《存稿》，詩猶以題贈、挽章爲多，文則存祭文、啓劄二體，祭文僅兩篇，啓劄多至一百零四篇。其酬贈之詩無多可觀，言懷之篇時可誦讀，如《舟過淮河述事言懷》：『一身許國未容閑，楚澤西風曉度關。淮水朝宗應到海，江雲作雨又還山。南邦謾説甘棠樹，北闕曾聯玉筍班。幸值萬方來玉帛，葵心先擬拜龍顔。』

畏齋存稿二卷　明萬曆五年林元棟刻本（天一閣）

明林鶚撰。鶚有《畏齋存稿》，已著録明正德八年林薇刻本。此爲《畏齋存稿》二卷，明萬曆五年林元棟刻本，一册。每半葉十行，行二十一字。白口，單魚尾，四周雙闌。卷端不題撰者名氏。牌記曰：『曾大父存稿，先子刻於壽春，板藏于家。嘉靖戊午，爲寇火燬。曾孫元棟教授湖州時取原本，節省其繁，分别内、外集，捐餐錢梓之，以遺後之人。時萬曆丁丑秋七月也。』鈐朱贊卿『朱家』、『别宥齋』圖記。集前有林俊《畏齋存稿序》、誥敕、林薇刻集《題識》二首、林鶚畫像一幀並謝鐸《像贊》、王陽明

《題識》。卷一收詩一百二十四首，依錄《畏齋存稿》二十五首、《續稿》九十九首。卷二收《祭刑部耿尚書》《祭華亭司訓五叔文》《祭園趣三叔文》等祭文三篇，《致從弟尤溪司訓克祥》《致從弟克賢舉人》等書啟三十六篇。林鶚曾孫元棟，字子隆，號中岡。嘉靖間貢生，授漳州訓導，改甌寧教諭，丁憂歸。服闋，補新建教諭，陞湖州教授，擢楚府紀善。茅坤稱其『在湖學，以力行爲先，有胡安定遺意』。著有《率士邇言》《六不齋稿》（民國《台州府志》卷一百零九《人物傳》）。檢同治《湖州府志》，元棟教授湖州，在萬曆一年後。其在湖州，取林薇刻《存稿》《續集》，刪選《畏齋存稿》二卷。『分別内、外集』，即以鶚詩文爲内集，以前後稿附錄爲外集。此本未見外集，止存内集二卷。林薇刻集所收鶚詩俱存之，別無增輯。又以林薇刻集收鶚文僅序、祭文、書三體，書啟多至一百二十五篇，乃刪其繁，止存祭文三篇、書啟三十六篇。林鶚畫像，倣於正德八年刻本《畏齋存稿》，增刻小傳：『林公諱鶚，太平人。任兩京刑部侍郎，贈尚書，謚恭肅，叨錄名臣。』

正德八年刻本《存稿》有謝鐸弘治十年十一月《讀畏齋存稿》。此本無之，疑有闕葉。按林薇子應召《題識》：『臣林應召大父鶚，登景泰何潛榜進士，拜御史，歷任兩京刑部侍郎。欽奉勑命五、誥命七、諭祭二。嘉靖甲辰，今南京都察院右都御史前廣東道監察御史臣趙大佑奏請，上賜贈本部尚書，謚恭肅，奉誥命一。』元棟嘉靖四十二年八月《題識》：『右曾大父鶚欽奉聖製十五道，父召壽諸梓。後以寇火燬，曾孫林元棟重刻于漳南之學宮。』元棟嘉靖中任漳州訓導，由是知應召嘉靖間嘗刻誥敕，後以板燬於寇火，元棟重刻之。此本敕文誥命，無界行，與正集行款不一，蓋沿用舊板，致有此異。

畏齋存稿十卷（存卷一）　明萬曆五年林元棟刻本（清末林鼎批校）（國圖）

明林鶚撰。鶚有《畏齋存稿》，已著録明正德八年林薇刻本。此爲《畏齋存稿》十卷殘本，存卷一，明萬曆五年林元棟刻本，清末林鼎批校，一册。每半葉十行，行二十一字。白口，單魚尾，四周雙闌。封題『畏齋存稿』，下注『裔孫鼎敬署』。集前有林鶚畫像一幅，倣於正德八年刻本《畏齋存稿》，增刻小傳：『林公諱鶚，太平人。任兩京刑部侍郎，贈尚書，謚恭肅，叨録名臣。』像後依録謝鐸《像贊》、王陽明《題識》、謝鐸《讀畏齋存稿》，俱見於正德刊本《畏齋存稿》。下接林俊《畏齋存稿序》、誥敕十五道。誥敕後有林應召《題識》、林元棟《題識》。是集僅存詩一卷，卷端林鼎題云『一百廿八首』，實一百二十四首，與天一閣藏《畏齋存稿》出同一鏤板。臺圖藏正德九年刻本《續集》有缺葉，散失五首，此本不缺。林鼎批校存數條，如《無題》一首眉批云：『按《方城遺獻》《黄巖集》，此題皆作「起坐」二字，此乃重刻時所誤。裔孫鼎謹注。』《送從兄克漸赴南平司訓，兼柬從弟尤溪司訓克祥》『旅合欣承咲語真』，眉批云：『「合」乃「舍」之誤。』

此本未見牌記，然可斷定爲林元棟刻本。天一閣藏本《畏齋存稿》僅存内集二卷，外集未見。今按：明人孫能傳《内閣藏書目録》卷三云：『《畏齋存稿》二册，全。弘治間侍郎林鶚著。又，《畏齋集》二册，全。莫詳姓名，凡十卷，疑即林鶚也。』黄虞稷《千頃堂書目》卷十九著録《畏齋存稿》十卷，《明史·藝文志》著録林鶚《文稿》十卷。十卷本當即萬曆五年林元棟刻本，惜未見其完者。雍正《浙江通志》卷二百四十九據《赤城新志》著錄《畏齋存稿》十卷。光緒《黄巖縣志》卷二十八《藝文》、民國《台州府志》卷七十八《藝文略》亦著錄十卷本，實未見之。考林薇刻集，先成《畏齋存稿》一卷、附錄五卷，繼成《續集》一卷、附錄不分卷。《續集》附錄篇章亦富，分爲贈詩、贈序、《入祀鄉賢祠案驗》三類。元棟刻集，『取原本，節省其繁，分别内、外集』，所謂外集八卷，今疑前刻附錄仍節作五卷，後刻附錄節作三卷。

此本有謝鐸《讀畏齋存稿》，無林薇前後刻集《題識》二首，且集前諸作序次與天一閣藏二卷本略異，正可相參。《中國古籍總目》著錄此本作：《畏齋存稿》十卷，明嘉靖間刻本，國圖（存卷一）。未識此亦萬曆五年林元棟刻本，《畏齋存稿》並無明嘉靖間刻本。嘉靖間，元棟父林應召嘗刻誥敕十五道，後燬於寇火，元棟補刻之。故萬曆刊本集前誥敕無界格。

畏齋存稿二卷　清抄本（浙圖）

明林鶚撰。鶚有《畏齋存稿》，已著錄明正德八年林薇刻本。此爲清抄本《畏齋存稿》二卷，一冊。無版框、界格。每半葉八行，行十八字。卷端不題撰者名氏。集前依錄謝鐸《讀畏齋存稿》、敕誥十五道、嘉靖間趙大佑《請謚奏議》、林應召《題識》、林元棟《題識》、林俊《畏齋存稿序》、謝鐸《像贊》、王陽明《題識》。卷一收詩一百二十四首，卷二收文三十九篇。集末爲林薇前後刻集《題識》二首及林元棟刻本牌記。此本據萬曆五年林元棟刻本内集寫錄。『玄』、『絃』字缺筆避諱，『弘』字時或缺筆。寫於何人，尚未能詳。封題『畏齋存稿（全）』，可確知爲項士元筆也。所謂『全』，亦僅謂内集全也，外集八卷未見。臨海博物館藏清紅格抄本首尾不完，清道光間郭協寅藍格抄本《奉外父王樗軒先生》一篇以下有缺，此本略勝之。

畏齋存稿二卷　清道光間郭協寅藍格抄本（臨海博物館）

明林鶚撰。鶚有《畏齋存稿》，已著録明正德八年林薇刻本。此爲清道光間郭協寅藍格抄本《畏齋存稿》二卷，一册。每半葉十行，行二十二字。白口，單魚尾，四周單闌。版心上寫『畏齋存稿』，中標卷數。卷端不題撰者名氏。集前有謝鐸《讀畏齋存稿》、林俊《畏齋存稿序》、誥敕十五道、趙大佑《請謚奏議》及禮部覆本、謝鐸《像贊》、王陽明《題識》、林應召《題識》、林元棟《題識》，以及林薇刻《畏齋存稿》《續集》所作《題識》二首、林元棟刻本牌記。卷一收詩一百二十四首，同於天一閣藏萬曆五年刻本、浙圖藏清抄本。卷二收《祭刑部耿尚書》《祭華亭司訓五叔文》《祭園趣三叔文》《致從弟尤溪司訓克祥》《致從弟克賢舉人》等文。《奉外父王樗軒先生》一篇『諸凡』以下文字闕，《致從弟尤溪司訓克祥》一篇『殊惡』前文字並文題闕，《奉經畬大兄》一篇『近得集怡二』以下文字闕。校以他本，知《致克獻、克允二仲》一篇全闕。

民國《台州府志》卷七十八著録《畏齋存稿》十卷，云：『弘治《志》稱《畏齋存稿》有鈔本，不言其卷數。《明史·藝文志》、《千頃堂書目》、雍正《通志》皆作十卷。然郭協寅所鈔萬曆本僅二卷，雖云節省，何以懸殊若此？《台州外書》稱僅數卷，具載當時疏稿，其雜文甚寥寥，嘗見之杭州府學。案：郭鈔本上卷凡詩一百二十五首，下卷祭文三首、書三十餘首，並無奏疏。謝文肅《序》謂公歷官三十年，陳諫諭俗之篇，明刑弼教之謨，皆所宜有，而此稿未見云云。則原本亦無奏疏可知，未知戚氏所見果何本耶？戚氏《太平志》僅知有初編本及正德增刻本，而不知有萬曆重刻本。今僅存郭鈔萬曆本，餘未見。』所見即郭協寅抄本二卷。謝鐸弘治《赤城新志》稱《畏齋存稿》有抄本，不言卷數。其下世三年，林薇始刻《畏齋存稿》。此本與天一閣藏萬曆五年刻本《畏齋存稿》一卷、浙圖藏清抄本《畏齋存稿》二卷，收詩皆一百二十四首。《台州府志》云『上卷凡詩一百二十五首』，未確。其不知二卷本僅內集，十卷本蓋並收內、外集，故有郭氏抄本『雖云節省，何以懸殊若此』之疑。林鶚集傳本，今可見者已知刻本四種、抄本五種，廣作蒐討，或更有之。

畏齋存稿二卷　　清末紅格抄本（佚名校）（臨海博物館）

明林鶚撰。鶚有《畏齋存稿》，已著錄明正德八年林薇刻本。此爲清末紅格抄本《畏齋存稿》二卷，一冊。每半葉十行，行二十二字。黑口，單魚尾，四周雙闌。卷端不題撰者名氏。集前依錄成化七年、成化十三年諭祭二道、趙大佑《請謚奏議》及禮部覆本、林應召《題識》、林元棟《題識》、林微刻集《題識》二首、林元棟刻本牌記、林鶚畫像題《小傳》及謝鐸《像贊》、王守仁《題識》。正集卷一收詩一百二十四首，無異篇。卷二收《祭刑部耿尚書》《祭華亭司訓五叔文》《祭園趣三叔文》等祭文三篇，《致從弟尤溪司訓克祥》《致從弟克賢舉人》等書啓三十四篇，較他本少末二篇《奉經畲大兄》《致從弟克賢主事》。卷二尾葉有小字一行：『後有道光十年郭協寅借鈔字。』此本蓋郭協寅另抄本。

此本眉批訂正寫本脫誤。如《送友人歸田》『威鳳御圖乘世運，長虹乘彩煥文光』，校云：『「御」，宜作「銜」。』臺圖藏正德九年刻《續集》、國圖藏萬曆五年刻《畏齋存稿》殘本、臨海博物館藏郭協寅藍格抄本均作『御』，浙圖藏清抄本作『銜』。作『銜』是。《送瓊臺刑都憲歸田》其二『家望海鄉雲外窟，舟經江國稻粱秋』，校云：『「外」，宜作「水」。』正德九年刻《續集》確作『水』，萬曆五年刻《畏齋存稿》殘本始作『外』。郭協寅藍格抄本、浙圖藏清抄本亦作『外』。作『水』是。惜校者所見本不多，不得已依於理校。諸本文字異者亦自不少，非校者所能知也。如《送友人歸田》『瀛洲僊苑久徬徨』，『徬徨』，郭協寅藍格抄本同，正德九年刻《續集》、萬曆五年刻《畏齋存稿》殘本均作『徘徊』，浙圖藏清抄本則作『徜徉』。

臨海博物館既藏此本，又藏清末紅格抄本《林畏齋存稿别本佚文》，不分卷。每半葉八行，行二十字。白口，單魚尾，花邊。版心上印『含英咀華』，下印『翰墨林製』。封題『林畏齋存稿别本佚文』。卷端不署撰者名氏。郭協寅借抄《畏齋存稿》二種，所據底本首尾皆有損捝。其一本缺謝鐸《讀畏齋存稿》、林俊《畏齋存稿序》，敕誥亦不全，卷二缺《奉經畲大兄》《致從弟克賢主事》二篇。因録諸作爲《别本佚文》，内封摹林鶚畫像。其本合清末紅格抄本，即爲《畏齋存稿》二卷完帙。

畏齋存稿十卷（存卷一）　清光緒間紅格抄本（黄巖圖書館）

明林鶚撰。鶚有《畏齋存稿》，已著録明正德八年林薇刻本。此爲清光緒間紅格抄本《畏齋存稿》十卷殘本，存卷一，一冊。每半葉八行，行二十字。白口，單魚尾，花邊。版心上印「含英咀華」，下印『翰墨林製』。卷端不署撰者名氏。封題『恭肅公集』，又題『畏齋存稾』。王棻題記云：『光緒乙未太平陳襄臣樹鈞見贈，二月廿四日黄巖王棻記。』集前有林鶚摹像一幀、謝鐸《像贊》、王陽明《題識》、謝鐸《讀畏齋存藁》、林俊《畏齋存稿序》、敕誥十五道、趙大佑《請謚奏議》、林應亾《題識》、林元棟《題識》。林俊《序》，注云：『補抄。』卷一收詩。據國圖藏《畏齋存稿》十卷殘本（存卷一）抄寫。所用紙與臨海博物館藏清末紅格抄本《林畏齋存稿别本佚文》同。今或著録此本作《畏齋存藁》一卷，未盡當也。

余所見林鶚集，不計《林畏齋存稿别本佚文》，凡八種，分作著録。《中國古籍總目》著録四種：《畏齋存稿》一卷、附録五卷，明正德八年林薇刻本，國圖。《畏齋存槁續集》一卷、《遺稿》不分卷，明正德間刻本，臺圖。《畏齋存藁》十卷，明嘉靖間刻本，國圖（存卷一）。《畏齋存稿》二卷，明林鶚撰，明萬曆五年林元棟刻本，天一閣。今按：《續集》一種，乃正德九年刻本。國圖藏殘本，亦萬曆五年林元棟刻本，無所謂嘉靖間刻本。其餘四種皆抄本，《中國古籍總目》未著録。以上略考諸本源流，著録與諸館目時有不合，從其實也。

孝經集注一卷　清同治十年刻本（東北師大圖書館）

明陳選集注。選字士賢，號克菴，員韜次子，臨海人。早以賢者自期，父子並從翰林檢討陳璲學。以《禮經》領景泰元年鄉薦。天順四年會試，丘濬得其卷，置第一，成進士。授監察御史，巡按江西，貪殘吏屏斥殆盡。與修撰羅倫皆以直臣名。成化初，督學南畿，患士習浮誇，範以古禮。教人爲學必從《小學》始，措之踐履。成化六年，遷河南按察副使。尋以善教，改督學政。汪直被命出巡，都御史以下皆拜謁，陳選徐入長揖。汪直曰：『君何官？』曰：『提學副使。』曰：『能大於都御史耶？』曰：『提學何可比都御史也？業忝人師，不敢先自詘辱。』詞氣嚴正。未幾，進按察使。治尚簡易，獨於贓吏無所假。丁母憂，服除，陞廣東右布政使，旋轉左。成化二十一年，詔減省貢獻。以剛直忤市舶中官韋眷，韋眷誣奏朋比貪墨。被徵，行至南昌病作，不得醫藥治，竟卒，時成化二十二年五月，得年五十八。父子皆持操甚潔，員韜量能容物，陳選務克己，自號克菴，遇物稍峻。弘治初，主事林沂上疏爲雪冤，詔復官禮葬。正德中，追贈光禄卿，謚恭愍。著有《小學集注》六卷、《孝經集注》一卷、《冠祭禮儀》一卷，詩文有《丹崖集》。博學通經，志乎明道。海瑞《題尊鄉録贊》云：『克菴之學，屹爲儒宗。』金賁亨撰《台學源流》，自宋徐中行迄於明陳選，凡得三十八人。有明僅傳及郭樌、方孝孺、陳選三人，稱『三先生』。

《孝經集注》一卷，《吾學編》《經義考》皆云未見。《四庫提要》未專著録，《讀孝經提要》言及之：

『《讀孝經》四卷，國朝應是撰。是字敬非，號敬齋，宜黃人。康熙己酉舉人。是書以唐宋注疏爲主，參以陳選《集注》及各家之說。其自爲之注者，稱「愚案」，多循文摘句，無所發明。』今傳本有清順治十六年刻本、清同治十年刻本、清光緒澹雅書局刻本等。清乾隆五十年仁和黃暹、金柱重刻《小學集注》，合刻是書，《台州叢書續編》據以重刊。

此爲清同治十年刻本，與《小學集注》六卷合爲一册。每半葉九行，行十七字，小字雙行同。黑口，雙魚尾，四周單闌。卷端題曰：『陳選集注。』是書採前人訓釋，略作發揮。如《紀孝行章第十》，篇注云：『前數章，俱統論乎孝道孝治，此章則詳述乎孝子當行之事也。故以紀孝行名章，次於聖治之後。』『子曰：孝子之事親也』至『然後能事』一節，注云：『居，謂平居。致者，推之而致其極也。病，謂疾之甚也。孝子之事親，無一時，無一事，而不念及於親者。其必平居則禮義祗肅，盡其恭敬，而不敢忽。奉養則承顏順志，盡其歡樂而不敢違。病則行止語默，何所不致其憂。喪則哭泣躃踊，何所不致其哀。祭則潔俎豆，肅駿奔，何所不致其嚴。持此五者以事親，而生存死沒，咸備其道，庶幾盡志於親，而無愧於子矣，故曰能事親也。此節乃紀孝子當行之善，以示勉也。』『居，謂平居』，『致者，推之而致其極也』，見於元人董鼎《孝經大義》。董鼎謂此節『此教之以善也』，陳選則曰：『此節乃紀孝子當行之善，以示勉也』。陳注淺易簡明，發揮不離於本義，務求人倫物理。後世頗徵引之，清人冉覲祖《孝經詳說》卷四具引尤詳。

小學句讀六卷　明成化九年刻本（中國書店）

宋朱熹撰，明陳選集注。選有《孝經集注》，已著録。又有《小學句讀》，初刻於明成化間，屢經重刻，崇禎間易名《小學集注》重刊。此爲明成化九年刻本《小學句讀》六卷，四冊。每半葉十一行，行二十字，小字雙行同。黑口，雙魚尾，四周雙闌。各卷端題曰：『天台陳選點。』集前有陳選《小學句讀序》，署成化九年五月望日。繼列《小學篇目》，《内篇》爲《立教第一》《明倫第二》《敬身第三》《稽古第四》，即四卷，凡二百十三章；《外篇》爲《嘉言第五》《善行第六》，即二卷，凡一百七十二章。接爲朱熹《小學題辭》及書題。

是書融通朱子及前儒之説，隨文注音，章後釋義。如《内篇》卷二《明倫第二》篇題注曰：『明，明之也。倫，人倫也。其目有五，明父子之親，明君臣之義，明夫婦之别，明長幼之序，明朋友之交，凡百七章。』『《祭義》曰：霜露既降，君子履之，必有悽（注：妻）愴（注：創）之心，非其寒之謂也。春雨露既濡（注：儒），君子履之，必有怵（注：出）惕（注：他歷切）之心，如將見之』一章，章注云：『《祭義》，《禮記》篇名。此言君子感時思親也。履，踐也。悽愴，悲傷貌。濡，沾濕也。怵惕，驚動貌。見之，謂見其親履霜露而悽愴，故祭於秋；履雨露而怵惕，故祭於春。』簡明易習，便於誦讀，一如《孝經集注》。

民國《台州府志》卷七十二著録《小學集注》六卷：『《明史·藝文志》作《小學句讀》，入經部。今從《四庫全書總目》。』考云：『《明史》本傳：選督學南畿，作《小學集注》，以教諸生。案：《自序》云：「以奉詔來總中州教，周旋多士，間有一朝之義，故敢句讀是書，相與講而行之。」是此書實作於督學河南時，非南畿時也。《明史·藝文志》著錄，乾隆時甄入《四庫》，今有刻本。』復錄《四庫全書提要》、陳選《小學集注自序》。

今按：《台州府志》據陳選《自序》辯《明史》所云《小學集注》作於視學南畿際，似有據，然未詳察之。《明史》本傳云：『已，督學南畿，頒冠、婚、祭、射儀於學宮，令諸生以時肄之。作《小學集注》以教諸生。按部常止宿學宮，夜巡兩廡，察諸生誦讀。除試牘糊名之陋，曰：「己不自信，何以信於人？」成化六年，遷河南副使，尋改督學政，立教如南畿。』此原見萬氏《明史稿》本傳。萬氏所載，金賁亨已先道之。《台學源流》卷七云：『及督學南畿，敷德屏威，日與諸生講明正學。謂聖人之道必自《小學》始，特注釋以頒賜，使學者知所從入。每巡歷，減騶從，刻日期居止學宮，談經習禮，時或同膳饘若家人焉。諸生翕然咸服，兩地士氣，聿爲之變。轉河南按察使，尋以憂歸。』賁亨之說亦有據。謝鐸《廣東左布政使陳君墓誌銘》云：『暨其出而提學南直隸、河南也，念學政久廢，士之務浮棄實者比比而是，所至必先使之習《小學》，而後及科舉之業。學立困館，至則居宿，以身爲教，仍下冠、婚、祭儀，俾諸生習焉。』王鏊《臨海陳公哀詞》序云：『董學政於南畿，鏊時爲弟子員』，『而公之至也，言稱古昔，動必以禮。先頒冠、祭、射儀於學宮，歲時肄習。至是徐行締視，周旋磬折，絃管豆登，洋洋翼翼，遂居宿學宮，士子競勵，兩廡燈燭如晝，吾伊之聲相應。時以二燈前導，巡行學舍。事當上聞，屏居齋沐，引使於庭，再拜乃遣。升降東西階，舉足前後，造次不爽。教人爲學，必本於《小學》，灑埽應對，以達於《六經》，以及《通書》《西銘》《皇極經世》《太極圖》。蓋在吳前後三年，變色之語，不見於章縫，折箠之答，不加於輿皁。而人畏之如神明，既去而思之有加。於戲！非賢而能若是乎。及官河南，率是道不變。』謝鐸與陳選爲友，所述可信。王鏊爲陳氏門人，所載南畿事乃親所歷。蓋陳選在南京教人爲學必本於《小學》，《小學集注》六卷則率教中州時始刻成。《府志》所疑甚是，然必謂《小學集注》作於中州，未盡然也。

《四庫全書》收錄《御定小學集注》六卷，並據通行本列《小學集注》六卷入存目，《提要》云：『宋朱子撰，明陳選注』，『朱子是書成於淳熙丁未三月，凡《内篇》四，曰立教，曰明倫，曰敬身，曰稽古。《外篇》二，曰嘉言，曰善行。考《晦菴集》中有癸卯《與劉子澄書》，蓋編類此書，實託子澄。其初有文章一門，故書中稱文章尤不可泛，如《離騷》一篇，已自多了。《敘古蒙求》亦太多，兼奧澀難讀，非啟蒙之具。却是《古樂府》及杜子美詩意思好，可取者多。又有乙巳《與子澄書》，稱《小學》見比修改，凡定著六篇云云。是淳熙十二年始改定義例，又越二年乃成也。案《語類》，陳淳錄曰：或問《小學·明倫篇》何以無朋友一條？曰：當時是眾人編類，偶闕此爾。又，黃義剛錄曰：《曲禮》「外言不入於閫，内言不出於閫」一條甚切，何以不編入《小學》？曰：這樣處漏落也多。王懋竑《朱子年譜考異》謂據此則編類不止子澄一人，而於兩錄又可見古人著書得其大者，小小處亦不屑尋究。其說最確。後人或援引古書，證其疏略，或誤以一字一句皆朱子所手錄，遂尊若《六經》，皆一偏之論也。選《注》爲鄉塾訓課之計，隨文衍義，務取易解，其說頗爲淺近。然此書意取啟蒙，本無深奧，又雜取文集、子史，不盡聖言。注釋者推衍支離，務爲高論，反以晦其本旨，固不若選之所注，尤有裨於初學矣。是書自陳氏《書錄解題》，即列之經部小學類。考《漢書·藝文志》以弟子職附《孝經》，而小學家之所列，始於史籀，終於杜林，皆訓詁文字之書。今案：以幼儀附之《孝經》，終爲不類，而入之《小學》，則於古無徵。是書所錄皆宋儒所謂養正之功，教之本也，改列儒家，庶幾協其實焉。』所謂『選《注》爲鄉塾訓課之計』，『然此書意取啟蒙』云云，未盡合於實。陳選《自序》、朱睦㮮《刻小學句讀序》頗可見陳氏集注及其時士人講習《小學》之效。

陳選《小學句讀序》云：『昔二帝三王，我朝一祖四宗之道統，聖天子既承之，憂士或遺實學而鶩空文，無以贊道化也，復慨然俞商相國之言，詔天下士皆先從事於《小學》，然後進乎《大學》。於乎！士不幸不逢時，猶將違俗而學聖人之道，以成其身。幸而值乎今之世，道化方盛，有《小學》以成始，有《大學》以成終，有選舉之塗出而行所學以及人，盍亦思所以學乎？聖人之道，人倫而已矣。學之，必自《小學》始。子朱子《小學》一書，其教在於明倫，其要在於敬身，蓋作聖之基也。從事於斯，豈惟讀其辭而已邪！讀《明倫》而知父子之親、君臣之義、夫婦之别、長幼之序、朋友之交，必踐其事焉；讀《敬身》而知心術之要、威儀之則、衣服之制、飲食之節，必嚴諸己焉。及進乎《大學》，格物致知，則因吾已知者而究極之也；誠意、正心、修身，則因吾已行者而惇篤之也。由是推之於家，則家可齊；推之以贊道化，則國可治，天下可平。故學聖人之道，必自《小學》始。否則，雖欲勉焉以進乎《大學》，猶作室而無基也，成亦難矣，況鶩空文乎？夫爲學而不嚴諸己，不踐其事，誦説雖多，辭章雖工，皆空文也，於吾身何益哉，於家國天下何補哉，於聖人之道何所似哉！選學也晚，道未之聞，以奉詔來總中州教，周還多士，間有一朝之義，故敢句讀是書，相與講而行之，期底於成，以副聖天子作人之盛意。若四方之士，則惡乎敢？成化癸巳五月望日，天台陳選序。』朱睦㮮《刻小學句讀序》云：『成化中，大學士商公輅言於上，曰：「夫今士之遺實學而騖空文也，在在皆然，流風靡極，非所以崇德意而贊道化也。請自茲教士，宜自朱氏《小學》始。」上曰：「然。」乃詔天下士皆先從事於《小學》。於是薄海内外，靡不誦習其說，而天台陳公選適督學中州，乃製是編，以與諸士講而行之。士賢，又以身教而師帥之，故當時出其門者，如劉文肅公忠、王文莊公鴻儒、李侍御公興、何宗伯公瑭、王司馬公廷相、何學憲公景明、崔文敏公銑、曹都憲公鳳、張臬副公士隆輩，咸以勳德著聞，後先相望，爲當代名儒碩輔，豈非抑華崇本之効邪！』（明嘉靖三十三年刻本）陳選作《小學集注》，以爲士人進學之階，黜夫空文，其效甚顯，王鏊、何瑭、王廷相、何景明、崔銑、張士隆皆得益於其教。晉江劉麟長《小學序傳》謂『《小學》一注，蓋真考亭之傳鉢，而後學之指車。』陸隴其《小學集解跋》論云：『明初注《小學》者二家，宣德時常熟吳氏訥有《集解》，成化時臨海陳氏選有《集注》。二公皆名儒，皆以其身體力行者，發其藴奥，以詔來學，非世俗之訓詁比。二書雖詳簡不同，其中多互相發者，不可偏廢也。自正德、嘉靖後，學術分裂，《小學》一書，且束之高閣，又何有兩家之注解哉！崇禎時，詔以陳氏《小學注》頒學宫，《集注》始顯。』（《三魚堂文集》卷四）

是書成化初始刻於中州。嘉靖十五年，張景按浙，屬郡守許斷刻之。臨海蔡雲程嘉靖十八年任雲南提學副使，嘗校正《小學句讀》，授大理郡邑，刻於學宫。其《跋小學句讀後》云：『滇僻在南徼，其他載籍略具，獨此書闕而弗講。余竊患之，乃以所攜克菴陳先生《句讀》二册，稍加校正，授大理郡邑，刻之學宫，以溥其傳。庶俾文公並克菴之教，徧行遐域，豈惟蒙稚是賴，固將庠校之士，所宜俛首受讀，以植嚮往之基者也。』

小學句讀六卷　明嘉靖三十三年刻本（國圖）

宋朱熹撰，明陳選集注。選有《孝經集注》，已著錄。此爲明嘉靖三十三年刻本《小學句讀》六卷，四冊。每半葉八行，行十八字，小字雙行同。白口，單魚尾，左右雙闌。各卷端題曰：『天台陳選句讀。』集前有陳選成化癸巳五月望日《小學句讀序》、黄洪毗嘉靖甲寅秋《重刻小學句讀序》、河南按察副使徐霈《小學句讀敘》、朱睦㮮嘉靖三十三年《刻小學句讀序》、朱熹書題及《小學篇目》《小學題辭》。朱睦㮮《刻小學句讀序》云：『今去陳公僅百年，而《小學》之教弗行，故士習稍異焉。何則？蓋士之初學也，師授父訓，惟章句是攻也，惟佔畢是肄也，而問其灑掃、應對、進退之節，邈焉莫之知也。及仕於朝，日覬月望，惟在於爵秩之崇卑耳。雖復有博古高明之士，即不溺於功利，而必淪於虛寂。要之，皆文毅公所謂空文也。歲在甲寅，侍御思齋霍公攬轡河洛之上，察士風，諮民情，久之，而憫士習之偷也，實學之湮也，聖化之弗達也，乃取陳氏《小學》，刊布庠宮，俾士之學知所務焉。命余序之。睦㮮曰：「夫《小學》者，主王宮黨序之教；《大學》者，主辟雍泮宮之教。斯二者，不得一闕焉。蓋黨序之教，學之始者也；辟雍之教，學之終者也。然學未有能始而不能終者也。」』

此本據成化刻本重刻，增黄洪毗、徐霈、朱睦㮮三《序》。重刻本頗改易成化本面貌。成化本朱熹書題在《小學題辭》前，首行題『小學句讀』，次第題『天台陳選點』，三行以下爲正文，開篇云：『古者小學』一章云：『古者小學，教人以灑（注：去聲）掃（注：去聲）、應對、進退之節，愛親敬長（注：上聲），隆師親友之道，皆所以爲脩身齊家、治國平天下之本（注：治，平聲。後不圈者，皆平聲。○凡語絕處，謂之句，則點於字之旁。語未絕而分之，以便於誦，謂之讀，則點於字之中間）。』其下『古者夏、商、周也』至『特收其成功耳』一段章注，另起一行，低一格上板。此本首行題『小學句讀』，不題『天台陳選點』。首行『小學句讀』下注云：『凡語絕處，謂之句，則點於字之旁。語未絕而分之，以便於誦，謂之讀，則點於字之中間，讀音豆。』成化本隨文注音，此本音注合併於章末，云：『灑、掃，皆去聲。長，上聲。治，平聲。後放此。』『後放此』下，徑接『古者夏、商、周也』至『特收其成功耳』一段章注，以○示斷開。此本不惟音注合併於各章末釋義前，且有删略。如『《祭義》曰：霜露既降』一章，注云：『愴，音創。怵，音出。惕，他歷切。○《祭義》，《禮記》篇名。此言君子感時思親也。履，踐也。悽愴，悲傷貌。濡，沾濕也。怵惕，警動貌。見之，謂見其親履霜露而悽愴，故祭於秋；履雨露而怵惕，故祭於春。』删『悽』、『濡』之音釋。二本文字及編排異同，由此可略見之。

小學集注六卷　明崇禎八年内府刻本（國圖）

宋朱熹撰，明陳選集注。選有《孝經集注》，已著録。其《小學句讀》，前已著録明成化九年刻本、嘉靖三十三年刻本。此爲《小學集注》六卷，明崇禎八年内府刻本，二册。每半葉十行，行二十字，小字雙行同。白口，單魚尾，四周雙闌。上册封題『小學集注（内篇）』，凡四卷。下册封題『小學集注（外篇）』，凡二卷。各卷端題曰：『臣陳選集注。』集前有崇禎八年七月《御製重刊小學序》、《諸儒小學總論》、朱熹《小學書題》及《小學題辭》，無陳選《自序》、黄洪毗、徐霈、朱唑槔重刻三《序》以及《小學篇目》。《御製重刊小學序》《諸儒小學總論》爲新增。陳選集注，原題《小學句讀》，易名《小學集注》自此始。《御製重刊小學序》云：『朕夙夜圖治，追惟我祖宗朝，教化洋溢，人才彬彬輩出，共致太平，抑何盛也！今海宇多故，動稱乏才。揆厥所繇，士子幼學時，父師之教不明，即以利禄汩其心術，全不從德行立根。譬之樹，本先撥，安望成棟梁之用？宋儒朱子《小學》一書，其教在於明倫，其要在於敬身，而古人嘉言善行靡不備具。誠果行，育德之根柢，齊治均平之權輿也。朕敕諭禮臣，通飭督學及郡邑有司，表章是書，以爲士鵠，生儒非能熟習力踐者，不許充試倖取，業已三令五申矣。復簡閲先臣陳選《集注》，見其切要明晰，甚於《小學》有裨，爰命儒臣詳加較訂，正其訛舛，繕刻頒行之。使督學盡得如選其人，何患教化不行，人才不盛，庶無負朕覲揚先烈，廣厲刊布之意云爾。崇禎八年七月吉日。』署時鈐『欽文之璽』。

此本集注經崇禎朝儒臣據成化刻本校訂，較成化本釋音爲簡，注文又略詳於嘉靖三十三年重刻本。《内篇》卷一《立教第一》，章題小字注：『此篇述古聖人所心立極教人之法，其大目不出乎立明倫之教，立敬身之教而已。篇首胎教一章，則教之本源也。凡十三章。』其下『子思子曰：天命之謂性，率性之謂道，修道之謂教』一段，增一百七十七言小字雙行注，嘉靖三十三年重刻本所無，而同於成化刻本之單行注，僅删注文中小字雙行注耳。諸章字句訓釋，文字偶異。如『二十而冠，始學禮，可以衣裘帛，舞《大夏》，惇行孝弟，博學不教，内而不出』，注云：『冠，音貫。○二十曰弱冠，加冠也。始，初也。禮，五禮。衣，著也。裘，皮服。冠者，成人之道，故學五禮。冠而後服備，故衣裘帛。《大夏》，禹樂，樂之文武兼備者也。敦，篤也。博，廣也。博學於文而不教人，恐未精也。內蓄其德而不暴於外，切於爲己也。熊氏曰：八年教遜讓，十年學幼儀，則已知孝弟之道矣，至此益加以篤行也。』嘉靖三十三年刻本隨注文釋音，注云：『二十曰弱冠，加冠官也。始，初也。禮，五禮。衣，著也。裘，皮服。冠者，成人之道，故學五禮。冠而後服備，故衣裘帛。《大夏》，禹樂，樂之文武兼備者也。惇，篤也。博，廣也。博學於文而不教人，恐未精也。內蓄其德而不暴僕於外，切於爲去聲己也。』成化刻本則隨正文、隨注文釋音，正文曰：『二十而冠（音貫），始學禮，可以衣（去聲）裘帛，舞《大夏》，惇行孝弟，博學不教，內而不出。』注云：『二十曰弱（音句）冠，加冠（音官）也。始，初也。禮，五禮。衣，著（音酌）也。裘，皮服。冠者，成人之道，故學五禮。冠而後服備，故衣裘帛。《大夏》，禹樂，樂之文武兼備者也。敦，篤也。博，廣也。博學於之而不教人，恐未精也。內蓄其德而不暴（音僕）於外，切於爲（去聲）己也。熊氏曰：八年教遜讓，十年學幼儀，則已知孝弟之道矣，至此益加以篤行也。』三本文字異同，由此可概見。

明初《小學》注家，常熟吳訥集解爲著。盛明注家，陳選造士尤多。隆萬以後，《小學》一書漸東高閣。陸隴其《小學集解跋》稱『崇禎時，詔以陳氏《小學注》頒學宮，《集注》始顯』。內府刻本行世，治《小學》者多宗之。清雍正五年，詔儒臣因陳選《集注》訂正刊行《御定小學集注》六卷，並御製序文。《四庫全書》收錄《御定小學集注》一書。

清同治十年刻本《小學集注》六卷，與《孝經集注》一卷合爲一冊。每半葉九行，行十七字，小字雙行同。黑口，雙魚尾，四周單闌。卷端題曰：『陳選集注。』據明崇禎八年内府刻本重刊，文字悉同，排纂亦大抵倣於崇禎刊本，第行格、字數不同耳。

恭愍公遺稿不分卷　清初抄本（浙圖）

明陳選撰。選有《孝經集注》，已著録。詩文《丹崖集》未刻，傳世有清初抄本《恭愍公遺稿》不分卷，清光緒十八年藍格抄本《陳恭愍公遺集》一卷、《外集》一卷。《中國古籍總目》著録浙圖藏清抄本，即前一種。後一種爲天台張廷琛重輯本。

此爲清初抄本，二册。無版匡、界格。每半葉九行，行二十字。卷端題曰：『臨海陳選士賢撰。』集前有《吾學編·陳選傳》及《恭愍公遺稿目》。《陳選傳》首葉鈐『劉承幹字貞一號翰怡』、『吴興劉氏嘉業堂藏書印』二圖記，曾爲劉承幹舊藏。録詩後有佚名《跋》：『右稿以公卒於官，多亡失者。今所輯或以人所記憶，或以别集互見。其家藏者往往襍以他作，雖加删較，猶疑未盡，觀者幸得之。』集中不避『玄』字，『校』寫作『較』。録文擡寫一如明時。此本與浙圖藏陳員韶《勿齋詩稿》一卷、《勿齋遺稿》一卷，抄寫字蹟、行列同，纂輯體例亦同。員韶集中『玄』字缺筆以避。由是知二者皆清初抄本，寫時有先後之别。

是集詩得《自省》《寫真有作》《對月》《對鏡》《姑蘇校文示諸生》《因鄉鄰卜築自嘆》《重陽獨飲》《感嘆》《題獨樂亭》《詠古》《注小學有感》《紀夢》《對鏡》《夜宿豐城，憶張廷祥年兄》《寒夜獨坐》《題劍》《有所思》《題圖畫》《題雪畫》《客邸獨懷》《思歸三首》《感思》《題官舍壁》《夜宿》《秋夜》《早秋有感》《贈行春侍史》《觀書有感》《作宗儀二首》《早春》《慕周孔有感二首》《自寓三首》《元旦》《小房獨坐(二首)》《詠道》《夜月》《看書有感，書贈友人還鄉》《山窗讀書三首》《月沼》《題止水》《釋褐後早朝志感》《自敘二首》《題林和靖》《感興》《題山屋》《被逮寄王大韶年兄》《赴任道中寫懷》《丹崖書院觀梅二首》《丹崖書院寫懷》《遺義田示戴兒》《思親》《節婦二首》《畫魚》《看古劍》《題湘竹》《方技過訪》《城中聞鶯》《雨阻》《即事》《獨臥》《題畫》《挽友人》《題人遺像》《官□即事》《懷人》《送友》《贈行》《贈賢母》(按：目録作《贈賢女》)《有所思》《題人作縣休致》《客懷》《夜坐》《思家》《春暮出遊》《送客》《又送客二首》《旅邸會同年》《客途有感》《秋宿蓬萊驛》《舟行有作》《賀故友王克厚少子鉞登科》《賀姻友范德端登科》《看畫三首》《題松竹贈人》《客中對月》《思丹崖書院》《題畫鶴》《思鄉》《雙頭蓮》《題漁圖二首》《有感》《贈人》《題竹》《傷時》《有感》《舟過瀟湘有感》《贈堪輿術士》《幽居寫懷》《官衙思歸》《應存固過訪，談星命有贈》《秋興》《世路難》《舟中有感》《贈應醫士》《哭舅氏》《畫梅》《贈憲臺》《子虛將遊京師，壯哉是遊也，吾聞君子愛人以德，不以姑息，於是作楚語以招之》《送春》《梨花》《行樂二首》《懷人》《嘆友二首》《送人之任》《有所思》《贈長友陳六參用璣致政歸田里，用璣予家君門人，復同官閩藩》《送人遊天台》《送術者，自言能通經世書》《金工兼篆刻》《送張教授》《曉行》《詠雪》《畫松》《畫山水》《贈劉執齋大理》《雪山》《避暑》《贈張東白先生家壽圖》《枯河》《東坡笠屐圖》《贈吳人作字》《題白兔圖》《感嘆》《題畫馬》《龜室》《慶恩堂》《寄人避亂》《春讌席上分韻，得有字》，共一百三十八題、一百五十六首。《賀姻友范德端登科》，《目録》缺題。《行樂二首》《懷人》因缺葉不完。《小房獨坐》二首，『小』當作『山』。張廷琛重輯《遺集》，僅收詩十五首，此本多出一百四十餘首。

是集得文《道學傳序》《小學句讀序》《懋齋集序》《挽淮安學副教勉齋應君詩序》《廣東布政司題名碑記》《結黨害民疏》《獎賢文》等七篇，題作《克菴遺稿》。張廷琛輯《遺集》得文十一篇。《結黨害民疏》一篇，《遺集》所無。

《遺集》不足論定陳選詩，《遺稿》庶幾可矣。合二集略可論定其文。盛明多士，或以直節聞，或以理學著，兼之者復多有之，莊昶、羅倫、章懋等皆其人。陳選與羅倫、張元楨、吳寬、黃孔昭、謝鐸相率砥礪名節，期進於聖賢之道，時稱『硬漢子』。幼受陳璲『文必關於世教』之教。《小學集注自序》云：『夫爲學而不嚴諸己，不踐其事，誦說雖多，辭章雖工，皆空文也，於吾身何益哉，於國家天下何補哉，於聖人之道何所似哉！』謝鐸《廣東左布政使陳君墓誌銘》云：『君學博而深於經，詞章非其所好。』陳選每自謙不善爲文，然其文善養氣，明道言志，遠勝虛飾空文。盛明理學名家，文章雖問學餘事，終不可輕。詩可披誦。如《注小學有感》云：『早年弄筆作虛文，贏得虛名誤却身。底事如今不知悔，又傳文筆誤他人。』（按：『誤』，原作『悟』，據張廷琛抄本改）《對鏡》詩云：『方圓長短各形模，皷鑄元從一大爐。但使行藏皆順理，謾從色相話榮枯。』律絕近於理學一路。五七言古時有跌宕之致。《三台詩錄》評曰：『克庵深心理境，爲文明白純正，而七古壯激排宕，造句奇特，出入杜蘇。安必直白迂腐，然後爲儒者之詩耶！』

陳恭愍公遺集一卷、外集一卷　清光緒十八年藍格抄本（清末張廷琛輯校）

（臨海博物館）

明陳選撰。選有《孝經集注》，已著録。詩文集未刻，傳世抄本罕見，前已著録清初抄本《恭愍公遺稿》不分卷。此爲清光緒十八年藍格抄本《陳恭愍公遺集》一卷、《外集》一卷，清末張廷琛輯校，一册。每半葉九行，行二十二字。白口，單魚尾，四周雙闌。卷端題曰：『天台後學張廷琛季玗謹輯。』項士元封題『陳恭愍遺集』。集前有廷琛光緒十八年季冬《敘》、《欽定明史列傳·陳選傳》，無目録。清初抄本録《吾學編·陳選傳》，不收《明史》本傳，因其時《明史》尚未成書。此則光緒間張廷琛重輯本。《中國古籍總目》未著録。民國《台州府志》著録《丹崖集》，云：『舊省、府、縣志俱不著録，蓋佚已久。今天台張廷琛蒐其詩文，輯爲《陳恭愍公遺集》一卷，冠以《明史》本傳。又附録表、記、序、跋、論、贊，爲《外集》一卷。』廷琛《敘》云：『第念藏書鮮尠，遺集之篇數既稀，集外之蒐羅未備，將毋貽疎漏之譏乎！然考當日羅東川太守最好先生文，僅僅以三稿見示；張楊園先生寄凌渝安書，屬訪求《陳恭愍集》而無從，則此編亦正無容見少也。詩文雖不及《遜志集》之富，而先生秉性之剛正，持己之端方，事君之忠慤，教人之精詳，愛民之慈惠，以及安貧樂道之實，陟明黜幽之公，亦大畧可見矣。』

是集編次，先文後詩。文得十一篇：《請止狻猊入貢疏》《小學句讀序》《重刻宋史道學傳序》《陳氏宗譜序》《懋齋集序》《輓淮安學副教勉齋應君詩序》《廣東布政司題名碑記》《奬賢文》《逸像自贊》《對鏡》《修譜諭》。《修譜諭》注云：『親題譜首。』僅六字：『思孝敬，圖顯永。』清初抄本《遺稿》存文七篇，《結黨害民疏》一篇則此本所無，此本《請止狻猊入貢疏》《陳氏宗譜序》《逸像自贊》《對鏡》《修譜諭》等五篇不見於《遺稿》。合二集，共存陳選文十二篇。此本收詩十五首：《贈陳大參用璣致政歸里，用璣予家君門人也，復同官閩藩》《嘆友》《懷人》《雨阻》《題東坡笠屐圖》《贈吳人作字》《除夕》《自敘》《寫真有作》《遊金鰲山》《詠古》《山房獨坐》《注小學有感》《思鄉》《被逮寄王大韶年兄》。較清初抄本《遺稿》少一百四十餘首。其中《除夕》《遊金鰲山》二詩不見於《遺稿》。《懷人》一首，《遺稿》因缺葉僅存『入門藉衾坐，沉吟淚盈把。豈無一斗酒，凄涼爲誰寫』四句，此本則完，前八句作：『客階凝曉霜，落葉寒擁壁。當此授衣時，念彼遠行客。客行日已遠，我帶日以緩。登高望歸舟，鳥去烟波晚。』《山房獨坐》，即《遺稿》之《小房獨坐》二首其一。《遺稿目録》及正集皆作『小房』，當以『山房』爲正。《嘆友》，《遺稿》收二首，此則存其一。

重輯諸篇大都採自方志、宗譜。《重刻宋史道學傳後序》《陳氏宗譜序》《小學句讀序》《奬賢文》文，《贈陳大參用璣致政歸里，用璣予家君門人也，復同官閩藩》《詠古》《被逮寄王大韶年兄》詩，皆見於康熙《臨海縣志》。《外集》一卷，録謝鐸《送陳御史序》、陳獻章《道學傳序》、王鏊《臨海陳公哀詞》并序諸文十餘篇，並海瑞、章懋、丘濬等人贊、詩、志略數十篇，諸家評說數十則，較正集爲富有。

楓山章先生文集九卷、語録一卷、實紀八卷、年譜二卷　明嘉靖九年張大綸刻、嘉靖至崇禎間增刻本(上圖)

明章懋撰,明章接編《實紀》,明阮鶚撰《年譜》。懋字德懋,號闇然居士,蘭溪純孝鄉渡瀆人。讀書穎悟,嗜學不倦。天順六年舉人,成化二年舉會試第一,成進士,改庶吉士。授編修月餘,值元夕張燈,命詞臣賦詩進。懋與同官黄仲昭、檢討莊昶上疏諫止,廷杖謫官。先是羅倫以疏論大學士李賢不當奪情,被黜,時稱『翰林四諫』。既貶臨武知縣,未行,改南大理左評事。遷福建按察僉事,政績甚著。觸瘴成疾,懼貽親憂,乞歸,年僅四十一。杜門却掃,足跡不履城府,四方弟子執經請業。士人因其講學楓木山中,稱楓山先生。胡居仁、林緝熙不遠千里至。中外交薦,以親老堅辭,家居二十餘年,弘治十四年起南國子監祭酒,遭父憂,不就。詔添設司業,仍虚席以待。服闋赴任,至則勵教化,倡德義,明道術,著功令,肅儀軌。湛若水聞之,特往卒業焉。武宗立,陳勤聖學、隆繼述、謹大昏、重詔令、敬天戒五事。正德元年,屢疏乞休歸。劉瑾誅,起南太常寺卿,又起南禮部右侍郎,皆不就。嘉靖即位,即家進南禮部尚書致仕。正德十五年十二月卒,年八十六(唐龍《楓山先生行狀》)。謚文懿。通籍五十餘年,歷俸僅滿三考,立朝四十日,難進易退,世論高之。萬曆間,與『北山四先生』並祀正學祠。《明史》有傳。著有《婺鄉賢志》二卷,與鄭錡纂《蘭谿縣志》,從弟沛編其遺文名《楓山集》(《千頃堂書目》卷十一著録《楓山語録》二卷、《諸儒講義》二卷,卷二十著録《楓山文集》九卷、《遺文》一卷)。

此爲《楓山章先生文集》九卷、《語錄》一卷、《實紀》八卷（章接編）、《年譜》二卷（阮鶚撰），明嘉靖九年張大綸刻、嘉靖至崇禎間增刻本，八冊（按：《中國古籍總目》作明嘉靖九年張大綸常州刻、明章翰重修增刻本，《明別集版本志》作明嘉靖九年張大綸刻、萬曆四十三年增修本，皆有未確）。《文集》九卷，每半葉十行，行二十字。白口，單魚尾，左右雙闌。各卷端題曰：『從弟井菴居士沛編輯，毘陵後學毛憲校正。』集前有鄱陽余祐嘉靖三年三月《楓山章先生文集序》、毛憲嘉靖九年正月《校刊楓山文集引》及《目錄》。卷一爲制策、奏疏；卷二至卷三爲書簡；卷四爲雜著、說、銘、傳；卷五爲墓誌銘、祭文；卷六爲墓表、行狀、序文；卷七爲序文；卷八爲碑記；卷九爲詩、詞、賦、贊，依錄七言絶句、七言律詩、七言長篇、五言絶句、五言律詩、五言長篇，及詞五首、賦一篇、贊六篇。贊後增《顧雲和像贊》《伊振舉像贊》《吳晦仲像贊》《外舅郭公像贊》四篇，刻板補入。卷三目錄有《與劉述獻》《與戚時舉》《與陳直夫》三篇，正集缺，有目無文。嘉靖二十一年初刻、崇禎間重修本《楓山章先生文集》四卷本亦未收之。

又，上海辭書出版社藏四卷本集前亦錄余祐《序》，云：『近接從子樸菴中丞所輯先生遺稿，屬祐序之。』樸菴名章拯，字以道，蘭溪人。懋從子，少從懋學，弘治十五年進士，歷工部主事，調刑部，仕至工部尚書。論者謂拯學術政事，不負懋之教云。此本余祐《序》則作：『近接從子樸菴中丞乃以從弟井菴所輯先生遺稿，屬祐序之。』毛憲《引》云：『己丑夏六月，吾郡守夏山張公手一編授憲，曰：「此先師楓山章先生遺稿，乃從弟井菴公所輯者。欲梓以傳，子爲我校之。」憲敬受而披閱，往復考訂，稍加釐正，掇廷對策於卷首，詮定書意之重複者數通，餘悉仍其舊。凡九卷，始廷對策、奏疏，次書簡，次雜著、說、銘、傳，次誌銘、祭文，次表、狀，次序文，次碑記，而詩、詞、賦、贊終焉。刻始工於是年十月，畢工於明年庚寅正月。』四卷本余《序》載記有誤，此本録余《序》則不誤。檢國圖藏嘉靖九年刊《楓山章先生文集》（九卷，共十冊，明時重修），集前止有毛《引》及章懋之《履歷》。蓋初刻如此。天圖藏嘉靖九年刊九卷本一部（五冊，明時重修），有余《序》，然載記不誤。此本余《序》顯係重修增。是集復經毛氏釐正，掇廷對策於卷首，且詮定其書意之重複者數通，餘悉仍其舊。此一段故實，後世仍有未知者。嘉慶《蘭溪縣志》卷十三上《道學》誤云：『姪拯編其遺文，名《楓山集》。』

嘉靖九年刊本非章氏文集初刻。先是嘉靖三年，華藹彙刻《章氏三堂集録》，已收《闇翁文鈔》。范邦甸《天一閣書目》卷四著録《章氏三堂集録》刊本，云：『明嘉靖三年，太平知府金華章藹彙刻其伯祖大宗伯楓山章懋、父大司空元樸章拯及族父方伯甦齋章述與兄給舍道峯章邁所著奏疏及諸體詩文也。其《四端堂集録》署曰《闇翁文鈔》，理學名臣章懋著。曰《樸翁文鈔》，近代名臣章拯著，有鄱陽余祐《序》。其《翽羽堂集》署曰《四臣奏疏》，有仙居仙（按：當作『吳』字。吳時來，仙居人。嘉靖三十二年進士）時來序。其《槐桂堂集録》署曰《楓樸遺音》。藹《自引》稱守太平時集録四臣奏疏于翽羽堂，集録二老文珍于四端堂，而《槐桂》之集則紀辛丑三月三日之夢也，總名之曰《章氏三堂集録》，而以道峯給舍詩文附焉。』（清嘉慶間刻本）

《語録》一卷，每半葉九行，行十八字。白口，無魚尾，四周單闌。卷端題曰：『後學沈伯咸校證。』集前有孔天胤嘉靖二十四年春《楓山章先生語録序》、莊起元萬曆四十三年夏《章文懿公語録序》。末有章接嘉靖四十四年仲冬《跋》。章接《跋》云：『惟《語録》一稿，未遑校刊。適嘉禾沈諫議道吾蘭，謁先祠，因出稿而就正焉，先生遂攜歸梓行。閱數年，嘉禾罹兵燹，而前版以焚。乙丑，接京邸屬其邑李令臯華遍求之，乃復得原本』，『敬重梓於維揚議政堂，以廣其傳云。』此本原爲沈伯咸校刻於嘉禾，以原版燬於兵燹，重梓於維揚議政堂。原本固單行者也。《千頃堂書目》卷十一著録《楓山語録》二卷。四庫館採録浙江范懋柱家天一閣藏本《楓山語録》一卷。《四庫提要》云：『是編卷帙不多，分爲五類，曰學術，曰政治，曰藝文，曰人物，曰拾遺。其學術政治，雖人人習見之理，而明白醇正，不失爲儒者之言。藝文諸條持論亦極平允，不似講學家動以載道爲詞。其評隲人物，於陳獻章獨有微詞。則懋之學主篤實，而獻章或入玄虚也。然獻章出處之間，稍有遺議，而懋人品高潔，始終負一代重望，則篤實鮮失之明驗矣。又謂胡居仁不適於用，似亦有見。惟推尊吴與弼太過，則頗有所不可解耳。』周中孚《鄭堂讀書記》卷三十七著録《楓山語録》一卷，借月山房彙抄本，云：『是書凡分學術、政治、藝文、人物、拾遺五類，而附以行實七則，皆同時人語也。傳稱其人品學術，而絶不及其作《語録》一字。蓋楓山未有成書，此出於其門人所記述，故有「先生謂董遵曰」、「先生登第後寄鄉先生書」、「先生奏修舉學政疏」云云爾。』張若雲得明刊本校梓，冠以《提要》一篇。』

《實紀》八卷，章接輯。每半葉九行，行十八字。白口，無魚尾，四周單闌。集前有唐龍嘉靖十八年《楓山章先生實紀序》，末葉刻小字一行：『崇禎庚辰年春三月。』卷一爲龍章、諭祭文；卷二爲奏疏五，附《乞恩入監讀書疏》《乞遺孤恩廕疏》《吏部覆疏》；卷三爲本傳，録門人姜麟、唐龍及林俊等所作傳狀、行實；卷四爲外傳，收林希元、鄭曉、李禎所作傳；卷五爲祭文，收林俊、楊廉、羅欽順、湛若水等十四人撰祭文；卷六爲墓誌銘、贊，收羅欽順撰《墓誌銘》、湛若水《像贊》、楊廉《理學名臣録贊》、莊起元《贊》。卷七爲祠記，得邵寶、姚文炤祠記及《崇儒祠記》共三篇；卷八爲祠狀七篇。國圖藏明嘉靖二十一年虞守愚刻本《楓山章先生文集》四卷、《實紀》一卷，裝爲五册，第五册即《紀實》一卷，内容較此本爲簡，刻字迥異，對勘知此本據虞守愚刻本增廣也，蓋爲新刻。崇禎間，章懋六世孫章朝曾重修虞守愚刻《楓山章先生文集》，此本即刻於崇禎十三年，當爲章朝新刻，所增倍於章節舊編。又，《實紀》八卷，續輯於何人，今未能盡詳。蘭溪徐袍字仲章，嘉靖甲午科舉人。嘗撰《楓山實紀》，《兩浙名賢録》《千頃堂書目》皆著録之，不言卷數，今未見其傳。《實紀》八卷是否採録徐氏書，俟考。

《年譜》二卷，阮鶚撰。每半葉八行，行二十字。白口，單魚尾，四周雙闌。分上、下二卷。各卷端題曰：『明後學桐城阮鶚撰。』集前有懋門人方太古嘉靖十二年正月十三日《章文懿公年譜敘》，末附十四日題記云：『歲壬午八月十六日，歸自歙，祭翁墓。天澤攜《年譜》稿至墓下請正，兼致以道之意，徵敘于予。閲畢諾之，今十年矣。客歲以道南歸，冬十月燕予楓木禪院，而天澤在座，復申前請，曰：「向者《年譜》授梓毘陵，尚未迄工，願終前諾。」以道又從而趣之。』則譜之撰成在嘉靖元年，初刻則在嘉靖十二年後。《序》共兩葉，第二葉末行小字注云：『片玉齋藏書。』譜末有章接《跋》，署嘉靖四十二年三月十五日。

宋濂、王禕、胡翰、蘇伯衡既殁，金華之學漸衰，幸有方孝孺接緒。及孝孺死革除，遂無大力振之者。迨章懋出，金華之學始有復興之幾。其平居恒言：『吾婺有鄒魯之風。嗟乎！明哲日湮，道學、功業、文章，三者横棄道側，誰其任之？』其學以躬行實踐爲本，惟務身心而不洸洋於口耳。嘗云：『人心有大有小，大心窮理，小心慎獨。』又云：『虛無害心』，『政體始於格君心』；『致中和，可以躋唐虞三代之盛。』唐龍稱『其學根據《六經》，尤邃於《易》』，『北山諸賢所謂道學者，亦若是爾。』其與羅倫、莊昶諸子易退難進，講學不倦，皆有深衷。或諷爲文章，曰：『小技爾，予弗暇。』又有詰弗著述，曰：『先儒之言至矣盡矣，第刪其煩蕪可也。』（唐龍《楓山先生行狀》）蓋守前賢之言爲多，以躬行爲本、爲教。《楓山集》所存詩文未爲少，惜五言絶句僅得《題白頭翁》一首。其文簡質有實，猶有宋濂、王禕遺風。毛憲《引》云：『竊窺先生之道德學術，一本濂洛關閩之正，故形而爲言，精純暢達。如布帛菽粟，真義理之文也，非文章家之文也。』黄宗羲云：『懋不以文士自居，而其文綽有風致。』

章懋久居林下，精研性命，内融而暢于外。興至則振衣躡履，散步林壑，濯清泉，坐茂樹，得浴沂風雩之樂。其詩酬酢不乏，閑詠題贈，如《題舒溪漁隱詩卷》：『名利關頭曾打透，一竿終老白蘋洲。明時愧我渾無用，欲與先生假釣舟。』《避喧卷》二首其二：『采芝無夢到長安，世態榮枯了不關。況有鳳毛鳴盛世，底須園綺出商山。』自寫恬淡，超於物表。

楓山章先生文集四卷、附録一卷　明嘉靖二十一年虞守愚刻、崇禎間章朝重修本（清抄附録）（上海辭書出版社）

明章懋撰。懋有《楓山章先生文集》，已著録明嘉靖九年張大綸刻、嘉靖至萬曆間增刻本。此爲上海辭書出版社藏《楓山章先生文集》四卷、附録一卷，明嘉靖二十一年虞守愚刻、崇禎間章朝重修本，附錄爲清人抄附，共八冊。每半葉十行，行二十一字。白口，無魚尾，四周單闌。各卷端題曰：『後學義烏虞守愚較。』各卷端首行下刻：『六世孫朝重較梓。』集前止有余祐《楓山先生文集序》及《目錄》。余《序》手寫上板，無署時。所言『近接從子樸菴中丞所輯先生遺稿，屬祐序之』未確。上圖、天圖藏明重修本已校改作『近接從子樸菴中丞乃以從弟井菴所輯先生遺稿，屬祐序之』，末署『嘉靖三年春三月辛未，鄱陽余祐序』。余《序》，虞守愚初刻本《實紀》卷中有之。

是集卷一爲奏疏；卷二爲書簡；卷三爲雜著、說、銘、傳、墓誌銘、墓表、祭文；卷四爲序文、碑記、詩、賦、贊。詩按五七言絶句、五七言律詩、五七言長篇次第排纂。詞未見收，而詩文篇目較嘉靖九年刻、嘉靖至萬曆間增刻九卷本爲少，次第亦異。九卷本卷一首列《廷對策》，接爲奏疏二十三道，此本無對策，奏疏僅十九首。九卷本卷二收書簡三十五首，卷三收書簡四十四篇，此本僅得四十四篇。九卷本收說六篇、傳五篇、墓誌銘二十二篇、墓表九篇、祭文五篇、序文五十六篇、碑記三十二篇、五七言絶句一百零八首，此本收說四篇、傳二篇、墓誌銘四篇、墓表四篇、祭文二篇、序文十四篇、碑記十二篇、五七言絶句二十五首。其間差異如此。蓋四卷本所存篇目，未及九卷本之半。九卷本删選已嚴，此本更爲刊落。

集末抄補一葉，題作《補遺》，收《蕭御史器用父像贊》《白司寇像贊》二文。其下附錄一卷，乃嘉靖元年《勅誥》一道及《行狀》一篇。『弘』字避諱，蓋清人所抄。如上條所考，崇禎間，章朝重修《楓山文集》，曾重刻《實紀》八卷。此本未合《實紀》爲一編，未詳其細故。後人贅以簡略之附錄，聊以勝無。

楓山章先生文集四卷、實紀一卷　明嘉靖二十一年虞守愚刻本（四庫底本）（國圖）

明章懋撰。懋有《楓山章先生文集》，已著錄明嘉靖九年張大綸刻、嘉靖至萬曆間增刻本。此爲國圖藏《楓山章先生文集》四卷、實紀一卷，明嘉靖二十一年虞守愚刻本，五册。每半葉十行，行二十一字。白口，無魚尾，四周單闌。各卷端題曰：『後學義烏虞守愚校刊。』集前首爲唐龍嘉靖十八年十月《楓山先生實紀序》及《楓山章先生實紀目錄》。接爲《楓山先生文集目錄》。

上二條略考章朝重修《楓山章先生文集》四卷及增刻《實紀》八卷，其重修及增刻，即據此本。《楓山文集》各卷端原題『後學義烏虞守愚校刊』，章朝重修删『刊』字，以避諱改『校』字作『較』。各卷端首行又增刻『六世孫朝重較梓』一行。章朝重修本有余祐《楓山先生文集序》，此本編入《實紀》（按：序末無署時，『近接從子樸菴中丞乃以從弟井菴所輯先生遺稿屬祐序之』云云，已不誤矣，蓋從毛憲校改），集前無之。此本第五册《實紀》一卷，即章朝重刻《實紀》八卷之依據也。至於《楓山文集》四卷及集前《目錄》，此本與章朝重修本文字鮮異。舊板漫漶處，章朝多有重修。

《實紀》一卷，卷端亦題曰：『後學義烏虞守愚校刊。』其雖不著撰者名氏，然按集前唐龍《實紀序》『《楓山先生實紀》，乃先生少子接所編次』，知此爲章接所編原稿。依次錄《勑誥》二首、《諭祭文》一篇、林俊《行狀》、章拯《行述》、唐龍《行實》、徐麟《傳》、董遵《補傳》、唐鉞《傳略》、湛若水《像贊》、楊廉《理學名臣錄贊》、林希元《大理寺名宦贊》、余祐《全集序》、林俊《遺文序》、《祠堂記》、《重修祠堂記》（按：第五十至五十四葉脫，此篇與上篇《祠堂記》缺。檢崇禎刊本《紀實》，《祠堂記》蓋爲邵竇《楓山章先生祠記》，《重修祠堂記》蓋爲姚文炤《重修楓山章先生祠記》）、《福建名賢祠狀》、林俊《祭文》、楊廉《祭文》、費宏《祭文》、羅欽順《祭文》（按：缺末半葉）。崇禎間刻本《實紀》八卷，勅誥增爲六篇，新增奏疏五篇並另附疏三篇，新增外傳三篇，祭文增至十四篇，祠狀增至七篇，所增已逾倍。

四庫館採錄浙江巡撫採進本《楓山集》。按《浙江採集遺書總錄》癸集上，浙江採進有《楓山文集》八卷刊本。八卷刊本，余未訪到。而此四卷本用爲《四庫》底本，鈐『翰林院印』。館臣鈎乙刪改，批語大都注明抄寫格式及改易字句。如《文集目錄》卷端眉批：『目錄不抄。』卷一首葉第一行『楓山章先生文集卷之一』，抹刪『章先生文』及『之』字，改作『楓山集卷一』。第二行『後學義烏虞守愚校刊』刪之。《諫元宵燈火疏》『坤儀真靜』，改『真』作『貞』；『虜情難測』，改『虜』作『軍』；『北虜毛里孩包藏蛇豕之心』，改作『北狄毛里孩包藏禍心』。《庫》本大都從之，然寫定又非據於此本。如『北虜毛里孩包藏蛇豕之心』，文淵閣《庫》本作『北敵摩囉歡包藏啟疆之心』。

又，《庫》本《楓山集》四卷、附錄一卷，集前列總目，無序跋。卷一爲奏疏；卷二爲書簡；卷三爲雜著、說、銘、傳、墓誌銘、墓表、祭文；卷四爲序、碑記、詩（五七言絕句、五七言律詩、五七言長篇）、賦、贊。附錄僅章懋門人唐鉞《傳畧》一篇，原見此本《實紀》。章朝增刻八卷本編之入《實紀》卷三，題作《先師楓山章先生傳畧》。《庫》本『乃乞骸骨。疏頻上，不允。輒（注：闕）遂歸』數句，檢此本，闕文爲『移疾東出，不待報』七字，章朝增刻本同。

楓山章先生文集九卷、實紀八卷、年譜二卷　《金華叢書》本

明章懋撰，明章接編《實紀》，明阮鶚撰《年譜》。懋有《楓山章先生文集》，已著録明嘉靖九年張大綸刻、嘉靖至萬曆間增刻本。此爲《楓山章先生文集》九卷、《實紀》八卷、《年譜》二卷，清同治間胡鳳丹刻《金華叢書》本，退補齋藏板，十二册。每半葉九行，行二十字。白口，單魚尾，四周雙闌。牌記曰『楓山集九卷，附年譜上下二卷，實紀八卷，金華叢書』，又曰『退補齋開雕』。《叢書集成初編》本《楓山章先生集》九卷，即據《金華叢書》本排印。

《文集》九卷，各卷端題曰：『明章懋撰，郡後學胡鳳丹月樵校梓。』集前録佘祐《序》、毛憲《引》及《目録》，據明刊九卷本鏤板。明刊九卷本卷三書簡《與劉述獻》《與戚時舉》《與陳直夫》三篇原缺，此本仍之，《目録》於題下注曰『闕』。卷九收贊十篇，後四篇《顧雲和像贊》《伊振舉像贊》《吳晦仲像贊》《外舅郭公像贊》皆嘉靖九年原刊所未有，明末增刻所補入者。

《實紀》八卷，首録唐龍《序》。唐龍《序》首葉次行刻『郡後學胡鳳丹月樵校梓』，各卷端則不題。章接原編《實紀》，虞守愚刻爲一卷，後人增至八卷，章朝崇禎間刻之。此本《實録》，亦據明末增刻本上板。卷一至卷六版心下鐫『退補齋』，卷七至卷八版心下鐫『夢選廔』。

《年譜》二卷，各卷端題曰：『明阮鶚撰，郡後學胡鳳丹月樵校梓。』亦據明末增刻本上板。譜前録方太古《章文懿公年譜敘》及題記。明末增刻本譜末《後跋》『公當强仕』以下缺一葉，此亦因之，注

云：『按：原本「强仕」下缺一面，容補刻。』此本較明刊所增者，僅章接《跋》後之《楓山章文懿公遺囑》一篇耳。

明嘉靖九年張大綸刻、嘉靖至崇禎間增刻本《文集》後原有《語録》一卷，胡氏另刻入《金華叢書》子部。所據底本即增刻本。卷端題曰：『郡後學胡鳳丹月樵校梓。』集前有胡氏同治十三年暮春《楓山先生語録序》。集末章接《跋》後，增雷鋐《金華試院示諸生》一文。末附胡氏纂輯《楓山語録考異》，略述諸本文字異同及其校梓去取之況，稍具見解。

明末增刊本已稱校勘精良，胡氏所能置喙者僅《語録》耳。明末增刊本外，其或未見《文集》《實紀》其他明刊本，故校字無多。此本所録各集，卷端皆題『郡後學胡鳳丹月樵校梓』。明人毛憲諸子校勘之力、章沛編集之功、章朝增刻之勞，俱爲隱去。《實紀》卷一首行刻『楓山章先生實紀序』，次行刻『郡後學胡鳳丹月樵校梓』，三行以下爲唐龍序文，亂人眼目，幾令人誤謂胡氏撰序也。胡氏弱冠梓刻唐龍《漁石集》，亦題『郡後學胡鳳丹月樵校梓』，而集實由龍十一世孫楨等人編校。《漁石集》後編入《金華叢書》，竟棄唐楨等人《跋》。此不論矣。

朱靜庵自怡集一卷、附録一卷

清乾隆間海寧吳騫抄本（臺圖）

明朱妙端撰。妙端初名令文，字仲嫻，號靜庵，尚寶司卿朱祚女，海寧人。移家海鹽，故《淑秀集》《明詩粹》《明詩妙絶》俱作海鹽人。生成弘間，年十三喪父，歸周濟。濟字汝航，官光澤教諭。妙端博覽羣書，才情婉麗，工詩賦，與都御史李昂妻陳德懿相唱和。年八十終。所著有《自怡集》，一時名流稱賞。顧起綸《國雅品·閨品》稱妙端爲『閨品之豪者』，云：『或譏其配周非偶，每形諸吟詠。《落梅》云：「可憐不遇知音賞，零落殘香對野人。」余讀其《鶴賦》云：「何虞人之見獲，遂覊絡於軒墀。蒙主人之不過愛，聊隱迹而棲遲。」其與周偕老，已見乎辭。所詠《虞姬》又云：「貞魂化作原頭草，不遂東風入漢郊。」詞義頗烈。』《列朝詩集》《明詩綜》《檇李詩繫》皆引顧氏說，謂妙端所配非偶。王初桐《奩史》卷一《夫婦門一》引《林下詩談》云：『朱靜菴以所配非偶，形諸吟咏。其《籬落見梅詩》云：「可憐不遇知音賞，零落殘香對野人。」』吳騫不以爲然，《拜經樓詩話》卷二辯云：『汝航爲光澤教諭，頗得倡隨之樂，而好事者摘其《籬落見梅》詩，至儕于《漱玉》《斷腸》之流者矣。』

沈季友《檇李詩繫》云：『閨閣著作之富，無過靜庵者。有詩集十卷、遺集五卷、雜文史論五卷。』《靜庵集》十卷，《千頃堂書目》《明史》皆著録。《石倉歷代詩話》爲選詩十八首。《列朝詩集》閏集選詩十九首，《小傳》稱其有《靜庵集》十卷。《吳山懷古》《竹枝詞二首》《病中作》《客中即事》《秋日見蝶》《閨怨》《春蠶詞》《染甲》《春雨》《湖曲》《夜坐》《白苧詞》《春睡詞》等十四首並見於二家選集。《列朝詩集》獨有者爲《遊仙詞》《長信秋詞》《金陵懷古》《虞姬》《惜春》等五首，《石倉歷代詩選》獨有者爲《平望舟中即事》《客中偶成》《秋夜》《初夏》等四首。疑《靜庵集》十卷，清初尚存，乾嘉間已不傳。吳騫《拜經樓詩話》卷二云：『有《自怡集》十卷，今不傳。』吳氏搜羅散逸，手抄批校，成《朱靜庵自怡集》一卷、附録一卷。吳騫手自抄校本外，又有謄清本一部，未詳尚存天壤否。

此爲清乾隆間海寧吳騫抄本，吳氏手自批校，一册。無版匡、界格。每半葉十行，行二十至二十二字不等。卷端題曰：『海昌朱妙端著。』封題『朱静盦詩集摭遺』。集前録妙端遺文《雙鶴賦》一篇。《自怡集》收《采蓮曲》《讀鸚鵡賦作》《贈拙隱山人沈振脩》《沈仲和一樂堂》《白門懷古》《春睡詞》《白紵詞》《從軍行》《平望舟中即事》《客中偶成》《題明因尼寺，陳後主所建》《題探梅圖》《金陵懷古》《吳山懷古》《春雨》《湖曲》《夜坐》《秋夜》《客中即事》《明妃》《惜春》《柳枝詞》《吹簫士女》《遊仙詞》《長信秋詞》《虞姬》《竹枝詞二首》《病中作》《秋日見蝶》《春蠶二首》《染甲》《書青衣扇頭》《皇都春色》《小桃源詩，爲故元尚書貢玩齋隱朱質夫亭館作》《寒夜曲》《春日無題》《讀李易安詞題後》《雨中寫懷》《莫春即事》《初夏》《答李都憲》(代外)、《題虞美人圖》《讀霍光傳》《五岳樓》《海上紀事》《詠梅花燈籠》《籬落觀梅花有感》(殘句)、《題小桃源文公祠堂》《題望徽樓》《遊貢尚書墓》等詩五十一首。博採《沈氏家集》《名媛詩歸》《石倉歷代詩選》《列朝詩集》《明詩綜》《海昌外志》《槜李詩繫》《古今女史》《小桃源朱氏宗譜》、康熙《海寧縣志》諸書。附録一卷，收蔡完《海寧縣志·人物志》、談遷《海昌外志》、陸延枝《說聽》、尤侗《宮閨小名録》、顧起綸《國雅品》、朱彝尊《静志居詩話》、許三禮《海寧縣志》、《海寧周氏家譜》、沈季友《槜李詩繫小傳》、田藝蘅《詩女史》、姜南《叩舷憑軾録》、徐咸《西園雜記》、葛徵奇《竹笑軒詩序》、徐正卿《異林》、陳德懿《遺稿》、祝淇《履坦幽懷詩鈔》、程如嬰《明詩歸》、鍾惺《名媛詩歸》、董穀《碧里雜存》、吳騫《拜經樓詩話》等所載妙端事蹟及評語。又附周濟《遂初賦》。集末有姚虞琴《跋》：『吾友張君渭漁藏有吳兔牀先生手輯《朱静盦詩》稿本，知余有謄清本一冊，囑爲校正。適敝藏被徐君行可以戴文節畫扇易去。今復借校，彼此均有訛脱，爲兩家互補之。』近人姚瀛字虞琴，號景瀛，仁和人。張光第字渭漁，號盟鷗，海寧鹽官人。著有《張渭漁遺書目録》。行可名徐恕，武昌人。

妙端與陳德懿以詩知名成弘間。徐泰《詩談》列閨秀一人，即妙端也，並論其詩『雅有思致』。胡維霖《墨池浪語詩評》卷二《明詩評》論正統至成弘詩人，云：『閨秀陳氏，乃李中丞昂之妻，詩多悟語，可稱大雅。朱靜庵乃周教諭之妻，新聲怨譜，亦風亦騷。』劉長卿謂李季蘭『女中詩豪』。顧起綸賞妙端詞義烈烈，許其『閨品之豪者』。陸應暘《廣輿記》卷十則徑稱之『女中詩豪』。《列朝詩集》《奩史》等沿之。《列朝詩集小傳》云：『劉長卿謂李季蘭爲女中詩豪，余於靜庵亦云。』《檇李詩繫》贊曰：『其詩才致清贍，聲調遒健，平平舒寫，自然媚麗，無媿名媛。』今誦《采蓮曲》《湖曲》《明妃》《柳枝詞》諸篇，流麗清婉，自不必言，『聲調遒健』、『雅有思致』之作尤可稱道。如《虞姬》云：『力盡重瞳霸氣消，楚歌聲斷些難招。貞魂化作原頭草，不逐東風入漢郊。』《秋日見蝶》：『江空木落雁聲悲，霜染丹楓百草萎。蝴蝶不知身是夢，又隨秋色上寒枝。』《詠梅花燈籠》：『篔簹織作巧玲瓏，朶朶分明似化工。薄暮高挑照歸路，滿街疏影月朦朧。』吳騫推尊妙端，《拜經樓詩話》卷二云：『海昌閨秀朱靜庵，在明成弘間以詩名于時，前此未聞也。』

幘東集錄十卷（存卷一至五）　明嘉靖六年刻本（臨海博物館）

明秦文撰。文字從簡，號蘭軒，又號雪峰，臨海人。早通經史，弘治五年舉鄉試第一，明年成進士。時觀政二年，八年授南京行人司行人。十一年，轉司副。丁外艱。正德中，服闋，遷刑部廣西司郎中。時劉瑾亂政，羅織京朝官。文持法不少貸，讞獄精明。未幾，遷貴州提學副使。以母喪去，服除，補陝西提學。在陝二年，遷河南左參政。河洛民蕭條甚，而武宗日事荒游，徵調無度，文慨然告病歸。杜門謝事，教養子弟，凡十一年。嘉靖八年卒，年六十七（鄭度《河南左參政秦先生文墓誌》。按：民國《台州府志》稱秦文嘉靖四十五年卒，未確）。萬斯同《明史》有傳，張廷玉等修《明史》略之。所著有《幘東集錄》十卷、《關中稿》及《雪峰稿》。後二種今皆未見。《萬卷堂書目》卷四著錄《關中稿》一卷。《千頃堂書目》、雍正《浙江通志》皆作《關東稿》。民國《台州府志》卷七十八著錄《關中稿》，云：『見康熙府縣志，蓋官陝西提學副使時作也。《千頃堂書目》、雍正《通志》誤作《關東》。今未見。』《雪峰稿》，卷帙未詳。民國《台州府志》卷七十八著錄云：『文晚號雪峰，故以名稿。見《續台考》。今未見。』《幘東集錄》，《千頃堂書目》卷二十一、雍正《浙江通志》皆作《磧東集》，不標卷數。臨海城內有巾子山，兩峰如幘，故名帢幘峰。『幘東』蓋得名於此，『磧東』恐未確。民國《台州府志》卷七十八著錄《幘東集》十卷，云：『是稿見《千頃堂書目》及省府志，俱不言卷數。黄瑞稱集凡十卷，首有陳子直、周玉、李金三人《序》，嘉靖六年刻本。今僅存詩五卷。』

此爲《幘東集錄》十卷，存卷一至五，一冊，即民國《台州府志》所著錄者。每半葉十行，行十八字。黑口，雙魚尾，四周雙闌。版心鐫『幘東集』。卷端不題撰者名氏。集前有李金嘉靖六年二月《序》、周玉嘉靖六年正月《序》、陳子直嘉靖六年二月《序》。無目錄。卷一爲賦、辭；卷二爲古體詩《台城八詠》《東湖晚霽》《古松行》《菊石圖》諸作，五七言絶句《我泉四詠》《贈李同年主事，次楊太常韻》《海城八景》諸詩；卷三爲五言律《新秋感懷次韻》《津河次李同年主事韻》諸詩，五言排律《贈大司徒韓公，次張廷紀韻》《喜今雪，復次徐宣之韻》諸詩；卷四爲七言律《臨清夜泊》《晚渡仲家淺》諸詩；卷五爲七言律《齋居次韻》《鍾山次韻》《次郭儀賓韻》諸詩，及七言排律《贈林都憲巡視江右，次楊太常韻》一首。集前有黄瑞光緒丁丑秋日手書《題識》，云：『按：先生所著又有《關中稾》，今未見。宋確山大令知扶風，輯《漳川詩徵》，第七卷載先生《隋文帝陵》五律一首云：「渭水日東流，巍然見古丘。陰謀移國祕，大事付兒愁。寢殿愁荒草，河山碎玉甌。我來只徙倚，斷碣恣搜求。」蓋引秦蘭軒集。此詩當載《關中稾》，故是集無之。』

秦文立身有本末，兩爲提學，抑奔競，黜浮薄，士習爲之一變。歷官三十年，一介不苟，晚歲持之益堅。與同年李夢陽交篤。夢陽弘治五年亦舉鄉試第一，《送秦氏》注云：『秦名文，字從簡，台州人。』詩云：『健足慕千里，倦翮常卑安。陶子重折腰，貢生乃彈冠。黄龍日南游，長江浩瀾瀾。竹實匪不甘，鳳孤誰爲歡。故廬倚青松，懸崖激鳴湍。返真謝形役，庶以成盤桓。』秦文有《贈李同年主事，次楊太常韻》二首題注：『主事名夢陽。』其一云：『蒼生一息繫毫端，昔病青苗不是寬。正恐峻深彫弊極，未須璋蜀此同看。』其二云：『眼見重華戮四兇，下車一涕豈無從。當時若訴冤民狀，一段情懷又不同。』《津河次李同年主事韻》云：『津河輟棹聲，清館話深更。把酒難爲別，濡毫謾一賡。風雲聊此會，竹帛信吾兄。元白雞餘幾，相期後夜烹。』前七子昌言復古，秦文與陽明皆與其事。陽明後精研心性，文則與空同並致力於詩文。所作多雄豪之氣。如五律《新秋感懷次韻》云：『秋聲動萬籟，颯颯滿中庭。小圃看全别，瘦峯描不成。歲時衰鬢改，朝水壯心平。老眼幾梧葉，行藏兩字明。』七律《次郭儀賓韻》云：『老病侵尋兩鬢斑，天恩許看天台山。紫薇堂上諸公在，黄菊籬邊賤子還。竹帛舊推伊洛地，絲綸終老富春灣。兩朞豈有一分惠，慚愧輪轅汴士攀。』與空同風調類，於浙詩中稱錚錚者。《石倉歷代詩選》《列朝詩集》《明詩綜》《明詩紀事》未録其詩，蓋未見其集也。

又，民國鉛印本《四休堂叢書》收録《磧東集録》五卷、《補遺》一卷。《幘東集録》十卷明刊全帙久佚。《叢書》本據五卷殘本排印。

又，秦文其先閩人，自閩徙台之黄巖，再徙臨海。文與弟禮、武及禮子鳴夏、鳴雷，皆一時聞人。自文兄弟始，秦氏爲台之望族。禮字從節，號樗菴，弘治十二年進士，授常熟知縣，改鉛山。刘瑾柄政，改貴溪教諭。瑾敗，陞南工部主事，轉刑部員外郎，陞福建按察司僉事，解官歸，行次崇安卒，年五十三。有《蓄德集》。武號幘峰，正德十二年進士，由行人擢御史，直諫有聲。禮長子鳴春字子元，嘉靖七年舉人，官刑部員外郎。鳴春弟鳴夏、鳴雷於秦氏昆從中尤著，各有集。

台學源流七卷 清金文煒刻、同治八年同善會補刻本（浙圖）

明金賁亨撰。賁亨字汝白，號一所，臨海人。先世冒高姓，賁亨通籍後始復姓。中正德六年會試，正德九年應殿試，成進士，榜名高賁亨。爲養親講學計，請改學官，除揚州教授。歷南刑部主事、員外郎，遷江西僉事。嘉靖六年，改督貴州學政，歷福建、江西副使，皆督學校。性至孝，年未老，即乞身歸。入仕三十年，僅守遺產數十畝，不受饋遺。里居講學，太平林貴兆、王光、徐王成、金華倪燾皆其高弟子。嘉靖四十三年正月二十八日卒，年八十六。子立愛、立敬、立相俱成進士。立愛仕至按察副使，立相官南京兵部郎中，立敬累遷工部左侍郎。王世貞《弇山堂別集》卷二《盛事述二》『父子提學』條載『江西副使金賁亨，福建副使立敬』，以爲盛事。萬斯同《明史》有傳，張廷玉等修《明史》未爲立傳。據立敬《先公行實》，賁亨著有《學易記》《學書記》《學庸議》《道南錄》《台學源流》及詩文集若干卷，編有《象山、白沙要語》，與余寬等纂修《臨海縣志》，皆行于世。《學易記》五卷，見《萬卷堂書目》《國史經籍志》《千頃堂書目》《澹生堂藏書目》《八千卷樓書目》著錄。《道南書院錄》五卷，見《萬卷堂書目》《千頃堂書目》、萬斯同《明史》《澹生堂藏書目》著錄。《學庸議》二卷，見《千頃堂書目》、萬斯同《明史》、雍正《浙江通志》著錄，《萬卷堂書目》《國史經籍志》作一卷（按：朱睦㮮《授經圖》卷二十作《庸學議》一卷，金立敬作有《識學庸議後》，當作《學庸議》）。《學書記》，見《千頃堂書目》著錄，卷數不詳。《象山、白沙要語》二卷，見《萬卷堂書目》卷三著錄，《千頃堂書目》、萬斯同《明史》俱作一卷。《臨海縣志》，見《千頃堂書目》著錄，不著卷數。雍正《浙江通志》亦著錄，注云：『《分省人物考》：金賁亨著。《內閣書目》：嘉靖己亥，邑人余寬等修。』詩文有《一所金先生集》。所撰《台學源流》，《千頃堂書目》卷十一作七卷，《澹生堂藏書目》、萬斯同《明史》及張廷玉等《明史·藝文志》作二卷。今明刻七卷以及二卷本，皆不可見。

此爲清金文煒刻、同治八年同善會補刻本《台學源流》七卷，一冊。每半葉十行，行二十字。白口，單魚尾，左右雙闌。版心上鐫『台學源流』，下鐫『裔孫文煒』。各卷端題：『臨海金賁亨撰。』牌記曰：『台學源流，同治己巳同善會補板。』集前金賁亨原《序》，署時『己酉秋八月乙巳』。集末有郭協寅《台學源流跋》，云：『乾隆間，浙江巡撫以寫本貢入四庫。《明史·藝文志》作二卷，傳鈔者意併耳。余於其裔孫文衡上舍家見之，假鈔存笥，不無魯魚之譌，細爲勘正。今上舍弟西園茂才任重梓，索樣本於余，因出所藏，以贊其成云。』

金賁亨《序》云：『台古荒域也，歷漢及吴，二三君子始以幽操貞忠，有聞當世。晉唐之際，節概文章之士亦班班見典籍，而未聞有所謂聖賢之學者。逮宋治平、宣和間，有二徐先生者出，乃始傳胡氏學，爲邦人宗。紫陽朱夫子大書其墓，而以「道學傳千古」稱之。于是二先生名用益顯，搢紳學士若更耳目而別有所見聞。已而石克齋子重潛心伊洛，納交晦庵，麾其徒杜良仲輩往師之，若昔之徹皋比者。于是有識之士霓望市趨，惟不獲朝夕考亭是懼。當時飲河充量者，凡若干人。宋太史景濂氏稱晦庵傳道江南，而台特盛，豈其無徵也哉！間若趙然道昆弟，則又兩遊朱陸之門者也。晦庵往，魯齋王氏至吾台，人見魯齋，如見晦庵，受琢成者，又若干人。自是考亭之學，遞相傳授，迄于今不衰，此其功也』，『夫安定，一師也；紫陽，一師也；魯齋王氏，又一師也。其爲教與吾邦諸賢之所以學，其同與？隨所見而見焉，隨所趨而趨焉，未敢必其同也，其不同與？壹是以聖人爲宗者也，取權衡于吾心，觀低昂于洛學，庶幾其不爽哉！昔遜志先生有云：前人之弗傳，後死者之責也。欲紀載一書，爲鄉閭法式，不幸不果作。吾友竹江趙君淵欲嗣爲之，亦復齎志以沒。嘉靖戊申春莫，余徃寓竹江墓側之小軒者，信宿迺惕然有感，不揣荒陋，遂歸圖之。咨耆宿，考傳志，搜剔遐隱，凡十有八月而書成，名之曰《台學源流》。用見山海之區，迭沾大賢之化，爲邦人幸；用見我台之多賢，俾後之人有所觀法，而因流溯源，以不迷于其趨，且以成先正之志，修後死之責云爾。是編也，爲卷七，爲傳三十有八。其疑而莫考者又十有五人，類附姓名以俟。竊復于各卷之末，綴以鄙言，并用取正于有道君子云。』歷述台學源於胡瑗，以徐中行兄弟爲始；朱學傳入，與二徐合流；王柏繼傳朱學於台。台爲朱學壇坫，與金華之學同源，所異者金華又傳東萊之學，而台則主於朱子。此即宋濂所云『晦庵傳道江南，而台特盛』。浙東之學，雖曰源於東萊、永康、永嘉，而實多資於朱、陸，其歸於伊洛、安定則一也。賁亨稱台學有三師：胡安定、朱晦庵、王魯齋。洪武間，方孝孺表彰寧海前賢，欲勒成一書，分析數目，惜罹難於革除，書未成。迨明中葉，趙淵欲爲之亦不果，至賁亨乃成之。

是書撰著始於嘉靖二十七年，成於明年，前後歷十八月。賁亨手订爲七卷，共得傳三十八人，疑而莫考者十五人，則按时序類附姓名以俟考。各卷末皆綴評語，述其所見。卷一爲徐中行、徐庭筠、陳貽範、羅適四傳；卷二爲石𡼖、應恕、徐大受三傳；卷三爲林鼐、林鼒、趙師淵、趙師郕、趙師夏、杜燁、杜知仁、潘時舉、林恪、郭磊卿、杜貫道、池從周、吳梅卿、趙師雍、趙師蒧、林範十六傳；卷四爲王賁、胡常、戴良齋三傳；卷五爲車若水、黃超然、周敬孫、陳天瑞、楊珏、楊琦六傳；卷六爲戴亨、楊明復、董楷三傳；卷七爲郭樌、方孝孺、陳選三傳。以上三十八人，元得二人，即戴亨、楊明復、董楷；明得三人，即郭樌、方孝孺、陳選。其刪選亦嚴矣。所述台學源流甚明，頗可採信，足垂台學之範。金立敬《先公行實》云：『吾台道學，自宋二徐先生得安定之再傳，既而石子重、趙訥齋、潘子善、杜南湖昆弟、杜清獻、車玉峯、黃壽雲諸先生，皆傳朱子之學，遞相師授，斯道一脈，越數百年，未有特表之者。先公言於郡別駕長湖朱公，達于當道，撤普賢故剎，改塗而祀之，題曰十賢祠』，『昔宋景濂氏謂晦翁傳道江南，而台獨盛。則台學一脈，有白來矣。然塗輒殊方，指歸異向，於稽其類，槩有可徵。至於直探本源，反觀自得，闡明濂洛宗旨，以上達洙泗，俟來哲于不迷者，則先公之學，蓋有得焉，是以見于諸公之所

稱。』(《存庵集》卷十)

四庫館採録浙江採進本，列《台學源流》七卷入存目，《提要》云：『是書敍述台州先儒，自宋徐中行迄明方孝孺、陳選，凡三十八人，各爲之傳。其疑而莫考者又有十五人，各以時代類附姓名於傳末。其傳雖多采《晦菴文集》《伊洛淵源録》諸書，然賁亨當明中葉，正心學盛行之時，故其説調停於朱、陸之間。謂朱子後來頗悔向來太涉支離，又謂朱子與象山先異後同云云，皆姚江晚年定論之説也。』其説似矣。陽明嘉靖七年卒，是集後成，於台學之始則尊胡瑗、朱熹、王柏，於明台學源流僅述郭、方、陳三家，不言陽明之學傳入。盖賁亨有意傳台學一脈，與姚江不盡同調。先是正德二年，賁亨領鄉薦，南宫不第，與仙居應大猷偕遊南雍，遇海寧許相卿適與同舍生談説性命之學，豁然有悟。於是屏絶外慕，卓然以聖人爲必可學。得横渠『一時放下，則一時德性有懈』、伊川『只整齊嚴肅，則心便一』之説，奉爲學約，刻意踐修。久之，乃知用工求進太鋭，責效太迫，於是澄心靜養，一以明道爲宗。讀書不泥章句，務以經傳精要實體諸身。故其爲學闇然内修，不事表暴，不立門户。中歲名其藏修之所曰一，取周敦頤一爲要之義，學者因稱一所先生。其歷官政，以崇禮教化爲務。在江右，選志行之士數十人聚白鹿書院，親與講明，徐樾、尹一仁、張士賢等皆爲造就而有得者。在閩，以朱熹之學遞本之李侗、羅從彦、楊時，以上接於程顥，乃立道南書院祀五先生。又擇諸生有志者聚於養正書院，相與推明洛閩微指。輯録《道南書院録》五卷。其當陽明之學風行之際，持守朱學，承繼台學源流，儼然中明台學翹楚。蔣道林稱：『台學至先生，始爲洛學，開關啟鑰，直睹堂奥，同條共貫。』趙大洲云：『先生一身，與道爲體。』唐順之云：『純德懿行，世罕其倫。』(金立敬《先公行實》)惜《明儒學案》竟遺之。清人張夏《雒閩源流録》卷九録之，以爲表彰。

一所金先生集十二卷　清道光間影抄本（清張廷琛校）（臨海博物館）

明金賁亨撰。賁亨有《台學源流》七卷，已著録。此爲其詩文集《一所金先生集》十二卷，清光緒間抄本，三册。無版匡、界格。每半葉十行，行二十字。各卷端不題撰者名氏。重裝各册封題『金一所先生集』，出項士元之手。集前有黄養蒙嘉靖庚申孟冬《一所金先生集序》、尤烈嘉靖庚申季秋《一所金先生集序》、黄大節嘉靖庚申《一所先生集序》、張天衢《題一所金先生集後》、蔣陛嘉靖庚申仲春《一所金先生集後跋》及《目録》。大節《序》後附金立敬萬曆戊寅正月《題識》，云：『先公以尚絅之學，靜觀力踐，即詩文間有撰述，亦未始輕以示人。敬嘗私録一帙，以自觀省。迨入閩，張生天衢見而悦之，蔣生陛復從而刻之，意亦勤矣。特其中稍有亥豕，且或缺而未備。迨至楚展閲，乃命子錫周校正重梓之，爰附以誌狀、奠章，俾藏示子姓。』集末有郭協寅道光十七年九月《跋》、王舟瑶光緒丙申六月《跋》，及張廷琛光緒庚子臘月十一日手書《題識》。協寅《跋》云：『《一所集》，《明史·藝文志》云四部卷。此部文六卷，詩四卷，附録誌狀、哀詞、祭文二卷，共計十二卷。蓋萬曆間閩人重刊本，與《藝文志》所收顯不符矣。台人罕有藏者，金子竹屋之猶子□南購於杭，分釘六册，而以禮、樂、射、御、書、數題籤。首幅鈐「龍丘南邨余氏藏書記」白文圖章，是衢州龍游余氏藏書散出。竹屋得此，喜而不我，從而影鈔之，哀詞、祭文則省録。』舟瑶《跋》云：『是集有二本，一嘉靖庚申刻，一萬曆戊寅刻。其子立敬《序》言初刻缺而未備，當不盈十二卷。《明史·藝文志》云四卷，蓋據初刻本，此十二卷是重刻本也。』廷琛《題識》云：『今臨海許生達夫以鈔本見示，屬爲選定。竊謂先生操行無愧真儒，立官足徵風節，有好事者起，宜全刻之，以餉來學。』據知此本乃道光間影抄明萬曆重刊本。清光緒間張廷琛校。卷十二尾葉有廷琛手書：『庚子臘月初十日，後學張廷琛謹閲。』黄巖圖書館藏《一所金先生集》十二卷，清同治間李苑西等抄本，王棻校。

《萬卷堂書目》《國史經籍志》皆著録《一所集》四卷。《澹生堂藏書目》著録《金賁亨集》十二卷，六册。《傳是樓書目》著録《一所先生集》十二卷，四本。蓋初刻僅四卷，繼刻爲十二卷。《千頃堂書目》著録《一所文集》四卷，注云：『一作十二卷。』萬斯同《明史》因之。《明史·藝文志》著録《金賁亨文集》四卷。今四卷本、十二卷刻本皆未見。

是集凡文六卷、詩四卷、附録二卷。卷一爲奏疏、序；卷二爲記、傳；卷三爲箴贊、題跋、書；卷四爲書；卷五爲雜著、誌銘；卷六爲表狀、祭文；卷七爲五言古詩、七言古詩、歌謠；卷八爲五言律詩、七言律詩；卷九爲七言律詩；卷十爲五言絶句、七言絶句；卷十一爲附録，收誌銘、行狀、行實；卷十二爲附録，收哀詞、祭文。正嘉間，台學復興，賁亨力倡之。性剛介端毅，學有根柢，文章發明先儒之學爲務，條理暢貫。涵養理氣，詩則欲得之心而樂。《三台詩録》稱其『潛心理境，發明儒先之學，慨然以斯文爲己任，立身行政，多卓然可傳於後』，『嘗有《夜坐懷容菴》詩云：「清宵已無暑，獨坐轉凄然。鶴髮憐朋舊，鷄鳴感歲年。爲巢慚我拙，登岸擬君先。試看天邊月，生明直到圓。」末句即擴充之義，指點妙於不腐』。《明詩紀事》戊籤卷十二僅選詩一首，陳田按云：『汝白《述懷》詩云：

「謀生力拙仍干禄，用世才疏敢擇官。」可謂真摯。』所選一首題作《贈西溪居士》，詩云：『野性本愛溪，結屋溪上住。酒醒山月明，溪雲自來去。』然非集中佳者。《夜坐懷容庵》一首外，他如《和應容庵見寄韻》：『欲回太古調，獨抱無絃琴。冠珮重遊地，江湖未了心。詩來秋氣迥，酒盡暮山深。何日同餐菊，相忘鬢雪侵。』《臥病》：『作客長懷屋外山，歸來枕上對層巒。黄花又向閒中老，青鬢先從病後鬖。大道未聞應不死，故人相對却深慚。何時坐我松根石，一曲清歌酒半酣。』皆可誦讀。五古《丙辰紀變》，七古《練兵却敵》《辛丑紀災》，七律《壬子紀變》，紀詠東南倭亂及海災，可作詩史觀。

南禺外史詩一卷　稿本（浙圖）

明豐坊撰。坊字存禮，號南禺。有奇才，舉浙省鄉試第一，嘉靖二年成進士。授禮部主事，從父豐熙後與爭大禮，下獄。後出爲南京吏部考功主事。謫通州同知，免歸。博學工文，擒詞藻麗，並擅書事。詩文生前未經編次，多散佚。雍正《浙江通志》著録其《南禺集》二卷，雍正《寧波府志》著録其《萬卷樓集》《南禺摘稿》，皆不標卷數。今傳世有萬曆四十五年刻本《萬卷樓遺集》六卷、稿本《南禺外史詩》一卷。《萬卷樓遺集》前二卷爲文，後四卷收賦、諸體詩，按體編排。《南禺外史詩》則爲豐氏草書手卷，存詩二十五首，前二首詩題殘闕，以下爲五律《宿清道觀》《春晚感懷二首》《登清涼山絕頂》《夏日即事》《納涼》《山菴》《月下有懷》《湖遊》，七律《觀音閣餞公次次韻》《辟支洞次公次韻》《續夢中句》《焦山》《元夕鎮海樓》《雲居喜雨》《夢呂純陽聯句》《松花》《陳道復粉團花墨戲》《度育王嶺》《碧沚納涼》《紫陽菴》《星宿閣》《城隍廟》《肅愍墓》《僧樓避暑》。末爲豐坊嘉靖二十七年長至日《跋》，云：『約山董子可遠，前少宰中峯先生冢嗣也，美質好學，自齠齔已識其偉器，别來二十五年矣。兹過會稽，因留欸敘，而以此卷索書。爲錄舊作如右，固詞札陋劣，皆由衷之言，可爲知己者道爾。』《宿清道觀》《觀音閣餞公次次韻》《陳道復粉團花墨戲》《肅愍墓》等四首，見於《萬卷樓遺集》卷五，分題作《蓬萊軒》《餞高侯於觀音閣，次宗伯昭韻》《陳道復畫粉團花》《謁于公少保祠》，字句時異。其他諸詩，未見《萬卷樓遺集》收錄。蓋溫陵蔡獻臣選錄《萬卷樓遺集》，屠本畯校之，俱未曾見豐坊手書《南禺外史詩》。豐坊錄舊作贈友，擇其得意者，手卷有自選之意。

豐坊與王宗沐，俱浙學傳人，而詩文染習復古。豐坊嘗輯李夢陽《空同精華集》三卷（明嘉靖四十四年屠本畯刻本），又從陽明門人季本遊，與唐順之諸子交好。其詩染習復古，並得陽明一派沾熏，又恃於才氣，雖不能獨自成家，然不無可觀，論明詩，不當遺之。

白雲樓摘集四十卷

明萬曆五至六年真賞齋刻本（臺圖）

明陳公綸撰。公綸字涣中，號經父，又號天台玉室道人、至寶道人，臨海人。嘉靖間諸生，六試省闈不第。博學好古，肆力爲詩，兼善書畫，字學東坡，工繪蘭。恥趨謁，自禁諛語。李時漸守台，延公綸與王允東、黄承忠等採訪台州往哲遺文，分類選錄《三台文獻錄》二十三卷。時鄉人秦鳴雷、應大猷、陳錫、包應麟、應明德、王宗沐輩俱在林下，日夕文酒之會，必延公綸於上座。所居在城東湖山佳處，誅茅闢土，架石疏泉，爲一郡園林之勝，名流往來，攬環結佩，互相唱荅。著有《采碧集》《白雲樓摘稿》。《白雲楼摘稿》又名《白雲樓類詩乙集》。《傳是樓書目》著録云：『《白雲樓摘稿》四十卷，明陳公綸，八本。』

此爲臺圖藏《白雲樓摘集》四十卷，明萬曆五至六年真賞齋刻本。每半葉十行，行十八字。白口，無魚尾，左右雙闌。各卷端題曰：『天台玉室道人。』集前有秦鳴雷《白雲樓詩集序》、王宗沐萬曆六年九月《白雲樓詩集序》。集後有公綸同里内照居士史神氏撰《玉室道人别傳》。是集分《白雲樓摘古》《白雲樓摘律》《白雲樓摘絶》三類，各列總目於前。詩按體編排，依録諸集之作：

《白雲樓摘古》依次收五言古詩四卷、七言長篇四卷。五言古詩第一卷《寧瑕集》二十五首、《槜全集》十八首；第二卷《承蜩集》一十五首、《滄粟集》十六首；第三卷《餘霞集》十七首、《懷古集》二十四首；第四卷《紉蘭集》二十首、《天慵集》十九首。通計一百六十四首，别爲目録，題云：『萬曆歲在丁丑仲春，真賞齋摘刻。』七言長篇第一卷《寧瑕集》八首、《槜全集》十首；第二卷《承蜩集》九首、《紉蘭集》五首；第三卷《探珠集》十一首、《滄粟集》七首；第四卷《餘霞集》八首、《天慵集》八首。通計六十六首，别爲目録，題云：『萬曆歲在丁丑季春，真賞齋摘刻。』

《白雲樓摘律》依次收五言律詩十二卷、七言律詩十六卷。《五言律詩一》四卷：第一卷《承蜩集》五十八首；第二卷《滄粟集》六十二首；第三卷《寧瑕集》六十三首；第四卷《餘霞集》五十八首。通計二百四十一首，别爲目録，題曰：『萬曆歲在丁丑維夏，真賞齋摘刻。』《五言律詩二》四卷：第五卷《槜全集上》五十八首；第六卷《槜全集下》五十八首；第七卷《紉蘭集》五十七首；第八卷

《天慵集》六十八首。通計二百四十一首，別爲目録，題云：『萬曆歲在丁丑杪秋，真賞齋摘刻。』《五言律詩三》四卷：第九卷《探珠集上》五十七首；第十卷《探珠集下》六十八首；第十一卷《蕙畝集上》五十首；第十二卷《蕙畝集下》五十首。通計二百二十五首，別爲目録，題云：『萬曆歲在丁丑仲冬，真賞齋摘刻。』《七言律詩一》四卷：第一卷《寧瑕集》四十六首；第二卷《餘霞集》四十二首；第三卷《承蜩集》四十六首；第四卷《紉蘭集》四十六首。通計一百八十首，別爲目録，題云：『萬曆歲在戊寅孟春，真賞齋摘刻。』《七言律詩二》四卷：第五卷《騎氣集》四十六首；第六卷《樗全集》四十六首；第七卷《滄粟集》四十六首；第八卷《就芝集》四十二首。通計一百八十首，別爲目録，題云：『萬曆歲在戊寅孟春，真賞齋摘刻。』《七言律詩三》四卷：第九卷《信芳集》五十首；第十卷《天慵集》五十首；第十一卷《探珠集上》四十六首；第十二卷《探珠集下》四十六首。通計一百九十二首，別爲目録，題云：『萬曆歲在戊寅季春，真賞齋摘刻。』《七言律詩四》四卷：第十三卷《鷟累集上》五十首；第十四卷《鷟累集下》五十首；第十五卷《蕙畝集上》五十首；第十六卷《蕙畝集下》五十首。通計二百首，別爲目録，題云：『萬曆歲在戊寅季春，真賞齋摘刻。』

《白雲樓摘絶》收五七言絶句，第一卷《摠翠集》一百三首；第二卷《嚇鳳集》一百二首；第三卷《夢鹿集》一百四首；第四卷《逊虚集》一百首。通計四百九首，別爲目録，題云：『萬曆歲在戊寅季春，真賞齋摘刻。』《逊虚集》卷末附公綸自撰《題跋》二則。

是集既爲乙集，刻於萬曆初年，公綸已垂垂老矣，則其當有甲集之編。按集末《玉室道人別傳》：

『道人詩，自庚午以後，發其篋中，幾五千餘篇。刪其冗漫過半，刻之曰《摘集》，亦曰《乙集》。蓋與前《采碧集》及將來續得者用十干爲次第云。萬曆戊寅歲春三月望日。』甲集即《采碧集》，今未見其傳。錢謙益《列朝詩集小傳》云：『有《采碧集》。其《自敍》以爲本東野農夫，因徙郡城，誦讀爲章逢，行跡不出其鄉，獨六客錢塘。平生好詩歌，恥趨謁，自禁諛語，以玉室名其詩，不欲著其姓字云。』《千頃堂書目》卷二十四著録《采碧集》，無卷數。由是知公綸諸集之名：《采碧集》《寧瑕集》《樗全集》《承蜩集》《滄粟集》《餘霞集》《懷古集》《紉蘭集》《天慵集》《探珠集》《蕙畝集》《騎氣集》《信芳集》《鶩累集》《摠翠集》《嚇鳳集》《夢鹿集》《迯虚集》。

公綸於里中營碧山栖，日游其間，而名其諸景曰含雲亭、真賞齋、白鹿巖、瑯玕坡、佩蘭軒等。按『真賞齋摘刻』，是集即校刻於碧山栖真賞齋。《迯虚集》摘絶末有公綸萬曆四年冬自爲《題跋》二首，其一云：『予初爲《慕道》詩十章，殆出一時所感，非復協諸聲韻，酒辱諸丈不鄙，多枉和者。因隨意連續酬之，遂致盈百，未忍焚棄，萃爲小集。固不必求其工，亦不必究其實也，或以資人雅之門一撫掌云爾。丙子首冬晦日，玉室道人次經父自跋於白雲樓之居易軒。』其二云：『唐曹堯賓爲《游僊》百詩，人爭誦之』，『倘三神可到，九轉有師，當即謝人間決去無疑耳，則斯集豈漫爲戲墨詩辭也哉！後二十有二日小至，次經父在真賞齋重跋。』

嘉靖間，山人布衣詩大盛。布衣輕於功名，奔走山林、城市，以詩自鳴。公綸亦沈明臣、鄭若庸之流，後人識明臣、若庸名，而未知公綸詩不下沈、鄭。所作五律最佳，清新婉麗，法則唐人（《列朝詩集》丁集卷九選詩六首，皆五律）。如《白雲樓閑居》：『世事惟尊酒，清狂寄海東。濯纓千澗里，步屧萬花中。放杖留青草，將衣掛碧松。西林雲寂寂，到晚自鳴鍾。』《山寺作》：『近郭叢林邃，山環徑轉微。溪光分石髮，厓色亂苔衣。樹密雲能度，風閑鳥便飛。短藜看未足，時傍夕陽歸。』《江上》：『雙鷗如有約，同泛越江風。極浦回波勢，修林襲岸容。孤帆春雨外，短笛暮烟中。坐久渾無事，江頭數亂峰。』非僅唐人興象，並可見山人閑雲野鶴之氣。陶元藻蓋未見全集，《全浙詩話》卷三十二據選家所錄評云：『渙中一字古臺，以博通典籍見重於時，詩在中盛之間，書法傴肖玉局。其五律如「濯纓千澗裏，步屧萬花中」，「水落孤舟渡，烟空一雁飛」，「溪光分石髮，厓色亂苔衣」等句俱佳。』公綸絕句、七律亦可誦讀。如《上竺元公房看月十首》其一云：『高岫珠林俯碧霄，四圍秋色夜迢迢。故人共坐看明月，應有空中桂子飄。』其二云：『禪房高處月華新，風定遙林鶴不嗔。一片白雲窗外墮，依稀似現白衣身。』《碧山栖雜詠三十首》詩序云：『余營碧山栖，日游其間，久各有名分，詠之聊寫我心，非敢學輞川主人也。』《含雲亭》一首云：『閒雲相伴住，終日靜不語。有時自出山，去作山下雨。』《真賞齋》一首云：『蘭亭迹久湮，蟲蠹偶自樂。晨霞明石床，銀鈎忽錯落。』七律《梅魂》一首云：『來往因風只自飄，難將白眼認幽標。乍依東閣憑詩訊，欲失南枝仗酒招。晚並短藜回雪塢，夜隨孤笛過霜橋。春林徧覓無知己，依舊山窓伴寂寥。』其不可一日無詩，動輒連篇累牘，酬贈盈帙，遂不免流入滑易。《逊虛集》效小游僊體十韻七言百首，意思嫌於重複，不耐卒讀。嘉隆、萬曆間，士人賦詩爲文，每貪多而不愛好，編集动辄百卷，王世貞、汪道昆、李維楨、馮元成集稱繁冗。山人不脫此習，公綸《白雲樓摘稿》、沈明臣《豐對樓詩選》雖經刪汰，仍有四十卷之多。泥沙俱下，讀者披沙揀金，不勝其勞。

白雲樓摘稿四十卷（存八卷）　清抄本（臨海博物館）

明陳公綸撰。公綸有《白雲樓摘稿》，已著録明萬曆五至六年眞賞齋刻本。此爲清抄本殘帙，存《摘絶》《摘律》各四卷，一册。無版匡、界格。每半葉十行，行二十至二十一字不等。卷一卷端題曰：『天台至寶道人。』餘卷端不題。項士元封題『白雲樓摘稿』，並題記：『存《摘絶》《摘律》各四卷。』所存八卷，即《白雲樓摘絶》四卷：第一卷《摠翠集》一百三首；第二卷《嚇鳳集》一百二首；第三卷《夢鹿集》一百四首；第四卷《逃虚集》一百首。通計四百零九首，題云：『萬曆歲在戊寅季春，眞賞齋摘刻。』《白雲樓摘律》四卷：第九卷《信芳集》五十首；第十卷《天慵集》五十首；第十一卷《探珠集上》四十六首；第十二卷《探珠集下》四十六首。通計一百九十二首，題云：『萬曆歲在戊寅季春，眞賞齋摘刻。』前四卷即萬曆刊本《白雲樓摘稿》之《白雲樓摘絶》，後四卷即《白雲樓摘絶》所收《七言律詩三》。按萬曆刊本編排之序，七律原在絶句前。

民國《台州府志》卷七十九著録《白雲樓類詩乙集》四十卷，云：『是編爲萬曆丁丑眞賞齋摘刻，道光間郭協寅影鈔本。首尾無序跋，以體分編。上題「白雲樓摘古」、「摘律」、「摘絶」，下題「類詩乙集」一至四十。凡五古四卷，一百六十四首；七古四卷，六十六首；五律十卷，今缺上二卷，存者四百六十六首；七律十二卷，今缺下四卷，存者五百五十二首；五絶一卷，一百三首，七絶三卷，三百六首。其卷中分署曰《寧瑕集》《樗全集》《承蜩集》《滄粟集》《餘霞集》《懷古集》《紉蘭集》《天傭集》

《探珠集》《蕙畝集》《騎氣集》《就芝集》《信芳集》《挹翠集》《嚇鳳集》《夢鹿集》《逃虛集》。而舊志稱其所著有《采碧集》，《千頃堂書目》稱又有《栖碧集》，《歷朝詩集》所選五律六首，即從《采碧集》採入。今集中不見，疑《采碧》《栖碧》即在佚卷中。此稱乙集，當別有甲集，今不可考矣。』今按：《挹翠集》，當作《揔翠集》。撰志者未見萬曆刊本，《府志》著録郭協寅抄本，缺五律二卷、七律四卷，因疑《采碧集》在佚卷中，不知《采碧集》即甲集也。所謂『萬曆丁丑眞賞齋摘刻』，亦未確。

此本抄寫，行草居多，且行格與萬曆刊本不同，當非《台州府志》所著録道光間郭協寅影抄本殘帙。集中『丘』字避，寫時何時未詳。字句鮮異於萬曆刊本，然刊本傳世極少，且臺圖藏本時有缺損、漫漶處。《探珠集》七言律詩《奉次趙憲公喜雨十首》其八、其十，《揔翠集》絕句《送黃子歸澄江六首》其二、《送丹丘生遊越及吴十解》詩題及其九、《山燒》一首，《嚇鳳集》絕句《送顧南宫還吴，因訊汪、王諸名公八首》前二首、《宋憲公凱歌十首，奉張使君命作》其六、其七、《次答東掖内叔，兼訊盖竹丈四首》後三首、《重次二丈四首》、《寄憩雲上人，兼乞山蘭二首》諸篇，其漫漶難識者，可參酌此本。此本亦有殘闕，如萬曆刊本《古別離三首》，此本則佚詩題及第一首，脱三行。抄本誤字亦時有之，雖有校改，未精也。

鹿城詩集二十八卷　明抄本（臺圖）

明梁辰魚撰。辰魚字伯龍，號鹿城，崑山人。身長八尺有奇，踈眉虬髯。喜任俠，好樂律，飛揚其氣，不屑經生業。貢入太學，作《歸隱賦》以見志。性嗜酒，營華屋招徠四方傑彥，酣歌縱酒。與嘉靖七子遊，王世貞、戚繼光嘗造其廬。同邑魏良輔造曲律，號崑腔，辰魚得其傳，所製《浣溪紗》傳奇盛傳一時。年既老，猶載酒放歌不已。七十三中惡卒。所著有《鹿城詩集》二十八卷、《江東白苧》二卷、《江東廿一史彈詞》一卷及《浣溪紗》傳奇等。辰魚風流豪舉，製曲擅場，妙絕一時。尤侗《明史擬稿》爲立傳。《明史》未採，亦未著錄其集。俞憲《盛明百家詩》刻《梁國子生集》一卷。《萬卷堂書目》卷四著錄《伯龍詩》二卷。《千頃堂書目》卷二十四著錄《遠遊稿》，未標卷數。同治《蘇州府志》卷一百三十七著錄《伯龍詩》三卷、《遠游稿》。錢謙益蓋未見全集，《列朝詩集》丁集卷八選《屈原廟》《采石磯吊李白》《紈扇》《贈王卿》《蘇蕙》等五首。朱彝尊、陳田並亦未見《伯龍集》《遠遊稿》。《明詩綜》卷五十五選詩二首，即《登西塞山訪張志和遺跡》《夏日泛舟荆溪，暮宿湖口》。《明詩紀事》己籤卷二十爲選《屈原廟》一首。

《鹿城詩集》傳世寫本四種。此爲臺圖藏《鹿城詩集》二十八卷，明抄本，四冊。無版匡、界格。每半葉十行，行十八字。各卷端題曰：『吳郡梁辰魚伯龍著。』集前有文徵明《梁伯龍詩序》、王世貞《梁伯龍古樂府序》、屠隆《梁伯龍鹿城集序》。鈐『汲古閣收藏』、『老梅』、『張子和珍藏書畫記』、『小瑯嬛福地張氏收藏』、『平生減產爲收書，三十年來萬卷餘。寄語兒孫勤雒誦，莫令棄擲飽蟫魚。蕘友氏識』、『玉堂吉士畫省郎官』、『曾藏張蓉鏡家』、『剛伐邑齋所藏書書』、『伯夔長壽』、『玄冰室珍藏記』、『湘潭袁氏滄州藏書』諸圖記。知爲明末毛氏汲古閣舊物，後流入同邑張氏小瑯嬛福地，清末民初爲袁思亮庋藏。今諸家書目均著錄作明抄本。此本爲明人所寫，固無疑也。集中不避『常』、『校』、『檢』

字。如卷四《西曲歌》之《常林歡》詩題及『少年憧住常林裏』句，《琴曲歌辭》第一首《湘妃怨》首句『常聞九疑山』，俱不避『常』。卷十三《送唐六遊信州，訪魏檢校孝伯》，不避『檢』、『校』。疑抄於明萬曆間，俟更詳考之。

是集按體分卷，收詩千首有奇。卷端或標卷數，或不標。卷一至卷四爲樂府詩；卷五至卷八爲五言古詩；卷九至卷十二爲七言古詩；卷十三至卷十七爲五言律詩；卷十八爲六言律詩，僅《聽美人彈琴》一首；卷十九至卷二十二爲七言律詩；卷二十三爲五言排律；卷二十四爲七言排律；卷二十五爲五言絕句；卷二十六爲六言絕句，僅七首；卷二十七至卷二十八爲七言絕句。文徵明《梁伯龍詩序》署嘉靖三十七年五月，翌年徵明即謝世。王世貞《梁伯龍古樂府序》署隆慶六年九月，序又見《弇州山人四部續稿》卷四十二。屠隆《梁伯龍鹿城集序》署萬曆十年十月，序又見《白榆集》文集卷二。三《序》作時相間二十餘年，所序者各異，惟屠序爲《鹿城詩集》所撰。

辰魚縱遊南北，結交豪俠名士，友輩多後七子一派中人，詩文趨而好古。王世貞慨嘆其真能近古者。既雅擅詞曲，世遂以其好爲新聲，流入綺麗，臆度詩不能工。屠隆亦然，迨讀《鹿城詩集》，始喟嘆皮相之矣。《梁伯龍鹿城集序》云：『近始得其古近體讀之，儁才豐氣，往往合作，益大欣賞，其始一何皮相也』，『故其爲詩，當其綢繆間多情語，當其蕭散間多曠語。總之，玄霜絳雪，非世所常珍。』平實論之，辰魚樂府、七律時有可觀。《子夜歌》十二首、《子夜四時歌》十六首、《桃葉歌》二首、《讀曲歌》十六首、《江南弄十曲》《四時白苧舞歌》四首等，才情流麗，美不勝收。李攀龍標榜樂府，擬作反爲後人詬病。辰魚騁其才情，得清新之致。七律《焦山尋郭次甫不遇作》云：『海鶴孤飛靜掩扉，傍巖精舍路依稀。蕪城霜冷雁初下，澤國秋深人未歸。松際定隨黃石去，山中惟見白雲飛。江流不盡西來意，空自尋僧坐翠微。』其人鷗鶴之性，終不依人，故『當其蕭散間多曠語』。《張幼于百花山墓田》云：『寂寂寒廬張仲蔚，蓬蒿滿徑入荒村。望深遼海千秋鶴，腸斷霜林一夜猿。落木風前無限淚，斜陽原上未招魂。春城水陸嬉游遍，誰似空山獨閉門。』如屠隆所評『當其綢繆間多情語』。五律佳句可摘，如《過李于鱗東莊草堂》：『獨開竹下徑，自看門前山。』《渡瀰水，宿昌樂客舍》：『客程緣雨減，鄉夢入秋多。』《郭次甫自焦山過虎丘》：『洞深雙屐到，家近十年歸。』其詩亦自有弊，樂府穠艷而乏骨；五七言古嫌於空疏；律絕擷唐人字面點綴，若白雲、流水、西風、落日，字眼滿篇。雖然，不失爲吳中一家。後世不睹其集，則不免皮相之論。《靜志居詩話》稱『清詞豔曲流播人間』，『固是詞家老手，詩律猶未細，犓能駢贍而已』。《列朝詩集小傳》但言其彩毫吐艷曲，隱言詩非所工。《明詩紀事》歷引張大復《梅花草堂筆談》諸家所記辰魚詞曲風流自賞，按云：『伯龍詞曲稱名家，詩亦有麗藻。』三家選辰魚詩寥寥，且非集中佳作，所論不能無臆忖。

鹿城詩集□□卷（存十三卷）　明抄本（臺圖）

明梁辰魚撰。辰魚有《鹿城詩集》，已著錄明抄本二十八卷。此爲臺圖藏明抄本《鹿城詩集》殘帙，存十三卷，一冊。每半葉十行，行十八字。有版匡，無界格。白口，四周單欄，無魚尾。各卷端題曰：『吳郡梁辰魚伯龍著。』所收五律、七律、六律、五言古、五言排律、七言排律，按體各自分卷。各卷端標題不一，或作『鹿城集』，或作『鹿城詩集』。版心寫明卷數，一卷者亦注明；或卷端標卷數，或僅注明『卷之』。行楷寫錄，不避清諱，亦不避『校』、『檢』，又顯非抄自臺圖藏二十八卷本。《鹿城詩集》編成於萬曆十年至十一年間。疑此本亦寫於明萬曆間，俟考。鈐『莚圃收藏』、『朗峯』圖記。知道咸間爲倪朗峯所藏，清末民初南潯張乃熊得之。流傳既久，致卷帙錯亂。今理其次第，知按體分卷，共存十三卷。其略如下：

五言古詩一卷：『《鹿城詩集》五言古詩』（版心題『梁五言古卷四』），即二十八卷本卷八之五言古詩。

五言律詩計爲五卷：『《鹿城詩集》五言律詩』（版心題『梁五言律卷一』），即《鹿城詩集》二十八卷本卷十三之五言律詩，缺第一葉，無《靈巖山》《張伯起秋日避暑雙塔寺，奉寄一首》《夏日乏舟荆溪，暮宿湖口》《仲夏同周進士胤昌過義興吳使君石亭山泉舊居二首》第一首；『《鹿城詩集》五言律詩』（版心題『梁五言律卷二』），即二十八卷本卷十四之五言律詩；『《鹿城詩集》五言律詩』（版心題『梁五言律卷三』），即二十八卷本卷十五之五言律詩；『《鹿城詩集》五言律詩』（版心題『梁五言律卷四』），即二十八卷本卷十六之五言律詩；『《鹿城詩集》五言律詩』（版心題『梁五言律卷五』），即二十八卷本卷十七之五言律詩。

六言律詩一卷：『《鹿城詩集》六言律詩』（版心題『梁六言律詩』），即二十八卷本卷十八之六言律詩，僅《聽美人彈琴》一首。

七言律詩四卷：『《鹿城集》卷之（空）七言律詩』（版心題『梁七言律卷一』），即二十八卷本卷十九之七言律詩；『《鹿城集》卷之（空）爲七言律詩』（版心題『梁七言律卷二』），即二十八卷本二十卷之七言律詩；『《鹿城集》卷之三七言律詩』（版心題『梁七言律卷三』），即二十八卷本卷二十一之七言律詩；『《鹿城詩集》卷之四七言律詩』（版心題『梁七言律卷四』），即二十八卷本卷二十二之七言律詩。

五七言排律二卷：『《鹿城詩集》卷之（空）五言排律』（版心題『梁五言排卷一』），即二十八卷本卷二十三之五言排律；『《鹿城詩集》七言排律』（版心題『梁七言排卷二』），即二十八卷本卷二十四之七言排律，缺第一葉，故第一首《元宵宴黄門許子雲宅，詠得珠燈》一首僅得『景自年年』四句（按：此句七字作『太平佳景自年年』）。

二十八卷本收五言古四卷，此本僅存第四卷。七言古、樂府、五七言絶句闕如。蓋此本或亦爲二十八卷。

今臺圖館目作舊抄本十卷。十卷者，計之未確。《中國古籍總目》據以著録作《鹿城詩集》十卷，抄本，未言其爲殘本。

鹿城詩集二十八卷　明末抄本（國圖）

明梁辰魚撰。辰魚有《鹿城詩集》，已著録臺圖藏明抄本二十八卷。此爲國圖藏明末抄本《鹿城詩集》二十八卷，四册。無版匡、界格。每半葉十行，行十八字。各卷端題曰：『吴郡梁辰魚伯龍著。』集前有文徵明《梁伯龍詩序》、王世貞《梁伯龍古樂府序》、屠隆《梁伯龍鹿城集序》。鈐『曉峰鑒藏』、『桐軒主人』、『金星軺藏書記』、『古吴梁氏』、『古道照顔色』諸圖記，曾爲汪憲、金檀等人舊藏。《文瑞樓書目》著録云：『四册。傳抄未刻本。』此本倣臺圖藏二十八卷抄本寫録，字蹟亦相髣髴，第不知出何人之手。集中不避清諱，復不避『檢』、『校』（如《送唐六遊信州，訪魏檢校孝伯》），當爲明末抄本。據『古吳梁氏』圖記，此本疑爲梁氏家藏別本，俟考。《中國古籍總目》著錄作：《鹿城詩二集》二十八卷，清抄本，國圖。《明別集版本志》亦作清抄本。當作：《鹿城詩集》二十八卷，明末抄本。今未見《鹿城詩二集》之名。

此本收詩與臺圖藏二十八卷本同，文字偶有差異，終以臺圖藏本爲精。今人整理《梁辰魚集》，收《鹿城詩集》二十八卷，惜未見臺圖藏全本、殘本，乃以國圖藏本（整理《前言》沿襲舊著錄，作清抄本），校以蘇州博物館藏明末抄本、《盛明百家詩》前編所收《梁國子生集》一卷。校記甚略，然逾半條目可商。如《鹿城詩集》卷二《瑟調曲》之《門有萬里客》校記：『此篇原本無，今據蘇本補。』國圖藏本、臺圖全本皆原有此篇。卷四《舞曲歌辭》之《屈柘辭》『屈柘欲殘聲朱闌』句，校記：『朱闌，疑爲「未闌」之誤。』臺圖全本原作『未闌』。卷二十收七言律詩，《次夜同董子元、陸子野、莫雲卿、沈子元、管稚圭讌顧茂儉西堂》『白璧城留空救趙』句，校記：『璧，原誤作「壁」，今改。』臺圖全本作『璧』，臺圖殘本作『壁』。古人刻書、抄寫，『璧』『壁』常不分，同於『己』、『已』、『巳』之類。《蓬萊閣望海，贈李登州鳳》『烟霞北拱識長安』句，校記：『北，原誤作「比」，今改。』臺圖全本、殘本皆作『北』。《金陵中秋倪公甫宅與金在衡、康裕卿、項豹章讌，得旗字》詩題校記：『得旗字，蘇本目錄作「集」。』臺圖全本、殘本皆作『得旗字』。蘇本目錄爲簡省。『天涯握手共心期』句，校記：『涯，原誤作「捱」，今改。』臺圖全本原寫作『捱』，抹作『涯』，臺圖殘本作『捱』，當以『涯』字爲正。《送周庫部母舅之南都》『兩世看花第五人』句，校記：『兩，原誤作「雨」，今改。』『雨』、『兩』二字形近易誤，臺圖全本、殘本皆作『兩』。卷二十一收七言律詩，《寄聊城簿盛賢甫》『知君原是濟川才』句，校記：「『才，原誤作「木」，今改。』」臺圖全本、殘本作『才』。卷二十二收七言律詩，《送殷無美社丈遊金臺》『滄海明珠誰金價』之『金』字，臺圖全本、殘本作『並』，當校改，以臺圖全本、殘本爲正。《寄送蔣兵憲夢龍分巡荆岳》『渺渺巳江控上游』句之『巳』字，臺圖全本、殘本作『巴』字，當校改，以臺圖全本、殘本爲正。《寄馮開之内翰，兼憶范牧之、袁維之》『慚予落魄休相訊』句，校記：「『魄，原誤作「魂」，今改。』」臺圖全本、殘本俱作『魂』，不必改。上舉數例，知臺圖全本較其餘二本爲善，如擇以爲底本，校記大都不必出，且可免去『巴』作『巳』、『並』作『金』之誤。

鹿城詩集十卷（存三卷）

明末抄本（蘇州博物館）

明梁辰魚撰。辰魚有《鹿城詩集》，已著録明抄本二十八卷。此爲明末抄本《鹿城詩集》殘帙，存三卷。集前有文徵明《梁伯龍詩序》、王世貞《梁伯龍古樂府序》、屠隆《梁伯龍鹿城集序》及《目録》。按《目録》，是集按體分卷，計樂府一卷，五言古詩一卷，七言古詩一卷，五言律詩一卷，七言律詩一卷，五言排律一卷，七言排律一卷，五言絶句一卷，六言絶句一卷，七言絶句一卷。二十八卷本僅録六言律詩一首，亦編爲一卷，此殘本未見也。今存樂府一卷、五言古詩一卷、七言古詩一卷。樂府依録鼓吹曲、横吹曲、相和歌辭、清商歌辭、子夜曲、舞曲歌辭、四時白苧歌、琴曲歌辭，即二十八卷本之樂府四卷。五言古詩一卷，即二十八卷本之五言古詩四卷。七言古詩一卷，即二十八卷本之七言古四卷。雖曰三卷，實當於二十八卷本之十二卷。對勘臺圖、國圖藏明抄三種，此本篇題字句時異。如《石湖草堂》，其他三本題作《周若年石湖草堂》；《宿天池寺明瑶禪堂，曉登凌虚閣瞻眺》，其他三本題作《雨中宿天池寺明瑶上人禪堂，曉登凌虚閣瞻眺一首》；《過義興吳使君石亭山泉舊居二首》，其他三本題作《仲夏同周進士胤昌過義興吳使君石亭山泉舊居二首》；《送唐六遊信州》，其他三本題作《送唐六遊信州，訪魏檢校孝伯》。又如《詠樹裹燈》《酬范兖州》《留別章丘李太常》，其他三本題下有小注，分題作《詠樹裹燈》（注云：癸丑四月作）《酬范兖州（宗吳）》《留別章丘李太常（開先）》。其題顯異者時亦有之，如《送馬驤才還甫里》，其他三本作《題馬驤才甫里別業》。

按集前《目録》，此本收詩一千零八十五首。國圖藏明末抄本則爲一千零九十四首，多出五律《次前韻》（前韻即《顧公節東山草堂》）、六言律《聽美人彈琴》、七律《龍磯》、七絶《柳枝詞二首，武陵園送顧公節入京》《静庵詩贈圓慧上人》《得任字》《得稀字》等九首。集前序後署『萬曆癸未中秋武林顧顒書』。萬曆十一年癸未，即屠隆撰序之明年。萬曆二十年，辰魚始卒。顧顒字朗生，長洲人。嘉靖末、隆萬間名山人，工書能詩，好遊歷，與梁辰魚、胡應麟、王穉登、皇甫汸交厚，又與童珮、屠隆、秦鎬、李惟寅、俞羨長、王行父爲友。胡應麟《報顧朗生》云：『僕迂僻狂戇人也，世緣落落，顧獨好慕古文辭，尤願交當今作者。曩歲侍家大人遊楚，獲交在明朱丈。每卜暇相過從，爲文字飲。一日，在明與諸同志屈指當代名流，輒盱衡，謂不佞曰：「子識顧君朗生乎？是吳會間錚錚者也。」不佞時則私竊識之。』

又，《續修四庫全書提要》著録明萬曆刊本《鹿城詩集》十卷，云：『顧其詩獨罕傳於世，有《遠遊稿》，已佚。此編以古今體類次，首卷又以鼓吹曲、橫吹曲、相和歌辭、清商歌辭、子夜曲、舞曲歌辭、四時白紵舞歌、琴曲歌辭標目，宛然郭茂倩《樂府詩集》之遺響。或正言以明志，或婉語而引情，玄霜絳雪，非世所常。其高者極聲音之奥，窮造化之奇；其淺者不過略能駢贍而已』，「集中篇什，七古如《松雲歌》《五臺山歌》《破瓢詩》《落魄公子夜闌曲》《雙頭蓮葉歌》等，最爲出色。律絶次之，古樂府則興會飆舉，獨具體格。』今按：《鹿城詩集》刊本今未見，亦未見明清書目及方志載及。《續修提要》獨稱有萬曆刻本。其果刊刻歟，抑《提要》誤以寫本爲刻本歟？未可知也，姑存其目。今或疑明末抄本十卷據刊本寫錄，亦是臆測。

又，《盛明百家詩》收《梁國子生集》一卷，選詩四十首，皆作於嘉靖間，並俱編入《鹿城詩集》二十八卷。卷前有俞憲嘉靖四十五年《梁國子生集序》：『梁伯龍，蘇郡崑山人，名辰魚。性豪縱好遊，亦復好吟。以例貢爲太學生，北上時取道吾錫，以詩一冊謁予。文翰詔有《序》云：「梁生南遊會稽，探禹穴，至永嘉、括蒼諸名山而還。既又泝荆巫，上九疑，泛洞庭、彭蠡，登黄鶴樓，觀廬山瀑布，尋赤壁周郎遺跡，篇中歷歷可見。」「蓋遠追子長芳軌，欲北走燕雲，東遊海岱，西盡山陝，覽觀天下之形勝，與天下士上下其議論，以吐胸中之奇者，一第何足爲輕重哉！是亦足以豪矣。」予素不喜豪，而取其豪於詩也，刻置家塾。嘉靖丙寅秋九月，是堂山人俞憲識。』俞憲選《百家詩》，隨得隨刻。辰魚投詩冊，自有登錄意。文徵明《梁伯龍詩序》作於嘉靖三十七年，云：『伯龍今將游帝都，攜此編以交天下士，則天下之士接其人，玩其詞者，人人知有伯龍矣，又何以序爲』，『伯龍又云：「余此行，非專爲畢吾明經事也。」蓋遠追子長芳軌。』辰魚貢入太學在嘉靖末。其時海内山人以游歷社集爲尚，鄭若庸、王穉登、沈明臣皆著者。辰魚因名其集爲《遠遊集》。《萬卷堂書目》卷四著錄《伯龍詩》二卷。俞憲所見辰魚詩冊，或即《伯龍詩》，徵明《序》即爲其集作也。俞憲『素不喜豪』，猶取『其豪於詩』者四十首刻爲一卷。

甓園詩草一卷　明末刻本（臨海博物館）

明項真撰。真字不損，號瘦奇，又號瓶山主人，秀水人。明末諸生，崇禎初貢入國子監。工書能文，深爲李流芳、聞子將所賞。負才自豪，人目爲狂。入修門，崇禎間坐事下刑部獄，瘐死。著有《甓園詩草》一卷、《括蒼遊草》一卷、《括蒼紀行》一卷、《白雪吟》一卷、《新刻項瘦奇西湖遊草》一卷、《新刻項瘦奇喬松山樓詩稿》五卷、《著書堂新刻無事編》二卷等集。同治間，黄瑞購得以上七種，共四冊，倩友人王詠霓（子裳）封題曰『項不損集』，藏黄氏秋籟閣。真詩集五種《甓園詩草》《括蒼遊草》《白雪吟》《西湖遊草》《喬松山樓詩稿》，罕見明清書目載及，今亦不見《中國古籍總目》《明別集版本志》等著錄。按《槜李詩繫》卷二十，真有『《甓園詩草》《括蒼遊草》《楚咻帆譚》諸種』。《楚咻帆譚》，今未見，亦未見明清書目載及。

《四庫總目》於項真諸書，僅據兩淮鹽政採進本列《無事編》二卷入子部『雜家類』存目，《提要》云：『國朝項真撰。真字不損，秀水人。前明諸生，入國朝，官景陵縣知縣。是書摭拾成文，漫無風旨，雜引故實，皆仍其原文，今古不辨，甚至以喬知之爲晉人，疏陋可知矣。』《清文獻通考》卷二百二十七《經籍考》亦著錄云：『真字不損，秀水人。前明諸生，入國朝，官景陵縣知縣。』光緒《嘉興府志》卷八十一，沿《四庫總目》之說，列《無事編》二卷、《甓園詩草》《西湖草》入清人著述之目。然真崇禎十年前已歿。崇禎《嘉興縣志》卷十四云：『惜其狂蕩不檢，以及于難。』《提要》所謂『入國朝，官景陵縣知縣。』誤矣。又，《無事編》刊於明末，真友馮鎮鼎撰《無事編小序》。鎮鼎初名亮，嫌與南北朝人馮亮同名，乃更鎮鼎，字子晉，秀水諸生。朱彝尊《歸安縣儒學教諭馮君墓誌銘》云：『工時文，兼善韻語。與松江王廷宰、慈溪劉繩之、同里項真同學。真推輧山大宅舍君，序其排輯《無事編》，雕刻行之。』

《甓園詩草》一卷，刻於明末。每半葉九行，行十九字。白口，單魚尾，四周單闌。版心上鐫『甓園詩草』。卷端題曰：『古瓶山項真不損父著。』集前有華亭姜雲龍《題詞》。收《次西生禪者西築十詠》《登南屏山》《廻文》《余寓西湖，無日不雨，無日不飲酒，詩以紀事，語多汗漫不倫也》等諸體詩，共一百五十二首。是集與其他六種，爲黃瑞購得，王詠霓封題『甓園詩草』。集末有黃瑞手識：『甲子九月十七戌刻，客去，篝燈讀一過。』有『秋籟閣』、『臨海黃瑞借觀』、『子珍』、『詠霓』諸圖記。甓園，真草堂之名，有著書臺諸景。

項真放浪形骸，躭於詩壇酒會，爲鴛湖始社人物。《鴛湖始社，分擬古竹林》云：『入林非任誕，懷抱良有托。把臂愜同志，痛飲戀狂藥。脩竹何蕭蕭，微風籜已落。故叢逐纖枝，碧影墮梧酌。盤柏拊危石，嘯詠時間作。管弦非所好，況迺靈鼉咢。仰視飛鳥翔，醉眼空寥廓。契此考槃趣，謝彼髟纓縛。寄語道旁子，沉淪與爾各。』其儻蕩不羈，蓋有所托，非俗之所謂狂誕。《靜志居詩話》載：『有御史巡按至浙試士子文，經書發題外，俾作一詩，題是《賦得多雨紅榴折》。不損書法絶倫，以行草縱筆寫之。同學慮御史必怒，咸爲不損危，而御史竟拔置第一。益自負，儻蕩不羈。入修門，坐事瘐死于獄。予嘗見其爲閨人銘梳奩，曰：「人之有髮，旦旦思理。有身有心，奚不如是。」筆法極其飛舞，繹其語，殆亦非真狂生也。』《明詩綜》選真詩止此一首，且題作《社集分賦，得竹林》，蓋朱氏未嘗見其集也。《檇李詩繫》卷二十則選《懷吳稺文》一首：『吳子談經鬢未絲，官閒却與懶相宜。衙空亦可容魚隊，俸薄纔堪買鶴騎。苜蓿一園知不飽，梅花兩載豈無詩。思君明月清樽處，姑篾城頭望眼遲。』《石倉歷代詩選》《列朝詩集》《明詩紀事》未錄真詩。

項氏爲人自負，詩自見性靈真趣，五七言古語多汗漫，奇宕不羈，近體則清宕自喜。《次西生禪者西築十詠》其一《結廬》云：『削石即爲广，無事用誅茆。中有幽人居，我疑是許巢。』《南湖即景，次脩微韻》云：『湖上漠漠雨，輕舟逐細波。日昏烟似織，風薄水如羅。媿我詩狂癖，憐君道味多。閒看飛去鳥，點點宿前坡。』《月夜懷西湖》云：『再步庭中月，能如湖上無。夜光仍黯澹，烟色似模糊。黃菊悲秋老，青山笑客孤。霜寒驚老樹，悵望幾長吁。』《留別西湖》云：『我歸月不好，烟色若爲籠。後夜相思處，青山隔夢中。』《秋夜坐月》云：『草堂烟色半模糊，有興憑梧謾計壺。不合時宜鳩似拙，誰憐病骨鶴爲癯。風吹棗葉填松徑，月落霜花冷菊區。一夜酒懷成不寐，小窻忙去理詩逋。』姜雲龍《題詞》論云：『不損于諸家聲律靡不工，頃刻數百千言，正如荆卿相泣樊，舞陽裂眦，灌將軍罵坐。又如陳思王初見邯鄲生，傅胡粉，說俳優，數千言後，整衣冠，陳皇王之道，可喜可愕，種種變幻，真能以牛溲馬浡爲藥餌，嘻笑怒駡爲文章』，『抑亦可謂詩之豪矣。雖然，不損之豪又豈僅僅以詩擅名哉！觀其談天說劍，胸中經濟，饒有百萬甲兵，則詩不過偶得之真趣耳。』崇禎《嘉興縣志》云『惜其狂蕩不簡，以及于難』。真因何下獄，未見載記。檢其《括蒼紀行》載祖居爲郡中豪勢所據，真奔走訟寃事，其死未詳與此有關否。才士遭橫禍，古今不乏，真或其人也。

新刻項瘦奇喬松山樓詩稿五卷　明末刻本（臨海博物館）

明項真撰。真有《甓園詩草》，已著録。此爲其《新刻項瘦奇喬松山樓詩稿》五卷，明末刻本。每半葉九行，行十九字。白口，無魚尾，四周單闌。版心上鐫『松下清齋』。蓋是集又名《松下清齋集》。卷一卷端題曰：『古吴項真不損父著，社友王應芳蟾采父校。』卷二卷端題曰：『古吴項真不損父著，業師王廷宰毗翁父校。』卷三卷端題曰：『古吴項真不損父著，社友吴中台稺文父校。』卷四卷端題曰：『古吴項真不損父著，社友張翃叔韓父校。』卷五卷端題曰：『古吴項真不損父著，社友吴中台稺文父校。』集前有黄汝亨《題項不損詩序》，寫刻上板。汝亨字貞父，錢塘人。詩文爲浙西名家，天啓六年卒。是集『校』字不避，蓋刻於明萬曆間。崇禎《嘉興縣志》卷十四所載《喬松山房稿》，即此集也。同治間，臨海黄瑞購得明刊《喬松山樓詩稿》《甓園詩草》《括蒼遊草》《括蒼紀行》《白雪吟》《西湖遊草》《無事編》等七種，王詠霓合題曰『項不損集』。詠霓於此本封葉又題『松下清齋』。集末有黄瑞手識：『甲子九月十八日辰刻，子珍觀。』有『六潭』、『黄瑞私印』、『臨海黄瑞借觀』、『子珍』、『秋籟閣』諸圖記。

是集卷一收五言律詩，得《夜静》《園居次家兄韻》等三十二首；卷二收七言律詩，得《泛南湖》《題劉使君雙壽卷》等四十三首；卷三收五言古詩《晚步》《隔谿呼孟埜人不遇》等十六首；卷四收七言古詩，得《上真如塔》《瓶中紅白芍藥短歌》等十二首；卷五收五言絶句《題畫》《題小景》等七首，六言絕句《幽居》四首，七言絕句《月夜泊禦兒溪，懷吳稺文》等三十六首。是集詩多壯歲前之作，才氣富艷，時有奇宕之姿。《郝居閒詠》二首其一云：『郝居無一事，清況未全除。客到香殘後，詩成夢醒餘。畏寒催止酒，習懶任攤書。寂莫吾甘久，何妨與世疎。』其二云：『郝居真不俗，江海一詩窮。瘦骨幾同鶴，清齋只欠鐘。有時看去鳥，隨意倚孤笻。却笑蓬蒿宅，時來長者蹤。』《明妃曲》八首其二云：『雲鬟慘淡出深宮，極目邊城怕朔風。不怨丹青怨劉敬，先教公主去和戎。』其四云：『別時纔得見君王，邊草萋萋去路長。莫向中原重回首，一生無分侍昭陽。』其五云：『君王枉自惜蛾眉，賤妾朱顏似舊時。信却畫圖虚召幸，如何又遣作閼氏。』其八云：『無那悲愁强自歌，轔轔車馬出交河。紅顏已矣終沙漠，猶勝黄塵戰骨多。』《歸自武林》云：『游踪十日酒罏旁，賣賦黄金半已亡。問我歸來賸何物，湖雲山色滿詩囊。』黄汝亨《序》云：『吾鄙談義之士如雲，要以揚扢風騷，跌宕于功令之外，則曙星之落落矣。檇李項不損，年少負雋才，爲博士家言日益工，顧自喜爲詩益甚。所居一樓，多貯書其中，沉酣狼籍，幾有士安之癖。樓前喬松千尺，蒼翠滿屋，興到輒盤桓其間，長吟短詠，駸駸乎凌大曆，逼黄初，而翺翔西京之室也。』

新刻項瘦奇西湖遊草一卷　明末刻本（臨海博物館）

明項真撰。真有《甓園詩草》，已著録。此爲其《新刻項瘦奇西湖遊草》一卷，明末刻本。每半葉九行，行十九字。白口，單魚尾，四周單闌。版心上鐫『西湖遊草』。卷端題曰：『古吳項真不損甫著，楊瑞枝若木甫校。』『校』字不避，蓋刻於明萬曆間。集無序跋，依次收五言律詩十四首，七言律詩十二首，七言絕句二十三首，五言古詩十四首。《明詩綜小傳》稱真有《西湖草》，即此集也。同治間，臨海黄瑞購得明刊《甓園詩草》《喬松山樓詩稿》《白雪吟》《西湖遊草》等七種，王詠霓合題曰『項不損集』。《白雪吟》《西湖遊草》與《括蒼游草》《括蒼紀行》合爲一冊。後三種皆真别集，前一種則天啓四年十二月，真與嘉定張鴻磐、崑山張維及周約之、姚子琰寓西湖分韻詠雪之集也。集前有真《敘游》一篇，手書上板，行書精美，並鈐『項真之印』、『不損父』朱印二，惜有缺葉。

項真寄情湖山，所好尤在西湖、鴛湖，詩以紀湖山之勝，自悦性靈，宕恣瘦奇。其詠鴛湖，《泛南湖》一首味佳，云：『水滿長湖一片秋，微茫烟雨鏡中收。芙蓉夾岸迎青雀，蘆荻平沙隱白鷗。載酒自宜消歲月，垂竿還擬向滄洲。採菱何處歌聲斷，木落天高動客愁。』崇禎《嘉興縣志》卷一錄之。西湖之詠，佳者如《段橋同友人小酌》云：『湖水正碧色，芙蓉都未開。相憐段橋月，偏照故人杯。細馬嚙疎草，輕鷗坐淺苔。南屏烟外寺，隱隱暮鐘來。』《雲間張朗之來集山中，賦得空山翠欲流，兼贈西牛上人》云：『開士棲蓮社，美人來竹林。繙經浮暮色，把盞暎秋陰。萬壑流雲冷，孤峯落照深。眼看俱幻相，於爾識禪心。』《南屏晚歸》云：『盡日南屏路，峰峰著屐登。蘿陰低自合，松色冷難勝。欲去憐奇石，重來許病僧。歸橈更回首，青靄出疎燈。』皆瘦奇甚，合於其瘦奇之號。七絕《湖上艷詞》十首、《西湖即景》四首，則有艷宕之氣，調近西湖竹枝。真又有《西湖竹枝詞》八首，刻入《甓園詩草》，正堪同讀。

括蒼遊草一卷　明末刻本（臨海博物館）

明項真撰。真有《甓園詩草》，已著録。此爲其《括蒼遊草》一卷，明末刻本。《檇李詩繫》卷二十稱真有《括蒼遊草》，即此集也。每半葉八行，行十八字。白口，無魚尾，四周單闌。版心上鐫『括蒼遊草』。卷端題曰：『古瓶山項真不損父著。』收《虎跑泉寺留別子晉、雪广、醒伯》《宿釣臺與廷俞、介休夜話》《括蒼道中》等詩三十一首，皆作於天啓三年癸亥往括蒼之際。《括蒼紀行》一卷同時作也，同並付梓。《紀行》云：『憶萬曆戊申歲，余從毗翁王先生游，而不及追隨括蒼也，意怳怳若失。越十六年，爲今天啓癸亥歲，會我郡豪有力者踞先人之敝廬，而欲甘心余。余赴大宗師白其事，至杭而大宗師已按東甌矣，於是决策裹糧，偕友人顧子廷俞、吾家介休并二僕往。三月廿三日，西湖早發』，『（四月初三日）午入括州郡，郡中蕭然，似一村落。余急欲乘流往東甌，會大宗師校士畢，仍至武林，假道括州，徘徊久之，遂堅意不往。覓一旅邸』，『初五日，晴。早起，候大宗師於下河，匆匆謁於道左，不及絮語。午後，仍易轝出括州城』，『（初十日）棹抵江岸，還渡西子湖，入昭慶僧舍，已迫暝矣』，『十六日，微雨。大宗師爲余直其事，懲其强怙者一二輩，舉郡快之。先是豪有力者之欲下石也，慮無可爲難，而必得雲間最横之山人與吾族之號稱富且豪者爲之盟主，欲置余三人於死地而後已。會執事者悉秉公正直，無可售其錢神，而後余得免，亦幸矣。而又得佳山水，令余行住坐臥，飽餐烟霞以歸，斯更奇矣。信乎山川有緣，百鬼不能殺，區區傖父，伎倆終窮，誰謂此行非壯遊一重公案哉！較之少文臥遊，亦差勝矣。是不可以無記，并得詩三十一首。』括蒼之行乃申冤道至，非尋常遊觀，諸詩隱有憂思，歌詠山水，借以銷愁，仍見瘦奇之態。《詩草》後附陶珽、王應芳、馮亮、李流芳、汪明際、顧經筵、釋界宗、劉繩之、張翃、項桂芳諸友題跋，及項真兄瑞芳跋、真再跋、姪孫毓祺跋等，皆手書上板。刻本末一葉殘損，未詳何人作跋。陶珽《跋》云：『西湖邂后不損，與譚風雅事，并六書八法，言下了了，辨若懸河，高情遠致，快士也。已，與余別，游東甌。越兩旬，不損復翩然來，再晤湖上，視歸裝，砉然有物，皆作百寶光，深以爲異。後出《遊草》并記，快讀一過，乃知繪烟雲于毫素，走山水于筆端，山川形勢，歷歷在目，點綴鋪敘，宛宛化工，不損胸中壘塊，借此盡爲發抒矣。』馮亮《跋》云：『不損才以游勝，遊以才鼓。向游嵩洛，千里命駕，今游括蒼，以意外得之，遂成一段佳話，山水夙緣，未易磨滅乃爾。讀記中所敘山川風土，無不宛然，快心駭目，又何異玄虛之爲《海賦》也。』張翃《跋》云：『不損人奇、文奇、詩奇、園亭奇，又安得不遇奇山水，盡吐胸中之奇也。』項桂芳《跋》云：『余性骯髒，吾弟亦饒莽宕之氣；余性喜聞詩，吾弟更鼓吹風雅；余忭頗好遊，吾弟尤酷嗜山水；余性不能拒客，吾弟則履恒盈閾，客常滿座；余晚而無用，沉酣歌吹，吾弟則壯心方熾，豪飲少年，局面稍殊，趣況相似也』，『出《紀行》諸什，爲余一再讀過，秀發天成，風神劭令，蕭踈磊落，復如其人。』項真再跋云：『余素有山水癖，茲行寔出意外，然以十六年未了之緣，今一旦以外侮得此勝遊，誠一快事。』

同治間，臨海黃瑞購得此本與《甓園詩草》《西湖遊草》等七種，王詠霓合題曰『項不損集』。《括蒼遊草》與《括蒼紀行》《白雪吟》《西湖遊草》合爲一冊，詠霓封題又曰『白雪吟、西湖遊草、括蒼紀行』，不書《遊草》之名，蓋以《遊草》附《紀行》也。末有瑞手識云：『子珍翻閱一過，昔甲子九月十七日戌刻。』

又，黄瑞所得項真集明刊七種，凡詩集四種，而文集未見。《静志居詩話》載其《題閨人梳奩銘》『人之有髮，旦旦思理。有身有心，奚不如是』四句。真友汪砢玉編《珊瑚網》卷十八録真尺牘二，其一云：『臨病經旬，思膓遂退。讀老親翁《西山品》，覺朝來竇氣，落我床褥，不惟病中可當《七發》，後日遊覽，挾兹以往，庶可無迷津矣。漫題數語，不足形容萬一，聊以見服膺之意，惟郢削付梓乃可耳。弟真拜上』其二云：『弟既乏玄晏之文，深慚無换鵞之筆。草草應命，録上希檢，到玉翁老親家詞伯。弟真頓首。』可見其文采風度。

卷七

易學象數論六卷　　清康熙間汪瑞齡刻本（浙江大學圖書館）

清黃宗羲撰。宗羲字太沖，號梨洲，餘姚黃竹浦人，學者稱梨洲先生。父尊素爲東林名士，天啓末死璫禍。宗羲爲尊素長子，年十四補仁和諸生。崇禎初，入都訟父冤，聲聞海内。從學劉宗周，列名復社。南都亡，孫嘉績、熊汝霖畫江而守，宗羲糾黃竹浦子弟數百人從之，號世忠營。魯監國授職方主事，尋改御史。順治三年，江上兵潰，入四明山結寨自固。山民畏禍，潛焚其寨。宗羲乃避難剡中，順治六年聞監國在海上，奔赴，授左副都御史。俄而兵潰，變姓名間行歸家。晚歲講學東南，重開證人講社，主甬上、海昌講會，士人聞風翕然。湯斌作書云：『獨先生著述弘富，一代理學之傳，如大禹導水，脉絡分明，事功文章，經緯燦然，真儒林之巨海，吾黨之斗杓也。』（《南雷文定》附録）《明史》開館，不赴徵召，以遺逸終。康熙三十四年卒，年八十六。博通經史，精天文、律曆、象數，工詩文，著述逾百種。其學本於蕺山，黃百家《先遺獻文孝公梨洲府君行略》總括其表顯師門之學，發前人所未發四大端，曰『靜存之外無動察』，『意爲心之所存，非所發』，『已發未發，以表裏對待言，不以前後際言』，『太極爲萬物之總名』，又云：『於是縱言之，道、理皆因形氣而立，離形無所爲道，離氣無所爲理，離心無所爲性，而其要則歸之慎獨』。宗羲《萬公擇墓誌銘》自述發明云：『余老而無聞，然平生心得，爲先儒之所未發者，則有數端。其言性也，以爲陰陽五行一也，賦於人物，則有萬殊，有情無情，各一其性，故曰各正性命，以言乎非一性也。程子言「惡亦不可不謂之性」是也。狼貪虎暴，獨非性乎？然不可以此言人，人則惟有不忍人之心，純粹至善，如薑辛荼苦，賦時已自各别，故善言性者，莫如神農氏之《本草》。其言太極也，統三百八十四爻之陰陽，即爲兩儀；統六十四卦之純陽純陰，陽卦多陰，陰卦多陽，即爲四象；四象之分布，即爲八卦。故兩儀四象八卦生則俱生，無有次第。人生墮地，分父母以爲氣質，從氣質而有義理，則義理之發源在於父母。陽明言以此純乎天理之心，發之事父便是孝，不知天理從父母而發，便是仁也。嚴父配天，非崇高之也。吾之於天，渺不相屬，藉嚴父在天之靈，通其陟降。而先儒疑於郊鯀，以功德言，不以感召言，非也。《河圖》《洛書》，先儒多有辨其非者，余以爲即今之圖經、地理志也。其言河、洛者，周公定鼎于洛，四方之人戶盛衰，道里之阨塞險易，諸侯貢于天王，故謂之《河圖》《洛書》。其他異同甚多。見者訾爲鄙書燕說，一二知己勸余藏其狂言，以俟後之君子。惟公擇渙然冰釋，相視莫逆，以爲聖人復起，不易吾言。』其說雖不免偏頗，然所詣不遜呂祖謙、葉適、王應麟諸大家，與顧炎武並開清三百年學術端緒。全祖望《梨洲先生神道碑文》云：『公以濂、洛之統，綜會諸家，横渠之禮教，康節之數學，東萊之文獻，艮齋、止齋之經制，水心之文章，莫不旁推交通，連珠合璧。』

宗羲研討《五經》，於《易》《禮》《春秋》尤精詳。所著今傳《易學象數論》六卷、《葬制或問》一卷、《深衣考》一卷等，已佚有《春秋日食曆》一卷。《易學象數論》六卷，傳世有清康熙間汪瑞齡刻本、《四庫》寫本、《廣雅叢書》本、舊抄本、清抄本、清光緒十五年黃氏校抄本等。此爲清康熙間汪瑞齡刻本，即初刻本也，一冊。每半葉十二行，行二十四字。黑口，雙魚尾，左右雙闌。牌記曰：『新安汪虞輯較訂，黃梨洲先生易學象數論，西麓堂藏版。』各卷端題曰：『姚江黃宗羲論，新安門人汪瑞齡較訂。』集前有汪瑞齡《序》及《目錄》。《目錄》葉題曰：『姚江黃宗羲論，男百家圖後，新安門人汪瑞齡較訂。』集中有句讀及圈點，圈點類於《南雷文案》《南雷文定》諸集，原出宗羲之手。汪瑞齡字虞輯，徽州人，寓於吳門。父希旦，字碩公。宗羲作《汪碩公墓表》，云：『新安汗虞輯寓於吳門，時名甚著，往來之名公勝流，無不稱之』，『虞輯以其父狀求銘。』（《南雷文定五集》卷三）今人整理《易學象數論》，有『《易學象數論》六卷，現有寧波天一閣藏汪虞據康熙間汪瑞齡西麓堂刻本校訂之重印本、乾隆間《四庫全書》寫本、清光緒間廣雅書局據汪氏原刻本重刻本。我們以《廣雅叢書》本爲底本，以其他二本爲校本進行校點』云云。殆疎忽汪虞輯即汪瑞齡，又誤以初刻爲重刻本。

是書前三卷《内編》，卷一爲《圖書》《先天圖》《天根月窟》《八卦方位》《納甲》《納音》《占課》；卷二爲《卦氣》《卦變》《互卦》《蓍法》《占法》；卷三爲《原象》。後三卷《外編》，卷四爲《太玄》《乾坤鑿度》《元包》《潛虛》《洞極》《洪範》；卷五爲《皇極》；卷六爲《六壬》《太乙》《遁甲奇門》《衡運》。書中諸圖，乃百家所作。汪瑞齡《序》云：『姚江梨洲夫子，通天地人以爲學，理學、文章之外，凡天官、地理以及九流、術數之學，無不精究。慨夫象數之正統，久爲閏位之所淹沒也，作論辨之論。其倚附於《易》，似是而非者，析其離合，爲《内編》三卷。論其顯背於《易》，而自擬爲《易》者，決其底蘊，爲《外編》三卷。傳鈔海内，學者私爲帳中祕本。瑞齡少而孤，括帖之餘，茫然不知有何學問。從游於鄭師禹梅，始識理學淵源在於舜水。又得交於嗣君主一，獲受是書而卒業焉，因請於夫子而刻之。』蓋瑞齡從黄百家得覽是書，遂刻之。

四庫館採録浙江巡撫採進本《易學象數論》六卷。檢《浙江採集遺書總録》，浙撫所進爲寫本六卷。《提要》云：『是書宗羲《自序》云：「《易》廣大無所不備，自九流百家借之以行其説，而《易》之本義反晦。世儒過視象數，以爲絶學，故爲所欺。今一一疏通之，知其於《易》本了無干涉，而後反求程《傳》，亦廓清之一端。」又稱王輔嗣注簡當而無浮義，而病朱子添入康節先天之學爲添一障。蓋《易》至京房、焦延壽而流爲方術，至陳摶而歧入道家，學者失其初旨，彌推衍而轇轕彌增。宗羲病其末派之支離，先糾其本原之依託。前三卷論河圖、洛書、先天、方位、納甲、納音、月建、卦氣、卦變、互卦、筮法、占法，而附以所著之《原象》，爲《内篇》，皆象也。後三卷論太玄、乾鑿度、元包、潛虚、洞極、洪範數、皇極數以及六壬、太乙、遁甲，爲《外篇》，皆數也。大旨謂聖人以象示人，有八卦之象、六爻之象、象形之象、爻位之象、反對之象、方位之象、互體之象，七者備而象窮矣。後儒之爲僞象者，納甲也，動爻也，卦變也，先天也，四者雜而七者晦矣。故是編崇七象而斥四象，而七者之中又必求其合於古，以辨象學之訛。又，《遁甲》《太乙》《六壬》三書，世謂之「三式」，皆主九宫，以參詳人事。是編以鄭康成之太乙行九宫法證《太乙》，以《吴越春秋》之占法、《國語》泠州鳩之對證《六壬》，而云後世皆失其傳，以訂數學之失，其持論皆有依據。蓋宗羲究心象數，故一一能洞曉其始末，因而盡得其瑕疵，非但據理空談，不中窾要者比也。惟本宋薛季宣之説，以《河圖》爲即後世圖經，《洛書》爲即後世地志，《顧命》之《河圖》即今之黄冊，則未免主持太過，至於矯枉過直，轉使傳陳摶之學者得據經典而反唇，是其一失。然其宏綱巨目，辨論精詳，與胡渭《易圖明辨》均可謂有功《易》道者矣。』

宗羲治《易》，傳祖日中、父尊素家學，並得力於蕺山義理、漳海象數。以爲自秦漢以來，易學分義理、象數二途，或主變占而不言義理，或尚玄虛而不言象數；唐宋以後，義理與象數終不能歸一。《易》關涉聖經興廢與天運，因象數、讖緯而晦於後漢；王弼之後，因老氏浮誕，魏伯陽、陳摶之卦氣又晦之；至程頤而欲明，復因邵雍《圖書》先後天晦之。其《自述》闡明撰述之旨：贊同王弼《周易注》、程頤《易傳》（按：程《傳》用王弼本），而不滿於焦延壽、京房，尤鄙邵雍創爲《河圖》先天之說，易理統體皆障，於朱子《周義本義》敷衍邵雍，不通象數，猶爲後世舉子奉成一定，深有不滿，欲疏通象數，使世人『知其于《易》本了無涉，而後反求之程《傳》』。簡言之，辨『世儒過視象數，以爲絕學』，爲程《傳》義理護法。劉宗周《周易古文鈔》所述義理一本於程《傳》，宗羲尊程頤而黜邵雍，亦是承師說，所異者，宗羲借於象數之助。

是書彙辨諸家象數異說，《內篇》辨倚附於《易》似是而非者，《外篇》辨顯背《易》旨而自妄擬者，各釐爲三卷。其說與朱子根本之異，即一救象數之弊，一借象數爲解。浙東易學，素尚義理，不喜『怪妄』。呂東萊說《易》，依傍程《傳》，不作怪論。此亦宗羲立論根本。朱子指《河圖》爲聖人作《易》之由，後世舉子鮮敢異辭。宗羲則謂《河圖》《洛書》『即今之圖經、地理志也』。《圖書一》開篇云『歐陽子言《河圖》《洛書》「怪妄之尤甚者」，自朱子列之《本義》，家傳戶誦。今有見歐陽子之言者，且以歐陽子爲怪妄矣』，繼辨後人穿鑿傅會，云『欲明《圖》《書》之義，亦唯求之經文而已』，『孔子之時，世莫宗周，列國各有其人民土地，而河、洛之《圖》《書》不至，無以知其盈虛消息之數，故歎「河不出圖」』。《萬公擇墓誌銘》總結『平生心得，爲先儒之所未發者』數端，即含此說。後世於此多訾病之，《四庫提要》論其『主持太過』、『矯枉過直』。宗羲所論不必確然無疑，然於破除『怪妄』，非無助益。其以『象數變遷爲經，人事之從違爲緯』，謂《易》非空言，乃救天下萬世之具，《二十一史》即三百八十四爻流行之跡。解爻辭又主於引古事、人跡爲證，以見『天地之極則，事機之變化，人情物理之糺錯』，『君子小人之消長』（《畫川先生易俟序》），反復談説舍『人事』而別求《圖書》、卦變乃捨本逐末，正以見浙學經世、務實之好尚。

易學象數論六卷 《廣雅叢書》本

清黃宗羲撰。宗羲有《易學象數論》六卷，已著錄清康熙間汪瑞齡刻本。此爲《廣雅叢書》本，清光緒間廣雅書局據汪瑞齡刊本重刻。每半葉十二行，行二十四字。白口，單魚尾，四周單闌。各卷端題曰：『姚江黃宗羲撰。』集前有《四庫總目·易學象數論提要》、汪瑞齡《序》、黃宗羲《自序》及《目錄》。較汪氏原刻略有改易，集前增宗羲《自序》及《四庫提要》，《目錄》删『姚江黃宗羲論，男百家圖後，新安門人汪瑞齡較訂』題署，卷端題署亦改易。各卷末增重刊校字名氏。閲之不覽原刻，難知黃百家圖後也。原刊句讀及圈點皆删之。其校字能精，譌誤爲少。集中字句偶有删改，如康熙刊本卷四《太元蓍法》『假太玄』下有小字雙行注：『或作「元」，通用。』《廣雅叢書》本删之。

易學象數論六卷（殘）　清初抄本（臺圖）

清黄宗羲撰。宗羲有《易學象數論》六卷，已著録清康熙間汪瑞齡刻本。此爲臺圖藏清初抄本，六册。無版匡、界格。每半葉十二行，行二十四字。集前有汪瑞齡《序》及《目録》，無宗羲《自序》。《目録》葉題曰：『姚江黄宗羲論，男百家圖後，新安門人汪瑞齡較訂。』（删《内編》題曰、《外編》題曰）各卷端或題曰：『姚江黄宗羲論，新安門人汪瑞齡較訂。』或不題。鈐『紅蕤吟館吴氏藏書』、『澤存書庫』、『槐生審校』圖記。『紅蕤吟館吴氏藏書』，爲清吴經正藏書印，吴氏著有《紅蕤吟館詩草》二卷（稿本，吴清瑞批校，上圖）。『澤存書庫』，爲近人陳群藏書印。審校之槐生，蓋爲葉維幹，號槐生，仁和人。光緒六年舉會試，遽以奉諱歸，未及殿試。後候選主事。嘗遊於俞樾之門，光緒間主講敬業書院，爲院長（民國《上海縣續志》卷九，民國七年鉛印本。民國《杭州府志》既注明其未殿試，又誤作庚辰進士。《兩浙輶軒續録》卷五十云：『葉維幹，字槐生，仁和人。光緒庚辰進士。』亦有未確）。

此本據清康熙間汪瑞齡刻本寫録，抄寫甚精，少有譌誤。汪氏原刊卷四《太元蓍法》『假太玄』下有小字雙行注：『或作「元」，通用。』《廣雅叢書》本删小字注。此本與原刊本同。惜卷六存前十二葉，《答王仲撝問泠州鳩七律對》以下闕。集中『玄』偶或不避，臺圖館目作舊抄本。

深衣考一卷　民國九年上海博古齋景印《借月山房彙鈔》本

清黄宗羲撰。宗羲有《易學象數論》，已著録。此爲《深衣考》一卷，民國九年上海博古齋景印《借月山房彙鈔》本。每半葉九行，經文每行二十一字，考釋低一格，行二十字。白口，單魚尾，左右雙闌。卷端題曰：『餘姚黄宗羲撰。』集前録《四庫提要》一則。深衣，乃漢人袍服，上衣下裳，分裁縫合，被體深邃，故名。《禮記》有《深衣》篇，鄭玄曰：『以其記深衣之制也，名曰《深衣》。』深衣之制，自漢以來諸家多異辭，《溫公禮儀》《朱子家禮》俱有論。宗羲作此，首考深衣形制，次列經文，分段詳解。繼引朱子、吴澄、朱右、黄潤玉、王廷相五家圖説，考異糾謬。是書原有清康熙間錢塘吴氏瓶花齋抄本。四庫館採録浙江巡撫採進瓶花齋抄本。又有嘉慶十三年張海鵬編刻《借月山房彙鈔》本、光緒十四年王先謙、繆荃孫編刻《南菁書院叢書》本。按《浙江採集遺書總録》乙集，瓶花齋寫本末附《黄氏喪服制》一篇。自《庫》本而後，諸本皆删《喪服制》一篇。由是知《借月山房彙鈔》本等據於《庫》本也。

《四庫提要》云：『是書前列己説，後附《深衣》經文，併列朱子、吴澄、朱右、黄潤玉、王廷相五家圖説，而各闢其謬。其説大抵排斥前人，務生新義。如謂衣二幅，各二尺二寸。屈之爲前後四幅，自掖而下殺之，各留一尺二寸。加衽二幅，内衽連於前右之衣，外衽連於前左之衣，亦各一尺二寸。其要縫與裳同七尺二寸。蓋衣每一幅，屬裳狹頭二幅也。今以其説推之，前後四幅下屬裳八幅，外右衽及内左衽亦各下屬裳二幅，則裳之屬乎外、右衽者勢必掩前右裳，裳之屬乎內、左衽者勢必受掩於前左裳，故其圖止畫裳四幅。蓋其後四幅統於前圖，其內掩之四幅則不能畫也。考深衣之裳十二幅，前後各六，自漢唐諸儒沿爲定說。宗義忽改剏四幅之圖，殊爲臆撰。其釋「衽，當旁」也，謂衽，衣襟也。以其在左右，故曰「當旁」。考鄭《注》：「衽，裳幅所交裂也。」郭璞《方言注》及《玉篇注》俱云：「衽，裳際也。」云「裳際」，則爲裳旁明矣，故《釋名》曰：「衽，襜也。在旁，襜襜然也。」蓋裳十二幅，前名襟，後名裾，惟在旁者始名衽。今宗義誤襲孔《疏》，以裳十二幅皆名衽，不明經文「當旁」二字之義，遂別以衣左右衽當之。是不特不知衽之爲裳旁，而並不以衽爲裳幅，二字全迕，益踵孔《疏》而加誤矣。其釋「續衽」也，謂裳與衣相屬，衣通袂，長八尺，裳下齊一丈四尺，衣裳相屬處乃七尺二寸，則上下俱闊而中狹，象小要之形，故名「續衽」。其說尤爲穿鑿。其釋「袂，圓以應規」也，謂衣長二尺二寸，袂屬之，亦如其長，掖下裁入一尺，留其一尺二寸，可以運肘，以漸還之至於袂末，仍得二尺二寸。《玉藻》言「袪尺二寸」，乃袂口之不縫者，非謂袂止一尺二寸。今考《說文》：「袪，袂也。」《禮·玉藻》鄭《注》謂：「袪，袂口也。」蓋袂末統名曰袪。今謂袂口半不縫者乃名袪，則袂口之半縫者豈遂不得名袪乎？且袂口半縫之制，經無明文，又不知宗義何所據也。宗義經學淹貫，著述多有可傳。而此書則變亂舊詁，多所乖謬。以其名頗重，恐或貽誤後來，故摘其誤而存錄之，庶讀者知所決擇焉。』以爲宗義『變亂舊詁，多所乖謬』。深衣諸說錯雜，宗義參酌古今，考其形制，不當盡謂『務生新義』。又，明清鼎革，功令嚴敕，『短衫窄袖，一如武裝』，遺民不勝亡國易制之悲。深衣乃明士人常服，且關涉漢人儀制。宗義作此，寄意深矣。

孟子師說七卷　《適園叢書》本

清黄宗羲撰。宗羲有《易學象數論》，已著録。《四書》之學，宗羲以其師劉宗周生前已著《大學統義》《中庸慎獨義》《論語學案》，乃撰《孟子師說》七卷、《四書私說》一卷，補所未備。《四書私說》一卷，見載全祖望《奉九沙先生論刻南雷全集書》，今佚。杜春生《劉子全書遺編鈔述》末一條云：『《全書》有《經術》一類，子所纂述《論語》《大學》《易鈔》《曾子》，董氏悉彙入《全書》。惟《中庸》《孟子》尚未著有成編，故黄梨洲先生有《孟子師說》之作，董無休先生有《中庸學案》《孟子學案》之作，皆以闡明師學，裨補闕遺，誠劉門之素臣也。黄氏《師說》經進《四庫》，近已刊行。董氏二種《學案》僅有稿本。四春生與《全書》本同得者，今藏於家。』宗羲門人山陽戴曾、戴晟康熙間初刻《孟子師說》，今尚存傳。四庫館採録浙江巡撫採進本《孟子師說》二卷，《提要》云：『是編以其師劉宗周於《論語》有《學案》，於《大學》有《統義》，於《中庸》有《慎獨義》，獨於《孟子》無成書，乃述其平日所聞，著爲是書，以補所未備。其曰《師說》者，倣趙汸述黄澤《春秋》之學題曰《春秋師說》例也。宗周之學，雖標慎獨爲宗，而大旨淵源，究以姚江爲本，故宗羲所述，仍多闡發良知之旨。然於「滕文公爲世子」章，力闢沈作喆語，辨無善無惡之非；於「居下位」章，力闢王畿語，辨性亦空寂，隨物善惡之說，則亦不盡主姚江矣。其他議論，大都按諸實際，推究事理，不爲空疏無用之談。略其偏駁，而取其明切於學者不爲無益，固不必執一格而廢眾論，因一眚而廢全書也。』傳世尚有清道光間刻本、《文瀾閣四庫》本、清光緒八年慈谿馮氏醉經閣重刻本、《適園叢書》本，俱爲七卷。此爲《適園叢書》本，據文瀾閣本梓刻。每半葉十一行，經文每行二十三字，釋說低一格，行二十二字。黑口，雙魚尾，左右雙闌。各卷端題曰：『姚江黃宗羲著。』集前有黃宗羲《孟子師說題辭》，末署『劉門弟子姚江黃宗羲識』。文淵閣本則作原《序》，此作《題辭》，書末又有吳興張鈞衡《跋》。文淵閣本上卷終於『陳仲子』章，下卷始於『離婁』章。此本則『陳仲子』章前爲三章，『離婁』章後爲四章，文字鮮異。

宗羲《題辭》云：『成說在前，此亦一述朱，彼亦一述朱，宜其學者之愈多而愈晦也』，『羲讀《劉子遺書》，潛心有年，麤識先師宗旨所在，竊取其意，因成《孟子師說》七卷，以補所未備。或不能無所出入，以俟知先生之學者糾其謬云。』是書無意『述朱』，意在發明師說以解《孟》。卷五『咸丘蒙』章云：『字曰「文」，句曰「辭」，作詩之本意曰「志」。如《北山》之詩，莫非字也；《雲漢》之詩，靡有字也，執之則害辭矣。「莫非王土」，「莫非王臣」，其辭言一統無外也，豈知其志在養父母乎！「靡有孑遺」，其辭言民類盡矣，豈知其志在憂旱乎！朱子不信《小序》，多即辭而定其爲某某所作，似乎有所依據。若以孟子之言律之，未免有以辭害志者矣，同時與呂伯恭已不相合。郝仲輿作《毛詩序說》，未爲可非也。』其解《孟》主於『以意逆志』，不欲『以辭害志』。如『滕小國』章，以朱熹談說『致死以守國』、『民亦爲之死守而不去』，集論『死守』二字。反思明亡，有『蓋國亡非吾所致，事勢使然，可以告無罪於先君矣』之慨。其說時由朱子之論變化而來，能挾史學之長以研經傳，如所云『學必原本於經術而後不爲蹈虛，必證明於史籍而後足以應務』（全祖望《甬上證人書院記》），故與朱子有別。《師說》頗糾辯朱子之說，卷二『浩然』章尤可爲例。如云『如是則道義是道義，氣是氣，終成兩樣，朱子所以認理氣爲二也。』『朱子云：「配義與道，只是說氣會來助道義。其輕易開口，胡使性氣，却只助得客氣，人纔養得純粹，便助從道義好處去。」義以爲養得純粹，便是道義，何消更說助道義。朱子主張理氣爲二，所以累說有了道義，又要氣來幇貼方行得去。』『朱子云：「氣只是身中底氣，道義是衆人公共底。天地浩然之氣，到人得之，便自有不全了，所以須著將道理，養到浩然處。」此言有病。人自有生以後，一呼一吸，尚與天通，只爲私欲隔礙，全不成天地之氣耳，豈有到人身上，便自不全？後來羅整庵分明覺、天地爲二，皆本於此。』『朱子說：「人生時無浩然之氣，只是有那氣質昏濁頽塌之氣。這浩然之氣，乃是養得恁地。」愚謂浩然之氣非固有，如何養得？就其實，昏濁頽塌之氣，總是一氣。養之則點鐵成金，不是將好氣來，換却此氣去也。朱子他日又言有道理的人心便是道心，則得之矣。』談說『浩然之氣』幾近三千言，專駁朱子『理氣爲二』說。蕺山以慎獨爲宗，大旨在『道、理皆因形氣而立，離形無所爲道，離氣無所爲理，離心無所爲性，而其要則歸之慎獨』。於『離氣無所爲理，離心無所爲性』，《明儒學案》卷六十二《蕺山學案》云：『盈天地間皆氣也，其在人心，一氣之流行，誠通誠復，自然分爲喜怒哀樂，仁義禮智之名因此而起者也』，『慎之工夫，只在主宰上。』宗羲表顯師說，『浩然』章開篇云：『天地間只有一氣充周，生人生物。人禀是氣以生，心即氣之靈處，所謂知氣在上也。心體流行，其流行而有條理者，即性也。猶四時之氣，和則爲春，和盛而溫則爲夏，溫衰而凉則爲秋，凉盛而寒則爲冬，寒衰則復爲春。萬古如是，若有界限於間，流行而不失其序，是即理也。理不可見，見之於氣；性不可見，見之於心，心即氣也。心失其養，則狂瀾橫溢，流行而失其序矣。養氣即是養心，然言養心猶覺難把捉，言養氣則動作威儀，旦晝呼吸，實可持循也。』責『朱子主張理氣爲二』，其說近於呂東萊。雖然，其推尊朱子仍過於東萊。

要之，是書發明師説，持論時以朱子爲根柢，反省亦以朱子爲鵠的。

天一閣藏有清康熙二十八年刻本《孟子師説》不分卷，二冊。每半葉十一行，經文行二十四字，釋説低一格，行二十三字。黑口，雙魚尾，左右雙闌，無界格。卷端題曰：『姚江黄宗羲著。』集前有宗羲《師説題辭》，集後有門人戴曾、載晟康熙二十八年十月既望《跋》。

黄梨洲先生留書一卷　清鄭性、鄭大節校抄本（天一閣）

清黄宗羲撰。宗羲有《易學象數論》，已著録。順治九年，魯監國朱以海自去監國號。宗羲悲明祚興復之艱，順治十年撰《留書》一卷，談説治亂之故，理亂之由，藏篋中，冀有所待。後十年，即康熙元年，續作《明夷待訪録》，《留書》大都採入。明年書成，欲盡棄《留書》，因門人萬斯選堅請，復存附《明夷待訪録》後。宗羲《留書題辭》：『癸巳秋，爲書一卷，留之篋中。後十年，續有《明夷待訪録》之作，則其大者多採入焉，而其餘棄之。甬上萬公擇謂尚有可取者，乃復附之《明夷待訪録》之後，是非余之所留也，公擇之所留也。』此蓋全祖望《梨洲先生神道碑文》作《明夷待訪録》二卷，《明夷待訪録跋》又云一卷，自爲歧説之由（按：今或臆測《明夷待訪録》與《留書》本合稱《待訪録》，後析爲二書，未刻者爲《留書》，誤矣）。

此爲天一閣藏清鄭性、鄭大節校抄本，與《明夷待訪録》《思舊録》合爲一冊。無版匡、界格。每半葉十行，行二十字。卷端題曰：『後學鄭性訂，大節校。』集前有黄宗羲順治十年《自序》，無目録。原爲近人馮貞羣舊藏，馮氏手書封題『明夷待訪録，留書，思舊録』，又題記云：『右三種，爲黄南雷所著

《待訪》《思舊》二録，二老閣有刻本，《留書》未刻。曾見别一鈔本，有《序》云：「本欲删去，萬子斯選謂可留，故名《留書》。壬辰春，馮貞羣記。」《留書》收文凡八篇，《文質》《封建》《衛所》《朋黨》《史》五篇具存，另三篇《田賦》《制科》《將》有目無文，蓋已入《明夷待訪録》，故不録。宗羲《自序》云：『古之君子著書，不惟其言之，惟其行之也。僕生塵冥之中，治亂之故，觀之也熟。農瑣餘隙，條其大者，爲書八篇。仰瞻宇宙，抱策焉往？則亦留之空言而已。自有宇宙以來，著書者何限，或以私意攙入其間，其留亦爲無用。吾之言非一人之私言也，後之人苟有因吾言而行之者，又何異乎吾之自行其言乎！是故其書不可不留也。癸巳九月，梨洲老人書於藥院。』《明夷待訪録》撰著之旨，已於此《自序》發之。二書同旨，可相參看。

明夷待訪録一卷　清乾隆間慈谿鄭氏二老閣刻本（國圖）

清黄宗羲撰。宗羲有《易學象數論》，已著録。梨洲之學，經史並長。章學誠《文史通義》云：『浙東之學，言性命者必究于史，此其所以卓也。』吕祖謙、陳亮、王應麟、胡三省、宋濂、王禕、黄宗羲、萬斯同、全祖望、邵晉涵、章學誠莫不然。宗羲近承姚江之統，與陽明、蕺山異者即在長於史也。生平著述百餘種，史著有《明史案》二百四十四卷、《弘光實録鈔》四卷、《行朝録》三卷、《四明山志》九卷、《宋史叢目補遺》三卷、《明史條例》一卷、《子劉子行狀》二卷、《留書》一卷、《明夷待訪録》一卷、《思舊録》一卷、《歷代甲子考》一卷等。《明夷待訪録》傳世鈔本、印本二十餘種，以清乾隆間慈谿鄭氏二老閣初刻本爲最善。此即二老閣刻本《明夷待訪録》一卷，一册。每半葉十行，行二十字。黑口，雙魚尾，四周單闌。版心鎸『黄梨洲先生明夷待訪録』。卷端題曰：『後學鄭性訂，大節較。』集中『丘』、『弘』字避，當刻於乾隆間。今或作清初刻本，未可信也。集前有顧亭林尺牘一篇及《目次》。卷端有宗羲康熙二年《自序》，以下依次收《原君》《原臣》《原法》《置相》《學校》《取士上》《取士下》《建都》《方鎮》《田制一》《田制二》《田制三》《兵制一》《兵制二》《兵制三》《財計一》《財計二》《財計三》《胥吏》《奄宦上》《奄宦下》，共二十一篇。原爲鄭振鐸舊藏，鈐『長樂鄭振鐸西諦藏書』圖記。

宗羲《自序》云：『余常疑《孟子》一治一亂之言，何三代而下之有亂無治也？乃觀胡翰所謂十二運者，起周敬王甲子，以至於今，皆在一亂之運。向後二十年，交入「大壯」，始得一治，則三代之盛，猶未絶望也。前年壬寅夏，條具爲治大法，未卒數章，遇火而止。今年自藍水返於故居，整理殘帙，此卷猶未失落於擔頭艙底，兒子某某請完之。冬十月，雨牕削筆，喟然而歎曰：昔王冕倣《周禮》著書一卷，自謂「吾未即死，持此以遇明主，伊吕事業不難致也」，終不得少試以死。冕之書未得見，其可致治與否，固未可知，然亂運未終，亦何能爲「大壯」之交？吾雖老矣，如箕子之見訪，或庶幾焉，豈因「夷之初旦，明而未融」，遂祕其言也！癸卯，梨洲老人識。』是書之作，蓋始作於康熙元年，成於康熙二年。其《留書題辭》稱順治十年秋爲《留書》一卷，後十年續有《明夷待訪録》，大都採入。門人萬斯選謂棄者尚有可取，乃復附於《明夷待訪録》之後。書名《明夷待訪録》，『明夷』語本《周易·明夷》，並用《後漢書·黨錮傳》『夷之初旦，明而未融』之義，寄意深矣。集前附顧亭林書云：『伏念炎武自中年以前，不過從諸文士之後，注蟲魚，唫風月而已。積以歲月，窮探古今，然後知後海先河，爲山覆簣，而於聖賢《六經》之旨，國家治亂之原，生民根本之計，漸有所窺，恨未得就正有道。頃過薊門，見貴門人（按：一本有「陳、萬二君」），具稔起居無恙。因出大著《待訪錄》，讀之再三，於是知天下之未嘗無人，百王之敝可以復起，而三代之盛可以徐還也。天下之事，有其識者未必遭其時，而當其時者或無其識，古之君子所以著書待後有王者起，得而師之。然而《易》「窮則變，變則通，通則久」，「聖人復起，而不易吾言」，可預信於今日也。炎武以管見爲《日知錄》一書，竊自幸其中所論，同于先生者十之六七。』全祖望《書明夷待訪錄後》云：『《明夷待訪錄》一卷，姚江黄太沖徵君著。同時顧亭林貽書，歎爲王佐之才，如有用之，三代可復。是歲爲康熙癸卯，年未六十，而《自序》稱梨洲老人。萬西郭爲予言：徵君自壬寅前，魯陽之望未絶，天南訃至，始有潮息烟沈之歎，飾巾待盡，是書於是乎出。蓋老人之稱，所自來已。原本不止於此，以多嫌諱弗盡出，今並已刻之板亦燬於火。徵君著書兼輛，然散亡者什九，良可惜也。』（按：順治十年，宗羲已自稱梨洲老人）所撰《梨洲先生神道碑文》作二卷，蓋以《明夷待訪錄》爲一卷，附《留書》爲一卷。

宗羲窮經兼治史，去虛就實，博大兼采。雖未明言『《五經》皆史』，然經史互證互注，意亦近之。晚歲爲閻若璩作《尚書古文疏證序》，云：『中間辨析三代以上之時日、禮儀、地理、刑法、官制、名諱、祀事、句讀、字義，因《尚書》以證他經史者，皆足以祛後儒之蔽，如此方可謂之窮經。』是書考察古今，反思明之君臣、法度、學校、取士、田制、兵制利弊，足爲經世之用。朱彝尊讀是書，深爲歎服。《四明山志序》云：『予嘗讀所著《待訪錄》，深歎先生之弘濟經綸，的的可大造於寰宇，是豈屑於與桑經酈注爭長黄池者哉！』

思舊錄一卷　清雍正間慈谿鄭氏二老閣刻本（清丁敬批校）（臺圖）

清黃宗羲撰。宗羲有《易學象數論》，已著録。明社既屋，宗羲懷宣光綸旅之望，漸至意冷，自放草野，故國山川草木，覽之涕泗，不勝其悲。感生平遭際，憂人物史事湮没，撰爲野史。《思舊録》一卷即其一，傳世抄本、印本十餘種，著者有清抄本（鄭性訂、鄭大節校）、清雍正間慈谿鄭氏二老閣初刻本、《昭代叢書》本、清光緒間餘姚黃氏五桂樓刻本、《梨洲遺著彙刊》本。此爲二老閣初刻本，清丁敬批校，一册。每半葉十行，行二十字。黑口，雙魚尾，四周單闌，無界格。版心鐫『黃梨洲先生思舊録』。丁敬封題『思舊録』，又識云：『此册姚江鄭弗人秀才所贈。敬叟識。』卷端題曰：『後學鄭性訂，大節較。』集前無序目，集後有宗羲《自題》一則。臺圖館目作清康熙間慈谿鄭氏二老閣刻本，《中國古籍總目》著作録清刻本（清丁敬題記）。今按：集中避康熙朝諱，『丘』寫作『邱』（《周鑣》一則），『弘』字不避，當爲雍正間刻本。先後爲丁敬、鄒金淦所藏，鈐『丁氏敬身』、『丁敬身』、『龍泓館印』、『勤藝堂鄒氏藏書記』、『鄒儷笙讀書印』、『師竹廬主人珍藏』、『儷笙重閲』、『儷笙珍藏』圖記。錢塘丁敬字敬身，號敬叟，殁於乾隆間。精篆刻，復能詩，著有《龍泓館詩集》。海寧鄒存淦字儷笙，生於道光間，寓於杭，有勤藝堂。著有《師竹廬主人記年編》。

書中有丁敬墨筆批校數則。如《陳玄素》一則：『余時作詩，頗喜李長吉。古白一見，即切戒之，亦云益友。』眉批云：『何益之有？敬叟記。』《錢士升》一則：『錢士升字御冷，嘉善人。』眉批云：

『該是「御泠」，非「泠」字也。』其批校亦有可商處。如《本晢》云：『石奇與文虎友善，助結雪瓢，喜其相近，死而遂蹊其田。』眉批云：『「雪瓢」，祁豸佳別號也。』石奇爲雪竇寺僧。文虎名陸符，鄞縣人，與宗羲皆蕺山門人。明亡後，結廬以居，曰雪瓢。黃宗會《祭陸文虎文》：『挈家依雪竇僧寺以居，結廬曰雪瓢。』（《縮齋文集》）

宗羲《自題》云：『余少逢患難，故出而交遊最早，其一段交情不可磨滅者，追憶而志之。開卷如在，於其人之爵位行事，無暇詳也。然皆桑海以前之人，後此亦有知己感恩者，當爲別錄。』遺門人鄭梁書云：『枕上想生平交友，一段真情，不可埋沒，因作《思舊錄》，皆鼎革以前人物一百有餘，呻吟中讀之，不異山陽笛聲也。』（清乾隆間刻本《南雷文約》集前附《黃梨洲先生遺先子書》）是書追念昔日交遊，收傳一百十七人，人各一篇。略言生平事蹟，繼述往來始末，以存人物舊史，非徒紀交遊也。人物品評，史事褒貶，隱見於字句間。其書類《錄鬼簿》，條目又時近《世說》，然著述之旨不合；人物傳載近《列朝詩集小傳》，但不主於論藝。首篇《劉宗周》，明師承所自。其間多故國人物流風甚著者如文震孟、錢謙益、范景文、張溥、張采、陳貞慧，又多抗清殉節同人如祁彪佳、麻三衡、吳應箕、楊廷樞、陳子龍、陳函輝、張煌言、瞿式耜，復多孤節遺民如方以智、徐枋、巢明盛、萬泰、閻爾梅、王猷定，蕺山同門與列者有陳確等人。其人大都名入東林或復社，末附衲子數人。是書以人存史，而敘事生動，品評深入，頗具史裁。如《錢謙益》云：『主文章之壇坫者五十年，幾與弇洲相上下。其敘事必兼議論，而惡夫剿襲，詩章貴乎鋪序，而賤夫凋巧，可謂堂堂之陣，正正之旗矣。然有數病：闊大過於震川而不能入情，一也；用《六經》之語而不能窮經，二也；喜談鬼神方外而非事實，三也；所用詞華每每重出，不謝華啟秀，四也；往往以朝廷之安危、名士之隕亡，判不相涉，以爲由己之出處，五也。至使小人以爲口實，掇拾爲《正錢録》，亦有以取之也。』堪爲一時公論。

是書鋟梓未早。先是黄百家、張錫琨校刻《明文授讀》，已頗引述之。如《明文授讀》卷十選顧大韶《放言二》，附評語：『《思舊録》曰：「仲恭文縱横似《國策》，月旦不稍假借，邑人甚畏其口。余于己卯見之，其《尋瞳使者説》《敬丨八房文》（今：『敬』當作『書』字）於科舉之敝，嘻笑甚於怒駡矣。」』卷二十二選錢謙益《答李叔則書》，全録《思舊録》『錢謙益』一則以代評語，與此本及清抄本（鄭性訂、鄭大節校）僅數字之異。

思舊録一卷　清抄本（清鄭性、鄭大節校訂）（天一閣）

清黄宗羲撰。宗羲有《易學象數論》，已著録。其《思舊録》一卷，前已著録清雍正間慈谿鄭氏二老閣刻本。此爲天一閣藏清抄本，鄭性、鄭大節校訂，與《明夷待訪録》《留書》合爲一册，原爲馮貞羣舊藏，馮氏手書封題並題記。無版匡、界格。每半葉十行，行二十字。卷端題曰：『餘姚黄宗羲著。』集前無序目，集後有宗羲《自題》。集中避『玄』字，不避『弘』字，當寫於康雍間，或誤以爲清乾隆間抄本。《中國古籍總目》未著録。

此本文字與二老閣刻本偶異，然頗可留意。如第一則《劉宗周》『故於葬地禍屋』句，『於』字後旁校補『先公』二字，二老閣刻本無。『禍』字，校改爲『祠』，二老閣刻本作『祠』。『其時吾邑有沈國模、管宗圣、史孝咸』句，『圣』字校改作『聖』。《馮元颷》『大丙由此得補弟子員。余書僮冒余書，中多別字，□□□□□□□□□□□□□以示諸子躋仲』一段文字，『中多別字』下闕十五字。二老閣刻本作『大丙由此得補弟子員。公好諧謔，余書僮僞寫余書自薦，中多別字。公覽畢，以示諸子躋仲』（按：整理本《黄宗羲全集》以清抄本爲底本，徑刪空格。時改易底本，如《弘儲》一則：『徐昭法不受當事餽遺，繼起納粟焉，非世法堂頭所及也。』『納粟』，二老閣刻本、清抄本、《昭代叢書》本皆作『繼粟』。『繼粟』語本《孟子·萬章下》：『其後廩人繼粟，庖人繼肉，不以君命將之。』『納粟』則不通）。疑刻本經鄭性、鄭大節校補，宗羲原稿未必如是。

思舊録一卷　《昭代叢書》本

清黄宗羲撰。宗羲有《易學象數論》，已著録。其《思舊録》一卷，前已著録清雍正間慈谿鄭氏二老閣刻本。此爲《昭代叢書》本，清道光十三年刻，世楷堂藏板。每半葉九行，行二十字。白口，單魚尾，左右雙闌。版心鐫『思舊録』，下刻『世楷堂藏板。』卷端題曰：『餘姚黄宗羲太沖著。』集前無序目，集後有宗羲《自題》，與二老閣刻本同。然二本亦略有異，《倪元璐》後附《静志居詩話》一則；《方震孺》後附《明文授讀》注一則，《沈士柱》後附《明文授讀》注一則，《顧大韶》後附《明文授讀》注一則，《王猷定》後附《明文授讀》注一則，皆小字雙行，二老閣刻本無。宗羲《自題》後，又附録《明文授讀》注三則（『尹民興』、『何偉然』、『蔣德璟』各一則）。末有楊復吉《思舊録跋》，云：『梨洲先生雜著，其見于浙江進呈書目者有《易學象數論》《深衣考》《今水經》，其見於家傳者有《汰存》《思舊》《待訪》三録、《宋史補遺》《台宕紀遊》《匡廬紀遊》，皆祕本也。丙申夏，余得張太史損持手鈔《汰存録》，已校登新編矣，《思舊録》則客歲于《明文授讀》題識内摘録成帙。今知不足齋主人復舉二老閣刊本見貽，因參互其異同，彙爲一編。當年承蓋扶輪，氣求聲應，固歷歷如繪也。丙午午日，震澤楊復吉識。』此本雖據二老閣刻本重刊，然其先已據《明文授讀》摘録《思舊録》文字，不忍棄之，乃參酌摘録而重訂之。

與二老閣刻本對勘，此本文字差異略著於清抄本（鄭性、鄭大節校訂）。如二老閣刻本《陳貞慧》：『國門廣業之社，定生與次尾□□，周旋數月。姚太夫人六十之誕，少保于廷、定生皆有詩爲壽。』此本作『國門廣業之社，定生與次尾主之，周旋數月。姚太夫人六十之誕，少保于廷、定生父子皆有詩。』《錢謙益》『錢謙益字受之，常熟人』，此本以避忌，空缺『謙益』、『受之』、『常熟』六字；『詩章貴乎鋪序』句『詩』字，此本作『詞』；『不謝華啟秀』，此本『不』下增一『能』字；『至使小人以爲口實』，此本無『小』字；『初在拂水山房』，此本『房』作『莊』。《本皙》云：『方外交遊如木陳，初求牧齋文字，視若天人，繼而指摘，蹄尾紛然；石奇與文虎友善，助結雪瓢，喜其相近，死而遂蹊其田；具德住余丙舍，出而開眼尿床，雖有交情，姑且畧諸。』此本刪『牧齋』二字，『死而』後缺四字，『開眼尿床』作『操戈相向』。

黃氏攟殘集七卷　　清康熙四十至四十二年黃炳抑抑堂刻本（國圖）

清黃宗羲纂輯。宗羲有《易學象數論》，已著録。宋元以來，兩浙譜牒極盛，東浙學者或手自編纂，或喜作序跋傳贊。宋濂所撰譜序、題記、傳贊等文不下數百篇，劉宗周嘗編《水澄劉氏家譜》。宗羲倡議合餘姚竹橋黄氏各支爲一譜，當時雖未成，然有《黄氏攟殘集》《黄氏家録》之輯，子百家續纂《黄氏續録》（黄炳校補），拾掇黄氏先人詩文、雜著，並作譜傳。國圖藏有《黄氏攟殘集》刻本二部，一附《黄氏家録》《黄氏續録》，裝爲五冊，一不附，裝爲二冊。此爲不附者，清康熙四十至四十二年黄炳抑抑堂刻本。每半葉十一行，行二十二字。白口，雙魚尾，四周單闌。《文僖公集》卷端題曰：『族孫宗羲攟殘，寓雲間姪炳付梓，男百家募校。』《潁州集》卷端題曰：『遺獻公攟殘，寓雲間姪炳付梓，男百家募校。』餘卷不題。集前有徐秉義康熙四十一年十月《黄氏攟殘集序》、仇兆鰲康熙四十一年九月《黄氏攟殘集序》及《目録》。鈐『法梧門藏書印』，原爲法式善舊藏。國圖館目作清康熙四十一年黄炳刻本。《中國古籍總目》依此著録。今按：黄宗裔康熙四十年《四明山志序》：『吾黄氏先世八人有詩文遺逸，伯兄窮搜殘失，彙爲數卷，仲簡刻之。』《黄氏家録》集末附黄百家題記：『《攟殘集》及《家録》，俱先遺獻公四十歲以前之作也，久塵破簏中，將爲蠹鼠齧盡。康熙癸未上元日，百家到雲間，仲簡兄慨然刻之，可勝感激！書此以識不忘。』黄炳刻集蓋始於康熙四十年，成於康熙四十二年。據徐秉義《序》，《黄氏家録》《黄氏續録》同時所刻，此本僅存《攟殘集》七卷，殆所附《家録》《續録》別裝另行。黄炳字仲簡，餘姚人，移居松江，爲商賈。捐貲刻《黄氏攟殘集》《黄氏家録》《黄氏續録》《四明山志》諸書。

是集收録明人黄珣《文僖公集》一卷（按：《中國古籍總目》誤作『禧』）、黄韶《道南先生集》一卷、黄嘉仁《半山先生集》一卷、黄嘉愛《潁州集》一卷、黄元釜《丁山先生集》一卷、黄尚質《景州集》一卷及黄伯川《竹橋十詠》一卷。徐秉義《序》云：『黄氏自崔山來居茲地爲始祖，子孫緐衍，既饒甲科，亦代有聞人。惜其詩文著作皆零落散失，無有存者。先生攟搜於殘編斷簡，而得文僖以下八人詩文，彙爲一帙，名曰《攟殘》，志實也。嗣子主一積學善文，護視父書，不異目睛顱髓。矧是帙又爲諸祖上精靈傳否之所關，謀殺青事於族兄仲簡，慨然任之，并刻先生所著之《黄氏家錄》及己所集之《黄氏續錄》，而問序於余』，『黄氏先世之文若詩既失矣，幸有梨洲先生收殘燄於冷灰，使得復現光於人眼。然不廣其傳，或不免有復失之慮，仲簡而知汲汲於此，不足多乎哉！且余聞仲簡幼貧失學，長事貿遷，闤闠中人也。徙於雲間者三世，追念本源，年逾七十，數至姚江，遡尋宗譜，欷歔故里，返祖父之木主於宗祠，捐資田以永其享。』仇兆鰲《序》云：『世居姚江，先世饒有名德聞人，亦饒有詩文著作，惜其零落散亡，無有存者。吾師攟摭於殘編斷簡，而得文僖、開州、道南、蟄菴、潁州、半山、丁山、景州八人詩文若干首，都爲《黄氏攟殘集》一帙。嗣君主一，吾畏友也，家聲世德，常懷難繼之憂，十餘年以來，絕意進取，孜孜惟以讀父書爲事，此真志切於家學者。一日，手是集謂余曰：「是我先子所手錄也，博收於散軼之餘而得此，家貧不能謀剞劂，今幸有族兄仲簡任刻，子其爲我序此一段，以弁其首。」』

黄氏祖先諸集皆已佚，幸賴宗羲收拾殘簡，百家續守，得傳於世。《文僖公集》前有宗羲撰《序》，稱其詩文『典雅平淡，如其爲人』。黄珣文僅得二篇，末附珣之孫黄文煥《東閣私抄序》一篇。《道南先生集》前有宗羲撰《序》、明人尹直《道南八景詩序》，所收《道南八景》詩後，附魏瀚、林聰、蔣誼、張弼、桑悅等人和詩。《半山先生集》前有宗羲撰《序》。《潁州集》前有宗羲撰《序》。《丁山先生集》前有楊珂嘉靖三十八年八月《序》。《景州集》前有宗羲撰《序》，云：『顧他年有定姚江詩派者，菊磵爲詩祖，景州則又爲吾黄氏之詩祖，當不舍吾言而取定於前人矣。』《序》末有百家附記：『菊磵之詩，近高澹人先生搜刻有全本見寄，此先遺獻昔年未及見之作。』《竹橋十詠》前有倪宗正嘉靖十年《竹橋十詠序》、黄宗裔《蟄菴先生集序》。《竹橋十詠》附倪宗正、管溥、徐彬和詩。於諸集中，《景州集》收詩最富。黄珣諸子，詩文非精工，不足名家，然亦有可觀。宗羲所撰序，未刻入《南雷文定》諸集。

黄氏攟殘集七卷、附黄氏家録一卷、黄氏續録五卷　清康熙四十至四十二年黄炳抑抑堂刻本（國圖）

清黄宗羲纂輯，《續録》，黄百家纂輯，黄炳校補。宗羲有《易學象數論》，已著録。其纂輯《黄氏攟殘集》七卷，國圖藏有二部，其一未附《黄氏家禄》一卷、《黄氏續録》五卷，裝爲二册，前已著録。此則爲有附録者，清康熙四十至四十二年黄炳抑抑堂刻本，五册。按徐秉義《序》，《家録》《續録》與《攟殘集》同時刊刻。其行款版式同。《家録》爲黄宗羲撰，卷端題曰：『遺獻公筆録，寓雲間姪炳付梓，男百家募較。』《續録》爲黄百家纂輯，前三卷卷端題曰：『竹橋裔孫寓雲間炳較梓。』卷四卷端題曰：『姪炳較梓。』卷五卷端題曰：『竹橋裔孫寓雲間炳較梓。』《中國古籍總目》著録此本作《黄氏攟殘集》七卷、附六卷，清康熙四十一年黄炳刻本（國圖、上海）。所謂康熙四十一年刻本，未確。又謂附《續録》五卷，清黄炳撰。亦有未確。《續録》乃黄百家倣宗羲《攟殘集》而輯其餘者，黄炳校補之。

《攟殘》七卷收黄宗羲重輯明人黄珣、黄韶等七人之集，附唱和之作。《家録》凡録黄萬河、黄茂、黃均保、黃墀、黃伯川、黃堂、黃韶、黃翊、黃嘉愛、黃嘉仁、黃嘉會、黃璽、黃諒、黃稔、黃尚質、黃大綬、黃日中、黃琜、黃尊素等十九人傳。始於餘姚始遷之祖《安定公黃萬河》，終於《忠端公黃尊素》。宗羲生於明萬曆三十八年，按《黃氏家錄》集末黃百家題記云：『《擴殘集》及《家錄》，俱先遺獻公四十歲以前之作也』，是集撰於順治七年前。久藏篋中，其後蓋有增削，百家復事增校。《安定公黃萬河》傳後附百家按語：『百家於癸未元夕，完千仞姻事，至青浦朱家角，得殘譜於族姓家。內載「黃氏始於宋建隆元年，一世祖諱顗者官於鄞，遂籍焉」。又曰：「有諱顗者，由江夏南渡而來。凡我黃氏居姚子孫皆宗之，爲一世祖。」未知即是通判公否？』

《續錄》卷一爲《續錄浙江通志》，注云：『先錄餘姚本支，後附錄各縣黃氏。』如黃震、黃溍、黃淮、黃養正、黃孔昭、黃汝亨、黃潤玉、黃洪憲等，皆黃氏聞人。卷二爲《續錄明儒學案》，錄黃潤玉、黃佐、黃宗明、黃弘綱、黃省曾、黃綰、黃尊素、黃道周等八人。《黃綰傳》後附百家案語：『按：先遺獻之序浙中王門學案，其末云：「即以寒宗而論，黃驥字德良，尤西川紀其言陽明事。黃文煥號湖南（今按：《擴殘集》目錄百家案語作「吳南」），開州學止，陽明使其子受業，有《東閣私抄》，記其所聞。黃嘉愛字懋仁，號鶴溪，正德戊辰進士，官至欽州守。黃元釜號丁山，黃夔字子韶，號後川，皆篤實光明，墨守師說。以此推之，當時好修一世湮沒者，可勝道哉！」』卷三爲《續錄姚江逸詩》，注云：『炳按：《姚江逸詩》係遺獻公手選。』錄黃尊素詩八十二首、黃葆素詩五首（附黃宗羲撰《故孝廉季真先生墓誌銘》）、黃宗會詩八十四首。接爲《續錄詩綜》，錄黃尊素妻姚太夫人《詠蒲扇》四首、黃宗羲妻葉淑人《聞賣楊梅聲，傷壽兒》《歲暮》《避兵入城，因憶壽兒》《思壽兒，次梨洲夫子韻》二首、《金剛經四偈，次蘊月禪師韻》四首、《五可憐，次蘊月禪師韻》五首。卷四錄黃宗羲、黃宗炎、黃正誼、黃宗裔、黃百家及黃世春、黃時貞、黃百藥、黃百穀等人詩。《遺獻文孝公宗羲》注云：『遺獻公《詩曆》庚午三月以前已刻者，多不勝錄，止錄庚午三月後未刻者。』庚午，康熙二十九年。卷中有黃宗羲《寄仲簡姪》一首，附黃炳《奉梨洲叔父韻》。又有宗羲《喜仲簡姪再至》二首，附黃炳《追和梨洲叔父韻》二首，其一云：『生死相離倏八年，重看墨蹟淚潸然。哲人已萎悲松柏，麟趾雙標守墓田。著述自成千古帙，往還頻憶昔來船。吾門世世多人望，已喪斯文敢怨天？』選宗羲詩，末爲《示百家》二首，其一云：『築墓經今已八年，夢魂落此亦欣然。莫教輸與鳶蟻笑，一把枯骸不自專。』其二云：『年來賴汝苦支撐，雞骨支牀得暫寧。若使松風翻惡浪，萬端瓦裂喪生平。』末附百家記：『先遺獻自營幽室於化安山，内設石牀，不用棺槨，特作此詩，并《葬問》一篇，使百家不敢不遵也。』黃正誼字直方，宗羲次子，集名《黃山行腳草》；黃宗裔字道傳，宗羲族弟，集名《南浦草》；黃百家集名《失餘稾》。接爲宗羲與海内名公酬答詩，缺十三葉。其下黃世春等人詩，也多有缺葉。卷五爲《續錄雜文》，注云：『文不勝錄，取有關於黃氏者錄之。』得黃夢杏《江夏黃氏世譜序》、黃明泉《黃氏淵源》、黃應玄《竹橋宗譜序》、黃宗羲《書神宗皇后事》《萬里尋兄記》《醒泉府君傳》《移史館先妣姚太夫人事》《鄉進士澤望壙誌》《亡兒阿壽壙志》、黃百家《先遺獻文孝公梨洲府君行略》《與顧寧人求賢孝葉淑人墓誌銘書》《道傳先生墓誌銘》、黃宗會《亡弟黃君司輿權厝志》、末附顧碩《送侍御黃仁甫監察北平序》、呂本《重修黃氏譜序》。

是集又有清道光四年重刻本，黃氏裔孫紹顥、河源、寅清識云：『康熙癸未，是書壽諸梨棗。至乾隆丙申箭南先生輯譜，檢我族所存，已不過二三冊，越今更不絕如縷，何以保其流傳勿替乎？用集同志，捐資重梓，庶藏守益多，傳佈益廣，可以垂諸不朽云爾。道光四年歲次甲申陽月。』又有民國十七年黄氏惇倫堂活字本、民國二十四年林集虚編《藜照廬叢書》木活字本。民國十七年印本《餘姚竹橋黄氏宗譜》首錄《竹橋總系》，黄箭南識云：『按《續錄》，姚江黄氏，漢潁川（漢潁川太守諱霸）之後。靖康之亂，遷于婺源（《譜序》有爲江淮制置使者，從高宗南渡，至婺之金華居焉）。有仕爲慶元（今寧波府）通判者，金人破慶元，不屈死之。子三人，分地避兵，一居定海（今鎮海縣），爲東發（文潔先生）始祖；一居慈谿之吴嶴（此支不顯）；一居鳳凰山竹墩。居竹墩者諱萬河，字時通，號鶴山。已，徙餘姚之竹橋，此吾族之始祖也』，『遷延至今，始得合七宗而成全譜云。』是譜卷十三所錄黄氏詩文，即據《黄氏攟殘集》增輯而成。集前《詩文集小敘》云：『前遺獻公讀書所至關涉本邑者，分摘之爲《姚江文略》《姚江逸詩》《姚江瑣事》。今所有者唯《逸詩》而已，《文略》《瑣事》未之見也。至先代詩文，有《黄氏攟殘集》。後主一先生于《攟殘》八公之外，續錄逸詩，則有忠端、明農、縮齋；續錄詩綜，則有姚太夫人、葉淑人；續錄家集，則首遺獻（已刻《詩曆》者不錄），以及立谿、南軒、雪澤、孚先、棄疾、稼軒、直方，不失八家之詩。今《家錄》（遺獻撰）、雜文（《續錄》内）分列譜傳，而《攟殘》《續錄》二書，族人亦未可多得。茲集于《攟殘》之上，補始祖《表忠》二詩，《攟殘》之後，補鳳署公文在《明文授讀》中者。其諸家有文者，間登數首，刻之于譜，度幾朝夕諷誦，共知先世之有是書也。』竹溪黄氏詩文、事略，賴《攟殘》《家錄》《續錄》以存。學者欲悉黄氏家史，知一族人物、文學之盛，研治梨洲之學，宜考於是書。

今水經一卷、表一卷　《知不足齋叢書》本

清黄宗羲撰。宗羲有《易學象數論》，已著録。宗羲以經史、文章名世，其學旁及天文、律曆、象數，綜貫諸家。所著《今水經》一卷、表一卷，傳世有抄本、印本二十餘種。此爲《知不足齋叢書》本，《今水經》初刻也。每半葉九行，行二十一字，小字雙行同。白口，無魚尾，左右雙闌。卷端題曰：『黄氏續鈔原本，黄宗羲學。』集前有黄宗羲康熙三年除夕《今水經序》，集末有宗羲玄孫黄璋乾隆三十八年三月《跋》。按《跋》語，乾隆三十七年秋，黄璋至省城遇鄞縣盧鎬，盧氏以黄氏續抄堂舊物《今水經》《匡廬游録》二帙相畀。黄氏舊以家貧無抄胥，二集係學子初握管者所録，字多魯魚亥豕。黄璋先取《今水經》校閲，謀梓行。友人新安鮑廷博見之，忻然任剞劂，屬黄璋識於後。後世刻、抄，多據此本。

宗羲作是書，其旨具見所撰《序》，云：『古者儒墨諸家，其所著書大者以治天下，小者以爲民用，蓋未有空言無事實者也。後世流爲詞章之學，始脩飾字句，流連光景，高文巨冊，徒充汗惑之聲而已』，『《水經》之作，亦《禹貢》之遺意也。酈善長注之，補其所未備，可謂有功於是書矣。然開章「河水」二字，注以數千言，援引釋氏無稽，於事實何當？已失作者之意。余越人也，以越水證之，以曹娥江爲浦陽江，以姚江爲大江之奇分，苕水出山陰縣，具區在餘姚縣，沔水至餘姚入海，皆錯誤之大者。以是而槩百三十有七水，能必其不似與？歐陽原功謂郭璞作《經》，酈善長作《注》，璞南人，善長北人，當時南北分裂，故聞見有所不逮。余以爲不然，璞既南人而習南水矣，其南水又不應錯誤至此。後之爲《水

經》之學者，蔡正甫《補正水經》，惜不獲見；朱鬱儀《水經注箋》，毛舉一二傳寫之誤，無所發明；馮開之以經傳相淆，間用朱墨勾乙，未曾卒業；若鍾伯敬《水經注鈔》，所謂割裂以爲詞章之用者也。余讀《水經注》，參考之以諸圖志，多不相合。是書不異汲冢斷簡，空言而無事實，其所以作者之意，豈如是哉！乃不襲前作，條貫諸水，名之曰《今水經》。窮源按脈，庶免空言。』末署『甲辰除夕，雙瀑院長黃宗羲書』，蓋書成於是歲。黃炳垕《黃梨洲先生年譜》卷下『三十一年壬申』條云：『公平日讀《水經注》，參考各省通志，多不相合，乃不襲前作，條貫諸水，名曰《今水經》。是年書成，遂序之（注：桐川鮑以文校梓）。』誤矣。『十九年庚申』條注云《明史》『地志亦多取公《今水經》爲考證』，則不誤。

是書前列《今水經表》，繼分『北水』、『南水』，各事考證。以水道變遷，非桑《經》、酈《注》之舊，乃條貫諸水，不專事辨前人之訛、析古今沿革。因生於南，又熟覽古今圖志，故於南水之注，窮源按脈，發明尤多。沈炳巽《水經注集釋訂譌》嘗引其書。然亦有可商者。洪亮吉《卷施閣集》之《沅水考》云：『齊侍郎召南《水道提綱》亦知清水江爲沅水上源，而不能確指其出都勻府之東山，而又混入平越府西北諸梁江，以爲亦沅水上源，不知此特支流入沅水者耳。黃宗羲《今水經》又混沅、無二水爲一，皆失不細考。』《延江水考》云：『《水道提綱》既不知烏江即延江，而黃宗羲《今水經》、田雯《黔書》又皆以烏江爲即牂柯江。不知牂柯江乃南流至廣西泗城府，合爲左右江者，里隔數千，源流迥別，則又不足置辯矣。』若此失不細考者，《今水經》不能免。其條貫北水，尤於塞外、邊陲諸水，未能實地細考，僅據圖志，時亦承訛襲謬。齊召南預修《大清一統志》，於西北地形多能考驗，且天下輿圖備於書局，遂得博考旁稽，參以耳目見聞，互相鈎校，成《水道提綱》二十八卷，較宗羲所著爲詳覈。《四庫提要》云：「然非召南生逢聖代，當敷天砥屬之時，亦不能於數萬里外聞古人之所未聞，言之如指諸掌也。」又云：「國初餘姚黃宗羲作《今水經》一卷，篇幅寥寥，粗具梗概。且塞外諸水，頗有舛訛，不足以資考證。」

四庫館採錄爲浙江採進本。《浙江採進遺書總錄》戊集著錄《今水經》一卷（寫本）。《四庫全書》列入存目，《提要》云：「是書前列諸水之名，共爲一表，皆以入海者爲主，而來會者以次附之，如汴入河、須鄭入汴、京入鄭、索入京之類。自下流記其委也，後各自爲說，分南北二條，皆以發源者爲主，而所受之水以次附之。如衛河出輝縣蘇門山，逕衛輝府北東流，淇水來注之，又過濬縣内黃界，漳水入焉之類。自上流記其源也。其所說諸水，用今道不用故道，用今地名不用古地名，創例本皆有法。而《表》不用旁行斜上之體，但直下書之，某入海，某入某，某又入某，頗不便檢尋。又渭入河，漳、清、汧、涇、沮入渭，洛入河，瀍、澗、伊入洛之類，皆分條。淇、漳、汶、滹、桑入衛，清入淇，沙、易入滹，溫、義入易，洋入桑之類，又合條，則排纂未善也。其書作於明末，西嘉峪，東山海，北喜峰，古北居庸，皆不能逾越一步。宗羲生於餘姚，又未親歷北方，故河源尚剽《元史》之說，而灤河之類亦沿《明一統志》之舊。松花、黑龍、鴨綠混同諸江，尤傳聞髣髴，不盡可據。我朝幅員廣博，古所稱絕域，皆入版圖，得以驗傳聞之真妄。《欽定西域圖志》《河源紀略》諸書，勘驗精詳，昭示萬代。儒生一隅之見，付之覆瓿可矣。」妄自尊大，至謂「其書作於明末」。黃璋《跋》云：「近時德清胡徵士朏明纂《禹貢錐指》，人多遺議。天台齊侍郎次風述《水道提綱》。侍郎浙人也，其述浙水，即有誤處，則此書其質的也歟！」

今水經一卷、表一卷　清咸豐七年翁同書家抄本（清翁同書批注並跋）（國圖）

清黃宗羲撰。宗羲有《易學象數論》，已著錄。其《今水經》一卷、表一卷，前已著錄《知不足齋叢書》本。此爲清咸豐七年翁同書家抄本，翁同書批注並跋，一册。無版匡、界格。每半葉九行，行二十一字，小字雙行同。卷端題曰：『黃氏續鈔原本，黃宗羲學。』封題『今水經（全册）』。集前有黃宗羲《今水經序》，集後有黃璋《跋》。鈐翁同書『翁同書字祖庚』、『寶瓠齋』、『祖庚在軍中所讀書』圖記及翁同龢『文端文勤兩世手澤，同龢敬守』圖記。同書字祖庚，號藥房，常熟人，心存長子，同龢之兄。道光二十年進士，授編修，累遷安徽巡撫。卒謚文勤。集末有翁同書手《跋》，云：『此書余嘗參檢羣籍，細書其上。劉星房丈借鈔一本，後予書失去，乃假劉本重錄，而復用朱筆校一過，亦可以爲槎客問津之助矣。咸豐七年二月，翁同書識。』

此本與《知不足齋叢書》本文字鮮異，亦源於黃璋校訂盧鎬所示《黃氏續鈔》本，第未詳翁氏原抄一本據於何本也。朱、墨二筆批注，俱出於同書之手，墨筆係逯第一次抄寫所批，朱筆爲重錄所批。同書行遊南北，是書批注細密，參酌羣籍，頗可補宗羲原書所未詳。蓋宗羲足跡大抵不出東南，所紀北水、西南諸水有其不能詳知者。如『易水』條，夾批云：『南易水也。』朱筆眉批云：『易水有三源，曰武，曰濡，曰雹。北易則武、濡之合，南易則雹也。此即南易水。』『桑乾河』條，夾批云：『舊名渾河。』墨筆眉批云：『今名永定河，即古灅水。《水經》《說文》《兩漢志》並云出雁門陰館案頭山。』又，『今本《水經》「灅」譌作「濕」。』其『洋河東南流來注之（注：洋河源出境外，逕宣府城南五里東流。逕保安州城西南一十里（案：別本一作「十五里」），又東南入于桑乾河）』句，夾批云：『有二源，東洋河即古于延水，西洋河即古鴈門水。』又，『自保安折而東南，經懷來縣（注：土木驛在水東十餘里），又東南媯河自延慶州來會，又東南入邊城（注：東去居庸關百里）。』諸如此類，於《今水經》多有補苴之功。

今水經一卷、表一卷　清乾隆四十二年孔繼涵抄本（國圖）

清黃宗羲撰。宗羲有《易學象數論》，已著錄。其《今水經》一卷、表一卷，前已著錄《知不足齋叢書》本、清咸豐七年翁同書家抄本。此爲清乾隆四十二年孔繼涵抄本，一冊。無版匡、界格。每半葉十行，行二十字，小字雙行同。卷端題曰：『黃氏續鈔，黃宗羲學。』集前無黃宗羲《序》，集後無黃璋《跋》。鈐『孔繼涵印』、『葒谷』圖記。尾葉有錫生題記：『乾隆丁卯五月乙丑朔，借程吏部魚門本抄。』附趙萬里校簽，云：『孔繼涵乾隆四年生，乾隆丁卯（十二年）年九歲。此云丁卯，當是丁酉之訛。萬里，五八年二月。』繼涵字體生，號葒谷，曲阜人，衍圣公孔毓圻之孫。乾隆二十五年舉鄉試，三十六年成進士。精校勘，與程晉芳、盧文弨諸子爲友。歿於乾隆四十八年，年四十五。著有《紅櫚書屋詩集》《考工車度記補》等書。

此本文字與《知不足齋叢書》本、清咸豐七年翁同書家抄本偶異。如『河水』條『河水又東北至陝西河州城北八十里積石山。河水自雪山至積石山，行約二十餘日』，翁同書家抄本、《知不足齋叢書》本皆作『河水又東北至陜西河州城，又東（案：別本無「又東」二字及下「逕」字）北逕八十里積石山。河水自大雪山至積石山，行約二十餘日』。『汾河』條，翁同書家抄本、《知不足齋叢書》本皆作『汾水』。其『歷襄陵太平之東南』句，翁同書家抄本、《知不足齋叢書》本皆作『歷襄陵太平之東（案：別本有「南」字）』。『白河』條『上流自宣府城東北三十里』，翁同書家抄本、《知不足齋叢書》本皆作『上流自宣府城東北三百里（案：別本作「三十里」）』。『潁水』條『又東，洧水東流注之』，翁同書家抄本、《知不足齋叢書》本皆作『又東南（案：別本無「南」字），洧水東流注之』。由是知此本即據於黄璋校訂時所云『別本』也。此本時有訛誤，如『瀾滄江』條『過金齒司城東北八十里五羅岷山』，『又東南，逕東景府南一百餘里』諸句，『東北八十里五』，翁同書家抄本、《知不足齋叢書》本作『東北八十五里』；『東景府』，翁同書家抄本、《知不足齋叢書》本作『景東府』。

四明山志九卷　清康熙四十至四十一年黄炳抑抑堂刻本（國圖）

清黄宗羲輯。宗羲有《易學象數論》，已著錄。浙東大山，天台、四明、雁宕、天姥尤爲秀絕，穹窿峻麗，稱天下奇觀。崇禎十五年壬午，宗羲偕弟宗炎、宗會遊四明，攀蘿附葛，藤竹窮搜，閱月始返，歸而成《四明山志》，藏於家。友人陸符欲刻未果。康熙十二年癸丑歲盡，重爲改竄，明年撰《四明山志序》云：『壬午歲，余作《四明山志》。亡友陸文虎欲刻之而未果，藏於牛篋，鼠齧塵封。癸丑歲盡，逢太夫人壽日，應酬輟業，偶展此卷，而文虎評校之朱墨如初脱手，然其間凡例不齊，詞不雅馴，重爲改竄，始得成書。猶幸向者之未刻也。』宗羲下世，子百家深以未刻爲憂。族兄黃炳聞之，慨然任剞劂，康熙四十二年刻成，去崇禎壬午已一甲子。此即黃炳初刻本，四册。每半葉十一行，行二十二字。白口，單魚尾，四周單闌。版心上鐫『四明山志』，中標卷數及卷名。卷一、卷三、卷七卷端題曰：『遺獻黃宗羲輯，甬上後學李暾訂，姪炳、男百家仝校。』卷二、卷四、卷六、卷八、卷九卷端題曰：『遺獻黃宗羲輯，古吳後學周靖訂，姪炳、男百家仝校。』卷五卷端無題署。牌記曰：『姚江黃梨洲先生著，四明山志，抑抑堂梓。』集前有朱彝尊康熙四十二年上元日《四明山志序》、宋定業康熙四十年端午日《序》、靳治荆康熙四十一年《序》、黃宗羲康熙十三年花朝《自序》、黃宗裔康熙四十年《序》及《四明山志目錄》。鈐『張壽鏞』、『四明張氏約園藏書之印』圖記，曾爲張壽鏞舊藏，張氏據以刻入《四明叢書》。

國圖館目作清康熙四十年黃炳刻本，《中國古籍總目》著錄作清康熙間刻本。今按：靳治荆《序》：『先生往矣，先生之著作不與俱往，今且垂諸梨棗，公於天下』，『按先生《自序》，謂創稿自壬午歲，下距今康熙四十一年壬午，恰是甲子一周。』宋定業《序》：『先生之族子仲簡刻之吳門，嗣子主一乞余言爲序。』黃宗裔《序》：『仲簡聞之，慨然任剞劂焉。仲簡名炳，吾宗姪行也，遷居雲間，三世不相聞者百年矣。仲簡不勝水源木本之思，屢以年老，隻身遠來竹浦，徘徊故土』，『吾黃氏先世八人有詩文遺逸，伯兄窮搜殘失，彙爲數卷，仲簡刻之，一本之念，可謂篤矣。』蓋是書始刻於康熙四十年，成於康熙四十二年。

又，此本卷九至『張憲字思廉』一條止。其下附靳治荆《序》，與集前靳《序》重複。檢他館所藏黃炳刻本《四明山志》，知『張憲字思廉』條後尚有黃百家附記『四明山中上黃村有戚畹牌坊』一條，知此本末有闕葉。

是書凡九卷，卷一爲《名勝》； 卷二爲《伽藍》； 卷三爲《靈蹟》； 卷四爲《九題考》； 卷五爲《丹山圖詠》； 卷六爲《石田山房詩》； 卷七爲《詩括》； 卷八爲《文括》； 卷九爲《撮殘》。古來名山多有志，四明闕如，名蹟消沈，此所以補其闕也，又出自名家，考述歷歷，貫穿今古，不同凡俗。宗裔《序》云：『顧諸志多出凡手，而伯兄以起衰之筆爲之。諸志多因襲故紙，未嘗身歷，承誤踵謬，而伯兄青藜芒屩，無深不探，凡志中所考正前謬者，不可勝數。』四庫館採錄江蘇周厚堉家藏本，列《四明山志》九卷入存目，《提要》云：『四明山舊稱名勝，而巖壑幽邃，文士罕能周歷，故記載多疎。宗羲家於北七十峰之下，嘗捫蘿越險，尋覽市月，得以考求古蹟，訂正訛傳。乃博采諸書，輯爲此志，凡九門。宗羲記誦淹通，序述亦特詳贍。惟所收詩文過博，並以友朋倡和之作牽連附入，猶不出地志之習。又既列名勝，復以皮、陸《九題》《丹山圖詠》《石田山房》，別出三門。其諸門之内既附詩於各條下，又別出《詩括》《文括》二門，爲例亦未免不純也。』責所收詩文過博，未解宗羲深義。宋定業《序》云：『四明山初總屬於天台，自晉謝遺塵啓四明山《九題》之目，唐陸魯望、皮襲美有依題倡和之詩，而道藏又稱晉木玄虛撰《丹山圖詠》，賀監注之，於是四明山遂齦割二百八十峰，與台宕鼎峙，爲東南名山之冠。顧四明之靈蹟甚饒，而獨所謂《九題》者，按詩尋之，往往多不得其處。所以宋施宿云：謝遺塵所稱及皮、陸諸詩，世雖競傳之，今問四明山中居人，乃不知異境果安在。蓋疑與華山之華陽、武陵之桃源，皆神仙境，可聞而不可即者也。逮後沈明臣、戴洵輩又誤以他地實之，其失愈遠。姚江梨洲黃先生嘗於昔時不憚繭足，極詣窮探，凡羽流衲子之隱棲，猿狖木客之穴窟，罔有隙地，不霑杖痕，始識所謂《九題》者，當時陸、皮實未嘗身至。亦如宋之瑞所云：孫興公之賦天台，未經親歷，徒憑馳神想像，辭雖富而事不核也。先生於四明山既躬自徧經，遂以目擊所得，考正前譌，而又博采聞人騷士之題詠，殘碑斷刻之遺文，表名蹟於銷沈，揚清言於漏奪，而成《四明山志》九卷，誠爲斯山補自來之闕如也。』又，明季地志編纂風氣甚盛，頗尚詩文輯錄，且尚清新。《四明山志》亦擅此長。宗裔《序》云：『是四明爲東南諸山之冠，而此《志》又爲天下諸志之冠也。』

四明山志九卷　《四明叢書》本

清黄宗羲輯。宗羲有《易學象數論》，已著録。其《四明山志》九卷，傳世刻本二種，一爲清康熙四十至四十二年黄炳抑抑堂刻本，一爲民國間張壽鏞刻《四明叢書》本。此爲《四明叢書》本，壽鏞據所藏黄炳初刻本(今藏於國圖)重刊，三册。每半葉九行，行二十一字。白口，無魚尾，左右雙闌。各卷端題曰：『餘姚黄宗羲太沖輯。』集前增刻壽鏞民國二十五年一月《序》、《四庫總目·四明山志提要》、《餘姚縣志》本傳，其下依於黄炳刻本。壽鏞所藏黄炳刻本卷九末缺黄百家『四明山中上黄村有戚畹牌坊』一條，此則補全之。壽鏞《序》云：『先生不爲孟浪遊，從容餘暇，搜索及夫一流一石而標飾之，然則兹山又豈不以先生重哉！壽鏞生長斯邦，雖欲草草登覽，而輒不可得。重刻斯志，聊作臥遊。若夫賀監之所注釋者，則已無可攷矣。』

匡廬游錄一卷、附詩 《昭代叢書》本

清黄宗羲撰。宗羲有《易學象數論》，已著録。順治十七年，宗羲襆被遊匡廬。八月十一日甲午出餘姚龍虎山，九月丙寅至南康，辛未日至開先寺，留山中一月，十月辛丑返，十一月丁丑至家。沿途記逐日所歷，成《匡廬游録》一卷，又名《匡廬行腳録》，附詩四十六首。此爲《昭代叢書》本，世楷堂藏板。每半葉九行，行二十字。白口，單魚尾，左右雙闌。卷端題曰：『餘姚黄宗羲太沖著。』集前有宗羲《匡廬游録題辭》，署順治十七年十月。集末有鮑廷博題記及楊復吉《匡廬游録跋》。鮑廷博題記云：『右《匡廬游録》，亦名《匡廬行腳録》，姚江黄梨洲先生所著也。丁酉七月，從先生諸孫南陔先生借本録出，並校一過。』乾隆二十七年，宗羲玄孫璋得鄞縣盧鎬所藏黄氏續抄堂遺物《今水經》《匡廬游録》二帙，先校訂《今水經》，鮑氏刊入《知不足齋叢書》。此本即源出黄氏續抄堂本，據於黄璋校抄本。傳世又有《小方壺輿地叢鈔》本、《梨洲遺著彙刊》本。

宗羲《題辭》云：『廬山既饒水石，而詩如陶、韋，文如歐、蘇，風流如香山、太白，道學如濂溪、晦翁，異教如慧遠、靜修、洪覺範，又復錯落其間，應接不暇，海内寧有兩地？乃粗人之游記，妄子之改額，要人之劖刻，皆足以銷沈名迹，而流俗之傳聞不與焉。然諸妄皆屬後起，一證之於古，便砰然奏節。故以唐證宋，以宋證元，以元證今，予杖履所及，一一指摘，正不可少。』其流連山谷林壑，寺觀勝跡，俯仰水石，追溯前賢，述所見聞，襟懷灑宕，文字清拔。至歷述掌故，搜討陳跡，以古證後，多所自得。紀

述明之遺跡故實，深銜山川草木之悲。往來廬山及觀覽之詩附焉，與遊錄相發。如《釣臺》云：『曾注西臺慟哭記，摩挲老眼見崔巍。當時朱鳥魂間返，今日誰人雪後來？江上愁心絲百尺，平生奇險浪千堆。欲修故事如皋羽，同至方吳安在哉！』《與嚴羽儀夜坐》云：『不必通名姓，同爲失職人。清談漁鼓後，紅燭亂離身。一衲名山老，千僧講席新（注：時曹源死石兆嗣事）。儘多人外境，奚自踞行塵。』《萬杉寺》云：『屈竹苫茅石鼓前（注：石鼓猶爲宋物），萬杉古寺昔流傳。門前屋後寒娑盡（注：朱子詩：「門前杉徑深，屋後杉色奇。」），虎慶龍嵐帚筆眠。興廢一堆野燒火，淒涼數箇衲頭禪。我來洗索苔痕下，猶見題名元祐年。』不盡廢興之感，不徒爲模山範水也。楊復吉《跋》云：『匡廬名勝甲海內，唐、宋、元、明紀游之作，代有鉅公，今得梨洲先生此錄，無慚接武矣。錄中辯證古跡，無不典核精詳，而敘次玉川門夜話一則，寄託遙深，別饒神韻，洵非古文大作手不能。』

汰存錄一卷　《昭代叢書》本

清黃宗羲撰。宗羲有《易學象數論》，已著錄。國變後，宗羲總錄一代明學成《明儒學案》，彙輯一代明文成《明文海》，紀黨爭之議爲《汰存錄》一卷，以存一代學術、文章、政事，正本清源，存真去僞。此爲《汰存錄》一卷，《昭代叢書》本，世楷堂藏板。每半葉九行，行二十字。白口，單魚尾，左右雙闌。卷端題曰：『餘姚黃宗羲太沖著。』卷端有宗羲《題辭》，卷末有楊復吉《汰存錄跋》。傳世又有《仰視千七百二十九鶴齋叢書》本、《梨洲遺書彙刊》本、神州國光社鉛印本。

是書條辨華亭夏允彝《幸存錄》所作，凡十一則，各錄允彝之說而按評之，首二則尤詳，可見宗羲持議大端。明季黨爭甚熾，與亡國相始終。其初起於張居正奪情之爭，吳應箕《東林本末》卷下：『余追溯東林所自始，而本之於爭奪情，以其爲氣節之倡也。』顧憲成、高攀龍諸子主持清議，致羣小借朋黨之名攻之。其後浙、宣、齊、楚黨攻訐東林，亓詩教搏擊清流，曰『今日之爭，始於門戶。門戶始于東林，東林倡于顧憲成』。天啓改元，東林士人爭議『梃擊』、『紅丸』、『移宮』，旋遭魏璫之禍，元氣大傷。崇禎間，復社興，號小東林。福王立，馬、阮合流，欲翦除清流，其勢危矣，清兵倏至，禍解而弘光踵亡。允彝字彝仲，號瑗公，崇禎十年進士，除長樂知縣。福王擢吏部考功主事，不赴。南都陷，謀舉義職。松江失守，自沉松塘，年四十九。子完淳字存古，魯監國授中書舍人，順治四年被逮，不屈死，年十七。允彝睹黨爭之害，宰執數易，大臣屢退，白衣蒼狗，何其亟也，乃撰《幸存錄》，《門戶大略》嘆說『自三代而下，代有朋黨。漢之黨人，皆君子也。唐之黨人，小人爲多，然亦多能者。宋之黨人，君子爲多。然朋黨之論一起，必與國運相終始，迄於敗亡而後已者，蓋精神智慮俱用之相傾相軋，而國事遂不暇照顧，坐誤宗社，良以此耳』。反思東林之弊，又云：『東林君子之名滿天下，尊其言爲清論，雖朝中亦每以其是非爲低昂。交口愈衆，而求進者愈衆，始而領袖者皆君子也，繼而好名者、躁進者或附之。』以爲黨爭愈激愈烈，國運隨之。其於齊、楚、浙黨及馬士英皆有恕辭，謂東林摻入小人，雖愛重東林，然不得不推其入清流禍中。完淳作《續幸存錄》，謂阮大鋮所欲不過一官，家居時自署門曰：『有官萬事足，無子一身輕。』又謂『大鋮之出，亦初無大志，不過欲遠方一撫臣耳。而其時廷臣謂大鋮一出，則逆案盡翻；逆案翻，則上且駸駸問三朝舊事，諸君子將安所置足乎？于是一呼百和，衆論沸騰。大鋮見衆之不吾許，其毒愈張，有計不反顧之意』。宗羲與允彝爲友，並列名復社，且敬重夏氏父子氣節，然不能苟同其説，作《汰存録》以爲駁詰。《題辭》云：『余見近人議論多有是非倒置者，推原其故，大畧本於夏彝仲允彝《幸存録》。彝仲死難，人亦遂從而信之，豈知其師齊人張延登。延登者，攻東林者也。以延登之是非爲是非，其倒置宜矣。獨怪彝仲人品將存千秋，并存此《録》，則其爲玷也大矣，謂之「不幸存録」可也。晚進不知本末，迷於向背。余故摘其一二辨之，所以愛彝仲耳。雙瀑院住持識。』諸則條分縷析，語極沉痛犀鋭。如允彝云：『二黨之於國事，皆不可謂無罪。公平論之，始而領袖者爲顧、鄒諸賢，繼爲楊、左，又繼爲文、姚，最後如張溥、馬世奇輩，皆文章氣節，足動一時。而攻東林者，始爲四明，繼爲亓、趙，繼爲崔、魏，又繼爲馬、阮，皆公論所不與也。東林中亦多敗類，攻東林者亦間有清操獨立之人，然其領袖之人，殆天淵也。東林之持論高，而於籌邊制寇，卒無實着。攻東林者自爲孤立任怨，然未嘗爲朝廷振一法紀，徒以忮刻勝，可謂之聚怨，而不可謂之任怨也。其無濟國事，兩者同之耳。』宗羲辯云：『君子、小人，無兩立之理，此彝仲學問第一差處』，『卒之君子盡去，而小人獨存，是莊烈帝之所以亡國者，和平之説害之也。彝仲猶然不悟，反追惜其不出乎此，可謂昧於治亂之故矣。』又，『彝仲以籌邊制寇，東林無實着。夫籌邊制寇之實着，在親君子、遠小人而已。天、崇兩朝，不用東林以致敗，而責備東林以籌邊制寇，豈彝仲別有功利之術與？』允彝視東林爲黨，宗羲不然，與吴應箕皆持論東林非黨，以爲其安危實關涉天下興亡。今衡論之，東林君子亦有失，《幸存録》所責非無援據，然傳道脈，維世教，東林力挽狂瀾，厥功偉矣。宗羲父尊素、師劉宗周名著東林，其於東林不能無私愛，且因父難、國艱，痛恨羣小，不能無忿激之氣。雖然，《汰存録》終不限於門戶之見、意氣之爭，所論多合史實。彝仲持平恕之説，眼界爲紛紜所撓。宗羲明乎治亂之跡，故見解不同。至於完淳談説大鋮意在一官，則知人未深。後世沿夏氏父子之説，夸大清流之禍，未爲信然。非有宗羲護惜之辯，羣言嚣雜，《幸存録》幾爲『不幸存録』，豈曰不然。

汰存録一卷　《仰視千七百二十九鶴齋叢書》本（清李文田批注）（國圖）

清黄宗羲撰。宗羲有《易學象數論》，已著録。其《汰存録》一卷，前已著録《昭代叢書》本。此爲《仰視千七百二十九鶴齋叢書》本（清光緒間會稽趙之謙編），清李文田批注，一冊。每半葉九行，行二十字。黑口，單魚尾，左右雙闌。卷端題曰：『餘姚黄宗羲太沖著。』封題『史部雜史類（附五十四號），國朝黄宗羲撰，汰存録一卷』。集前有宗羲友人巢鳴盛《序》，卷端有宗羲《題辭》，卷末有全祖望《跋》、趙之謙《跋》。

巢鳴盛亦復社中人，以爲《幸存録》必非夏允彝所撰。其《序》云：『吾鄉夏子彝仲，素爲海士之同學，而爲忠襄竹亭之所許可，遭亂捐軀，潔身自靖。其子存古復殉難南都，一家節烈，爲千古之完人無疑也。乃身殁之後，有所謂《幸存録》者出焉。論若和平，意寔顛倒。黄子見而懼焉，以爲此小人之嚆矢，不可以不辨而論之。余曰：「此殆非夏子之言，其爲小人附會之言也。」』噫！變革之後，每多僞書，惑世誣民，關係不小。黄子信以爲寔而辨之，其爲名教之閑也大矣。凡負天地之正氣者，但信其理，無狥其人。理之邪正有乖，則言之真僞可從而辨矣。由此言之，即無汰存可也。同學弟巢鳴盛端明氏識。』後世多不信嗚盛之説。全祖望《跋》云：『黄先生指《幸存録》爲「不幸存録」，以其中多忠厚之言，不力詆小人也（注：録中於浙黨、齊黨有恕詞。又，梨洲最恨者馬士英，夏氏稍寬之）。巢先生因而序以證之，謂是録出文忠身後，蓋冒託其名者。然慈溪鄭平之曰：「梨洲門戸之見太重。其人一墮門戸，必不肯原之。此乃其生平習氣，亦未信也。」予頗是之。鄞全祖望紹衣記。』趙之謙《跋》云：『梨洲先生《汰存録》舊鈔刻本，余所藏者有二，同異互見。此本得自何氏夢華館，乃最先寫本。道光中，長洲顧湘舟沅編《賜硯堂叢書》，初列其目，及書成，復去之，亦謝山全氏述鄭平之語意也。余謂此録語過激，疾惡過甚誠有之，所説事非誣也，平心讀之而已。先生之言曰：「未有中立而不爲小人者也。」有志之士宜可敬聽也。會稽後學趙之謙書。』

按趙氏《跋》，此本據於何元錫夢華館舊藏《汰存録》最先寫本也。集中文字與《昭代叢書》本時異。如宗羲《題辭》『近見野史』，《昭代叢書》本作『余見近人議論』；『余故稍摘其一二』，《昭代叢書》本作『余故摘其一二辨之』。第一則『平心論之』，《昭代叢書》本作『公平論之』；『毅宗亦非不知東林之爲君子』，『毅宗』，《昭代叢書》本作『莊烈帝』；『故同異之在流品、議論』，『同異』，《昭代叢書》本作『異同』；『熹、毅兩廟』，《昭代叢書》本作『天、崇兩朝』。

此本封題、朱批，皆出於李文田之手。集前有文田光緒十三年手書題記一則：『趙撝叔大令刊《叢書》，有南雷所撰《汰存録》一種。予借得黔人黄再同編修所藏《甲申小紀》有此，撿校之，無甚異同。校畢記之。光緒丁亥十一月十一日，五千卷室主人記。』書中偶有訛字，文田校改之。如『繼爲方、趙』，朱筆改『方』作『亓』，以其謂齊黨亓詩教也。批注僅三條：宗羲《題辭》，夾批云：『《甲申小紀》全采此書，末六字作「南雷居士黃宗羲識」。』眉批云：『案：《幸存錄》與李清之《三垣筆記》議論相近。《三垣筆記》往往引《幸存錄》以自文，《幸存錄》若非真書，則必李映碧所僞爲也。』『彝仲謂張捷、楊維垣死難』條之句『捷與馬、阮、楊、蔡朋比亡國』，眉批云：『馬、阮、楊、蔡，謂士英、大鋮、維垣、奕琛。』俱無足觀。

南雷詩曆四卷

《粵雅堂叢書》本

清黃宗羲撰。宗羲有《易學象數論》，已著錄。梨洲開啟一代清學，詩亦開有清浙派先河。其《南雷詩曆》，初有門人施敬校刻三卷本，繼有門人戴曾、戴晟增修四卷本（末一卷爲戴氏所增），皆刊於康熙間。繼有全祖望輯、鄭大節校刻五卷本。又有萬言抄本（不分卷）。清咸豐間伍崇曜等編刻《粵雅堂叢書》、清季薛鳳昌編刻《梨洲遺著叢刊》，皆據戴氏增修本收錄四卷。戴氏增修原刊傳世甚少，國圖、南圖各有藏。施敬字勝吉。康熙二十一年五月，宗羲至紹興郡城，與同門董瑒、門人施敬觀徐渭題壁，尋禹穴（黃炳垕《黃梨洲先生年譜》卷下）。《尋禹穴》詩云：『吾友董無休，門人施勝吉。共坐黑箬篷，十里如電滅。』（《南雷詩曆》卷四，清乾隆間鄭大節刻本）。戴曾字唯軒，山陽人，時選之子。援例選知縣，不忍離母，遂絶意仕宦。弟戴晟字晦夫，邑諸生，師事黃宗羲，得蕺山之學，窮研經史，與里人閻若璩爲友，辯難疑義（同治《重修山陽縣志》卷十三）。

此爲《粵雅堂叢書》本，合刻於《南雷文定前集》十一卷、《後集》四卷、《三集》三卷後，共二冊。每半葉九行，行二十一字。黑口，無魚尾，左右雙闌。各卷端題曰：『餘姚黄宗羲太沖撰。』卷末題『譚瑩玉生覆校。』集前有艾南英、羅萬藻、陳際泰崇禎間所作『舊詩序』三篇。接爲宗羲《詩曆題辭》及《目録》。集末有伍崇曜咸豐三年冬《跋》一則，爲《粤雅堂叢書》所刊《南雷》諸集作，非專爲《詩曆》作，末云：『阮文達《定香亭筆談》稱先生忠義著於前朝，經史冠乎昭代，詩其餘事耳。《不寐偶作》云：「年少雞鳴方就枕，老人枕上聽雞鳴。轉頭三十餘年事，不道消磨只數聲。」語極曠達云云。詩非先生所長，然正自不俗。偶得是集，特重刻之，以識景仰之私。』

宗羲生平賦詠二千餘首，多汰去，或散佚，《詩曆》四卷存四百餘首。集名『南雷』，蓋唐末有道之士謝遺塵隱四明南雷，去宗羲家數里，宗羲因以自號，且以名集。稱『詩曆』者，詩以紀年也。是集卷一首篇《禜旱》題下注云：『以下舊稿。』宗羲手訂《詩曆》，亡國前所作實未收。艾南英、羅萬藻、陳際泰皆江右名士，共結豫章大社，又與宗羲爲復社中人，故三《序》末並署『社盟弟』。『舊詩序』後有宗羲識語：『三序皆少時舊稿，今無一存者，存此以識知己之感。』其《題辭》云：『余少學南中，一時詩人如粤韓孟郁上桂、閩林茂之古度、黄明立居中、吴林若撫雲鳳，皆授以作詩之法，如何漢魏，如何盛唐，抑揚聲調之間，規模不似，無以御其學力，裁其議論，便流入於中晚，爲宋元矣。余時頗領崖略，妄相唱和。稍長，經歷變故，每視其前作，修辭琢句，非無與古人一二相合者，然嚼蠟了無餘味。明知久久學之，必無進益，故於風雅，意緒闊略。其間驢背篷底，茅店客位，酒醒夢餘，不容讀書之處，間括韻語，以銷永漏，以破寂寥，則時有會心。然後知詩非學之而致，蓋多讀書，則詩不期工而自工，若學詩以求其工，則必不可得。讀經史百家，則雖不見一詩，而詩在其中。若只從大家之詩，章參句鍊，而不通經史百家，終於僻固而狹陋耳。夫詩之道甚大，一人之性情，天下之治亂，皆所藏納，古今志士學人之心思願力，千變萬化，各有至處，不必出於一途。今於上下數千年之中，而必欲一之以唐；於唐數百年之中，而必欲一之以盛唐。盛唐之詩，豈其不佳，然盛唐之平奇濃淡，亦未嘗歸一，將又何所適從耶？是故論詩者，但當辨其真僞，不當拘以家數。若無王、孟、李、杜之學，徒借枕籍咀嚼之力，以求其似，蓋未有不僞者也。一友以所作示余，余曰：「杜詩也。」友遜謝不敢當，余曰：「有杜詩，不知子之爲詩者安在？」友茫然自失，此正僞之謂也。余不學詩，然積數十年之久，亦近千篇，乃盡行汰去，存其十之一二。師友既盡，孰定吾文？但按年而讀之，横身苦趣，淋漓紙上，不可謂不逼真耳。南雷黄宗羲題。』其初學詩，爲韓上桂、林古度、黄居中、林雲鳳所鼓動，效法漢魏、盛唐，規模聲調，不敢涉中晚及宋元。迨從學蕺山，歷經國變，厭棄雕章琢句，規模前人，以爲詩必有根本，自然工致，而詩道廣大，海涵地負，當辨其真僞，而不當主奴唐、宋，拘以家數。其《張心友詩序》亦云：『余嘗與友人言詩，詩不當以時代而論，宋元各有優長，豈宜溝而出諸於外，若異域然。即唐之時，亦非無蹈常襲故，充其膚廓而神理蔑如者。故當辯其真與僞耳，徒以聲調之似而優之而劣之，揚子雲所言伏其几、襲其裳而稱仲尼者也。此固先民之論，非余臆說，聽者不察，因余之言，遂言宋優於唐。夫宋詩之佳，亦謂其能唐耳，非謂舍唐之外，能自爲宋也。於是縉紳先生間謂余主張宋詩。噫！亦冤矣。且唐詩之論，亦不能歸一。宋之長鋪廣引，盤摺生語，有若天設，號爲豫章宗派者，皆原於少陵，其時不以爲唐也。其所謂唐者，浮聲切響，以單字隻句計巧拙，然後謂之唐詩，故永嘉言「唐詩廢久，近世學者已復稍趨於唐」。滄浪論唐，雖歸宗李、杜，乃其禪喻，謂詩有別材，非關書也，詩有別趣，非關理也，亦是王、孟家數，于李、杜之海涵地負無與。至有明北地，摹擬少陵之鋪寫縱放，以是爲唐，而永嘉之所謂唐者亡矣。』（《南雷文定》卷一）究其意，不欲分唐、宋爲二，主於『詩之爲道，從性情而出』。而所論性情，又不離於學問根本。《馬虞卿制義序》云：『昔之爲詩者，一生經史子集之學，盡注於詩。夫經史子集何與於詩？然必如此而後工。』（《南雷文定三集》卷一）

宗羲前後學詩變化如此，然《詩曆》盡刪舊稿，非盡專爲早歲規模漢魏、盛唐，太似古人。亡國前、後所作，氣韻又非不相侔也。如羅萬藻《序》所云：『壬申冬，崑山朱浮石先生以太僕公門人，手太沖所爲詩一冊示予』，『然予讀太沖詩，感憤寓物之言十之一，詠事十之三，贈答十之五，閨語十之一，未嘗自譜其年月。以其詞繹其志，蓋發憤於太僕之所爲作多矣』，『太沖英才磊落，挾以少年之氣，今其詩幽折峭拔，而忳悒多思，與老成積於世故者相類。其《鐵琴》《死戰馬》《老狐行》諸篇，命事稱名，亦頗與原之《山鬼》《國殤》，翺之《鐵如意》《玉麈尾》同。至其《紅閨》《麗事》諸詩，豈所謂托情男女，亦宓妃佚女、《洗藍曲》《楚女謠》之致類乎？何其情之峭以深也！哀心感之，無言不疾，故曰發憤於太僕之所爲作多矣。』（羅《序》見於舊抄本《小千園全集》卷二，題作《黃太沖野園序》。《明文海》錄之，題作《黃太沖野園詩序》）宗羲早年詩已具『幽折峭拔』之致，『其情峭以深』。其後遭遇世變，讀書日富，通於經史百家之言，明乎詩道廣大，人之性情，天下治亂，皆詩所藏納，吟詠一出於己，所作傷思故國，感賦流離，寄托性情，不拘唐、宋家數，然『幽折峭拔』、『忳悒多思』，猶如故也。如《憶化安山》云：『招魂何自不歸家，火冷春深草欲遮。可奈一杯寒食飯，難澆三月杜鵑花。』《九日同仇滄柱、陳子槃、子文、查夏重、范文園出北門，沿惜字庵至范文清東籬》云：『如此江山殘照下，奈何心事菊花邊。不須更覓登高地，只恐登高便泫然。』身歷艱虞，『哀心感之，無言不疾』。至於阮元、伍崇曜稱詩非宗義所長，殆未然也。

南雷詩曆三卷　清康熙間施敬刻本（國圖）

清黃宗羲撰。宗羲有《易學象數論》，已著録。其《南雷詩曆》有一卷本、三卷本、四卷本、五卷本之異。此爲國圖藏三卷本，清康熙間施敬刻，與黃百家《學箕初稿》一卷合爲一冊，與康熙刊本《南雷文案》十卷、《外卷》一卷、《吾悔集》四卷、《撰杖集》一卷、《子劉子行狀》二卷合爲四冊。《四部叢刊》景印施敬刻本《南雷詩曆》二卷，合《南雷文案》十卷、《外卷》一卷、《吾悔集》四卷（即《南雷續文案》）、《撰杖集》一卷（亦《南雷續文案》，即《南雷文案三刻》）、《子劉子行狀》二卷，爲《南雷集》二十卷。戴曾、戴晟據施敬刻本增刻爲四卷本。此本每半葉十二行，行二十二字。黑口，雙魚尾，左右雙闌，無界格。卷一卷端題曰：『同門董瑒無休批點，門人施敬勝吉較刻。』（按：浙大圖書館、餘姚梨洲文獻館藏本並作『董瑒』，《四部叢刊》本作『董陽』，蓋有改易）卷二卷端題曰：『同門陳之問近思批點，門人施敬勝吉較刻。』卷三卷端題曰：『方外本晝天嶽批點，門人施敬勝吉較刻。』集前首録宗羲《詩曆題辭》（缺半葉，《四部叢刊》景印本不缺），繼爲艾南英、羅萬藻、陳際泰崇禎間『舊詩序』，宗羲識云：『三序皆少時舊稿，今無一存者，存此以識知己之感。』其下爲《目録》。

《粵雅堂叢書》據戴氏增刻本四卷重刊，《題辭》在『舊詩序』後，且集中文字時異。如羅萬藻《序》『今其詩幽折陟拔』，《粵雅堂》本『陟』作『峭』。舊抄本《小千園全集》《明文海》收羅《序》，皆作『陟』。

卷一《與鄧起西、晦木、芝、連、祝三兒觀雙瀑次韻》二首其一『風來少女寒松立』，《粤雅堂》本『松』作『泉』；其二『鞠猴長嘯歸烟霧』，《粤雅堂》本『嘯』作『笑』。接下一首《王仲撝侍御過龍虎山草堂》，《粤雅堂》本詩題無『山』字；『相看鬚髩都成雪』，《粤雅堂》本『鬚』作『髯』。同卷《智國寺松》『勾三股四圍數七』，《粤雅堂》本『圍』作『爲』；『瓦盆堆放草花伍』，《粤雅堂》本『盆』作『盤』。

是集三卷詩，分由宗羲同門友人董瑒、陳之問及釋本晝批點。董瑒初名瑞生，字叔迪，號無休，會稽人。十歲能屬文，喜談兵。少從學劉宗周，預證人社。國變後，隱於僧，然不喜讀佛書，亦不居禪室（見乾隆《紹興府志》卷六十二《人物志》）。嘗與宗羲同編刻《劉子全書》，相知甚深。陳之問字令升，號簡齋，海寧人。通經史，好蘇詩。與宗羲交厚，宗羲撰《陳令升先生傳》。本晝字天嶽，湖廣羅田蕭氏子，年十二祝髮於廬山天林之慧公，銳志讀書。後受木陳之付，晚主天童寺。能詩工書，著有《直木堂詩集》七卷（雍正《寧波府志》卷三十二《仙釋》）。本晝嘗寄《直木堂詩集》，屬宗羲評定。宗羲《天嶽禪師詩集序》稱其『五言古取裁於謝，而以輕清敵其鎚鍊。七言律似香山，而不遷就老嫗之解不解，然其至處自在。五律凍澗枯槎，霽宇孤籟，務爲揫歛，上之入王、孟之室，次亦不落大復以下，豈獨振響於僧中者哉』（《南雷文定三集》卷一）。

南雷詩曆五卷

清乾隆間鄭大節刻本（寧波市圖書館）

清黃宗羲撰。宗羲有《易學象數論》，已著錄。其《南雷詩曆》，前已著錄四卷本、三卷本二種。此爲五卷本，全祖望選定，清乾隆間鄭大節刻本，一冊。每半葉十二行，行二十二字。黑口，雙魚尾，左右雙闌，無界格。各卷端題曰：『後學全祖望選定，鄭大節較刻。』集前有宗羲《詩曆題辭》，無目錄。

是集卷一起於《三月十九日聞杜鵑》，止於《哭沈崑銅》三首。其詩俱見於施敬刻本卷一，并移刻原刊董瑒批點。第一首《三月十九日聞杜鵑》題下注：『以下舊稿。』原爲施敬刻本第一首《禁旱》題下注。此本刪《禁旱》《蚤發東明禪院同芝兒》二首，以《三月十九日聞杜鵑》爲第一首。《詩曆》初刻三卷本，篇目序次係宗羲手訂。三月十九日爲崇禎祭日，全氏以此冠篇，不無措意。此下刪施敬刻本《寓黄巖》《宿四明山家》《臨海石佛寺度歲》《贈周二存先生》（此首題下注：『以下丙戌至辛卯。』鄭大節刻本移於《飲酒》一首題下）《四十初度》《九月》《中午元夕悼侍者》（原題下注：『甲午。』移於《偶書》題下）《十一月二十八日大雪》等詩。《陌上桑，爲馬畫初作》題下注：『按：畫初在江上曾任樞曹，已而入仕北都。』則爲新增。

卷二起於《梅花》（原注：『以下庚子。』），止於《馮道濟齋頭見澤望圖書，書此索之》。自《梅花》以下，至《老母七十壽辰》，俱見於施敬刻本卷一，并移刻原刊董瑒批點。《老母七十壽辰》原爲二首，此本選第一首。以下《三峯與熊魚山夜話》至卷末《馮道濟齋頭見澤望圖書，書此索之》一首，俱見於施敬刻本卷二，并移刻原刊陳之問批點。

卷三起於《同邛在、晦木、道傳寄石井》，止於《雪後芝兒上府，終夜雨聲不止，恩念祝兒》，俱見於施敬刻本卷二，并移刻原刊陳之問批點。

卷四起於《至孫郎埠山菴》，止於《懷陳令升》。《至孫郎埠山菴》《雪中簡鄭禹梅》《歸途雜憶》五首、《大雪野祭》《過黄孚先小樓》《過諸九徵書舍》《腳氣詩十首》及《二欠詩》二首，計二十二首，不見於施敬刻三卷本、戴氏增刻四卷本，而採自清康熙間刻本《吾悔集》（分見於卷一至卷四），批點亦移録。《吾悔集》收詩共九題二十三首，此本僅遺卷二《靈隱訪三目》一首。自《贈百歲翁陳賡卿》至卷末《懷陳令升》一首，俱見於施敬刻本卷三，并移刻原刊釋本畫批點。

卷五起於《過法相寺》，止於《示百家》二首。《過法相寺》與《書事》三首見於施敬刻本卷三，并移刻原刊釋本畫批點。第三題《西湖採蓴歌》以下，至《至廣化寺拜先忠端公神位》，皆見於戴氏刻本卷四，并移刻原刊批點。其下《弔劉龍洲墓》《同周子潔、文與也、裘殷玉、芝兒至虎丘，遇蔡九霞、張茂深》《至六一泉謁先忠端公神位》《先覺祠祀講學諸賢，昔在漢壽亭侯廟之右，今移附六一泉廣化菴後，而杭人視爲一邑香火，講章學究雜沓其間，閱之不勝感歎》《元旦洗硯》《得吳公及（注：名裔之，霞州先生子）書》二首、《夢亡友陸文虎》《苦寒》《題唐在湘湖梅樓》（注：在杭城管米山）《王不菴以易注見示》《至黄山憶沈眉生，眉生寓黄山焦邨，累書見約》《浴湯泉》二首、《十二月十二日雪》《奇貞一五百字》《甲戌正月下旬，萬公擇見過》二首、《聞萬公擇訃》、《示百家》二首，俱施刻三卷本、戴氏增刻四卷本所無，而皆選録自清康熙間黄炳刻本《黄氏續録》卷四，無批點。《甲戌正月下旬，萬公擇見過》，原題作《萬公擇見過》，題下注云：『甲戌正月二十二日。』《聞萬公擇訃》原爲二首，此本選第一首。

施敬刻本三卷，附閻爾梅、管鑨、葉方藹、黄俞稷、徐元文、孫洤等人贈答詩，此本俱刪之。《蠡城拜六賢書院》二首其二首句『一堂香影自蕭疎』，此本缺『一堂』二字。與諸本相較，其篇題字句亦偶異，或出於全祖望改定，或出於鄭大節校訂。前已舉數例，又如施敬刻本卷二自《江孝廉魏美》至《仁菴義禪師》共八首，追憶亡友，此本合題爲《八哀詩》。其中《蒼水》一首悼張煌言，此本改題作《張司馬蒼水》。《錢宗伯牧齋》一首末二句『平生知己誰人是（注：應三、四句），能不爲公一泫然（注：應五、六句）』，此本删兩句之注。

南雷詩曆不分卷　清康熙間萬言抄本（天一閣）

清黄宗羲撰。宗羲有《易學象數論》，已著録。其《南雷詩曆》，前已著録三卷本、四卷本、五卷本刻本三種。此爲清康熙間萬言抄本不分卷，一册。無版匡、界格。每半葉十行，行二十二字。卷端題曰：『門人萬言受讀。』曾爲馮貞羣舊藏，馮氏封題『南雷詩曆』，又題『萬貞一寫本，伏跗室藏』。首葉鈐『伏跗室』圖記。無宗羲《題辭》及目録。萬言字貞一，鄞縣人，萬泰長孫。從諸父師事宗羲。康熙十九年，與叔斯同並徵入明史館，宗羲以《大事記》等授之，送其北上。後作有《答萬貞一論明史曆志書》。萬言篤於師傳，得梨洲經史之學，復傳其詩古文辭法。

是集收詩大抵同於施敬刻本，然亦有施刻本者所無者。如《憶舊事》三首，其第二首見於施敬刻本卷三《紅葉本事詩》，其他二首則爲施敬刻本、戴氏增刻本、鄭大節刻本所無。餘二首云：『烟光初合半湖明，驚起沙鷗一葉輕。知道酒徒猶未散，繫船柳下撥鳴箏（注：沈眉生、沈崑銅事）。』『十二年來入舊京，當筵屢見共知名。燒殘一紙風波惡，寧使人疑是有情（注：吴次尾、馮躋仲、陶茇人事）。』《紅葉本事詩》七首其五云：『烟光初合舉蘭橈，消息傳來過斷橋。伺候酒人分散去，坐看紅葉盡今宵（注：癸酉，徐慧孺訪沈眉生于孤山）。』亦用沈眉生故事，並有『烟光初合』四字。其四云：『小牕風味絶塵囂，未畫幽蘭香在毫。一紙風波投絳燭，只因曾與共登高（注：陶英人座上，吳次尾、馮躋仲出一紙，欲拘顧媚，余引燭燒之）。』所賦即吳次尾、馮躋仲、陶英人故事，亦有『一紙風波』四字。此二首不裁入《紅葉木事詩》，蓋嫌其重複也。又如《梅花》詩，此本爲二首，施敬刻本僅存第一首，詩云：『行來林下參差立，吟到溪頭宛轉逢。既可斜陽無寂莫，偏於苦雨得從容。五更醒夢香封屋，千里懷人月在峯。不似他年情思薄，搜尋惟仗一枝笻。』戴氏增刻本、鄭大節刻本皆沿之。此本所收第二首云：『常讀梅詩多好句，看梅恨未恰心期。名園瞥見無多畝，林下相看僅數枝。遙羨西溪誇白雪，還聞玄墓盛遊兒。於今少遂平生願，處處山坳得見之。』蓋此本錄自宗羲手訂稿本，正可與施敬刻本相對勘。其朱筆批點，與施敬刻本相合。然此本非錄自施敬刻本，則可明也。

南雷文定前集十一卷、後集四卷、附錄一卷　清康熙二十七年靳治荊刻本

（清王芑孫批點，清欽嘉枚校）（南圖）

清黃宗羲撰。宗羲有《易學象數論》，已著錄。此爲宗羲手自刪定文集，凡《南雷文定前集》十一卷、《後集》四卷、附錄一卷，清康熙二十七年靳治荊刻本，清王芑孫手批，欽嘉枚校，四冊。每半葉十行，行二十字。黑口，雙魚尾，四周單闌。版心中鐫『南雷文定』及卷數，下鐫『前集』或『後集』、『附錄』。各卷端題曰：『遼陽靳治荊較訂。』集前有靳治荊康熙二十七年五月《序》、鄭梁康熙十九年孟秋《南雷文案序》、萬斯大述《梨洲先生世譜》及宗羲自撰《凡例四則》。《前後》《後集》集前各有目錄。

《前集》卷一爲序；　卷二爲記；　卷三至卷四爲書問；　卷五至卷七爲墓誌銘、神道碑銘、墓表；　卷九爲行狀、事畧；　卷十爲傳；　卷十一爲書事、辯、賦諸體文。《後集》卷一爲序、記、碑記、書問諸體文；卷二至卷三爲墓誌銘；　卷四爲墓誌銘、傳、議、賦諸體文。附録一卷爲顧炎武、沈壽民、巢鳴盛、李清、施博、惲日初、陳確、吴任臣、陳之問、李遜之、張玉書、葉方藹、李本晟、李士禎、施維翰、曹溶、湯斌、吴涵、陳維崧、錢澄之、余增元、徐乾學、朱彝尊、許三禮贈答尺牘。國圖藏清康熙二十七年靳治荆刻本數部，其兩部裝爲六册，無批校，集前皆有牌記『黄梨洲先生南雷文定』。

宗羲生前詩文集之刻，多自手訂，門人校刻。先是已有門人爲刻《南雷文案》《吾悔集》《撰杖集》《蜀山集》，念及舊刻尚需持擇，定文不俟後人，乃删削舊本，手自圈點，有《南雷文定》之編。黄百家《先遺獻文孝公梨洲府君行略》所云『《南雷文案》十一卷、《吾悔集》四卷、《撰杖集》四卷、《蜀山集》四卷，後增删爲《南雷文定》，共若干卷』，即此集也。宗羲《凡例四則》其一云：『鄙作已刻者，有《南雷文案》《吾悔集》《撰杖集》《蜀山集》，皆門人分刻，一時脱稿，未經持擇。今耄又及之，東岱不奢，鈎除其不必存者三分之一。丁敬禮云：「文之佳惡，吾自得之，後世誰相知定吾文者？」陸士龍謂其兄曰：「可因今清靜，盡定昔日文，但當鈎除，差易爲功力。」竊取此意，名曰《文定》。』其二云：『歐陽公晚年，於平生之文多所改竄，太夫人呵之曰：「汝畏先生耶？」公答曰：「非畏先生，畏後生耳。」余於舊本間有改削者，非敢比歐陽，而畏後生之意則同也。』其四云：『文章行世，從來有批評而無圈點。自《正宗》《軌範》肇其端，相沿以至荆川《文編》、鹿門《大家》，一篇之中，其精神筋骨所在，點出以便讀者，非以爲優劣也。此後施之字句之間，如孫文融之《史》《漢》，波決瀾倒矣。林鬳齋曰：「從上諸吟家詩有自選，無求選於人者。今人不自信，而以此質於人，誤矣！」故余不自揣，亦手爲點定，不以煩於吾友也。』此本所刻圈點，係宗羲手自點定。附錄一卷，亦宗羲手訂，前有《題辭》云：『束髮交遊，於當世之名公鉅卿，鮮有不摳衣進謁者』，『積歲月之久，尺牘盈千，爲置大牛篋，零碎不復條貫。數年來，東西遷徙，擔頭艙底，失爲闇媼脂燭者不少矣。《文定》刻成，自念醬瓿之物，難邀虀臼之詞，因簡近時數通，冠於篇端。黄宗羲識。』

此本有王芑孫朱墨筆批點，欽嘉枚校。曾爲王芑孫、吳慶咸、欽嘉枚等人舊藏。鈐「王氏二十八宿研齋祕笈之印」、「淵雅」、「鐵夫」、「芑孫審定」、「鐵夫、墨琴夫婦印記」、「淵雅堂藏書記」、「長洲吳慶咸子斂氏讀過」、「雲山所校」諸圖記。並附吳慶咸尺牘云：『雲山先生大人著安。前蒙惠贈《毛詩疏》，具見訓迪後學之意，不敢辭，又不敢以阿堵相瀆，因檢舊藏《廿二史言行略》一種、王惕甫批本《南雷文定》一種，奉呈史席，非敢云報，聊表微悃耳。』又附欽嘉枚尺牘云：『仰荷帲幪，無以奉報。茲於架上檢得王惕甫手批《黄梨洲文集》，係吳子瑜所贈者，以轉贈焉。』《後集》集末有江文煒題記：『道光壬寅臘月，從王亮生夫子借得淨本，過度一通。江文煒記。』王芑孫字念豐，號惕甫，一號鐵夫，長洲人。工書能文。妻曹貞秀，字墨琴，休寧人，寓吳門。曹銳女，工詩善畫。芑孫族弟王罶，初名仲塋，字子兼，號亮生，嘗學古文於芑孫。

王芑孫手批甚富，獨抒己見。如《前集》卷一《明文案上》，葉眉朱批云：『「至情孤露」四字，是千古文章之的。向與二林竹香每每持此論，以衡量古今文人，先生乃先得我心。乙巳秋七月。』《明文案下》文末朱批云：『溯何李受弊之所由來，極爲切中，品目諸家，亦多允當，足爲持評之論。乙巳秋七月廿五日潞門。』墨批云：『論震川處，不爲甚的，自餘諸家，則莫能遁其影矣。丙午九月重九後十日，榜發被落，再至司農邸第，午牕獨坐記。』《高元發三藁存序》文末朱批云：『以氣清爲健，以意深爲厚，從來論文家道不到，自非此事中老狐精，作不得箇語。乙巳七月。』墨批云：『末幅意自高，惜未痛發，故當衍而極之，以爲一篇之主。丙午重陽後十日，西直門館室。』《後葦碧軒詩序》文末朱批：『窅然情深。乙巳秋七月。』墨批云：『末幅引文長、中郎事，大失立言之體，即先生所謂倒盡文章家架子者也。即不欲過譽翁祖石，亦何難別爲引據，且即無此段褒譏，互見處已醒。丙午十月五日，司農賜第燭下記。』《丹山圖咏序》文末朱批：『梨洲文往往有晉宋間筆意流露，其少小時蓋亦深於《文選》者，使閱者引情發趣以此，文體不純亦以此。乙巳七月廿五日。』墨批云：『少嫌舉體沓拖。丙午小春燈下。』《謝皋羽年譜遊錄注序》文末墨批云：『辨甲乙丙，有確指。乙酉閏五月晦日燈下。』卷二《過雲木冰記》文末朱批云：『如此文，可以嗣響柳州。先生文往往有闌入六朝文句者，不獨此也。乙巳秋七月。』墨筆記云：『丙午冬十月廿七日，早起，庭院間冥濛若霧』，『廿八日申刻識於京師西直門內新街口富春司農賜邸。』葉眉墨筆記云：『俗言倒挂不利於大臣。是時梁文定公以病在假，以十二月十三日卒於位，豈俗傳亦果有驗耶？丁未嘉平三日燭下，鐵夫補記。時將遷出城外，司農見留。』卷六《翰林院庶吉士子一魏先生墓誌銘》文末墨批云：『雖不精潔，而有鬱勃生動之氣。丙午十月。』《前翰林院庶吉士韋菴魯先生墓誌銘》文末朱批云：『梨洲之學博，博則不能不雜。意欲兼撮諸家之長，而自出一手，實則兼受諸家之病，而自沒其好學深思之雅。大抵得力多在子長、歐曾、震川、晉江之閒，而其受病則在模擬太似，又出入于晉江，講切于虞者太久，下筆即不覺有相似處。甚矣博文而能約之以禮者之鮮也！ 乙巳秋七月廿六日，潞門寓舍燈下點閱至此，已三鼓矣，蟲聲滿院，新寒逼人，放筆就睡記之。』卷七《陳定生先生墓誌銘》文末墨批云：『遠勝鈍翁墓表。鈍翁多作不關痛癢語，安得有此深情至致乎？ 乙巳七月廿日，潞門寓舍燈下記。』朱批云：『濡染大筆，可謂淋漓盡致傑作也。乙巳秋七月廿七日又讀。』其後又有墨批云：『諸生與門外事，大是亂兆，《留都防亂揭》，一時名士大半在其中，然吾不解諸公是何等肺腸，直可笑也。丁未冬。』卷八《前鄉進士澤望黃君壙誌》文末墨批云：『文殊剌剌不肯休，轉將真意陷沒，可惜也！ 丁未十二月望前一日燈下。』卷十一《海市賦》篇末朱批云：『賦中絶作。 乙巳秋七月廿八日未刻，潞門寓舍讀畢。 是日得馬蘭帥府二弟來信。』《後集》卷一《沈昭子耿巖草序》文末朱批云：『篤論不可易。 乙巳七月。』卷三《雪蓑閔君墓誌銘》文末墨批云：『用意深則著語自痛。 己酉六月三日，京師雨窻。』《後集》集末有芑孫《跋》，云：『乾隆甲辰十月北行，水程淺阻，直至明年乙巳六月，始抵潞門，因遂輕騎至薊北一視二弟，留旬日而歸，時七月十二日也。潞寓逼窄，破窓老屋，置硯無地，暫得心閒時，繙書卷以遣窮愁。連日閱此，記之卷末。乙巳秋七月廿八日三鼓燈下，惕甫。』王氏朱批皆在乾隆五十年乙巳七月，是月批點，偶用墨筆。墨評亦多，大都在乾隆五十一年丙午，間有乾隆五十二年丁未、五十四年己酉之評。

宗羲謂讀書窮經，而後自然成文，視此爲文第一要義。《論文管見》云：『文必本之《六經》，始有根本。』以爲果能窮經，則無所謂沿不沿古人之辭，用不用經語，亦無所謂淺易或艱深，古質或華茂。康熙九年《庚戌集自序》云：『余觀古文，自唐以後爲一大變。唐以前字華，唐以後字質；唐以前句短，唐以後句長；唐以前如高山深谷，唐以後如平原曠野，蓋晝然若界限矣。然而文之美惡不與焉，其所變者詞而已，其所不可變者，雖千古如一日也。得其所不可變者，唐以前可也，唐以後亦可也。不得其所不可變，而以唐之前後較其優劣，則終於憒憒耳。有明一代之文，論之者有二：以謂其初沿宋、元之餘習，北地一變而始復於古；以謂明文盛於前，自北地至王、李而法始亡。其有爲之調人者，則以爲兩派不妨並存。嗟乎！此皆以唐之前後較其優劣者也。夫明文自宋、方以後，直致而少曲折，奄奄無氣，日流膚淺，蓋已不容不變。使其時而變之者以深湛之思，一唱三歎而出之，無論沿其詞與不沿其詞，皆可以救弊。乃北地欲以二三奇崛之語自任起衰，仍不能脱膚淺之習，吾不知所起何衰也。若以修詞爲起衰，盍思昌黎以上之八代，除俳偶之文之外，詞何嘗不修，非有如唐以後之格調也。而昌黎所用之詞，亦即八代來相習之調也，然則後世以起衰之功歸昌黎者，何故？是故以有明而論，餘姚、崑山、毘陵、晉江，其詞沿唐以後者也；大洲、浚谷，其詞追唐以前者也，皆各有至處，顧未可以其詞之異同而有優劣其間。自此意不明，末學無智之徒，入者主之，出者奴之，入者附之，出者汙之，不求古文原本之所在，相與爲膚淺之歸而已矣。』康熙十七年《李杲堂文鈔序》云：『余嘗謂文非學者所務，學者固未有不能文者。今見其脱略門面，與歐、曾、《史》《漢》不相似，便謂之不文，此正不可與於斯文者也。濂溪、洛下、紫陽、象山、江門、姚江諸君子之文，方可與歐、曾、《史》《漢》並垂天壤耳。蓋不以文爲學，而後其文始至焉。當何、李爲詞章之學，姚江與之更唱迭和，既而棄去。何、李而下，嘆惜其不成，即知之者亦謂其不欲以文人自命耳，豈知姚江之深于爲文者乎？使其逐何、李而學，充其所至，不過如何、李之文而止。今姚江之文果何如，豈何、李之所敢望耶？』謂文必出於深湛之思，不在模擬。根柢淺薄，即等同木梗土偶，闒茸無生氣。又標榜學者之文及浙東文統，明末從學蕺山時，即偕友人編《東浙文統》。康熙六年《稱心寺志序》云：『戊寅、己卯之際，余與越中知名士數十人，事子劉子於講舍，退而爲《東浙文統》之選。其時數十人者，上之學性命之學，次之亦以文章名節自任，其視億兆人如無有也。』今觀其文，本於經史，探求本原，通於世用。其文章之妙不在文法修辭，而在湛深經術，一往情深。東浙文統至宗羲復大盛，足繼呂祖謙、黄溍、宋濂、方孝孺諸家。鄭梁《南雷文案序》云：『吾師黄先生，非欲以文見者也』，『又念三百年來，作者林立，先生實集其大成。而淺見小夫，自坐井底，挾册兔園者不知其文章之醇肆，蜚聲藝苑者不知其理學之淵源。使斯集出，而天下指先生爲一時之文士，則吾輩弟子之罪大矣。因與斯大舉有明一代之文與先生之文，而私論之曰：金華之學有其博贍，而無其精深；寧海之氣有其浩蕩，而無其沈摯；姚江之識有其高超，而無其典實；吉水之養有其蘊藉，而無其風華；玉峯之神有其簡潔，而無其雄厚；毘陵之才有其快利，而無其堅凝。而要之原本於《六經》，取材於百氏，浩浩乎其胸中，而落落乎其筆端，固濂洛、韓歐所不能兼也。』

是集出於宗羲手定，文之佳惡自得之。其删削舊作，『敘事之文』多存。此即《凡例》其三所云：『余多敘事之文。嘗讀姚牧菴、元明善集，宋元之興廢，有史書所未詳者，於此可考見。然牧菴、明善皆在廊廟，所載多戰功。余草野窮民，不得名公鉅卿之事以述之，所載多亡國之人夫，地位不同耳，其有裨於史氏之缺文一也。』其文得力於史，長於敘事。所謂『敘事之文』，即多紀易代之際士人、國是之篇，不惟表彰忠烈，並以裨史乘。

南雷文定前集十一卷、後集四卷、附錄一卷　清康熙二十七年靳治荆刻本

（清徐時棟批校）（國圖）

清黄宗羲撰。宗羲有《易學象數論》，已著錄。其《南雷文定前集》十一卷、《後集》四卷、附錄一卷，清康熙二十七年靳治荆刻本，前已著錄南圖藏清王芑孫批點本。國圖藏有清康熙二十七年靳治荆刻本數部，此爲清徐時棟批校本，四冊。其序目、正集、附錄與南圖藏本同，亦無牌記。鈐徐氏『柳泉』、『柳泉書畫』、『水北閣』、『予惟時其遷居西爾』、『鄞徐時棟柳泉氏甲子以來所得書畫藏在城西草堂及水北閣中』及近人蕭應椿『頵公鑑藏書畫印』、『大蕭』圖記。《凡例四則》後有時棟手《跋》，云：『《南雷文定前集》十一卷、《後集》四卷、附錄一卷，共四本，同治九年十二月二十二日城西草堂徐氏收藏。中頗有缺葉，幸吾有抄本在，可補完也。十年六月十九夕，裝訂畢工記之。徐時棟。』

此本與南圖藏王芑孫批點本、國圖藏六冊本（兩部）雖皆靳治荆所刻，亦有小異。如三本《前集目錄》卷四末一篇爲《移史館論不宜立理學傳書》，正集則無此篇。此本目錄雖無《移史館論不宜立理學傳書》之題，正集則存此篇末葉。《目錄》葉眉時棟校云：『此篇刻去目錄，當是删削之矣，而卷中尚留末葉，蓋與明史館論史例書也，並無忌諱，不知何故削之。余別有《文定》抄木，當補完。柳。』《後集目錄》卷一首篇《明名臣言行錄序》，時棟校云：『此文缺第一葉前半，當取藏本補之。』《後集》卷二前三篇爲《大學士碩膚孫公墓誌銘》《兵部左侍郎蒼水張公墓誌銘》《大學士文靖朱公墓誌銘》，南圖藏王

芑孫批點本、國圖藏六冊本皆缺《兵部左侍郎蒼水張公墓誌銘》《大學士文靖朱公墓誌銘》二篇，《大學士碩膚孫公墓誌銘》徑下接《謝時符墓誌銘》，俱缺十九葉。此本並缺《朱公墓誌銘》，而存兩篇《孫公墓誌銘》，《張公墓誌銘》二葉（所逸六葉，係抄補以完）。卷二目錄《大學士碩膚孫公墓誌銘》葉眉時棟校云：『此文刻二篇，可怪。』《大學士文靖朱公墓誌銘》題下注：『失。』葉眉校云：『此文有錄無書。』時棟《跋》及校語屢言及將據所藏《文定》抄本補完缺葉，然集中缺葉實多未補。正集偶有批校。卷二《阿育王寺舍利記》『是故阿育王舍利不特僞造，即其僞造者，亦不一人一事』一段文字，眉批云：『此誤余已於詩集辨之。柳。』文末增注，引《梁書·諸夷列傳》述阿育王寺塔舍利之緣起。

南雷文定前集十一卷、後集四卷、附錄一卷、三集三卷、四集四卷

清康熙二十七年靳治荆刻、戴曾、戴晟、楊開沅續刻本（中科院圖書館）

清黃宗羲撰。宗羲有《易學象數論》，已著錄。此爲宗羲手訂文集，凡《南雷文定前集》十一卷、《後集》四卷、附錄一卷、《三集》三卷、《四集》四卷，清康熙二十七年靳治荆刻、戴曾、戴晟、楊開沅續刻本。《前集》十一卷、《後集》四卷、附錄一卷，即康熙二十七年靳治荆所刻，前已述之。《三集》爲山陽門人戴曾、戴晟兄弟校訂，《四集》爲山陽門人楊開沅校訂。集前有崑山徐秉義《序》、靳治荆《序》、鄭梁《序》、萬斯大述《梨洲先生世譜》、宗羲《凡例四則》。靳《序》爲康熙二十年刻《南雷文定前集》《後集》時所作，鄭梁《序》及萬斯大《世譜》爲康熙十九年萬斯大刻《南雷文案》時所作。徐秉義《序》不見

於康熙十九年刻《文案》及康熙二十七年刻《文定前集》《後集》，有云：『梨洲先生之文，昔爲門人所集者有四。今行年八十，乃取四集，手自決擇，總爲一書，命之曰《南雷文定》。』宗羲《凡例四則》有『鄙作已刻者有《南雷文案》《吾悔集》《撰杖集》《蜀山集》，皆門人分刻』，『鈎除其不必存者三分之一』云云。檢《文案》《吾悔》《撰杖》三集（按：《蜀山集》今未訪得），其文已選入《南雷文定前集》《後集》，而非《三集》《四集》。由是知徐秉義《序》爲靳治荆刻集所作。戴曾、戴晟兄弟嘗刻《南雷詩曆》四卷，《三集》乃戴氏續刻。《四集》則爲楊開沅續刻。此本曾爲鄧之誠舊藏，集前有鄧氏《題記》云：『《南雷文定前集》十一卷、《後集》四卷、《三集》三卷、《四集》四卷，黃宗羲撰，五石齋藏本』，『一本有乾隆己丑玄孫璋《跋》云：「《前》《後》《三》《四》諸集，徐果亭、靳熊封、戴西洮、楊禹江歷任剞劂。《五集》則未史曾叔祖所編輯，仁和沈荻林所授梓也。」』徐秉義僅撰序，未與校刻事，黃璋誤記。又，黃炳垕《黃梨洲先生年譜》卷下『康熙二十七年』條云：『自訂《南雷文案》《吾悔集》《撰杖集》《蜀山集》，鈎除其不必存者三分之一，曰《南雷文定》。後復欲芟爲《文約》（注：《文定前集》十一卷、《後集》四卷，武密靳熊封使君校刊。《三集》四卷、《四集》四卷，山陽小門人戴唯一、西洮、楊禹江諸先生校刊。《五集》三卷，上一公編輯，仁和沈荻林廉訪授梓。《文約》四卷，慈水鄭南谿先生編梓，其板存二老閣）。』其說可參。《年譜》蓋以《三集》三卷附《論文管見》，而計曰四卷。戴氏、楊氏續刻，當在康熙二十八年後不久。《中國古籍總目》著録《南雷文定》前集十一卷、《後集》四卷、《三集》三卷、《四集》四卷、附録一卷，清康熙二十七年靳治荆刻本，中科院（鄧之誠題記）、復旦。僅構靳治荆刻本，殆有未確。

《三集》《四集》版式沿於《前集》《後集》，每半葉十行，行二十字。黑口，雙魚尾，四周單闌，無界格。版心中鐫『南雷文定』及卷數，下鐫『三集』或『四集』。集前各有目錄，集中圈點皆宗羲自爲。《三集》各卷端題曰：『山陽門人戴曾、晟較訂。』卷一收《尚書古文疏證序》《易學象數論序》《鄭禹梅刻稿序》《天嶽禪師詩序》《錢退山詩文序》《范道原詩序》《畫師黄子期序》《淮安戴氏家譜序》《安邑馬義雲詩序》《馬虞卿制義序》《西山日記序》《平陽鐵夫詩序》《顧榮生六十壽序》《天嶽禪師七十壽序》《餘姚縣重修儒學記》《傳是樓藏書記》《與李郡侯辭鄉飲大賓書》《再與李郡侯書》《與康明府書》等文十九篇。卷二收《董在中墓誌銘》《董吳仲墓誌銘》《御史余公墓誌銘》《錢清溪墓誌銘》《王千秋墓誌銘》《鄭巹陽墓表》《參議密菴陸公墓碑》《桐城方烈婦墓誌銘》《金節婦墓誌銘》《卓母錢孺人墓誌銘》《東星禪師塔銘》《豐南禺别傳》《兵部尚書李公傳》《周節婦傳》《余恭人傳》《廣師說》等文十六篇。卷三爲《金石要例》，附《論文管見》。《四集》各卷端題曰：『山陽門人楊開沅較訂。』卷一收《明儒學案序》《補歷代史表序》《陳同亮刻胡傳序》《黄山續志序》《汪扶晨詩序》《曹實庵先生詩序》《陸石溪先生文集序》《陸鈖俟詩序》《金介山詩序》《姜友棠詩序》《萬貞一詩序》《馬雪航詩序》《謝莘野詩序》《空林禪師詩序》《綠蘿庵詩序》《靳熊封遊黄山詩文序》《鄭蘭皋先生八十壽序》《唐氏家譜序》等文十八篇。卷二收《鄭玄子先生述》《遷祠記》《東廬記》《姚沈記》《越州李公救荒記》《大方伯馬公救菑頌》《瑞棠楊公傳》《王訥如使君傳》《吳前僧先生傳》《胡玉吕傳》《劉太夫人傳》《獲麟賦》《孤鴻賦》等文十三篇；卷三爲《高古處府君墓表》《大學士機山錢公神道碑銘》《贈刑部侍郎振華鄭公神道碑》《毛烈婦墓表》《兵部督捕右侍郎西山許先生墓誌銘》《楊士衡先生墓誌銘》《朱人遠墓誌銘》《萬祖繩墓誌銘》《董巽子墓誌銘》《鄭元澄墓誌銘》《蔣萬爲墓誌銘》《奠高董君墓誌銘》《都督裘君墓誌銘》《國勳倪君墓誌銘》《卓子孟孝廉墓誌銘》、《查逸遠墓誌銘》《吳處士墓碣銘》、《吳節母墓誌銘》《安丘張母李孺人墓誌銘》《吳山益然大師塔銘》。卷四爲《破邪論》。其文蒼老簡實，學問宏肆，仍以序記、碑傳爲多，『敘事之文』尤多，可裨史乘，詩文之序及《論文管見》談詩論文，極具見解。

《三集》卷三所收《金石要例》一卷，凡三十六則。卷端有宗羲《題辭》云：『碑版之體，至宋末元初而壞。逮至今日，作者既張、王、李、趙之流，子孫得之，以答賻奠，與紙錢寓馬，相爲出入，使人知其子姓婚姻而已，其壞又甚於元時。似世系而非世系，似履歷而非履歷，市聲俗軌，相沿不覺其非。元潘蒼崖有《金石例》，大段以昌黎爲例，顧未嘗著爲例之義與壞例之始，亦有不必例而例之者。如上代兄弟、宗族、姻黨，有書有不書，不過以著名不著名。初無定例，乃一一以例言之。余故摘其要領，稍爲辯正，所以以補蒼崖之缺也。』四庫館採錄山東巡撫採進本《金石要例》一卷，《提要》云：『是書檃括古人金石之例，凡三十六則，後附《論文管見》九則』，『蒼崖者，元潘昂霄之號。此書蓋補其《金石例》之所遺者也。所收如比干《銅槃銘》，出王俅《嘯堂集古録》，乃宋人僞作；夏侯嬰《石槨銘》，出吳均《西京雜記》，亦齊梁人影撰。引爲證佐，未免失考。又據孫何《碑解》，論碑非文章之名，不知劉勰《文心雕龍》已列此目。如樂府本官署之名，而相沿既久，無不稱歌詞爲樂府者。宗羲必繩以古義，亦未免太拘。然宗羲於文律本嫺，其所考證，實較昂霄原書爲精密。講金石之文者，固不能不取裁於斯焉。』

《四庫全書》於《金石要例》一卷外，未收《南雷》諸文集。四庫館採入江蘇巡撫採進本《南雷文定》十一卷、《文約》四卷，編入存目，《提要》云：『其所作古文，舊有《南雷文案》《吾悔》《撰杖》《吾山》等集，晚年手自刪削，名曰《文定》，後更刊存四卷，故名曰《文約》云。』『吾山』當作『蜀山』，未詳館臣得見《南雷文定》五集全帙否。蓋以集中文字，多涉禁諱，故不置評語。

南雷文定前集十一卷、後集四卷、三集三卷、四集四卷、附錄一卷

清光緒間馮祖憲耕餘樓重刻本（浙圖）

清黃宗羲撰。宗羲有《易學象數論》，已著錄。其《南雷前集》十一卷、《後集》四卷、附錄一卷、《三集》三卷、《四集》四卷，前已著錄清康熙二十七年靳治荆刻、戴曾、戴晟、楊開沅續刻本。此爲清光緒間馮祖憲耕餘樓重刻本，八冊。每半葉十一行，行二十四字。黑口，雙魚尾，左右雙闌。版心中鐫集名，下鐫『耕餘樓藏本』。牌記曰『南雷文定』，又曰『黃氏家塾藏版，莘夫署』。各卷端題曰：『餘姚黃宗羲太沖撰，慈谿馮祖憲辨齋校訂。』集前有徐秉義《序》、靳治荆《序》、鄭梁《序》、萬斯大述《世譜》、宗羲撰《凡例四則》及《目錄》、宗羲小像并《自題》。《文定前集》十一卷、《後集》四卷、附錄一卷，據於清康熙二十七年靳治荆刻本；《三集》三卷據於清康熙間戴曾、戴晟刻本；《四集》四卷，據於清康熙間楊開沅刻本。合四集爲一編，而移靳氏刻本附錄一卷於四集後。祖憲以未蒐得《五集》四卷，故未梓成五集全帙。祖憲號辨齋，慈谿人。江西候補同知，富貲財，家有耕餘樓藏書。此本無甚足觀，且四集原刊宗羲自作圈點，此本未刻。

又，宗羲《自題小像》云：『初錮之爲黨人，繼指之爲游俠，終厠之於儒林。其爲人也，蓋三變而至今，豈其時爲之耶，抑夫人之有遐心？』吳慶坻《蕉廊脞録》卷七云：『黃梨洲先生小象，古裝風帽束

帶，貌奇古。畫象者新安吳旭，補松者宋暐字逸子，補石者猶子深也。先生自題曰：「初錮之爲黨人，繼指之爲游俠，終厠之於儒林。其爲人也，蓋三變而至今，豈其時爲之耶，抑夫人之有遐心？」題贊者，朱嘉徵止谿、陸嘉淑冰修、陳令升之問、陳奕培子厚、陳奕昌子棨、陳謙廷益、楊中訥言揚、楊中垣季直、陳奕禧子文、楊沖默陸騊、朱爾邁人遠、陳燾允大、陳熹允文。自陳奕培以下，皆稱門人，且多海昌人。疑是像乃先生講學海昌時所繪也。余避地滬上，從張讓三美翊得見此像，謹記之。」（民國《求恕齋叢書》本）

今按：陳奕培以下，爲宗羲海昌講會門人。「楊中訥」之下有脱誤。中訥字耑木，言揚名陳訏，「季直」當作「孝直」。

南雷文定前集十一卷、後集四卷、三集三卷、詩曆四卷、附錄一卷

《粵雅堂叢書》本

清黃宗羲撰。宗羲有《易學象數論》，已著錄。此爲其《南雷文定前集》十一卷、《後集》四卷、《三集》三卷、《詩曆》四卷、附錄一卷，《粵雅堂叢書》本，十册。每半葉九行，行二十一字。黑口，無魚尾，左右雙闌。牌記曰「南雷集」。各卷端題曰：「餘姚黃宗羲太沖撰。」卷末題「譚瑩玉生覆校。」集前有鄭梁《南雷文案序》、靳治荆《序》，集末有伍崇曜咸豐三年冬《跋》。《前集》《後集》及附錄一卷依於靳治荆刻本，《三集》《詩曆》依於戴曾、戴晟刻本。《文定四集》《五集》，蓋未蒐得，遂不刻入。《詩曆》四卷，前已分述之。

此本略改易原刊次第。附錄一卷原在《後集》後，此移至全編末，即《詩曆》後。萬斯大述《梨洲先生世譜》、黄宗羲撰《凡例四則》，原在《前集目錄》前，此移至《前集目錄》後。諸集原有宗羲圈點，此亦删之。集中時有闕字空格，蓋底本漫漶，不作臆補。如《後集》卷三《山西右參政籲之丘公墓碑》『庠生潘閥□□□生陳模』，檢中科院藏靳治荆刻本，猶可識讀：『庠生潘閥盛、太學生陳模。』同卷《時禋謝君墓誌銘》：『嘗著書一卷，祕不示人，曰：持此以遇聖□□□□□□□□□□□□□□□□□哭，解中服焚於庭』，『孫曰緒彥□□□□進士』，『君卒後之□年。』檢靳治荆刻本，猶可識讀：『嘗著書一卷，祕不示人，曰：「持此以遇聖主，伊呂事業不難致也。」故社既屋，入先師廟，伐鼓慟哭，解巾服焚於庭』，『孫曰緒彥，康熙壬戌進士』，『君卒後之八年。』『巾服』，此本誤作『中服』。同卷《雪蓑閔君墓誌銘》文末：『所著有《泌菴小言》無□□□□□□□若干卷，藏□□。娶徐氏，簉蔣氏。子□□□□□□□舉人，曰夢□，曰夢愷，曰夢雍□□□□□□□□□□□□□曰紘，曰□來，曰崑來。』檢靳治荆刻本，原作：『所著有《泌菴小言》《無衣吟詩稿》并遺文若干卷，藏於家。娶徐氏，簉蔣氏。子曰夢潮，康熙乙卯舉人，曰夢喧，曰夢愷，曰夢雍。婿曰臧燾、陳冕、楊敏。孫曰□，曰如晦，曰紘，曰甘來，曰崑來。』『孫曰□』猶難識讀。檢鄭性刻《南雷文約》卷二，知爲『孫曰望』。又如《三集》卷二《御史余公墓誌銘》『次毓□□州府同知；次毓湘，貢監生。女□□□□□□□□□□壽處寬、何嘉珝，皆諸生，其壻也。孫男二十七人，懋□』，檢中科院藏戴曾、戴晟刻《三集》，亦模糊難具識。檢鄭性刻《南雷文約》卷二，參酌戴氏兄弟刻本，可補之：『次毓浩，荆州府同知；次毓湘，貢監生。女五，吳高飛、張顯明、方象隆、壽處寬、何嘉珝，皆諸生，其壻也。孫男二十七人，懋橦。』殆譚瑩當時校字，未細考諸本補之。

南雷文定五集四卷　清乾隆二十六年程志隆刻本（南圖）

清黄宗羲撰。宗羲有《易學象數論》，已著録。此爲其《南雷文定五集》四卷，清乾隆二十六年程志隆刻本。宗羲文集，先是由門人子弟梓行《南雷文案》《吾悔集》《撰杖集》《蜀山集》，宗羲嫌其少持擇，乃手訂《南雷文定前集》《後集》，康熙二十七年靳治荆刻行，繼由山陽門人戴曾、戴晟續刻《三集》，楊開沅續刻《四集》。黃百家又編輯其餘爲《南雷文定五集》。乾隆間，仁和沈廷芳參訂，休寧程志隆校梓。版式沿於《文定》前四集，每半葉十行，行二十字。黑口，雙魚尾，四周單闌，無界格。各卷端題曰：『仁和門下後學沈廷芳參訂，休寧後學程志隆較刊。』卷一末題曰：『後學戴有光、孫男千人校字。』卷二末題曰：『後學戴有本、孫男千人、曾外孫沈詩盛、處校字。』卷三、卷四末皆題曰：『孫男千人、曾孫偁文、儲文、玄孫璋、紹頊、紹顒校字。』集前有《目録》。黄璋云：『《五集》則末史曾叔祖所編輯，仁和沈荻林所授梓。』（鄧之誠《題記》，中科院圖書館藏《南雷文定》集前）黄炳垕《黄梨洲先生年譜》云：『《五集》三卷，主一公編輯，仁和沈荻林廉訪授梓。』所謂《五集》三卷，蓋以卷四爲附録而未計也。廷芳爲宗羲門人查昇之外孫，字畹叔，號荻林，又號椒園，仁和人，隨父沈元滄移居海寧。少學詩於查慎行，與兄沈心並以才名著浙西。著有《隱拙齋集》五卷、《續集》五卷、《十三經注疏正字》八十一卷、《續經義考》四十卷等書。程志隆，例監。乾隆初，任淄川縣丞。乾隆十九年任掖縣丞，二十三年任泰安知縣，遷萊州同知。黄千人字證孫，宗羲之孫，百家之子。附監，乾隆二十五年任泰安縣丞（見乾隆《泰安府志》卷十一《職官下》，乾隆二十五年刻本）。與程志隆俱與修乾隆《泰安府志》，志隆列名協修，千人列名參閲。著有《餐秀集》《寧野堂集》《希希集》。集中圈點一如前四集，其與《文定》前刻重複篇章，文字同處大抵沿舊圈點；未見於前四編之篇、改本字句圈點及已刻之篇圈點改易，疑亦出於宗羲，俟詳考之。

是集卷一收《答惲仲升論子劉子節要書》《答忍菴宗兄書》《再答忍菴仲兄書》《明儒學案序》（注：改本）《今水經序》《畫川先生易俟序》《曹氏家錄署序》《趙漁玉詩鈔序》《戴西洮詩文題辭》等文九篇。卷二收《文淵閣大學士文靖朱公墓誌銘》（注：改本）《兵部左侍郎張公墓誌銘》（注：改本）《余若水、周唯一兩先生墓誌銘》（注：改本）等文三篇。卷三收《陳乾初先生墓誌銘》（注：改本）《雨垓葉君墓誌銘》《萬公擇墓誌銘》《紀九峯墓誌銘》《胡雲峯墓表》《汪碩公墓表》《姜定菴先生小傳》等文七篇。卷四爲附錄，收萬言《文孝梨洲先生私謚議》、張希良《黄忠端公暨文孝公入省郡鄉賢祠看語》、黄百家《先遺獻梨洲府君行畧》。宗羲文章未刻入前四集者甚夥。此集非掇拾殘餘，其持擇亦精，或關乎問學，或載涉史事，或談議詩文，各有見解。

是集所收文與前集重複者五篇：《明儒學案序》，已見於《文定四集》卷一；《文淵閣大學士文靖朱公墓誌銘》《兵部左侍郎張公墓誌銘》，已見於《文定後集》卷二；《余若水、周唯一兩先生墓誌銘》，已見於《文定前集》卷六；《陳乾初先生墓誌銘》，已見於《文定後集》卷三。《五集目録》於各題下標注「改本」。其間改易或甚大，乃至文字面目已非。如《明儒學案序》開篇一段云：「盈天地皆心也，人與天地萬物爲一體，故窮天地萬物之理，即在吾心之中。後之學者，錯會前賢之意，以爲此理懸空於天地萬物之間，吾從而窮之，不幾於義外乎？此處一差，則萬殊不能歸一。夫苟工夫着到，不離此心，而萬殊總爲一致。學術之不同，正以見道體之無盡，即如聖門師、商之論交，游、夏之論教，何曾歸一？終不可謂此是而彼非也。奈何今之君子，必欲出於一途，剿其成說，以衡量古今，稍有異同，即詆之爲離經畔道，時風衆勢，不免爲黄茅白葦之歸耳。』《四集》本作：『盈天地皆心也，變化不測，不能不萬殊。心無本體，功力所至，即其本體。故窮理者窮此心之萬殊，非窮萬物之萬殊也。窮心則物莫能遁，窮物則心滯一隅。是以古之君子，寧鑿五丁之間道，不假邯鄲之野馬，故其途亦不得不殊。奈何今之君子，必欲出於一途，使美厥靈根者，化爲焦芽絶港。夫先儒之語録，人人不同，只是印我心體之變動不居，若執定成局，終是受用不得。此無他，修德而後可講學。今講學而不修德，又何怪其舉一而廢百乎？時風愈下，兔園稱儒，實老生之變相，坊人詭計，借名母以行書。』幾無相同字句。康熙三十二年賈潤刻本《明儒學案》集前録宗羲原《序》，『盈天地皆心也，變化不測』至『坊人詭計，借名母以行書』，文字大抵與《四集》本同，僅有數字之異，如『功力所至』，賈潤刻本作『功夫所至』；『心體之變動』，賈潤刻本無『之』字。又如《余若水、周唯一兩先生墓誌銘》前半章略有改動，『康熙己酉十月某日卒』，《文定前集》本原作『己酉歲十月十三日卒』；『康熙辛亥三月某日卒』，《文定前集》本原作『辛亥歲三月二十日卒』。後半章改易始著。如《文定前集》本『年六十九』以下原有一段文字『夫斷□之令，屈以威武，惟死足以拒斷。若水拒斷而不死，非倖也，其心固拚乎一死也。唯一盡斷其餘，不能拒也。然斷其餘，非令之有，則猶之乎拒也。其時爲僧者多矣，而嗣僧之法則無與于此也。所謂威武不能屈者，兩先生庶幾近之。』《南雷文案》卷五收録此文，『夫斷□之令，屈以威武』至『兩先生庶幾近之』

一段文字同。此本改作：『若水行在孝經，義理迫隘，唯一之途稍寬。世之君子，往往由之。然不欲爲易代之臣者，顧反爲異姓之子，無乃自相矛盾乎？唯一之寄身釋氏，猶李燮之爲傭保，依齋之爲賣卜。』今以觀之，其改本或更有勝處，《明儒學案序》即是；或意趨平淡，未若原文之有奇氣，《余若水、周唯一兩先生墓誌銘》即是。

是集又有天一閣藏民國間抄本二種：其一爲民國蕭山朱氏別宥齋抄本，二册。無版匡、界格。每半葉十行，行二十字。各卷端題曰：『仁和門下後學沈廷芳參訂，休寧後學程志隆較刊。』鈐『蕭山朱鼎煦收藏書籍』、『別宥齋』圖記。集前有沈廷芳乾隆二十六年《序》及《目錄》，集末有黄千人乾隆二十六年《題識》。朱氏抄本依於程志隆刊本寫録。其一爲民國二十四年馮貞羣抄本，合《南雷餘集》一卷抄本爲二册。無版匡、界格。每半葉十一行，行二十四字。各卷端題曰：『仁和門下後學沈廷芳參訂，休寧後學程志隆較刊。』集前有沈廷芳《序》及《目録》，集末有黄千人《題識》，又有馮氏題記：『民國二十四年三月二十日，馮貞羣寫畢。』其《南雷餘集》，乃貞羣屬人據《風雨樓叢書》本寫録。貞羣封題『南雷餘集一卷』，又題『乙亥春日，依風雨樓活字版本，屬人傳鈔者。伏跗記。』程志隆刊本傳世甚少，《文定五集》清抄本亦罕覯。此二民國抄本，《中國古籍總目》俱未著録。

黄梨洲先生南雷文約四卷　清乾隆間鄭性、鄭大節刻本（國圖）

清黄宗羲撰。宗羲有《易學象數論》，已著録。此爲《黄梨洲先生南雷文約》四卷，清乾隆間鄭性、鄭大節刻本，二冊。宗羲晚歲手訂《文案》諸集，既刻行，復鈎刪其不必存者，而有《文定》之編，垂垂老矣，仍芟爲《文約》，惜生前未刻。乾隆間，慈谿鄭性、鄭大節爲校梓《文約》四卷，與《思舊錄》《明夷待訪錄》諸書並行之，板存二老閣。每半葉十行，行二十字。黑口，雙魚尾，四周單闌，無界格。版心鐫『南雷文約』及卷數。各卷端題曰：『後學鄭性訂，鄭大節較。』版式倣於《南雷文定》諸集。集前有鄭性《序》，附黃宗羲遺門人鄭梁書，接爲《文約目次》。鄭性字義門，號南溪，鄭梁子，故附書題作《黃梨洲先生遺先子書》。其《序》云：『梨洲先生以至明之識，挾至健之筆，所作破空而出，非當代之號爲能文者規摹秦漢及唐宋以來諸大家之形似，使流俗人得稱而述之。文章由於學問，先生之文，先生之學也。其初有《南雷文案》之刻，其繼有《吾悔集》《撰杖集》之刻，有《南雷文定》之刻，有《文定三集》《四集》之刻，其《五集》未刻，而先生歿矣。其已刻者，先生謂俱刻者爲正，非盡可傳，因自刪之，存四卷，目曰《文約》。康熙癸巳，先生家火，遺書僅存五分之一。丁酉，悉歸余，《文約》之底本在焉。蹉跎二十餘年，今刻之。』《黃梨洲先生遺先子書》云：『弟所刻《文定》，原不欲汎濫，而不能自主。刻者爲正，意欲盡刪之，但留數十篇，名曰《梨洲文約》。』

是集卷一爲神道碑銘、墓誌銘，得《大學士機山錢公神道碑銘》等文二十三篇，《文淵閣大學士吏兵二部尚書謚文靖朱公墓誌銘》《兵部左侍朗蒼水張公墓誌銘》《余若水、周唯一兩先生墓誌銘》諸篇在焉。卷二爲墓碑、墓誌銘、墓表、壙銘，得《山西右參政籲之丘公墓碑》等文二十七篇，《陳乾初先生墓誌銘》（按：此文有前後二稿，《南雷雜著》槁本所載爲初稿，《南雷文案》卷八沿之，是爲前稿。《南雷文定後集》卷三所收爲後稿，《文定五集》卷三所收爲後稿之『改本』，《南雷文約》卷二沿用後稿『改本』，文字同。《南雷詩文集》整理本又分後稿爲三稿，實有未必）在焉。卷三爲行狀、傳、考、問對、辯、祭文、賦諸體文，得《移史館熊公雨殷行狀》等文二十八篇。卷四爲序、題辭、記、書問，得《明文案序上》《明文案序下》等文五十二篇。通計一百三十篇。其文以碑版、序記居多，大抵主於敘事、論學。『敘事之文』以載史，此乃國亡而後死者之任。論學以明道，此亦亡國士大夫之責。宗羲嚴刪已作，《文約》所存大都可稱一時名作。如《兵部左侍郎蒼水張公墓誌銘》《碩膚孫公墓誌銘》《余若水、周唯一兩先生墓誌銘》《乾林院庶吉士子一魏先生墓誌銘》《陳定生先生墓誌銘》《汪魏美先生墓誌銘》《陳乾初先生墓誌銘》《周子佩先生墓誌銘》《談孺木墓表》《吳山益然大師墖銘》《移史館熊公雨殷行狀》《錢忠介公傳》《辯野史》《明文案序》《先師蕺山先生文集序》《張心友詩序》《謝皋羽年譜遊錄注序》《天一閣藏書記》《傳是樓藏書記》《小園記》《念祖堂記》，並爲不朽之文。

此本圈點蓋出於宗羲之手，與已刻入《南雷文案》諸集、《南雷文定》前四集諸文圈點不盡同。如《蒼水張公墓誌銘》，此本『非以一身較遲速也』句點之，『古今成敗利鈍有盡，而此不容已者，長留天地之間』圈之，同於《文定五集》本，而《文定後集》本無圈點。此本文字與已刻者時有差異。即《蒼水張公墓誌銘》一篇，《文定後集》本『知其不可而不爲，即非從容矣』句後有一段文字：『宋、明之亡，古今一大厄會也。其傳之忠義與不得而傳者，非他代可比。就中險阻艱難，百挫千折，有進而無退者，則文文山、張蒼水兩公爲最烈。』此本無之。《文定五集》本（標曰『改本』）亦無之。又如《余若水、周唯一兩先生墓誌銘》，《文定前集》本『夫斷□之令，屈以威武』至『兩先生庶幾近之』一段文字，《南雷文案》本同。此本改作『若水行在孝經，義理迫隘，唯一之途稍寬』云云，與《文定五集》本同。

黄梨洲先生南雷文約四卷　清乾隆間鄭性、鄭大節刻本（民國劉乾粹批點）（天圖）

清黄宗羲撰。宗羲有《易學象數論》，已著録。其《黄梨洲先生南雷文約》四卷，前已著録清乾隆間鄭性、鄭大節刻本。此亦鄭氏刻本，民國劉乾粹批點，二册。有『黄梨洲先生南雷文約』牌記。第一册内封題曰：『民國十六年丁卯八月，劉乾粹訂。』劉氏批點多有可觀。《大學士機山錢公神道碑銘》眉批云：『大處立論。遺獻傷心舊事，娓娓可聽。然□□自是稗乘，與碑版體裁不稱。』又，『叙次簡明，得史法。此先生所爲大手也。』又，『結意率。』文末評云：『識老氣盛，不屑修飾字句之間，此良史才也。時無韓歐，終坐潛溪廡下，惜乎！』《光禄大夫太子太保吏部尚書謚忠襄徐公神道碑銘》文末評云：『白首青燈，九原知己。其辭煩而不殺，蓋情餘於文也，然亦微傷煩矣。』惜評點有始無終，僅上文二篇，得評語十條、批校一條。《文約》批點本罕見，今著録之，以備存一種。

南雷雜著不分卷　稿本（上圖）

清黄宗羲撰。宗羲有《易學象數論》，已著録。此爲其《南雷雜著》稿本，不分卷，三册。乃後人彙輯宗羲手稿成帙，藏於寧波舊家，光緒中欲售於上海道署。敬業書院院長葉維幹覽之，檢《南雷文定》《南雷文約》所未有者，另抄一本，題曰《南雷集外文》。光緒十五年，桐城蕭穆見葉氏出示抄本，乃寫録一部，仍其舊題（參見《南雷集外文》集前蕭穆《題記》）。《風雨樓叢書》據蕭穆抄本排印行世，題作《南雷餘集》。今人據稿本整理《南雷雜著》，《前言》稱此本收文四十篇、詩二首、《胡玉呂傳》殘稿一葉、佚題殘稿一葉。

集中《節婦陳母沈孺人墓誌銘》（按：此文與《文定前集》卷八《陳母沈孺人墓誌銘》爲兩文。整理本誤以爲一篇）《敕封吳孺人墓誌銘》《皇明中憲大夫太僕寺少卿贈太常寺卿松槃姜公墓誌銘》及所附《與姜淡仙（思簡）書》、《錢孝直墓誌銘》《前鄉進士董天鑑墓誌銘》《祭馮韡卿文》《兩異人傳》《陳齊莫傳》《蕺山同志考序》《范熊巖先生文集序》《胡子藏院本序》《壽徐掖青六十序》《諸碩庵六十壽序》《諸敬槐先生八十壽序》及遺徐乾學書一篇，共文十六篇，不見於今傳《南雷文案》《吾悔集》《撰杖集》《南雷文定前集》《後集》《三集》《四集》《五集》《南雷文約》等九集。蕭穆抄本收以上文十五篇（含《松槃姜公墓誌銘》所附《與姜淡仙（思簡）書》）及《陳乾初先生墓誌銘》《蘇州三峯漢月藏禪師塔銘》《女孫阿迎墓磚》《怪說》，并五言古詩《次葉子吉韻》一首，而未録宗羲遺徐乾學書。《陳乾初先生墓誌銘》《蘇州三峯漢月藏禪師塔銘》《女孫阿迎墓磚》《次葉子吉韻》已見於前刻，葉維幹因未見舊刻，或疏於檢覈，不免誤收。然稿本不見《怪說》一篇，蓋今存者較維幹當時所見，已有不全。

稿本所存已刻九集外之篇，不乏佳作。《兩異人傳》《陳齊莫傳》二文皆可不朽，蓋以當時未便行而未刻集。《兩異人傳》載『避世之最善者』二人，一失其名，一爲餘姚諸士奇，雖得於傳聞，實非無據。宗羲借以紀寫清初江南士民心繫故國之痛史，讀之驚心。

稿本塗乙刪改滿紙，而《文案》諸集、《文定》諸集及《詩曆》三卷之刻皆出宗羲手訂，篇章字句頗有改易，對勘稿本，可詳知其原稿面目及改易之況。如《余若水、周唯一兩先生墓誌銘》：『夫斷髮之令，屈以威武，唯死足以拒斷。若水拒斷而不死，非倖也，其心固挤乎一死也。唯一盡斷其餘，不能拒也。然盡斷其餘，非令之有，則猶之乎拒也。其時爲僧者多矣，而嗣僧之法則無與乎此也。所謂威武不能屈者，兩先生庶幾近之。』『若水』、『其時爲僧者多矣，而嗣僧之法則無與乎此也』，皆修改所增。《南雷文案》卷五收此文，有此一段文字，『髮』字空缺，『然斷其餘』句無『盡』字，『無與乎此』改作『無與于此』。《文定前集》本改易與《文案》同。《文定五集》收『改本』，盡刪此斷文字，而增『若水行在孝經，義理迫隘，唯一之途稍寬』云云。《南雷文約》本文字同於《文定五集》。

《次葉子吉韻》一首，此本爲原稿，頗多塗乙。施敬刻本《詩曆》卷二收此詩，題作《次葉訒庵太史韻》，詩句從改易之後謄清稿，然猶有文字之異：『莊渠割曉昏』句，稿本塗乙後原作『莊渠破朝昏』；『屹如砥柱存』句『屹』字，稿本作『猶』；『碎鉢何足論』句注：『曹溪鉢爲莊渠所碎。』稿本無句注；『學不離天根』句注：『天根，莊渠講學宗旨。』稿本無句注；『源深流自長』句『深』字，稿本作『遠』；『忽然惠斯詞』句『斯』字，稿本作『新』；『繭絲析鶻崙』句，稿本作『朗月照崑崙』；『平生汎學海，星野苦難分』二句，稿本作『爲學五十年，菽粟真不分』；『衆說徒紛紛』句『紛紛』，稿本作『紜紜』；『非無豪傑士，不救溺與焚』二句，稿本改易後原作『當身試□王，不能救巢焚』；『寰宇方迥巡』句『方』字，稿本作『能』；『不然朱墨行』句『行』字，稿本作『間』；『幽情發古思』句『古思』二字，稿本作『思古』；『豈徒門人親』句『豈』字，稿本作『無』。

《陳乾初先生墓誌銘》，爲蕺山同門友陳確所撰。初應門人陳翼（陳確之子）之請而作，其時未細讀陳確之書，但以陳翼所作事實稍節成文，是爲前稿。及詳讀陳確遺稿，辨其指歸，覺有負良友多矣，再撰一文，是爲後稿。前稿紀事爲多，後稿論學爲多。此本所存即前稿之手稿，題下未注明作時。萬斯大刻《南雷文案》卷八所收《陳乾初先生墓誌銘》，即前稿，題下增注：『丁巳。』《文案》依於謄清稿，與手稿文字仍有異處。如『丐誌其墓』句『墓』字，稿本作『幽』；『崇禎末，昌邑不飭，簠簋莫之敢指。先生舉旛號衆曰』，稿本作『崇禎末，吏不飭簠簋，昌邑橫甚，莫之敢指。先生號於衆曰』。靳治荆刻《文定後集》卷三所收《陳乾初先生墓誌銘》，即後稿。程志隆刻《文定五集》卷三所收《陳乾初先生墓誌銘》（改本）、鄭性刻《南雷文約》卷二所收《陳乾初先生墓誌銘》，亦爲後稿。

南雷集外文一卷　清光緒十五年蕭穆抄本（中科院圖書館）

清黄宗羲撰，清葉維幹編。宗羲有《易學象數論》，已著録。此爲其《南雷集外文》一卷，清葉維幹編，清光緒十五年蕭穆抄本，一册。無版匡、界格。每半葉十行，行十七至二十二字不等。卷端不題撰者名氏。集前有《南雷集外文目録》及蕭穆《題記》二則。是集收《蕺山同志考序》《范熊巖先生文集序》《胡子藏院本序》《壽徐掖青六十序》《諸碩庵六十壽序》《諸敬槐先生八十壽序》《怪説》《兩異人傳》《陳齊莫傳》《皇明中憲大夫太僕寺少卿贈太常寺卿松槃姜公墓誌銘》（附《與姜淡仙（思簡）書》）《錢孝直墓誌銘》《前鄉進士董天鑑墓誌銘》《陳乾初先生墓誌銘》《節婦陳母沈孺人墓誌銘》《敕封吴孺人墓誌銘》《女孫阿迎墓磚》《蘇州三峯漢月藏禪師塔銘》《祭馮韡卿文》等文十八篇，末附《次葉子吉韻》五言古詩一首。

蕭氏《題記》其一作於光緒十五年三月，云：『右文十八篇、五言古詩一篇，乃餘姚黄梨洲徵君所著也。徵君生前自編其集曰《南雷文定》，晚年又就《文定》精擇一編，曰《南雷文約》。前年，有寧波一舊家藏徵君手稿，凡數寸，欲售於上海道署，索價三百金，未償所值而返。先是敬業書院院長仁和葉槐生貢士細將稿本瀏覽一過，凡《文定》《文約》所未有者，另抄出一本，題曰《南雷集外文》，藏之書樓。今晤槐老談及，出示抄冊，蓋皆徵君當日所删者。推其删之之故，多記桑海時事，生前行世實有未便，原以待之將來。今距徵君之殁已一百九十四年，即此一編，而徵君時事及往來之人，亦隱隱知其大略。乾隆間，長洲彭尺木貢士於崑山書肆得《亭林文集》稿本，中有十數篇，爲刊本所無者，雖爲潘次耕刊《亭林文集》所删，亦爲當時實未便行世故也。而彭君刊爲《亭林餘集》，余往年又爲合肥蒯檢討光典重刊之。今復抄此集，他日當仿彭君之意，刊爲《南雷餘集》，或仍槐老所題以配之。蓋黄、顧二老爲國朝儒林之冠，雖寸墨片楮，皆當寶貴，爲之流傳，又況其實有足以自存者存乎其間者邪！光緒十五年三月二十四日，桐城蕭穆識於上海廣方言館。』《題記》其二作於光緒二十七年九月，云：『再考梨洲先生所著《南雷文定前集》十一卷、《後集》四卷、《三集》四卷、《四集》四卷、《五集》三卷、《南雷文約》四卷，乃先生晚年將各集删訂，取其要者存之也。今舊刊本絕少，五集均全者尚未之見。粤雅堂刊本只至《三集》止，《四》《五》兩集蓋未之見也。余前十餘年，僅得《後集》《三集》《四集》，不知葉君當日用何本參校稿本。倘用粤雅堂刊本，則此十八篇，余尚疑在《五集》三卷中。蓋先生八十三歲以後之文，曰《病榻集》，公子百家編入第五集。又，《後集》第二卷《兵部左侍郎蒼水張公墓誌銘》，余本只存兩頁，《大學士文靖朱公墓誌銘》全缺，粤雅堂刊本均缺，云俟補入云。辛丑九月晦日申刻，記于廣方言館。』

葉維幹號槐生，仁和人，生平見前著録清初抄本《易學象數論》。蕭穆抄本據於葉維幹抄本。維幹檢寧波舊家藏宗羲手稿未刻入《南雷文定》《文約》者輯爲一編，題作《南雷集外文》。蕭穆未詳維幹當日參校所用何本，且未見《文定五集》，因疑《南雷集外文》十八篇在《五集》中。今按：此本所收十八篇文中，《陳乾初先生墓誌銘》一篇有前後二稿，此爲前稿，已刻入《南雷文案》卷八，《文定後集》卷三收後稿，《文定五集》卷三收後稿『改本』，《南雷文約》卷二沿用後稿『改本』；《女孫阿迎墓磚》《蘇州三峰漢月藏禪師塔銘》二文，確不見於《南雷文定》五集及《文約》，然已先刻入《南雷文案》卷六。蕭穆未見《文定五集》，疑十八篇在《五集》中，實則不然。維幹未檢《南雷文案》，亦未詳檢《文定後集》及《文約》，遂誤録《陳乾初先生墓誌銘》《女孫阿迎墓磚》《蘇州三峰漢月藏禪師塔銘》三篇爲集外文。所附五言古《次葉子吉韻》一首，已見於清康熙間施敬刻本《南雷詩曆》卷二、清乾隆間鄭大節刻本《南雷詩曆》卷三，題作《次葉訒菴韻》（按：並附葉方藹《四明董在中過訪，詢知爲黄太沖先生及門，於其南行，賦此奉送，并寄先生》原韻）。蓋維幹當時亦未檢覈《南雷詩曆》也。以上三文、五言古一首外，餘十五篇文皆不見於今傳《南雷文案》《吾悔集》《撰杖集》《南雷文定前集》《後集》《三集》《四集》《五集》《南雷文約》。又，《松槃姜公墓誌銘》所附《與姜淡仙（思簡）書》一篇，未見於以上九集，亦是集外文。

又，維幹當時所見寧波舊家藏宗羲手稿，今尚存世，即上圖藏《南雷雜著稿》稿本不分卷。《節婦陳母沈孺人墓誌銘》《敕封吴孺人墓誌銘》《陳乾初先生墓誌銘》《皇明中憲大夫太僕寺少卿贈太常寺卿松槃姜公墓誌銘》及所附《與姜淡仙（思簡）書》、《錢孝直墓誌銘》《前鄉進士董天鑑墓誌銘》《蘇州三峯漢月藏禪師塔銘》《女孫阿迎墓磚》《祭馮韡卿文》《兩異人傳》《陳齊莫傳》《次葉子吉韻》《蕺山同志考》《范熊巖先生文集序》《胡子藏院本序》《壽徐掖青六十序》《諸碩庵六十壽序》《諸敬槐先生八十壽序》諸篇原稿俱在，獨不見《怪説》手稿。稿本所收諸文，多屬初稿，塗乙删改滿紙。今葉維幹抄本未見，以蕭穆抄本對勘上圖藏稿本，知葉、蕭抄本並善（宗羲手自圈點並録之）。蕭穆抄本間有異文、脱訛。如《前鄉進士董天鑑墓誌銘》『由是爲言』，稿本原作『由是而言』；『亦皆以蓄之』，稿本原作『亦皆以弟畜之』。《陳齊莫傳》『陳君士京，字齊莫，民之鄞縣人』，『民』字誤，稿本原作『明』字，蕭穆以其不可解，旁校作『寧』字。維幹抄本殆未臨寫稿本勾乙之況，蕭氏傳録，難盡知之。幸稿本尚存，可具見之。

南雷餘集一卷　《風雨樓叢書》本

清黄宗羲撰，清葉維幹編。宗羲有《易學象數論》，已著録。此爲其《南雷餘集》一卷，《風雨樓叢書》本。每半葉十行，行二十八字。黑口，無魚尾，四周單闌。卷端題曰：『桐城蕭穆鈔。』牌記曰：『宣統辛亥四月，順德鄧氏依桐城蕭氏鈔校本刊竣。』集前有《南雷餘集目録》及蕭穆光緒十五年《題記》一則。桐城蕭氏鈔校本，即清光緒十五年蕭穆抄本《南雷集外文》一卷。是集原爲葉維幹依於宗羲《南雷雜著》手稿，輯得《南雷文定》《文約》所未收文十八篇，并録五言古《次葉子吉韻》一首。蕭穆抄本據於葉氏抄本。葉氏抄本，今未見其存，然以當時所見刻本不多，遂誤以《陳乾初先生墓誌銘》《女孫阿迎墓磚》《蘇州三峰漢月藏禪師塔銘》三篇爲集外文，蕭穆亦未能刊落之。今宗羲手稿具在，僅少《怪說》一篇耳。蕭穆抄本集前附其《題記》二則，此錄其一，言及他日當仿長洲彭紹升刻《亭林餘集》之例，刊刻《南雷餘集》，或仍葉維幹舊題《南雷集外文》。宣統間，鄧實輯印《風雨樓叢書》，收錄《南雷集外文》，採蕭穆之說，改題作《南雷餘集》。

排印本《目錄》附鄧實注二條：《女孫阿迎墓磚》題下注：『實按：此篇已刻《南雷文案》，今未刻。』《次葉子吉韻》題下注：『五言古詩坿。實案：此首見《南雷詩曆》，題作《次葉菴太史韻》，今未刻。』集中《陳乾初先生墓誌銘》題下增注：『初藁。』文末增案語云：『案：《陳乾初墓誌銘》，先生後又作一篇，已刊入《文定後集》。此篇其先作也。先生云「翼以誌銘見屬，其時未讀乾初之書，但以翼所作事實稍節成文。今詳玩遺稿，方識指歸」云云。似此篇可無存也。』《蘇州三峰漢月藏禪師塔銘》題下增注云：『與刻本有異同。』文中又增校記十餘條，校刊本與蕭氏抄本文字異同。蓋鄧實已知《陳乾初先生墓誌銘》《女孫阿迎墓磚》《蘇州三峰漢月藏禪師塔銘》三篇及《次葉子吉韻》一詩非集外詩文，遂刊落《女孫阿迎墓磚》《次葉子吉韻》，又以《陳乾初先生墓誌銘》有初稿、後稿之異，《蘇州三峰漢月藏禪師塔銘》文字與刊本多異，仍存錄之。

鄧實檢《文案》諸集、《文定》諸集及《詩曆》刊本校之，惜校勘、排印不精，時有脫誤錯訛。如《目錄》之《次葉子吉韻》題下注『次葉菴太史韻』，『葉』下脫一『訒』字。蕭穆《題記》『未償所值而返』，『償所值』係蕭穆自改『滿其欲』三字，此本仍作『滿其欲』；『另抄一本』，『抄』後原有一『出』字；『而徵君時所及往來之人』，『所』原作『事』；『得《亭林文集》副本』，『副本』原作『稿本』；『公後鈔此集』，原作『今復抄此集』。《陳齊莫傳》，題中及文中『齊莫』，此本誤作『齊英』。陳士京字齊莫，號佛莊，鄞人。宗羲手稿、《魯之春秋》《小腆紀傳》等皆作『齊莫』，無作『齊英』者。近人陳乃乾撰《黄梨洲文集舊本考》云：『桐城蕭穆嘗見梨洲手稿於上海，摘鈔其未刻者爲一册。九一一年順德鄧實得蕭氏鈔本，印入《風雨樓叢書》中，脱誤甚多。幸梨洲手稿已歸上海市文管會，完好無恙，尚得取以勘正。此稿爲梨洲早年所寫，與刻本頗有異同。』確如所言，鄧實校印本『脱誤甚多』。然陳氏《舊本考》所言亦有不確：蕭穆未嘗見宗羲手稿，葉維幹出示抄本，蕭氏借抄之。摘抄《南雷集外文》者，爲維幹，非蕭穆也。且宗羲手稿非早年所寫，其中尚有晚年手蹟。

南雷文鈔不分卷

清康熙間抄本（民國馮貞羣批校）（天一閣）

清黄宗羲撰。宗羲有《易學象數論》，已著録。此爲其《南雷文鈔》不分卷，清抄本，民國馮貞羣批校，一册。無版匡、界格。每半葉九行，行二十六字。馮貞群封題『南雷文鈔』。卷端題曰：『黄太沖先生筆。』曾爲貞羣舊藏，鈐『孟顓』、『伏跌室』、『馮貞羣』圖記。集前有馮氏一九五四年《題記》一則並民國三十一年二月補《目録》。《題記》云：『《南雷文鈔》四十六首，於宣統三年秋九月得於王斗瞻茂才奎後人所。題下注：「黄太沖先生筆。」且「玄」字不諱，蓋其門人所手寫者。中有文一十三首出刻本之外。今於張延章處得其遠祖振寰墓誌銘，爲補卷末。以語有諷刺，故不入集。南雷講學甬上，嘗曰：「甬上多才，足爲吾薪火之傳。」清代禁書，南雷之作未盡傳世，求之故家，當尚有存焉者。甲午二月既望，馮貞羣。時年六十有九。』

是集收《海市賦》《雁來紅賦》《復芹堂記》《壽伯美陳公六十文》《王孝女碑》《庭誥》《與陳介眉庶常書》等文四十六篇，馮貞羣又抄補《振寰張府君墓誌銘》一篇於集末。貞羣檢校《南雷文案》《文定》諸集，所補《目錄》注明各篇刻存大概。《復芹堂》《壽伯美陳公六十文》《董太夫人七十壽序》等題下注：『未刻。』《壽伯美陳公六十文》後《壽序》一篇，注：『《文案外卷》目有《陳伯美先生七十壽序》而無其文，則此序未刻。』馮氏所見《文案外卷》，目錄有《陳伯美先生七十壽序》而集中文缺（按：國圖藏清康熙十九年萬斯大刻、清重修本《文案外卷》即缺此篇及《范母李夫人七十壽序》前葉）。檢傳增湘舊藏萬斯大刻本《文案外卷》，此篇不缺，馮氏所注未確。此本《復芹堂記》《壽伯美陳公六十文》《按察使副使鄭平子先生六十壽敘》《王君調先生七十壽序》《家母求文節略》《送鄭禹梅北上序》《鄉賢呈詞》《再辭修郡志書》《董太夫人七十壽序》《輔潛庵傳》《陳賢母傳》《奉議大夫刑部郎中深柳張公墓誌銘》等十二篇，未刻入《南雷文集》《吾悔集》《撰杖集》《南雷文定前集》《後集》《三集》《四集》《五集》《南雷文約》等九集。馮氏又增補《振寰張府君墓誌銘》一篇。張遐勳字振寰，鄞人。此文應其仲子張士塤（字心友）之請所作。及士塤歿，宗羲爲作《進士心友張君墓誌銘》，刻入《南雷文定前集》卷八。

南雷文案十卷、外卷一卷　清康熙十九年萬斯大刻本（國圖）

清黃宗羲撰。宗羲有《易學象數論》，已著錄。此爲《南雷文案》十卷、《外卷》一卷，清康熙十九年萬斯大刻本，傅增湘舊藏，共六册，與康熙刊本《吾悔集》四卷、《撰杖集》一卷、《南雷詩曆》三卷、《子劉子行狀》二卷、黄百家《學箕初稿》二卷合裝爲十二册。每半葉十二行，行二十二字。黑口，雙魚尾，左右雙闌。各卷端題曰：「門人子姪較刻。」鈐「藏園」、「江安傅沅叔藏書記」、「雙鑑樓珍藏印」、「洗心室圖書章」諸圖記。集前有鄭梁康熙十九年孟秋《南雷文案序》、萬斯大《梨洲先生世譜》及《目録》。是集與《吾悔集》《撰杖集》《蜀山集》皆門人分刻，宗羲嫌其少持擇，乃有《南雷文定》之編，集前收鄭梁舊序及萬斯大述《世譜》。按鄭梁《序》「歲戊午，梁謀刻先生之文，以惠當世，嘗出一言，募之同人。而先生之門多貧士，越二年，始有應者，乃相率而請諸先生。先生手選其所作十之二三，曰《南雷文案》，授萬子斯大，爲之校讐。斯大謂梁曰：「集例有序，斯序恐當屬子矣。」」其謀刻乃師文集，始於康熙十七年。宗羲應門人之請手選《南雷文案》，授斯大校刻。斯大倣胡助述《宋氏世譜》以冠宋濂《潛溪集》之例，作《梨洲先生世譜》。

《文案》十卷，大致按體分卷，各卷又大抵按時先後編排，故體有參差。卷一爲序，末爲題辭一篇；卷二爲序，末爲記六篇；卷三至卷四爲書問；卷五至卷八爲墓表、神道碑銘、壙誌、墓誌銘；卷九爲傳；卷十爲注、考、辯、書事、説、哀辭、賦諸體文。《外卷》一卷，收壽序十一篇。集中諸篇，大都題下注明作時。《文定前集》據以删選，時有改易。此集已有宗羲手自圈點，《文定前集》沿之，間有改削。如《文案》卷一《明文案序上》「文章之盛，似謂過之」一句原有圈，《文定前集》删之。

此本卷一首篇《高元發三藁類存序》葉眉有批校：「『⿸疒臬』，攷《康熙字典》無此字，實『寱』字訛，音藝。『寱語』，睡語也。」然全書校記僅此一條。又，《四部叢刊》景印《南雷集》二十卷、附《學箕初藁》，云「上海涵芬樓借無錫孫氏小緑天藏原刊本景印」。所謂《南雷集》二十卷，即《南雷文案》十卷、

《外卷》一卷、《吾悔集》四卷、《撰杖集》一卷、《子劉子行狀》二卷、《南雷詩曆》三卷，實爲二十一卷。曰『二十卷』者，不計《外卷》一卷也。黄百家《先遺獻文孝公梨洲府君行略》則稱『《南雷文案》十一卷』。無錫孫氏小綠天藏原刊本《南雷文案》，亦康熙十九年萬斯大刻本，然已經重修，非初刻也。

又，此本卷五收《都督僉事瑞巖萬公墓表》《天津巡撫留仙馮公神道碑銘》《壽兒壙志》《馮中丞墓誌銘》《張司馬墓誌銘》《余若水、周唯一先生合誌》等六篇。《馮中丞墓誌銘》《張司馬墓誌銘》未見，缺九葉，蓋原鏤板已抽删，故殘缺，國圖藏康熙十九年刻、清重修本及《四部叢刊》景印無錫孫氏小綠天藏本皆然。

又，卷十收《西臺慟哭記注》《冬青引注》《四明山九題考》《七怪》《化安寺緣起》《辯野史》《書澹齋事》《作文三戒》《續師說》《祭萬悔菴文》《張待軒先生哀辭》《避地賦》《雁來紅賦》《海市賦》《庭誥》等十五篇。集前《目録》僅列十四篇，無《庭誥》之題。《書澹齋事》，版心葉數標二十、二十一。接下《作文三戒》亦標葉二十一。《祭萬悔菴文》共二葉，前葉標二十三，後葉標二十六。接下《張待軒先生哀辭》二葉，前葉標二十五，後葉標二十四。《雁來紅賦》標葉三十，其下《海市賦》標葉三十二、三十三。卷末一篇《庭誥》，版心下未刻葉數。據是以推，此本非初印，刻板已經重修，猶改之未盡。

南雷文案十卷、外卷一卷　清康熙十九年萬斯大刻、清重修本（國圖）

清黄宗羲撰。宗羲有《易學象數論》，已著録。此爲《南雷文案》十卷、《外卷》一卷，清康熙十九年萬斯大刻、清重修本，共二册，與康熙刊本《吾悔集》四卷、《撰杖集》一卷、《子劉子行狀》二卷、《南雷詩曆》三卷、黄百家《學箕初稿》二卷合裝爲四册。版式與國圖藏康熙十九年原刊本不異，然原刊本各卷端題曰：『門人子姪較刻。』此本則題作：『姚江黄宗羲著。』集前有萬斯大述《梨洲先生世譜》、鄭梁《序》及《目録》。《四部叢刊》景印《南雷文案》十卷、《外卷》一卷，各卷端題曰：『姚江黄宗羲著。』與此本同，然鄭梁《序》在萬斯大《世譜》前。

此本前五卷有閲者手批圈點、句讀，未詳出何人之手。其圈點沿於刻本所標，蓋隨閲筆之而已。卷五缺《馮中丞墓誌銘》《張司馬墓誌銘》二篇，計九葉，蓋原鏤板已抽删，故殘缺，國圖藏康熙十九年刻本及《四部叢刊》景印無錫孫氏小綠天藏本皆然。集前卷十目録葉重修，《辯野史》後增《庭誥》之題。國圖藏康熙十九年刻本卷十第二十葉以下刻葉標序錯亂，《庭誥》一篇無刻葉，置於卷末。此本則刻葉重訂，次第不亂，末葉并有『南雷文案卷十終』一行。

吾悔集四卷　清康熙二十一年刻本（國圖）

清黄宗羲撰。宗羲有《易學象數論》，已著録。此其《吾悔集》四卷，清康熙二十一年刻本，共二册，與康熙刊本《南雷文案》十卷、《外卷》一卷、《撰杖集》一卷、《南雷詩曆》三卷、《子劉子行狀》二卷、黄百家《學箕初稿》二卷合裝爲十二册。康熙十七年，門人鄭梁謀梓宗羲文集，康熙十九年始刻《南雷文案》，繼有《吾悔集》《撰杖集》《蜀山集》三種，皆宗羲手訂，門人子弟校刻。《吾悔集》又名《南雷續文案》，宗羲子百藥、正誼、百家，孫千頃、千卷、千子、千門校訂。每半葉十二行，行二十二字。黑口，雙魚尾，左右雙闌。版式大抵沿於萬斯大刻《南雷文案》，所異者，《文案》上、下皆黑口，版心鐫『南雷文案』及卷數，此則版心上鐫『吾悔集』，中刻『南雷續文案』及卷數。又，《文案》初刻有界格，此則僅目錄有界格。其後《文定》一至五集皆無界格。牌記曰：『黃梨洲先生著，吾悔集，南雷續文案。』卷一卷端題曰：『男百藥較。』卷二卷端題曰：『男正誼較。』卷三卷端題曰：『男百家較。』卷四卷端題曰：『孫男千頃、千卷、千子、千門較。』集前有萬斯大康熙二十一年十月《吾悔集序》、宗羲《吾悔集題辭》及《目錄》。鈐『藏園』、『江安傅沅叔藏書記』圖記，亦傅增湘舊藏。

是集詩文雜編，不作分類。卷一收《先妣姚太夫人事略》《青詞》等文九篇、《至孫郎埠山菴》詩一首；卷二收《敘陳言揚句股述》《汪氏三子詩序》等文十二篇、《雪中簡鄭禹梅》《歸途雜憶詩》五首、《靈隱訪三目》《大雪野祭詩》《過黃孚先小樓詩》《過諸九徵書舍詩》等六題十首；卷三收《張元岵墓誌銘》《卓子孟墓誌銘》等文六篇、《腳氣詩》十首；卷四收《李杲堂墓誌銘》《鄭平子壽序》等文八篇、《二欠詩》二首。詩共得九題二十三首，《靈隱訪三目》一首外，餘皆爲全祖望編入《南雷詩曆》卷四。錄文三十五篇，卷一《先妣姚太夫人事略》《汪魏美墓誌銘》《陳定生墓誌銘》《謝皋羽年譜序》《張仁菴大學說序》、卷三《張元岵墓誌銘》、卷四《李杲堂墓誌銘》等篇，後選入《南雷文定前編》。《敘陳言揚句股述》一篇，實爲講學海昌之際，黃百家代作。集中圈點，出宗羲之手。

康熙十九年正月十日，宗羲母姚太夫人卒，年八十七。是集大抵收宗羲居喪間所作詩文。其《題辭》云：『吾母五子，唯不孝親乳。先忠端公殉節之後，室如懸磬，不孝支撐外侮，鞅掌家塾，吾母課壠畝，省廩窖，婚嫁有無，棺槨重複，無一日之暇』，『際此喪亂，藐是流離，身挽鹿車，投足無所，由是家道喪失。吾弟復去其三，霜露晨昏，兼并一人，魚菽取備，鮮適莫搆，吾母猶然憐余之辛勤也。凡居憂者，以喪服爲之文，以不飲酒食肉處内爲之實。不孝行之半年，而一病支牀，氣血中槁。親友遂引禮經有疾七十二條來相勸勉。不孝姑息從之，惶恐無地。自念養生送死，多少不盡分處，未嘗不痛自勉强，而悔其有所不能也。樂正子春之母死，五日而不食，曰：「吾悔之！自吾母而不得吾情，吾惡乎用吾情？疏謂：禮三日不食。吾悔之者，悔其不以實情，勉强而至五日也。」夫子春之悔，悔其過乎禮也。余之悔，悔其不及乎禮也。同一勉强也，若似乎余之情實，子春之情僞，然其僞者一悔而即實，而余之實者葢終身悔焉而未有已也。』故以『自悔』名集。萬斯大《序》云：『己未冬，吾師梨洲先生以及門之請，出《南雷文案》授斯大。斯大敬受，手較付梓。踰月，先生有太夫人之變，哀號孺慕，幾不欲生。四方人士乞銘問序、質疑考道者踵接于門，先生泣血辭曰：「吾何以文爲哉！」來者惘惘若失。斯大曰：「此非求文時也，姑待之。」既先生治塟畢，求者益來。先生泣辭曰：「吾何以文爲哉！」斯大間進曰：「居喪不文，誠是也。雖然，先生於太夫人之卒也，含歛之事無不親之。其塟也，窀穸之事無不親之。禮所稱必誠必信，弗之有悔者，先生其是矣。今兆域已封，桑主既祔，禮著居喪之節，七十惟衰麻在身，飲酒食肉處于内。太夫人年九十，先生已七十有一，準之於禮，先生亦得自寬。……先生而固辭之，將使忠義之激烈、老成之典型，埋沒于庸妄之俗筆，而質疑考道者亦無由頓啓其迷，其于世道人心沉屈，何可勝道！先生爲身計，獨不爲世道人心計耶？」于是先生意少解，乃于練後次第書之，得如干首。斯大請刻爲《南雷續文案》。』集中詩文雖不似《南雷文案》篇下注明作時，然大都作於康熙二十年練服後至二十一年間，故不贅注。是集首錄《先妣姚太夫人事畧》《青詞》二篇，用志孺慕。集中文大都爲表彰忠臣義士、討論經義之作，不乏名篇，詩亦可誦讀。

國圖又藏有康熙二十一年刻本《吾悔集》四卷一部，與康熙十九年萬斯大刻、清重修本《南雷文案》、康熙刊本《撰杖集》《子劉子行狀》《南雷詩曆》《學箕初稿》合裝爲四冊。與此本版式、内容不異，第集中有閱者手批圈點、句讀，未詳出何人之手。其圈點沿刻本所標，隨閱筆之。《四部叢刊》景印《南雷集》，收康熙二十一年刻本《吾悔集》四卷。

撰杖集一卷　清康熙間楊中默刻本（國圖）

清黄宗羲撰。宗羲有《易學象數論》，已著録。此其《撰杖集》一卷，清康熙間楊中默刻本，一冊，與康熙刊本《南雷文案》《外卷》《吾悔集》《南雷詩曆》《子劉子行狀》《學箕初稿》合裝爲十二冊。是集又名《南雷文案三刻》，每半葉十二行，行二十二字。黑口，雙魚尾，左右雙闌，無界格。版式同於《吾悔集》，版心上鐫『撰杖集』，中刻『南雷續文案』。牌記曰：『黄梨洲先生著，撰杖集，南雷文案三刻。』卷端題曰：『學人楊中默編次。』集前有《撰杖集目錄》，無序題。雖卷端題楊中默編次，實出宗羲手訂，集中圈點亦然。宗羲後增删《南雷文定前集》，選録《撰杖集》之文，靳治荆康熙二十七年刻之。由是知《撰杖集》之刻當在康熙二十二年至二十六年間。鈐『雙鑑樓珍藏印』，亦傅增湘舊藏。楊慎言字語可，海寧人，楊雍建次子。榜名中默，監生，康熙十七年中順天鄉試副榜。康熙十五年從學宗羲，爲海昌講會十五門人之一。

是集收《翰林院庶吉士子一魏先生墓誌銘》《答萬充宗問鄉射侯制》《再答萬季野喪禮雜問》《陳葦庵年伯詩序》《張南垣傳》《柳敬亭傳》《李因傳》《萬履安先生詩序》《張心友詩序》《紫環姜公墓表》《明司馬澹若張公傳》《續葬書問對》《論明史理學傳書》《蔣氏三世傳》《萬充宗哀辭》《復秦燈巖書》《與顧梁汾書》《書神宗皇后事》《萬充宗墓誌銘》等文十九篇，《論明史理學傳書》有目無文，然正集稾序連貫不缺。是集篇帙寥寥，而多宗羲自許者，採入《南雷文定前集》：《萬履安先生詩序》《張心友詩序》入卷一；《答萬充宗問鄉射侯制》《再答萬季野喪禮雜問》《復秦燈巖書》《論明史理學傳書》入卷四（按：《論明史理學傳書》，靳治荆刻本《文定前集》或有目無文，題作《移史館論不宜立理學傳書》，或有文無目）；《翰林院庶吉士子一魏先生墓誌銘》入卷六；《萬充宗墓誌銘》入卷八；《張南垣傳》《柳敬亭傳》《李因傳》《蔣氏三世傳》《明司馬澹若張公傳》入卷十；《續葬書問對》《書神宗皇后事》入卷十一。所遺者僅《陳葦庵年伯詩序》《紫環姜公墓表》《萬充宗哀辭》《與顧梁汾書》四篇耳。《南雷文約》選文甚嚴，猶收《翰林院庶吉士子一魏先生墓誌銘》《答萬充宗問鄉射侯制》《再答萬季野喪禮雜問》《萬履安先生詩序》《張心友詩序》《續葬書問對》《萬充宗墓誌銘》等七篇。《柳敬亭傳》《李因傳》二篇，文筆生動，爲人所稱道。其論學諸書，亦娓娓可聽。時《明史》開館已數年，宗羲不赴徵召，亦關注其事，作《移史館熊公雨殷行狀》《移史館吏部左侍郎章格菴先生行狀》《移史館先妣姚太夫人事》《移史館論不宜立理學傳書》。湯斌嘗讀其《論明史理學傳書》，答書云：『讀《理學傳書》，辯論精詳，至當不易，與鄙見字字相合。四年以來，與同事諸公諄諄言之，主持此事者皆當代巨公名賢，弟生長僻陋之鄉，學識不足動人，爭之不得。今得先生大篇，益自信所見之不謬矣。此何等事，而以私見行之，可怪也！路遠不能常奉德音，《南雷文案》刻成，便中見示一冊，朝夕諷誦，如聆欬謦，感當何如！』（《南雷文定前集》附録）

國圖又藏有楊中默刻本《撰杖集》一部，與康熙十九年萬斯大刻、清重修本《南雷文案》、康熙刊本《吾悔集》《子劉子行狀》《南雷詩曆》《學箕初稿》合裝爲四冊。所異者，集中有閲者手批圈點、句讀，其圈點沿刻本所標，隨閲筆之。《四部叢刊》景印《南雷集》，收楊中默刻《撰杖集》一卷。

卷八

讀易畧記不分卷　清初抄本（國圖）

明朱朝瑛撰。朝瑛字美之，號康流，又號罍菴老人，海寧人。崇禎十三年進士，官旌德知縣。補廣東三水，改儀制主事，俱未任。康熙九年卒，年六十六。朝瑛爲黄道周弟子，亦浙學名家。著有《讀詩畧記》《讀尚書畧記》《讀易畧記》《讀春秋畧記》《讀周禮畧記》《讀儀禮畧記》《讀禮記畧記》《罍菴雜述》《金陵遊草》諸書。讀《五經》諸書，合稱《七經畧記》，即黄宗羲《朱康流先生墓誌銘》所云《五經略記》（《南雷文定》卷七），未刻行，與文集皆藏於家。《四庫全書》收録《讀詩畧記》《讀春秋畧記》二種。

此爲《讀易畧記》不分卷，《讀七經畧記》之一種，清初抄本，共二册。書中『玄』、『丘』不諱。無版匡、界格。每半葉九行，每行經文十二四字，引諸家説、存己説則概低一格。卷端題曰：『浙水朱朝瑛學。』集前有朝瑛《讀易畧記序》，署順治十五年戊戌七月下辛日。卷首録《先天八卦圖説》《後天八卦圖説》《揲蓍卦數圖説》。上册述解《上經》。下册述解《下經》，附《繫辭上傳》《繫辭下傳》《説卦傳》《序卦傳》《雜卦傳》之解。《四庫總目》據浙江鄭大節家藏本録入存目，《提要》云：『其《易》學出於黄道周，此書亦間引道周之語，然持論與道周又異。其言象數，不主邵子之説，又别爲《先天》《後天》

之圖，取一索、再索之序爲《先天》，取對卦、化氣爲《後天》，殊爲創見。抄本不分卷數。朱彝尊《經義考》作一卷，然細字至二百五十一頁，必非一卷，疑彝尊所見或不完之本耶？』鄭氏藏本，即《浙江採集遺書總錄》甲集載二老閣寫本《讀易畧記》二冊。《總錄》云：『右明旌德縣知縣海寧朱朝瑛撰。謂先儒言《易》，詳於所變，而不詳於所未嘗變。變者，象也。未嘗變者，太極也。要惟求合于其變而未嘗變者，乃能觀其會通。其自述作書大旨如此。』今按：《七經畧記》收朝瑛讀《五經》之記，諸書依錄經文（或節錄），以作述解，未細分卷帙，《讀易畧記》不外於此。朱彝尊《經義考》著錄《讀易畧記》作『一卷』，雍正《浙江通志》據《經義考》作『一卷』，《欽定續通志》《欽定續文獻通考》作『無卷數』。（《四庫存目叢書》收錄此本，作『四卷』，蓋以卷首爲一卷，《上經》《下經》各一卷，《繫辭上傳》以下爲一卷。）二老閣寫本，今未蒐得，未詳尚存否。浙圖藏有清抄《讀七經畧記》一部，『玄』、『弘』字諱，寫時則晚，其一即《讀易畧記》不分卷。

朝瑛《自序》云：『吾讀《易》二十餘年，而後知伏羲、文王、周公、孔子數聖人者之作《易》也，皆相遇於其天也。瞥然而得之，若不思而得也；吷然而出之，若不慮而出也。無門無蹊，不相襲迹；有端有委，不相悖義。如《先天》《後天》之同符也，順數、逆數之共貫也，此其變而未嘗變也。推之以至於《序卦》之次《屯》《蒙》，《雜卦》之次《比》《師》，一若整，一若亂，而莫不有大義存焉』，『此豈非天懷所發，純任自然，觸緒橫生，無往非道者乎！後之學者，極思以研之而不得其所不思，殫慮以精之而不得其所不慮，則支離膠固，而不可以語《易》也』，『自古迄今，注《易》者無慮數百家，要惟程、朱二子爲得其正。程《傳》之所未詳者，《本義》詳之；程《傳》之所未安者，《本義》安之，庶幾極思而得所不思，殫慮而得所不慮者矣。抑猶有未詳者，詳於所變而不詳於所未嘗變也；猶有未安者，安於所變而不安於所未嘗變也。後之人依違雜起，是非互見，要未有能詳之、安之者。余自壯年，始知讀《易》，泛濫於義理、象數、天地、人鬼之變者有年，若河漢而未有極也。自世變以來，險阻艱難，已備嘗之，嗜好意見，已盡蠲之，閒居無事，數與先輩張元岵論難經旨，頗有所獲。乃日夜取數聖人所爲卦者、爻者、彖者、象者、繫者、釋者，極思以研之，殫慮以精之。又參酌於古今人之注《易》者而進退之。若將與數聖人者酬答於一堂之上，而如見其人，如聞其謦欬，雖不敢自謂已得，惟求合於其變而未嘗變者，時或有遇焉。夫變者，象也；未嘗變者，太極也』，『槩錄之以質諸世之君子。若程《傳》、《本義》所已詳已安者，弗贅也。至經傳之分合，無關大義，又不必辨已。或曰：「子學《易》於石齋先生，而解《易》不宗《象正》者，何也？」夫《象正》，則先生之自爲《易》也。孔子之所不盡言，言之不盡意者也。余唯循循焉，因孔子以求文王、周公，因文王、周公以求伏羲，雖先生復起，亦必以余爲知言。』蓋不一本漳海《易象正》之說，而因程《傳》、《本義》上求周孔之義，而泛濫於義理、象數；言象數不本邵雍之說，而本於自然。書中時引劉宗周、張次仲之說。引蕺山之說，蓋兼師黃、劉也。引張氏之論，以其頗與次仲商證經旨也。康熙五年，黃宗羲至海昌，在朝瑛家見所著諸記，相與論學，《朱康流先生墓誌銘》歎云：『平生大觀，在金陵嘗入何玄子（楷）署中，討論《五經》，至此而二耳。』《張元岵先生墓誌銘》又稱朝瑛與張次仲並爲海昌窮經二士，『以余所見兩先生《詩》《易》言之，康流但究旨要，諸家聽其散殊，不爲收拾；元岵錯綜積玉，忘懷彼我。康流于《易》，研尋圖象，盡拔趙幟；元岵宗主王程，以玩辭爲本，至於指歸日用，不離當下。因孔子而求文周，因文周而求羲易，則兩家一也。』查慎行《周易玩辭集解》數採朝瑛之說。如卷四《頤》『上九』條引云：『朱康流曰：下之事上，上之惠下者，正也。故觀所養於下體，以無所奉爲凶；觀所養於上體，以有所施爲吉。下不干上，上不剝下者，正也。故觀自養於下體，以有求於上爲凶；觀自養於上體，以無求于下爲吉。』愼行按云：『先儒有云：辱莫辱於多欲，樂莫樂於無求。大抵求從欲來，施又從求來，卦中欲、求、施三字，有相因之義，與其有求而多欲，不如無求而勿施。』次仲《周易玩辭困學記》亦引朝瑛此條，至他援引，多至數十條，其商證互得，可見一斑。

讀尚書畧記不分卷　清初抄本（國圖）

明朱朝瑛撰。朝瑛有《讀易畧記》，已著錄。此其《讀尚書畧記》不分卷，清初抄本，二册。無版匡、界格。每半葉九行，每行經文十二四字，引諸家說、存己說則概低一格。卷端題曰：『浙水朱朝瑛學。』無序跋、目錄。卷首爲《尚書今古文攷》一則、《古文尚書辨》二則。上册起《虞書·堯典》，終《大誥》，凡一百二十五葉。下册起《康誥》，終《秦誓》，凡八十七頁。計卷首七葉，都二百十九葉。《尚書今古文攷》云：『孔穎達述古《晉書》云：鄭冲以《古文尚書》授蘇愉，愉授梁柳，柳授臧曹，曹授梅賾，賾奏上其書而施行焉。蓋即孔氏所傳之五十八篇也。則孔氏之書蓋散亂于前，而復完整于後，非鄭冲所得與康成所注有二書也。文既散亂，則凡他經傳之所引者，亦不可復考。』《古文尚書辨》第一則又云：『《書》之真僞，不惟其辭，亦惟義之當于理與否而已。二十五篇，燦然具列，内而脩身治心之學，外而御世安民之道，有一語之偏駁不出于正者乎？他不具論，即「危微精一」十六字之心傳，豈秦漢以後人所能道』，『且其義之湊泊而完粹，又遠出荀子之上，無論魏晉，即兩漢有其人乎？其人有如此之學，必不自陷于作僞。若作僞之人，必不能暨此義于聖學久湮之日也。吴草廬謂其采緝補綴，無一字無所本。夫草廬生千載之後，安見他書之語非采之《尚書》者乎？』其力辨攻《古文尚書》之非如此。是書循於《古文尚書》篇目，雖然，意不在介入古今文紛爭，而欲讀《書》有當於身心。如《古文尚書辨》第二則末所云：『要之，讀《書》者期有當于身心可矣，《書》之真僞，不必多辨。予之喋喋，毋乃貽笑于君子乎？竊見今之學者，因緣僞書之疑，直謂「危微精一」爲贅語。余懼異説之亂道也，故辨之詳，不覺其詞之繁耳。』是書發抒所得，重在脩身治平之道，不在訓詁之詳。故《堯典》下注明體例云：『不詳釋者，俱從《蔡傳》。』

《四庫總目》據浙江巡撫採進本録《讀尚書畧記》（無卷數）録入存目，《提要》云：『此書力辨攻《古文》者之非，殊失深考。其所注釋，亦不過隨文敷衍。在所作諸經《略記》之中，獨爲最下。』浙江巡撫採進本即《浙江採集遺書總録》甲集所載《讀書畧記》二册（寫本）。《總録》云：『右明朱朝瑛撰。前列《古今文考》一則、《古文辨》二則，謂梅賾所奏上之書，即孔氏所傳之五十八篇，孔氏之書，特散亂于前，復完整于後，非鄭仲（按：『冲』字刊刻之誤）所得與康成所注有二，以辨考亭、草廬不信《古文》之非。其從《蔡傳》處，俱不詳釋。』今按：東浙學者治經，長於《詩》《易》《三禮》，《春秋》亦兼擅，而《尚書》專門之家則寡，朝瑛爲其優者。館臣以其『力辨攻《古文》者之非』，且不精事訓詁，稱其書爲《七經畧記》最下者，亦非允論。又，全祖望《梨洲先生神道碑文》載黄宗羲有《授書隨筆》一卷，『則淮安閻徵君若璩問《尚書》而告之者』。今臺圖藏清抄本《授書隨筆》十七卷，卷一述典籍聚散，有『《尚書》』一條，然其書非爲專研《尚書》所作，乃譚經論學之雜著。全氏蓋未見其書，載記有誤。閻若璩著《尚書古文疏證》，辨《古文尚書》爲僞書。宗羲晚歲作《尚書古文疏證序》，云：『余讀之終卷，見其取材富，折衷當。當兩漢時，安國之《尚書》雖不立學官，未嘗不私自流通，逮永嘉之亂而亡。梅賾作僞書，冒以安國之名，則是梅賾始僞。顧後人并以疑漢之安國，其可乎？可以解史傳連環之結矣。中間辨析三代以上之時日、禮儀、地理、刑法、官制、名諱、祀事、句讀、字義，因《尚書》以證他經史者，皆足以袪後儒之蔽，如此方可謂之窮經。』蓋宗羲盛許朝瑛窮治《五經》，然不贊同『力辨攻《古文》者之非』。又，四庫館採進寫本，今未訪見。浙圖藏清抄《讀七經畧記》收錄《讀尚書畧記》不分卷，寫時爲晚。

讀詩畧記不分卷　清初抄本（國圖）

明朱朝瑛撰。朝瑛有《讀易畧記》，已著錄。其《讀詩畧記》爲所撰《七經畧記》之一，有清初抄本、清抄本、《四庫》寫本。此爲清初抄本，不分卷，共三册。書中『玄』、『丘』不諱，審其字蹟，疑爲稿本，俟考。無版匡、界格。每半葉九行，每行經文十二四字，引諸家說、存己說則概低一格。卷端題曰：『湘水朱朝瑛康流氏學。』無序跋、目錄。卷首爲《論小序》二則、《論詩樂》二則、《論詩用》一則、《論僞詩傳》一則。《國風·周南》至《狼跋》爲第一册，《小雅·鹿鳴之什》至《何草不黄》爲第二册，《大雅·文王之什》至《殷武》爲第三册。蓋《國風》、《小雅》、《大雅》及《頌》各爲一册。各篇首引經文，繼列述所得。徵引諸家說，經史互參，又頗以《周禮》諸經證《詩》。說《詩》大旨，不離於朱子。頗異者，則在朱子不信《小序》，朝瑛則尊《小序》首句，謂東萊說《詩》多可採。《論小序》第一則云：『《小序》最爲近古，雖不出于作者之自爲，大抵採詩者摭所聞而記其畧也。後人增益，或失其初旨耳。觀亡詩六篇，僅存首語，則首語作于未亡之前，其卜作于既亡之後明矣。子由獨取初辭，頗爲得之，然思之不精，仍多狃于舊聞。其獨剏之說，又䠊䡇而不安，宜其見斥于晦翁也。至晦翁之釋《詩》，又因後人之失其傳，并初辭而廢之，是猶飯與砂同棄，蕭與蘭並焚矣』，『故詩人美刺之意，有見于文辭之中者，亦有寄于文辭之外者。如必執文辭以求之，是孟子所謂害志者也。《集傳》既廢《小序》，惟以己意揣摹，于是舉諸刺詩，半屬其人自爲。似則似矣，然春秋之初，風教未至大壞，即有安于爲惡而不慚者，大抵在上之人，舉國中一二數而已，人猶痛惡而刺之，況在下者敢作爲詩歌播之里巷乎？且出于其人之自爲，則如《桑中》《靜女》諸篇，徑情率意而出之，亦不足以爲詩出于刺者之口』，『故三百篇之中，《集傳》所得者，《國風》十之五，《小雅》十之七，《大雅》《頌》十之九。而後人好異，乃欲盡舉而易之，則又過矣。』第二則云：『《詩》之有美刺，猶《春秋》之有褒貶也』，『晦翁與東萊論辨淫奔之詩，終不能合。晦翁之義雖正，東萊之說亦未爲非也。』《論詩用》又云：『《儀禮》殘缺，十存一二；《周官》一書，已爲後人汩亂；至《小戴》所記，精義不乏，而踳駁亦時有之，雖出聖人之言，恐或猶有未定。如執殘缺、汩亂、踳駁之書，以其所及言，謂爲禮之所用，而不察詩義之所格；以其未及言者，謂爲禮所不用，而不察詩義之所通，亦何異于管窺之見也！』其務求持平，由此概見。

四庫館採錄浙江巡撫採進本《讀詩畧記》六卷，《提要》云：『是書朱彝尊《經義考》作二卷。此本六冊，不分卷數，核其篇頁，不止二卷。疑原書本十二卷，刊本誤脫一「十」字，傳寫者病其繁瑣，併爲六冊也。朝瑛論《詩》，以《小序》首句爲主。其說謂亡詩六篇，僅存首句，則首句作於未亡之前，其下作於既亡之後明矣。所見與程大昌同，而所辨較大昌尤明白，足決千古之疑。然其訓釋不甚與朱子立異，自鄭、衛淫奔不從《集傳》以外，其他説有乖迕者，多斟酌以折其中』，『大抵皆參稽融貫，務取持平』，『又頗信《竹書紀年》，屢引爲證，亦乖説經之體。然綜其大旨，不合者十之二三，合者十之五六也。』今按：《浙江採進遺書總録》甲集載《讀詩畧記》三册（寫本），云：『右明朱朝瑛撰。謂觀亡詩六篇，僅存首語，則首語作于未亡之前，其下作于既亡之後，子由獨取初辭爲得之。又謂《集傳》所得者，《國風》十之五，《小雅》十之七，《大雅》《頌》十之九。前有《論小序》三則、《論詩樂》二則、《論詩用》一則、《論僞詩傳》一則。』此本《論小序》存二則，非三則，《庫》本《論小序》亦二則，疑《總録》刊本譌誤。四庫館臣所見之本『六册』，與浙江採進『三册』不合。今按『傳寫者病其繁瑣』云云，館臣見者即寫本，重釐爲六卷。所謂『六册』，或據『三册』本重抄而作析分，而非另有『六册』採進之書。至於《提要》『疑原書本十二卷，刊本誤脱一「十」字』，臆測難以爲信。是書未刊行，朱彝尊《經義考》作『二卷』，未詳其故。《四庫》寫本釐爲六卷，《國風·周南》至《木瓜》爲卷一；《黍離》至《狼跋》爲卷二；《小雅·鹿鳴之什》至《雨無正》爲卷三；《小旻之什》至《何草不黄》爲卷四；《大雅·文王之什》至《召旻》爲卷五；《周頌·清廟之什》至《殷武》爲卷六。另有清抄《讀七經畧記》本，藏浙圖，抄時爲晚。

讀周禮畧記不分卷　稿本（國圖）

明朱朝瑛撰。朝瑛有《讀易畧記》，已著録。此其《讀周禮畧記》不分卷，稿本，一册，共一百四十八葉。無版匡、界格。每半葉小字十八行，大字寫經文佔兩行，經文每行二十四字（錄經文每段標其起止，謂自某句至某句），小字引諸家說、存己說概低一格，行二十三字。與《讀詩畧記》《讀尚書畧記》《讀易畧記》行格略異。卷端題曰：『朱朝瑛號康流畧記。』無序跋、目錄。是書合《讀儀禮畧記》《讀禮記畧記》，並稱《讀三禮畧記》。其《三禮總論》冠於《讀禮記畧記》卷首，此故闕之。

《四庫總目》著錄浙江巡撫採進本《讀周禮略記》六卷入存目，《提要》云：『是書不全錄經文，但每段標其起止，云自某句至某句。其注於漢唐舊說頗不留意。如《稻人》下駁鄭氏每井九夫，旁加一夫，以治溝洫。不知旁加一夫，即所謂閑民者也。大概朝瑛涉獵《九經》，而《三禮》則用功較淺云。』《浙江採集遺書總錄》乙集載《讀三禮畧記》六冊（寫本），云：『右明朱朝瑛撰。謂《周禮》爲後人汩亂，所云封國之里數，與《王制》異；朝覲宗遇之制，與《儀禮》異；六服分歲而朝，與《王制》異；大裘祀天，與《郊特牲》異；陽祀騂牲，陰祀黝牲，與《祭法》異；《大宗伯》蒼璧祀天，牲幣放其器色，與《牧人》陽祀用騂自爲異；《典瑞》云子男執璧，而《玉人》云天子執冒圭，以朝諸侯，則子男亦必執圭，其說與《雜記》合而與《典瑞》亦自爲異。此皆《周禮》之未可信者。然有可據之以證他書之失，有係後世之變禮而《周禮》爲正者，有《周禮》與《戴記》互相備而非異者，有《周禮》與《戴記》似異而實未嘗異者』，『其《總論》大畧云爾，至折衷古今，通方善俗，尤爲精確，茲不備錄焉。』今按：館臣所見《讀周禮畧記》，即浙江所進寫本，原不分卷。所謂『六卷』，殆據《天官冢宰第一》《地官司徒第二》《春官宗伯第三》《夏官司馬第四》《秋官司寇第五》《冬官考工記第六》諸篇次而定其卷數。又，朝瑛謂《儀禮》殘缺已甚，《周禮》爲後人汩亂，《禮記》精義不乏，而踳駁時有，恐或猶有未定。《三禮總論》云：『《禮經》亡矣。《儀禮》者，儀也，不可以爲經。先王之大法，必也其《周禮》乎？《周禮》非聖人不能作』，『爲後人汩亂者已多，亦未可以爲經也。《戴記》彙輯群書，雖多踳駁未純，而古聖人中正之道，猶可見其大義，一切制度文爲，可以義起，而不患其淪亡也。删其踳駁，以歸于精約，斯爲善矣。愚欲以《大學》首篇爲禮經，倣真氏《衍義》之例，擇于四十八篇之中，取其語之相近者，分爲十類，以附于十傳之末，而《周禮》《儀禮》亦删而附焉，以爲禮緯，庶有當于古聖人之萬一。而材質踈劣，日暮道遠，惟有望洋長嘆而已。』（《讀禮記畧記》卷首）其治《周禮》『汩亂』之書，必求諸會通。訓故非精深，然讀書博洽，釋訓有據，折衷古今，自多可觀，不失讀書者之說經也，《讀儀禮畧記》《讀禮記畧記》二書亦然。

此本『玄』、『丘』不諱。其校改尤可留意。如《天官冢宰第一》『以官府之六聯合邦治』至『凡小事皆有聯』一段，釋云：『使主國計者亦念民生，則國有幣餘之賦，而不病于民；司民事者不忘國用，則民有法外之蠲，而不病于國。凡祭祀賓客、喪荒軍旅、田役斂弛，無不内外通融，常變斟酌，此《周官》聯事之意也。』『官府』之『府』，原誤寫『聯』，旁校作『府』。『民生則』下，原作『祭祀賓客、軍旅田役』，圈抹八字，旁改作『國』。『國用則』下，原作『喪荒斂弛』，圈抹四字，旁改作『民』。『凡祭祀賓客』至『常變斟酌』共二十三字，爲校改所增，字蹟雖草，猶可辨同出一人之手。似此塗改處甚多。其改易顯非抄者據別本校錄。察其書風，可斷爲朝瑛手稿。又，此本抄録郝敬《周禮完解》之説，附各條眉端，偶書條末，多至數十則。審其字蹟，與國圖藏《讀七經畧記》其他數種眉批合，蓋亦寫於清初。四庫館所採進寫本，今未訪見。浙圖尚藏清鈔《讀七經畧記》本，寫時爲晚，可互爲校勘。

讀儀禮畧記不分卷　清初抄本（國圖）

明朱朝瑛撰。朝瑛有《讀易畧記》，已著録。此其《讀儀禮畧記》不分卷，清初抄本，一册，共九十七葉。無版匡、界格。每半葉小字十八行，大字寫經文佔兩行，經文每行二十四字（録經文每段標其起止，謂自某句至某句），小字引諸家説、存己説概低一格，行二十三字。行格與《讀周禮畧記》同，略異於《讀詩畧記》《讀尚書畧記》《讀易畧記》。卷端題曰：「朱朝瑛號康流略記。」無序跋、目録。是書合《讀周禮畧記》《讀禮記畧記》，並稱《讀三禮畧記》。《三禮總論》見於《讀禮記畧記》卷首，此故闕之。此本「玄」字諱，「丘」字不諱，當寫於康熙間。眉端抄郝敬《儀禮節解》近十條，皆書中録郝説未採者，字蹟與正集同出一手，又同於《讀周禮畧記》眉端抄録郝氏説諸條。由是知其乃抄者所增。浙圖藏有清抄《讀七經畧記》本，寫時爲晚。

《四庫總目》著録兩江總督採進本《讀周禮略記》十七卷入存目，《提要》甚略，云：「是書於經文不全録，第曰自某至某。所録多敖繼公、郝敬之説，取材頗儉。其自爲説者，亦精義無幾。」《浙江採集遺書總録》乙集載《讀三禮畧記》六册（寫本），云：「謂《儀禮》者，儀也，非禮之本也。惜其散失者多，而後世攙入者亦復不少。如《燕禮》之奏《肆夏》以燕其臣；《聘禮》之覿主，卿、大夫爲擯；《喪服》大夫之降期服而大功，蓋由後世卿怙權自貴，乃有此禮；《雜記》三年之喪，大夫自異服，而《儀禮》則同，此則《儀禮》是，而《雜記》非也。有《儀禮》爲常而《雜記》爲變者，有《儀禮》合於《戴記》，可以證

《周禮》之妄者，有《儀禮》與《戴記》似異而實未嘗異者。』述其書大畧，以爲能折衷古今，不失精確。今按：《讀七經畧記》未刻。館臣所見寫本二種蓋皆原不分卷。所謂『十七卷』，殆按所述《儀禮》諸篇次而定其卷數。呈進四庫館之書，時有異本，兩江總督採進此書當與浙江採進本無異。朝瑛以爲『《儀禮》殘缺，十存一二』（《論詩用》），故作解多引敖繼公《儀禮集説》、郝敬《儀禮節解》，折衷諸說，取其可信，發明雖少，亦可備解經一家。

讀禮記畧記不分卷　清初抄本（國圖）

明朱朝瑛撰。朝瑛有《讀易畧記》，已著錄。此其《讀禮記畧記》不分卷，清初抄本，五冊。計集前《總論》，共四百六十四葉。無版匡、界格。每半葉小字十八行，大字寫經文佔兩行，經文每行二十四字，小字引諸家說、存己說概低一格，行二十三字。行格與《讀周禮畧記》《讀儀禮畧記》同，略異於《讀詩畧記》《讀尚書畧記》《讀易畧記》。卷端題曰：『浙水朱朝瑛康流氏學。』是書合《讀周禮畧記》《讀禮記畧記》，並稱《讀三禮畧記》。卷首有《三禮總論》。全錄經文，不似讀《周禮》《儀禮》，每段僅標其起止。此本字蹟有兩種，其一同於稿本《讀周禮畧記》，其一同於清初抄本《讀儀禮畧記》，且前者居多。疑此亦稿本而有配抄，俟更詳考。浙圖藏清抄一部，寫時較晚。國圖又藏殘帙一部，共三冊，字蹟出二人之手，同於此本。其間關係，亦有待發覆。

《四庫總目》著錄浙江巡撫採進本《讀禮記畧記》四十九卷入存目，《提要》云：『是書以一篇爲一卷，每段之下附以注，無注亦存經文。其研究典物，有裨於實義者僅十之一，餘皆詮釋文句而已。至於三年一禘、五年一祫之說，謂不可信，考證尤疏。惟前有《三禮總論》，言異同之故，乃頗有可採。』《浙江採集遺書總録》乙集載《讀三禮畧記》六册（寫本），云：『謂：《戴記》如《大學》《中庸》，粹精不必言矣。次之，則《樂記》《學記》《工制》《禮運》《禮器》《祭儀》《祭統》《表記》《儒行》等篇，雖有微瑕，不掩其瑜。最舛駁者，無如《明堂位》。而其是非之大端，如《王制》大國不過百里，可以證《周禮》封建之非，《郊特牲》被袞象天，可以證《周禮》大裘之非，《中庸》期之喪達乎大夫，可以證《儀禮》大夫降期之非。至於《戴記》之失而取正於《儀禮》《周禮》，《戴記》之所未詳而參以《儀禮》《周禮》，又有《戴記》自爲異者，不可枚舉。更有後世之變禮，不再見於他經，如《王制》之天子立三監，監於方伯之國之類。鄭氏悮信以爲古禮，陳氏雖有改正，僅什之一。』今按：寫本原不分卷，所謂『四十九卷』，乃館臣謂『是書以一篇爲一卷』，用《小戴禮記》四十九篇之數重定卷數。館臣輕於朝瑛《讀三禮畧記》，以爲『用功較淺』。朝瑛著此三編，折衷古今，述所精見。此不必論，即明清易代，學者治《三禮》未興之際，朝瑛先汪琬、徐乾學、萬斯同諸子精研禮學，開啓風氣，已足稱道。

讀春秋畧記不分卷　清初抄本（國圖）

明朱朝瑛撰。朝瑛有《讀易畧記》，已著録。其《讀春秋畧記》，傳世有國圖藏清初抄本、浙圖藏清抄《七經畧記》本、《四庫》寫本。此爲清初抄本，不分卷，二册。書中『玄』字諱。無版匡、界格。每半葉九行，每行經文十二四字，引諸家說、存己說概低一格。卷端題曰：『澗水朱朝瑛學。』卷首爲《總論》五則。上冊起隱公元年，至文公十八年止，凡一百六十葉。下冊起宣公元年，至哀公十三年止，凡一百八十三葉。計《總論》六葉，全書共三百四十九葉。朝瑛以爲『《春秋》經史相輔而行，史以陳其事，經以著其義』，《春秋》殘缺雖不如《儀禮》之甚，亦致難解。謂自魯史亡而《左傳》作，《春秋》之義多不可解。《左傳》多採他史以附，與經文時多謬戾不合，如趙盾、許止弑君而以爲不弑君，欒書、莒僕不弑君而以爲弑君，後世蔽于左氏之說，而《公》《穀》疎畧，益不足言。又謂『學者不因經以攷傳，而欲據傳以明經，于是名實抵迕，是非舛錯，《春秋》之義，愈辨愈晦』。故是書發覆史事，著明經義，必本於《春秋》，於經文疑有殘缺、增衍、舛誤，不敢憑臆爲說，如《總論》第四則所云『今姑釋其義之可通者，而置其所不可通者，不敢信傳以害經，亦不敢執一辭以害全旨』。其書講求會通，發明經義，多警策之論。辨說務求持平，不爲穿鑿。其學雖出於黃道周，實不離東浙兼長經史一派。

《四庫全書》收錄《讀春秋畧記》十二卷、卷首一卷。其目次爲：卷首《總論》，卷一《隱公》，卷二《桓公》，卷三《莊公》，卷四《閔公》，卷五《僖公》，卷六《文公》，卷七《宣公》，卷八《成公》，卷九《襄公》，卷十《昭公》，卷十一《定公》，卷十二《哀公》。《提要》云：『朝瑛於諸經皆有《畧記》，已各著於錄。其所述瑕瑜互見，不能悉底精粹，惟此書與《讀詩畧記》較爲詳晰允當。其所採上自啖、趙，下及季本、郝敬，諸家之說，無不備列。而舊說所未盡，復以己意折衷之。大旨主於因經以考傳，而不肯信傳以害經。故於《三傳》之可通者，亦間從其說，而其他則多所駁正』，『亦說《春秋》家之有所心得者也。』（《文淵閣四庫全書》本）中華書局出版《四庫全書總目》（以浙江杭州本爲底本）卷十二八著錄兩江總督採進本《讀春秋畧記》十卷，云：『其學出自黃道周，頗不拘墟於俗見，而持論不必皆醇。是書輯錄舊文，補以己意。所採上自啖助、趙匡，下及季本、郝敬，大抵多自出新義，不肯傍《三傳》以說經者。朝瑛之所論斷，亦皆冥搜別解，不主故常』，『大致似葉夢得之《三傳讞》，而學不能似其博；又似程端學之《三傳辨疑》，而論亦不至似其迂。其於二書，蓋皆伯季之間。置其偏僻，擇其警策，要不失爲讀書者之說經也。』今按：《提要》一曰兩江總督採進本十卷，一不言。檢《浙江採集遺書總錄》乙集載《讀春秋畧記》四冊（寫本），云：『右明朱朝瑛撰。首載《總論》，謂觀《春秋》者，須觀聖人特筆』，『按：朝瑛爲黃石齋門人，其學行詳黃梨洲《墓誌》中。所著諸經《畧記》，貫串精洽，持論不與人苟同，亦不苟異。以向未刊行，世罕知之，故今所錄較詳焉。』如所載記，《讀七經畧記》未刊行，《四庫》據寫本錄之。舊不分卷數，所謂十二卷、卷首一卷，乃館臣重爲析分。卷一至卷六即清初抄本第一冊，卷七至卷十二爲第二冊。四冊之本與二冊之本，原無異也，止有分冊不同。更無十卷之本，《提要》著錄作『十卷』，疑爲『十二卷』脫誤。《欽定續通志》《欽定續文獻通考》皆著錄《讀春秋畧記》十卷，恐爲襲謬。

罍菴雜述二卷、附一卷　清康熙十一年劉子寧刻本（清陸思勄跋）（國圖）

明朱朝瑛撰。朝瑛有《讀易畧記》，已著錄。此爲其《罍菴雜述》二卷、附一卷，清康熙十一年劉子寧刻本，聶許齋藏板，二冊。朝瑛治《詩》《書》《三禮》《易》《春秋》，成《讀七經畧記》，未刻行。其刻行且尚存者爲此書及《金陵遊草》。是書每半葉九行，行二十字。白口，無魚尾，四周單闌。版心上鐫書名，中標卷數，下標頁數。牌記曰：『朱罍菴先生雜述，聶許齋藏板。』各卷端題曰：『海昌朱朝瑛康流氏著，婿查蕙晝草、沈研慮修、周煒若木，姪奇齡與三、儼思禮若、輿思巖生，男翰思子懷仝校。』按黄宗羲《南雷文定前集》卷七《朱康流先生墓誌銘》、朱奇齡《拙齋集》卷五《先伯父罍菴先生行略》，朝瑛數子，皆早殤，以弟之子翰思爲後。女三人，分適查蕙、沈研、周煒。集前有張次仲康熙十年十月《序》、朱嘉徵康熙十一年元月七日《序》及朝瑛《曬敍軒雜述小引》。朝瑛《小引》後，有陸思勄咸豐六年八月手書《跋》一則，云：『《雜述》二册，爲吾鄉朱康流先生所著。先生有《七經畧記》一書，前張《序》尾云「若木、子懷其黽勉，以《七經箋注》梓之」，蓋在次仲先生，固深望其得梓之也。然今已垂二百年，而仍不得壽諸棗梨。且原稿爲其裔孫寶卿所弆，寶卿祕不示人，雖同堂昆弟不得見。吁！可怪已。今幸是書尚有印本流傳，使後生小子，得沐手盥誦，以窺鄉先輩之底藴，亦幸矣。』

《四庫總目》據浙江巡撫採進本著録《罍菴雜述》二卷入存目，《提要》云：『茲編則隨其所偶得，雜書成帙。每喜以數言理，蓋其學本出黄道周也。』《浙江採集遺書總録》己集載《罍菴雜述》二卷（刊本），云：『右明朱朝瑛撰。多論經義、理學，其旨頗爲湛深。』今《四庫存目叢書》子部影印《罍菴雜述》，即國圖藏此本，然牌記、陸《跋》芟削。此本卷下末脱一葉，故末一條『形家之言』不完。檢國圖另藏一部康熙十一年刻本，卷下末葉有刻字一行：『旌邑治下劉子寧敬書并梓。』卷末附刻《皃氏爲鐘》《㮚氏爲量》《磬氏爲磬》三條，各有標題，版心鐫『附』字，蓋别爲附録一卷。不細察陸思勄《跋》本缺葉，則易誤以附録爲卷下條目。《中國古籍總目》著録《罍菴雜述》二卷，清康熙十一年周煒刻本，國圖（清陸思勄跋），中科院，南京；清抄本（清丁丙跋），南京。

張次仲《序》云：『若夫覈羣言以譚經，考稗官以正史，魏崔山《古今》之考，陶南村《輟耕》之錄，大小互見，純駁雜出，君子猶有取焉。吾友朱子罍菴，一宰縣令，歸休故園，箋疏《七經》，淹博醇細。既粹然儒者之言矣，意所偶得，引端竟委，自天官經史以下，尺縑寸楮，雜然書之，不復部分，別爲《雜述》一書。大約語小以見大，有醇而無疵，卷帙雖簡，以比於崔山、南村，殆無愧矣』，『罍菴歿，其館甥周若木先刻其《雜述》行世，而嗣子子懷以序見屬。』朱嘉徵《序》云：『所著亦不輕以示人。一日，得其《雜述》二卷於其嗣人翰思，幅無萬言，其指遠，其言辨，而其文則微。一切周程墨守，朱陸膏肓，不攻自破，且令陽明亡其金鏡，念臺、石齋諸老遺去珠囊矣。』朝瑛《小引》云：『適漳海先生來大滌山中，余匍匐往謁。先生方與諸子論難往復，夜分不少息，余頽然默坐，側耳聽之，如以鐘鼓震我鼾睡，亦蘧然欲起也。既歸，乃集先今所得，彙而成編。方期策駑駘于中路，收簿效于長途，不謂時事沸羹，陵谷頓易，家難洊至，宗祀爲憂，于是靦焉視息，屏跡海濱，昔日之志，大抵促數秏矣。』由是知《罍菴雜述》，朝瑛初題《曬紱軒雜述》，撰於崇禎末，入清後有增刪。

是書撮錄雜述以成編。卷上大半談性理，末談《三禮》，朝瑛理學由此可概見。如『朱陸之分』條云：『朱陸之分，其源甚遠，自子游、子夏而已然。子游以灑掃、應對、進退爲末，與陸子先立其大之說，旨雖不同，其言近似。子夏曰：「孰先傳焉？孰後倦焉？」則猶朱子精麤一致之說也。然陸子以顔、曾自擬，不屑子游，而其學不能踰子游。朱子于顔、曾而下，頗推子夏，而其學實超于子夏。』『陽明子謂「爲善去惡是格物」』條云：『陽明子謂「爲善去惡是格物」，固不礙于理，然已礙于解矣，以與修正無辨也。總之，陽明意主力行，不貴空言。故曰知行合一，且曰先行後知。如食膏粱者，食而後知其甘也。顧食膏粱而知其甘則得矣，食烏喙而後知其毒，庸有及乎？不如朱子得知一分，即行一分之說，爲至當而無弊也。』『陽明經歷險阻』條云：『陽明經歷險阻，所以意見盡除，良知獨湛。其所得力，誠不可誣。他人之安常履順，率其意見，以爲良知，鮮不誤事。』『陽明先生云「人專以致良知爲事」』條云：『陽明先生云：「人專以致良知爲事，則凡多聞多見，莫非致良知之功。」此語最明妥，他處誠有過激之論。以此數語，會意讀之，將與晦菴同歸一轍，又何多辨焉！』其說蓋會同朱、陸，主朱而兼合陸，會同朱、王，明良知大體，並事修正。其談學又重世用，留心世務。『小人用事』條云：『小人用事，則君子辭責；君子乘權，則小人抵隙。故君子之畏《泰》也甚于《否》，其慮《復》也深于《剝》。』深有慨於明季時事而發。其談禮學，『《周禮》一書』條、『郊祭分合』條、『三昭三穆』條等，羽翼經解，可爲《讀三禮畧記》之注腳。

卷下紬繹經史，率書偶得，語涉律呂、易象、地理、天文、曆算、兵制、錢法、屯田、役法、海運、勦寇，頗爲博雜。如『天如蓋笠』條述及西人利瑪竇，云：『至《南齊書》，稱日月當子午，正隔于地，爲暗氣所食，以天大而地小也。此言一倡，遂謂日月與地，三者形體大小相次，日月相衡，爲地所蔽，有景在天，其大如日。□□宋景濂祖述其說，作《楚客對》，謂月之食，本于地景。至萬曆中，利瑪竇來自海外，言與此合，而又甚之，以地爲圜體，天中一粟，周圍上下，人物所居。人皆駭之，不知其說之出于中華，而非利氏之剏見也。』（按：闕字疑原作『我明』一類字詞）次仲以是書比於魏了翁《古今考》、陶宗儀《輟耕錄》。《古今考》一卷，摘《漢書·高祖紀》名物稱謂，以作辨釋，多雜記他事。《輟耕錄》三十卷，採錄朝野天理人事、關涉風化者，叢雜掌故、典章、風雅之屬。《疊菴雜述》覈羣言以譚經，考稗官以正史，闡性理，載博聞，與二書亦有異也。

罍菴雜述二卷、附一卷　清康熙十一劉子寧刻本（清佚名批校）（國圖）

明朱朝瑛撰。朝瑛有《讀易畧記》，已著錄。其《罍菴雜述》二卷、附一卷，國圖藏清康熙十一年劉子寧刻本二種，前已著錄一種，此爲另一種，佚名批校，二冊。集前有張次仲《序》、朝瑛《曬綍軒雜述小引》，無聶許齋牌記及朱嘉徵《序》，殆有殘損。然正集完好，無缺葉。批校未詳出何人之手。眉端評語甚詳，偶有夾批之評。如卷上『邵子云「清濁，渾而爲一」』條，眉批云：『康節原服老莊。』『朱子書中』條，眉批云：『朱子晚年定論，出自陽明。《學蔀通辨》一書，是陳東莞專攻陽明。』大抵記讀《雜述》心得及平日體悟，非專爲注解。

金陵遊草一卷　明崇禎九年刻本（臺北故博）

明朱朝瑛撰。朝瑛有《讀易畧記》，已著錄。此爲其《金陵遊草》一卷，明崇禎九年刻本，聶許齋藏板，一冊。朝瑛治諸經，有《讀七經畧記》，未刻行，刻者惟此書與《罍菴雜述》。《雜述》刊於清康熙十一年，此則梓於明崇禎間，《中國古籍總目》《明别集版本志》《四庫總目》皆未著錄。每半葉九行，行十八字。白口，無魚尾，四周單闌。版心上鐫『金陵遊草』，下刻頁數。牌記曰：『金陵遊草，聶許齋藏板。』卷端題曰：『鹽官朱朝瑛著，仝社葛定遠、張華仝較。』集前有海寧張華《敘》、朝瑛崇禎九年十月《自序》、徐兀粲崇禎九年十月撰贊一篇及《金陵遊草目次》。集末有朝瑛弟朝琮《跋》，署『冬之仲月』，亦在崇禎九年。葛定遠字辰嬰，海寧人。葛徵奇之子，崇禎十二年舉人，著有《逃禪吟》。與同邑查書繼以魯王江上兵敗，發狂疾。定遠失心病痼，家人鍵以死。書繼雖爲家人鍵深室，然終天年。見查繼佐《魯春秋》。張華字書乘，海寧人。順治八年舉人。崇禎十二年，與葛定遠、葛定象、葛定辰、朱嘉徵、朱昇、朱一是、朱永康、范驤、袁秩、查繼佐、查詩繼、梁次辰等十二人結海昌觀社。

《金陵遊草》雖罕見，然臺圖故博所藏此本非孤本，臺圖即藏有《金陵遊草》一部，亦崇禎九年刊本。對勘之，知此本裝褙有誤，且闕朱一是題一首。徐兀粲贊一首，僅爲半葉，此本裝於張華《敘》中，不明者誤以爲兀粲撰《敘》，張華自有《敘》，兩篇皆殘闕。朝瑛《自序》有缺葉，兩本同。臺圖藏本有朱一是題，然詩篇有殘闕。是兩本皆未完。此本收古今諸體詩七十五首，目次、篇句皆完，惜多漶漫難識者。鏤板殘損，第二十三葉所涉《庚午同籍諸友爲石齋師搆講堂于大滌山，何樸庵實領其事，詩成見寄，賦此酬之，兼詢師來山之期》《讀近修叔樂府及吳遊諸詠》二首、《題郭彥深年丈衍心宗八十四韻》諸詩，各行闕前二字。臺圖藏本同，知皆後印本。此本二十三葉有後人手補闕字，臺圖藏本仍其舊。此本第十五葉原空闕，後人寫補《讀高皇帝御製公贊》二首、《月夜懷張書乘》《秦淮曲》。臺圖藏本亦然，字蹟不同耳。《秦淮曲》『袨』字，二本皆闕末筆，知爲清人寫補。疑《金陵遊草》原刊於崇禎九年，朝瑛歿後，子婿輩刻《罍菴雜述》，復用舊板重印《金陵遊草》，板雖殘損，而不事修補。集前牌記，或爲重印時新增。

朝瑛《自序》云：『辛酉，余生十七，病劇，始好爲詩，率爾便成，[辶豈][辶豈]雜以□謔。于先輩雅慕文長、中郎，自濟南、弇州而上，無暇問津矣。如是者三年，病稍已，得肆力于漢唐諸名作，始知詩固自有真也。環吾杭者皆山，而天目以奇特聞，孤迥之致，使人攬之有泠然深思，翻然易慮之意。自是益好爲詩，顧終日兀兀事制舉業，卒歲所得，僅一二十篇。既成，復棄之几閒』，『凡六年，而存者四十餘篇。戊己閒，棄去不復事』，『凡六年，而得二十餘篇。甲戌秋冬，旁攷曆律，以勾股弧矢之法，參之累黍，頗有所得，因思聲音之道，未爲絶學，且夫詩者，非徒以辭而已。』自稱學詩已晚，天啓改元始好賦詠。然朝琮《跋》則云：『予兄康流，幼喜爲詩。每風雨將夕，相對靜默，輒屬韻賦句，戲相唱和，以爲歡笑。』此言爲實，朝瑛所言爲隱。然朝瑛自述前後之變則可信，謂初效徐文長、袁中郎，學公安，率爾成篇，雜以戲謔。既而好孤迥清泠之調，殆轉習竟陵之調，終以兀兀舉業，時作時廢。及舉鄉試，出黄道周門下，慨然以理學自任，賦詠僅問學餘事。亡國後，朝瑛遯於野壑，究心經學，詩未盡廢去，惜未刻傳。此明季一編，不足名家，略可覽其志趣，窺一時風氣。如《謁正學先生祠》云：『義士首齊夷，先生乃繼之。居身惟古道，阿世歉時宜。史筆十年恨，丹衷九廟知。雲開見白日，山上有隆祠。』《讀近修叔樂府及吳遊諸詠》二首其一云：『詠罷刪詩三百篇，慨茲聲律已無傳。後人漫自誇章句，一字何曾入管絃。汲冢久捹難續矣，靈光今喜獨巍然。熙朝黼黻吾家事，會看蹌蹌樂普天。』其二云：『慷慨新詩數十篇，東吳勝事喜還傳。千年紵舞留花草，樂曲鐃歌雜管絃。澤國江山原不俗，才人手筆更超然。平生我亦躭于此，落鴈峯頭試問天。』《庚午同籍諸友爲石齋師搆講堂于大滌山，何楳庵實領其事，詩成見寄，賦此酬之，兼詢師來山之期》云：『大滌高蟠望欝蒼，笻藜日日困炎光。烟霞未獲探玄蓋，唱和先聞重柏梁。自是合離關世運，敢將聲氣付詩章。何時太乙臨壇席，翹首微垣動紫芒。』朝瑛數遊金陵，僦居雞鳴山下，集中以留都所作爲多。題作《金陵遊草》，既以紀遊，復有贊化之意。朝琮《跋》云：『康流手南遊諸詠，謂曰《金陵》。蓋名都群勝萃焉，凡詩之所載，亦其一二之畧也。』按黄宗羲《朱康流先生墓誌銘》，朝瑛歿，文章未刻，藏於家。浙圖藏有《正誼堂遺集》，計文集四卷，詩集五卷，清抄本，四册。無版匡、界格。每半葉十行，行二十一字。文集卷端題：『海昌朱朝瑛康流著。』詩集不題撰者名氏。集前有《遺集目録》。詩按體編次。是集傳世極罕。

金陵遊草一卷　明崇禎九年刻本（民國程演生跋）（臺圖）

明朱朝瑛撰。朝瑛有《讀易畧記》，已著録。其《金陵遊草》一卷，刻於崇禎九年，臺北故博、臺圖各藏一部，牌記曰：『金陵遊草，聶許齋藏板。』皆後印本，一册。前所著録臺北故博藏本，集前有張華《敘》、朝瑛《自序》，徐兀粲贊半葉裝於張華《敘》中。卷末有朱朝琮《跋》一篇。此本集前依次爲張華《敘》、朝瑛《自序》、朝琮《跋》、兀粲贊一首、朱一是題一篇，版心標葉不連屬。臺北故博藏本缺朱一是題，而裝朝琮《跋》於集末。今據版心鏤字刻葉重審次第，兀粲、一是贊題當在序後，朝琮《跋》宜裝於卷尾。

是集目次、詩篇，臺北故博藏本多漶漫難識，此本雖亦漶漫甚，然大都可辨。第十五葉原空闕，清人手書以補，篇句與臺北故博藏本同。第二十三葉行闕二字，以舊板殘損，重印不補，亦未見後人手補，臺北故博藏本則有手補。末一首《題郭彥深年丈衍心宗八十四韻》，此本闕一葉半，『輝夢若契』以下皆無，臺北故博藏本則有之。

朝瑛《金陵遊草》，余目力所及，僅見以上後印本二種，各有殘闕，互勘始得識其全帙，未詳尚存完本否，俟再蒐訪。此本末有近人程演生民國二十五年手《跋》一篇，云：『右朱朝瑛《金陵遊草》一卷，世不多見，聞張菊生君處有一部。此卷漫漶殊甚，末篇缺數韻。按黃梨洲《思舊錄》：「朱朝瑛，字美之，海寧人。漳海之學，通天地人，嗣之者無人。漳海曰：『康流沈靜淵鬱，所目經史，洞見一方。苟覃精三數年，雖羲文閫奧，舍皆取諸其宮中，何必寠人之室乎？』丙午，余至其家訪之，康流日發其所著《五經》，討論終夜。越明年，復以其大凡見寄。海昌之學，康流、乾初二人，恐從前皆不及也。」朝瑛又字康流，爲黃石齋弟子。乾初即陳確，亦海寧人。共和二十五年春，懷寧程演生記於滬上。』

崇禎大臣年表一卷　稿本（上圖）

清俞汝言撰。汝言字右吉，秀水人，移家梅會里。明季諸生，列名復社。明亡，棄舉子業，徘徊殘山剩水間，不勝故國之思，自號漸川遺民，又號大滌山人。潛心著述，搜羅載籍，撰述甚多。晚歲失明，猶嗜學不輟。康熙十八年卒，年六十六。著有《春秋平義》《春秋四傳糾正》《京房易圖禮服沿革考》《漢官差次考》《先儒語要》《明世家考》《崇禎大臣年表》《卿貳表》《寇變略》《廣品級考》《謚法考》《大滌山房集》等書數十種（盛楓《嘉禾徵獻錄》卷四十六、朱彝尊《經義考》卷六十五），大都未刻傳。《四庫全書》收錄

《春秋平義》十二卷，《昭代叢書》《檇李叢書》收錄《春秋四傳糾正》一卷。《四庫總目·春秋平義提要》云：『此本爲汝言手稿，其中塗乙補綴，朱墨縱横，其用心勤篤，至今猶可想見也。朱彝尊《經義考》載繆泳之言，稱汝言研精經史，尤熟於明代典故，嘗撰有《宰相列卿年表》，其詩古文曰《漸川集》。今皆未見。』《清儒學案》卷二百一列汝言入『諸儒學案七』，云：『因撰《春秋平義》十二卷，多引舊文，深得經意，正不以新解爲長。其《自序》謂：「傳經之失，不在於淺，而在於深，《春秋》爲甚。」可謂片言居要矣。又著《春秋四傳糾正》一卷，摘引《三傳》及胡氏安國之失，隨事辨正，區爲六類，立義正大，持論簡明，雖篇帙無幾，而言言皆治《春秋》之藥石也。』清初兩浙經史之學復興，汝言不愧一家。

《四庫提要》所言『今皆未見』之《漸川集》《宰相年表》，今竝存。此爲《崇禎大臣年表》一卷，稿本，一冊。素紙抄寫，集前有汝言《崇禎大臣年表序》。鈐『景鄭藏書』圖記。年表始於天啟七年八月，即崇禎即位之時，終於崇禎十七年三月。末附南明弘光朝大臣表，始於崇禎十七年五月弘光監國南都之際，終於弘光元年五月。是書以年表紀明季殿閣、部院大臣，共分殿閣大學士、吏部尚書、户部尚書、禮部尚書、兵部尚書、刑部尚書、工部尚書、都察院都院史等八欄，分載大臣名氏、籍貫、科第、爵位及任免月日。當時人撰當世野史，恪守信以傳信，闕考不載。汝言《自序》云：『論者以明而過察，信任不專，以致羣臣畏罪，相爲欺蔽。然不思人臣委身事主，惟所任使。位卑職輕，則曰非我任也。及都右職，則曰委任不專也。又曰好疑用察，救過不暇也。是則無一之可爲歟？迨至君呼籲而求助，臣邅迴而不前，壞不可支，歸之氣數。嗚呼！罪宜畏也，職亦宜盡，察不可用也，欺蔽亦安可爲？爲是說者，是左聖明，長奸佞，設辭以助惡也。即無論其他，五十輔臣中，力排衆議、任相十年者有之，起自外僚、特簡政地者有之，奪情召用、出入將相者有之，釋褐三載、即首端揆者有之。任非不專也，察非過用也，而效忠殫職，何鮮聞也！』反思崇禎朝及南明弘光朝治亂之故，駁斥時人將亡明歸於崇禎帝『明而過察，信任不專』，語皆沉痛。崇禎亡國，實錄未作。俞氏此作存一代史實，並寓治亂得失之見。是書便於觀覽，雖似簡略，輯考實非易事，可與談遷《國榷》及民間私撰《崇禎實錄》《崇禎長編》相發明。

憺園文集三十六卷　清康熙間冠山堂刻本（雍正改元後印本）（國圖）

清徐乾學撰。乾學字原一，號健菴，崑山人。康熙九年舉進士第三人，授編修。十五年，陞右贊善，以母憂歸。服除，充《明史》總裁，陞翰林院侍講。歷詹事府詹事、禮部右侍郎，康熙二十六年轉左。奉命總裁《大清一統志》《大清會典》及《明史》，纂輯《鑒古輯覽》《古文淵鑒》。二十六年九月，陞都察院左都御史。明年主會試，即闈中轉刑部尚書。甫就職，會湖廣巡撫張汧以罪被逮，詞連乾學，上疏乞歸，不許，令解部務，仍領各館總裁。明年，爲副都御史許三禮所劾，乃力求歸，命攜《一統志》《宋元通鑑》即家編輯。二十九年春歸里，開橘社書局。翌年坐濰縣令朱敦厚事，落職。三十三年七月卒，年六十四。乾學幼穎悟，八歲能文，十三通《五經》。得舅氏顧炎武指授，根柢益深（韓菼《資政大夫經筵講官刑部尚書徐公行狀》，《有懷堂文稿》卷十八）。務實學，不趨時好，通經學古，研治諸史，兼能詩文。與弟元文、秉義並稱『崑山三徐』，乾學經史造詣尤深。纂輯《讀禮通考》一百二十卷、《五禮備考》一百八十卷、《資治通鑑後編》一百八十四卷、《古文淵鑑》六十四卷，手訂《明史列傳》九十三卷，編刻《通志堂經解》一千八百四十五卷，又編有《傳是樓書目》《遂園禊飲集》等。韓菼《行狀》稱所著『文集二十四卷、外集四卷，詩有《虞浦集》《詞館集》《碧山集》共十卷』。刻傳《憺園文集》三十六卷。唐孫華《哭座主玉峰尚書徐公》四首其一云：『千秋制作垂金石，一代宗師識斗魁。』

《中國古籍總目》著録《憺園文集》三十六卷，合清康熙三十三年刻冠山堂印本（中科院、遼寧）、清光緒九年嘉興金吳瀾刻本（國圖）爲一條。《再造善本續編》收國圖藏《憺園文集》三十六卷，謂康熙三十三年冠山堂刻本。

今按：《憺園文集》初刻雕板頗精工，康熙三十三年秋，乾學喪中，家人刷印以呈謝賓客。乾學子樹穀兄弟以爲編次、擡頭未盡穩妥，且有訛錯、脱落及應删字句，亟欲重刻，商於乾學門人韓菼。韓菼作書答曰：『承命校先師文集，如重刻，則另爲編次。但雕刻精工，廢之可惜。愚意止就訛脱字改正，因仍舊貫，未爲不可。至於體例，古人文集亦各不同。只就雜著一類，如《昌黎集》亦甚錯雜。古人集有自編者，有後人編者，其次序即有未穩，似無妨也。擡頭不一例，亦似無妨。惟訛字脱字，亟須改補。何也？訛脱之處，有害于文；編次、擡頭，後人不責。權其輕重，大有不同』，『目前先改正訛脱，即可刷印，但不必流通。俟他日另刻，聽雞林購募，何如？』（徐楫《題識》，乾隆重修本《憺園文集》）樹穀兄弟聽之，校改訛誤，冠以宋犖康熙三十六年《序》刷印，牌記曰『憺園文集，冠山堂藏板』，即清康熙間冠山堂刻本。雍正改元後，徐氏後人挖改諱字印行。乾隆五十四年，乾學玄孫徐楫以是集刻傳幾近百年，歷經三朝，中多諱字，乃細加校讐，改正訛脱，并增《目録》於前，重印行世，即乾隆五十四年徐楫重修本。光緒二年，金吳瀾任崑山令，訪求《憺園文集》，以兵燹之餘，僅於徐氏族人假得鈔本，殘闕不全。後得黃文炳、李祖榮藏刻本，互相校勘，删複補闕，刻爲《憺園全集》三十六卷，即光緒九年金吴瀾鉏月吟館重刻本。今《再造善本續編》所收者，雖用康熙間冠山堂舊板，然刷印於雍正改元後，其中『丘』作『邱』，『胤』字缺筆以避諱。《四庫存目叢書》所收遼寧圖書館藏清康熙冠山堂刻本，避諱同，亦雍正改元後之後印本。《清代詩文集彙編》所收北京大學圖書館藏《澹園文集》三十六卷，爲乾隆五十四年徐椙重修本。《續修四庫全書》所收上海辭書出版社藏《憺園文集》三十六卷，雖著録作清康熙刻冠山堂印本，實爲徐椙重修本，集前目録、宋犖《序》及卷一前數葉殘闕，後人據康熙間冠山堂刻本抄補，惜訛字不免。光緒九年重刻本則題作『憺園全集』。康熙三十三年印本、康熙三十六年印本，難於訪求。今易見者，即雍正改元後印本、乾隆五十四年重修本及光緒九年重刻本。

此爲國圖藏清康熙間冠山堂刻本三十六卷，刷印於雍正改元後，共十六册，即《再造善本續編》所收者。每半葉十行，行十九字。白口，單魚尾，左右雙闌。版心鐫『憺園集』及卷數，上標各葉字數，下標葉數及刻工。各卷端不署撰者名氏。集前有宋犖《序》，無目録。卷一爲賦、頌、樂章；卷二至卷四爲《虞浦集》詩，上、中、下各一卷；卷五至卷六爲《詞館集》詩，上、下各一卷；卷七至卷九爲《碧山集》詩，上、中、下各一卷；卷十至卷十一爲奏疏；卷十二爲奏、表；卷十三至卷十四爲議，上、下各一卷；卷十五爲辨；卷十六爲説；卷十七爲或問、論；卷十八爲考；卷十九至卷二十四爲序；卷二十五至卷二十六爲記，上、下各一卷；卷二十七至卷三十爲墓誌銘；卷三十一爲神道碑銘；卷三十二爲墓表；卷三十三爲祭文、哀辭、行狀；卷三十四爲傳、書；卷三十五至卷三十六爲雜著。

乾學一生所作詩文甚富，冠山堂首次集鐫，於舊作多所刊落，頗存高文大篇。乾學早年與明遺民大有唱和，集中多不存錄。康熙九年成進士前所作刊落尤多。黄與堅《徐健菴太史詩集序》稱『其所爲詩，洒然立成』，『隨手散去者，不可勝數』。康熙三十六年修板刷行，改易甚少。徐楫重修《憺園文集》，亦未增輯，而以重編其集及刻《外集》《遺集》之事俟於後之來者。歷時既久，蒐輯《憺園文集》集外詩文已非易事。今人王宣標留心乾學佚文，嘗輯《徐乾學憺園遺文輯存》，分上、下二卷，得文三十一篇，另有四書文三篇，刊於臺灣《書目季刊》。乾學詩文可拾掇者仍多。如李良年《秋錦山房外集》卷二《與徐健菴》附乾學荅書一；《顔氏家藏尺牘》存乾學與顔光敏書二；葛嗣浵《愛日吟廬書畫别録》卷二録乾學行楷尺牘一通；王士禛《十種唐詩選》卷末有乾學《書後》一篇；乾學編《遂園褉飲集》三卷，各卷前皆其有《題記》一則；范承謨《忠貞集》卷八有乾學《宸翰褒忠題跋》一則；高士奇《江村銷夏録》卷三收乾學題徐渭水墨寫生卷一則；陸時化《吴越所見書畫録》卷六收乾學題王翬《來鶴卷》一則；乾學《石埭學博張漢章傳》有單行抄本；《遼海叢書》所收《雪屐尋碑録》卷八有乾學《皇清光禄大夫副都統愛公神道碑》等。其詩可輯者，如鄧漢儀《詩觀二集》所收《峒峿》《宿還道中》，葉舒穎《葉學山先生詩稿》卷五所收《喜吴漢槎南還》，高士奇《苑西集》卷四所收《題蔬香圖》，盧文弨纂《常郡八邑藝文志》卷十二下所收《夜泛震澤》，徐崧《百城烟水》所收《閶門阻雨，遇舅氏，出所著詩句》《家臞菴索壽老儒孫佺期》，李稻塍《梅會詩選》一集卷七收乾學與王士禛、朱彝尊、姜宸英、陳廷敬《社日登黑窑廠聯句》《徐尚書載酒虎坊南園聯句》各一首，朱彝尊《曝書亭集》卷十四收乾學與朱彝尊、徐元文《上巳集南城祝氏園聯句》一首等皆是。余與門人李國躍校勘《徐乾學集》，採輯詩文佚篇，附於集後，此不贅舉。《憺園文集》僅録詩文，不收詞作。顧貞觀等輯《今詞初集》卷上選乾學《桃源憶故人·愛山臺》一首，蔣景祁編《瑤華集》卷八選其《鶴沖天·圓沙枉渚》一首。孔傳鐸編《名家詞鈔六十種》六十卷，收徐乾學《碧山詞》一卷，實僅以上二首。《憺園文集》既有乾學代擬之作，復有他人代作，邵長蘅代作《寄汪鈍翁三首》即是。《恭陳明史事宜疏》一篇，既見於徐元文《含經堂集》，又見於《憺園文集》，其間文字略異，蓋徐氏兄弟相商之作，故兩見之，第未詳其初出何人之手。

乾學之學，得力於舅氏顧炎武爲多，復與汪琬、閻若璩、萬斯同及弟元文、秉義商兑，邃於經史，然猶是浙西博聞之學，與浙東專門之家不同。其爲《明史》總裁，上《修史條議（六十一條）》，其一條議浙東學派之弊云：『陽明生於浙東，而浙東學派最多流弊。龍谿（畿）輩皆信心自得，不加防檢。至泰州王心齋（艮）隱怪尤甚，並不必立傳，附見於江西諸儒之後可也（注：諸子中，錢緒山稍切近）。』黄宗羲憂之，作《移史館論不宜立理學傳書》，駁云：『其三言浙東學派最多流弊。有明學術，白沙開其端，至姚江而始大明。蓋從前習熟先儒之成説，未嘗反身理會，推見至隱，此亦一述朱，彼亦一述朱。高景逸云：薛文清、吕涇野語録中皆無甚透悟，亦爲是也。逮及先師蕺山，學術流弊，救正殆盡。向無姚江，則學派中絶；向無蕺山，則流弊充塞。凡海内之知學者，要皆東浙之所衣被也。今忘其衣被之功，徒訾其流弊之失，無迺刻乎？』此可概見清初浙東、浙西論學之異。明清易代後，禮學復興，在北爲張爾岐，在南有乾學與汪琬、萬斯同諸子，顧炎武、閻若璩則兼貫南北。徐、汪、萬、閻皆精研喪服之學，開一代風氣，下啓樸學一派。乾學文章，雖未足比錢謙益、汪琬諸子，而博雅高古，自是吴中名家。所作有宏大之象，然嫌於博雜、滯礙，未若汪琬暢肆、黄宗羲深厚，蓋既入廟堂館閣，拘牽不免。早歲賦咏才情不乏，其後爲館閣所牽，遂少風致。《懷友人遠戍》四首、《憶漢槎在獄》爲慎交社友吳兆騫所作，前詩其四云：『十載西園載筆從，于今慘戚苦無悰。遂令文士虛江左，忍見諸公徙上庸。患難誰能存李燮，交遊無計比何顒。可憐逐客無消息，盼絕金雞下九重。』後詩云：『吳郎才筆勝諸昆，多難方知獄吏尊。誰爲解驂存國士，可憐一飯困王孫。蟬吟織室秋聲靜，劍沒豐城夜色昏。聞道龍沙方議遣，聖朝解網有新恩。』集外詩《喜吳漢槎南還》一首云：『驚看生入玉門關，卅載交情涕泗間。不信遐陬生馬角，誰知彩筆動龍顏？君恩已許閑身老，親夢方思盡室還。五兩風輕南下好，桃花春漲正潺湲。』並可誦讀。

又，乾學好改詩句。鄧漢儀編《詩觀》收乾學詩，字句頗異於《憺園文集》，更可見原貌。如《永平推官尤展成有事河間，道經都門，喜晤》二首其一云：『憶君遠道路漫漫，相見蕭齋春色寒。山海流離今日聚，邊城烽火近時安。地當孤竹風蕭瑟，塞繞盧龍勢鬱盤。明旦都亭分手去，殷勤朋好勸加餐。』《詩觀三集》選第一首，題作《尤展成有事河間，道經都門，喜晤天寧寺》。『遠道』，《詩觀》作『絕塞』。『相見』句，《詩觀》作『闕下相逢意自寬』。『山海』句，《詩觀》作『三輔流離今已聚』。『邊城』，《詩觀》作『九邊』。『地當』二句，《詩觀》作『燈前樽酒情偏厚，客裏綈袍春尚寒』。『明旦』二句，《詩觀》作『明日榆關疋馬去，殷勤爲道各加餐』。

憺園文集三十六卷　清康熙間冠山堂刻本（天圖）

清徐乾學撰。乾學有《憺園文集》，已著錄國圖藏清康熙間冠山堂刻本，即雍正改元後印本。此爲天津圖書館藏清康熙間冠山堂刻本，十八册。康熙三十三年，《憺園文集》刻板新成，是秋乾學歿，家人刷印以爲呈謝賓客之用。鏤板雖精工，然多訛錯、脱落字句，徐樹穀兄弟又謂編次、擡頭未盡穩妥，應删字句時有，亟欲重刻，爲韓菼勸止，乃改補訛錯、脱落，康熙三十六年刷印。康熙三十三年初印本、三十六年印本，刷印甚少，今傳世罕睹。今人或誤以雍正後印本爲康熙間印本，余竭力訪求，天圖藏本亦是雍正後印本，『胤』字缺末筆。

憺園文集三十六卷　清乾隆五十四年徐楫重修本（北大）

清徐乾學撰。乾學有《憺園文集》，已著録清康熙間冠山堂刻本。此爲清乾隆五十四年徐楫重修本《澹園文集》三十六卷。舊板重修，牌記『憺園文集，冠山堂藏板』、宋犖《序》重雕（按：冠山堂藏板宋《序》『大司寇健菴徐公文集三十□卷』，闕一字，此本作『六』），《憺園文集目録》爲新增。《目録》後附乾學玄孫徐楫乾隆五十四年六月《題識》，述刻集始末：『迄今將百年矣，事歷三朝，中多諱字，讀之者有失敬避之意。謹將原本逐細校讐，所有諱字、訛字、脱字，悉行改補，并列目以便查閲，即慕廬先生仍舊之謂也。至於重編另刻，及刻《外集》《遺集》，且俟後之來者。』《中國古籍總目》未著録此本。《清代詩文集彙編》收北大圖書館藏本，即徐楫重修本。《續修四庫全書》收上海辭書出版社藏本，亦徐楫重修本，誤標作清康熙刻冠山堂印本。

改補諱字、訛字、脱字固爲徐楫重修所用心處，然此本挖改不限於此。如乾隆四十年，金堡《徧行堂集》案發。重修本即剔去《丹霞澹歸釋禪師塔銘》一篇。其改易字句，有當有不當，有可改有不必改。如冠山堂藏板《聖駕時巡賦》『加慶讓於司牧，釋沈鬱於閭閻』之『閭閻』，重修本改作『八埏』；『屬車無聲而肅肅，卷阿從游而藹藹』之『卷阿』，重修本改作『吉士』。《南苑賦》『抗中天以結榭，凌千地而爲臺』之『凌千地』，重修本改作『凌平地』；『子乃升玉輅，乘金輿』之『乘金輿』，重修本改作『約朱軏』。《望遠曲，和陸麗京》十首其一『憶年十四學箜篌，初畫青螺逐女流』之『女流』，重修本改作『伴遊』；『同伴强邀看鬬草，驚沙日暮不勝秋』，重修本改作『長日强邀看鬬草，驚沙颯颯不勝秋』。《絶句》三首其二『公子長楊校獵來，鳴鞭挾彈勢如雷。至尊近日渾無事，方與期門讌飲回』，『勢如雷』，重修本作『勢喧豗』；『方與』，重修本作『夜夜』。諸如此類，兩者皆通，不必改，未詳徐楫確有別據否。又如《郊祀分合議》『於時主分祭者四十人，主合祭者殆□人』闕一字，改補作『一』。顧棟高《郊禮分合議》：『至八年，蘇軾引「昊天有成命」爲合祭明文，發六議以難群臣。於是主分祭者四十人，主合祭者僅八人。』張廷玉纂《皇清文穎》收徐氏此文，作『主合祭者殆百人』。冠山堂藏板闕字，蓋疑而未定，重修徑作『一』，未可必也。又如《答周鶴田》『上書時已驚枋國，釋勸人還重士安』，『釋勸』，重修作『釋褐』，未確。『釋勸』用皇甫謐典實。謐字士安，晉武帝雖累徵，不就，嘗作《釋勸論》。《至大梁寄三弟》二十五首其十七『豈有良方鬢久緇，豐碑古道冢纍纍。金蠶玉燕終須出，石犬銅駝空爾爲』一首，『石犬』，重修本作『石馬』，意雖通，改之未當。石犬銅駝，典出《述異記》卷上：『鄴中銅駝鄉魏武帝陵下，銅駝、石犬各二。古詩云：「石犬不可吠，銅駝徒爾爲？」』蓋康熙冠山堂刻本（經校補後）、乾隆重修本各有優長，徐楫改補，功過參半。

憺園全集三十六卷　清光緒九年嘉興金吳瀾重刻本（國圖）

清徐乾學撰。乾學有《憺園文集》，已著録清康熙間冠山堂刻本。此爲《憺園全集》三十六卷，清光緒九年嘉興金吳瀾重刻本，十六册。每半葉九行，行二十一字。黑口，雙魚尾，左右雙闌。版心中鐫『憺園集』及卷數。封題『憺園全集』。牌記曰『徐大司寇憺園全集』，又曰『光緒癸未冬月鉏月唫館珍藏』。各卷端題曰：『嘉興金吳瀾臚青甫重刊。』集前有宋犖舊《序》、俞樾光緒九年六月《重刻憺園集序》、金吳瀾光緒九年六月《重刊憺園集序》及《全集目録》。《目録》後附徐棖乾隆五十四年《題識》及金吳瀾撰《題識》一則。吳瀾《序》云：『故語本朝公卿擅著述之才者，必首推先生，而遺集獨尠傳本，譚者以爲憾。光緒二年，瀾莅崑山縣任，既求得歸震川、顧亭林、朱柏廬三先生年譜，合付手民，中丞吳公見而善之，因屬訪求先生《憺園全集》。兵燹之餘，益以難得。久之，始于其族假得鈔本，然闕軼不具。嗣又得黄孝廉文炳、李大令祖榮所藏本，互相校勘，刪復補闕，於是《憺園集》三十六卷復爲完書。』《題識》則云：『是集始刻於康熙甲戌，續刻於乾隆己酉，代遠年湮，並遭兵燹，至今片板無存，論者惜之。瀾於玉峯假得是集原本，亟録一通，付之手民。』

此本依於乾隆重修本重刻，斟酌康熙本字句異同，擇而從之。如卷一《溫泉賦》『辭曰：皇帝御極十有一載』句，康熙刊本『有』、『載』間空缺一字，乾隆刊本補『一』字，此從之。『辭曰』二字，同於乾隆刊本，康熙刊本作『賦曰』。『不數咸康之經』句『經』字，同於乾隆刊本，康熙刊本作『辰』。然『聽龍吟於水中』句『水』字，同於康熙刊本，乾隆本則作『淵』。《聖駕時巡賦》『釋沈鬱於八埏』句『八埏』二字，同於乾隆刊本，康熙刊本作『閭閻』。然『卷阿從游而藹藹』句『卷阿』二字，同於康熙刊本，乾隆刊本改作『吉士』。似此異同，雖無關大者，亦見其慎於持擇。又如卷三《答周鶴田》『釋褐人還重士安』句，猶從乾隆本所改『釋褐』，未如康熙刊本『釋勸』爲妥。卷六《至大梁寄三弟》『石犬銅馱空爾爲』，同於康熙刊本，不從乾隆刊本所改『石馬』。

吳瀾訪求《憺園集》，所得傳本有佚名批注，不忍棄之，採入新刻，鐫於眉端。《題識》云：『其眉端批注，悉照原本錄刊，但不知出自何人手筆，姑存之。』

批注共四十一條，計賦、頌批注三十五條，詩批注三條，文批注三條。詩三條，一在卷五《座主相國魏公五十壽》眉端，曰：『「人」字複韻。』二在卷九《鄭少司寇生日二首》眉端，一曰：『歅，音因。《莊子》「九方歅」，善相馬。』一曰：『菻，音歷。菻，算也。又呼斑髮曰菻髮。』文三條，二條在卷十九《高侍講扈從東巡日記序》眉端，一條在卷三十五《大悲寺大悲菩薩殿碑》眉端。賦、頌編入卷一，批注大抵勾乙字句，偶作改易，不施評語。如《溫泉賦》批注有七條：一曰：『鈎去「雖未足仰贊高深，亦庶幾矢報涓埃云爾」十六字。』一曰：『鈎去「宓妃嬴女，奔走後先」八字。』一曰：『鈎去「弔燕昭之故塚」至「弄鼓如雷」五十六字，改作「軒后臨戎之坂，燕昭市駿之臺。甸服則遠包碣石，星文則上戴斗魁。雍伯之田皆玉，鄒生之律吹灰。覽薊丘而田盤如在，過甘棠而召伯興懷」，計五十四字。』一曰：『鈎去「湔腸灑胃，澡精雪神」八字。』一曰：『鈎去「紫燕晨風，紅陽飛鵲」八字。』一曰：『鈎去「心存得一，學務函三」八字。』一曰：『鈎去「以河海爲衽席，脯麟鳳爲髓甘」十二字。』乾學貴顯時，交遊海內，以文學倡率後進，四方才士爭附壇坫，願評點其集者自不乏人。《憺園集》刻成於歿後，罕見評本。此本附刻批注無甚足觀，聊可備一種。

乾學生前身後，聲名爲攻訐所累，其著述問學亦然。乾嘉經學大盛，學者溯源閻若璩、胡渭、張爾岐、惠周惕，並及顧、黄諸子，遂輕於乾學與汪琬二大家。迨於晚清，俞樾、金吳瀾讀《憺園集》，盛加許之，欲更易視聽。俞《序》謂：「顧亭林爲『本朝治漢學者之先河也』，至於朝章國典、吏治民風、山川形勝、閭閻疾苦，博考而詳詢之，即永嘉諸儒，猶有未逮，固一世儒林之冠。乾學所學一出於亭林，『所著《讀禮通考》一書，宏綱細目，條理秩然，爲秦氏《五禮通考》所自出，至今與秦氏之書並爲言禮者所不能廢。乃其所著《憺園集》，則行世乾頗尟，學士大夫往往有不得見者。余讀其集，有云：「學程朱者，切實平正，不至流弊；陽明之説，善學則爲江西諸儒，不善學則龍溪、心齋矣。」是其論學宗旨與亭林同。至其議禮諸篇，如論北郊之古無配位，論文廟從祀諸賢，當以時代爲次，皆卓然縣日月而不刊。信乎！公之學出於亭林先生也。集中有《修明史條例》，有《修大清一統志條例》，可知國初大著作體裁，皆公所定。亭林先生窮老著書，不獲見用於世，而公則遭際盛時，從容坐論，出其所學，以潤色皇猷。此乃時爲之，而公與先生之學固不以是爲優劣也』，『余衰且病，不足復言學術，而亭林先生之書，則自幼喜讀之。今讀《憺園集》，原本經史，議論名通，可以配亭林之書而無愧，所謂酷似其舅者歟』。乾學羽翼亭林開有清治漢學先河，不媿一代儒者，《憺園集》可與亭林之書並傳。如俞氏所云，讀之足以『增長其學識，開拓其聞見』。至其文章美否，詩篇佳否，不必究論矣，蓋此集不藉是以傳也。

遂園禊飲集三卷　清康熙三十三年徐乾學刻本（國圖）

清徐乾學輯。乾學有《憺園文集》，已著録。此爲所輯《遂園禊飲集》三卷，康熙三十三年刻本，一冊。每半葉十一行，行二十一字。白口，單魚尾，左右雙闌。集前有許汝霖康熙三十三年三月《遂園禊飲集序》及《遂園禊飲集目録》，下接尤侗《耆年禊飲序》、黄與堅《耆年禊飲集記》及《耆年會爵里姓氏》《耆年會約》。康熙二十九年春，乾學辭歸，於太湖東山開橘社書局，攜姜宸英、查慎行諸名流得湖山唱和之樂。三十三年三月，乾學於遂園舉耆年會，邀錢陸燦、盛符升、尤侗、黄與堅、王日藻、何棅、孫暘、許纘曾、周金然、秦松齡等飲酒賦詩，屬禹之鼎繪圖以誌其盛，旋編刻《遂園禊飲集》三卷。

按《目録》，是集收尤侗《序》一首、黄與堅《記》一首、《爵里姓氏》《會約七則》；卷一得詩五十二首；卷二得詩五十五首；卷三得詩三十八首。按《爵里姓氏》，與會常熟錢陸燦年八十三，崑山盛符升年八十，長洲尤侗年七十七，太倉黄與堅年七十五，華亭王日藻年七十二，長洲何棅年七十，常熟孫暘年六十九，華亭許纘曾年六十八，崑山徐乾學年六十四，上海周金然年六十四，崑山徐秉義年六十二，無錫秦松齡年五十八，「已上十二人，合八百四十二歲。康熙三十三年三月辛丑，同宴于崑山徐氏遂園」。按《耆年會約》，訂於春秋佳日，同志數人，及時宴集，風雨無辭；勝游雅集，清談絲竹，園林山水，娱目賞心；流連光景，凡有吟詠，分題拈韻，隨便揮灑，如思致不屬，無妨補作；每歲擬再集，每集以三日或五日爲期。蓋吴中名士，效香山洛社、吴興逸老故事，雅集賦詩。是年七月，乾學歿，遂園耆年之會遂止。

是集各卷前均有乾學《題記》，以代小序，述其原委。卷一《題記》云：『耆年之會，始於雲間王、許二先生。秦望山莊，水竹清幽，東南勝美。今歲暮春，盛誠齋與余兄弟續舉斯會。敝邑僻陋，適北山別業草堂初成，顔曰「遂園」，因訂諸公以祓禊之辰，清尊雅集。是日至者，錢湘靈、尤悔菴、黄忍菴、王却非、何涵齋、孫赤崖、許鶴沙、周礪巖、秦對巖暨誠齋，余兄弟，賓主共十二人。以齒序坐，即席各賦七言近體二首，用「蘭亭」字爲韻，並録于左。其不與會而在坐者，紺池上人，偕悔菴來，門人王編修素巘實佐余爲地主，并子姪諸孫奔走將事者，咸有詩附列焉。』卷二《題記》云：『是集也，先二日秦對巖冒雨而至。余喜甚，與譚至夜分，呈長歌一篇，對巖亦有酬答。次日，紺池上人投二詩，依韻和之。其後諸公相見，隨意贈答。以非禊日所作，釐爲此卷。期而未至者，董閬石進士、繆念齋侍講、韓慕廬學士，各有詩枉寄，並刻卷中。』卷三《題記》云：『秦望之集，一時傳爲佳話。詩篇初出，自太守以下及諸名宿，並有和章。荒園兹舉，雖和者寥寥，而遠近枉貽佳什亦復不乏，因別輯爲一卷。』蓋集中詩非盡與會諸子所作，亦非盡禊日分韻所作。有期而未至，寄贈之詩；有投詩和韻，隨意贈答；復有遂園雅集，詩篇傳出，友朋和章貽寄之作。遂園禊飲之詩，編爲卷一，附不與會而在坐及奔走將事者之詩，故有五十二首之多。集中詩多附和之聲，亦不乏韻致之作。如錢陸燦分韻二首其一：『永和年月玉峰寒，上番桃花下脱蘭。四海知名新改鬢，兩朝長養舊彈冠。魚龍水面多聞曲，雞犬雲中半舐丹。顧我漫陪文字飲，媿無鹽鐵論桓寬。』盛符升《酬錢湘靈》一首云：『蕭齋對榻話三更，八十年中一短檠。每歎銷沈多舊侶，還憐矍鑠共餘生。劉眞鄭據寧無輩（注：原倡中句），曲水香山足抗行。此會出羣推大曆，高風長並玉峰清。』查慎行《奉和遂園禊飲詩，用蘭亭字》二首其一云：『別置林園十畝寬，築亭何必更名蘭。杯流細浪魚鱗活，花補新巢燕羽乾。春事無如三月好，人情只去一官難。吳中父老矜稀見，每到佳期約伴看。』其二云：『白髮初辭著作庭，文軀光透老人星。官同白傅歸仍早（注：白樂天以刑部尚書致仕，故云），史擬溫公局未停。妙手成圖初見畫，高僧入社亦忘形。分明洛下耆英會，不數詩家曲水亭。』慎行二首收入清康熙五十八年刻本《敬業堂詩集》卷十八，題作《補和大司寇徐公遂園修禊詩，限蘭亭二字二首》，『別置』作『別起』，『只去』作『特去』，『白髮初辭』作『獨擅千秋』，『耆英會』作『風流在』。

潛丘劄記六卷　清乾隆十年眷西堂刻本（傅增湘校並跋）（國圖）

清閻若璩撰。若璩字百詩，其先太原人，自其祖徙淮安，居山陽。取《爾雅》『晉有潛丘』語，自號潛丘，志不忘本也（秦瀛《己未詞科録》卷六）。父修齡字再彭，號牛叟，師黃道周，遭國變，棄諸生，主望社，風雅之士翕集，著有《秋舫集》《冬涉集》《影閣集》《紅鷗亭詞》。若璩年十五補諸生，康熙十八年與試博學鴻詞，不第。康熙四十三年卒，年六十九。淹貫經史，博學精思，尤工考據，發前賢所未發。著有《古文尚書疏證》八卷、《毛朱詩說》一卷、《潛丘劄記》六卷及《四書釋地》。事具張穆《閻潛丘先生年譜》。所撰《潛丘劄記》，與顧炎武《日知錄》方軌並駕（《鄭堂讀書記》卷五十五『別本《潛丘劄記》六卷、附《左汾近稿》一卷』條），開清儒學術劄記之風。傳世有清王聞遠家抄本（不分卷），潘耒校（南圖）；乾隆十年閻氏眷西堂刻本（六卷），閻若璩孫學林編刻；　清乾隆間大成齋重刊本，據眷西堂原本重刻（六卷）；《四庫》寫本（六卷）。阮元編《皇清經解》，刪刻《劄記》二卷。

此爲國圖藏清乾隆十年眷西堂刻本《潛丘劄記》六卷，傅增湘校並跋，六冊。每半葉十一行，行二十字。白口，單魚尾，左右雙闌。版心中鐫『潛丘劄記』及卷數，下鐫『眷西堂』。各卷端不題撰者名氏。集前有若璩壻沈儼乾隆九年孟秋《序》、王允謙乾隆十年三月《序》、若璩《自識》，附閻學林乾隆九年仲冬《題識》及《校閲姓氏》二葉。王允謙《序》云：『甲子夏，奉命來牧吴陵，有捧檄爲余屬者，曰信藪閻君，名學林。接其言論，皆有法度，深器之。間捧一編示余，曰：「此先王父徵君潛丘先生所爲《劄記》也。向散失無紀，近與昆若季彈十數年辛勤之力，收拾編次，將授之梓人。」爲乞序於余』，『信藪謀集散失，積力十數年，裒然成書，今且付之梓，以公之天下，好古之君子當必有取焉者。』學林《題識》在乾隆九年仲冬既望。由此以推，刻成蓋在乾隆十年。列名校閲者，凡四十九人，不乏一時名士。

此本曾爲傅增湘舊藏。增湘於《校閲姓氏》後手題云：『此書編次漫無義例，校刻亦復草率，有前後重出及脱文錯簡者，苦無别本可以是正。頃書友陳琰自南中來，攜有寫本書四冊，題爲《風庭掃葉録》，朱竹垞所輯，而卷中乃有詆及竹垞語，殊爲可笑。及披閲終卷，始知即《潛丘劄記》一、二兩卷與《釋地餘論》《喪服翼注》也。取刻本對勘，後二種無異處，前二卷補脱文二十　條，均添於行間及眉上。最可異者，卷一（注：四十五葉）「郝經議取荆淮」一則，其前半竟誤入卷二，别爲一則，若非得此本正之，殆不可解矣。古人著書，多手自編定，或託諸同志。似此鹵莽滅裂之弊，庶幾免乎！歲在壬戌立冬後五日，傅沅叔記於藏園。』傅氏據寫本校補此本，頗可參酌。

是集卷一至卷二考订經史百子諸書及近世、當世著論，覈羣言以譚經，考稗官以正史，兼品論人物事蹟；卷三爲《釋地餘論》；卷四上爲所撰策、跋、序及啓二首、哀辭一首，卷四下爲《喪服翼注》《補正日知録》；卷五爲書，大都與時人往來論學之作；卷六爲《璿璣玉衡賦》《省耕》詩及其他詩作，卷端題曰：『吳門後學許廷鑅直夫選。』長洲許廷鑅號竹素園主人，清康熙間竹素園刊本《高太史大全集》即所刻也。《劄記》所收多康熙十七年應薦博學鴻儒後文字。《四庫提要》云：『蓋其少年隨筆劄記，本未成書，後人掇拾于散逸之餘，裒合成帙，非其全也。』誤以《劄記》爲若璩『少作』。

《劄記》乃若璩生前未定之書，零箋碎紙，投入一笥。潘耒校本，篇帙嫌於簡略。學林不忍棄祖父一字之遺，重爲拾綴，編爲六卷。《題識》云：『《劄記》卷一至卷六，乃先大父有疑即録，自爲問難之書。其中有已校訂者，有止存舊説而未校訂者。或謂林曰：「已校訂者，自當付梓。未校訂者，乃古人舊説，似宜刪去。」林對曰：「是皆先人疑而未訂之義，雖存舊説，正多創論，補前人所不及，何敢妄加去取？」至卷五一冊，乃仲弟學機竭數年之力，於夙昔往來問難之家，尋先人手蹟，陸續成帙。若分門別類，林幼而失學，不敢漫爲分晰，惟依笥中原本付梓開雕，以成先志云爾。』『止存舊説而未校訂者』，即若璩抄録文字，非其自作。學林臆其間恐有若璩『疑而未訂之義』，可啓扉學者，存之有裨學術，故亦收之。如卷四上録《素問》《家禮》二篇，前者節録汪琬《跋素問》一文，後者全録汪琬《跋家禮》一文。又如同卷《錢清溪遺稿》，實爲五言古詩，與跋、序無涉，且詩乃鄞縣萬斯選所作。《四庫提要》責之云：『蓋學林綴輯其祖之殘稿，徒欲一字不遺，遂致漫無體例。』徐時棟《烟嶼樓讀書志》卷十五著録《潛丘劄記》云：『所録平日摘記之語，皆多漫無斷制發揮者，往往爲當日百詩摘出備用之語。爲日既久，雖百詩亦將茫不知摘此何爲者，而子孫乃刻以問世，可謂不愛其先人之至矣。即如一卷中一條引李鄴嗣云「前輩言著作之富，前無如葛稚川，後無如先生」云云。所謂先生者，何人耶？按：杲堂所謂先生者，王厚齋也。此《甬上耆舊集》厚齋傳後語，百詩摘錄之。蓋其箋注厚齋《困學紀聞》時備用語也，而刻以爲《劄記》，可乎？』

《劄記》記誦之博，考覈之精，大可稱道。王允謙《序》云：『《六經》子史，暨古今人影響疑似之論，一皆取而精晰條辨。於中援據禮經，論列喪祭禮儀，以及考正方輿沿訛襲謬之說，爲尤備而確。』惟其多口好辯，不無拘泥偏執之弊。康熙十七年，與汪琬皆應薦博鴻入京，初識於都門，若璩年四十二，汪琬年五十五，尤爲時推譽。若璩謂汪琬《繆封公墓誌》載及高祖，不合金石義例，又指摘其《古今五服考異》之誤。汪琬亦自負，堅欲折之。若璩博鴻下第，汪琬與關中李因篤取中。若璩譏嘲二子未深於禮學，杜撰故事，私造典禮。《劄記》云：『憶五十人初授翰林官訖，有問此中人物云何者，余答以若吳任臣之博覽，徐嘉炎之强記，可稱二妙。若李因篤之杜撰故事，汪琬之私造典禮，恐亦未必有三焉。一時流傳，以爲口實。』既斥汪琬異說害世，復稱其不足攻，生平心摹手追乃在顧炎武、黄宗羲二家（《又與戴唐器書》）。二人相辯難，蓋由若璩重古禮，欲興『古學』，汪琬重律文，以求『用實』；若璩尚考據，琬重求義。汪琬謂近古以來能繼《六經》、孔子者僅朱子一人，以朱子所云『解經而通世務』爲則。若璩不喜宋儒『好精言性命』而輕於訓詁，謂此關涉『古學』興衰，故駁斥宋儒，朱子並在其列。《又與戴唐器書》云：『弟嘗謂訓詁之學，至宋人而亡，朱子尤其著者。』《劄記》載記與汪琬論辯數十條。《四庫提要》云：『負氣求勝，與人辨論，往往雜以毒詬惡謔，與汪琬遂成讎釁，頗乖著書之體。』閻、汪之爭，負性使氣並有之，若璩更甚。其間是非，未易一語論定。

若璩之詩附《劄記》而傳，别爲一卷，得《璿璣玉衡賦》一首併雜詩二百九十首（《鄭堂讀書記》卷五十五）。若璩世其家學，父祖皆能文，父再彭工詩詞，主淮上詩盟，爲望社白眉。母丁仙窈字少姜，亦能詩文。若璩填詞非所擅，詩則好之，師友多一時名家。所賦亦自不少，惜罕有佳篇，許廷鑅爲選一卷。《四庫總目》著録眷西堂刊本入存目，題作《别本潛丘劄記》六卷，《提要》云：『六卷皆録若璩之詩。若璩學無不通，惟詞賦一道，涉之甚淺，凡所持論，多强不知以爲知。學林録而刻之，適足以彰其短，殊不及吴玉搢本有條理。』蓋詩賦、學問，宗工難兼。其時求如顧炎武、黄宗羲、汪琬輩兼長者，不可多得。若璩經史之學，與三家相埒，詩則不足論矣。

潛丘劄記六卷　清乾隆十年眷西堂刻本（清孫馮翼等校，並録程晉芳等批校）（上圖）

清閻若璩撰。若璩《潛丘劄記》，已著録清乾隆十年眷西堂刻本。此亦乾隆十年眷西堂刻本，清孫馮翼等校，並録程晉芳等批校，六册。内封鐫『潛丘劄記，眷西堂藏板』。較傅增湘校跋本，集前少王允謙《序》及所附《校閲姓氏》二葉。

孫馮翼得此本，偕友人方石齋校之。第三册書衣題云：『此書經魚門太史手定，未能手副本，甚率。後余從廢書得之，欲録一通，又匆匆少暇。今年秋闈後，晤方石齋，渠許覓抄，亦未能之。不知何時方了此願也。鳳卿記，時庚申十月。』馮翼字鳳卿。庚申，嘉慶五年。又題：『《釋地餘論》宜别爲一卷，不可攙入《劄記》中。雨牕。』又，『《釋地餘論》卷第一，《潛丘劄記》第三，太原閻若璩撰，承德孫馮翼校。』卷一末葉識云：『鳳卿借校于范陽城南石室中。』批校語多『存』、『抄』、『删』、『照此』、『可增』、『照删者抄』、『照改抄』、『此条宜添入』、『此本全寫』之屬。批校圈點多非馮氏之意，且所定篇目去取、文字改易，與《庫》本《潛丘劄記》成編頗相關涉。《庫》本據程晉芳家藏本寫錄，今或疑此即程晉芳家藏本所用底本，並推測批校者爲山陽吳玉搢（號山夫）、阮葵生（號吾山）。其説頗具讀書慧眼，吳、阮確與删訂《劄記》之事。此本卷一『《延平府志》曰』條，眉批抄《寧波府志·選舉志》文字，前有『吳玉搢曰』四字。《四庫提要》著錄《潛丘劄記》六卷，徑云：『此本即吳玉搢所重定。』阮氏《茶餘客話》卷二十一云：『學林不知抉擇，將他人往還手蹟及陳言狎語遊戲之詞，悉條舉而剞劂之，砆玉並陳，大失潛丘面目。予嘗删存十之五六，卓然可傳不朽。』此本『賀黄公載酒園詩話』、『又與戴唐器』諸條眉批下均小字書『吾山』（如『賀黄公《載酒園詩話》』條，眉批：『如此删節，便覺少趣，下文「口」字亦無着。吾山。』），即其議也。

今按：此本非程晉芳家藏本所用底本，然與之頗有關涉。孫馮翼之先，批校圈點者究爲何人，則宜考實，殆關涉《庫》本《潛丘劄記》之成書也。阮葵生自謂嘗删存《劄記》十之五六，此本可識者僅數條而已。批校標『吾山』、『吳氏』者甚少，其是否原出吳、阮手蹟，大有可疑。第五冊書衣題云：『此不必重抄，留刻全集，錄入書簡一門可也。魚門。』程晉芳字魚門。細辨字蹟，則爲孫馮翼手書。又題云：『此卷五同卷四上序、跋、啓、策皆不必抄入，留刻入全集，魚門之言爲善。鳳記。』又，『庚申八月十八日，約方石齋覓抄是書。石齋欣然，余亦欣然。十九日早飯後，記于都門西河沿粗旗桿廟。』鳳即孫馮翼。孫氏題記屢言『篇中多未定論，經程魚門重校，精益求精矣』，『此書經魚門太史手定，未能手副本』，此本蓋錄程晉芳重校、手定《劄記》。所謂『吾山』校語，即錄自程氏校本，而非阮氏親與此本校事。各冊書衣題『吟暉樓』三字。歙縣程茂字蓴江，家有吟暉樓。所著有《吟暉樓遺文》《晚甘園詩》（見程晉芳《勉行堂文集》卷六《晚甘先生傳》）。晉芳與程茂同族，交相善。此本是否原爲程茂所藏，俟考。

此本所據程晉芳重校本，今未見。然程氏重校本非盡出于晉芳則明矣。除參酌吳玉搢、阮葵生校批外，其另有參咨。黄裳舊藏批校本一部，可據以窺知大略。黄裳舊藏亦乾隆十年眷西堂刻本，佚名錄程晉芳、華師道、吳玉搢等批校。朱墨筆批校圈點，丹黄滿卷。卷一卷端眉批：「朱筆，華師道先生。墨筆，朱竹君、吳山夫先生。」小字補云：『後晤魚門，云間列己評，非竹君也。』由是知逐錄程晉芳、華師道、吳玉搢批校。卷一第一葉『《禮記疏》』條校語『此條宜添入』，乃華師道所批。『宣三年』條校語『凡節鈔古書數句，而别無議論發明者，皆可去之』，爲程晉芳或吳玉搢所批。『《前編》云』條校語『抄』，亦程氏或吳氏所批。其批校圈畫所定篇目去取，《四庫》本或採或不採。上述『《禮記疏》』條，批校曰『宜添入』，然《庫》本無。『《宣三年》』條，批校曰『可去之』，《庫》本未收。『《前編》云』條，批校曰『抄』，《庫》本收入卷一。眷西堂刻本卷五收書，卷端眉批曰：『此分二卷，爲卷六、卷七。』《庫》本裁諸書入卷六。其間異同大略若是。華師道名玉淳，無錫人。著有《禹貢約義》《孝經本義》等書。朱筠字美叔，一字竹君，號笥河，大興人。乾隆十九年進士，累官侍講學士。著有《笥河文集》。

又，黄裳舊藏本亦裝爲六冊，鈐『黄裳藏本』、『來燕榭珍藏記』、『來燕榭珍藏圖籍』、『柳溪堂藏書』、『國子先生』諸圖記。曾見於北京泰和嘉成拍賣，今不知藏於何處。黄裳墨筆題云：『此眷西堂本《潛丘劄記》。余前已收一本，今日過市觀書，又見朱墨批本，後更附舊抄《左汾近稿》一冊，因更收之。潛丘此書刻于身後，編次零雜，漫無次第。山陽吳氏爲之重編刻之，即《四庫》所著録者也。此本與《四庫》本亦未盡同。山夫之外，尚有朱笥河、華師道兩君所注，外更有墨筆批語甚富。曰「循按」，不知係焦里堂先生筆否？固是珍物，因不憚重收復本也。暇日當重爲校定之，求教于世之識里堂墨迹者。丁酉春分日，黄裳漫記于來燕榭中。』又朱筆題云：『百詩文中多及牧翁，此本每每墨塗去，不知何也，豈在錢氏著作厲禁之時耶？又識。』今按：吳玉搢無重編刻《潛丘劄記》之事，《四庫》收録程晉芳家藏本，其中有吳氏批校。余讀書不細，亦誤以爲舊有吳玉搢刻本。又，黄氏未細閲卷端小字批注，誤以爲墨筆出於朱筠。

潛丘劄記六卷　清乾隆間大成齋重刻本（首都圖書館）

清閻若璩撰。若璩《潛丘劄記》，已著録清乾隆十年眷西堂刻本。此爲清乾隆間大成齋重刻本，據乾隆十年眷西堂原本重梓。牌記曰：『潛丘劄記，閻百詩先生全集，眷西堂原本，大成齋重梓。』其版式與眷西堂刻本悉同。集前有沈儼、王允謙二《序》、若璩《自識》，附學林《題識》及《校閲姓氏》二葉。眷西堂刻本，鐫題凡有二種，其一爲『潛丘劄記，眷西堂藏板』，其一爲『太原閻百詩先生集，潛丘劄記，眷西堂藏板』。蓋集有初印、後印之別，遂有此異。

此本悉倣於眷西堂本重刻，摹刻維肖，細辨始見其異。今或僅見上圖藏批校本無王允謙《序》及

《校閱姓氏》，遂以爲王氏《序》及《校閱姓氏》乃大成齋重刊時所增，不知初刊本已有之。此本校勘亦精，偶不免於誤。其大者如卷四上《素問》《家禮》二跋，乃若璩抄錄汪琬文，即閻學林所云『止存舊說而未校訂者』。《素問》『至宋之季，三醫者大抵務守護元氣而已』，汪琬原作『至宋之季年，醫者大抵務守護元氣而已』。《家禮》『齊衰悉有衰、負、不辟領，一也』，汪琬原作『齊衰悉有衰、負版、辟領，一也』。一字之異，致意思相乖。眷西堂刻本不誤，《庫》本亦不誤。余曩以查閱原本不易，未細檢閱，見大成齋本有此誤，臆測眷西堂本亦誤，因據以證汪、閻論學之異，不虞爲手民所誤。

此本於違碍字句，空闕留白。如卷五所收第一書《與汪舟次》『雖以鈍翁所痛詆之，□□猶不失此規矩，《□□集》可檢也。』前二字，眷西堂本作『牧齋』，後二字作『初學』。嫌於違碍，傳世眷西堂本或以墨塗去。黄裳舊藏批校本即是，故其題云：『百詩文中多及牧翁，此本每每墨塗去。』

後世未覽諸本，細察其異處，誤以大成齋重刻本爲眷西堂原刊本，不乏其人。周中孚即未能免此。《鄭堂讀書記》卷五十五著錄別本《潛丘劄記》六卷、附《左汾近稿》一卷，曰『眷西堂刊本』，載云：『國朝閻若璩撰，其孫學林編。《四庫全書存目》。又一本爲山陽吳玉搢所重定，著錄於《四庫全書》，故此題別本以別之』，『前有潛丘《自序》及乾隆甲子學林識語並《校閱姓氏》，又有潛丘之壻沈儼暨深澤王允謙二《序》。末附《左汾近稿》一卷，乃潛丘之子復申詠撰。』周氏所載別本，實是大成齋刻本。凡集末附《左汾近稿》刻本者，皆大成齋重刊本，眷西堂本所無也。（按：今傳《潛丘劄記》刊本，多大成齋重刊，可由四端識之：一、大成齋本刻字與眷西堂刊本微有差異。如『邱』字等，細辨可見。一、大成齋本卷四上收汪琬二文有誤字，凡作『至宋之季，三醫』、『負、不辟領』，即非眷西堂刊本。一、『牧齋』、『有學』空闕，而非朱墨筆塗去者，即大成齋本。一、集末附刊《左汾近

稿》者，即非眷西堂本）

潛丘劄記六卷　《文淵閣四庫全書》本

清閻若璩撰。若璩《潛丘劄記》，已著録清乾隆十年眷西堂刻本及清乾隆間大成齋重刻本。此爲《文淵閣四庫全書》本，影印傳播已廣，今仍著之不闕者，蓋以略記《庫》本與眷西堂本異同，並及程晉芳、華師道、吴玉搢、阮葵生諸子批校删訂之況。

《庫》本雖亦六卷，然經删改，舊貌已非。《提要》云：『此書傳本有二：一爲其孫學林所刻，一爲山陽吴玉搢所删定』，『此本即吴玉搢所重定。原刻首兩卷，雜記讀書時考論，多案而未斷，此本删併爲一卷。原刻卷三曰《地理餘論》，以《禹貢》山川及《四書》中地名已詳《疏證》與《釋地》，此特餘論耳，此本次爲卷二，而取首兩卷内合於此一類者，次爲卷三。原刻卷四上録雜文、序、跋，卷四下曰《喪服翼注》，曰《補正日知録》，此本取首兩卷内涉及喪服者次《喪服翼注》後，合爲四卷，移雜文、序、跋附《補正日知録》後，次爲卷五。原本以與人答論經史書，録之卷五；以應博學宏詞賦一首併雜詩若干首，録之卷六。詩賦非若璩所長，且《劄記》不當及此，此本删去，而存其與人答論經史書，次爲卷六。蓋學林綴輯其祖之殘稿，徒欲一字不遺，遂致漫無體例。此本較學林所編，尚有端緒，今姑從之。中間重見者四條，三見者一條，尚沿原本之誤，今悉爲删正』，『兹編雖輯録而成，非其全豹，而言言有據，皆足爲考證之資，固不以殘闕廢之矣。』

《提要》稱『此本即吳玉搢所重定』，又云《劄記》傳本有二，即眷西堂刻本、吳玉搢删定本。《四庫總目》復據江蘇巡撫採進本著録眷西堂本入存目，作《别本潛丘劄記》六卷，《提要》云：『此書有吳玉搢編次之本，亦已著録。此本乃其孫學林所編』，『殊不及吳玉搢本有條理。故今以吳本爲定，而此本附存其目焉。』吳玉搢删定本，即《提要》所稱程晉芳家藏本。程氏家藏本，實彙華師道、吳玉搢、阮葵生諸家批校，晉芳亦與其事，乃衆所成之，非一人之力。不知《提要》何以獨標吳氏，或程氏家藏本呈進時，諸子或不欲據其功，獨列吳氏删定之名歟？抑或館臣道聽途説，歸功於吳氏一人歟？不可解也。乾隆三十八年，吳氏下世。其時書尚未進呈四庫館。《提要》之語，頗遺誤後人。後世見《庫》本與眷西堂本顯異，臆測程氏家藏本乃吳氏刻本。黄裳跋所藏眷西堂刊本，誤曰『山陽吳氏爲之重編刻之，即《四庫》所著録者也』。余亦謬謂《劄記》有吳刻本，爲《四庫》底本。此皆不加深考，而爲子虚烏有之杜撰。

《庫》本已非眷西堂本之舊。眷西堂本卷六爲若璩詩賦，孫馮翼等批校本卷六卷端眉批云：『賦詩皆不必録，留刻全集可也。』第六册書衣有孫馮翼題記：『此本亦不必抄。魚門先生之言爲善耳。「吳中後學」一行可删也。』《庫》本則全删詩賦一卷。眷西堂本卷五爲若璩與人論經史書簡，《四庫》録爲卷六（按：孫馮翼等批校本第五册書衣録程晉芳批語：『此不必重抄，留刻全集，録入書簡一門可也。』卷五卷端眉批：『此分二卷，爲卷六、卷七。』其間又不合若是）。眷西堂本卷四上録諸跋，别爲一類，第一篇《素問》前有一『跋』字，别爲一行。孫馮翼等批校本眉批：『此下多可存者，但不必立跋爲一類，此非刻全集也。』《庫》本諸跋編於卷五，删『跋』字一行，諸篇前各加一『跋』字。眷西堂本卷四上《潘孟升詩集》《江文石遺集》《變雅堂集》諸跋皆若璩所作，《庫》本未收。《汪文石遺集》一篇，孫馮翼等批校本眉批有二，一曰：『此條似亦可删。』一曰：『予嘗見此書底本，「朱子」下本是「云」字，不知何人用筆塗去，改作「者」字。刻本遂依之，致此段文理不通。』《潘孟升詩集》開篇有『錢氏《有學集》有《秋日曝書，得鶴江生詩卷，題贈四十四韻》』云云，眉批：『無關係，可不存。』《變雅堂集》一篇，眉批：『不必存。』程晉芳家藏本蓋已有之，删存之見，爲《庫》本所採。

對勘《庫》本與諸批校本，顯見其間異同。茲舉一例。孫馮翼等批校本卷一『《延平府志》曰』條之眉批云：『吴玉搢曰：《寧波府·選舉志》云：特奏名者，太宗祖憫鄉舉之士，屢試禮部不中，終不得出身，詔貢士至十五舉者，徑許赴殿試，授以郡縣散職，謂之特奏名、恩例。嗣後減至四舉、五舉，即得奏名。蓋初或一歲、二歲一試，後則定爲三歲一試故也。』接下云：『此段較《延平志》及《溫志》爲詳，故録之。』此二段文字前，又有眉批二則，一曰：『抄。』一曰：『此段入文下注。』批語另出一人。其皆迻録程晉芳重校本，前者録吴玉搢校語，後者顯非吴氏語。《庫》本小字引作：『吴玉搢曰：《寧波府·選舉志》云：特奏名者，太宗特憫鄉舉之士，屢試禮部不中，終不得出身，詔貢士至十五舉者，徑許赴殿試，授以郡縣散職，謂之特奏名、恩例。嗣後減至四舉、五舉，即得奏名。蓋初或一歲、二歲一試，後則定爲三歲一試故也。』吴氏所引見於雍正《寧波府志》卷十七《選舉上》，『太宗祖』，作『蓋太祖』。殆以『太宗祖』不可解，遂有『太宗特』之改易。今未能詳知原爲程晉芳家藏本所改，抑或《庫》本寫録時改易。

四庫館臣責閻學林編集漫無體例，學林難辭其咎，然《庫》本亦有妄自改易之弊。

學箕初稿二卷　　清康熙間黄氏家刻本（國圖）

清黄百家撰。百家原名百學，字主一，號不失，又號耒史、黄竹農家，宗羲第三子。與兄百葯、正誼，皆能世其家學，百家尤傑特。生於崇禎十六年，母爲葉憲祖女寶林。早年任俠，康熙六年，宗羲講學甬上，命從學。陳夔獻、萬斯選、范國雯等十餘人舉講經會，百家與其事。康熙十五年春，宗羲主海昌講席，百家隨至，館於張次仲家。康熙十七年冬，或邀百家館餘杭，查慎行、查浦號召諸同學，募金而援止之。康熙十九年，隨父返里。能傳父學，又從梅文鼎習曆算之法。《明史》開館，宗羲以老病辭，徐乾學延百家入史館，撰《天文志》《曆志》等。授國子學正，康熙四十八年卒。著有《勾股矩測解原》二卷、《王劉異同》五卷、《體獨私鈔》四卷、《明史曆志》八卷、《學箕初稿》二卷、《黄竹農家耳逆草》不分卷（即《學箕三稿》）、《黄竹農家熨餞草》一卷、《幸跌草》三卷（即《學箕五稿》）、《失餘稿》等書。黄宗羲撰《宋元學案》，僅爲發凡，百家、全祖望等人續成之。又與張錫琨校刊《明文授讀》六十二卷。宗羲之書成集、刻行，百家多力任之。

此爲《學箕初稿》二卷，清康熙間刻本，一册，與康熙刊本《南雷文案》《外卷》《吾悔集》《撰杖集》《南雷詩曆》《子劉子行狀》合裝爲十二册。每半葉十二行，行二十四字。白口，雙魚尾，左右雙闌。版心上鐫集名，中刻卷數，下刻『箭山鐵鐙軒』。内鐫『學箕初稿』。各卷端題曰：『姚江黄百家主一甫著。』集前有《學箕初稿偶錄目》，無序跋。是集收百家序、記、傳、書後、哀辭、解、賦、書、記諸體文三十四篇。卷一得《續鈔堂藏目序》《送董在中遊河南序》《鐵鐙檠記》《冲燈賦》《田卓賦》《紅茉莉賦》《水蠟燭賦》等文十四篇、賦四篇。卷端題下注：『起康熙戊申，至丙辰。』卷二得《贈陳子文北上序》《送定菴姜先生赴任盛京奉天府序》等文十六篇。卷端題下注：『起丁巳。』卷二末一篇《天花仁術序》題下注：『癸亥。』卷一起於康熙七年戊申，終於康熙十五年丙辰，殆從甬上諸子論學後之作也。卷二起於康熙十六年丁巳，終於康熙二十二年癸亥，殆從海昌諸子論學後之作也。其刊刻當在康熙二十二年後不久。此本鈐『雙鑑樓珍藏印』，爲傅增湘舊藏。

『學箕』，語本《禮記·學記》：『良弓之子，必學爲箕。』是集《日錄》附百家《題記》云：『百家生遭家難，流離播徙，年踰二十，始親翰墨，帖括之餘，間學爲古文詞。時過而學，終多扞格，偶錄數篇，非敢自衒，亦欲就正有道，資以請業，以爲失晨之補云爾。』其頗傷早歲失學，勤勉自勵。《鐵燈檠記》云：『鐵燈檠一具，高一尺二寸』，『祖母太夫人見之，曰：「噫！吾家故物也，亡之且二十餘年矣。」余因以粟三斗贖之』，『獨是余生遭亂離，幼失學，二十始知讀書，然亦惟是帖括之記誦耳。兼之菽水是營，朝而隴畝，暮而市廛，書雖在，于我無與也。幸也有茲鐙在，割課分功，倣曹孟德春夏較獵，秋冬讀書之意，而以自寅至酉者爲帖括耒耜之時，而以自酉而後者爲吾讀書之時，蒙汜既沒，冰輪未登，篝寒焰，發故書而讀之。失晨之鷄，或可思所少補，而不至孤負茲書之存者，則此鐙檠之所益于余者大矣。』百家『時過而學』，終不愧乃父。習爲帖括，而不以爲業，研討經史，務求用實，漸造深域。爲文類於宗羲，根柢經史，長於敘事，表彰忠烈節義，有補於史乘、世道。周中孚《鄭堂讀書記》卷七十著錄《學箕初稿》二卷（箭山鐵鐙軒刊本），云：『是集凡雜文三十四篇，皆康熙戊申至丁巳之作。大致淵源家學，而規模殊覺狹隘。此則早年所作，尚未與道大適耳。』『皆康熙戊申至丁巳之作』，『丁巳』當作『癸亥』。所言『尚未與道大適』，亦是事實，『規模殊覺狹隘』云云，不免苛責矣。集中《哀張梅先辭》諸篇，有宗義文章氣象。其代父之作亦時有之，今不易具考矣。

此本缺《王征南傳》一篇，計四葉。（《四部叢刊》景印本不缺葉）。國圖又藏有康熙刊本《學箕初稿》一部，與康熙十九年萬斯大刻、清重修本《南雷文案》、康熙刊本《吾悔集》《撰杖集》《子劉子行狀》《南雷詩曆》合裝爲四冊；《四部叢刊》景印《南雷集》，亦附康熙刊本《學箕初稿》，俱完好，無缺葉。

黄竹農家耳逆草不分卷　清抄本（天一閣）

清黄百家撰。百家有《學箕初稿》，已著録。此爲其《黄竹農家耳逆草》不分卷，即《學箕三稿》，清抄本，一冊。無版匡、界格。每半葉十一行，行約二十二字。卷端題曰：『姚江耒史黄百家學箕三稿。』集前有百家康熙三十七年冬至日《自敘》。此本爲朱鼎煦舊藏，鈐『朱鼎煦印』、『蕭山朱鼎煦收藏書籍』圖記。《中國古籍總目》著録國圖藏《黄竹農家耳逆草》不分卷，清康熙間刻本，未著録此本。

是集收《求仁篇》《欲義篇》《慎獨篇》《浚恒篇》《天旅篇》《地氣篇》《五行篇》《清議篇》《流極篇》等九篇。百家《自敘》云：『余于庚午冬在京師得耳疾，于今九年矣。右耳既失聽，左耳之内則時如有千里松濤，千尋瀑布之聲，吹瀉無歇』，『昔夫子六十而耳順，余年亦將近六十，而得耳逆』，『因號近日所作文爲《耳逆草》』，『今天下之文，才畯滿前矣，大抵道古今而譽盛德，俾人入耳而不煩者也。余則無忌放言，轉喉觸諱，倘有人誦我之文于人前，我知憑几而聽者，强者必怒于言，弱者必怒于色。是余文則又令人耳之逆者也。以余耳逆之人，作此耳逆之文，我不欲人之加諸我，我亦欲無加諸人，故惟自名之而自敘之如此。』諸篇皆談學論道之作，大抵傳姚江蕺山、梨洲之脈。鄭性《南雷文約序》稱宗羲『文章由於學問，先生之文，先生之學也』，百家文章亦不離於是。

百家《學箕文稿》，類於《南雷文定》，亦有五集之多。《學箕初稿》傳世尚多，《耳逆草》即《學箕三稿》傳本不多見。《幸跌草》爲《學箕五稿》，未見其傳。《四庫全書總目》據浙江巡撫採進本著錄《幸跌草》三卷入存目，《提要》云：『是集凡雜文二十篇。其序盧氏《春秋三傳纂凡》，謂《春秋》之本旨皆顯以示人，無暗藏機括，使人如猜謎射覆者，深得聖人作《春秋》之意。其《王劉異同序》，亦深見兩家之閫奧。大致頗肖其父，但蒼老不及耳。書首題曰「學箕五稾」，則卷帙尚多，此其稾中之一種耳。』其《學箕四稿》，即《黃竹農家慰饑草》一卷，今傳清康熙四十四年刻本。《學箕二稿》難詳傳否。《黃氏續錄》卷四收《失餘稿》，錄詩百餘首。前有百家《自題》，云：『余少亦頗事吟詠，自順治己亥至康熙丙寅，雜體詩約至千首。丁卯歲，以脩《明史》事，擕至長安，與萬季野同居徐相國之邸，相國、季野見而盛贊之，遂爲人所竊去。余亦厭作詩者之擾擾，甚感其有掩拙之功，從此遂廢哦事。然積習既久，單聯斷句，亦往往有暗忖自惜之時。辛巳長夏，偶於貯亂紙破篋篰中，見有昔所摶棄零雜殘稿數首，因命兒輩錄出存之，名曰《失餘稿》。』

卷九

周易玩辭集解十卷　《文淵閣四庫全書》本

清查慎行撰。慎行初名嗣璉，字夏重，號查田，海寧人，世居袁花里。祖大緯字公度，號蘧庵，崇禎六年中順天鄉試副榜，崇禎十三年選貢。南都失守，魯監國授兵部武庫司主事。父崧繼字柱浮，更名查遺，字逸遠。崇禎間諸生，喜讀史，以經世自期。順治二年，隨父抗清。明年，江上師潰，父子歸里，以遺民終。慎行爲崧繼長子，幼承父教，不以科舉爲業，習爲詩詞。年十九，始習帖括，而不以之爲業，三十尚未進學。康熙十五年，黄宗羲講學海昌，慎行與弟嗣瑮從之問業，務爲實學，閉門掃軌，或至數月不出。不惟黄百家敬憚之，宗羲亦云『以夏重之明敏，再加以沉篤數年之功，莫之與京也』。康熙十七年，崧繼歿。明年，慎行以生計所迫仗劍從軍，入楊雍建黔陽幕府，貴州捐納入監。康熙二十三年北上，列名漁洋門下，與海内名士相唱和，中表兄朱彝尊力爲延譽，聲名漸起。康熙二十八年，捲入《長生殿》案，黜國子生。放拓江湖，改名慎行，字悔餘。事漸息，復就試，舉康熙三十二年鄉試。康熙四十一年冬，康熙帝召見行在，賦詩稱旨，入南書房。明年舉會試，成進士，特免教習，授翰林院編修。康熙五十二年辭歸，嘯歌自適。雍正四年，牽入胞弟查嗣庭案，瀕於一死。翌年五月放歸，七月卒於家，年七十八。著有《周易玩辭集解》十卷、《易象考信》、《經史正訛》、《廬山紀遊》一卷、《鵝湖書院志》三卷、《人海記》二卷、《陪獵筆記》三卷、《乙酉日記》一卷、《黔中風土記》、《初白外書》六十卷、《得樹樓雜抄》十五卷、《補注蘇詩》五十卷、《敬業堂詩集》五十六卷、《文集》四卷、《初白庵詩評》三卷、《詞評》一卷、《尺牘》一卷（按：非《初白庵藏珍記》所收寥寥者，乃張鷗舫所編，已佚），纂修《廬山志》八卷，輯《明詩類選》，與修《江西通志》二百零六卷及《大清一統志》。

梨洲海昌門人，慎行稱首，尤得其《易》學之傳。所撰《周易玩辭集解》十卷，初刻于雍正二年，乾隆十九年重刻，《四庫全書》收錄。卷首雜說一卷，計《河圖說一》《河圖說二》《横圖、圓圖、方圖說》《卦變說》《天根月窟考》《八卦相錯說》《辟卦說一》《辟卦說二》《中爻說》《中爻互體說》《廣八卦說》，共十一篇，别錄爲《易說》一卷，單行於世，有《昭代叢書》本，世楷堂藏板。《集解》輯成於晚歲，文字半出宗羲《易學象數論》。慎行《七十生日，德尹以詩五章爲壽，次韻酬之》其一云：『削草舊存師授易（余近輯《玩辭集解》，半出梨洲先生《象數論》），災梨新刻手編詩。薺甘荼苦從誰說，我外唯應爾得知。』雍正二年三月《自序》云：『慎行童而讀《易》，白首而未得其解也，則仍于聖人之辭求之。始而玩卦辭、爻辭，繼而玩彖傳、大小象辭，務於聖人之辭字字求著落詮釋。其求諸經文而不得，必先考之注疏，復參以諸儒之說，不敢偏徇一解，亦非敢妄立異同。平心和氣，惟是之歸。管窺蠡測，亦間附一二。』所謂『必先考之注疏』，亦海昌會講時宗羲告諸門人語。

是集闡《易》理，論《河圖》《洛書》，一本乃師。《河圖說一》謂『《河圖》之數，聖人非因之以作《易》，乃因之以用蓍者也』，駁斥朱子所云《河圖》爲聖人作《易》之由。時不無異論，遂又作《河圖說二》：『客有難余曰：因《圖》畫卦，夫子所不言固已，然則朱子之臆說乎？曰：非也。其說出於劉歆，衍於緯書，而傳于邵氏，朱子特篤信弗疑焉爾』，『東漢尚讖緯，其說相沿，無足怪者。厥後韓康伯注《繫傳》，削而弗采也。孔《疏》雖雜引衆說，初未列《圖》於經也。周子于《易》發太極之義，第云聖人之精，畫卦以示，於《河圖》無一言也。歐陽公深以龍馬神龜爲不經，嘗力闢之。程子云：無《河圖》，八卦亦須畫。陸象山曰：《河圖》屬象，非作《易》之旨。袁樞仲亦疑《河圖》爲後人僞作。獨朱子堅信緯書之說，於《河圖》析四方之合，以爲乾坤坎離，補四隅之空，以爲兌震巽艮，此與後世納卦家以文王八卦納入《洛書》者何異哉！蓋朱子于《易》不宗程而宗邵』，『如謂《易》因《圖》作，則前聖人既作《易》矣，河復出《圖》，夫子又將作一《易》耶？』既作《河圖說》二篇，復細閱《朱子全書》，見其中數條與所辨可相發明，因摘附第二篇之後：『一、附録語云：「仰觀俯察，遠取近取，安知《河圖》非其中一事？」玩此條，則與《河圖》爲作《易》之由，朱子已似稍變矣。一、《感興》詩云：「羲皇古神聖，妙契一俯仰。不待龍馬圖，人文已宣朗。」又，《答王伯禮書》云：「太極兩儀，四象八卦，伏羲畫卦之法也。」玩此二條，則作《易》之由，朱子亦自謂不因《河圖》矣。一、《與郭沖晦書》云：「七、八、九、六，所以爲陰、陽、老、少者，其說本於《圖》《書》，定於四象。大抵《圖》《書》七、八、九、六之祖也。」玩此條，則蓍數出於《河圖》，朱子固嘗言之矣。』蓋亦信『朱子晚年定論』之說，疑《周易本義》未及改定。楊復吉《易說跋》云：『國朝說經諸儒，類不工詩。若詞章名家，其于經學則概乎未之聞也。悔餘先生爲浙西詩壇鉅手，而《周易玩辭集解》獨能探根躡窟乃爾，殆真能者無所不可耶！卷首雜說十一篇，最爲精核，可謂發前人所未發，因亟録之。』唐鑒《學案小識》卷十二《經學學案》列『海寧查先生』，云：『卷首

《河圖說》二，一謂《河圖》之數，聖人非因之以作易，乃因之以用蓍，自漢唐以下，未有列於經之前者；一謂《洛圖》出於讖緯，而附以朱子，亦用《河圖》生蓍之證。次爲《横圖、圓圖、方圖說》，論其順逆加增、奇偶相錯之理。次爲《變卦說》，謂變卦爲朱子之易，非孔子之易。次爲《天根月窟考》，列諸家之說凡六，而以爲老氏雙修性命之學無關于易。次爲《八卦相錯說》，謂相錯是對待，非流行，又謂相錯只八卦，非六十四卦相錯。次爲《辟卦說》二，一論十二月自然之序，一論陰陽升降不外乾坤。次爲《中爻說》，以孔穎達用二五者爲是。次爲《中爻互體說》，謂正體則二五居中，互體則三四居中，三四之中由變而成。次爲《廣八卦說》，謂說卦取象，不盡可解，當闕所疑。其言皆明白篤實，足破外學附會之疑矣。』沈起元編纂《周易孔義集成》既成，始見慎行所著書，《周易玩辭集解序》云：『余讀之而歎先生之于《易》，何與余所吻合也。先生之《玩辭》也曰：字求著落，不徇一解，不立異同，平心和氣，惟是之歸。宜於前儒之言擇焉而精，於前儒所未言，或前儒所已言而先生偶未及見者，皆有心造，默契之妙，可見聖人之情之見於辭者，固極易簡，人人共見』，『今得先生書，一一印正，始信余書之不盡誣，余見之不大悖於聖經矣。』（《敬亭文稿》卷二）慎行《集解》大抵不舍文周之辭而求卦畫，亦不舍孔子之辭以釋象爻。研《易》之法，即是重求本義而不棄卦畫，字求著落，深得宗羲治經之要。《四庫提要》云：『慎行受業黄宗羲，故能不惑於圖書之學』，卷首諸篇『其言皆明白篤實，足破外學附會之疑』，『然其說經，則大抵醇正簡明，在近時講《易》之家，特爲可取焉。』翁方綱云：『放翁讀《易》十絕編，而未有解述之書。先生《周易翫辭集解》十卷，卓然有所見處甚多，亦必傳之書也，世人但知《蘇詩補注》耳。』（《敬業堂詩集》卷首批語）

查他山太史日記不分卷（南齋日記）　稿本（上圖）

清查慎行撰。慎行有《周易玩辭集解》，已著録。此爲手稿《杏他山太史日記》不分卷，二冊。無版匡、界格。每半葉十二行，行二十六字左右。上冊封題『查他山南齋日記』，小字題『乙卯冬，廣楨爲執之題簽』。内封題『查他山太史日記』，記曰：『康熙四十三年正月初一至十二月廿九。』下冊封題『查他山南齋日記』，小字題『執之屬題』，鈐『廣楨』圖記。日記凡八十六葉，末一葉爲十二月廿九日所記，附《特授編修，謝恩四首》，有題無詩，蓋殘闕不完（按：正集後尚有二葉：其一録詩一首，即《敬業堂詩集》卷二十五《垂橐集》第二首《朝發竹崎，順風晚抵水口驛》之原稿。康熙三十七年，慎行與朱彝尊遊閩，往返五月，有《賓雲集》《炎天冰雪集》《垂橐集》。《垂橐集》收康熙三十七年七月至十二月之詩。其一録蔣叔元、查昇、蔣廷錫、汪灝等人名諱字號，蓋同時入直者也。此二葉非正集，故不計入。由《南齋日記》《陪獵筆記》《壬申紀游》及《南齋日記》附殘葉，知慎行所至，多有日記、筆記之作。又，《南齋日記》裝訂有錯簡，第十五葉右半葉、第十六葉左半頁，實當接第十四葉左半葉）。是書載康熙四十三年一歲南書房入直所歷，上冊起於正月一日，迄於七月四日；下冊起於七月五日，迄於十二月廿九日。南書房别稱南齋，故又名《南齋日記》。

先是康熙四十一年十月，康熙帝南巡回鑾，駐蹕德州。二十日，慎行召對行在。二十八日，召試南書房，賦詩稱旨，奉旨與汪灝每日進南書房辦事（《查他山先生年譜》）。明年舉會試，四月廷試，舉二甲進士第二名，選庶吉士，五月特免教習，授編修。其《陪獵筆記》，記康熙四十二年、四十四年、四十五年扈從口外事。《南齋日記》逐日記康熙四十三年正月一日至十二月廿九日直廬事。康熙帝起居注册現存九百八十二册，漢文本四百九十三册，滿文本四百八十九册，中國第一歷史檔案館藏漢文本三百零二册，所屬年月爲康熙十年九月至二十八年十二月、康熙三十九年（殘）、康熙四十五年、康熙五十三年正月至五十七年三月。臺北藏漢文本一百八十四册，所屬年月爲康熙二十九年至四十二年、康熙五十年至五十二年。國圖又藏康熙十二年、四十二年漢文稿本七册（見整理本《康熙起居注·說明》）。康熙四十三年起居注册漢文本罕見，慎行南齋入直所記，頗有裨於史事考訂，可與《聖祖仁皇帝實録》相發明。

又，慎行康熙四十三年正月至四十四年五月之詩編爲《直廬集》，自題云：『直廬之名，出《漢書·嚴助傳》注，所以處賢良文學之臣。余不才，初蒙特召，出入禁林，已逾年矣。今乃取以名集者，斷自受職之歲始。用彰恩遇，且以志愧云。』康熙四十三年正月至十二月直廬之詩，按時序編集，不惟事蹟亦可與《南齋日記》互爲印證，而亦見其字句改易之況。《直廬集》第一首爲《元旦太和殿早朝》詩：『火城宛轉度星橋，香殿葐蒀接慶霄。黄繖綵斿龍影動，玉笙金管鳳音調。五雲淑氣開蓂葉，一日春風曳柳條（注云：前一日立春）。鷺綴鴛分真忝竊，正衙初預德陽朝。』（康熙五十八年刊本《敬業堂集》）《日記》載正月一日早朝事，附載此詩原稿，題作《□日（按：前一字漫漶不清。後一字塗去，改作『日』。疑原作『元旦』）早朝太和殿》。第一句原作『燭龍宛轉度星橋』，『燭龍』塗改作『火城』，『度』塗改作『接』，刊本則用『火城』、『度』字。第二句原作『香靄茵蒀接慶宵』，『靄』塗改作『殿』，『茵』改作『葐』，『接』塗改一字，漫漶不清，復改抹去，存『接』字，刊本則用『殿』、『葐』、『接』字。第三句『彩旗』，刊本作『綵斿』。檢《敬業堂詩集》稿本，已改作『綵斿』。第四句無改易，刊本同。第五句原作『五雲淑氣開蓂英』，反復塗改，刊本從原句，易末一字。第六句原作『一日春風□柳條』，『□』字抹去，疑爲『曳』字。『□柳條』，塗改作『柳拂條』。《敬業堂詩集》稿本作『柳曳條』，朱筆乙作『曳柳條』。刊本作『曳柳條』。第七句原作『□列□行真忝竊』，其中二字塗抹難識。此句塗改作『鷺綴鴛分真忝竊』，刊本從之。第八句原作『正衙初□□□朝』，『□□□』三字塗抹難辨，改作『預德陽』，刊本從之。詩後原有小注兩行『癸未元旦』云云，刊本未收。刊本《直廬集》第二首爲《上元節西苑賜宴觀燈恭紀》，《日記》記正月十五日事，附載此詩原稿，詩題原作《上元節恩賜□□紀》，塗改作《上元節西苑賜宴恭紀》，詩中字句塗改大半。《直廬集》第三首爲《是夕復侍宴東宮，蒙賜玉盃恭紀》。《日記》記正月十六日事，附載此詩，由是知『是夕』爲正月十六日晚，《直廬集》詩題未明也。《日記》所載詩題原作《連日皇太子賜宴□賜玉杯恭紀》，塗改作《是日侍皇太子宴，恩賜玉杯恭紀》，詩句改易幾半，且與刊本頗異。十二月十九日記，附《恭讀皇太子詠硯池冰詩，應令亦賦一律》：『硯池如海富波瀾，喜見冰花結作團。粉色映箋雲母白，墨光鋪几水精寒。入懷珠玉生奩底，呵氣蛟龍上筆端。憑仗東風爲解凍，一泓雖少愛恩寬。』《敬業堂詩集》稿本題作《十二月十九早，奉皇太子令：南苑冬夜寒甚，偶見硯池結冰，以硯池冰爲題，汪灝、錢名世、查慎行、蔣廷錫四人，可各賦七律一首。又自製七律，以俟改正：雪明書幌易生寒，水靜圓池墨未乾。乍結琉璃漆硯裏，自成珠玉彩毫端。微涓倍有清瑩色，一滴還深碧錦湍。凍釋烟雲浮几上，須知下有黑蛟蟠。臣慎行恭和云》，詩云：『研朱滴露一泓寬，喜見冰花結作團。粉色映箋雲母白，墨光鋪几水精寒。入懷珠玉生奩底，呵氣蛟龍上筆端。計日東風先解凍，詞源如海富波瀾。』刊本從之，又改『皇太子』作『東宮』，改『俟』字作『示』。

又，《南齋日記》之詩，多有未刻入《敬業堂詩集》者，大都標注『未刻』，或在葉眉，或在題後，不知何人檢覈。按《日記》，二月初四日記有『早起，天氣陰晦。辰刻，到南書房』，『雪作。三皇子來』云云，附《禁中春雪》一首，注云：『二月初三，應諸王教。』又注云：『未刻。』此詩不見於《敬業堂詩集》，亦不見於《補遺》。是年二月十五日春分，有《春分禁中雨》一首、《送朝定侯方伯赴任山右》四首，前一首見於《直廬集》，後四首未刻。後四首原題作《送朝定侯赴任晉藩四首》，塗改作今題，注云：『未刻。』（按：《山西通志》卷八十《職官》：朝琦，鑲黄旗人，筆帖式。康熙四十三年二月任山西布政司左布政使，三月調甘肅布政使。史申義有《與朝定侯》詩云：『弱冠已相識，長楊較獵時。聲名四姓貴，才器九重知。單騎賊圍解，鴻文政府垂。即今畿輔地，膏雨待君施。』見《使滇集》卷上，清康熙間刻本）二月廿八日記，附《暢春園看早桃》詩九首，塗改亦甚，第七首塗刪，四首注云：『未刻。』刊本僅收四首，見《直廬集》，題作《暢春園早桃四首》。三月初三日記，附《送陳陟齋都諫請假歸里，即次留别原韻二首》，第二首注云：『未刻。』復塗去，又注云：『集中取刻，合兩首前後一半作一首。』《直廬集》收《送陳陟齋都諫請假歸里，即次留别原韻》一首，即合兩首爲一首者。四月廿二日記，附《五更出平則門，至暢春苑，天始明》一首，注云：『未刻。』刊本未收。四月廿八日記，附《送許不器赴任陳留》二首，第二首注云：『未刻。』《直廬集》收《送許不器赴任陳留》第一首（按：五月朔記，附《恩賜哆囉雨衣恭紀》《五月朔賜高麗米粿恭記》各一首，《直廬集》收録，且編二詩於《送不許器赴任陳留》前，其編年次第未確也。又，六月廿一日記，附《題陳允升塞外牧羊圖後》四首，收入《直廬集》，編於五月廿八日詩《題蕉士上人扇頭墨竹》、六月初四日詩《大雨下直，至自怡園》、六月十二日詩《移寓城南道院納涼》、六月十六日詩《玉蝀橋觀荷花，和張研齋前輩》、六月十九日詩《雨中獨直南書房》。《大雨下直，至自怡園》一首，又編於《題蕉士上人扇頭墨竹》前。八月初九日記，附《秋讀聖製豐年歌，恭次原韻》（原題作《恭和聖製山左□□□，恭次原韻》，此爲改後之題，《直廬集》題作《恭和御製山左豐年歌原韻》），編於七月初九日詩《疊納涼韻，戲答俞扶九侍御》、七月初十日詩《王學菴給諫移寓保安街，有詩見寄，次答二首》、七月十三日詩《奉祝崑山徐太大人七十壽》、八月初五日詩《史蕉飲前輩招集一畝園分賦》之前。九月十一日記，附《送陳子文赴石阡太守任》八首，《直廬集》收錄八首，編於八月初九日詩《恭和御製山左豐年歌原韻》、七月初九日詩《疊納涼韻，戲答俞扶九侍御》、七月初十日詩《王學菴給諫移寓保安街，有詩見寄，次答二首》、七月十三日詩《奉祝崑山徐太夫人七十壽》、八月初五日詩《史蕉飲前輩招集一畝園分賦》、九月朔詩《月夜城南水閣偶集，分韻得白字，即題陳濂村峨眉詩草後》、八月廿五日詩《題史耕巖前輩收綸轉棹圖四首》、《熊質均年伯五十壽》、九月初四日詩《送靖安叔歸硤石三首》之前。九月十三日記，附《恭讀聖製山莊書懷賜大學士七言律詩，仰和原韻》一首（原題作《恭讀聖製山莊書懷賜大學士七言律詩一章，仰次原韻》），《直廬集》編於七月初九日詩《疊納涼韻，戲答俞扶九侍御》之前，接《恭和御製山左豐年歌原韻》後。前人日記，偶或抄錄舊作以附，《南齋日記》是否亦然，今尚未見其例。故諸如此類，其編年詩次第恐有未確。由是可知，慎行詩集編年雖出於手訂，其次第亦未可盡信也）。六月十八日記，附《題扇頭畫兔，應四皇子教》一首，注云：『未刻。』刊本未收。七月十三日記，附詩三首，後二首《雲間廖年伯母八十壽詩》《寄壽楊紫儀七十》，俱注云：『未刻。』刊本未收。八月初二日記，附《次扶九積雨韻》，注云：『未刻。』刊本未收。八月十五日記，附詩《京口蔡卓菴將軍以小照索題》二首，俱注云：『未刻。』刊本皆不收。八月廿五日記，附《題史耕巖前輩收綸轉櫂圖》五首，塗刪一首。《直廬集》收改定四首，題曰《題史耕巖前輩收綸轉棹圖四首》。九月初四日記，附《送靜安叔南歸》四首，《直廬集》僅收前三首，題作《送靖安叔歸硤石三首》，題目係後來改定，而《日記》未注明第四首未刻。九月十一日記，附《重九日水閣小集分賦》一首（按：接爲《總憲蔣裕菴先生輓詩》二首），注云：『未刻。』刊本未收。十一月十七日記，附《恭和御製之良醫》一首，改後詩篇云：『好生天地德，舉念咸皇慈。已致民多壽，還憂國少醫。神農今再見，岐伯更誰師。無妄初無疾，仍將勿藥治。』注云：『此首集中未刻，應補入。』此詩未刻入《敬業堂詩集》卷二十一《直廬集》，乾隆間查學、查開刻《敬業堂詩續集》卷四《餘生集下》收錄《偶繙乙酉隨駕日記中有恭和御製乏良醫五律一章，刻集時失載，今錄存之》，乙酉爲康熙五十四年，詩作於康熙五十三年十一月十七日，未詳詩題爲慎行誤記，抑或查學、查開所補，末一句『仍將』二字，刊本作『須將』。《南齋日記》所收詩未見於《敬業堂詩集》《續集》《補遺》三集者，通計二十二首（含塗刪二首）。另《送陳陟齋都諫請假歸里，即次留別原韻二首》刻入《敬業堂詩集》，合爲一首。

壬申紀游不分卷　稿本（浙圖）

清查慎行撰。慎行有《周易玩辭集解》，已著錄。此爲其手稿《壬申紀游》不分卷，一冊。有版匡、界格。每半葉九行，行二十至二十五字不等。黑口，雙魚尾，四周雙闌。版心鐫『他山日鈔』。卷端題曰：『他山查嗣璉。』鈐『查嗣璉』、『夏重』印。原藏丁氏八千卷樓，後歸浙圖。卷前空葉題『民國二十五年三月杭縣丁宣之捐贈』，鈐『八千卷鏤』、『嘉惠堂丁氏藏』、『丁以布印』、『宣之』圖記。卷端又鈐『當歸草堂』印。卷端首行原作『壬申游紀』，乙改作『壬申紀游』。蓋慎行初名之『游紀』。

慎行三十以前足不出鄉里，自康熙十八年入游黔陽幕府始，蹤跡偏於南北，行程十餘萬里。所至多有日記之作，逐日紀寫見聞及隨作詩詞。今傳稿本《壬申紀游》、稿本《南齋日記》、清抄本《隨獵筆記》、康熙間刻本《廬山紀遊》。《南齋日記》末附半葉，紀康熙三十七年閩游歸程，錄《朝發竹崎，順風晚抵水口驛》詩，殆爲閩遊日記，第未詳其集名。《壬申紀遊》載康熙三十一年遊九江知府朱儼幕府之行，起於壬申正月廿一日，止於是年七月十八日。先是康熙二十九年春，朱儼由刑部郎中出守九江，明年以書招慎行入幕。慎行擬赴招，臨行作罷。康熙三十一年正月始成行，二月末抵九江。至則纂修《廬山志》。志成，遊廬山，以七月二十四日往，八月四日出山，有《廬山紀遊》一卷。是年正月至七月游匡廬前之詩編爲《湓城集》，自題云：『庚午春，朱恒齋由刑部郎出守九江，枉書見招，逾年始往踐約。既爲輯《廬山志》，復遂廬山之游，賢地主之貺我良厚矣。』

是集未刻傳，所收詩皆見其原貌。正月廿三日，過吴江，見張弘蘧，作《吴江留别張弘蘧庶常》，詩句原作：『南風發船如釋箭，片帆夜發平湖縣。百六十里半日張，第四橋邊一相見。登牀握手翻不樂，萬事浮雲眼中變。三年善病差自强，君但憂貧不憂賤。我今落魄仍江湖，明朝又欲西辭吴。飲君斗酒與君别，短髩楊柳拂衣頭。』改作：『南風激船如釋箭，片帆曉發平湖縣。百六十里半日程，第四橋邊一相見。登牀各話别中事，蒼狗浮雲凡幾變。三年善病君差强，君但憂貧不憂賤。我今落魄仍江湖，明朝又欲西辭吴。酌君之酒與君别，楊柳拂頭雙髩雪。』《敬業堂詩集》稿本《湓城集》第二首即此詩，從改後詩句，僅兩處有異，即『登牀』改作『開懷』，『雙髩雪』改作『鬂添雪』，繼又改『添』字爲『雙』。《敬業堂詩集》刊本從詩集稿本改後。其詩反復修改多類是。未刻入詩集多首，可備輯佚。如正月廿六日所作《獨遊虎丘寺》一首，《敬業堂詩集》稿本題作《獨遊虎丘》，詩句從手稿改後。《敬業堂詩集》刊本未收。正月廿八日過宜興所作《荆溪雜詠》四首，《敬業堂詩集》稿本、刊本俱未收。《紀游》又偶録文章，如『四月十五日』條録《石鍾山重刻東坡記跋》一篇，題下注曰『代』，蓋代朱儼作；『五月廿四日』條録《九江考》一篇。皆不見於今存慎行文集諸本。

《紀游》内容博雜，所紀涉及交游、詩評、修志等，皆有資於考證。如正月廿五日黎明，舟抵婁門，訪徐乾學門人韓菼，問乾學消息。午後抵崑山，以乾學先是有授館之約，故來面辭。乾學時將移居魏塘，擇於當晚發櫂，相留同行。翌日與乾學舟中話别，乾學有札寄錢澄之，並屬慎行覓《九江府志》《廬山志》舊志二種。二月初八日，至樅陽。明日午後，欲過青山訪錢澄之，僱輿丁不得，輒止。既而過古道菴，晤羽士抱一，云澄之有數椽在市中，隨往叩訪，一月前已往山中矣，因寄札訂翌日出晤，乾學寄書亦附寄。初十日，澄之自青山來會。此後十日間，與澄之屢晤談，信宿賦詠。廿一日早，别澄之出山。廿五日，抵九江，朱儼延入府齋。郡齋連月閲中晚唐詩，頗有得，《紀游》隨録其唐詩之評。三月廿四、廿五日，閲明人桑喬輯《廬山紀事》十二卷。廿七日，閲《白鹿書院志》。四月初三、初四日，閲《廬山新志》。《紀游》皆隨録前人載記。至初八日，朱儼屬重修《廬山志》。是日，慎行爲創凡例數則。初十日，編《山紀》一卷。十二日，編《祀典》一卷。十三日，編《書院》一卷。十六日，編《物產》一卷。十七日，編《寺觀》，明日《寺觀》一卷編成。廿一日，編《橋梁》一卷。廿三日，編《遊覽》一卷。廿六日，編《列仙》一卷。廿七日，編《名僧》一卷。廿八日，編《紀異》一卷。廿九日，考圖書編，乞王琴村作《廬山圖》，云：『舊圖分山南北，作四幅。今欲合成全圖，而峯嶺寺觀甚多，尺幅中恐有挂漏，尚費經營也。』五月初二日，編成《雜志》一卷。初三日，編《祠墓》一卷。初八日，改編《總記》一卷。初九日，改編《分紀山名》一卷。十一日，改編《分紀》第三卷。十二日，改編《分紀》第四卷。十三日，改編《分紀》第五卷。十五日，東林僧超聲（字雷宗）送《草堂記》《高賢傳》《東西二林志》《五燈會元》來。廿五日，得錢澄之手札，《紀游》云：『田間先生札云：「往在萬松坪，見老僧聞極增輯《廬山志》。」今其人不知尚在否。他日入山，當一訪其書也。』六月初二日至十三日，日閱《五燈會元》。十五日至十八日，閱《廬山通志》一過。十九日、二十日，各謄《廬山志》六張。蓋《廬山志》草稿初就，乃修訂謄抄，七月中旬前成《廬山志》八卷。其事可補徐乾學年譜、錢澄之年譜所未詳，可備《廬山志》纂輯之考訂，其論中晚唐詩及蘇詩語，可備詩評。至其詩若文，則可備校勘、輯佚。

陪獵筆記三卷（存卷一）　清乾隆五十七年吳昂駒抄本（國圖）

清查慎行撰。慎行有《周易玩辭集解》，已著錄。其《陪獵筆記》一卷，乃康熙四十二年扈從至承德避暑山莊、隨駕行圍，雜記道里山川、承對詔旨之事，起四十二年癸未五月，止於是年九月。陳敬璋《查他山先生年譜》『康熙四十二年』條：『五月，隨駕幸口外避暑山莊』，『秋自口外還都中。著《陪獵筆記》，凡三卷。』敬璋稱《陪獵筆記》三卷，殆有所據。康熙四十四年五月、四十五年五月，慎行兩扈隨至古北口。《查他山先生年譜》『康熙四十四年』條：『夏五月，扈駕幸古北口。』『康熙四十五年』條：『五月，復扈駕至古北口。』上圖藏清乾隆五十七年吳昂駒抄本《陪獵筆記》三卷（年月爲康熙四十二年、四十四年、四十五年），即三卷本。慎行手稿不存，是書未刊行，傳世僅抄本。國圖藏清抄本一卷，乃三卷本第一卷，非完帙（按：《中國古籍總目·史部》僅著錄上圖藏《陪獵筆記》三卷。《中國邊疆行紀調查記報告書等邊務資料叢編》《清代蒙古游記選輯》《歷代日記叢鈔》影印《陪獵筆記》，皆一卷本，年月爲康熙四十二年五月至九月。權儒學整理本刊於《文獻》，《新輯查慎行文集》附收《陪獵筆記》，《查慎行集》（《查慎行全集》所收《陪獵筆記》，皆據一卷本）。

此爲清抄本一卷，凡六十二葉，一冊。無版匡、界格。每半葉八行，行二十字。卷端題曰：『内廷供奉翰林院庶吉士臣查慎行。』集前有吴騫乾隆五十七年五月題識，云：『康熙癸未，召入翰林，備顧問。是年夏，即命隨蒐灤陽』，『乙酉、丙戌二歲，皆隨駕至口外，朝夕在屬車豹尾中。其紀恩應制諸作，則見于《隨輦》《攷牧》《甘雨》三集，而此乃雜記道里山川及承對詔旨之事。揔三集與筆記以觀，幾合夫載筆載言而一之。然此書雖不在實錄、起居注之列，亦足以資掌故而佐職方氏之采擇，較諸三集，不綦重乎！自來傳本絕少，予求之有年，猶子昂駒頃從海鹽陶氏愛吾廬借得先生手稿，予乃獲目寓，亟令傳錄其副而藏之』，『昂駒請題于卷後，爰述其梗槩如此。』（按：題記非吴騫手蹟，亦出吴昂駒手錄）此本據慎行手稿錄副。原本三卷，即癸未、乙酉、丙戌隨駕至口外各一卷。不惟慎行手稿已佚，此本亦亡後二卷。幸吴昂駒錄副非一本，別錄三卷本尚存，有吴騫題記，後爲徐洪鼇所藏，有徐氏《跋》。

先是康熙四十一年十月，慎行召試南書房，稱旨，命入直。明年春，以官字卷舉會試，四月成進士。甫一月，而有扈從赴外之役。《筆記》云：『癸未五月，皇上將幸山莊避暑。初四日，於暢春園奉旨：查昇、陳壯履、勵廷儀、汪灝、查慎行、蔣廷錫六人俱著隨駕。臣錢名世自請行，奉旨亦允所請。』是年五月末至十二月之詩編爲《隨輦集》，自題云：『元時避暑灤京，百官皆有公署，今惟詞臣數人耳。癸未五月，大駕將幸山莊，先十日，傳旨南書房翰林六人，俱著隨行。六人者，諭德臣昇，編修臣廷儀、臣名世，庶吉士臣灝、臣慎行、臣廷錫也。臣壯履自請隨班，亦預焉。始而行宫檢書，既而圍場觀獵，往返計百二十日，每有所作，輒呈御覽，附以入冬後詩，共爲一卷。』所載自請行者，當爲錢名世，自題謂陳壯履，未確。檢《敬業堂詩集》稿本，《隨輦集》自題乃校改時所增，已有此誤。蓋追憶而有疎漏。《筆記》

逐日記扈從事，先是行宫檢書，既而圍場觀獵，與《隨輦集》互爲注脚。又，臺北藏康熙四十二年起居注冊漢文本，國圖藏康熙四十二年漢文稿本，慎行《陪獵筆記》所記細事委委，可補起居注未詳，復可與《聖祖仁皇帝實録》相發明。又，按《筆記》，是年六月四日，慎行等奉旨將古人詠物詩分類編纂一書，自六月五日始。其書即《佩文齋詠物詩選》，《筆記》詳記初纂之况。康熙四十五年書成，凡四百八十六卷。慎行作《恭擬佩文齋詠物詩選序》。

初白庵藏珍記不分卷　清抄本（國圖）

清查慎行等撰，清吴昂駒輯。慎行有《周易玩辭集解》，已著録。此爲國圖藏吴昂駒輯《初白庵藏珍記》不分卷，清道光間抄本，一冊。無版匡、界格。每半葉十行，行二十四字。封題「初白庵藏珍記」，小字題「吴千仲輯」。集前列細目：《吴千仲先生序》（一張）、《御札穛本》（二張）、《牡丹扇面題詠》（二張）、《御書福字》（二張）、《佟陶菴中丞詩幅》（一張）、《桃枝竹杖題詠卷》（四張、又一張）、《初白庵題跋》（五張）、《初白庵尺牘》（三張、又三張、又二張）、《題證因圖》（二張）、《曝書亭尺牘》（二張），共卅張。昂駒字千仲，海寧歲貢生。詩瓣香慎行，著有《竹初山房詩草》。是書乃昂駒從慎行手蹟録成，附抄其家藏尺牘，道光十年四月所作《序》云：「仰峰查表姪，初白供奉五世孫也」。恬静冷逸，心無外營，而於先世手澤之遺，恒寶愛而弗失。蓋自供奉至今，百有餘年，凡寸簡尺幅，不啻觸手而如新焉。余每於春秋佳日挐舟過訪，爐烟幾縷，香茗一甌，與之追談舊事，每請出手蹟以相證。而仰峰亦以余知愛慕遺風，樂出觀而無厭，統先後所得見，亦云多矣。茲將其詩篇、題識錄成一編，并以余家藏尺牘真蹟附載於後，俟續纂書畫譜時彙入之。』《序》附校簽：『他山公嗣字輩，仰峰有字輩。自他山公箅，遞至仰峰，第六世孫。從原本不誤，後改誤。』昂駒所輯原本，今未見其存。

是書錄慎行手蹟，間採其親舊手蹟，所收非僅慎行所作。《御札橅本》爲慎行題康熙帝御書素牋橅本所作，昂駒識之。《牡丹扇面題詠》爲慎行入直得賜折枝牡丹，屬蔣廷錫橅於扇頭，陳元龍、岳頒、勵廷儀、蔣廷錫、汪士鋐、查昇、錢名世、查嗣瑮各有詩詠，錄存之作，昂駒識之，署道光六年五月十二日。《御書福字》爲慎行、汪灝題康熙御書福字，昂駒識於後。《佟陶菴中丞詩幅》爲慎行藏同年友佟法海手書《近作四首，呈查老年先生政求和》詩四首，昂駒識之。《桃枝竹杖題詠卷》爲慎行門人親舊林正青、楊守知、施謙、釋元璟、姚炳坤、吳守默、汪日祺、林緒光、查嗣庭等人題詠，昂駒補錢廷獻一首（原手卷不載），并作題記，又附道光八年中秋後一日《跋》一則。

《初白菴題跋》葉端題曰：『同邑後學吳昂駒千仲輯。』收慎行跋《著作王先生文集》《胡雲峰先生集》《鄧文肅公集》（附慎行又識、再識）、《江月松風集》《王安中集》《王常宗集》《虞山人詩集》《朱一齋先生集》，凡十篇，昂駒間有題記。

《初白菴尺牘》葉端題曰：『同里後學吳昂駒千仲輯。』收慎行尺牘二十篇。前八篇後有昂駒題記一則，據知真蹟係張鷗舫舊藏，昂駒錄副。中九篇後有昂駒題記一則，據知亦張鷗舫舊藏，其中後八篇皆與《蘇詩補注》有關。後三篇有昂駒題記三則。《題證因圖》爲李嶟瑞《奉題查田老先生證因亭圖，即祈誨定》、顧嗣立《題證因亭圖十絕，奉查田老先生誨定》詩，昂駒題記。

《曝書亭尺牘》葉端題曰：『海昌後學吳昂駒千仲輯。』收朱彝尊《與衎齋》尺牘四篇，昂駒題記：『竹垞先生尺牘百餘通，與初白先生尺牘百餘通，鷗舫張丈裝潢成冊，珍爲合璧久矣，近乃先後散出。初白先生之手蹟，余尚購得數頁，而先生之手蹟則一無所得，抑何緣之慳耶！偶於友人處見之，録此四通。以前三通有關于《明詩綜》，後一通則於初白先生《蘇詩補注》有關耳。』

集末附《初白菴題跋》前七篇另抄數紙、方苞《翰林院編修他山查公墓志銘》一篇、徐倬《日講官起居注、詹事府少詹事兼翰林院侍講學士查公聲山墓志銘》一篇。《墓志銘》兩篇用汲脩齋校本格紙寫録。疑此本後爲徐光濟所藏，重裝時增附。

慎行文集，今存清抄本《查悔餘文集》、清嘉慶元年抄本《查初白文集》，皆不分卷，收文九十三篇，篇目同。《四部備要》本《敬業堂文集》三卷、《別集》一卷，前者收文一百篇，後者收文二十三篇。《藏珍記》所收慎行題《御札樵本》、《初白菴題跋》十篇、《初白菴尺牘》二十篇，通計三十一篇，皆不見以上三本。慎行之文見存一百七十餘篇，此本所載幾爲五之一。按《曝書亭尺牘》後昂駒題記，慎行尺牘百餘通，張鷗舫裝潢成冊，後散出，昂駒購得不過數葉。吳騫與鷗舫爲好友，子吳壽暘嘗跋《竹垞、初白二先生尺牘》，云：『竹垞、初白二先生尺牘手蹟，並爲武原涉園主人所藏，蓋皆與寒中上舍者。乾隆甲寅春，先子假歸，彙録一冊，《題竹垞尺牘後》云：「予以甲寅暮春之初，與諸名士修褉于海鹽城南張氏之涉園……鷗舫旋出此冊見眎……因借歸細閲之。書凡六十通，其閒與馬寒中上舍者什九。……因亟録副，而以原本還鷗舫，俾珍弆之。」』『又，《書初白菴尺牘後》云：「右初白先生尺牘，蓋皆與寒中上舍者，其真蹟並涉園主人所藏也。某又記，惜鈔本尚有譌字，須再校正爲善。倘得好古者梓而行之，俾前輩嘉言懿行時時在人耳目，所裨豈淺鮮哉！」』（《拜經樓藏書題跋記》卷四）《查悔餘文集》《查初白文集》皆從張鷗舫家藏本傳録，張氏藏本殆未補録慎行尺牘。其散佚諸篇，不知尚存幾於天壤間，良可歎也。

聊以備忘四卷（存卷一至二）　清查慎行抄本（國圖）

清查慎行輯抄。慎行有《周易玩辭集解》，已著録。此爲國圖藏慎行手抄《聊以備忘》四卷（按：比對《敬業堂詩集》手稿，字蹟同），存卷一至二，共三册。每半葉十行，行二十八至三十一字不等。白口，無魚尾，四周雙闌。卷端不題編纂者名氏。集前有海昌彭孫遹康熙三十五年八月十六日手書《序》，無目録。卷一卷端鈐『查慎行』、『初白』、『臣錫麒印』、『竹泉』、『祕本』、『曾在補山外』諸圖記。每葉左闌外下方有墨書『敬業堂』三字。彭《序》端鈐『臣錫麒』、『竹泉』、『謏聞齋』、『張氏月霄』、『聽香閣』、『周暹』諸圖記，末鈐『駿孫』、『羨門』二圖記。孫遹字駿孫，號羨門，海鹽人。順治十六年進士，康熙十八年舉博學鴻儒，授編修，累遷吏部侍郎，兼翰林學士。著有《松桂堂集》《延露詞》。顧錫麒字敦淳，號竹泉，太倉人。藏書樓名『謏聞齋』（民國《上海縣續志》卷十八《人物》）。周暹字叔弢，建德人。張金吾字慎旃，號月霄，昭文人。是書自敬業堂流出後，歷經張金吾、顧錫麒、周暹庋藏。

按彭《序》：『余友查子夏重，天縱逸才，沈潛好古，於書無所不闚，且少年失怙，守先人之手澤，啟迪後人。生平遊覽，深得江山之助。不獨挾策從軍，謌吟翰苑，以顯其才，暇時與姜西溟、楊晚研、惠研谿、湯西厓諸君遊，亦復丹黃簡册，手不停披。其好學深思，蟲殘蠹棄，日事搜羅，益廣見聞，多所印證。年來遺愁無計，不憚磨煤，累爾墨豬，勞茲禿兔，聚古今于一編，貯光陰于寸楮，名曰《聊以備忘》。自青燈四庫，以及風雨行役，公餘之暇，取材于志乘，拾穗于縹緗，天地之奇正，人物之靈異，山川之險夷，仙佛之顯見，手輯四卷，目燭千秋』，『既企夏重之工詩，又慕夏重之嗜學，吾老矣，實滋愧甚，爰贅數語，永矢勿諼。』康熙三十五年，《聊以備忘》已成四卷。按陳敬璋《查他山先生年譜》，康熙四十四年六月，康熙御書『敬業堂』扁額，而此本每葉闌外有『敬業堂』三字。第三册『何胤』條『胤』字缺首筆。疑其爲後來謄抄而重裝之本。是書完本未見，殘本第一册二十六葉，第二册一十葉，合爲卷一，共四十八葉。第三册共二十六葉，卷端曰『聊以備忘卷二』。疑卷二亦裝爲二册，全書或至八册之多。

是書取材志乘，撮錄奇節異行、奇聞異事。第一册所錄皆明人事蹟（第七至九葉抄明太祖朱元璋諭朱升、詹同等人數則，諭詹同者至有七則），其人爲黃道月、鄭杲、謝祐、方佑、王瑞、張澤、彭賓、夏恩、汪叡、胡壽安、高斗南、鄭居貞、程敏政、方瓘、謝復、謝顯、胡宗憲、汪道昆、程廷策、許國、江東之、謝用、陳倫、唐仲實、唐子儀、吳際可、秦逵、陳迪，或奇節至孝，或高行廉能。第一條『黃道月』，節自《皇明詞林人物考》卷十二（有明萬曆間刻本）。自鄭杲以下，至陳迪，皆錄自過庭訓《本朝分省人物考》（有明天啓間刻本）。如『鄭居貞』條：『鄭居貞，徽州人。豐頰美髯，從父潛官閩中，師貢師泰。洪武中，舉明經，授鞏昌通判，陞禮部郎中，文行爲時所重。二十三年，進河南參政。永樂初，坐方黨論死。初，孝儒之教授漢中也，居貞嘗以詩送之，曰：「翩翩紫鳳雛，羽翮備五采。徘徊千仞翔，餘音散江海。於焉覽德輝，濟濟鏘環珮。天門何嵯峨，羣仙久相待。晨沐晞朝陽，夜息飲沆瀣。如何復西飛，去去秦關外。岐山諒匪遙，啄食良自愛。終當巢阿閣，庶以鳴昭代。」孝孺亦贈之文，謂其參政河南，三年而去，吏民以不能留爲憾，歡然兩相得也。平居共以忠義各相砥勉，死之日，從容赴市，無一言及私。』原見於《本朝分省人物考》卷三十六『鄭居貞』條，一字不異（明天啓間刻本）。『胡壽安』條，自首『胡壽安，字克仁，徽州人』至尾『三宰大邑，未嘗攜妻子之任』，見於《本朝分省人物考》卷三十六『胡壽安』條，僅一字之異。《人物考》以下尚有『戊戌春』一段文字，慎行未錄。他如『程敏政』條、『汪瓘』條、『謝復』條、『胡宗憲』條、『汪道昆』條，皆與原文鮮異。『汪叡』條、『許國』條等，略有刪節。『江東之』條，《人物考》卷三十七所記爲八百零二字，此本節略二百四十四字。第二册亦錄明人事蹟，得周怡、梅守德、唐汝迪、徐元太、殷登瀛、貢靖國、沈懋學、梅鼎祚、張棨、吳仕期、黄觀、宋邦輔、李呈祥、柯喬、畢鏘、施堯臣、佘毅中、章時鸞、周聘、廖廷皓、李習、梁觀等二十二人，錄自《本朝分省人物考》卷三十八至卷四十，大都照抄，偶或刪略。卷二錄劉琰、向朗、費詩、孟光、何胤、王悅等人事蹟，及《漢書》《後漢書》《梁書》《晉紀》《宋史》《神仙傳》《稗史》諸載記，頗爲叢雜。其書雖不完，然由殘存三册可略知大概。大抵不事發明，遺愁無計之中，雜抄史乘諸書，用廣聞見。

廬山紀遊一卷　清康熙間刻本（國圖）

清查慎行撰。慎行有《周易玩辭集解》，已著錄。此爲其《廬山紀遊》一卷，清康熙間刻本，凡五十一葉，一册。每半葉十一行，行二十一字。白口，單魚尾，左右雙闌。版心鐫『廬山紀遊』。無序跋、目次。卷端題曰：『海寧查嗣璉夏重。』時尚未改名慎行，改字悔餘也。卷端有『古鹽張氏』、『肅然山人』、『宗㯂之印』、『一字思山』圖記。海鹽張鷗舫祖惟赤，號螺浮，創涉園。惟赤第六子宗㯂號詠川，一號思山，喜吟詠，能詩詞，家多蓄書。此即其舊藏。集中墨筆圈點，尚不知出何人手。

康熙二十九年，慎行應徐乾學之邀，入橘社書局，與修《大清一統志》。志未成，冬因弟嗣瑮出遊歸里，約共隱，兄勸弟酬。故人朱儼是春由刑部郎中出守九江，明年以書招入幕。逡巡半載，康熙三十一年正月始成行，二月抵九江。應朱氏之請，纂修《廬山志》。來時擬登匡廬，羈於修志，望山久悵。七月成《廬山志》八卷，下旬即往廬山，有《廬山紀遊》一卷。《廬山紀遊》傳世有清康熙間刻本、世楷堂藏板《昭代叢書》本、《小方壺齋輿地叢鈔》本。《四庫總目》著錄清人吳闡思《匡廬紀遊》一卷，而遺此書。

《紀遊》第一條云：『壬申二月，余來湓城，亟擬作廬山之遊，屢以事阻，因循過春夏。七月既望，同恒齋太守歸自彭澤，始定期決往。先一日，恒齋爲余治具。明日辛未，天氣晴好，辰刻出九江西門。』末一條(附詩九首)，云：『是役也，自七月辛未，至八月辛巳，凡旬有一日。匡山東、南、北三面風物，畧得其概。于天池觀雲海，于五老峯觀海綿，于棲賢、開先遇雨而觀瀑布，凡遊人所應有，與昔人誇爲創獲者，一以無心得之。耳目聞見，差足償登陟之勞。他若九奇、漢陽、紫霄諸峯，天花井、石門、三疊泉、康王谷諸勝，或以地太僻左，足跡不能及，亦有近在咫尺，身雖未歷，而目力及之者。正欲留他日入山之緣，未敢盡窮其勝。同遊者，吳門王子琴村、山之僧如昇、眉生、燈石；指點徑路，則東林宗雷、棲賢角子二禪悅；而備糗粻，辦肩輿，鼓吾遊興者，九江太守朱恒齋也。壬申八月四日，查田嗣璉識於湓署之孤桐閣。』蓋是遊於七月二十四日辛未入山，八月四日辛巳出山，前後計十一日。匡廬遊詩編爲

《雲霧窟集》，注云：『壬申八月。』自題云：『二月杪，抵九江，即擬作匡廬之遊，因循至秋仲，恒齋爲余聚半月糧，遂策杖往。自化城北登山，南下含鄱口，循麓而歸。凡十餘日，得詩七十首。身在雲霧中，仍恐未識廬山真面目也。』所謂『壬申八月』、『秋仲往遊』、『得詩七十首』，皆約言耳。其遊始於七月二十四日，得詩實爲七十三首。自題頗易致人誤解，以爲《雲霧窟集》之詩皆作於是年八月也。

是書紀遊匡廬勝景，共七十六條，賦詠附焉，得已作七十三首，另附友人錢撝祿送詩一首、呂錫元送詩二首。紀遊諸條，逐日爲記，或一日多至十七條，或一日少至三條，末一日爲一條。其詩各附紀遊後，或多至十三首，或少至一首。今錄其詩題：《遊廬山道中寄恒齋太守》《經周濂溪先生廢祠》《太平宮》《東林寺》《題遠公影堂後冰壺泉》《宗雷禪師索贈》《題東林方丈壁》《三笑堂書阮亭先生題壁後》《西林寺贈魯宗上人》《遺愛寺小憩》《香爐峰下尋香山草堂故址》《上化城》《由關門石步行十里，登雲頂峰》《講經臺次昌黎遊青龍寺韻》《推車嶺》《大林寺冏上人茅齋》《洪武御碑歌》《循佛手崖觀竹林寺石刻，至訪仙亭》《天池寺》《聖燈巖》《趙忠定公廢祠，在天池塔傍》《椴封廢寺瞻赤脚塔》《下擲筆峰，渡將軍河，抵黃龍寺，觀明慈聖太后所賜紫衣經旛及元人十八羅漢畫像》《金竹坪》《太乙峰西麓有蘆林，亦靜者之居也》《自含鄱嶺下，東行至蚱蜢嶺，望漢陽峰》《入九疊谷，循觀山、麻姑崖，經屏風疊，上一線天，會日暮，不及觀三疊泉而返》《晚至萬松坪（二首）》《五老峰觀海綿歌》《青蓮谷青蓮寺》《徧遊鈐岡嶺下諸禪室》《早發萬松坪》《砦口下山》《從萬壽寺經百花園》《淨成精舍懷天然、澹歸二禪師，時二公俱下世矣》《棲賢三峽橋》《棲賢寺阻雨，示角子禪師》《雨後再至玉淵潭觀水勢》《白鶴觀舊有唐道士劉混成手植杉，東坡先生嘗獨遊，聞碁聲於古松流水間，即其處也》《白鹿洞書院紀事四首》《鹿眠場》《左翼山武侯祠》、《次韻答白鹿洞生周宸臣，並簡學博鄭子充、副講徐履青》《循貫道溪南北，觀朱文公題志諸石刻》《出白鹿洞，經羅漢嶺下，至王楊坂》《萬杉寺贈熙怡長老》《開先寺》《李中主讀書臺》《王文成紀功碑》《題聰明泉旁石上》《玉峽亭觀瀑》《萬竹亭》《五乳峯下望黄巖瀑布》《歸宗寺次潁濱先生舊韻》《登右軍閣》《鸞溪》《寄題簡寂觀十四松》《從栗里渡柴桑橋，至鹿子坂訪醉石，觀靖節祠》《圓通方丈與杲菴長老夜話》《月下步入隣菴同杲公》《尋夜話亭、一翁二季亭故阯，皆不得，戲示杲公》《渡石澗橋，欲遊石門不果》《廬山紀遊（四首）》《遊山歸，錢越秀、呂灌園出示見送詩，奉和二首》（按：附桐城錢撝禄詩一首、吴江呂錫元詩二首）《自題廬山紀遊集後》。康熙四十八年刊本《敬業堂詩集》卷十五《雲霧窟集》，以上七十三首盡數收入，除《次韻答白鹿洞生周宸臣，並簡學博鄭子充、副講徐履青》《循貫道溪南北，觀朱文公題志諸石刻》二首先後次第變化外，餘詩次第同。《雲霧窟集》詩題及字句，與《廬山紀遊》略異，蓋後來改易。如《三笑堂書阮亭先生題壁後》，《雲霧窟集》題作《三咲堂書阮亭先生題壁後，先生題志云乙丑新正四日，同里阮亭王某奉命祭告南海，過東林三咲堂，觀故友東癡先生題詩，爲之憮然，詩載南海集中》。『先生題志云』以下，《廬山紀遊》原爲詩序。《由關門石步行十里，登雲頂峰》，《雲霧窟集》改『雲頂峰』作『大林峰』。《椴封廢寺瞻赤脚塔》，《雲霧窟集》删『廢』字。《砦口下山》，《雲霧窟集》題作《呰口下山》。呰口在含鄱口南（見毛德琦《廬山志》卷六，清康熙五十九年順德堂刻本），『砦口』誤。《棲賢三峽橋》，《雲霧窟集》删『棲賢』二字。《廬山紀遊》，《雲霧窟集》改作《廬山雜詠》。《廬山紀遊》附錢撝禄、呂錫元送詩共三首，《雲霧窟集》删之。詩中字句偶有改異，如《洪武御碑歌》『六合不足煩鞭箠』，《雲霧窟集》改『箠』作『笞』。

慎行《自題廬山紀遊集後》有云：『半生讀書不得力，浪走風塵嗟暮色。名山五嶽杳無期，此日匡廬面初識』，『獨攜瘦杖扣石鏡，雙眼快對晴空拭』，『偶然興至或留題，欲藉微吟豁胸臆。詩成直述目所睹，老矣焉能事文飾。』是集紀寫山光聞見，歷述訪碑尋詩，備載勝跡掌故。其既歷半載成《廬山志》，於廬山風土、山川、名跡、掌故、史聞熟爛於胸，至此一一尋訪，愈入愈奇，載於筆端，不惟博洽，且有境味，於清人山水紀遊中別具奇格。先是順治十七年，乃師黄宗羲遊匡廬，有《匡廬遊録》並附詩一卷，亦詩文相發，而獨多廢興之感，慎行之作則博而不雜，爽人心目。二集俱令人誦之不倦，爲一時上乘之作。吴闡思《匡廬紀遊》一卷，記廬山名跡凡五十八條，《四庫提要》稱其『詞頗簡潔，然大抵以摹寫景物爲長』。吴氏所作，不若黄、查師徒明矣。

廬山紀遊一卷　清光緒間吴江沈氏世楷堂補刊《昭代叢書》本

清查慎行撰。慎行有《周易玩辭集解》，已著録。康熙三十一年七月二十四日至八月四日，慎行攜杖遊匡廬，作《廬山紀遊》一卷。初刻於清康熙間。此爲《昭代叢書》本，見於癸集卷第二十三，世楷堂藏板。每半葉九行，行二十字。白口，單魚尾，左右雙闌。卷端題曰：『海寧查慎行夏重著。』正集凡四十一葉。集末有吴江沈楙悳《廬山紀遊跋》，云：『自來方輿之勝，不必果有奇峯倚天，幽澗絶地，如志乘所云也。但具林巒丘壑，一入文人之筆，便成宇内壯觀』，『嗟乎，古人豈欺我哉！域中之浩蕩，不如筆下之魁奇也。匡廬爲江右名山，最難見其真面目，今得先生詳爲記載，曲盡形容，可以供宗少文之臥遊矣。』

此本收紀遊七十六條，與康熙刊本同。康熙刊本原附慎行紀游詩七十三首，此俱刪之。各日所記諸條末，皆標明是日賦詩之數，如『是日得詩十三首』、『得詩一首』云云，亦刪之。《紀遊》一卷，原詩文相發，今刪詩存記，已嫌於枯，難見匡廬真面目矣。慎行《紀遊》並錄詩作，與乃師黄宗羲《匡廬遊錄》用意相類。《南齋日記》《壬申紀游》附所賦詩，亦可見其旨趣。此本盡刪詩，殆與慎行意相左。張宗橚舊藏康熙刊本『經鐵脚塔南行』條，『鐵』爲『赤』之譌，批校改正。此本作『經赤脚塔南行』，不誤。康熙刊本『白鶴觀』條，此本則誤作『自鶴觀』。

人海記不分卷

清陳鱣抄本（清楊復吉校）（國圖）

清查慎行撰。慎行有《周易玩辭集解》，已著錄。慎行、嗣瑮、嗣庭兄弟勤於著述，承黄宗羲、談遷喜作野史之緒，慎行有《人海記》《乙酉日記》《初白外書》等，嗣瑮有《查浦輯聞》，嗣庭有《日記》。嗣庭以《日記》肆爲訕謗罪狀，下獄死，其書燬禁不傳。慎行久寓京華，《人海記》乃隨錄所見聞感思，日積月累，勒成一編。葛嗣浵《愛日吟廬書畫別錄》卷二載爲四卷，丁丙《善本書室藏書志》著錄舊抄本二卷，丁仁《八千卷樓書目》著錄抄本、袖珍刊本、《昭代叢書》本等一種，皆二卷，民國《杭州府志》、《清史稿》亦著錄二卷。今四卷本未易見，二卷本有世楷堂藏板《昭代叢書》本、清同治八年劉履芬抄本、清咸豐間小嫏嬛山館刻本、清光緒間崇文書局重刻本、民國十五年掃石山房石印本等。又有清陳鱣抄本不分卷、清光緒間陳元衡抄本不分卷等數種。

此爲國圖藏清陳鱣抄本，清楊復吉校，一册。無版匡、界格。每半葉十行，行二十一字。卷端題曰：『海寧查慎行悔餘纂。』内封鈐『得此書，費辛苦，後之人，其鑒我』、『仲魚圖象』二圖記。卷端鈐『簡莊所彔』、『陳仲魚讀書記』二圖記。集末有楊復吉《跋》，云：『悔餘先生《敬業堂詩集》風行海内久矣，《周易玩辭集解》亦間有刊本流傳，惟《人海記》未登梨棗，祇《日下舊聞》中散見數則而已。甲寅秋盡日，吳丈槎客舉家藏寫本見眎，因倩友人録副。乙卯寒食覆校畢并記，松陵楊復吉。』據知復吉從吳騫處見《人海記》寫本，倩友人陳鱣録副，而覆校於上。集前無序題、目録，篇端有查慎行《自題》一則：『蘇子瞻詩云：「惟有王城最堪隱，萬人如海一身藏。」與東方曼倩陸沉金馬之意，寄託畧同。余自甲子夏北游太學，又九年舉京兆秋試，又十年唱第南宫，其後供奉内廷者七年，從事書局者三年，迨癸巳夏移疾乞歸，年已六十有四矣。通計三十年來，客居京師歲月過半，其間耳目聞見，隨手綴録，零丁件系，不下數百條。雪牕檢點，裒集成卷，命曰《人海記》。』丁丙《善本書室藏書志》卷二十一云：『《人海記》二卷，舊鈔本，海寧查慎行悔餘纂。』并録《自序》，即此《自題》。蓋慎行每自編集，輒撰自題以代序。

此本分條臚列，無細目。清咸豐間張士寬小嫏嬛山館校刊《人海記》，始增細目，計三百九十七則，牌記曰『海昌查初白先生原本』。其條數及次第，與此本不異。此本偶有闕字，如『漢大官園種冬生韭葱菜茹』條『内官過問其□□百金』，小嫏嬛山館校刊本此條題作『都下早蔬』，所闕二字作『價索』。此本葉眉批校曰：『「大」，一作「太」。「韭葱」，一作「芴韮」。駒案：汲古閣刊本作「火」。「韮葱菜茹」，作「葱韭菜茹」。』『駒』，謂吳昂駒，吳騫猶子。楊復吉從吳騫借抄，因錄昂駒批校。又如『龍涎香』條，有校記三條，一云：『一本「戲」上有「交」字。』一云：『「總」，一作「繼」。』一云：『「取」，一作「收」。』此本末一條『南海淀，今爲御苑，設甲兵守之。間遇上元，於此放烟火，則縱都人往觀，餘不得入。』眉批曰：『查本無此條。』《人海記》嘉慶以前抄本傳世甚少，若此，皆可備校勘後世諸本之用。

是集載述京華聞見，類於父摯談遷《棗林雜俎》《北游錄》。『吾邑談孺木』一條云『吾邑談孺木先生留心明朝典故，不以詩名，然其《北游集》中如《過文信公祠》七律一聯』，接下歷引談氏詩，由是知其喜讀《北游錄》。所載滿漢兵餉、旗下莊子、滿洲編檢、改朝鮮印、本朝内監數目、玉泗海、南海淀等百餘條，皆可備掌故，有裨讀史。所載復多士大夫談説前明舊聞、節烈遺民事。如『金正希先生』條：『金正希先生倡義於休寧，同縣令何通武遣諸生朱備迎黄澍於九江，實不知澍已通款本朝也。九月，本朝帥張天祿略地且至，戰失利。先生與歙縣諸生江天乙同被執，見洪承疇，不屈遇害。僧某殯之，題曰赤壁金公柩，扶至蕪湖，閩商某薄其棺，改殯焉。』又如『鄭所南《心史》』條：『鄭所南《心史》，崇禎戊寅十一月八日蘇州承天寺君慧上人浚眢井，得鐵函重櫝。外標「大宋鐵函經」，内書「大宋孤臣鄭思肖百拜頓首」。封自元世祖癸未，歷三百五十六年，其書始見於世，其精氣自不可磨滅也。朱竹垞云此是僞托，不知何據。』一如乃師黄宗羲，勤於表彰忠烈。其駁中表兄朱彝尊所言《心史》係僞托，亦可見清初士人論《心史》真僞之一端。慎行當時所記聞見，恐不止於此，蓋不合時宜者多刪削。雍正帝斥嗣庭《日記》訕謗，但觀《人海記》屢述前明舊事、新朝見聞，幾可羅織罪狀。是書清末始刻行，殆有細故。

人海記不分卷　清查瀚抄、陳元衡補抄本（查瀚校，汲脩齋續校）（國圖）

清查慎行撰。慎行有《周易玩辭集解》，已著録。其《人海記》，已著録清陳鱣抄本。此爲國圖藏《人海記》不分卷，清查瀚抄、陳元衡補抄本，一冊。每半葉十一行，行二十一字。白口，無魚尾，四周單闌。版心中寫『人海記』，下印『汲脩齋校本』。卷端題曰：『海昌查慎行悔餘纂。』前集無序題、目録。封葉鈐徐光濟『海昌古夾谷徐氏用拙齋收藏』圖記，卷端鈐『星匏手録』、『用拙齋珍藏』、『幾行書見故人心』諸圖記。光濟字蓉初，號寅庵，海寧硤石人。星匏即光濟之父，名明樞，一名元衡，附貢生。集末有星匏録海寧王琦道光二十五年《跋》一則，云：『此記爲西莊浩亭查翁手鈔，而又以所謂吳本者親自重校，仰見前輩虚心勤學乃如是。今其外曾孫顧梅脩同研，出以相質。余因以鄉所録朱本對勘後，得訛字數十，補遺兩條，亦聊爲埽葉之助。惟兩本條解先後參差，不知誰氏本爲是。聞戊戌之冬，先生遺墨重付鬱攸矣，感此記桑梓中尚有藏者，再當訪之，以訂正可也。然鄙意欲釐爲兩卷，本朝典章及先生際遇列於上卷，而以遜國故實佚聞入下卷，他日或以此付剞劂，雖與原書次第不符，而於體裁猶未爲乖也。商之梅脩，以爲然否？道光歲乙巳春三月，同里王琦漱玉氏校竟附識。』王琦字漱玉，海寧歲貢生。著有《自娱詩稿》。查瀚字灝亭，一寫作浩亭，號樸莊，海寧人。著有《偶然吟》《偶然録》。其手抄《人海記》，校以吳騫藏本。查氏抄本殘缺，元衡補綴以完。

此本亦未擬細目，條目及次第與清陳鱣抄本同。中有朱、墨校筆，大都迻録吳本之校。如『漢太官園種冬生韭葱菜茹』條，眉批曰：『「太」，吴本作「大」。「韭葱」，作「葱韭」。』清陳鱣抄本《人海記》據吴騫藏本寫録，『漢大官園種冬生韭葱菜茹』條，葉批曰：『「大」，一作「太」。「韭悤」，一作「茐韭」。駒案：汲古閣刊本作「火」。「韭葱菜茹」，作「葱韭菜茹」。』且『内官過問其□□百金』闕二字。此本不闕，二字作『價索』，與咸豐間張士寬小瑯嬛山館校刊本同。徐氏增校數條，如『正陽門』條，校云：『「正陽門」一條，《昭代叢書》不載。』『去香山二星里許』條，校云：『「去香山二星里許」，「星」字，陳抄本、沈刻本均無。』陳抄本，謂陳鱣抄本，沈刻本即世楷堂板《昭代叢書》本。此本與吴本，大端無别，然頗有異字。

卷尾有徐光濟《跋》一則，云：『光緒丙申秋八月，棹過星滄，訪吴氏拜經樓遺書，散失殆盡。於叢殘中檢得數十册，惟此尚屬完善，攜歸舟中，校讀一過，見卷首眉端，朱字燦然，猶是槎客先生手筆。惜序闕數帙，俟異日向藏書家借録補之。戊戌三月裝竟，蓉溪漁徐光濟跋於紫來閣之北窗下（注：「漁」下脱一「隱」字）。』

人海記二卷　清同治八年劉履芬抄本（國圖）

清查慎行撰。慎行有《周易玩辭集解》，已著録。其《人海記》，已著録清陳鱣抄本。此爲國圖藏《人海記》二卷，清同治八年劉履芬抄本，二册。無版匡、界格。每半葉十行，行二十二字。各卷端題曰：『海寧查慎行悔餘纂。』卷上、卷下首葉皆鈐『彭城』、『彥清繕本』二圖記。卷尾有唐翰題《跋》一則、劉履芬《題記》一則。翰題《跋》云：『己巳十一月十八日，與彥老夜話于成德堂，出眎祕籍種種。此其手錄者，借歸，讀至漏下四鼓而竟，因書于卷尾，以紀我兩人癡興。』鈐『翰題讀過』圖記。履芬《題記》云：『同治己巳七月，從悔翁族人假得是書，二十有七日臨葉調生明經之喪，歸錄畢。』鈐『泖生』圖記。履芬字彥清，江山人。

此本從慎行後人借錄，分爲二卷：卷上起於『本朝初年，滿洲官員』條，止於『建文帝葬處』條；卷下起於『景泰以前，漕船無定數』條，止於『内西華門外西南一里許』條。與通行世楷堂藏板《昭代叢書》本、清咸豐間小嫏嬛山館刻本二卷亦自不同。殆非履芬自爲，所據底本已然。陳鱣抄本、查瀚抄、陳元衡補抄本『内西華門外西南一里許』條下，尚有『南海淀』一條，諸刻本亦然。陳鱣抄本『南海淀』條眉批曰：『查本無此條。』此本無之，疑非底本殘闕，而合於『查本無此條』之實也。

此本字句時異於陳鱣抄本、陳元衡補抄本。今仍以『漢太官園』條爲例：『漢太官園種冬生葱韭菜茹，晝夜燃蘊火，待溫氣乃生。事見《漢書·召信臣傳》。今都下早蔬，即其法。蓋明朝内監不惜厚直，以供御庖』，『内官過問其價，索百金。』陳鱣抄本，『漢太官』作『漢大官』，『葱韭』作『韭葱』，『明朝内監』作『前明朝内豎』，『價』、『索』二字闕。陳元衡補抄本，『葱韭』作『韭葱』，『内監』作『内豎』，其他文字同於同治抄本。又如『海運道里』條『天津至張家灣，八十里。通計淮安至張家灣，海道水程共三千三百九十里』數句，陳鱣抄本作：『天津至張家灣，一百八十里。通計淮安至張家灣，海道水程共三千三百九十里。』『一百八十里』有小字批校：『一本有「一竟云八十里」小注六字。』『九十里』有小字批校：『四十五。』眉批云：『一無「一百」二字。然照所記核之，只二千三百四十五里。』陳元衡補抄本作：『天津至張家灣，百八十里（小字注：一竟云八十里）。通計淮安至張家灣，海道水程共三千三百四十五里。』眉批云：『吳本云：無「百」字。然照所記核之，只三千三百四十五里。吳本作三千三百九十里。』諸本文字相異如是。王琦跋查瀚手抄《人海記》，嘗嘆説查本、吳本『先後參差，不知誰氏本爲是』。今雖不能盡知何本爲是，然多不如清南野草堂烏絲欄抄本可信。

人海記二卷（存一卷）　清南野草堂烏絲欄抄本（臺圖）

清查慎行撰。慎行有《周易玩辭集解》，已著録。其《人海記》二卷，已著録清陳鱣抄本。此爲清南野草堂烏絲欄抄本《人海記》，一冊。每半葉十行，行二十四至三十字不等。白口，單魚尾，左右雙闌。版心上鐫『海昌查氏詩鈔』，下印『南野草堂校本』。封題『人海記』。卷端題曰：『海昌查慎行悔餘編輯。』卷端前有查又春附箋誌曰：『家初白公《人海記》手稿，現存孝廉王蘭坡業師處（注：諱學蘇），用紅格紙寫，行書，簿面上題「查他山先生手鈔人海記」。又春誌。』篇端亦有慎行《題記》一則。諸條始於『本朝初年，滿洲官員』條，止於『建文帝葬處』條，末題『人海記□□終』。末二葉《紫陽祖師八脈經》諸詩，乃雜裝於後，與《人海記》無涉。其起始與劉履芬借抄慎行後人藏本卷上同，卷下散佚。此亦可證劉履芬抄本分上、下二卷，非其自爲。

按查又春所誌，此本蓋據慎行手稿寫録。『漢大官園』條云：『漢大官園種冬生韭葱菜茹，覆以屋廡，晝夜燃蘊火，待溫氣乃生。事見《漢書·召信臣傳》。今都下早蔬，即其法。蓋明朝内豎不惜厚值，以供御庖。嘗聞除夕市中有賣黃瓜二枚者，内官過問其價，索百金。』『大』字，他本或作『太』；『韭葱』，他本或作『葱韭』；『覆以屋廡』四字，陳鱣抄本、陳元衡補抄本、劉履芬抄本皆無；『明朝内豎』，他本或作『明朝内監』、『前明朝内豎』。『黃瓜』，他本作『王瓜』。『滿洲子弟入學』條『麻勒吉爲狀元（小字注：麻勒吉後改名馬中驥），另爲一榜。戊戌以後，乃列名漢人榜間，亦有成七義者矣（小字注：「戊戌以後」，《池北偶談》作「庚戌、癸丑以後」）』，陳鱣抄本、陳元衡補抄本、劉履芬抄本皆無小字注。『海運道里』條『天津至張家灣，八十里。通計淮安至張家灣，海道水程共三千二百四十五里』數句，陳鱣抄本作『一百八十里』、『三千三百九十里』，陳元衡補抄本作『百八十里（小字注：一竟云八十里）』、『三千三百四十五里』，劉履芬抄本作『八十里』、『三千三百九十里』。此本眉批曰：『通計總數，各本皆誤。』以此本與陳鱣抄本、陳元衡抄本、劉履芬抄本相較，其文字差參處，此本似更爲可信。惜卷下未見，未詳尚存天壤否。

人海記二卷　清咸豐間小嫏嬛山館刻本（天圖）

清查慎行撰。慎行有《周易玩辭集解》，已著錄。其《人海記》，已著錄清陳鱣抄本。此爲清咸豐間小嫏嬛山館刻本《人海記》二卷，二冊。每半葉九行，行十八字。白口，單魚尾，左右雙闌。内鐫『人海記』。各卷端題曰：『海昌查慎行悔餘編輯，同邑張士寬柔之校刊。』集前有《人海記目錄》并附張士寬咸豐元年《題記》。士寬《題記》云：『右《人海記》二卷，計三百九十七條，吾邑查初白先生著，向未刊行。幼時收得一敗帙，斷爛叢雜，兼多魚豕之訛，思覓善本，以相校讎，迄不可得。藏篋衍者幾二十年，比歲需次楚南，旅邸多暇，因爲詳加檢閱，訂正譌字，手自繕寫，以付梓人。惟《湯泉御札》中有闕文，敬謹空白。及明陵添設守備於「康熙二十□年」，《選歷科程墨》「錢唐人錢穀□」，《試差正副變例》「侍□羅萬化」，「阿哥下太監六十□」，雍安「嶺上多白沙，故名□□」數條内缺字，特援夏五郭公之例。未及考證，良慙淺陋，博雅君子幸進而教之。咸豐元年歲次辛亥，海昌張士寬識於長沙客舍。』

《人海記》至此始有刻本。此本分爲二卷：卷上起《漢官給俸》（即『本朝初年，滿州官員』條），終於《鄉會試錄序》（即『兩京鄉試及會試』條）；卷下起於《滋陽祀宗聖》（即『兗州滋陽縣儒學』條），終於《南海淀》（即『南海淀』條）。條數與清陳鱣抄本、陳元衡補抄本等不異，分卷不同。陳鱣、陳元衡補抄本不分卷，然陳元衡補抄本末有王琦《跋》，稱欲釐分二卷，清代典章及慎行際遇列於上卷，有明故實佚聞列入下卷，以付剞劂，雖與原書次第不符，猶未乖於體裁也。劉履芬抄本據慎行後人藏本寫錄，無『南海淀』一條，分爲二卷，卷上止於『建文帝葬處』條，卷下起於『景泰以前，漕船無定數』條，殆沿於底本。清南野草堂抄本存卷上，亦止於『建文帝葬處』條。二本皆後抄，依據查氏後人藏本。此本分卷，未見其由，蓋士寬自爲。諸抄本俱無細目標題，而此本別爲三百九十七細目，乃士寬所創，用心亦多矣。

按士寬《題記》，刻集依據底本爲『幼時收得一敗帙』，斷爛叢雜，復多魚豕之訛。檢《都下早蔬》一則『漢大官園種冬生韭葱菜茹，晝夜燃蘊火，待溫氣乃生』，『蓋明朝内豎不惜厚直，以供御庖。嘗聞除夕市中有賣王瓜二枚者，内官過問其價，索百金』云云，與以上著錄四種抄本文字皆有差參。《滿洲考試》一則『麻勒吉爲狀元』有小字注：『麻勒吉後改名馬中驥。』『戊戌以後』以下數句，有小字注：

『「戊戌以後」，《池北偶談》作「庚戌、癸丑以後」。』四抄本中，僅南野草堂抄本小字注同，其他三本皆無小字注。《海運道里》一則末云：『天津至張家灣，一百八十里。通計淮安至張家灣，海道水程共三千三百九十里』，與陳鱣抄本同，其他三種抄本皆略異。

至其闕字，諸抄本大抵同。如《明朝諸陵》一則『康熙二十□年，添設守備一員』，陳鱣抄本、陳元衡補抄本、南野草堂抄本皆以○表闕文，劉履芬抄本闕字留白。所謂卷下《湯泉御杞》有闕文，即『上賜御札，云此湯非舊有，康熙二三年間輔臣□□時人始知之』中闕字。陳鱣抄本『輔臣』下闕字不留空白，徐元衡抄本、劉履芬抄本皆然。

人海記二卷　清咸豐間《小嫏嬛山館叢書》本

清查慎行撰。慎行有《周易玩辭集解》，已著錄。其《人海記》，已著錄天津圖書館藏清咸豐間小嫏嬛山館刻本二卷。此爲《小嫏嬛山館叢書》本二卷。每半葉十行，行二十三字。白口，單魚尾，四周雙闌。各卷端題曰：『海昌查慎行悔餘編輯，同邑張士寬柔之校刊。』集前亦有《人海記目錄》并附張士寬咸豐元年《題記》。此爲張士寬重刻本，行款異於小嫏嬛山館刻本。小嫏嬛山館刻本内鐫『人海記』，此本牌記曰：『海昌查初白先生原本，人海記，小嫏嬛山館校刊。』《目錄》首行下標『小嫏嬛山館叢書』。其分卷及所擬細目標題及卷中文字與前刻不異，闕字如故。第其牌記標曰『海昌查初白先生原本』，易致人誤解。蓋其兩刻《人海記》，所據不過『幼時收得一敗帙』。今衡以諸本，臺圖藏南野山房抄本當最近於慎行原本面目，惜僅存半帙。此本與臺圖藏本文字顯有差異，不得標『海昌查初白先生原本』明矣。此本原不必著錄，以牌記易淆人耳目，故記之。

人海記二卷　《正覺樓叢刻》本

清查慎行撰。慎行有《周易玩辭集解》，已著錄。其《人海記》，已著錄清咸豐間小嫏嬛山館刻本二卷。此爲《正覺樓叢刻》本二卷，清光緒七年崇文書局倣刻小嫏嬛山館刻本。每半葉九行，行十八字。白口，單魚尾，左右雙闌。牌記曰：『光緒七年仲冬重栞。』各卷端題曰：『海昌查慎行悔餘編輯，同邑張士寬柔之校刊。』集前有《人海記目錄》并附張士寬咸豐元年《題記》。此本倣刻甚肖。此亦記爲一條，以見《人海記》重刻本源流。

人海記不分卷　《昭代叢書》本

清查慎行撰。慎行有《周易玩辭集解》，已著錄。其《人海記》，已著錄清咸豐間小嫏嬛山館刻本二卷。此爲《昭代叢書》本不分卷，刻入壬集卷第十九，世楷堂藏板。每半葉九行，行二十字。白口，單魚尾，左右雙闌。卷端題曰：『海寧查慎行悔餘纂。』首列慎行《題記》，以下臚列諸條，不似小嫏嬛山館刻本釐分二卷並擬細目標題。他本『各鎮總兵官銜』、『太學石鼓文』二條間，有『正陽門外』一條，此本無之。檢其字句，『漢太官園』條，曰『太』，曰『葱韮』，曰『明朝内豎』，曰『王瓜』，曰『價』，曰『索』。『滿洲子弟入學』條無小字注。『海軍道里』條末云：『至天津衛，百五十里。至張家灣，八十里。通計淮安至張家灣，海道水程共三千三百四十五里。』『石經山』條云：『石經山，在房山縣西南四十里，生[⿱沙灬]題草（小字注：一本云：「[⿱沙灬]」，古「莎」字。[⿱沙灬]題，縣名。見《前漢·地理志》）。』按：南野草堂抄本作：『石經山，在房山縣西南四十里，生[⿱沙灬]題草，他處所無（小字注：「[⿱沙灬]」，古「莎」字。《前漢·地理志》有[⿱沙灬]題縣）。』小嫏嬛山館刻本與南野草堂抄本同。陳鱣抄本作：『石經山，在房山縣西南四十里，生[⿱沙灬]題草，他處所無。』眉批云：『一本云：「[⿱沙灬]」，古「莎」字。[⿱沙灬]題，縣名。見《前漢·地理志》。』又，『案：此條又見《查浦輯聞》。』陳元衡補抄本及朱筆眉批與陳鱣抄本同。劉履芬抄本作：『石經山，在房山縣西南四十里，生[⿱沙灬]題草，他處所無。』無批校。此本與以上著錄抄本四種及小嫏嬛山館刻本、《小嫏嬛山館叢書》本、《正覺樓叢刻》本咸有差異，疑其別有所據之本。

得樹樓雜鈔十五卷　民國初刻《適園叢書》本

清查慎行纂。慎行有《周易玩辭集解》，已著錄。此爲其《得樹樓雜鈔》十五卷，民國初刻《適園叢書》本，每五卷裝爲一冊，共三冊。每半葉十一行，行二十三字。黑口，雙魚尾，左右雙闌。各卷端題曰：『海寧查慎行悔餘纂。』集前無序、目錄。集後有適園主人張均衡民國三年《跋》、海寧吳昂駒道光十七年《跋》。是書傳世甚少，均衡得慎行手稿，刻爲《適園叢書》第七集第一種。其《跋》云：『初白早以詩名，而受學於黃梨洲，追隨於朱竹垞、王漁洋之閒，故其學問淹貫，意思深長。是書說經論史，考古談詩，皆戛戛獨造，不肯拾人牙慧者。書中屢言棄職歸田，並有竹垞云亡之語，知爲晚年所訂。於前明理學之宗，詩人之派，言之歷歷。又搜羅兩宋詩人之可續西湖志者，摘存其游覽之篇，亦爲厲樊榭、趙谷林等《雜事詩》之前導。同時著作，雖不及《日知錄》《潛丘雜記》之精審，然語有本原，事足徵信，已高出《江村筆記》《查浦輯聞》之上。此本前無序目，後無自識。而篇中改併鉤乙，皆先生親筆，其爲手藁無疑。近人止嚴修能《雜記》引此書，是曾見之。末有道光丁酉吳昂駒《跋》，今并刻以餉學者。歲在閼逢攝提格，烏程張鈞衡跋。』昂駒《跋》云：『余昔從藏書家借錄查初白先生《人海記》《陪獵筆記》時，即知先生更有《得樹樓雜鈔》一書，乃購訪多年，迄不可得，深以爲憾。頃苕賈至渟谿，攜有寫本數種，《雜鈔》在其中，不禁爲之狂喜。開卷視之，前無序目，後無題識，分卷一十有五。而書中屢言謝職歸田，兼有竹垞云亡之語，知爲先生晚年所訂也。書不能具述，舉其大凡，前明理學之宗，詩人之派，言之歷歷。又收羅兩宋詩人之可續西湖志、杭郡志者，摘存其游覽之篇。而於古籍之中，尤注意《史》《漢》兩書，考核精當，足以補宋倪思《班馬異同》之缺焉。近世好學之士，競尚洪氏《五筆》、王氏《困學記聞》以暨顧氏《日知錄》、閻氏《潛丘劄記》等書者，以其說有本原，事足徵信故也。先生所著，其亦類是。特念此書雖久沈薶，而依然完好，迨冥冥中自有護持之者，乃以余愛慕情深，俾得於遲暮之年快睹之，豈非厚幸歟！小坡朱君與余同珍重前輩著述，收藏其書，由此不吝借人輾轉鈔錄，可以廣傳於世，厥功甚偉，余樂得而誌於其後云。時道光丁酉年季冬八日，邑後學吳昂駒謹跋（注：時年七十有二）。』

是書乃慎行晚年手訂成編，均衡刻前，學者罕睹，故清人日錄鮮著錄。葛嗣浵《愛日吟廬書畫別錄》卷二述慎行事蹟，言及《得樹樓雜抄》二十卷，未必見之。書名『得樹樓雜鈔』，亦有其故。康熙三十六年春，慎行會試下第，長子克建中式。慎行南返，以舊居甚陋，不足庇風雨，改築小樓，樓邊老樹數十株，自覺門戶有托，可以休矣，取杜甫《陪鄭廣文遊何將軍山林十首》之意，顔曰得樹樓。《得樹樓集》自題云：『吾家自喪亂後，僅存横溪老屋，與兩弟同居。余所棲在西北隅，年深瓦落，不足以庇風雨。丁丑春，大兒倖舉南宫，挈之還家，爰即舊址改築小樓，樓成而老木數十章，皆在几榻間。因取少陵詩意，顔曰得樹。』所賦《得樹樓初成，以詩落之九首》其一云：『百年計樹人，十年計樹木。辛勤荷先澤，以有此老屋。兵火乃幸存，曩基方改築。勞生竟何得，去此空馳逐。誓收湖海蹤，歸掃一庭綠。樓成名得樹，外是非吾欲。』以朱彝尊擅八分書，邀爲題額。雖曰『誓收湖海蹤』，猶爲饑寒所驅，故樓居之日不多。慎行後以『得樹樓』名其雜鈔及藏書。

慎行讀書甚勤，摘抄節略，提玄鉤要，質疑存問，雜撮成帙。《人海記》紀人事佚聞，《得樹樓雜鈔》則記讀書博聞。取裁於《二程語錄》《金華黄先生文集》《甘泉集》《金華正學編》《明儒學案》諸書，兼涉經史百家、典章制度、地理方志、風土名物、學統源流、詩文評議、文獻遺逸、掌故舊聞。談學多自得語。如卷一『魏鶴山』條：『魏鶴山尊信朱子之學，獨於《圖》《書》之辨，不無異論，嘗云：「朱子以十爲《河圖》，九爲《洛書》，引邵子之説爲據，而邵子不過曰圓者《河圖》之數，方者《洛書》之文。」「戴九履一」之圖，其象圓；「五行生成」之圖，其象方。是九圓而十方也。安知邵子不以九爲《圖》、十爲《書》耶？朱子雖力攻劉長民，而猶曰《易》《範》之數，誠相表裏。又曰安知《圖》之不可爲《書》，《書》之不可爲《圖》。則朱子固有疑於此也。朱子發、張文饒精通邵學，皆以九爲《圖》、十爲《書》，朱氏以

《列子》爲證，張氏以邵子爲主，當以《乾鑿度》及張平子傳所載太一下行九宮法攷之，即所謂「戴九履一」者，則是相傳已久矣，知非《河圖》也。』其說可與《周易玩辭集解》卷首《河圖一》《河圖二》相參證。『金華正學編』條云：『揚州趙鶴輯呂東萊祖謙（謚成）、何北山基（謚文定）、王魯齋柏（謚文憲）、金仁山履祥、許白雲謙五先生集中所著有關理學者，名《金華正學編》。五先生皆婺產也，朱子與東萊同時友善，後於婺學有微辭，然自北山以下，相繼傳朱子之學，爲考亭嫡派，當時及門弟子，或不及也（魯齋上承呂、何之緒，下開金、許之傳，其功尤大）。』卷三談河東之學、三原之學、崇仁之學、姚江之學、泰州學案、甘泉學案、東林學案、蕺山之學及獨名一家者，條述明儒學統，摘錄《明儒學案》及乃師黃宗羲親講之語，可與《明儒學案》同讀。卷十一釋『三百涇』、『永安湖』、『上潭下潭』等，類於宗羲《今水經》。卷三『景泰十才子』、『南園五先生』、『閩中十才子』諸條，卷四『明初四家』條，類於詩話。其書抄撮叢雜，略事考覈爲多，然足稱博聞善疑。昂駒將之比於《困學記聞》《日知錄》《潛丘劄記》，均衡言其說經論史，考古談詩，不肯拾人牙慧，並有識見。其書雖下《日知錄》《潛丘劄記》一等，要亦爲清初學術劄記之佳者。是書經慎行手訂，猶未及細作分類，嫌於雜亂，與《人海記》同有小疵。

東坡先生編年詩補注五十卷、卷首東坡先生年表一卷　乾隆二十六年

查開香雨齋刻本（清吳騫校並跋，朱允達臨盧文弨朱筆批校）（國圖）

宋蘇軾撰，清查慎行補注。慎行有《周易玩辭集解》，已著錄。其酷好蘇詩，積三十年，撰爲《東坡

先生編年詩補注》五十卷，生前未刻。乾隆中，姪查學、查基、查開重刻家集，蒐編散逸，陸續刊行《敬業堂詩續集》《查浦詩鈔》諸集，《補注》即其一。傳世有乾隆二十六年查開香雨齋刻本（後世未再刻）、《四庫》寫本。此爲國圖藏查開刻本五十卷，吳騫校並跋，朱允達臨盧文弨朱筆批校，共十八册（第一册序、例畧、年表、目録，後十七册詩注）。每半葉十行，行二十一字，小字雙行，滿行三十二字。白口，單魚尾，左右雙闌。版心鐫『蘇詩補注』及卷數，下刻『香雨齋』。封題：『蘇詩補注。』牌記曰：『乾隆辛巳小春鐫，初白庵蘇詩補注，香雨齋藏板。』各卷端題作：『後學查慎行補注，姪男開校刊。』集前録《宋孝宗御製蘇文忠公集序》并贊、慎行《補注東坡先生編年詩例畧》（署『康熙壬午仲春』）、《東坡先生年表》一卷、《補注東坡先生編年詩目録》及《采輯書目》（初采書目五百十六種，續采一百十六種，通計六百三十二種，經史子集，靡不富有）。各卷末刻覆審、校訂者名氏，覆審爲沈德潛、杭世俊、金燾諸名士，校訂爲慎行姪查學，孫岐昌、恂、昌裪，姪孫涉、澂，曾姪孫祖香等（按：卷一、卷二終，均題：『後學沈德潛、杭世駿覆審，姪男學，孫男岐昌、恂、昌裪，曾姪孫祖香同校訂。』卷三、卷四終，題曰：『後學杭世駿、金燾覆審，姪男學，孫男岐昌、恂、昌裪，曾姪孫祖香同校訂。』卷四十七、卷五十終，題曰：『後學沈德潛、杭世駿覆審，姪男學，孫男岐昌、恂、昌裪，姪孫涉、澂同校訂。』）。查開字宣門，號香雨，嗣瑮子。監生，乾隆十五年效力中河，得中牟丞，擢武陟知縣（光緒《重修嘉善縣志》卷二十五《僑寓》）。尋以查氏舊案，罷歸。卜築魏塘，搆別業於西湖，故交名流，酬酢不倦。乾隆四十一年夏卒（吳騫《跋》，見第一册末葉）。著有《吾匏亭詩集》，沈德潛撰序。珍重先世手澤，校刻查氏遺書。既刊《蘇詩補注》五十卷，復合王、施兩家注，正訛芟複，輯爲《蘇詩三家注》（乾隆《海寧州志》卷十二《孝友》），今不傳。兄查學，姪查岐昌等，並能詩文，世其家學。

此本原爲吳騫舊藏，查開初刻時所贈。吳騫《跋》云：『吾鄉查初白太史《補注蘇詩》，足正王、施諸本之失，洵有功于眉山者。惜原書尚少契勘之功，其間重覆脱略，什之二三。而宣門付梓時，讐校莽鹵，帝虎陶陰，又什之四五，讀者不無遺憾。錢塘盧抱經先生嘗爲覆校改正，增損頗多，然未以示查也。今年夏，吾友鮑君以文偶爲宣門言之，宣門大喜，即屬以文求之，將謀重梓。時抱經方掌教白門，以文即遺書取焉。比至，而宣門死矣。秋初，以文攜過余竹下書堂，話及此事，相與撫卷浩歎者久之，因留屬朱君允達臨出。此亦宣門初刻時遺予本也。抱經所校，因得原抄本，復參以己意，故去取爲精核。第書中間有他本已注，而查復取之者，亦有查不注而盧復書之者，似於補注之義不合。允達亦略爲籤出，它日擬渡江訪抱經，當更出以商略之耳。丙申七月二十有八日，兔床誌。』《跋》後有『臣騫』、『葵里印』圖記（第一册《采輯書目》後）。卷一卷端批校云：『錢塘盧抱經先生校，用硃筆。』集中葉眉、葉脚朱筆批校及集中朱筆校字，大都爲朱允達迻錄盧文弨批校，間有疑義者，略爲籤出。

慎行早歲與弟嗣瑮、族姪查昇好蘇詩，『擬蘇』不倦。自康熙十一年起，留意注蘇。《例畧》述云：『余於蘇詩，性有篤好，向不滿於王氏注，爲之駁正瑕璺，零丁件繫，收弆篋中，積久漸成卷帙。後讀《渭南集》，乃知有施注蘇詩，舊本苦不易購。庚辰春，與商丘宋山言並客輦下，忽出新刻本見貽。檢閲終卷，於鄙懷頗有未愜者，因復補輯舊聞，自忘蕪陋，將出以問世』。『補注之役，權輿於癸丑，迨己未、庚申後，往還黔楚，每以一編自隨。己卯冬，渡淮北上，冰觸舟裂，從泥沙中檢得殘本，淹浥破爛，重加綴葺。辛巳夏，自都南還，夜泊吳門，遇盜，探囊胠篋之餘，此書獨無恙也。自念頭童齒豁，半生著述，不登作者之堂，庶幾托公詩以傳後，因閉門戢影，畢力於斯。追維始事，迄今蓋三十年矣，雖蠡測管窺，何足仰佐萬一，顧視世之。開局於五月，蕆事於臘月，半年勒限，草促成書，淺深得失，必有能辨之者。康熙壬午仲春，初白菴主人查慎行識。』前後歷時三十年，康熙四十二年春始成書。先是康熙四十年，慎行蒙恩召見行在，或有注蘇爲時稱賞之故。補注大旨，見於《例畧》，云：『蘇詩宜編年固矣，惟是先生升沉中外，時地屢易，篇什繁多，必若部居州次，一一不爽，自非朝夕從游，疇能定之？施元之、顧景繁生南渡時，去先生之世未遠，排纂尚有舛錯。如《客位假寐》一首，鳳翔所作，而入倅杭時。《次韻曹九章》一首，黄州所作，而入守湖州時。姑舉二段，以見編年之難。凡慎所辨正，必先求之本詩及手書真蹟，又參以同時諸公文集，洎宋元名家詩話題跋，年經詩緯，用以審定前後。余家少藏書，每從竹垞朱先生及馬衎齋、素村兄弟借閲，援據考證，實賴攸助焉。兹集舊有八注、十注，同時稍後者有唐子西、趙夔等注。乾道末，御製序刊行。紹興中，有吴興沈氏注（注：見《吴興備志·經籍》類中），漳州黄學臯補注（注：見王懋宣《閩大記·藝文》類中），今皆不傳，傳者惟王氏、施氏兩家耳。施氏本又多殘脱，近從吴中借抄一本，每首視新刻或多一二行，乃知新刻復經增删，大都掇拾王氏舊説，失施氏面目矣。今於施注原本所有而新刻所删者，輒補録以存其舊，漫不可辨者則缺之』，『疎漏之病，前條畧舉之。更有繁蕪之病，有詩意本瞭然，多添注脚者；有所用非此事，强爲牽率者；有一事經再用三用，稠叠蔓引者。洪容齋曰：「讀是書者，要非蒙童小兒，何煩屢注哉！」凡此冗沓，王注固多，施氏亦所不免，芟之不勝芟也。且二書流傳已遠，聽其單行於天地間，知此解者毋謂離之，則雙美也。此外更有改竄經史，妄托志傳，以傅會詩辭者。《禮記》：「敝帷不棄，爲埋馬也；敝蓋不棄，爲埋狗也。」施氏注删去中間二語，作何解乎？唐明皇兄弟六人，其一蚤卒，寧、薛兄也，岐、申弟也，當時稱明皇爲三郎。王氏謂岐、薛、申、寧皆明皇諸弟，何所據乎』，『王注之繆，吴中新刻本《正譌》一卷，抉摘過半矣。但持議有過苛者。』前此東坡詩注稱多矣，王施二家爲著。慎行補注超乎二家之上，凡若此之類，多見其自得之解。鄭方坤評云：『所注蘇詩，抉摘穿穴，得未曾有，實能爲髯公道出胸臆間事。惜未開雕問世。』（《本朝名家詩鈔小傳》卷三《敬業堂詩鈔小傳》）

四庫館採錄通行本《補注東坡編年詩》五十卷，《提要》云：『初，宋犖刻《施注蘇詩》，急遽成書，頗傷潦草。又舊本黴黯，字跡多難辨識。邵長蘅等憚於尋繹，往往臆改其文，或竟删除以滅跡，併存者亦失其真。慎行是編，凡長蘅等所竄亂者，並勘驗原書，一一釐正。又於施注所未及者，悉蒐採諸書以補之。其間編年錯亂，及以他詩溷入者，悉考訂重編。凡爲《正集》四十五卷，又補録帖子詞、致語口號一卷，《遺詩補編》二卷，他集互見詩二卷。别以《年譜》冠前，而以同時倡和散附各詩之後。雖卷帙浩博，不免牴牾。如蘇轍辛丑除日寄軾詩，軾得而和，必在壬寅，乃亦入之辛丑卷末，則編年有差。題李白寫真詩，前後文義相屬，本爲一首，惠洪所説甚明，乃據《聲畫集》分爲二首，則校讎爲舛。《漁父詞》四首、《醉翁操》一首本皆詩餘，乃列之詩集，則體裁未明。倡和詩中所列曾鞏《上元游祥符寺》詩、陳舜俞《送周開祖》詩、楊蟠《北固北高峰塔》詩、張舜民《西征》三絶句，皆與軾渺不相關，乃一概闌入。至於所補諸篇，如《怪石》詩指爲遭憂時作，不知《朱子語類》謂二蘇居喪無詩文。《鼠鬚筆》詩本軾子過作，而乃不信《宋文鑑》。《和錢穆父寄弟》詩已見三十一卷，乃全篇複見。《元祐九年立春》詩即《戲李端叔》詩中四句，已見三十七卷，乃割裂再出。《雙井白龍》詩，《冷齋夜話》明言非東坡作，乃反云據以補入。甚至李白《山中日夕，忽然有懷》詩，亦引爲軾作，尤失於檢校。如斯之類，皆不免炫博貪多。其所補注，如《宋叔達家聽琵琶》詩「夢回猶識歸舟字」句本用「箜篌朱字」事，見《太平廣記》，乃惟引「天際識歸舟」句，又誤謝朓爲謝靈運。《黄精鹿》詩本畫黄精與鹿，乃引雷敩《炮炙論》黄精汁製鹿茸事，皆爲舛誤。又如《紀夢》詩引李白「粲然啟玉齒」句，不知先見郭璞《遊仙詩》。《遊徑山》詩引《廣異記》「孤雲兩角」語，不知先見辛氏《三秦記》。《端午》詩引屈原「飯筒」事，云《初學記》引《齊諧記》，不知《續齊諧記》今本猶載此條，皆爲未窮根柢。其他訛漏之處，爲近時馮應榴合注本所校補者亦復不少。然考核地理，訂正年月，引據時事，元元本本，無不具有條理。非惟邵注新本所不及，即施注原本，亦出其下。現行蘇詩之注，以此本居最。區區小失，固不足爲之累矣。』

《補注蘇詩》博徵經史子集，考訂極細，頗正施注及前人之誤。其注蘇之功，著者有三，曰編年，曰考訂，曰釋注。《例畧》例舉自得數端，已畧可見之。至於所失，《四庫提要》毛舉多當，然謂其『炫博貪多』、『未究根柢』，則稍過矣。查開嘗合查、王、施三家注，正訛芟複，成《蘇詩三家注》，惜不傳。桐鄉馮應榴沈酣蘇詩，取施元之、王十朋、查慎行諸家注，考得失，稽異同，爲《蘇文忠詩合注》五十五卷。翁方綱撰《蘇詩補注》八卷，於慎行之失，亦詳列述。如《扶風天和寺》一首，方綱補注：『按查氏引《鳳翔志》，「此詩石刻」，「先生自題其後」云云。今據石刻，此題在詩前。又，「終南陳雄仲武題」，武仲，查刻訛作仲武。』諸家補注可相參讀。慎行集注蘇大成，馮、翁則多補證之功。

東坡先生編年詩補注五十卷、卷首東坡先生年表一卷　乾隆二十六年查開香雨齋刻本（清紀昀批點）（國圖）

宋蘇軾撰，清查慎行補注。慎行《東坡先生編年詩補注》五十卷，已著錄國圖藏乾隆二十六年查開香雨齋刻本，清吳騫校並跋，朱允達臨盧文弨朱筆批校。此亦國圖藏乾隆二十六年香雨齋刻本，清紀昀批點，共二十一册。《采輯目録》後有紀昀乾隆三十六年八月《題記》，云：『余點論是集，始於丙戌之五月。初以墨筆，再閲改用朱筆，三閲又改用紫筆，交互縱横，遞相塗乙，殆模糊不可辨識。友朋傳録，各以意去取之。續於門人葛編修正華處得初白先生手批本，又補寫於罅隙之中，蓋轇轕難别。今歲六月，自烏魯木齊歸，長晝多暇，因繕此淨本，以便省覽。蓋至是凡五閲矣。乾隆辛卯八月，紀昀記。』據知，此爲紀昀五閲重繕之本。吳騫校本，臨盧文弨朱筆批校。吳騫《跋》稱《蘇詩補注》原書『尚少契勘之功』，有重複脱略，查開梓刻時，讐校嫌於莽鹵，訛誤不免，盧文弨爲覆校改正，頗多增損，『因得原抄本，復參以己意，故去取爲精核』。查開屬鮑以文求盧氏校本，將謀重刻，及取至，查開已亡（第一册《采輯書目》後），重梓未果。紀昀三校後，亦得慎行手批本，補寫於罅隙間。今慎行手批本未見，賴此二本所存寥寥，庶可略窺其貌。如卷三《太白山下早行至横渠鎮，書崇壽院壁》詩云：『馬上續殘夢，不知朝日昇。亂山横翠嶂，落月澹孤燈。奔走煩郵吏，安閑愧老僧。再遊應眷眷，聊亦寄吾曾。』紀評本眉評云：『此昌黎所謂何好何惡之詩。首句直寫劉方平之詩，當由偶合，東坡非盜句者也。』『亂山』句夾批曰：『查初白云：「亂山」句，從「殘夢」中出。』吳校本録盧文弨批校：『鈔本云：首句唐人劉駕詩。』紀、盧俱顯非全録慎行手批，紀氏所謂『首句直寫』云云，乃從慎行手批而來。『亂山』句夾批，盧氏未録。又如同卷《九月二十日微雪，懷子由弟二首》，吳校本録盧文弨批校：『鈔本云：先生同子由侍編禮公出蜀，有《南行集》，所謂「江上同舟詩滿篋」也。當載此條。』紀評本未録。卷十八《槿松得徠字》一首，紀評本眉批曰：『查云：「曲折中有深厚之氣。」』吳校本無之。

紀昀批點，與吳騫校、盧文弨批，著意各有不同。紀氏重在『點論』蘇詩，吳、盧重於校讐補正，兼及蘇詩字法及用韻之評。如卷一《郭綸》，紀評本眉評曰：『首二句寫出英雄失路之慨。』又，『頗作意態，而不免淺弱，病在五句接落少力。而五句之少力，則病在「因言」二字之板滯也。』吳校本眉批云：『注見《子由集》。』言《郭綸》詩題注另見。又，『不似。』蓋論『不知鐵槊大如椽』之句。《犍爲王氏書樓》一首，吳校本無批校，紀昀眉評曰：『亦頗淺弱，此時氣格尚未成就也。』《夜泊牛口》一首，紀評本眉評曰『「喜且售」三字湊，「安識」句率，「樂且久」三字趁韻』云云，評說蘇詩。吳校本有朱允達臨盧氏眉批：『《東方朔傳》：「伊優亞者，辭未定也。」又，《後漢·趙壹傳》：「伊優北堂上，抗髒倚門邊。」此所引不知何據，疑誤記也。「咿嚘自咿嚘」，乃戴剡源詩，亦無上句。』乃校慎行所作注：『咿嚘，趙壹詩：「骯髒自骯髒，咿嚘自咿嚘。」』今按：黃庭堅《楊明叔從子學問甚有成，當路無知音，求爲瀘州從事而不能，得予蒙恩東歸，用蛟龍得雲雨，鵰鶚在秋天，作十詩見餞，因用其韻以别》十首其九云：『骯髒自骯髒，伊憂自伊憂。』（《豫章黄先生文集》第六，《四部叢刊》景宋本）查注未確，盧校亦有未確。紀評本爲蘇詩專評之書，吳校本猶是校閲之本，此其異也。

查悔餘文集不分卷　稿本（佚名批校）（北大）

清查慎行撰。慎行有《周易玩辭集解》，已著録。慎行以詩聞，經史、文章爲所掩。其文名不彰，亦有文章散佚、傳世不廣之故。今存文集，一爲稿本《查悔餘文集》不分卷（北大圖書館），一爲清嘉慶元年抄本《查初白文集》不分卷（稿本錄副，國圖），一爲清拜經樓抄本《敬業堂文集》二卷（清陳鱣抄本錄副，今爲私家藏書），一爲《四部備要》本《敬業堂文集》三卷、《别集》一卷。

此爲其手稿《查悔餘文集》不分卷，二册。無版匡、界格。每半葉九行，行二十五至二十六字不等。卷端不署撰者姓氏。無序目。《中國古籍總目》未著錄此本，《北京大學圖書館館藏稿本叢書》影印行世。第一册收文三十篇，第二册收文六十三篇，通計九十三篇。茲錄其目如下：

第一册：《萬壽頌》（并序）《擬上尊號表》（注：『康熙癸未，代儿卿作。』）《御賜砥石山綠硯賦》（并序）《史部廳藤花賦》《題王雙谿集後》《跋唐明皇孝經注石刻》《恭跋外曾王父鍾文陸公讀易鈔後》《跋范文白先生楷書四十二章經後》《題扶風琬琰錄後》《跋元板纂圖集注文公家禮後》《跋雞肋集後》《跋七里沈氏先世制辭後》《祭房師汪東山先生文》《祭王麓臺少司農文》《公祭京江相國文》《祭祝安道文》《長假後告墓文》《太學生候贈承德郎御六徐公墓表》《誥授奉政大夫四川按察司僉事提調學政曾公墓志銘》（并序）《待贈奉政大夫允思李君墓誌銘》（并序）《皇清誥封一品太夫人于母張太君墓誌》《皇清誥授榮祿大夫都督僉事駐防參領白公神道碑》《皇清誥授資政大夫總督雲南貴州兩省軍務兼理糧餉兵部左侍郎兼都察院左副都御史加五級謚恪勤郭公神道碑銘》《勅授承德郎原任詹事府右春坊右中允兼翰林院編脩晚研楊先生墓誌銘》（并序）《亡壻李暘谷墓志銘》《翰林院檢討亡甥陳元之墓志銘》《皇清誥授中憲大夫原任大理寺丞仍正四品服俸致仕棠嚴顧公墓志銘》（并序）《傳南山宗昭慶寺宜潔律師塔銘》（并序）《先室陸孺人行略》《族姪言思孝廉哀辭》（并序）。

第二册：《河圖說》（一、二）《横圖、圓圖、方圖說》《卦變說》《天根月窟考》《八卦相錯說》《辟卦說》（一、二。按：裝葉顛倒）《中爻說》《中爻互體說》《廣八卦說》《姪克寬字說》《姪基字說》《沈廷芳字說》《種草花說》、無題一篇（按：即《請假葬親奏摺》，有文無題）《武英書局報竣奏摺》《佩文韻府告成，公請御製序文奏摺》（注：『擬稾』）《武英書局報竣回奏摺子》（注：『辛卯十月初十。』）《答鉛山令施渟如書》《公送諦輝禪師再住龍井啓》《形家五要二編序》《永思集序》《止齋姪鴛湖詩序》《曝書亭集序》《秋影樓詩集序》《葛友峯文集序》《自吟亭詩藁序》《恭擬佩文齋詠物詩選序》《六峯閣詩序》《東亭、查浦兩弟七十壽序》《樓母黄孺人七秩壽敘》《座主大宗伯許公八十壽敘》《黄岡王氏族譜序》《瓣香詩鈔序》《江西通志序》（注：『代白中丞作。』）《田居詩序》《卓蔗村詩序》《趙功千漉舫小稾序》《仲弟德尹詩序》《芙航緐藁序》《南宋褋事詩序》《鳳晨堂詩集序》《施自勗詩序》《沈一齋集序》《今雨集序》《沈磵房詩集序》《沈房仲詩序》《王方若詩集序》《紫幢詩鈔序》《蔣母張太孺人八十壽序》《重脩飛雲巖月潭寺碑記》（注：『代楊中丞作。』）《自怡園記》《瓻軒記》《琳霄觀碑記》《重脩真定府龍興寺碑記》（注：『奉旨擬作。』）《恭擬五臺廣通寺碑記》（注：『奉旨作。』）《恭擬中臺菩薩頂碑記》（注：『奉旨作。』）《恭擬普陀山寺碑記》（注：『奉旨作。』）《重脩普濟寺碑記》《順義縣重脩東岳廟碑記》《海寧縣學重建明倫堂碑記》《外祖妣羅太君遷葬記》。

諸篇抄寫工整，不相連屬，集中『丘』字寫作『邱』。蓋慎行晚年有意手訂文集而録成，時在雍正三年後。雍正四年，查嗣庭案發，慎行牽累下獄，明年五年獄解，得南還。得樹樓藏書散逸亦在此際，此本散出未詳何時。乾隆四十六年十二月，塘栖卓氏《憶鳴詩集》案發，查抄查氏藏書，未見違礙文字。此本《卓蔗村詩序》一篇，即係違礙文字，殆《文集》已先自查氏流出，慎行後人始免一難。葉眉偶有後人批校，不知出何人之手。如《施自勗詩序》一篇眉批：『時先生里居，施公將北遊，而先向先生索序。』《誥授奉政大夫四川按察司僉事提調學政曾公墓志銘》眉批：『讀此文而知三柱之宜滅亡也。』

《四部備要》本《敬業堂文集》收文一百篇，《別集》收文二十三篇。此本收文九十三篇，皆已見於《備要》本《文集》。嘉慶元年抄本《查初白文集》源出稿本《查悔餘文集》，收文九十三篇，復增補二篇，得九十五篇。《四部備要》本《敬業堂文集》編次與二寫本甚異，且多出數篇，據慎行孫岐昌重編《敬業堂文集》校印。後人不知，誤以爲稿本、清抄本乃岐昌重編本（參見『敬業堂文集三卷、別集　卷』條）。

此本與《備要》本文字時有差異。《備要》本第一篇《萬壽頌》，題注：『代院長作。』院長，即納蘭揆敘。此本《萬壽頌》無題注。所收諸文，不類不次，文末往往有署時，《備要》本無之。如《跋元板纂圖集注文公家禮後》末署：『康熙庚子四月，查慎行敬識於南昌志局。』所附『又按』一則署：『慎行又識，雍正癸卯中秋後十日，時年七十又四。』《跋七里沈氏先世制辭後》末署：『雍正甲辰臘月立春前三日，同里查慎行敬跋。』《外祖妣羅太君遷塋記》末署：『雍正三年乙巳，外孫查慎行謹記。』可與《查他山年譜》相印證。對校《備要》本，篇目鮮異，字句偶不同。《備要》本《請假葬親奏摺》一篇，此本有文無題，開篇作：『廷賜進士出身，欽點翰林院庶吉士，特免教習，改授編修。身叨一第，皆出皇上之生成；目識一丁，皆蒙皇上之教誨。』《備要》本作：『編修臣查慎行謹奏：一介寒微，遭逢聖主，由舉人召赴内廷，賜進士出身，欽點翰林院庶吉士，特免教習，改授編修。身叨一第，皆出皇上之生成；目識一丁，皆蒙皇上之教誨。』《恭擬中臺菩薩頂碑記》奉旨擬，文中『烟蘿』二字，五臺山康熙御書碑刻同，《備要》本作『烟波』。《吏部廳藤花賦》一篇，《備要》本有兩處闕文，即『窈窕閣□，沉沉門鑰。曉烟深鎖乎墻隅，晝漏□稀乎院落』。此本則完，作『窈窕閣鈴，沉沉門鑰。曉烟深鎖乎墻隅，晝漏稀傳乎院落。』

慎行之文，清抄本《初白庵藏珍記》尚存收三十一篇，合以上三本，亦止一百五十四篇，其放失多矣。如康熙刻本《騰笑集》前有慎行撰《序》一篇。嘉慶元年抄本《查初白文集》第二冊《跋雞肋集後》前有後人增補《刑統賦解跋》一篇。葛嗣浵《愛日吟廬書畫別錄》卷二收《查嗣瑮行書二通》，俱康熙二十一年春作於貴州。稿本《壬申紀游》收《石鍾山重刻東坡記跋》（代作）《九江考》。他如《人海記》前《自序》、《蘇詩補注》集前《例畧》（《新輯查慎行文集》收錄二文），《東村詩序》（見李呈祥《東村集》）《初白外書序》（見管廷芬《海昌藝文志》卷八）《鶴山筆錄跋》（見《鶴山筆錄》）《影元鈔本湛然居士文集題識》（見《江蘇省立國學圖書館年四年刊·題跋》）《題鬳齋考工記解》（本篇至《林公輔先生文集》共十一篇，見張一民《得樹樓藏書拾錄》，其中《題刑統賦解》，前已錄）《題毛詩舉要》《題陶靖節集》《題松恒文集》《題雙峰集》《題孝詩》《題傅與礪詩集》《題雲林集》《題說學齋稿》《題林公輔先生文集》（參見整理本《查慎行集》第七冊），皆可掇拾。總計，慎行文存一百七十餘篇。《敬業堂詩集》四十八卷、《餘波詞》二卷所收各小集自題，彙輯慎行諸文爲一編，亦可錄之（按：今人整理《新輯查慎行文集》，據《查悔餘文集》《敬業堂文集》《別集》及《初白庵藏珍記》，得一百五十三篇。另從小嫏嬛山館刻本《人海記》輯得《人海記自序》一篇，《庫》本《蘇詩補注》輯《蘇詩補注例略》一篇，通計一百五十五篇，重分卷帙，以爲六卷。猶有所遺，且不免譌誤。《前言》云：『《新輯查慎行文集》收《敬業堂文集》與《廬山紀遊》《陪獵筆記》三種。《敬業堂文集》以天津古籍出版社影北京大學圖書館館藏稿本叢書本《查悔餘文集》爲底本，以《四部備要》本《敬業堂文集》（三卷）、《別集》（一卷）爲參校本。稿本前有《內容提要》，錯訛甚多，稱「全書收詩賦、序跋、碑記、神道、墓誌、祭文、哀辭、行略、塔銘等約百二十篇」，實際收文僅九十四篇，其中《請假葬親奏摺》一篇闕題。從《四部備要》本《敬業堂文集》輯入六篇、《別集》輯入二十三篇，從清咸豐小嫏嬛山館刻本《人海記》中輯入《人海記自序》一篇，從《四庫全書》本《蘇詩補注》輯入《蘇詩補注例略》一篇，從道光抄本《初白庵藏珍記》輯入題跋二篇，從道光抄本《初白庵題跋》輯入題跋八篇，從道光抄本《初白庵尺牘》輯入尺牘二十通。共收長短文一百三十八題、一百五十五篇（尺牘按抄本分三組，一組一題）。稿本與《四部備要》本編排順序不同，且均雜亂無序，本次整理大致以類别分卷編排，共分六卷，各卷篇數多寡不一。卷一制頌表疏，卷二序跋，卷三雜記，卷四墓誌祭贊，卷五書啓尺牘，卷六《易》説。』今按：　整理本未校勘嘉慶元年抄本《初白庵文集》。《初白庵題跋》《初白庵尺牘》皆見於《初白庵藏珍記》，非别有單行本。《蘇詩補注》有清乾隆二十六年刻本，當據以輯録《例畧》。《查悔餘文集》收文實九一三篇，非九十四篇。《敬業堂文集》《别集》收文一百二十三篇，天津古籍出版社影印《查悔餘文集》集前《内容提要》『約百二十篇』，殆誤指《備要》本，未細覈也。《敬業堂文集》所收百篇不見於《查悔餘文集》者實七篇，非六篇。又，近見《查慎行全集》出，訛誤雖猶有未免，然文有增輯，舊誤多所糾改，兹不贅説）。

康熙四十一年冬，康熙帝聞張玉書言慎行『學問好』，復問李光地，光地答『曾見過他詩文，果然好』，遂蒙召見。慎行入直，奉旨擬作，爲帝譽賞。全祖望曾向慎行其問文法。梨洲主於『文必本之《六經》，始有根本』。慎行所作得梨洲嫡傳，深於經術。《恭跋外曾王父鍾文陸公讀易鈔後》《跋唐明皇孝經注石刻》《跋元板纂圖集注文公家禮後》《題胡雲峰先生集後》援據經典，考證博審，《侄克寬字説》《侄基字説》《沈廷芳字説》亦類之。碑板、壽序之文，援引經語，能質而不枯，理至情到，敍事見長，合於黄宗羲《論文管見》所云『敍事須有風韻，不可擔板』。所撰樓記園記，如《自怡園記》《廠軒記》等，引經注，闡義理，並文筆生動，性情真至。陳敬璋《敬業堂文集跋》云：『公原本經術，發爲文章，主于理明詞暢，深得歐曾法度，其與雕琢曼詞以炫世者，相距遠矣。惜所著半皆散佚，又造物者又若妬之，再亡于火，幸而有存。則是篇也，特全豹之一斑，可不爲之珍惜而善藏之乎！』（《敬業堂文集》附録）要之，慎行文章闡入東浙文統，根柢經史，篤實有物，醇雅簡明，不失浙東一家。

查初白文集不分卷　清嘉慶元年拜經樓抄本（國圖）

清查慎行撰。慎行文集，已著録稿本《查悔餘文集》不分卷。此爲《查初白文集》不分卷，清嘉慶元年拜經樓抄本，二册。無版匡、界格。每半葉九行，行二十五至二十七字不等。卷端不題撰者名氏。集前無序目。《北京大學圖書館館藏稿本叢書》影印《查悔餘文集》稿本二册，第一册爲《萬壽頌》等文三十篇，第二册爲《易説》等文六十三篇。此本源出稿本，第一册爲《易説》諸文，第二册爲《萬壽頌》諸文，較稿本多出二篇，即卷中行草補《刑統賦解跋》，卷末吴騫手補《王勇濤懷古吟序》，通計九十五篇。

第一册端葉鈐『海鹽徐氏夢錦樓珍藏印』、『黄岡劉氏紹炎過眼』、『黄岡劉氏校書堂藏書記』諸圖記。篇目與稿本不異，擡寫亦如之，然自《秋影樓詩集序》以下，次第略異。《請假葬親奏帖》一篇，《查悔餘文集》無題，《敬業堂文集》作《請假葬親奏摺》。其首數句，異於《查悔餘文集》，而同於《敬業堂文集》。其他篇題字句與《查悔餘文集》鮮有參差。

第二册篇目次第與《查悔餘文集》同，所異者，《跋元板纂圖集注文公家禮》後補《刑統賦解跋》一篇。《刑統賦解跋》云：『《宋史·藝文志》：《刑統賦解》四卷。不詳作者姓名。晁公武《讀書後志》著録者二卷，云皇朝傅霖撰，或人爲之注。則傅乃宋人，非元人也。趙文敏《序》云東原郄君章析而韻釋之，而不稱載其名，則郄必元人。竹垞概以爲宋人者，亦訛。此本爲古林曹氏藏本。甲午五月，余從西吴書估購得之。初白老人查慎行志。』檢朱彝尊《曝書亭集》康熙刊本，卷五十二《刑統賦解跋》

云：『《刑統賦》四卷，《宋史·藝文志》不知作者，晁公武《讀書後志》著録二卷，云皇朝傅霖撰，或人爲之注。予所録卷與晁氏同，古林曹氏藏本也』，『又，東原郄某每聯撰四言歌以括之，前有延祐三年趙孟頫《序》，言其大略。其後益都王亮復爲增注。大抵傅、郄皆宋人，而亮則元人也。』今存清初抄本《刑統賦解》二卷有慎行《跋》，張金吾《愛日精廬藏書志》卷二十一著録《刑統賦解》二卷（舊抄本，曹倦圃藏書），附『查氏手跋』一則（清光緒十三年吴縣靈芬閣集字版校印本），即此文。清黄氏士禮居抄本《刑統賦解》書前收慎行此文，摹慎行手蹟。其文不見於慎行文集諸抄本，《敬業堂文集》《别集》亦未收。《敬業堂文集》收《吏部廳藤花賦》，『鈐』、『傳』二字闕，此本不闕，與《查悔餘文集》同。《跋元板纂圖集注文公家禮後》篇末署『康熙庚子四月，查慎行敬識於南昌志局』，『又按』後署『慎行又識，雍正癸卯中秋後十日，時年七十又四』，亦與《查悔餘文集》同，《敬業堂文集》無之。末一篇《族侄言思孝廉哀辭》後有『吴騫讀過』圖記。

集末附數葉，首爲徐洪鼇同治三年《跋》，有『徐洪鼇之信印』圖記。接爲吴騫手補《王勇濤懷古吟序》、嘉慶元年孟冬手書《跋》。前者鈐『兔牀山人』，後者鈐『臣』、『騫』。吴騫《跋》云：『獨文集未經授梓，故傳本尤少。予昔于倪敏修大令六十四研齋見之，未及借抄，時往來於心。今春，偶過吾友鷗舫先生南曲舊業，出此見眎，欣然若遇故人，因假歸傳録。此編不知何人所輯，亦未有序目卷次。鈔方竟，適沈呂璜孝廉遺王勇濤《懷古吟》，又得初白翁一序，乃編中所未有，知其遺文之放失者多矣，即别録一通寄鷗舫，附益編後。鷗舫博雅嗜古，家藏初白手跡尤多，嘗欲料理敬業遺書，以繼尊甫芷齋先生刊《初白庵詩評》之志。』據知此爲嘉慶元年吴氏依海鹽張鶴徵（號鷗舫）藏本所傳録者，王國維《敬業堂文集序》以爲吴本已佚，未確。

吴騫手書《跋》署『嘉慶初元孟冬朔日，邑後學吴騫識』。又見清嘉慶十二年刻本《愚谷文存》卷六，篇末無署時，而增一句『或云此編乃先生猶子學所輯』。文中改『鷗舫先生』爲『選巖張君』，改『寄鷗舫』爲『寄選巖』。《備要》本附吴騫《跋》，無『或云此編乃先生猶子學所輯』一句，『鷗舫先生』作『選巖張君』，『寄鷗舫』作『寄選巖』，末署『嘉慶丙辰，邑後學吴騫識』。此本源出《查悔餘文集》稿本。疑查學曾收藏稿本，致有『先生猶子學所輯』之傳聞。

敬業堂文集三卷、别集一卷　《四部備要》本

清查慎行撰。慎行文集，已著録稿本《查悔餘文集》不分卷。此爲《四部備要》本《敬業堂文集》三卷、《别集》一卷，上海中華書局據古杭姚氏鈔本校刊排印，二册。每半葉十三行，行三十字。黑口，單魚尾，四周單闌。《文集》各卷端題曰：『海寧查慎行悔餘。』《别集》卷端題曰：『仁和姚景瀛編，海昌費寅校。』

《文集》前有王國維民國十年春《敬業堂文集序》及《目録》，集末有吴騫、陳敬璋、姚景瀛三《跋》。卷上爲頌、表、奏折、賦、説、題跋，得三十一篇；卷中爲書啓、文序、譜序、壽序，得三十八篇；卷下爲碑文、碑記、葬記、墓表、墓誌銘、塔銘、行略、祭文、哀辭，得三十一篇。通計百篇，其間代作及奉旨擬作，目録及正集題下各注明。卷中末一篇《王勇濤懷古吟序》題注：『新補。』乃吴騫據王勇濤《懷古

吟》補入《查初白文集》者。卷下《重修真定府龍興寺碑記》《恭擬五臺廣通寺碑記》《恭擬中臺菩薩頂碑記》《恭擬普陀山寺碑記》四篇，均題注奉旨作。今五臺山靈鷲峰菩薩頂有石刻《御製中臺菩薩頂碑》，末署：『康熙四十六年七月中元日。』碑記即慎行所撰（按：其文僅二異：碑刻有著時，排印本無。排印本『鐘磬隔烟波之外』句『烟波』二字，碑刻作『烟蘿』。又，稿本《查慎餘文集》亦作『烟蘿』）。

《別集》據慎行手書殘稿校印，前有金蓉鏡《查初白先生別集序》及《目録》，末有許嘉猷嘉慶二十二年正月《題識》、姚景瀛《跋》。集中收疏、表、柬、壽序、文序、徵啓、哀辭、祭文、碑記、引諸體文，凡二十三篇，代作幾居其半。蓉鏡《序》云：『其集外文，雖非其至，而温潤縝密，殖學有本。此本別集手稿亦然，雖多應制擬作及代人之作，然可備當時掌故。玩其風味，無噍殺之音，亦足以厚俗而宜民』，『至於此本手稿，流傳有緒，備於藏家，不復瑣及云。』嘉猷《題識》云：『右初白翁手録稾，殘缺不全，間有塗改，與鐫本不同。』景瀛《跋》：『查初白先生《敬業堂文稿》兩冊，景瀛前所校印者，蓋從亡友張君渭漁所藏拜經樓手録本迻寫得之。己巳夏，聞吾鄉故家藏有先生手寫詩文稿二冊，遂因費君景韓作緣，易以重值。今爲校録，則文爲前本所無，詩則有刻有未刻。』海寧費寅嘗見清抄本《橘社倡和集》前慎行《序》一篇，《文集》未有，題下記曰『堪以補入』。今《別集》中《橘社倡和集序》一篇，即據以補入。

《備要》本《文集》以古杭姚氏鈔本爲底本。王國維疑姚氏抄本據於王簡可抄本，王氏本依於吳騫初録張鷗舫涉園抄本，又謂查岐昌輯爲此集。其《序》云：『吾鄉查他山先生《敬業堂文集》二冊，不分卷。後有吳槎翁《跋》，面葉隸書十二字，亦似槎翁手書。蓋源出拜經樓鈔本，而吳又傳自海鹽張漚舫者也。先是他山先生冢孫巖門（岐昌）輯此集，稿藏花溪倪氏六十四硯齋。陳簡莊（鱣）首錄一本，張漚舫從之傳錄，吳氏又錄張本，紫溪王氏（簡可）復從吳本錄之。未幾，而倪本、吳本俱燬於火。槎翁又從紫溪傳錄，有跋，見《海昌藝文志》中。此則從吳氏第一次寫本出，疑即王紫溪本也。先生外曾孫陳半圭（敬璋）又從王氏錄得一本，編爲四卷，並撰《年表》冠其首。今張、吳、二陳本俱不傳，則是本益足貴矣。』

今按：陳鱣抄本尚存。嘉德拍賣《敬業堂文集》二卷，清拜經樓抄校，一冊。無版匡、界格。每半葉十一行，行二十一字。書心寫『敬業堂文集』。各卷端題曰：『海寧查慎行悔餘譔，後學陳鱣仲魚錄。』有吳騫嘉慶十四年《跋》，謂以涉園張鷗舫傳鈔一部燬於火，乃從王紫溪借錄。吳騫所藏慎行文集顯非一部，一本《查初白文集》爲稿本錄副，一本《敬業堂文集》爲陳鱣抄本，二本皆借抄於張氏涉園。陳鱣抄本，卷上首篇爲《重修飛雲巖月潭寺碑記》（題下注：『代楊中丞作。』），與《查悔餘文集》《查初白文集》皆有不同。疑陳鱣抄本所據底本，即查岐昌重編者。拜經樓抄本《敬業堂文集》今藏於私人，無由見而詳考之。王簡可抄本，則未知尚存否。

吳騫《跋》稱曾於倪敏修六十四硯齋見慎行文集，未及借抄。嘉慶元年春，借涉園藏本傳錄，而不知何人所輯。倪學洙字敏修，號蘭畹，海寧人。乾隆二十二年進士，官沭陽知縣（乾隆《海寧州志》卷八），著有《備忘錄》十卷（民國《杭州府志》卷八十九）。陳敬璋《跋》見於《爾室文鈔》，云：『是篇約百首，不類不次，蓋公之孫巖門舅氏所搜訪而彙錄者。其後爲花溪倪氏所得，傳錄涉園張氏，而原本旋燬於火。兔牀吳丈從涉園假以錄之，再錄于王君紫溪，而吳氏本復燬。今又從王氏本錄之，幾經傳寫，訛謬實多。

於是悉心校訂，疑者闕之，略加詮次，釐爲四卷。復輯《年表》一卷，列于冊首。』岐昌字藥師，號巖門，慎行孫。幼承祖訓，世其家學，年未五十而歿。敬璋母昌鵷，爲慎行弟之女孫。《海寧州志》載昌鵷幼從族兄岐昌受《小學》《毛詩》，通曉大義。敬璋稱慎行文集約百篇，岐昌搜訪彙錄而成，後流入六十四硯齋，鶴徵錄副，原本燬於火。吳騫從張氏本抄寫，王簡可從吳氏本抄寫，吳氏本燬於火，吳騫又借抄王氏本。《查悔餘文集》稿本雖不類不次，然抄寫齊整，蓋慎行晚年手訂而未完者。流入六十四硯齋者，當爲岐昌重輯之本，後原本燬於火。慎行稿本今存，吳氏抄本存二種。敬璋所言『吳氏本復燬』，殆謂初據陳鱣抄本錄副者。王國維信而從之，又言『今張、吳、二陳本俱不傳』，未確。敬璋抄王氏本，重作校訂，釐分四卷，今未見其傳，俟再訪之。姚氏抄本分爲三卷，篇目增七，次第重訂，究何人所爲，猶未能盡詳也。

敬業堂詩集四十八卷　清康熙五十八年刻本（天圖）

清查慎行撰。慎行有《周易玩辭集解》，已著錄。慎行以詩著聞，與王士禛、朱彝尊、施閏章、宋琬、趙執信並稱『國朝六家』。其三十而後，載酒江湖，晚始入爲文學侍從。一生行程十餘萬里，所好者山水、友朋、詩歌耳。《鳳晨堂詩集序》贊稱韓純玉『以山水、友朋爲性命』，亦夫子自道。唐孫華雍正元年《敬業堂集序》云：『而其生平所癖好者，惟于詩，于山水，于友朋，而于進取榮利之途，泊如也。』其詩初刻有《慎旃集》《慎旃二集》，康熙二十四年梓於京師。繼有《敬業堂詩集》四十八卷，鋟板於康熙五十八年。雍正元年，補刊《餘波詞》二卷，成《敬業堂集》五十卷。乾隆間，姪查學、查開重修《敬業堂集》，補刻《敬業堂詩續集》六卷。

此爲天津圖書館藏《敬業堂詩集》四十八卷，康熙五十八年刻本，共十六册。每半葉十一行，行二十一字。白口，單魚尾，左右雙闌。各卷端題曰：『海寧查慎行悔餘。』版心鐫『敬業堂詩集』及卷數。集前有許汝霖康熙五十八年七月《敬業堂詩集序》及《總目》。王士禛、楊雍建、黄宗炎、陸嘉淑、鄭梁諸子皆曾爲慎行詩集撰序，此本未收録。汝霖《序》云：『平生所作不下萬首，今手自删定，起己未，迄戊戌，凡四十八卷。取隨駕山莊時御書賜額，名曰《敬業堂集》，乞余一言弁首，藏諸家』，『佟陶菴先生，夏重舉京兆時同年友也。既而同直内廷，晨夕數年，塤篪唱和，儕輩皆一時之選，而其伏膺者，惟夏重一人。丙申冬，出撫東粤，夏重走訪之，臨别捐俸，囑刻其詩以問世。』佟法海字淵若，號陶菴，巡撫廣東。康熙五十六年冬，慎行應邀至廣州，明年四月返，得佟氏之助，鳩工刻集。《仲弟德尹詩序》云：『戊戌秋，余徇好友之意，先刻拙集問世。』是役始於康熙五十七秋，明年事竣。『敬業堂』爲康熙帝御書賜額，慎行因以名集。《敬業堂詩集》及《續集》收詩數量，翁方綱詳有統計，翁評本《敬業堂詩集》之《目録》題記：『詩四十八卷，共四千三百五十四首。續集六卷，共七百二十八首，合前集，通計五千零八十首。』與實際篇數略有出入。

是集爲慎行手訂，按諸小集時間先後次第編排：《慎旃集》《耑歸集》《西江集》（即《慎旃二集》）《踰淮集》《假館集》《人海集》《春帆集》《獨吟集》《竿木集》《題壁集》《橘社集》《勸酬集》《溢城集》《雲霧窟集》《客船集》《並轡集》《冗寄集》《白蘋集》《秋鳴集》《敝裘集》《酒人集》《游梁集》《皖上集》《中江集》《得樹樓集》《近遊集》《賓雲集》《炎天冰雪集》《垂橐集》《杖家集》《過夏集》《偷存集》《緇經集》《赴召集》《隨輦集》《直廬集》《考牧集》《甘雨集》《西阡集》《迎鑾集》《還朝集》《道院集》《槐簃集》《棗東集》《長告集》《待放集》《計日集》《齒會集》《步陳集》《吾過集》《夏課集》《望歲集》《粵遊集》，凡五十三集。各小集題下注明作年，復撰自題以代小序，集中詩大抵按時先後編排，然亦不盡確，蓋歲月既久，遺忘不免，屢作刪改，次第偶紊。《敬業堂詩集》稿本、康熙刊本《慎旃集》《慎旃二集》《匡廬紀遊》及稿本《南齋日記》《壬申紀游》諸書俱存，對勘即可見之。慎行纂著《東坡編年詩補注》五十卷，《例畧》自云：『蘇詩宜編年固矣。』其手訂詩集，詳作編年，亦有寄意焉。

是集收詩起於康熙十八年己未，迄於康熙五十七年戊戌。盡刪康熙十八年前『少作』，非如同學友鄭梁師黄宗羲後，《見黄稿》不欲存舊作。慎行父崧繼有《澄清堂集》《學圃堂集》，臨歿盡焚之，蓋所作頗涉故國之事，不欲遺禍子孫。慎行與弟嗣瑮詩集盡刪『少作』，既爲避禍，復由仕於新朝，前後不類，遂棄前而存後。

四庫館採錄浙江巡撫採進本《敬業堂集》五十卷，《提要》云：『是編裒其生平之詩，隨所遊歷，各爲一集。凡《慎旃集》三卷，《嵩歸集》《西江集》共一卷，《踰淮集》一卷，《假館集》二卷，《人海集》《春帆集》《獨吟集》各一卷，《竿木集》《題壁集》共一卷，《橘社集》《勸酬集》《溢城集》《雲霧窟集》各一卷，《客船集》《並轡集》共一卷，《冗寄集》一卷，《白蘋集》《秋鳴集》共一卷，《敝裘集》《酒人集》共一卷，《游梁集》《皖上集》《中江集》各一卷，《得樹樓集》《近遊集》共一卷，《賓雲集》一卷，《炎天冰雪集》《垂橐集》共一卷，《杖家集》《過夏集》各一卷，《偷存集》《緇經集》共一卷，《赴召集》《隨輦集》《直廬集》《考牧集》《甘雨集》《西阡集》《迎鑾集》《還朝集》《道院集》各一卷，《槐簃集》二卷，《槖東集》《長告集》《待放集》《計日集》《齒會集》《步陳集》《吾過集》各一卷，《夏課集》《望歲集》共一卷，《粵遊集》二卷，附載《餘波詞》二卷。自古喜立集名，以楊萬里爲最多。慎行此集隨筆立名，殆數倍之。其中有以二十四首爲一集者，殊傷煩碎，然亦徵其無時無地不以詩爲事矣。集首載王士禛原《序》，稱黃宗羲比其詩於陸游。士禛則謂「奇創之才，慎行遜遊。綿至之思，遊遜慎行」，又稱其五七言古體有陳師道、元好問之風。今觀慎行近體，實出劍南，但游善寫景，慎行善抒情；游善隸事，慎行善運意，故長短互形，士禛所評良允。至於後山古體，悉出苦思，而不以變化爲長。遺山古體，具有健氣，而不以靈敏見巧，與慎行殊不相似。核其淵源，大抵得諸蘇軾爲多。觀其積一生之力，補注蘇詩，其得力之處可見矣。明人喜稱唐詩，自國朝康熙初年，窠臼漸深，往往厭而學宋，然粗直之病亦生焉。得宋人之長而不染其弊，數十年來，固當爲慎行屈一指也。」

今按：館臣誤以黃宗炎爲黃宗羲，且未睹慎行稿本，不知各小集之詩頗有删削改易，删後篇目或存者寥寥。慎行早好『擬宋』，尤嗜『擬蘇』。從學黃宗羲，論詩主於『不分唐宋』。世論慎行入宋詩派，實多誤解。黃宗炎《慎旃集序》云：『余賣藥海昌，查子夏重屢有詩酬和，尋其佳處，真有步武分司、追蹤劍南之堂奧者。』王士禛《慎旃集序》云：『姚江黃晦木先生常題目其詩，比之劍南。余謂以近體論，劍南奇創之才，夏重或遜其雄；夏重綿至之思，劍南亦未之過，當與古人爭勝毫釐。若五七言古體，劍南不甚留意，而夏重麗藻絡繹，宫商抗墜，往往有陳後山、元遺山風。後山淩厲峭直，力追絕險；遺山矜麗頓挫，雅極波瀾。吾未敢謂夏重所詣，便駕前賢，然使起放翁、後山、遺山諸公於今日，夏重操蝥弧以陪敦槃，亦未肯自安魯鄭之賦也。』李良年曾以慎行比陸放翁。《四庫提要》沿襲其説，謂『慎行近體，實出劍南』。然慎行初未宗陸，晚歲始偶效『放翁體』。士禛發揮宗炎之言，意在昌明宋詩，所論不甚合於實。慎行於前人之詩，得力於杜陵、香山、東坡三家爲多。教人詩律，嘗謂：『詩之厚，在意不在辭；詩之雄，在氣不在直；詩之靈，在空不在巧；詩之淡，在脱不在易，須辨毫髮於疑似之間。』（見查爲仁《蓮坡詩話》卷上）以性情爲木，不滿滄浪『妙悟』説。黔陽遊幕，追蹤杜陵詩史，黄宗羲論其『吐辭清拔』。及出入科場，放拓江湖，悲歌寂寥，淒清新奇。既而倦漫遊，里居學禪，詣於平澹寂寥。迨爲文學侍從，初變爲館閣清音，雜以江湖之調，繼作白、蘇遺響。長告以歸，效杜陵『漫興』、樂天『真樸』。入雍正朝，因時而變，多蒼涼之音。

慎行之詩，堪稱有清大家。士禛曾許湯右曾、史申義『足傳己衣鉢』。申義不足道，右曾稍出史氏上。全祖望推許右曾與慎行、朱彝尊爲浙詩三鼎足，《翰林院編修初白查先生墓表》云：『浙之詩人，首朱先生竹垞，其嗣音者先生暨湯先生西厓，實鼎足。至今浙中詩派，不出此三家。』劉執玉《國朝六家詩鈔·查慎行小傳》：『《敬業堂》篇什之富，與《帶經堂》相埒，名篇絡繹，美不勝收，才華魄力，足與阮亭代興。』法式善《題海寧查懷忠（世官）南廬詩鈔後》二首其一云：『一代詩名盛，恢奇敬業堂。翕然合唐宋，卓爾抗朱王（秀水、新城）。』趙翼《甌北詩話》舉唐之李、杜、韓、白，宋之蘇、陸，金之元好問，明之高啓，清之吴梅村、查慎行爲十大家，推尊慎行備至，然亦允當。劉承幹《查他山先生年譜跋》稱趙翼列之九家後，慎行『無媿色也』。

敬業堂詩集四十八卷、餘波詞二卷（敬業堂集五十卷） 清康熙五十八年刻、雍正元年補刊本（北大）

清查慎行撰。慎行詩集，已著録康熙五十八年刻本《敬業堂詩集》四十八卷。此爲北大圖書館藏《敬業堂詩集》四十八卷、《餘波詞》二卷（即《敬業堂集》五十卷），清康熙五十八刻、雍正元年補刊本。詩集四十八卷，用康熙五十八年刻板，而增補舊序，脩改《總目》。詞集二卷，則爲新刻。集前依録王士禛、楊雍建、黄宗炎、陸嘉淑、鄭梁五家序，題作原《序》。《總目》補『第四十九卷，餘波詞上，長短調一百二十二首』、『第五十卷，餘波詞下，長短調一百十一首』。補刊詞二卷，版式沿於詩集前刻。每半葉十一行，行二十一字。白口，單魚尾，左右雙闌。卷端仍題曰：『海寧查慎行悔餘。』版心則改鎸『敬業堂集』及卷數。《餘波詞》前亦有自題一則，以代小序。

先是慎行得同年友佟法海之助，康熙五十八年刻成詩集四十八卷。雍正元年正月，忽覓得詞作舊稿，遂取前後詞作，手訂二卷，補刊於詩集後。《餘波詞》共收二百三十三首。今可據《西陵詞選》《瑤華集》及《敬業堂集補遺》（補四首）等增補數首。《瑤華集》卷二十二所收《沁園春·寄徐初鄰金陵》《齊天樂·秋聲》，見《餘波詞》卷上，詞句頗異，前者當爲舊作原貌，蓋《餘波詞》手訂時多所潤改。《餘波詞》自題云：『余少不喜填詞，丁巳秋，朱竹垞表兄寄示《江湖載酒集》，偶效矉焉。已而偕從兄韜荒楚遊，舟中多暇，偏閱唐宋諸家集，始知詞出於詩，要歸於雅，遂稍稍究心。自已未迄癸亥，五年中得長短句凡百四十餘闋。甲子夏攜至京師，就正於竹垞，留案頭許加評定。旋失原稿，已四十年矣。曩刻拙集時，頗以爲闕事。雍正癸卯正月，忽從沈子房仲、楚望、椒園兄弟獲此抄本，故物復歸，殊出望外。昔人有悲墜履、哭亡簪者，兹集之失而復得，視敝履、蓍簪不又多乎哉！因取前後所作，編次爲二通，用少陵詩語題曰《餘波集》。仁和趙子意田爲補刊於詩後。』自言早不喜填詞，至康熙十六年秋見表兄朱彝尊所寄《江湖載酒集》，始偶效顰。十八年入楚，因族兄查容之好，稍究心填詞，至二十二年正月得一百四十餘首。二十三年入都，囑彝尊評定，不虞遺失原稿。自題易致誤解，世人因謂慎行『少不喜填詞』。其實則少喜填詞，早工其技，康熙十六年前已有詞集一卷。二十四年，士禛《慎旃集序》載陸嘉淑攜慎行詞集入都乞序之事，云：『老友海昌陸先生辛齋，嘗攜其愛壻查夏重詞一卷見示，且曰：「此子名譽未成，冀先生少假借之，弁以數語。」』嘉淑入都，在康熙十六年。士禛未應，故慎行入都復攜詞集一部，轉請彝尊評定。慎行自題非僅自謙，其亦有因。蓋早年詞襲《花間》《草堂》，工於小令。迨覽《江湖載酒集》，悵然若失，乃取法南宋張炎、姜夔，一歸於醇雅。《餘波詞》頗見沿襲彝尊『江湖載酒』之跡，究心玉田、白石，弔古感今，詠史述懷，一趨清空、冷雋。入都後，弔古、詠史漸少。及入直南書房，填詞時應制頌聖。凡此，並與彝尊相類。其詞闌入浙西詞派，惜世罕知其不媿名家。

臺圖藏翁方綱評點《敬業堂集》五十卷，亦清康熙五十八年刻、雍正元年補刊本。内鐫『敬業堂集』。集前有王士禛、楊雍建、黄宗炎、陸嘉淑、鄭梁五家原《序》及唐孫華雍正元年《序》，較此本爲完好。乾隆間，查學、查開重修本《敬業堂集》五十卷，更有序目增改。

敬業堂詩集四十八卷、餘波詞二卷（敬業堂集五十卷） 清康熙五十八年刻、雍正元年補刊、乾隆間查學、查開重修本（北大）

清查慎行撰。慎行詩集，已著録康熙五十八年刻本《敬業堂詩集》四十八卷。此爲北大圖書館藏《敬業堂詩集》四十八卷、《餘波詞》二卷（即《敬業堂集》五十卷），清康熙五十八刻、雍正元年補刊本、乾隆間查學、查開重修本。雍正四年，慎行、嗣瑮兄弟牽入胞弟查嗣庭案，下詔獄，家中遭抄没。明年，嗣庭獄中自裁，慎行放還，嗣瑮與子基等流戍。嗣瑮卒戍所，查基等放還。乾隆中，查學、查基、查開兄弟刊行家集，重修《敬業堂集》五十卷、續刻《敬業堂詩續集》。

此本《敬業堂詩集》四十八卷用康熙五十八年刻板，《餘波詞》二卷用雍正年補刊板，皆有重修。集前序有七，即王士禛、楊雍建、黄宗炎、陸嘉淑、鄭梁五家原《序》，唐孫華雍正元年《序》，許汝霖康熙五十八年《序》。重修著者，乃詩集各卷前增刻卷目，詞集二卷目録則列於卷四十九。康熙五十八年刻本及雍正元年補刊本，僅有總目，無卷目。今傳世《敬業堂集》刊本，凡有卷目者，皆查學、查開兄弟乾隆間重修本。《四部叢刊》景印即據於重修本，牌記『上海涵芬樓景印原刊本』云云，未確，覽者當細察之。國圖藏翁方綱評《敬業堂集》五十卷，爲法式善存素堂舊藏，亦是重修本，内鐫『敬業堂集』，乃雍正元年補刊所刻。首爲唐孫華《序》，接爲王士禛、楊雍建等五家原《序》，許汝霖《序》未見。

敬業堂詩集四十八卷、餘波詞二卷（敬業堂集五十卷） 清康熙五十八年刻、雍正元年補刊本（清翁方綱評點）（臺圖）

清查慎行撰。慎行詩集，已著録康熙五十八年刻本《敬業堂詩集》四十八卷。此爲臺圖藏《敬業堂詩集》四十八卷、《餘波詞》二卷，清康熙五十八刻、雍正元年補刊本，翁方綱評點詩集，共十册。此本較北大藏清康熙五十八年刻、雍正元年補刊本《敬業堂集》五十卷完好，集前録王士禛、楊雍建、黄宗炎、陸嘉淑、鄭梁原《序》，及唐孫華雍正元年《序》。各册封題「翁評敬業堂詩」，下標册數。第一册内封題：「尚有先生評杜一帙，與此皆可傳之物，異日當并爲一篋藏之。芝老識，旹庚寅十月。」第十册封題：「翁評敬業堂詩第十册。」又題：「餘波詞附。」下有小字題：「前標題是三十外書，此四字七十五歲書。芝老病手識。」鈐「芝陔病手書」圖記。此本又鈐「羣碧樓」、「批本」、「涿鹿李氏珍藏」、「李在銑印」、「人境廬」、「希古右文」、「不薄今人愛古人」、「芝陔」、「吴氏子山」、「壽生讀過」、「東卿過眼」諸圖記，知吴嵩梁曾閲此本，李在銑、張均衡、鄧邦述曾藏。李在銑字侯，字芝陔，涿鹿人。「翁評敬業堂詩」，即其所題。各册原封葉，時有翁方綱題記，如第十册題曰：「此集之詩，終於康熙五十七年戊戌，先生年六十九。其後數年之詩，在《續集》。先生《周易翫辭集解自序》在雍正二年甲辰，年七十五。乾隆十七年壬申十月，門人沈廷芳刻《周易》于東萊。」

翁方綱手批至卷四十八止，詞二卷未有評。卷四十八卷末，方綱手記：「丙午冬十一月，南昌使院閱初白詩。至丁未秋九月三日，饒州試院手評一遍訖，是日燈下方綱記。』丙午，乾隆五十一年。丁未，乾隆五十二年。其手評一遍，迄於乾隆五十二年，然歷時非止一歲。集前王士禛原《序》葉眉有大段評語約五百言，云：『阮亭先生作《敬業堂詩序》云「五七言古體，劍南不甚留意」，而以后山、遺山爲初白勗。予初讀之，謂放翁于古體豈有不留意者，此特作序時出筆太快之病耳。今細繹之，乃知此語之有因也』，『讀者慎勿因阮亭此段，而輕視放翁，更不可不知古詩之源流，體格非一家所能備，非一言所能槩耳。丙辰五月十八日識。』丙辰，嘉慶元年。士禛原《序》有『若五七言古體，劍南不甚留意』二句，方綱原有夾批曰：『此句有病，恐是出筆太快之過。』嘉慶元年眉批一段詩論，反思舊評而發。《敬業堂詩集總目》葉眉有方綱記：『丙申八月，先生姪孫機持來評本，爲繙閱一遍。其評前則陸辛齋，後則唐東江、朱竹垞、汪紫滄、徐方虎諸先生，又有先生自動筆處，然皆未臻精詣。甚矣此事之難言也！中秋前二日記。』丙申，乾隆四十一年。集中卷十五《次韻答白鹿洞生周宸臣，並簡學博鄭子充、副講徐履青》一首起二句：『吾生苦失學，悔往思補來。』葉眉有方綱題記：『請問從何補起耶？爲之喟然三歎。戊戌九月三日識。』戊戌，乾隆四十三年。卷三十末有方綱題記：『此卷在全集中頗爲平弱。庚子六月八日雨中熱河旅舍記。』又，『丁未六月廿日，南昌試院重閱。』庚子，乾隆四十五年。此卷中《雙塔峰歌》一首，眉批曰：『庚子六月讀此作，實不切題，因敢擬爲一首。至甲辰六月，復擬爲一首，然後知此作不切甚矣。』由是知，翁氏手批歷時既久，非僅乾隆五十一年冬至五十二年秋一歲作也。

翁氏手批，於慎行詩細加品藻，或注或評，或圈點，丹黃爛然。其發覆事蹟，辨析字句得失，評說優劣，多自得之言。如卷一第一首《遊燕不果，用作楚行》前四句『北道初停轍，南轅未息戈。一門初約變，歧路獨行多』，翁氏標出前一『初』字，眉評曰：『一入手即重複一字，況此句原不該是「初」字。』《題王璞菴南北遊詩卷》，眉評：『此種已見架局，然尚非其至者。』《金陵雜詠二十首》并序，翁氏圈點詩序『四百八十寺，烟雨猶新；三万六千塲，笙歌頓歇。袁羊因而狂憤，衛虎所以神傷』數句，眉評：『此等處欲駕吳梅邨而上之。』二十首總評曰：『此二十首皆工，且關係典故。若入志乘，斯絕妙之作也。若在先生集中，尚非其至者。』『沙漠真人本至尊』一首末批注：『青蛇罷祀，嘉靖朝從給事陳棐請也。』『夜半傳呼聚寶門』一首詩末批注：『此用喬白岩事。』『蒙溪石刻表南都』一首詩末批注：『張蒙溪爲南司馬，以金陵形勝與各營壘刻一石碑。』『粉竹香塵調不齊』一首詩末批注：『元末金陵謝宗可有《詠物詩》，明徐茂吾擇其中《花影》《雁字》《睡婕》《粉竹》《香塵》《梅雪》《松濤》《墨浪》《冰花》《烟柳》《燭淚》《月露》《荷珠》《游絲》十四題和之。』『臥遊宗炳已傷神』一首詩末批注：『少岡黄文耀結畫社于秦淮，一時入社俱名流，後此無繼者。』『名士年來已可嗔』一首詩末批注：『李昭竹骨扇，王孟仁畫，爲金陵二絕。』以上五則，俱錄清康熙間刻本《慎旃初集》所收慎行自注，偶有異字。『昭文小楷法黄庭』一首詩末批注：『珠市妓郝昭文』云云，『後村傲兀自奇才』一首詩末批注『雨花臺不生草』云云，俱節自慎行原注。『雷雨隨絃四座驚』一首詩末，《慎旃初集》原注：『用查八十彈琵琶事。』翁氏手批作：『用查八十彈琵琶事。查八十名鼐，字廷和。嘗過金陵，彈琵琶，應詔教内人。晚年流落江湖，人多題贈。休寧葉山人時中有「獨向月明彈一曲，白頭雙淚落秋濤」之句，爲時所稱。』『鰲足盤龍氣象吞』一首詩末，《慎旃初集》原注：『用鄧伯言賦《鍾山晚寒》詩事。』翁氏手批作：『明太祖廷試《鍾山晚寒》詩，鄧伯言有「鰲足立四極，鍾山蟠一龍」之句。太祖拍案誦之，伯言俯伏，誤疑帝怒，遂驚死，扶出東華始甦。次日，授翰林。』則方綱不惟補録慎行自注，亦復考證典事，以爲補充。《小孤山》一首，眉評：『句法小變以避直。』『神威不在猛』句夾批：『五字襲蘇』。『聳肩卻步立』以下數句，眉評：『力孱則有支架扯長之弊，此所以不及古人矣。』《題王方喬齋壁》一首，眉評：『此雖極順，然層次太明白矣，詩却要以沈蓄爲貴也。』《漢川道中紀所見》一首，眉評：『早年諸作，尚未經串鍊。』《洪湖》一首，眉評：『七古極成章矣，然亦尚非集中之至者。』卷十五《遊廬山道中寄恒齋太守》一首『千巖排空來』以下數句，眉評：『已有神氣。』《經周濂溪先生廢祠》一首，眉評：『「詩」字、「蓮」字，兩個平聲，讀者留意。』《東林寺》『古蹟想白蓮』句，眉評：『「想」字仄聲是。尚不應用「古蹟」二字。』卷三十一《池上雙鶴》一首，夾批曰：『初白詩摠苦機心太重，是以不厚。』《題蕉士上人扇頭墨竹》一首，眉評：『初白詩中，「好是」、「最宜」、「見説」、「真堪」、「可知」、「翻覺」之類太多，其中亦未嘗無一二應用者，而隨手闌入者十居八九。』翁評甚佳，頗多知味之説，亦自有見解，可與《石洲詩話》共觀。

敬業堂詩集四十八卷、餘波詞二卷（敬業堂集五十卷）　清康熙五十八年刻、雍正元年補刊、乾隆間查學、查開重修本（清翁方綱評點）（國圖）

清查慎行撰。慎行詩集，已著録康熙五十八年刻本《敬業堂詩集》四十八卷。此爲國圖藏《敬業堂詩集》四十八卷、《餘波詞》二卷，清康熙五十八刻、雍正元年補刊、乾隆間查學、查開重修本，翁方綱評點詩集，共十冊。集前首爲唐孫華《序》，繼爲王士禛、楊雍建、黄宗炎、陸嘉淑、鄭梁原《序》，無許汝霖《序》。嘗爲法式善舊藏，有『法式善』、『時帆』、『詩龕鑑藏』、『詩龕書畫印』、『存素堂珍藏』、『詩龕居士存素堂圖書印』諸圖記。前四十八卷詩，翁方綱評點，丹黄滿卷。卷四十八末葉有批語四條：其一云：『此集之詩，終於康熙五十七戊戌，先生年六十九。後數年詩，在《續集》。○廣東巡撫佟陶菴出貲刻此集，在戊戌春，是爲《敬業堂詩集》。時朱、王二先生皆前卒矣。《續集》終於雍正五年丁未。』其二云：『《周易翫辭集解》，先生《自序》在雍正二年甲辰，年七十五。』其三云：『乾隆丙午冬十一月，江西南昌使院閲查初白《敬業堂詩集》。至丁未秋九月三日，饒州試院手評一遍訖，是日燈下翁方綱記。』『《周易翫辭集解》』一條上有眉批一則：『乾隆十七年壬申十月，門人沈廷芳刻《周易集解》於東萊。』『此集之詩』云云，『《周易翫辭集解》』云云，『乾隆十七年』云云，已見於臺圖藏翁評本第十冊封葉方綱小字所題。『廣東巡撫』云云，亦見於臺圖藏本卷四十八卷端葉眉：『廣東巡撫佟陶庵出貲刻此集，事在戊戌春。康熙五十七年，先生年六十九。是爲《敬業堂詩集》也。時朱、王皆前卒，《敬業續集》終于雍正丁未。』臺圖藏翁評本行草，書寫塗抹隨意。此本行楷書寫工整，且文字業已經推敲補綴。二本評點皆方綱手澤，細繹之，知臺圖藏本爲翁氏初評，此爲翁氏重定之本。

此本雖爲謄清，然頗有刪裁、改易、補綴。初評本所有者，謄清本或不錄；謄清本所有者，初評本或無。如集前王士禛原《序》，初評云『此序《漁洋文集》不載』，謄清本刪之。夾批『此句有病，恐是出筆太快之過』亦刪。嘉慶元年所補眉批約五百字，謄清本無之。又如卷四十八《望七星巖》一首，初評有『力竭矣』三字，謄清本不錄。至其改易字句、拾遺補缺，如初評本集前原《序》眉評曰：『辛齋爲初白婦翁，其《射山詩鈔》有氣骨，亦有才力，而未及初白也。』謄清本眉評曰：『陸辛齋是初白婦翁，其《射山集》有氣骨，亦有材力，而未及初白也。〇陸集近日海鹽張文在已付梓，昨從徽縣入都，惠贈一部。』又增一條：『夏重尊人逸遠，辛齋有《虎阜遇查逸遠》詩。』初評本《總目》葉眉自記末署『中秋前二日記』，謄清本作『中秋前一日，蘇齋記』，署時前後有一日之差。初評本《慎旃集》（盡己未一年）題下批曰：『是年先生三十歲，編詩起。先生生於順治七年庚寅五月七日。』眉批曰：『是年竹垞五十一歲，授職檢討。漁洋四十六歲，於前一年授侍講。』謄清本眉批分作兩條：一則云：『三十歲編詩起。』一則云：『先生生於順治七年庚寅五月七日，康熙十八年己未，時年三十。是年竹垞五十一歲，授職檢討。漁洋四十七歲，於前一年授侍講。』卷一第一首《遊燕不果，用作楚行》前四句，初評本標出前一『初』字，眉評曰：『一入手即重複一字，況此句原不該是「初」字。』謄清本前一『初』字，旁改作『方』，眉評曰：『一入手即重複一字，況此起句，原不該用「初」字。』卷十五《雲霧窟集》評語，謄清本頗有增改，眉批總評：『此集占全部精神，七十首中可選四十餘首。其精能處，王、朱兩先生有不能到者。』初評本所未有。《遊廬山道中寄恒齋太守》一首『千巖排空來』以下數句，初評本眉評：『已有神氣。』謄清本眉評云：『「千巖」四句有神氣。』又增一條云：『起句無味，「日」字複「曉」字，「我今」句不貫結，亦茶弱。』《經周濂溪先生廢祠》一首，初評本眉評：『「詩」字、「蓮」字，兩個平聲，讀者留意。』謄清本刪去此條。《東林寺》『古蹟想白蓮』句，初評本眉評：『「想」字仄聲是。尚不應用「古蹟」二字。』謄清本作：『尚不應用「古蹟」字。』此首接下二首《題遠公影堂後冰壺泉》《宗雷禪師索贈》，初評本無評，謄清本眉評：『此二首俱非意到之作。』又，《雲霧窟集》之詩，今存初評本脫第八葉下半葉，第九葉上半葉。此本二半葉俱存，手批可參，第未詳是否初評原所有。謄清本《五老峰觀海綿歌》一首，有眉評兩則，其一題蘇齋之評：『歲辛未夏，與嘉禾宫傅錢先生論詩，先生首舉初白此作。今再三讀之，固是集中七古第一傑作。○「六幕」與「八埏」字畢竟相犯。○删「前」、「筊」、「鞭」、「憐」四句。蘇齋。』其一題東墅之評：『力摹東坡而得其氣概，雖風趣稍遜，自是七古中傑構。○此與竹垞贈鄭簠作異曲同工。朱作惜四如字襲古人，此首惜是栢梁體。○「筋力」句率。「扶行」句贅。「鞭羊」句不妥。「長江」句，此地不應用「可憐」字，且接下句有觸背。「滔滔」句調創而湊，上四字是水，下三字韓詩作風，用「滔滔」即「滾滾」，以「浩浩」湊上成七字耳。「忤命」句亦套語。宜删去此六句。○「近身」七字宜移在「初看」句上。東墅。』東墅名謝墉，字崑城，嘉善人。乾隆十六年，南巡召試，賜舉人，授内閣中書。明年，成進士，改翰林。累遷吏部左侍郎。工書能詩，著有《聽鐘山房集》《書學正説》。與翁方綱交厚，大有唱和。卷三十尾葉，初評本題記云：『此卷在全集中頗爲平弱。庚子六月八日雨中熱河旅舍記。』此本改作：『此卷金少沙多，在全集中最爲平弱。庚子六月八日雨中熱河記。』

翁氏手批又喜刊落其自謂冗贅、未妥詩句。初評本已然，謄清本更著。如卷二十《雙塔峰歌》一首，初評本抹删『千里霧濕三花鬘』以下三句、『小者爲霍大者宫』以下二句、『僧伽興廢會有終』一句、『劫火不壞況兵戎』一句，改『豈如茲山媲華嵩，巍峨俯闞荆榛叢』二句爲『豈如茲山闞榛叢』一句。詩末批云：『實在難矣！删其八句，尚未成章。』此本復更鈎乙『向人騰躍比祝融』一句、『洞貫腹背豈羿弓』以下四句、『我思佛力大且雄』以下三句、『地雖僻左秀獨衷』以下二句、『盡攝六合歸牢籠』一句、『已獲顧盼邀重瞳』以下一句，合删二十二句。詩末批云：『不切便不佳。删去二十二句，尚未成章，似較簡淨。』又如卷一《登金陵報恩寺塔二十四韻》，《敬業堂詩集》稿本原爲《登金陵報恩寺塔三十韻》，慎行手訂，删六韻，改爲二十四韻。翁氏初評本有眉批三條：『孤高真得勢』句，眉評：『「真」字不真。』『國事異中興』句，眉評：『「中興」，「中」字去聲。』『基猶念丕承』句，眉評：『「丕」字則斷，無作仄聲之理。』此本存三條眉評，第一條仍作『「真」字不真』，詩中旁批改作『原』字。末一條改作：『「丕」字平聲，無作仄聲用之理。』又鈎乙『朝家同再造，國事異中興。此舉無名極，當時負媿曾』、『事本誇餘力，基猶念丕承。監宫留太子，給俸濫千僧』，删四韻。

此本評點經斟酌回思，翦裁鎔冶，多較初評妥貼，然初評本亦有其佳處，二本文字差參處，正可對觀。

敬業堂詩集四十八卷、餘波詞二卷

《文淵閣四庫全書》本

清查慎行撰。慎行詩集，已著錄康熙五十八年刻本《敬業堂詩集》四十八卷。此爲《庫》本《敬業堂詩集》四十八卷、《餘波詞》二卷。集前錄王士禛、楊雍建、黄宗炎、陸嘉淑、鄭梁原《序》，題作『敬業堂詩集原序』，無唐孫華、許汝霖二《序》。卷端題作：『翰林院編修查慎行撰。』無總目，各卷前亦無細目。按中華書局版《四庫全書總目》（以浙江杭州本爲底本），四庫館採錄浙江巡撫採進本。《浙江採集遺書總錄》癸集下載《敬業堂集》五十卷（刊本）：『右國朝編修海寧查慎行撰，與弟德璉（按：當作德尹）俱學于黄宗羲。其詩專誦習蘇氏，沈德潛云：敬業會試出汪東山殿撰之門。東山，向日執後輩禮相見者也。至是敬業居弟子列甚恭，而東山仍事以前輩，時論兩賢之。』蓋當時採進者即康熙五十八年刻、雍正元年補刊本，故未收《遺集》六卷。此本繕寫完整，校勘亦精，少所改篡，爲《庫》本寫録佳者。

敬業堂詩續集六卷

清乾隆間查學、查開刻本（天圖）

清查慎行撰。慎行詩集，已著録康熙五十八年刻本《敬業堂詩集》四十八卷。此爲清乾隆間查學、查開校刻《敬業堂詩續集》六卷，二冊。每半葉十一行，行二十一字。白口，單魚尾，左右雙闌。各卷端題曰：『海寧查慎行悔餘。』版心鐫『敬業堂詩續集』及卷數。其版式沿於康熙五十八年刻本、雍正元年補刊本。無序跋，有總目，各卷前無細目。各卷末題『姪男學、開校刊。』卷一爲《漫與集上》，收古今體詩一百十六首；卷二爲《漫與集下》，收古今體詩一百二十首；卷三爲《餘生集上》，收古今體詩二百零四首；卷四爲《餘生集下》，收古今體詩一百三十首；卷五爲《詣獄集》，收古今體詩七十四首；卷六爲《生還集》《住劫集》，前者收古今體詩七十七首，後者收古今體詩五首。諸小集亦慎行手訂，查學兄弟據慎行稿本梓刻。各集題下注明起止年月，然僅《漫與集》《餘生集》有自題以代小序，餘闕如。又，《敬業堂詩續集目録》稱《詣獄集》收詩七十四首，實則八十首。翁方綱手批《敬業堂詩集》四十八卷，《目録》下有翁氏題記：『詩四十八卷，共四千三百五十四首。續集六卷，共七百二十八首，合前集，通計五千零八十首。』方綱所計七百二十八首，既與《續集目録》所載七百二十六首不合，復與其實有不合。

先是慎行刻《敬業堂詩集》四十八卷，康熙五十七年五月後之詩未刻。沿於舊習，每有所作，自編爲集，俟時以梓。未虞查嗣庭案起，銜恨而終，續集未刻。查開卒於乾隆四十一年，編刻《續集》蓋在乾隆二十六年前後。其所據底本即今上圖所藏《敬業堂詩集》稿本後數册，收録《漫與集上》，無圈點；《漫與集下》，慎行手閲；《餘生集上》，慎行手閲（以上或手抄，或另出他手）；《餘生集下》，慎行手抄并閲；《詒獄集》《生還集》《住劫集》（慎行手抄），無圈點。慎行手訂勾乙之作，刻本亦不録。如《端陽後四日，盆荷作花，喜成二絶句》，慎行改題《端陽後四日，盆荷作花》，删第一首（「正是葵榴照眼時」一首）。第二首原作『老夫生日纔過二，又向花前罄一杯。莫怪旁人誇作瑞，去年六月不曾開。』慎行改作『老夫生日纔過二，又向花前引一杯。合被兒童傳好語，去年六月未曾開。』刻本悉從之。然二本亦有小異。如《餘生集上》，刻本第二首《舊有〈餘波詞〉二卷，原稿失去將四十年，沈房仲、楚望、椒園兄弟忽以抄本來歸，即用詞字爲韻，口占二絶謝之》，稿本《餘生集上》第二首題作《二月三日，再過四阡看梅，適遇沈椒園，遂與偕行，時德尹以腰痛不能出，故章末戲及之》，接下爲《題沈房仲閉户視書小照》三首，以上爲一頁，用紙略異。接下爲《舊有〈餘波詞〉二卷，原稿失去將四十年，沈房仲、楚望、椒園兄弟忽以抄本來歸，即用詞爲韻，口占二絶謝之》。詩後有題記：『許蒿廬云：二首當次《題沈房仲閉户視圖》三首前。』

慎行詩早承家風，沿遺民之調，三十而後行吟江湖，一變而爲江湖之音。康熙四十一年入爲文學侍從，所作兼有館閣之致。康熙五十二年辭歸後，好漫與之吟，所作平淡率真。《漫與集上》自題云：『少陵云：「老去詩篇渾漫與。」俗本多誤「與」爲「興」。東坡先生用之，云「清篇真漫與」，叶入語韻，可證「興」字之繆。余年衰才盡，從前愧乏驚人之句，已鏤板問世，悔莫能追。自茲以往，當日就頽唐，不知餘生尚閲幾寒暑，更得幾首詩也。』雍正改元至查嗣庭案發前之詩，編爲《餘生集上》自題云：『江海餘生，吟情未廢，正如病馬嘶櫪，枯葵泫霜。竊取東坡此意名此集，既以志感，亦以志痛也。』集名《餘生》，蓋以康熙帝賓天，新帝即位，取蘇軾《神宗皇帝挽詞三首》其三『接統真千歲，膺期止一章。周南稍留滯，宣室遂淒涼。病馬空嘶櫪，枯葵已泫霜。餘生卧江海，歸夢泣嵩邙』之意。於蘇軾挽神宗詩，《蘇詩補注》卷二十五引録《許彦周詩話》：『東坡受知神廟，雖謫而實欲用之。東坡微解此意，後作挽詞，「病馬空嘶櫪」四句云云，非深悲至痛，不能道此語。』此可味《餘生》命集之意。慎行於雍正改元頗多感慨，詩紀災異，傳寫隱憂。《六月廿四夜枕上作》《亢旱苦吟四章》《重陽前四日沿海堤入邑城，道中感賦》《七月十九日海災紀事》《武原故人陳少典下世垂五十年，尚未克葬，比聞棺木被海潮所漂，感傷存殁，作詩寄其子行中》《自海潮退後，旱乾凡兩月餘，立冬後三日，風雨連晝夜，身在畎畝，憂樂之境與鄉鄰同，率成一首》諸篇，沈鬱頓挫，一變漫與之態。《亢旱苦吟四章》其二云：『荒政緩催科，明明新詔制。陋邦亦王土，徵發當此際。皇天久不雨，瞻仰星有嘒。郡符夜到門，猛挾雷霆勢。』《重陽前四日沿海堤入邑城，道中感賦》云：『有如經戰地，顛倒横僵屍。果然周餘民，慘慘靡孑遺』，『傷哉莫以告，造物非不慈。田間老禿翁，罪歲微有辭。』哀惋之際，復自述不敢怨『新主』。下詔獄及釋還南歸，不勝恓惶悲涼，發爲憔悴苦愴之音。東坡以烏臺詩案下獄，查案亦由文字而起。慎行武英書局舊僚胡期恒以年羹堯案繫獄，雍正五年春次東坡入獄詩韻索和，慎行作《和胡元方中丞次東坡入獄詩第一章韻》《元方又用東坡入獄第二首韻，余亦次和》《東坡有詠御史臺榆、槐、竹、柏詩，元方獄庭無竹、柏，以菊、梅易之，余幽囚之所並無榆、槐，止有老柳一樹，其一已枯萎，方供獄卒爨薪，仍用來詩次韻之例，賦孤柳四章》，悲不自勝，詩中多有暗喻。獄中沉吟，淒涼勝於昔年江湖之詠，《病起吟》《又五言絕句四十首》皆極沉痛。黃宗羲論湖州遺民閔聲詩，以爲窮而工者未必能傳，被禍之作未有不傳。《雪蓑閔君墓誌銘》云：『劉夢得之詠桃，李長源之詠柳，蘇子瞻之烏臺詩案，王盧溪、劉後村、孫花翁諸人之禍，落落古今相望，反以此得名。君即未必好名，而圜中之好詩不減，無乃近於好禍乎？』慎行《詣獄集》與蘇軾『古今相望』，無乃亦近於『好禍』者。

此爲鄧之誠舊藏本。鄧氏封題『敬業堂詩續集六卷』，小字題『查慎行撰，五石齋藏本』。又作題記一則，有『是集自康熙戊戌五月迄雍正丁未七月之詩，以續前集。慎行即以是歲八月卒，年七十八。平生之詩，蓋盡于此矣。才氣到老不衰，無一率易語，自是當時一大宗。讀其《詣獄集》，以弟嗣庭之獄，全家就逮，五言絕句四十首，寫獄中困躓之狀，至今讀之，猶爲酸鼻』云云，鈐『雲水道人』印。國圖藏法式善舊藏本，一冊，有『詩龕書畫印』、『存素堂珍藏』、『詩龕居士存素堂圖書印』圖記。內鐫『敬業堂詩續集』，隸書，五石齋舊藏本所無。集中偶有缺葉，抄補以完。《四部叢刊》影印《敬業堂詩續集》，則據民國盧靖舊藏本。

敬業堂詩集不分卷　稿本（清查慎行自評，清朱彝尊、姜宸英、唐孫華、陳曾藙、查嗣庭等評點）（上圖）

清查慎行撰。慎行詩集，已著錄康熙五十八年刻本《敬業堂詩集》四十八卷。此爲上圖藏《敬業堂詩集》不分卷，稿本，共三十二冊。格紙抄寫。每半葉八行，行二十一字。按小集先後編次，各小集卷端或題：『海寧查慎行悔餘撰。』或題『海寧查慎行悔餘纂。』或題：『海寧查慎行悔餘。』或題『海寧查慎行悔餘著。』原無序日，各頁面標題小集名及刪、評之況，大都慎行手書，偶爲他人標題。吳騫於第一冊前增《敬業堂詩原稿目錄》，并作《題識》，附錄方苞《翰林院編修查君墓誌銘》。集中朱、墨兩筆校閱、評點，有慎行自評、唐孫華朱筆評點、陳曾簳墨筆評點、姜宸英朱筆評點、朱彝尊朱筆圈點、查嗣庭朱筆評點、納蘭揆敘朱筆墨點。

吳騫編目如下：

第一冊，《慎旃》（上、中），手閱，俱係墨筆。

第二冊，《慎旃》（下）、《逌歸》《西江》，手閱。

第三冊，《踰淮》《假館》（上、下）《人海》（注：內《踰淮集》手閱，至《送六皆歸杭》七律二首止。《人海集》惟《秋闈報罷》四首手閱，餘無圈點。此冊頁面夾卷內）。

第四冊，《春帆》《獨吟》《竿木》，唐君實朱筆評點（注：今俱用墨筆）。

第五冊，《題壁》《橘社》，陳叔毅墨筆評點（注：《食橘》二首止）；《勸酬》（注：《鞭筍》一首，《落葉詩》五首、《後落葉詩》三首，手閱）。

第六冊，《溢城》《雲霧窟》《客船》，唐實君朱筆評點，又標墨筆韜荒（注：按《溢城集》係壬申年，爾時韜荒已歿，《渡蕪湖關》詩注稱「先兄韜荒」可證。《同王令詒泛甘棠湖》詩評語有「先生晚年」云云，其非韜荒無疑，集面所標可發一笑。然評點刪節，頗中肯綮，照元稿仿錄，以綠筆別之）。

第七冊，《並轡》《冗寄》《白蘋》，姜西溟朱筆評點。

第八冊，《秋鳴》《潎裘》《酒人》，横浦朱筆評點（注：内《料絲燈》至《研溪傳札》，共十九首，用墨筆，疑出一手）。

第九冊，《游梁》《皖上》《中江》《得樹樓》，唐實君朱筆評點。

第十冊，《近游》《賓雲》《炎天冰雪》《垂橐》《杖家》《過夏》，唐東江朱筆評點（注：即唐實君）。

第十一冊，《偷存》《繙經》《赴召》《隨輦》，無圈點。

第十二冊，《直廬》《考牧》《甘雨》《西阡》，朱竹垞朱筆圈點。

第十三冊，《迎鑾》《還朝》《道院》，揆愷功朱筆圈點。

第十四冊，《槐簃》（上、下），以下六冊無圈點。

第十五冊，《橐東》《長告》。

第十六冊，《待放》。

第十七冊，《計日》《齒會》（注：手抄）。

第十八冊，《步陳》《吾過》（注：手抄）《夏課》（注：手抄。内《棄裘》《長至》二首手閱）。

第十九冊，《望歲》《粵游》（上、下）（注：手書頁面「以上刻過」）。

第二十冊，《漫與》（上），無圈點；《漫與》（下），手閱。

第二十一冊，《餘生》（上），手閱（注：以上二冊，或手抄，或另出他手）。

第二十二冊，《餘生》（下）（注：手抄并閱）。

第二十三冊，《詣獄》《生還》《住劫》（注：手抄），無圈點（注：頁面他手標題）。

按吳騫所標，拜經樓所藏《詩槁》裝爲二十三冊。今上圖藏本三十二冊，乃後人重裝（按：重裝時有錯葉，《再造善本提要》已略述之）。集中附收詞作若干，如舊裝第二冊收《望江南》三首、《瀟瀟雨》《四字令》《綺羅香》，第三冊收《臺城路》《木蘭花漫》《齊天樂》《一萼紅》。第四冊收《酹江月》《解珮令》《浣溪沙》《百字令》，唐孫華評閱。第八冊收《太平時》《百字令》《邁陂塘》二首，查嗣庭評閱。第二十冊收《沁園春》三首。第二十一冊收《鵲橋仙》四首。吳騫亦各錄題，附於詩集總目後，題云：『每冊所附詩餘若干首，俱手書頁面，格上或標詩餘，或標另存稿，手閱居多。唯唐實君、横浦評點，標明于下。』又，『詩餘所錄無幾，緣另有稿本，失去故耳。』末一冊後，有吳騫題記：『右《敬業堂原稿》，共五，計二十三冊，珍藏於拜經樓。予別有《題識》，在第一冊後。後人寶之。』鈐『吳兔牀書籍印』。其《題識》，在第一冊編目後，云：『乾隆癸卯，海鹽張芷齋先生刻《初白庵詩評》既成，因借吾所藏《敬業堂詩稿》閲之，隨有紀錄。未及返余，而芷齋卜世。乙巳春，嗣君選巖始以《詩稿》付還。芷齋校閲時筆記尚存，恨余不能親聆其評論，爲憮然者久之。爰命長兒壽照手錄一通，附稿內。其先生原筆，則仍以歸之選巖云。乙巳二月九日，吳騫記。』鈐『吳騫之印』、『查客』二圖記。芷齋名張載華，字佩兼，貢生。即鶴徵之父。嘗刻《初白庵詩評》。向吳騫借閲此本，隨有筆錄，下世後，鶴徵始付還《詩稿》。今第三十一冊《餘生集下》卷後附《敬業堂詩集補遺》、方苞《翰林院編修查君墓誌銘》及載華《跋》二則，即載華筆記。《補遺》收詩《題張比部葭士秋浦歸帆圖，即送省覲南還》《七月十九日海災紀事》六首、《題家聲山所藏趙子車脩竹吾廬圖，次卷中陳眉公舊韻二首》等九首，末署『乾隆癸卯夏五，張思曾錄於涉園之絸醉軒。』末一首，錄載華題識於後：『余昔年過查君禾堂兩隱居，出示此圖，默記先生二詩歸。後校閲刻本，第一首字句不同，第二首删去。今閱原稿，與圖上所題迥異，附録於此。芷齋識。』載華前《跋》云：『予自少壯時，喜閱《敬業堂詩集》，間取《他山詩鈔》與《全集》校勘，删改頗多，後見《續集》元稿亦然，足徵先生虛懷若谷，爲不可及。每以不得見《全集》藁本爲憾。客冬，吴君兔床過訪村居，攜以示予』，『檢閲之下，計二十三册，大約係子姪輩所録，間有手抄數卷。至塗改處，不憚再三，竟有通首迥異者，悉屬親筆。每册集名手書頁面，并標明「删過」。其全首删去者，格上注一「删」字，首尾各用一勾。唯《續集》内删去者，首尾用勾，間標「删」字，頁面亦無「删過」二字。雖經改竄，想未及删定故爾。予手戰不能書字，命兒輩將初稿悉注於旁，或一改再改，仍兩存之。卷中諸前輩評點，及出自手迹者，係他手標題頁面，一并仿録。删去諸詩，另録一册，以成完書。唯讎勘圈點，予獨任之。徂歲入春，始克蕆事。惜老矣，不能得此中三昧，然藉以消遣歲月，開我迷雲，皆良友所賜也。是書洵爲祕册，在處應有神物護持，爰識數行於卷末，俾後之覽者得詳考焉。乾隆癸卯夏五，海鹽後學張載華芷齋氏漫識，年六十有六。』鈐『張載華印』、『佩兼』二圖記。後《跋》云：『《敬業堂詩集》校畢，偶理故篋，檢得先生遺詩數首，元稿亦失載，因令小孫補録卷末，并附桐城方閣學所作先生墓銘於後。芷齋又志。』鈐『芷齋』印。吴騫編目所云『按《溢城集》係壬申年』云云，借用載華考辨。載華所考，見此本第十册校簽。按吴騫、張載華所云，此本有慎行手抄，有子姪所録。慎行手抄者，吴騫已標出《齒會集》《吾過集》《夏課集》《餘生集下》《住劫集》等集，《漫與集上》《漫與集下》《餘生集上》，或手抄，或另出他手。

乾隆四十一年八月，翁方綱嘗從慎行姪孫得覽查詩評本，翁評《敬業堂詩集》記云『其評前則陸辛齋，後則唐東江、朱竹垞、汪紫滄、徐方虎諸先生，又有先生自動筆處，然皆未臻精詣』，此本有慎行自評及唐孫華、朱彝尊、納蘭揆敘、姜宸英、查嗣庭評，無陸嘉淑、汪灝、徐倬評，則所見非此本也。

康熙五十八年刻本《敬業堂詩集》四十八卷，凡得五十三小集，乾隆間刻本《敬業堂詩續集》六卷，凡得七小集，此本俱並有之，然集中篇目多寡頗異。且此本較康熙刻本《詩集》多出數種集名，如第四册《食蒿集》，第八册《唱和集》，第十八册《待詔集》，第十九册《直廬二集》。此舉《食蒿集》《唱和集》略觀之。

《食蒿集》題注：『起壬戌九月，盡癸亥九月。』自題以代小序云：『戊午春，奉先君子諱，余兄弟居蓬衣白，意不自聊，始汗漫作依人之計。臨行，與仲弟德尹約：余出，子當家居，旅橐所入，願以分餉，不忍獨私妻孥。必不耐家食者，竢余歸，弟出可也。相與丁寧而別。洎余留黔幕三年，德尹綜理兩家瑣屑，支門戶，辦婚嫁，久而厭苦之，以壬戌正月襆被北游。余在貴陽聞信，急裝東返，則德尹方自都走黔，已南，復自黔入粵。余與季弟潤木局促里居，計周一歲，不及待仲氏歸，又將驢遊丐於親舊矣。昔杜牧之與其弟顗食野蒿藿，寒無夜燭，默所記者，凡三週歲，今讀其求湖州諸啟，仁義之言藹如也。余碌碌風塵，不能如古人力學安貧，久困不出，然於食蒿情事頗有相似者。適有南昌之行，檢家居所作，始壬戌九月，終癸亥九月，得詩□□首，名曰《食蒿集》。』（按：得詩之數，塗抹後難以識讀。又，此所錄爲原稿，非慎行改後文字）《食蒿集》收《哭王桐村，時余初自黔歸》六首、《除夕與潤木分韻，兼懷德尹楚南》三首、《不見外舅陸射山先生，屈指六年，今春奉謁里門，旋有吳行，兼以送別》二首、《重過聽鶯齋，與徐淮江話舊》《三月晦日，陳元亮家看海棠有感》《初冠》《傳經堂歌，卓次厚屬賦》《同淮江登東湖弄珠樓》《過吳漢槎禾城寓樓賦贈》《贈魏禹平，次黃二晦先生原韻》《吳門喜晤梁藥亭》《聲山姪自都下歸，相見聞門舟次，出荆州兄手札，期余北游，戲作一詩以答》《同豹臣及家西𡶶叔飲韜荒兄齋》《效元微之雜憶詩體》九首、《養蠶行》《麥無秋行》《送張球仲之烏程學博任》二首、《典裘歌，爲余大中丞賦，和藥亭》《西園數椽，自丙戌燬於兵火，瓦礫之場，長發茨棘，垂四十年，比方有事于墾闢，既惜地力，且以習僮僕之勤焉，用東坡七首韻，與潤木同作》七首、《題朱子蓉丈所藏張穆畫馬，用黄山谷韻》《題畫扇》《小像》《偶題吴山僧舍》二首、《送唐殿宣之任浦江學博任》《留别汪寓昭》二首、《仝韜兄飲鄭春薦齋》《沈昭子太史招飲，席上賦贈》三首、《七夕前二日，園桂初發，招同王子穎、周柯雲、家開寅叔、韜荒兄小集，時子穎欲去復留，吴南村有約不至，故五六云然》《七夕同鶴江、孝績、序仔集元贇聽鶯齋》《去夏余自黔東下，與德尹相左于辰沅道中，今德尹嶺外將歸，余又有西江之役，數詩留寄，兼示潤木》三首、《留别朱日觀、祝豹臣、陳寄齋、王南屏、家西𡶶叔、韜荒兄、眉山姪》四首、《次谷兄自粤西扶先伯父櫬歸里》二首、《彭南陔長沙寄書，知其長郎越千已於去冬物故，一詩當哭，兼以相慰》《雨中過董靜思山居》《題陳允文圯橋授書圖小影》《同人中秋集寄齋宅分賦》《與撝謙别後，再寄短歌，並簡日觀、昭平、子桀、廣陵、與三、豹臣、子大、子穎、家叔西𡶶、兄韜荒、姪眉山》《過曹希文齋》《有感寄韜兄》《賦得圓字，戲示豹臣》四首、《余賦阿圓詩，乃隱約其辭，日觀則直指其事，豹臣以和章見示，若欲付之不論不議者，意寔有專屬也，戲效義山體，再次日觀韻作一首》，共得七十七首。

此本舊裝《慎旃集下》《耑歸集》《西江集》爲第二册，重裝則《慎旃集下》爲一册，《耑歸集》《西江集》爲一册。《食蒿集》上接《耑歸集》（末一首爲《初到家，得陳六謙書并見寄詩二章，期余作北游，馳聲以報》）。下接《西江集》（第一首爲《將有南昌之行，示兒建》）。慎行手訂此數集，重裝第三册書面有其手標『删過，慎旃下，遄歸，西江』。『遄歸』二字，寫於『食蒿』之上。意不欲存《食蒿》小集，而歸入《遄歸集》。康熙五十八年刻本，盡删『食蒿』之跡，自題雖經改易（自題改後云：『戊午春，奉先君子諱，余兄弟居蓬衣白，意不自聊，始汗漫作依人之計。臨行，與仲弟德尹約：余出，子當家居，旅橐所入，願以分餉，不忍獨私妻孥。必不耐家食者，竢余歸，弟乃出也。相與丁寧而別。洎余留黔幕三年，德尹綜理兩家瑣屑，支門戶，辦婚嫁，久而厭苦。德尹以壬戌正月襆被北游。余在貴陽聞之，急裝東返，與潤木局促里居。甫周一歲，不及待仲歸，又將出而丐於親舊矣。偶憶杜牧之與其弟顗食野蒿藿事，自惟碌碌風塵，不能如古人力學安貧，久困不出，而兄弟間情事頗有相似者。適有南昌之行，檢家居所作，名曰《食蒿集》。』），仍不收，《食蒿集》之詩錄四十首，删三十七首，所存僅其半。篇題、字句改易，不可謂不多。《哭王桐村，時余初自黔歸》六首，改作《哭王右朝四首》，删第二首（『封胡曷末慚諸謝』一首）、第五首（『久因我病君憐我』一首）。《除夕與潤木分韻，兼懷德尹楚南》三首，改作《除夕與潤木分韻二首》，移第二首爲第一首，鈎删第三首。原第一首改爲第二首，首聯起句『檐花』，改作『燈花』； 尾聯『春帖傳來差不惡，一枝紅燭照聯吟』，改作『稍喜來年春帶閏，未應相對廢聯吟』。《效元微之雜憶詩體》九首，一首不存。《麥無秋行》『鵶鵲誤常期，卻來覓餘粒。兒童持竿駈使去，好收從爾來年食。來年好收理則那，只愁無種將奈何』數句，慎行改作『可憐鵶鵲不知時，群下荒疇覓餘粒。我爲老農語鵶鵲，明年好收從爾食。明年好收理則那，只愁無種將奈何』。《西閔數椽》七首，塗改尤甚，幾不可辨識。康熙五十八年刻本《遄歸集》收《食蒿集》之詩，悉從改定後詩題、字句。兹錄其目：《哭王右朝四首》《除夕與潤木分韻二首》《不見外舅陸射山先生，屈指六年，今春奉謁里門，旋有吳行，兼以送別二首》（注：以下癸亥作）《重過聽鶯齋，與徐淮江話舊》《三月晦日陳元亮家看海棠》《傳經堂歌，卓次厚屬賦》《同淮江登東湖弄珠樓》《過吳漢槎禾城寓樓》《吳門喜晤梁藥亭》

《聲山姪自都下歸，相見閶門舟次，出荆州兄手札，期余北游，戲作一詩以答》《同祝豹臣及家西㟙叔飲韜荒兄齋》《養蠶行》《麥無秋行》《西園書屋，順治丙戌燬於火，瓦礫之場，長養茨棘，垂四十年，比方有事於墾闢，既惜地力，且以習僮僕之勤焉，用東坡七首韻，與潤木同作》七首、《題朱子蓉六丈所藏張穆畫馬，用黄山谷韻》《送唐殿宣之浦江學博任》《同韜荒兄飲鄭春薦齋》《七夕同鶴江、孝績、序仔集淮江聽鶯齋》《次谷兄自粤西扶先伯父櫬歸里二首》《彭南陔長沙寄書，知其長郎越千已於去冬物故，一詩當哭，兼以相慰》《雨中過董静思山居》《題陳允文圯橋授書圖小影》《同人中秋集陳寄齋宅》《過曹希文齋》《有感戲寄韜荒兄》《去夏余自黔東下，與德尹相左於辰沅道中，今德尹嶺外將歸，余又有西江之役，二詩留寄》《留别朱日觀、祝豹臣、朱與三、陳寄齋、王南屏、家西㟙叔、韜荒兄、眉山姪二首》。

《唱和集》題注：『起己巳四月，盡九月。』收康熙二十八年四月至九月寓京之作。前接《獨吟集》（按：錯裝在第五册，凡十四葉，應在第八册《唱和集》前），後接《竿木集》。先是康熙二十七二月，慎行以婦翁陸嘉淑抱恙，自京師扶侍南歸。明年二月，嘉淑病歿，慎行視含殮畢，復北遊。北上之詩，編爲《獨吟集》。《敬業堂詩集》稿本收《獨吟集》，原注云：『起己巳正月，終三月。』自題云：『甲子夏，余來京師。明年五月，外舅陸射山先生亦至。先生有詩，必屬余繼和。余有作，亦得就正於先生。戊辰正月，先生忽抱危疾。余扶侍南歸，舟中多暇，以詩遺日。時先生心力漸衰，執筆手顫不能下，睹余作，未嘗不色喜。間有所得，猶口授余，命書之。到家後，筆墨遂廢。今年二月，病竟不起。余既視含殮，拜辭靈几之前，匆匆北上。玉溪詩云「行矣關山方獨吟」，循省舊遊，不知涕淚之横集也。』入都後，與朱彝尊、湯右曾等人相唱和，半歲之詩，編爲《唱和集》。集中收録《重至京，寓上斜街，荆州兄有詩，次答二首》《豐臺看芍藥，同次谷兄、元之甥，次兄韻》六首、《次韻送梁藥亭庶常請假歸南海》《夜聞孫愷似家絃索聲，戲柬索和》《喜雨對榻，有懷西厓，聯句二十六韻》《古銅筆洗聯句》《集槐樹斜街，苦熱聯句》《秋夜聯句二首》《天寧寺觀塔燈聯句》《九日雨阻天寧聯句》等詩五十五首及《酹江月・中元》詞一闋。慎行手扎，鉤刪《唱和集》之名，并入上卷，即《獨吟集》，復刪《重至京，寓上斜街》諸作。《獨吟集》既含《唱和集》之詩，題注遂改作：『起己巳正月，盡九月。』康熙五十八年刻本《獨吟集》，收《唱和集》之詩，共得《豐臺看芍藥，同家次谷兄、陳元之甥四首》《次韻送梁藥亭庶常請假歸南海》《夜聞孫愷似家絃索聲，戲柬索和》等詩四十一首。

慎行手訂詩稿，如張載華《跋》所云『刪改頗多』，『足徵先生虛懷若谷，爲不可及』，『至塗改處，不憚再三，竟有通首迥異者』。今再以《慎旃集上》之詩爲例以觀之。如《登金陵報恩寺塔三十韻》原稿：『不盡興亡意，浮圖試一登。孤標真得勢，陡起絕無憑。曜轉金輪日，光開火樹燈。雲端栖怖鴿，風背躡飛鵬。涓潔銅仙露，陰森貝闕冰。琉璃紛紺碧，欄楯落鮮澄。銖兩材俱構，纖毫辨欲矜。崔巍傳自昔，感慨故難勝。憶在承平日，兵從靖難徵。比戈爭躪蹂，汗馬快憑凌。衮冕行辭闕，戎衣遂謁陵。朝家成再造，國事異中興。此舉無名極，他時負媿曾。洗湔皆下策，文飾到殊稱。闊展規模壯，工專巧匠能。歲輸窮郡縣，神道托高曾。意本誇餘力，功應念丕承。監宮留太子，給俸濫閒僧。原廟衣冠冷，新都版築增。兩京雄岳峙，一塔鎮觚稜。鼎鼎基猶固，峨峨不忽崩。推遷他日恨，奇麗至今仍。碧落開千里，丹梯轉百層。身輕行易到，天闊叫難膺。絕頂盤旋出，危窗傴仄憑。撫躬憂浩浩，失足懼競競。勝境才何有，高歌氣或騰。乾坤方獨往，風物莽相乘。南北割然劃，關河一氣凝。鍾山青入眼，相對故崚嶒。』慎行手作塗抹，文字改易過半，刪六韻，存二十四韻，題作《登金陵報恩寺塔二十四韻》，詩云：『不盡興亡恨，浮圖試一登。孤高真得勢，陡起絶無憑。法展風輪翅，光搖火樹燈。地維標寶刹，天闕界金繩。碧落開千里，丹梯轉百層。規模他日壯，感慨至今仍。禍自歸藩啓，兵從靖難稱。比戈殘骨肉，問罪假疑丞。衮冕俄行遜，戎衣遂謁陵。朝家同再造，國事異中興。此舉無名極，當時負媿曾。兩京雄岳峙，一塔鎮觚稜。銖兩材俱稱，纖毫辨欲矜。琉璃紛紺碧，欄楯落鮮澄。事本誇餘力，基猶念丕承。監宮留太子，給俸濫千僧。原廟衣冠冷，豐宮獻卜增。侈心崇梵竺，神道託高曾。世往疑經刼，人來乍得朋（注：同登者六人）。雲烟爭變幻，日月幾升緪。絶頂盤旋上，虛窗偪仄凭。近身棲怖鴿，側背躡飛鵬。勝境才何有，高歌氣或騰。鍾山青入望，相對故崚嶒。』康熙五十八年刻本又有改易，『法展』改作『法轉』。《金陵雜詠》原稿爲七絶二十六首，慎行手改作《金陵雜詠》二十首，并重訂諸詩次序。

慎行之詩屢經刪改，欲知其初貌，當索之此稿本及康熙間刻本《慎旃初集》《二集》《廬山紀遊》、稿本《壬申紀游》《南齋日記》諸書。如康熙刻本《敬業堂詩集》所收《題壁集》，據此本知原題作《詠歸集》；《登金陵報恩寺塔二十四韻》一首，原爲三十韻；《金陵雜詠》二十首，原爲二十六首；慎行隨録詩集，又有《食蒿集》《唱和集》《待詔集》之名。《食蒿集》之詩並入《耑歸集》，《唱和集》之詩歸入《獨吟集》，《待詔集》之詩合入《赴召集》。第十七册《赴召集》集名，先改爲《待詔集》，再定爲《赴召集》，蓋慎行擬定集名，頗費裁思。《直廬集》，初分爲《直廬初集》《直廬二集》，後改爲一集，改作今名。

《甘雨集》，初名《靈雨集》，後改今名。《西阡集》，初名《請假集》，後改今名。《步陳集》，原亦題作《近遊集》，後改今名。

諸家評點，圈點爲主，評語稍少。唐孫華評《春帆集》《游梁集》《皖上集》（今裝第十三册，下引同）《中江集》（第十四册），止爲圈點；《湓城集》（第十册）《近游集》《炎天冰雪集》（第十五册）《垂橐集》《杖家集》《過夏集》（第十六册），則有評語。如《湓城集》中《禾中與德別》一首，朱評云：『深細和厚。』《吳江留別張弘蘧庶常》『三年善病君差强，君但憂貧不憂賤』二句，朱評云：『轉側極輕便。』《曉渡蕪湖關》一首，朱評云：『工絕，且有奇氣，結句又極感慨。』《荻港人家杏花》『略似小車逢綺陌，不知紅艷屬誰家』二句，朱評云：『好風致。』《雨後望九華山》一首，朱評云：『楊廷秀謂坡公汲泉煮茶詩無句不奇，無字不奇。此作似之。』《雪晴池陽舟中》一首，朱評云：『逸致。』《大風至劉婆磯五十韻》一首，朱評云：『韓、柳之匹。』《過田間先生山居，相留信宿，出示藏山集，再賦二詩博和》，朱評云：『奇崛之氣，森然逼人。』《二虎歌》一首，朱評云：『與《後二虎歌》俱從大處着想，從曲處用筆，故能擅場。』《楊花同恒齋太守賦》一首，朱評云：『工秀之至。第二聯元相所謂細膩風光也。』《初聞黄鸝，次灌園韻》一首，朱評云：『思路甚幽異，風流宛約，特其餘事。』《江州雜詩》四首，朱評云：『氣味在劉中山、杜樊川之間。』《石鍾山》一首，朱評云：『刻畫直逼韓、蘇。』《明日吏人以錦雞來，視之即昨逸去者，再作此詩》一首，朱評云：『思路總不猶人。』《蟬蛻灌園屬賦》一首，朱評云：『工絕又新奇。』又云：『落想總不猶人。』《除草詩》一首，朱評云：『杜、蘇之間。』《宋中丞牧仲自江西移撫江蘇，邀余入幕，投詩辭之》一首，朱評云：『一氣跌宕，極沉雄，極豪邁，七律聖手也。』《湓城集》並有墨評若干條，書面標曰：『朱筆唐實君，墨筆韜荒。』張載華、吴騫已辨之，以爲查容已卒，必非其筆。載華校云：『頁面所標墨筆韜荒閲之，可發一咲。然評點删節，頗中肯綮，覽者勿漫視之。』翁方綱嘗覽唐孫華、朱彝尊等人評點查詩，以爲『未臻精詣』，猶漫視前人。孫華所評，雖不免膚熟套語，然其知慎行獨深，《敬業堂詩集序》稱其生平所嗜惟在於詩、山水、友朋，可謂知言。其評查詩『思路甚幽異』，『刻畫直逼韓、蘇』，『思路總不猶人』，『落想總不猶人』，『工絕又新奇』，『杜、蘇之間』，並有識見，皆甚允當。姜宸英評《並轡》《冗寄》《白蘋》三集，朱彝尊評《直廬》《考牧》《甘雨》《西阡》四集，套語嫌多，然亦有見解。如《吴門程汝諧乞詩爲節母孫太君壽》一首，宸英朱評云：『韓、蘇佳境，如神光之於達摩，已得其髓。』《大雨行》一首，宸英朱評云：『真眉山。』《池上雙鶴》一首，彝尊朱評云：『風標高潔，見于言外。』

姜宸英、朱彝尊、唐孫華評點不乏見，查嗣庭、納蘭揆敘評點則爲稀有。揆敘卒於康熙五十六年。雍正二年，追論罪狀，削謚。嗣庭則以訕謗下獄，自裁囹圄，書遭禁燬，傳世甚少。此本《秋鳴》《敝裘》《酒人》三集，有嗣庭朱筆評點，堪稱祕冊。《天池山寂監禪院》一首，朱評云：『神似坡公。』《哭同年王載安》『讀書已悔生涯誤，還望孤兒讀父書』二句，朱評云：『詩中有禪，誰能參透？』《登寶婺樓》一首，朱評云：『氣象雄闊，似老杜。』《宣德素鼎歌》一首，朱評云：『光怪陸離，詩與器稱，在蘇、韓集中，亦不多得也。』皆知味語。揆敘評《迎鑾》《還朝》《道院》三集，僅朱筆圈點，惜無評語。偶有朱筆改字及增注一條。如《淮北道中作》末二句『故鄉行漸遠，猶未换征衫』，『征』字，朱筆改作『春』。《贈正華長老》起句『曾經行脚此經行』，前一『經』字，朱筆改作『爲』。

敬業堂集補遺不分卷　《涵芬樓祕笈》本

清查慎行撰，清許昂霄等輯。慎行有《敬業堂詩集》，已著録。其詩詞集多所刊削，『少作』梓於《敬業堂詩集》中者寥寥。復以晚遭刑獄，身後牽入《憶鳴詩集》案，後人蒐輯遺逸，實非易事。此爲《敬業堂集補遺》不分卷，涵芬樓據許昂霄等抄校本排印（按：上圖藏《敬業堂集》及《補遺》，《中國古籍總目》著録作《敬業堂集》五十四卷、《補遺》一卷、《餘波詞》一卷、附録一卷，清康熙間刻、許昂霄鈔配本（清許昂霄跋，傅增湘、張元濟跋）。《敬業堂集》五十四卷，即《詩集》四十八卷、《遺集》六卷附補遺，當作清康熙五十八年刻、雍正元年補刊本。《補遺》一卷、《餘波詞》一卷、附録一卷，許昂霄輯抄本，有傅增湘、張元濟跋，即《涵芬樓祕笈》本《敬業堂集補遺》排印所據。《總目》又著録《敬業堂集補遺》一卷，查慎行撰，張元濟輯，《涵芬樓祕笈》本（民國鉛印）。作張元濟輯，未確）。每半葉十行，行二十二字。白口，單魚尾，四周雙闌。卷端不題撰者名氏。集前列《補遺目録》，計增《敬業堂集》卷四十六《望歲集》之詩《正月十八日偕德尹西阡看梅，兼邀曾三、芝田、東洲諸弟同飲花下》第四首、《庭桂》《重陽無菊，友人有以畫扇屬題者，戲占一絕》共三首；卷四十七《粵游集上》之詩《不見》一首；卷四十八《粵游集下》之詩《呈前輩鄭珠江先生》《中丞貽我英石筆架，再次前韻》共二首；卷四十九《漫興集上》之詩九首；卷五十《漫興集下》之詩三首；卷五十一《餘生集上》之詩十六首；卷五十二《餘生集下》之詩十九首。另補録詩《七月十九日海災紀事》五首、《禽言十章》第二首、《送張葭士比部省覲南還》《馬素村北歸見過》；《餘波詞》所未收《瀟瀟雨》一首、《鵲橋仙》四首。總計詩六十一首、詞五首。集末有許昂霄

《跋》、張元濟《跋》各一則。昂霄《跋》云：『查初白太史未刻詩集，原藁藏於其家，珍祕殊甚。適有谷陽蔣某給以厚值，購一副本，託余外弟查子蓉村爲之介紹。蓉村因別録二本，一藏篋中，一以貽余。余復手加校勘，合之向時所刻，是爲完書。惜無好事者爲補刊於集後耳。《漫興》《餘生》二集原藁，據蓉村云，悉屬太史手書，惜余未一寓目也。余所見者，僅《住劫集》數葉，亦係真蹟。至《詣獄》《生還》二集，乃其子姪輩所録，間有塗改數處，則太史親筆也，故此本悉遵之。竊疑《詣獄》以後三集，雖經改竄，未及刪定，惟《爲紫幢主人留半日》五律一首，格上注一「刪」字，然首尾不勾，未知何故。又，七絕中「玉溝一線是通川」一首，「連朝不飯空捫腹」一首，五絕中「波魚逆上多」一首，《轉應曲》末二首，俱補書於格上，另是一人之筆，故注一「增」字。一篇中或芟去數字，或刪去數聯，或全首刪去，悉係太史手定。凡全首刪去者，上必注一「刪」字，首尾各用一勾。凡注一作某字者，皆係初稿，其後一改再改，乃用今本者也。或模糊難辨，介在疑似，故兩存之。《寄滿制府》五排一首，詩題及前半首俱係元缺，止存後數聯耳。卷中圈點，亦係太史自加，丁敬禮所謂文之佳惡，吾自得之者也。原本俱用墨筆，今用硃筆。惟《餘生集下・瓻軒初夏，觸景成吟》中「屈將木本作芍藥」一聯用硃筆，今用墨筆。太史晚歲吟詠，刪逸甚多。即如《甲辰海患紀事》，凡十首，余數年前曾於友人案頭見之。今集中止有六首，又刪去其一，寫爲五首。至「斬蛟思壯士」一首，已用別紙粘貼，蓉村揭而視之，并録於後。蓉村嘗見《望歲》《粵游》二集原稿，較刊本多詩數首，想開雕時所芟去也。然不欲任其散佚，並録之以附於卷末。花溪後學許昂霄蒿廬氏漫識。』元濟《跋》云：『卷中鈐先六世叔祖思嵒公印記數方，丹黃雜施，評校極精審。且補録《續集》及《補遺》一冊，皆公手蹟。卷首附許君蒿廬識語數則。許君爲公受業師，此必迻錄許君藏本，中有詩六十一首、詞五首，爲刊本所不載』，『余方輯《涵芬樓祕笈》，因綜爲《補遺》，印入第四集。凡所圈點，仍原本之舊，固以饜好讀先生詩者之望，亦以承蒿廬先生及思嵒公不敢任其廢佚之志也。』

慎行詩未刻入《敬業堂集》者甚多，《補遺》所增未完，且僅輯詩詞，文未廣徵。《兩浙輶軒續錄》卷十九收吴昂駒詩二首，云：『吴敦曰：先世父詩瓣香初白，嘗搜輯初白詩見於他書者，得一百首，錄爲《敬業堂外集》，與馮柳東教授輯《竹垞外集》同一用意。』吴昂駒錄《敬業堂外集》，今未見。《敬業堂集》《續集》刊本集外詩可拾掇者不少。如上圖藏《敬業堂詩集》稿本，原有《食蒿集》，得詩七十七首。慎行裁其四十首入《遄歸集》，刪三十七首。前已例舉之。清同治元年樊彬抄本《忍辱菴詩稿》卷上有《又五言絕句六十首》，乾隆間刊本《遺集》六卷僅收《又五言絕句四十首》，可據抄本輯二十首。康熙間刊本《慎旃初集》《慎旃二集》，前者有《敬業堂詩集》集外詩約百首，後者有集外詩二十四首。清抄本《橘社倡和集》亦有四首不見於《敬業堂詩集》。稿本《南齋日記》《壬申紀游》所收詩未見於《敬業堂詩集》及《補遺》者亦多。《南齋日記》可輯二十二首（含塗刪一首），另《送陳陟齋都諫請假歸里，即次留別原韻二首》刻入《敬業堂詩集》，合爲一首（見本書『《南齋日記》』條考證）。《壬申紀遊》五十餘首未見於刊本。凡此，皆可補《補遺》之未備。

是集較之《敬業堂集》，雖微不足道，然有可觀者。雍正二年七月十九日海患，慎行作《七月十九日海災紀事》，《餘生集上》錄五首。昂霄《跋》稱《甲辰海患紀事》凡十首，嘗於友人案頭見其稿，集中止有六首，又刪其一，『斬蛟思壯士』一首用別紙黏貼。《補遺》增二首，注云第三首、第七首。『斬蛟思壯士』一首爲第七首，云：『斬鮫思壯志，驅鱷記雄文。孰是金隄守，時無强弩軍。滂沱兼淚雨，慘淡向愁雲。捐瘠民何罪，馳章幸上聞（第三句一作「孰砥中流柱」）。』《補遺》從他處補錄五首，與七首不相重複，則原作不下十二首。慎行手删字句較七首言辭更爲激烈。如『故鬼逢新鬼，千人活幾人？棄骸家莫認，枯骨壑爲鄰。荷鍤無乾土，焚林奈濕薪。烏鳶與螻蟻，狼藉問誰親』。又如『黍稷方華日，苞蕭並浸時。端能流歲禍，胡可療吾饑。世苦需經濟，民窮敢怨咨。殘生無所著，終望長官慈』，與時號『雍正盛世』不相合。『斬蛟思壯士』一首用紙黏貼，蓋畏觸時忌，招致文字之禍。《補遺》增詞五首，《瀟瀟雨》作於康熙二十二年；餘四首調寄《鵲橋仙》。《餘波詞》卷下《鵲橋仙·庭前香櫞一本，秋杪有脊令來巢，逾旬而雛成，適有所感，漫填此闋》作於雍正元年，《補遺》第一首《鵲橋仙》詞題有『兩年前，庭樹有脊令來巢』語，第二首詞題有『甫經旬，復有巢於新巢之北者』語，第三首題爲《窳軒雙燕復歸故巢，四疊前韻》，第四首題爲《三月初，第二巢之北復營第三巢，五疊前韻》。據此以推，後四首《鵲橋仙》俱作于雍正三年。慎行年逾七十六，猶有填詞之興。

忍辱菴詩稿二卷　清同治元年樊彬抄本（抄清鮑倚雲批點）（國圖）

清查慎行撰。慎行有《敬業堂詩集》，已著錄。此爲其《忍辱菴詩稿》二卷，清同治元年樊彬抄本，一册。有版匡、界格。每半葉十行，行二十二字至二十五字不等。白口，單魚尾，四周雙闌。版心不寫集名，下鐫『掊囊無咎齋』（按：『括囊無咎』，語出《易·坤卦》：『六四，括囊，無咎無譽。《象》曰：括囊無咎，慎不害也。」)。封葉簽題：「問青老人手書《詔獄集》，《嵩麓訪碑記》」，小字題：『子鄭親家屬。己巳夏六月，志青題于環璽齋。』內鈐『番禺張氏子鄭珍藏』、『問青所藏』圖記。問青老人，即樊彬。《訪碑記》乃清人黄易所作。樊彬字質夫，號文卿，天津人。廩生，鄉試屢不第，遂就史館謄録，敘勞授冀州訓導，遷蘄水縣丞，調鍾祥，權知遠安、建始等縣。著有《問青閣詩集》《津門小令》，輯《畿輔碑目》(民國《天津縣新志》卷二十一)。黄易字大易，號小松，又號秋盦，錢塘人。工書畫篆刻，能詩文詞。嘉慶初，嘗至嵩洛訪碑，有《嵩麓訪碑記》。

卷上卷端首行曰：『忍辱菴詩稿卷上。』次行曰：『詔獄集(注：丙午仲冬至丁未仲夏，計一百首)，海寧查慎行悔餘。』卷下卷端首行曰：『忍辱菴詩稿卷下。』次行曰：『生還集(注：丁未仲夏至孟秋，計七十一首)，海寧查慎行悔餘。』末附《行硯銘》一首。有樊彬自記：『壬戌八月初二日，照鮑本批點。時大熱，揮汗如雨。』集後有二跋，其一爲鮑倚雲雍正十三年五月《忍辱齋詩稿跋後》：『右《忍辱菴詩稿》一冊，前後分兩卷，今古體共一百七十一首，附録《行硯銘》一首，海寧查悔餘先生丙午、丁未間脊令急難之所作也。先生自《敬業堂集》梓成，以《餘波集》二卷綴于末，閣筆不復事吟詠。無何難作，吏卒環門，琅璫逮捕。家所藏書，一晝夜狼藉井竈間。而先生北去，尋放歸病卒。越五年壬子，倚雲乃得此稿於杭州，持以謁漁村趙先生，請弁數語而藏之。會逼歲除，匆卒歸新安。改歲，趙先生捐館舍，蓋先生之老友至是彫零略盡矣。此稿藏篋衍來，祕不示人，每手《敬業堂集》，酣玩不置。因其卷帙先後，以考其生平行止，得失顯晦之故。學與年進，情隨事遷，長告以還，興味翛淡，飄飄乎疑其與造物者遊，而豈知末路嶮巇若此。抑嘗聞之漁村先生曰：「先生晚歲杜門著述，有以朝廷、省會語見聒者，默弗應。

或相從討論經史，輒娓娓不休。」則先生之獨免于禍，良非偶然。異時有好事者，取斯二集，續刻《粤游》之後，使讀者於維舟繫纜時，忽睹兼天波浪，千載下知人論世，當有歌哭無端，低徊欲絶者矣。乙卯端陽前二日燈下，新安後學鮑倚雲書于小南海之南村一壑中。後七日熱甚，按筆偶閲。』查學兄弟刻《續集》後此數十年，《詔獄》《生還》二集未刊，故有『異時有好事者』取此續刻云云。其一爲樊彬《跋》：『鮑倚雲即雙之先生之祖，此卷是其所批。偶于歙縣吴小晴比部案頭見此，亟借歸抄留。同治元年壬戌五月廿八日，樊彬識。』鈐『樊彬』圖記。按倚雲《跋後》，其雍正十年得慎行詩稿，請序於慎行故交趙沈壎，明年，趙氏未及作序而歿。乃藏之篋衍，祕不示人，手自批校。沈壎字漁玉，仁和貢生。著有《沁雪堂詩鈔》（《兩浙輶軒録》卷七）。倚雲字薇省，其先歙縣人，移居杭州。父善基爲杭州府學生，善爲文。倚雲後歸本籍，爲歙縣優貢生。以經學教授鄉里，學者稱退餘先生。乾隆四十三年卒，年七十一。姚鼐撰《鮑君墓誌銘》（《惜抱軒文集》卷十三）。著有《壽藤齋詩集》三十五卷、《古文》十卷、《詩賸》五卷、《退餘叢話》二卷。

是集收慎行《詔獄集》一卷、《生還集》一卷，即雍正四年牽入查嗣庭案下獄至明年釋還之作，合題《忍辱菴詩稿》。《詔獄集》，上圖藏《敬業堂詩集》稿本、查開等刻《敬業堂詩續集》皆作《詣獄集》。『詔獄』殆慎行初命集名。『忍辱菴』得名於《生還集》卷末《渡江後舟中及初到家作八首》其八末二句：『白頭白盡非初白，別署頭陀忍辱菴。』鮑倚雲所得即慎行手稿，《忍辱菴詩稿》未見諸家書目載及。

《詔獄集》題注：『丙午仲冬至丁未仲夏，計一百首。』《敬業堂詩集》稿本《詣獄集》改作：『起丙午十一月，盡丁未四月。』《詔獄集》存詩一百首，《詣獄集》存八十首，删《又五言絶句六十首》爲《又五言絶句四十首》，故少二十首。二本詩題、自注又時相異。第一首《十一月十九日雪後舟發北關》詩末自注，《詔獄集》作『時率子姪少長九人同行』，《詣獄集》作『時率子姪輩少長九人同赴詔獄』。《詔獄集》第三首題作《過常州，不及入城，戲柬錢亮功、徐學人》。《詔獄集》原題同，慎行手批，改『戲』字爲『留』。《詔獄集》第五首題作《過寶應，有懷王樓村同年，兼示章綺堂》，詩末自注：『時與綺堂同行。』《詣獄集》原題同，慎行手改作《過寶應，示章綺堂同年》，删詩末注，增題下注：『章亦同赴詔獄。』『卻望前遊意惘然』句下又增注：『憶王樓村同年。』《詔獄集》之《東坡有詠御史臺榆、柳、竹、柏詩，元方因獄廷無竹、柏，以菊、槐易之，余幽囚之所并無榆、槐，止有老柳二樹，其一已枯萎，方供獄卒爨薪，仍用來詩次韻之例，賦孤柳四章》，《詣獄集》題作《東坡有詠御史臺榆、槐、竹、柏詩，元方以獄庭無竹、柏，以菊、梅易之，余幽囚之所并無榆、槐，止有老柳二樹，其　已枯萎，方供獄卒爨薪，仍用來詩次韻之例，賦孤柳四章》，校改又删『元方』後之『以』字。東坡四首，《施注蘇詩》及慎行《蘇詩補注》俱題作《御史臺榆、槐、竹、柏四首》。

此本《生還集》題注：『丁未仲夏至孟秋，計七十一首。』《敬業堂詩集》稿本《生還集》改作：『起丁未五月，盡六月。』所收亦七十一首，與此本不異，然校改增六首，改後爲七十七首。此本《即事》一首，稿本校改增第二首：『白溝一線是通川，遙指帆檣古渡邊。預卜晝眠應有夢，夢歸先上阿孃船。』此本《濟寧旅店夜聞雨聲》一首，下接《下牐歌》。稿本前一首題作《濟寧旅館夜聞雨聲》，校改於二首間增《雨泊天井閘書所見》一首。稿本《連遇逆風，舟行遲滯，戲作吳體遣懷》《又絶句一首》後，校改增《再疊前韻》一首，此本無。此本《轉應曲，效樂天體，秦郵舟中即目》爲四首，稿本校改增二首（即『死生豈不論長短』一首、『富貧豈必關憂樂』一首）。此本末一題爲《渡江後舟中及初到家作八首》，稿本校改於八首後增《六月廿六夜過鴛湖，詶曾濟蒼別後見寄詩中舟字韻，兼訂秋涼偕高大立見過之約》一首。

《敬業堂詩續集》卷五爲《詣獄集》，按《續集總目》得古今體詩七十四首，實爲八十首；卷六爲《生還集》《住劫集》，《行研銘》一首則收入《住劫集》，《生還集》得詩七十七首。刻本依於《敬業堂詩集》稿本，未詳查開兄弟得見《忍辱菴詩稿》否。清人許昂霄輯《敬業堂集補遺》，未見《忍辱菴詩稿》，失收《又五言絕句》二十首。

此本照錄鮑倚雲評點。卷端總評云：『坡公稱陶詩清而實綺，癯而彌腴。此陶詩定評也，吾于此卷亦云。』《元方以爨僮潘姓畫松詩索和，戲次原韻答之》一首，評云：『七言長短句浩瀚圓轉，嶔奇歷落，極自然之妙。其妙神似東坡先生。』又如《哭三弟潤木二首》其一云：『罪大誠當殺，全歸有數存。生難寬吏議，瞑亦沐君恩。鬼守辭鄉魄，棺封詔獄魂。幾時容返葬，薄殮勝王孫。』其二云：『患難同時聚，多來送汝終。吞聲自兄弟，泣血到孩童。地出陰寒洞，天號慘淡風。莫嗟泉路遠，父子獲相逢。』雍正五年三月二十日，嗣庭子克上病歿于獄。嗣庭爲解家人之困，是月二十二日獄中自決，慎行賦詩哭之。鮑氏詳作評注。『罪大』二句，『生難』二句，夾批連書『含蓄』。『鬼守』句，夾批：『指梟首。』『棺封』句，夾批：『指遺屍。』『患難同時聚』以下數句，夾批：『千古所無之詩。』『地出』句，夾批：『指牢戶。』『天號』句，夾批：『含蓄。』『父子』句，夾批：『指查克上。』眉批二條，其一云：『聞潤木係伏毒後再處斬者。』其二云：『放聲長號。』嗣庭服毒亡，雖聽於傳聞，亦可備一說。《敬業堂詩集》

稿本收此二首，略有改易，題下增注：『三月二十二日。』『患難』改作『家難』，『父子』句增注：『上姪先卒。』翁方綱評點《敬業堂詩集》四十八卷，《遺集》六卷未有評。鮑氏所評僅《詔獄集》《生還集》，亦有見解，足可存也。

慎旃初集不分卷、慎旃二集不分卷　清康熙二十二年至二十四年刻本（國圖）

清查慎行撰。慎行有《敬業堂詩集》，已著録。此爲其《慎旃初集》不分卷、《慎旃二集》不分卷，一冊。《初集》康熙二十三年刻於京師，《二集》則翌年刻於京師，乃查詩刊行最早之本。每半葉十行，行二十字。白口，單魚尾，左右雙闌。版心鐫『他山詩鈔』。《初集》卷端題曰：『海寧查嗣璉夏重譔，介堂同學諸子選閲。』《二集》卷端題曰：『海寧查嗣璉夏重甫纂。』集又名《他山詩鈔》。他山爲慎行之號（族叔查繼佐字伊璜，號東山釣史，學者稱敬修先生。慎行與弟嗣瑮少執經問業，慕其人，慎行號他山，嗣瑮號朗山）。集名『慎旃』，語本《詩經·魏風·陟岵》：『陟彼岵兮，瞻望父兮。父曰：嗟！予子行役，夙夜無已。上慎旃哉，猶來無止。』鄭梁《慎旃二集序》云：『蓋皆取孝子行役，不忘其親之義也』，『而查子慕親之誠，守身之孝，每念不忘，用名其集。余于是而歎《陟岵》詩人，何代蔑有，決不得以古今時地限也。』慎行父崧繼歿於康熙十七年三月。翌年夏，慎行以飢寒所驅出遊，入楊雍建幕府。以父未葬，子猶行役在外，故以『慎旃』名集。

《初集》前有鄭梁、王士禛二《序》。鄭梁《序》原不缺，裝褙數葉皆倒。鄭《序》前有缺葉，疑當爲黄宗炎《序》。《二集》前有楊雍建、陸嘉淑二《序》。鄭梁《序》署康熙二十四年乙丑七月題於燕京旅次，云：『《慎旃二集》者，吾友查子夏重遊豫章之詩也。初，查子自己未遊黔，至壬戌而歸，名其詩曰《慎旃集》。今自癸亥遊豫章，至甲子而歸，復名其詩曰《慎旃二集》。』知爲《二集》所作。王士禛《序》云：『去冬，余奉使南海，夏重操長歌送行，且以詩集序見屬，歸而夏重《慎旃二集》已裒然成卷帙矣。余既已諾昨者之請，重憶辛齋疇昔之言，時已卧病請假，匆匆戒道，匡驢在側，僕夫俶裝，援筆以完宿約。』康熙二十四年秋，士禛奉使南海還都門，循例乞假歸省，匆匆戒道之際，不忘慎行乞序事，臨別作此。則鄭、王二《序》皆爲《二集》所作。楊雍建《序》云：『今年夏重入游太學，而余適膺召命，歸佐夏官，因復留之邸舍。夏重乃裒其行旅之詩，梓之問世。其豫章之吟，别爲一集。題曰《慎旃》，蓋取詩人行役之義，且屬余爲弁語。』作於康熙二十三年。黄宗炎、陸嘉淑二《序》俱爲《初集》作甚明，且作時黄《序》在前，陸《序》在後，楊《序》更在其後。然則黄、陸、楊三《序》俱爲《初集》所作。此本裝褫錯亂，致失原貌。康熙五十八年刻本《敬業堂詩集》錄王士禛、楊雍建、黄宗炎、陸嘉淑、鄭梁五人《序》，題作『原序』，其先後次第依於顯晦榮達，非原本面目矣。

《初集》爲慎行入貴州巡撫楊雍建幕府所作，按體編排。首五言古詩，得《蕪湖關》《得陳六謙書并見寄詩二章，期余作晉遊，馳聲以報》等二十五首；次七言古詩，得《王璞菴南北遊詩卷》《中山尼》《吴江曉發》等十八首；次五言律詩，得《遊燕不果，乃作楚行》《木末亭謁方文正、景忠烈兩公祠》等四十八首（按：《木末亭》一首，見於《遄歸集》）；次七言律詩，得《留别仲弟德尹》二首、《送荆州兄入燕》《錫山與許振菴别》等一百七十五首；次五言排律，得《登金陵報恩寺塔三十韻》（《敬業堂詩集》稿本改爲二十四韻，刪六韻，刊本從之）《百韻詩爲楊大中丞壽》《渡洞庭湖五十韻》等六首；次五言絕句，得《吳門喜遇董亮工，兼以贈別》《得仲弟消息》四首、《高寨》《將至清平縣，馬上作》《欲登金山不果》等八首；次六言絕句，得《長沙喜遇彭南陔》《神堂灣村家》共二首；次七言絕句，得《從梅花橋至鴛湖》、《金陵雜詠》二十六首（《敬業堂詩集》稿本刪存二十首，鈎刪詩注，刊本大都從之）、《發儀真》《梁溪秋晚》等一百二十二首。以上通計四百首。稿本《敬業堂詩集》析《慎旃初集》之詩，增刪篇目，改易字句，按編年重定爲《慎旃集》上、中、下三卷及《巤歸集》。按刊本《總目》，第一卷《慎旃集上》（注：『盡己未一年。』）收古今體詩八十五首，第二卷《慎旃集中》（注：『盡庚申一年。』）收古今體詩九十一首，第三卷《慎旃集下》（注：『起辛酉正月，盡壬戌四月。』）收古今體詩七十七首，第四卷《巤歸集》（注：『起壬戌五月，盡癸亥九月。』）收古今體詩九十一首，通計三百四十四首。《巤歸集》之詩，自《哭王右朝四首》至《留別朱日觀、祝豹臣、朱與三、陳寄齋、王南屏、家西嵋叔、韜荒兄、眉山姪二首》，共四十一首，作於康熙二十[illegible]九月自黔歸里至明年九月游豫章間，未編入《慎旃初集》。《敬業堂詩集》刊本前四卷詩可入《初集》者，僅三百零三首。其間篇題字句又頗異。《初集》之《銅仁秋感，和劉丙孫原韻》題注：『十首存八。』《敬業堂詩集》刊本收《銅仁秋感，和劉丙孫六首》；《秋懷詩》十八首，《敬業堂詩集》刊本收《秋懷詩》十六首，刪第十六首（懷吳之振）、第十八首（懷查東亭、翁源、聲山諸弟姪）；《金陵雜詠》二十六首，《敬業堂詩集》刊本存二十首，刪六首，其間詩注亦多刪（翁方綱批點《敬業堂詩集》則爲補入）；《朗州絕句》十首存六，《敬業堂詩集》刊本收《朗州絕句四首》，更刪『三閭遺像對江潯』一首、『冷猿啼苦雨連朝』一首。《敬業堂詩集》刊本《慎旃集上》自題云：『己未夏，同邑楊以齋先生以副憲出撫黔陽，招余入幕。时西南餘寇未殄，警急烽烟，傳聞不一，而余忽爲萬里之行。其在《陟岵》之詩曰：「尚慎旃哉！由來無棄。」夫當行役之時，不忘父母兄弟，而終以危苦之辭，讀其詩者，傷其志焉。余不幸早失怙恃，終遠兄弟，麻衣被體，瞻望漣洏，因取「慎旃」以命集，自勵也，亦以慰予季也。自己未迄壬戌，首尾三年，凡如干首，釐爲三卷。』此本無之，檢《敬業堂詩集》稿本，知慎行後來手訂詩集所擬。

《二集》爲慎行遊族伯查培繼饒九南道副使幕府所作，題注：『起癸亥十月，止甲子三月。』收詩一百零八首（按：第二十六葉殘損，按詩體及前後詩題以推，知上半葉爲絶句四首，下半葉爲絶句三首、七律一首。第二十七葉殘損，今推知爲七律二首）、詞六首（《望江南》三首、《四字令》一首、《瀟瀟雨》一首、《綺羅香》一首），以數少不復按體編排，而因時先後纂定。《敬業堂詩集》稿本編爲《西江集》，刊本合《耑歸集》爲一卷。刊本《西江集》收古今體詩八十四首。題下自注及按時先後編排，與《二集》刻本不異，集前自題云：『萬里歸來，繼逢儉歲。家憲副伯方攝西江臬篆，邀余入署。自冬涉春，周旋六閲月，爲治遊學之裝。到家五日北行，不欲浮沈鄉曲，傷長者之惠也。』蓋黔陽歸來，不欲再出，適逢儉歲，不得已入西江幕府。《二集》刊本《席間留別三首》《晚發錢唐江》《富陽縣》《去桐廬縣四十里，嚴子陵先生祠堂在焉，雙岫臨江，相傳釣臺故址》二首、《睦州》《飲秦望兄饒陽旅館，兼送兄往虔州》等九首，《西江集》不録。《黄晦木先生從魏青城憲副乞買山資，將卜居河渚，有詩十五章志喜，邀余同作，欣然次韻，亦如先生之數》原十五首，《西江集》選十首，詩題改云『有詩十章』、『如先生之數』，實未如原數。《清溪即事口號十首》，《西江集》選八首，題作《青溪口號八首》。《送又微姪自豫章東歸，次章兼示德尹》二首，《西江集》止録第二首，題作《送又微姪自豫章東歸，兼示德尹》。《玉友別後，寄詩三首，次韻奉答》三首，《西江集》録後二首，題中改曰

『寄詩二首』。《元宵家觀察署齋小集，次允文原韻》二首，《西江集》止存第一首，題作《元宵前一夕，家觀察伯署齋小集，次允文原韻》。《章江舟次送李斯年赴湖南幕府二首》，《西江集》選前二首。《楚黃陶忠毅公以世胄協守寧前衛，城陷之日，公殉節焉，事具合肥宗伯行畧，其冢子上辛出公畫像索題，敬賦二律，用東坡出塞謁楊無敵舊韻》二首，《西江集》選第一首。《新柳和允文四首》，《西江集》選二首。《昌江竹枝詞九首》，《西江集》選八首。合前述未收九首，《西江集》刊落《二集》詩二十四首。其間詩題字句之異亦著。如《二集》第一首《將有洪都之行示阿庚》，《西江集》題作《將有南昌之行示兒建》。所收詞六首，《瀟瀟雨・去秋余自黔歸》一首外，餘五首皆見《餘波詞》二卷，字句多異（《綺羅香・南州寓舍》一首文字尤異。《瀟瀟雨・去秋余自黔歸》一首，不見於《餘波詞》，《敬業堂集補遺》錄之，與《二集》刊本所載亦略異）。

《敬業堂詩集》刊本篇題字句異於《慎旃初集》《二集》，乃出於慎行手訂。是集朱、墨筆圈點，不知出何人之手。偶有校評，如《初集》詩《蠟梅和中丞韻》眉批云：『從杜集中竊出。』《登漢陽晴川閣》『蒲帆風急下黃州』句，眉批云：『放翁句。』《將至玉沙，舟中述懷，呈家季叔》其二眉批云：『本元結詩。』

《敬業堂詩集》盡刊落三十歲前『少作』，其立意始於梓刻《慎旃初集》《二集》之時。《慎旃》不收『少作』，非曰無因。慎行早承父志，以遺民子孫自誓。『少作』亦遺民詩流亞，《初集》遊金陵諸作畧可見之。迨於貴州捐貲入監，初衷已變，不肯以『少作』示人。其三十以前，與弟嗣瑮、姪查昇頗喜『擬蘇』。入楊雍建幕府，書生投筆，詩因之一變。《蕪湖關》《遊兵營》《漢川道中紀所見》《白楊堤晚泊》《北溶驛》《麻陽運船行》《烏山戰象歌》《中山尼》追蹤杜陵，詩以紀實，以爲詩史。《渡荊江》云：『亂離光景逢人問，或有新詩當紀聞。』黃宗羲《綠蘿庵詩序》論海昌詩人，有『查夏重自黔返，吐詞清拔』之評。

《慎旃初集》《二集》，《中國古籍總目》分著錄爲二條：《他山詩鈔（慎旃初集）》不分卷，清康熙二十二年刻本，北大、中科院（鄧之誠題記）；《慎旃二集》一卷，清康熙二十四年刻本，北大（清查慎行校訂，繆荃孫跋）、中科院（鄧之誠題記）。今按：分作著錄亦可，然《初集》刻於康熙二十三年，當改正。二集爲慎行手訂詩集，並又名《他山詩鈔》。

敬業堂詩鈔八卷　清抄本（佚名三色批校）（湖北省圖書館）

清查慎行撰。慎行有《敬業堂詩集》，已著錄。此爲《敬業堂詩鈔》八卷，清抄本，二冊。無版匡、界格。每半葉十一行，行二十一字。各卷端不題撰者名氏。集前有王士禛、楊雍建、黃宗炎、陸嘉淑、鄭梁五家原《序》、唐孫華《敬業堂集序》及《目錄》。卷一首葉鈐『葛氏珍藏』、『懷玉堂圖書印』二圖記。《中國古籍總目》著錄此本。

是集卷一收《慎旃集上》四十三首，《慎旃集中》五十九首；卷二收《慎旃集下》二十七首、《遄歸集》四十二首、《西江集》十六首；卷三收《踰淮集》二十九首、《假館集上》十八首、《假館集下》十六首、《人海集》三十七首；卷四收《春帆集》十七首、《獨吟集》十首、《竿木集》十四首、《題壁集》十六首；卷五收《橘社集》十六首、《勸酬集》三十首、《溢城集》三十首、《雲霧窟集》十四首；卷六收《客船集》八首、《並轡集》十六首、《冗寄集》二十二首、《白蘋集》五首、《秋鳴集》十三首、《敝裘集》十首；卷七收《酒人集》二十八首、《遊梁集》三十九首、《皖上集》十八首；卷八收《中江集》十四首、《得樹樓集》二十八首、《近遊集》五首、《賓雲集》五首、《炎天冰雪集》七首、《垂橐集》十四首。各集前依錄慎行自題。按康熙五十八年刻本《敬業堂詩集》集前《總目》，《慎旃集》上、中、下三卷各收古今體詩八十五首、九十一首、七十七首。此集則分選四十三首、五十九首、二十七首，約略及其半數。刊本《遊梁集》收九十七首，此集選三十九首。刊本《皖上集》收六十一首，此集收十八首。刊本《賓雲集》收四十四首，此集僅選五首。是集止於《垂橐集》，即康熙三十七年七月至十二月自閩歸家之作。其選詩依於康熙刊本《敬業堂詩集》，康熙刊本其下尚有二十四小集。按集前目錄，疑此集原稿如此，非佚其半也。

是集有朱、墨兩色批校圈點，間用黄筆圈點。批校字蹟亦出抄者之手，第未詳抄者何人。卷一首葉爲慎行自題《慎旃集》，葉眉墨批云：『題上紅點者，劉執玉《六家詩鈔》所選。題上紅圈者，沈歸愚《別裁集》所選。』朱批『沈歸愚云：敬業會試出汪東山殿撰之門』云云，抄錄《清詩別裁集》卷二十《查慎行小傳》後評語。

又，慎行自題《慎旃集》後，朱批『郭雪鴻云：先生生於順治庚寅，至是年，蓋三十歲。時丁外艱』云云。選《慎旃集上》第一題《留別仲弟德尹二首》，葉眉墨批云：『張誠之先生云：起乏穩重，全集通病。』復有墨批『郭半帆先生云：通首不犯正位』云云。《慎旃集中》之《黔陽雜詩四首》其二眉端墨批：『查藥師云：意指永寧事。』《貴陽除夕，次德尹去年此夜湘南見懷韻》一首，眉端墨批：『查云：岐昌按：外曾王父陸辛齋先生評卷尾云：萬里從軍，正是書生失路。全卷本意，乃往往在吟嘆之外。此殊得古人身分。』又墨批一條：『陸云：秀句可敵半山。』今按：郭夢元字棐忱，號半帆，又號雪鴻，海寧人。乾隆二十一年歲貢，選德清訓導，未任卒。管廷芬《海昌經籍志》稱所著有《四聲匡謬》一卷、《讀書正譌》十卷、《詩法正軌》三十卷、《吟安軒詩鈔》八卷。錢泰吉《甘泉鄉人稿》卷七《曝書雜記上》云：『往年有以其手評唐宋人詩集出售，昌黎、義山兩集爲唐辛山茂才鶚立所得。余得《讀杜心解》《施注蘇詩》，皆蠅頭細字，眉端行間俱滿，蘇詩則全錄初白補注，字更細密。前輩用功，精力如此，令人慨慕不已。』張爲儒字誠之，海寧拔貢。嗜古，善强記，終歲披吟忘倦。鄉試屢不第，年甫逾四十而卒。著述甚夥，多散佚。乾隆《海寧州志》卷十一《文苑》稱其『凡注疏子史及唐宋元明人文集，無不淹貫，一經觸發，如探懷中物，縱横鎔鑄出之，人莫窺其涯涘。詩以鏤刻清雅爲宗，不事華縟』。夢元、爲儒，爲慎行同里後學，好初白詩，而有評點之作。查藥師名岐昌，號巖門，海寧諸生。慎行之孫，克念子，幼承祖父之教，能世其家學。陸辛齋，即慎行婦翁陸嘉淑，岐昌所言外曾王父。是集多錄陸氏之評。又如，卷一《人日武陵西郊二首》第二首葉眉墨批云：『陸莘齋先生云：兩結句言外不盡，正得古人之意。』陸莘齋即慎行婦翁陸嘉淑。翁方綱評點《敬業堂詩集》稱曾見評本，『其評前則陸辛齋，後則唐東江、朱竹垞、汪紫滄、徐方虎諸先生，又有先生自動筆處』。

又，卷一《金陵雜詠二十首》，朱筆眉批、夾批甚密，或爲釋音，或錄慎行自注，或爲補注。是集朱筆，釋音、補注居多，間錄評點。逐錄評語，大都墨筆，以陸嘉淑、郭夢元、張爲儒、查岐昌諸家爲主，曰『陸云』、『郭云』、『張云』、『查云』是也。如卷一之詩，《雨後渡攔江磯》一首墨批：『郭云：從雨說到雨後。』《皖口》一首墨批兩條，其一曰：『郭云：「隔浦」、「空江」，「繫艇」、「垂楊」，皆活對。』其一曰：「又云：上云雨濃，此云夕陽，蓋用季迪詩語，而意則謂薄暮也。」《洪武銅砲歌》一首墨批：『張云：二詩議論，亦尚欠警策，而篇法老成，氣亦完固。名家入手之處，塗徑了然可見，固宜誦之（按：二詩連下《古鼎歌》）。』《發辰州，馬上大雨》一首墨批：『陸云：出自沈宋，非中晚句。』《沅州即事二首》，墨批云：『郭云：合卷四《偏橋田家行》讀之，知西師殊失約束之法。』《初入黔境，土人皆居懸崖峭壁間，緣梯上下，與猿猱無異，睹之心惻，而作是詩》一首墨批：『陸云：哀絃欲絕。』

查詩評點，《總集》不計，慎行自評外，已知有陸嘉淑、朱彝尊、唐孫華、汪灝、徐倬、陳曾蘐、姜宸英、查嗣庭、納蘭揆敘、鮑倚雲、翁方綱、郭夢元、張爲儒、查岐昌諸家。

按：《中國古籍總目》，上圖藏《敬業堂集》五十卷，清康熙五十八年刻、雍正間增刻本，清陳用光批並跋。今不及訪之，未詳陳批有評點否。近坊間拍賣《敬業堂集》甚多，間有評本。西泠印社拍賣《敬業堂集》五十卷一種，清康熙五十八年刻、雍正增修本，二函十九冊。有朱、墨筆批注圈點。卷一《遊燕不果，乃作楚行》一首，葉眉墨批：『三句中用兩「初」字，又皆在第三，似有碍。』《留別仲弟德尹二首》葉眉朱批：『起乏穩重，全集通病。』其朱批即張爲儒評點。無由見原本，未詳此爲張評原本，抑或他人迻錄。朵雲軒拍賣《敬業堂集》五十卷一種，清康熙五十八年刻、雍正增修本，十六冊。鈐『澹泊寧靜』圖記，有朱、墨筆批注圈點。《登金陵報恩寺墖二十四韻》一首，葉眉墨批：『金繩，《南史·齊高帝紀》：「披金繩，而握天鏡；開玉匣，而總地維。」疑丞，指齊泰、黃子澄。觚稜，堂殿上最高轉角處也。銖兩，甚言其微也。《淮南子》：「挈輕重，不失銖兩。」原廟，漢惠帝用叔孫通言，作原廟。原，猶再也。』其注可謂詳矣。無由見原本，未詳何人所注。嘉德四季拍賣《敬業堂集》五十卷一種，清康熙五十八年刻、雍正增修本，一函二十四册。有朱、墨、藍、黄四色批點。卷二卷端墨批：『此卷照辛齋先生評本圈點。』集前補《敬業堂詩集》稿本中吴騫所補册目、《題識》、張載華《跋》及方苞撰《墓誌》、許汝霖撰《序》。舊爲近人徐恕所藏。恕字行可，號彊謻，武昌人。無由見原本，未詳其批點大略。保利十二周年拍賣《敬業堂集》五十卷一種，清康熙五十八年刻、雍正增修本，二函十六册。有朱、墨筆圈點校評。卷十九《王服尹見和乞畫詩，三疊前韻奉答》葉眉墨批：『疊韻盛于蘇黄，唐人絶少，往往以意就辭，有礙性靈，古大家勝人處，不恃乎此也。』無由見原本，未詳何人所評。嘉德拍賣《敬業堂集》五十卷一種，六册。蓋乾隆間重修本。曾爲沈恕、徐渭仁遞藏。鈐『沈大成』、『沈敬彝印』、『沈郎書室讀本』、『徐渭仁印』、『紫珊』、『曾爲徐紫珊所藏』、『古倪園』、『綺雲澧香夫婦印記』、『上海徐氏春暉堂收藏印』諸圖記。徐渭仁字文臺，號紫珊，又號子山。善書，精鑒古帖。沈恕號綺雲，松江富室沈虞揚之子。古倪園，在松江郡治北郭外，明人倪邦彦始構。清初沈古心得之，名曰古倪園（秦瀛《古倪園後記》），後爲沈恕所居。是本内有朱筆批校。《慎旃集上》卷端朱批云：『是年爲康熙十八年，吴三桂已於十七年死，官兵由湖南進取雲貴。』無由見原本，未詳爲沈恕手批，抑或渭仁手批，復或出他人之手。

唐孫華、朱彝尊、陳曾蓺、姜宸英、查嗣庭、納蘭揆敘及慎行自評，見於《敬業堂詩集》稿本。翁方綱評本存二，鮑倚雲評點見於《忍辱菴詩集》，陸嘉淑評並見於四色批本《敬業堂集》、三色批本《敬業堂詩鈔》。張爲儒評點並見於三色批本《敬業堂詩鈔》、朱墨批本《敬業堂集》（西泠印社拍賣）。郭夢元、查岐昌評點見於此三色批本《詩鈔》。《敬業堂詩集》稿本僅有朱彝尊朱筆圈點，未見評語，其評自不止於此。汪灝、徐倬評點，今未訪見。以上諸家評點外，當尚有其人，俟徐訪之。

敬業堂詩鈔不分卷　清抄本（上圖）

清查慎行撰。慎行有《敬業堂詩集》，已著録。此爲《敬業堂詩鈔》不分卷，清抄本，一冊。無版匡、界格。每半葉十六行，行二十四字。無序目、題跋。收詩按體編排，各體前題曰：『海寧查慎行悔餘。』

是集依次録五言律詩《沔陽道中喜雨》《雪夜泊胥門，與蒙泉抵足卧》《對雨戲效白樂天體四首》等二十八首，六言律詩《塘西舟中喜晴，得六言律詩一首》，七言律詩《雪後》《四月十六夜》《雨中過蕭靜思山居》等二十七首，五言排律《雨中渡黄河六韻》等七首，七言絶句《苦雨次少司馬楊以齋先生原韻二首》《曉晴即目二首》等七首；五言律詩《午日沅洲道中》《除夕前八日立春》等二十六首，六言律詩《端陽後一日，同人集朱竹垞表兄齋分韻》一首，七言律詩《武陵除夕》《武陵送春》等四十八首，五言排律《秋旱四十韻》《長至日山左道中即目書懷二十四韻》共二首，七言絶句《人日和朱大司空作》《鳳城新年詞八首》等六十一首；五言律詩《漾頭司》《銅仁秋感，和劉丙孫六首》等四十九首，另有《風潮泊島溪》殘題無句一首，六言律詩《孫村》一首，七言律詩《京口和韜荒兄》《皖口》等八十七首，六言絶句《江行六言雜詩十八首》，五言排律《登金陵報恩寺墖二十四韻》《晚泊安鄉縣八韻》等八首（其中《渡洞庭湖四十韻》一首『眺聽』二字前諸句並詩題缺），七言絶句《雞冠砦》《冉家橋》等二十五首；五言律詩《諸葛武侯祠》《偶遊東山寺》等三十首，七言律詩《漢陽晴川閣》《初冬登南郡城樓》等五十八首。

不計《風潮泊島溪》殘題無句一首，共得四百九十四首，僅《敬業堂詩集》《續集》什之一。殘題無句一首，見於康熙五十八年刻本《敬業堂詩集》卷二十九《赴召集》，題作《集汪東川祭酒齋，賦得風潮泊島濱，即次祭酒原韻》，詩云：『淼淼停征櫂，茫茫失遠汀。雲隨風脚黑，天偪浪頭青。礐石驚難定，彯沙駭未經。直疑蜃氣化，孤島似浮萍。』（按：《敬業堂詩集》稿本《赴召集》收此詩，原爲二首，鈎删第二首。第一首字句略異，『雲隨』，稿本原作『雲乘』；『礐石』，稿本寫作『觷石』）抄本錄此詩，僅存五字，留空白。《渡洞庭湖四十韻》一首存後八韻，其前空半葉。由知此本非依於《敬業堂詩集》四十八卷本選抄，而別據查詩選本寫錄。

《敬業堂詩集》《續集》按時先後，排纂慎行手訂小集。此集則析分諸集之詩，按體編排，七言古體未收，疑有殘缺。似欲按體分卷，終又未成。其詩不出於《敬業堂詩集》《續集》外。前錄五律第一首《沔陽道中喜雨》見於《敬業堂詩集》刊本卷一《慎旃集上》，第二首《雪夜泊胥門，與蒙泉抵足臥》見於刊本卷十二《橘社集》，第三題《對雨戲效白樂天體四首》見於刊本卷十七《並轡集》。第四題《山店阻雨，次徐任可韻》見於卷二十一《皖上集》。其後再錄五律，第一首《午日沅洲道中》見於刊本卷二《慎旃集中》。第二首《除夕前八日立春》見於刊本卷八《人海集》。第三首《立秋夜彭澤舟中》見於刊本卷十四《湓城集》。第四首《冬曉語溪舟中》見於刊本卷二十三《得樹樓集》。三錄五律，第一題《漾頭司》、第二題《銅仁秋感，和劉丙孫六首》俱見於刊本卷二《慎旃集中》。第三題《冷溪》、第四題《湘江舟晚》俱見於刊本卷四《遄歸集》。其選詩析分諸集若此，嫌於漫無體例。是集固採錄《拂水山莊三首》一類佳作，終限於手眼，嫌於平淡，不足備一家之選。

橘社倡和集一卷　清抄本（國圖）

清查慎行、張雲章撰。慎行有《敬業堂詩集》，已著録。此爲國圖藏清抄本《橘社唱和集》一卷，收慎行與張雲章唱和之作，一册。無版匡、界格。每半葉九行，行二十六字。卷端不題撰者名氏。集前有張雲章康熙二十九年九月晦日《橘社倡和集序》、查慎行康熙二十九年十月朔日《序》。慎行《序》，《查悔餘文集》未收，《四部備要》本《敬業堂文別集》採之。二《序》前有費寅手記：『拜經樓有鈔本，花山馬氏藏《敬業堂文集》兩本，吾鄉張渭漁收得，留老友姚虞琹兄處，擬以付印。此《倡和集序》無之，堪以補入，坿記于此。』橘社，在太湖洞庭東山。康熙二十八年，徐乾學乞歸，詔許以書局自隨，乾學上言以慎行、姜宸英自助（錢林《文獻徵存録》卷二）。明年，東山開橘社書局，慎行、宸英與唐孫華、黄虞稷、李良年、閻若璩、胡朏明、邵子湘、沈昭嗣、呂山瀏、陶子師、吳㷥諸名流入書局，纂修《大清一統志》。諸子此唱彼和，得山水吟眺之樂。是集收慎行與雲章橘社唱和詩，通計六十四首，末附顧湄《予今夏客洞庭東山者一月，鍵戸而已，未嘗有登眺之樂，亦未暇爲詩歌，時漢瞻、夏重二君方赴省試，及予歸，而二君並下第，先後至山中，予碌碌靡編，忽已歲暮，今讀二君倡和集，高渾閎放，工力悉敵，輒復技癢，于卷尾次韻夜坐篇，聊以厠名末簡云》一首。慎行、雲章詩各三十二首，或雲章首唱，或慎行首唱，詩下各注名氏。和詩通題一『和』字，時或有異。如慎行《送錢飲光先生歸桐城》，雲章詩題作《和韻酬飲光先生見貽田間集》。蓋是集撮録相關涉之作，非盡一倡一和也。其詩大都近體，七言律絶居多。偶有此爲七律，彼作七絕者。如慎行七律《題翁園敞雲樓》一首，雲章詩作『前題』，爲七絕三首。雲章字漢瞻，號樸村，嘉定人。早年爲徐乾學所賞，延入京邸，商畧經旨。鄉試屢不第，乃屏居獨處，專力爲學。好文章，有聞於時。康熙五十三年，湯右曾以理學薦赴京，參校《尚書》，書成歸。雍正四年七月，卒於家，年七十九。方苞爲撰《張樸村墓誌銘》。著有《樸村文集》二十四卷。

先是康熙二十八年，《長生殿》案發，慎行黜國子生。《送趙秋谷宮坊罷官歸益都四首》其三云：『君別蓬山作謫星，我從霧谷擬潛形。風波人海知多少，聚散何關兩葉萍。』其四云：『南北分飛悵各天，輸他先我著歸鞭。欲逃世網無多語，莫遣詩名萬口傳。』明年二年，隨乾學南下。四月返里，旋至吳門。歲杪還家，弟嗣瑮適遊中州歸，詩酒相勞，約杜門里居。翌年正月，入吳門辭書局之聘。其在書局間，得山水及友朋之樂，略可銷憂。如《山居詩次大司寇徐公原韻三首》其三所云：『落拓生涯最善愁，暫來我亦欲忘憂。淋漓命酒長連夕，次第看花已過秋。』查、張唱和，《橘社倡和集》二序具載之。雲章《序》云：『往余在京師，與海昌查子爲莫逆交。及南還，不見五六年矣。查子詩益工，名益盛』，『今年夏，同客玉峯大司寇徐公所，相見，道故舊甚懽。隨以秋試散去，又同斥于有司，巖棲谷隱之志，自此當與查子共之。重陽後二日，余挐舟渡洞庭，查子亦是日適至，相視而笑。余之鈍拙，與世俗背馳，久忘情于得喪，而查子亦非屑屑介意者，信夫！余兩人之爲同志也。時司寇公以書局自隨于東山，至則酌之酒而慰勞之，命同館于翁氏之敞雲樓』，『凡所經歷，處處誌之，將次第形諸歌詠。是夜與查子各賦一首，遂率以爲常』，『半月中，會得詩六十餘首。舉凡山中之景趣，及其他有所感觸，皆見之于詩，題其編曰《橘社倡和》。』慎行《序》云：『庚午春，大司寇徐公請假出都，將開書局於太湖之東山，邀余同歸，遂欣然樂而許之。以重陽後二日，買舟渡湖，行出胥口，有一帆導我而前者，及抵岸，則張子漢瞻也。張子語余：「昔皮陸倡和，多在龍威林屋間，而東山未嘗寓目。范石湖、文衡山、徐昌穀諸公，間嘗一至，而題詠無多。茲山雲物，其尚有待耶？」兩人因約爲詩課，迭相唱答，空樓夜靜，往往燒燭見跋，哦聲出林樾間，棲禽磔磔飛去。如是者半月，方將搜剔巖穴，上下林藪，盡發此中之奇，然後放舟至石公山，登縹緲峰，尋昔人杖履故蹟，相與放意肆志焉。豈知蕭聊坎壈之人，即山巔水涘、友朋吟眺之樂，造物者亦未盡假之緣乎？漢瞻忽以事先歸，余自是亦倦遊矣。臨別，次第編輯，得詩如干首。其曰《橘社集》者，因寓園而名也。』其《漢瞻從洞庭先歸，詩以志別，仍次舊題抱膝圖原韻》一首云：「兼旬索句添窮忙，草根唧唧蟲鳴霜。尚慚皮陸作唱和，敢與李杜爭毫芒？」

《敬業堂詩集》稿本收《橘社集》，題注：『起庚午秋，終十二月。』得古今體詩六十六首。《敬業堂詩集》刊本卷十二爲《橘社集》，題注同，得詩六十四首，刪《奉送梨洲先生還姚江》《寒月入船，竟夜不成寐》二詩。稿本校改，增自題云：『橘社在洞庭東山之麓，劉氏取以名園。秋冬間，假館於此，與書局諸同人唱酬不少。疁城張漢瞻爲鏤刻于吳中者，非足本也。』刊本沿之，一字不易。《橘社倡和集》所收慎行詩三十二首，二十九首見於《橘社集》，稿本、刊本俱同。所未收者，爲《漢瞻菊詩多一首，余再和》一首、《月夜再和》一首、《同漢瞻次夏重見懷韻》一首。

以《橘社唱和集》之詩，覆校稿本、刊本，頗見篇題字句之異。雲章《寄姜西溟》一首題注：『時初閱北闈試錄。』慎行和詩一章：『散作飛蓬聚作萍，故交南北總飄零。一名於爾何輕重，雙眼從人自醉醒。沙路紛紛鴉接翅，霜天矯矯雁開翎。此愁除有詩能豁，急買歸舟下洞庭。』稿本詩題作《聞姜西溟下第，同吳元朗作》，校改作《姜西溟繼赴北闈，今仍下第，作詩招之》，詩云：『散是飛蓬聚是萍，可憐南北總飄零。一名於爾何輕重，雙眼從人自醉醒。沙路離離鴉接翅，霜天矯矯雁開翎。此愁除有詩能豁，亟買歸舠下洞庭。』刊本從於稿本改定。此本《出雲篇》一首前數韻作：『社山雖一名，羅列有諸嶺。肩隨及齒序，魯衛差相等。今晨天忽雲，晴色變晦冥。蒸蒸氣浮盎，冪冪烟上井。』稿本詩題作《出雲篇，和元朗》，校改作《出雲篇，和西齋》。詩句前數韻作：『東山雖一名，羅列有諸嶺。肩隨及齒序，魯衛差相等。今晨天忽雲，晴色作晦冥。蒸蒸氣浮盎，冒冒烟上井。』校改後作：『山以東得名，羅列非一嶺。兒孫丈人行，屈首殊未肯。今晨天忽雲，晴色變晦冥。蒸蒸氣浮盎，冒冒烟上井。』刊本大都從稿本改定字句，然亦有一異，即改『變晦冥』作『變滄洞』。他如和雲章《微香閣》一首云：『徑蘇暗侵遊子屐，林霏濃上羽人衣。一聲疏磬落何處，坐送爐烟成翠微。』稿本題作《微香閣次敬可韻》，詩云：『蘚徑碧侵遊子屐，楓林紅上羽人衣。一聲清磬自何處，坐看香烟成翠微。』刊本從之。《送錢飲光先生歸桐城》一首云：『滿篋詩文手自編，秋風攜上洞庭船。氣呑湖海豪猶昔，老閱滄桑骨已仙。愁裏豈堪論往事，部中庸易著高賢。馳書早報樅陽令，薄少時能致俸錢（注：時高丹植宰桐城，故并及）。』稿本題作《送田間先生歸桐城，兼寄高丹植明府》，詩云：『滿篋詩文手自編，秋風攜上皖江船。氣呑湖海豪猶昔，老閱滄桑骨已仙。愁裏豈堪論往事（注：先生詩集中有與先君子長干酬答詩），部中容易著高賢。馳書早報樅陽令，薄少時應致俸錢。』刊本從之。

按慎行自題云『暱城張漢瞻爲鏤刻于吳中者，非足本也』。雲章吳中刊本，即《橘社倡和集》一卷，今國圖藏有康熙二十九年刻本（《中國古籍總目》著錄）。清康熙間刻本《樸村文集》卷三《上大司成新城先生》附王士禎答章雲書，云：『與查夏重具區唱和詩，幸寄二三冊來。』即謂此本。《倡和集》中雲章詩，則未刻入《樸村詩集》。

慎行生平癖好，惟在詩，在山水，在友朋。山水登臨，友朋雅集爲其所喜，自少至暮年，先後與學圃唱和、古藤書屋唱和、自怡園唱和、橘社唱和、敝裘唱和、酒人之集、城南道院唱和、槐簃唱和、娱老會、同宗五老會，又與朱彝尊閩遊唱和，與胡元方臺獄唱和。唱和詩見於《敬業堂詩集》，而單刻行者，止《橘社倡和》一集耳。

初白菴詩評三卷、附詞綜偶評一卷　清乾隆四十二年張氏涉園觀樂堂刻本（國圖）

清查慎行撰，清張載華輯。慎行有《敬業堂詩集》，已著録。此爲其《初白菴詩評》三卷，附許昂霄《詞綜偶評》一卷，海鹽張載華輯，清乾隆四十二年張氏涉園觀樂堂刻本，一冊。每半葉十二行，行二十三字，小字雙行，行三十五字。黑口，單魚尾，左右雙闌。牌記曰：『海鹽後學張佩兼輯，初白菴詩評，詞綜偶評附，涉園觀樂堂藏板。』《詩評》三卷，各卷端題曰：『海鹽後學張載華芷齋輯。』集前有張宗橚乾隆三十三年三月《序》、載華乾隆三十二年九月自撰《序》及《初白菴詩評纂例》《初白菴詩評目録》。《目録》後有載華壻蕭嘉植乾隆四十二年春《跋》。集末有海鹽張柯乾隆四十二年七月《跋》。附《詞綜偶評》一卷，卷端題曰：『海寧許昂霄蒿廬閲，門人張載華芷齋輯。』集末有載華四十二年春《詞綜偶評跋》。

張宗橚《序》云：『芷齋听然而笑，曰：「獨不聞蒿廬夫子論詩之旨乎？其云：『南北兩宗堪並峙，可憐無數野狐禪。』蓋明言漁洋先生與初白先生爲風雅総持也。竊不自揣，將纂錄先生各種評語，裒爲一集，與《帶經堂詩話》並行不悖。或可藉是以傳，亦猶兄意也。」余因是有感焉。國朝作者如林，求其金鍼微點，學者悉奉爲指南。漁洋、初白兩先生而外，指不多屈。雖然，讀《漁洋詩話》，如遊蓬閬，如聞韶濩，目眩心迷，未易涉其流而溯其源也。若初白先生所著評語，或直抉作者精要，或別裁各家僞體，一經指示，俾軨材樸學，可以由漸而入，視夫一味妙悟之論，果孰難而孰易？余自惟譾陋，所夢寐不能釋者，獨瓣香先生。不意芷齋已先得我心，不憚寒暑，鈔撮成帙，就余商訂，春宵咀味，燭跋忘疲，先生固不藉是以傳，芷齋實藉先生以傳，詎非藝林韻事乎哉！獨是附識諸條，芷齋兢兢焉，不敢自以爲是。惜含广兄已歸兜率，不獲樂觀其成，稍爲潤色，而余亦頽廢日甚。』載華《序》云：『海昌查初白先生以詩名海内，與王漁洋、朱竹垞兩先生鼎峙藝林。今三家詩集，已家有其書矣，然篇章浩瀚，如涉大水，不免望洋之歎，則詩話其舟楫已。《漁洋詩話》散見雜著諸書，先兄含广彙爲一編，《靜志居詩話》具載《明詩綜》，獨先生論詩之旨，間有流傳，無專刻行世，學者有遺憾焉。余生也晚，不獲親炙先生，幸自幼及壯，得從許蒿廬夫子遊。夫子與先生同里，於友朋間每聞先生評閱古人詩集，必展轉購借，攜至涉園，約諸兄亟爲鈔錄』，『從夫子及諸兄處錄先生評本數種，偶閲一編，雖著語不多，動中肯綮。如論少陵夔以後詩及昌黎《陸渾山火》、東坡《謝人見和前篇》、遺山《李峪園亭看雨》等作，發前人所未發』，『檢理故篋，合邇年所得先生評本計十二種，載歷寒暑，綴輯成帙，與《帶經堂》《靜志居詩話》並列案頭，庶無負先生嘉惠後人之美意，亦以慰吾夫子當年借錄之苦心焉耳。』海鹽張宗枏字汝楝，號含广，宗橚字詠川，號思巖，皆國子生，與兄宗松字楚良、宗杕字敬貽，兄弟相師友，力學，工文翰。宗橚有《詞林紀事》二十二卷，宗柟有《帶經堂詩話》三十卷之纂輯。《四庫總目》著錄《漁洋詩話》三卷，《提要》稱漁洋論詩之語散見於《池北偶談》諸書中，未有專帙，漁洋歸田後，應吳陳琬之求，作《漁洋詩話》，初止六十條，後又續一百六十餘條，付門人蔣景祁刻之。《漁洋詩話》甚略，乾隆間，宗柟爲輯《帶經堂詩話》，凡取漁洋說部、詩話十三種以及文集、詩選中凡例之論詩者，分爲六十四類，依次排纂，間附識所引元書出處。朱彝尊與王士禛並稱『南朱北王』，其詩話見於所輯《明詩綜》中。後姚祖恩專爲輯出，成《靜志居詩話》二十四卷，嘉慶間刻行。慎行以詩與朱、王鼎立爲三，朱、王皆有詩話之作，慎行無之，載華遂有《初白菴詩評》之編，欲其與《帶經堂詩話》《靜志居詩話》並傳。所撰《纂例》其一條云『是書纂輯，權輿於癸未之冬。含广兄笑謂余曰：「《詩評》成日，與《帶經堂詩話》並行於世，亦士林佳話也。」』

是書之輯，始於乾隆二十八年癸未。三十年秋，宗柟歿。載華輯稿棄置篋中一載，三十二年秋冬之交，還理舊業，其朝夕商榷，析疑訂譌，宗橚之功居多。至其校讎之勞，則壻蕭嘉植及二子鶴徵、鷺振多任之。明年，數易其稿，纂輯成書（《初白菴詩評纂例》）。間又修訂，至乾隆四十二年始付梓。蕭嘉植《跋》云：『戊子冬日，謁外舅芷齋先生於涉園，得所纂《初白菴詩評》，受而卒讀。蓋先生自少而壯而老，每見太史手批元本，鈔錄無遺。歷數十年，得十二種，綴輯薈萃，析爲三卷，體例秩然，眉目瞭如，真不惜金針度與人矣。爾時即以付梓爲請，先生自謂：原評之當屬某段某聯，未易明確也；附錄諸條，或涉遺濫也；附識按語，恐未允當也，奚敢問世？越一二載，先生再易藁本，藏諸篋衍。今歲上元，爲先生六十覽揆之辰。客冬復請壽諸梨棗爲先生壽，先生笑而頷之，迺與選巖、在廷兩昆互相讎勘，徂歲入春，校畢開雕。」

是書纂輯，借鑒宗柟之輯《帶經堂詩話》，以所輯詩集評點爲主，故體例又自不同，《纂例》詳列之。如『論兩句一句者，附於句下。至連屬數行或數句者，詩語難以全載，然非明確標出原評，幾墮渺茫。先生偶著一語，深合以意逆志之旨。余詳玩評語，合之本詩，參以圈點，良費裁度，亦欲以意逆先生之志云爾。』又，『題下小引及各家箋注《虛谷詩話》，先生重加考訂，或貶或褒，最足益人學識。今節錄原文，謹載評語，後學勿漫視之。』又，『國朝諸家杜詩評本，及查晚晴先生評閲韓詩，陸辛齋先生評閲《宋詩鈔》，可與先生評語發明者，依本詩次第附錄，以資參悟。』

是集卷上錄評點陶淵明、李白、杜甫、韓愈、白居易詩，其目爲五。卷中錄評點蘇軾、王安石、朱熹、謝翱、元好問、虞集諸家詩，其目爲六。卷下爲評點《瀛奎律髓》。是書綴輯評點、考證、校釋成書，雖嫌於瑣碎，然足以窺慎行論詩大旨，並可備一家品藻，見一時評點風氣。慎行早歲好『擬蘇』，中歲由『擬蘇』而『宗杜』、『學白』，論詩『不分唐宋』，一生所衷，乃在杜、白、蘇三家，於陶詩亦深有得焉。故其評點漢魏六朝迄唐宋元明諸家詩集，於杜、白、蘇三家最富見解。如卷上評杜詩《渼陂行》云：『風作風止，兩層寫得變幻不測』，『大意只三層，始而風，既而風止，既而月出，總由筆勢排宕，令覽者無從捉搦耳』，『（「半陂已南純浸山」四句）噏張開合，氣象萬千』，『（「此時驪龍亦吐珠」四句）著此四語，則下神靈意乃出，非泛泛形容也』，『（「咫尺但愁雷雨至」至末）此轉更出人意表』，『結處又開拓一步。』評白詩《晚桃花》云：『（「寒地生材遺校易」二句）爲「晚」字生波，寄慨絕遠。』卷中評蘇詩《和子由論書》

云：『(「苟能通其意」二句)直是以文爲詩，何意不達』，『(「端莊雜流麗」二句)讀此十字，知少陵瘦硬未是定評』，『「吾聞古書法」四句)所謂寧拙毋巧。』評《和子由記園中草木十一首》云：『(陰陽不擇物」六句)化工在抱，轉換不窮」，『(「黄葉倒風雨」二句)衰颯處偏説得軒昂。』

是集末附許昂霄《詞綜偶評》一卷。載華《初白菴詩評纂例》云：『《詩評》纂本，昔年得自蒿廬夫子者居多。回憶購覓苦心，猶怳怳胷臆間。爰取夫子《詞綜》閲本，附録於後，聊申瓣香之志。填詞與詩格等，未必非倚聲家之一助云。』又撰《跋》云：『余自束髮，喜學爲詞，而按譜倚聲，未能即通其故。蒿廬夫子於課讀之暇，謂：「詞肇於唐，盛於宋，接武於金元。唐詞具載《花間集》，宋詞散見於《花菴》《草窗》兩編。金元詞罕覯選本，唯《詞綜》一書，竹垞先生博采唐宋迄於金元，搜羅廣而選擇精，舍是無從入之方也。」迺漸次評點，授余讀之。每一闋中，凡抒寫情懷，描模景物，以及音韻、法律，靡不指示詳明』，『今忽忽四十餘年，夫子之墓木已拱，余亦衰且老矣，使徒奉爲枕中祕而不與風雅名流共體玩之，抑豈夫子評閲之意歟？爰繕寫校讎，附《初白菴詩評》之後。』

卷十

經史問答十卷　　清乾隆三十年萬福刻本（浙圖）

清全祖望撰。祖望字紹衣，號謝山，鄞縣人。年十四補縣學生。舅氏蔣拭之告以『治經不止經生家言』，『《三禮》則當參以史傳，然後知古今異同及因時損益之故』，由是益務廣覽，讀雲在樓、天一閣藏書、趙氏小山堂藏書。浙江督學王蘭生亟賞之，貢入成均。入都謁侍郎方苞，與論喪禮，方苞器之。雍正十年，舉順天鄉試。臨川李紱見其答策，過談竟日，曰：『此深寧、東發以後一人也。』（乾隆《鄞縣志》卷十七《人物》）詔舉博學宏詞，尚書趙殿最以祖望薦。乾隆元年成進士，選庶吉士。以先入詞館，例不預鴻博之試。時張廷玉當國，與李紱不相能，並惡祖望，祖望亦不往見。明年散館，置最下等，以知縣外用，遂南歸，絕仕宦意。性亢直，貧且病，饔飧不給，人有所餽，弗爲動。乾隆十三年，主蕺山講席，翌年固辭。十七年遊廣東，爲端溪書院山長，明年病還。乾隆二十年卒於家，年五十一。學承東浙之統，修補《宋元學案》，七校《水經注》，三箋《困學紀聞》，編選《續耆舊》一百四十卷。所著有《經史問答》十卷、《讀易別錄》三卷、《漢書地理志稽疑》六卷及《丙辰公車徵士小錄》《詞科摭言》《古今通史年表》等書。詩文有《鮚埼亭集》三十八卷、《鮚埼亭集外編》五十卷、《鮚埼亭詩集》十卷、《句餘土音》三卷。

祖望答弟子董秉純、張炳、蔣學鏞、盧鎬等人問經史之業，錄爲《經史問答》十卷，又名《經史問目》。祖望早逝，著述三十餘種，《文集》五十卷外，多未定稿。秉純受其遺稿，常懷憂懼。乾隆三十年先刊《經史問答》十卷，萬三福爲校刻於杭州。此即其初刊本，二冊。每半葉十一行，行二十一字。黑口，雙魚尾，左右雙闌。版心鐫『經史問答』及卷數。内鐫书名『全謝山先生經史問答』。浙圖另藏一部上鈐『進呈御覽，採入四庫全書』。各卷端不題撰者名氏。集前有董秉純述《全氏世譜》及《目錄》，集末有秉純乾隆三十年九月十日《跋》。卷一卷端鈐『二老閣』圖記，知曾爲慈谿鄭性、鄭大節藏本。

《全氏世譜》倣於董斯大述《梨洲先生世譜》之冠《南雷文案》，以祖望心追手摹蓋在宗羲也。《世譜》末云：『先生文集，手自編次，命純繕寫甫畢，而先生謝世。純致書武林杭堇浦先生，求序其端，且請作志狀。堇浦以書來問世系，純因述《全氏世譜》，冠於集端。昔胡助述《宋氏世譜》以冠《潛谿集》，萬斯大倣之，述《黄氏世譜》以冠《南雷集》，今亦此例也。』秉純《跋》云：『謝山先生《文集》一百二十卷，前五十卷，先生所手定。自四十卷至四十九卷，爲《經史問目》。今年秋，過武林吴丈城，先生之同社也，純請主剞劂氏。吴丈曰：「海内望謝山文久矣，《全集》今兹未能，盍以《問目》十卷爲嚆矢，可乎？」因商之杭丈世駿、汪丈沆，并遺書廣陵馬丈曰璐，皆願勷事。純亦告之同里諸後進，隨力佽助。而萬三福獨任校刊，功尤爲多，遂以集事。純更請吴丈爲之序，吴丈謙不敢當。而謝山先生以全稿命純藏弆，雖彌留，亟請誰當序先生文者，先生卒不答，故今亦不敢别求敘，但以純所詮次《世譜》弁首云。』秉純《全謝山年譜》載云：『乾隆乙酉，純在杭，萬三福謀刻先生文集，請吴丈鷗亭、馬丈半查協力，純率同鄉後進助之，先得《經史問目》十卷。』萬福字近蓬，號玉倉，鄞縣諸生，萬斯大之孫，萬經少子。性恬澹，棄舉業，專攻詩，嘗受業於杭世駿之門。年七十二卒。著有《新安阜》《閩遊雜録》《近蓬草堂詩集》《玉倉詩鈔》。其《玉倉詩鈔》，袁枚撰序（《兩浙輶軒録》卷三十三）。孫雲鳳《題萬近蓬先生拈花小照》云：『先生抱高懷，丹青繪幽事。日坐梅花中，寒香繞吟思。』（《兩浙輶軒續録》卷五十三）

秉純《跋》稱祖望《文集》一百二十卷，前五十卷爲祖望手定，自四十卷至四十九卷爲《經史問目》。然其編校《鮚埼亭集外編》，乾隆四十一年《題詞》則稱集凡一百十五卷。蓋祖望手定《文集》五十卷，秉純拾綴其餘爲七十卷，通計一百二十卷，後刪去重複，重訂合計一百十五卷。嘉慶九年餘姚史夢蛟重修《經史問答》，因秉純《跋》語，忖度是集在祖望歿前手定五十卷之内，《題識》引秉純《全謝山年譜》之説，云：『又言先生集共一百二十卷，自四十卷至四十九卷爲《經史問答》。是本雖出杭氏，然止三十八卷，合之《經史問答》，以較五十卷，已闕二卷。』其時雖知秉純編校《外編》，猶未見之。

是集凡經問七卷，諸史問三卷。卷一爲《易問目答董秉純》，共十七條；卷二爲《尚書問目答董秉純》，共十八條；卷三爲《詩問目答張炳》，共二十一條；卷四爲《三傳問目答蔣學鏞》，共二十七條；卷五爲《三禮問目答全藻》，共七條；卷六爲《論語問目答范鵬》，共二十五條；卷七爲《大學、中庸、孟子問目答盧鎬》，共三十條，附《爾雅問目》八條；卷八爲《諸史問目上答郭景兆》，共三十三條；卷九爲《諸史問目答盧鎬》，共四十六條；卷十爲《諸史問目答董秉純》，共四十九條，皆董秉純、張炳、蔣學鏞諸門人執業問對語。祖望於門下士，所許可不過董秉純、蔣學鏞、盧鎬、張炳、范鵬、李立樌數人而已。范鵬字沖一，年二十餘卒。張炳字劾晦，精《毛詩》。李立樌字又泉，最强記。貢入太學，讀書過勞，得怔忡病，亦早卒。是書諸條陳說已見，不止爲指示入學門徑，蓋積素學所得，不習空談性理。溯其源，近宗梨洲，遠紹東發、深寧。觀其屢引梨洲之説，談議深寧論學大旨，好經史互證，即可知也。其書足啓後學，兩浙督學阮元《經史問答序》云：『經學、史才、詞科，三者得一足以傳，而鄞縣全謝山先生兼之。先生舉鴻博科，已官庶常，不與試。擬進二賦，抉《漢志》《唐志》之微，爲與試諸公所不能及，精通經史故也。元視學至鄞，求二萬氏、全氏遺書及其後人，慈谿鄭生勳以先生《經史答問》呈閲。往返尋繹，實足以繼古賢，啓後學，與顧亭林《日知録》相埒。吾觀象山、慈湖諸説，如海上神山，雖極高妙，而頃刻可成。萬、全之學，則如百尺樓臺，實從地起，其功非積年工力不可。噫！此本朝四明學術所以校昔人爲不憚迂遠也。』(見乾隆三十年萬福刻、嘉慶初重修本《經史問答》集前，與道光刊本《揅經室二集》卷七《全謝山先生經史問答序》文字略異)

經史問答十卷　清乾隆三十年萬福刻、嘉慶初重修本(紹興圖書館)

清全祖望撰。祖望有《經史問答》十卷，已著録乾隆三十年萬福刻本。此爲乾隆三十年萬福刻、嘉慶初重修本，二冊。書名重雕，曰：『全謝山先生經史答問。』原刊作『問答』。集前增刻阮元《序》一篇，有『元視學至鄞，求二萬氏、全氏遺書及其後人，慈谿鄭生勳以先生《經史答問》呈閲』云云。其餘版式、内容沿用萬福舊版。雍正初，阮元自山東學使遷浙江學使，雍正三年離任入都。此本當爲嘉慶初重修本。

又，《經史問答》十卷尚有清乾隆三十年萬福刻、嘉慶九年餘姚史夢蛟借樹山房重修本(史夢蛟重校、紹興圖書館所藏一部有清丁桂朱墨筆批校），清乾隆三十年萬福刻、嘉慶九年餘姚史夢蛟借樹山房重修、同治十一年印本（按：乾隆三十年刻本至是已多有蠹簡脱字，同治十一年印本仍之。浙圖所藏一部有余嘉錫錄李宗蓮借抄孫志祖批校。卷十末葉朱筆眉批云：『此本墨筆，標孫云者，乃余十年前校讀時隨筆疏記，小疋見而錄之者也。年來躭翫此書，續有評識，用朱筆錄請小疋教之。嘉慶戊午四月，孫志祖記。』是葉又附余嘉錫錄李宗蓮《題識》二則，其一云：『仁和孫頤谷侍御校《經史問答》，原本爲家芝青所藏。其墨筆乃丁小疋先生手錄，朱筆則侍御所重校也。借錄一過，硃墨一仍其舊。內卷六「微子反葬之説」一條，蓋小疋先生所校也。同治戊辰又四月二十八日，李宗蓮謹識。』其二云：『侍御所校本，今歸于余，因以此卷贈竟山。辛未中秋，子受又識于朔州學舍。』），清光緒十五年上海王延學刻本等。諸本較初刻本鮮有改易。是書又刊入阮元編《皇清經解》卷三百零二至三百零八，計爲七卷，删後三卷《諸史問目》。版心鐫『全庶常經史問答』，各卷端題曰：『鄞全庶常祖望著。』書末題曰：『刑部山西司郎中臨川李秉文刊，靈川舉人秦培璠對字。』各卷題目亦有改易，若《詩問目答張炳》改作《詩答張炳問》，《三傳問目答蔣學鏞》改作《三傳答蔣學鏞問》。

又，周中孚《鄭堂讀書記》卷七十一著錄《鮚埼亭集》三十八卷、《外編》五十卷，云：『其《經史問答》，仍析出別爲記之。』同集卷二著錄《經史問答》十卷（餘姚史氏重校本），云：『按史竹房夢蛟識《鮚埼亭集目錄》後云「並購得《經史問答》版，合印以廣其傳。中有蠹簡脱字，悉仍其舊，不敢妄補」云云。蓋是本蚤刻於嘉慶初年，後爲竹房取以合《內編》後，遂於版心補入「鮚埼亭集」四字。前七卷爲經，後三卷爲史，皆設其門人問而謝山答之。前有阮雲臺師《序》，稱《經史問答》「實足以繼古賢，啓後學，與顧亭林《日知錄》相埒」，「其功非積年工力不可」云。後來錢竹汀《潛研堂文集》前有《經史答問》若干卷，實繼謝山而有作。然竹汀編在集中，此編早已單行，故別記之。』中孚言《經史問答》初刻於嘉慶初年，不知其更早在乾隆三十年，餘所言則可信。

鮚埼亭集三十八卷、卷首世譜、年譜一卷 《四部叢刊》景印清嘉慶九年餘姚史夢蛟借樹山房刻本

清全祖望撰，清董秉純撰《世譜》《年譜》。祖望有《經史問答》，已著録。祖望所著書不下三十種，生前以貧蹇未刻，賴門人董秉純、蔣學鏞諸子爲編校行世，秉純尤用力焉。此爲《鮚埼亭集》三十八卷、卷首世譜、年譜一卷，《四部叢刊》景印清嘉慶九年餘姚史夢蛟借樹山房刻本，十二册。每半葉十行，行二十一字。白口，單魚尾，左右雙闌。各卷端題曰：『鄞全祖望紹衣譔，餘姚史夢蛟竹房校。』集前有《目録》并附史夢蛟嘉慶九年十一月一日《題識》一則。卷首一卷爲董秉純撰《全氏世譜》《年譜》，題下各題曰：『餘姚史夢蛟竹房校。』是集卷一爲頌；卷二至卷三爲賦；卷四爲語；卷五爲辭；卷六至卷二十四爲碑銘；卷二十五至卷二十六爲行狀；卷二十七至卷二十八爲傳；卷二十九爲論；卷三十爲記，卷三十一至卷三十二爲序；卷三十三爲議；卷三十四爲簡帖；卷三十五爲雜著；卷三十六至卷三十八爲題跋。史夢蛟字作霖，號竹房，餘姚人。廪貢生。嘉慶十八年，以林清案優敘，歷官至太原知府，署雁門等處兵備道、冀寧道，有能吏聲。朱文治《丁丑懷人》詩謂其『途窮揮霍後，官擢亂離中』。著有《借樹山房詩稿》。嘉慶間，史夢蛟得《鮚埼亭集》，急付剞劂，並購得《經史問答》萬福校刻板，合印以廣其傳。楊立坤曰：『竹房俊逸才，能恤寒畯，徵文獻。《鮚埼亭》之刻，實爲全氏功

臣。』（參見《兩浙輶軒續録》、光緒《餘姚縣志》卷二十三《列傳》）

秉純《全謝山年譜》載：乾隆二十年正月，祖望手定文稿，删其十七，得五十卷，命秉純及同學張炳、盧鎬、全藻、蔣學鏞鈔録。『至三月，而嗣子昭德病十日竟殞，先生爲之一慟，遂不可支。成《哭子》詩十首、《埋銘》一首，遂絶筆。而删定詩稿，自辛酉以前盡去之，辛酉以後收其十之六，得十卷。頽唐病筆，尚有改塗者。五月，文稿録成，先生已不能徧閲，命純隅坐琅誦，先生聽之，遇有錯譌，猶爲指畫，然病日甚。曹孺人含淚，欲進參而無力。純乃以《耆舊詩》稿本質之有力者，得參半兩進之，神氣稍振』，『（六月）呼純至榻前，命盡檢所著述，總爲一大簏，顧純曰：「好藏之。」而所鈔《文集》五十卷，命移交維揚馬氏叢書樓』，『不十年，桐之父盡失所遺房屋』，『并所遺馬氏《文集》一冊，亦歸堇浦，索之再三，而終不應。是則可爲長慟者矣。乾隆乙酉，純在杭，萬三福謀刻先生文集』，『先得《經史問目》十卷。歲在庚寅，純居安州，次年至京師，取所遺先生叢殘舊稿，按手定之目重鈔之。既得大半，乃據所聞見及詩文中可考者，作爲《年譜》一卷。惜行篋不能盡攜先生遺書，而同鄉耆舊無一居京師，多有闕疑，不能詳盡，姑存之，以俟後日之增補』。祖望歿前手定《文集》五十卷，命移交揚州馬氏叢書樓，寄望助刊。乾隆三十年，秉純謀梓文集，先刻《經史問答》十卷，卷首冠所述《全氏世譜》。《文集》五十卷入杭世駿手，再三索之不得。乾隆三十六年至京師，取祖望所遺叢殘舊稿，按手定之日重鈔。既得大半，作《年譜》一卷。乾隆四十一年，官廣西那地州判，輯成《鮚埼亭集外編》五十卷。史夢蛟梓《鮚埼亭集》三十八卷，所用底本即杭氏所得祖望手定之集。秉純手定《鮚埼亭集外編》五十卷，汪繼培刻於嘉慶十六年。

今人言及《鮚埼亭集》刻本，或以爲秉純所編，實未詳考。史夢蛟《題識》云：『謝山先生《鮚埼亭集》，嘉慶癸亥八月，夢蛟在杭州紫陽書院從沈松門大令得之。松門得之杭堇浦編修，云是謝山手定本，間綴評點，乃堇浦筆也。校先生文集者，高弟董小鈍、蔣樗菴。小鈍譔《年譜》，言先生臨歿以集五十卷寄揚州馬氏叢書樓，後歸堇浦，索之不可得見。又言先生集共一百二十卷，自四十卷至四十九卷，爲《經史問答》。是本雖出杭氏，然止三十八卷，合之《經史問答》，以較五十卷，已闕二卷。先生尚有《外集》五十卷、《詩集》十卷，統計亦不足百二十卷之數。疑傳鈔多所佚闕，松門遽歸道山，不能問其詳也。先生文久繫寓内企望，是本出自手定，尤可寶貴，急付剞劂。並購得《經史問答》板，合印以廣其傳。中有蠹簡脱字，悉仍其舊，不敢妄補。他日訪得樗菴校本，當覆加審定。《外集》《詩集》，力未能刊，是所望於同志者。』夢蛟校刻三十八卷底本，即祖望臨歿所手定，後歸杭世駿，謝山門人屢索未得，遂不能無怨望。世駿撰《全謝山鮚埼亭集序》，云：『謝山全氏有其鄉前輩浚儀、慈谿兩先生之學，而才足以振其滯，口能道其胸之所記，手能疏其口之所宣，牢籠穿穴，揉雜萬有，其勿可及也已。雖然，僕竊聞之：「德産之致也精微」，禮之内心也；「德發揚，詡萬物」，其外心也。德勝文，厚積而薄發；文不勝德，侈言無驗，華言而不實，多言而躁之。數者之過，謝山微之，謝山其知惕矣乎！高一世之才而不聞道，經郛史廓，壹切駔販。《折楊》《皇荂》，升歌於清廟；諸于繡裾，被袨於巖廊。於五行爲妖，於文辭爲罪。餒才貧學，怖河漢而驚鬼神，淵粹之儒，咥其笑矣。夫詩以抒情，情蕩則辭溺；文以伸理，理屈則辭支。』『謝山志鋭而氣充，糞溲章句小生，獨以僕爲鹽石。僕雖重恚，其得已於言乎？浚之乎《詩》《書》之源，不敢夸毗以炫世；遊之乎仁義之廣，不敢堅僻以畔聖。煩言碎辭，皆有根核，美章秀句，無假藻斧。區區之誠，若是而已，至於平昔研辨之文，已見集中，兹則不復以贅也。』（《道古堂文集》卷九，清乾隆四十一年刻、光緒十四年汪曾唯重修本）『文不勝德』，『情蕩辭溺』，『理屈辭支』云云，幾詆祖望爲『文妖』。乾隆元年博鴻之試，兩浙之士，浙東推祖望，浙西推世駿。祖望平生信世駿爲摯友，不虞歿後爲所攻訐。世駿《道古堂集》刻於乾隆四十一年，謝山門人覽序謬然，世遂相傳世駿負祖望於死後。徐時棟《烟嶼樓文集》卷十六《記杭堇浦》載：『鎮海夏君佩香讀《道古堂集》，至《鮚埼亭集序》而疑之曰：聞堇浦與謝山爲執友，今其文乃抑揚吞吐，若有甚不滿於謝山者，何也？一日，以質諸余，余歎曰：甚矣君讀書之精也！則請爲君詳言之。始二人以才學相投契，最爲昵密，客京師、維揚，無一日不相見，談笑辨論，相服相稱歎，數十年無閒言也。既而謝山先生膺東粵制府之聘，往主端谿書院，堇浦同時在粵東，爲粵秀書院山長。謝山自束脩外，一介不取，雖弟子以時物相餉，亦峻拒之。而堇浦則綑載湖州筆數百萬，乞粵中大吏函致其僚屬，用重價强賣與之。謝山貽書規戒，謂此非爲人師所宜爲者，不聽。謝山歸，以告揚州馬氏兄弟。他日，堇浦至，馬氏秋玉昆季甚詰責堇浦。馬氏鉅富，爲堇浦所嚴事，聞言不敢辨，而怨謝山切骨，而謝山不知也。謝山既卒，其門弟子如蔣樗庵、董小鈍諸公，念其師執友，莫堇浦若者，乞之銘墓。堇浦乃使來索遺集，諸公與之。久之無報章，疑之，屢索還遺集，終不報。又既而堇浦所爲《道古堂文集》雕本出矣，諸公視其目有此序，忻然檢讀之，則若譽若嘲，莫解所謂。又細繹之，則幾似謝山有敗行也者，皆大驚怪。又取閱其他文，則竄謝山文爲己作者六七篇，於是乃知堇浦之賣死友，而不能知其所以賣之之故。又既而有自維揚來者，道其詳於樗庵，始恍然大悟。嗚呼！已則非人，而怨直道之友，不聽已耳，而又修怨於其身後，至以筆墨昌言攻擊之，而又逆料《鮚埼集》之必無副本，即有之，而謝山無後，諸弟子皆貧困，必不能付剞劂，而遂公然勦竊之爲己有。嗚呼！可謂有文無行之小人也已。其後樗庵館慈谿鄭氏，其弟子書常抄《鮚埼集》既完，取堇浦所爲《序》冠之集首。樗庵見之大怒，乃手記堇浦負謝山始末於其《序》後。此本後歸吾家，故得詳述之如此。余嘗見堇浦《粵游集》，每有以湖筆饋某官詩，知樗庵之言不虛。且樗庵固不作妄語者，余讀《鮚埼》文不熟，不能知堇浦所竊爲何篇。董覺軒於《鮚埼》雖未能成誦，亦約略通之，顧未見《道古》。《道古》余家有之，嘗屬覺軒繙閱指示我而未暇也。雖然，樗庵但知堇浦竊謝山文而復詆之，而不知竊其《水經注》校本而復詆之者之尚有戴東原也。樗庵與丁小雅論《東原文集》，謂其論性之過而許其學，若見其所校《水經注》，則又將唾棄之矣。東原之勦竊，平定張石舟已詳言之。余採其言入《鄞志・藝文》謝山著作之下，而堇浦之事但見樗庵手藁，其文集中未之有也，故因夏君之問而縷述之。』時棟門人陳康祺採其事入《郎潛紀聞二筆》卷十六，小注云：『世有以徐先生言爲太過者，試一考全、杭交誼，並取此《序》閱之。』世駿竊祖望文章六七篇，難以考實。其藏匿亡友文稿，又撰《序》逞快，修德難比祖望，則毋庸疑也。至所言『文不勝德』，『理屈辭支』，直可作反觀。其時大宗、謝山文章相齊名，究實論之，大宗遜於謝山。又，乾隆中葉而後，文字獄案甚酷。祖望文頗以存南明舊史。《鮚埼亭集》及《外編》未即付梓於乾隆朝，或有此故。以此而視，世駿『文不勝德』、『多言而躁之』，『苟有胸而無心，曷克己以復禮』云云，似有隱意。

周中孚《鄭堂讀書記》卷七十一著録《鮚埼亭集》三十八卷（嘉慶甲子借樹山房刊本）、《外編》五十卷（嘉慶辛未刊本），云：『計兩編碑銘傳狀，居其三十五卷，大都表揚勝國革除節義諸公爲主。即其他諸文，亦不外此旨。至其考論經史之作，尤極精審，實爲近代一大作手。以視同時齊息園、杭堇浦兩家，誠哉「奄有二子成三人」矣！』是集收碑銘傳狀最富，至有二十三卷。其多非應人之請而作，又非爲新故者撰。所載大都爲明季士大夫、遺民逸士。其事蹟或以易代湮沒，或以抗清而有避忌，如明四川道御史陳良謨、明兵部尚書錢肅樂、明兵科都給事中董志寧、明建寧兵備道僉事倪懋熹、明侍御張夢錫、雪竇山人魏畊等數十人，皆明之忠貞烈士，負經世才學，懷奇節逸志，抱殘守缺，其中又以浙東拒命新朝者爲多。至於序、議、題跋諸體文，與之相應。一部《鮚埼亭集》，幾於半部南明史。世謂祖望留意鄉邦文獻，其說不虛。然祖望紀明季及南明人物史事，意不在徒爲表彰鄉先賢也。《明史》之纂，始於順治初。康熙十八年開《明史》館，歷十餘年，初具規模，中經王鴻緒等刪削，終由張廷玉等改定，乾隆四年進呈刊刻，前後歷時幾至百年。萬曆以後史事，多觸新朝忌諱者，其人物事蹟，《明史》或隱去不錄，或諱言簡省，或評騭非人，士林不無異議。唐鑒《學案小識》卷十四《鄞縣全先生》載：『時開《明史》館，爲書六通，論修史事，先藝文，次表，次忠義、隱逸兩列傳，人多韙之。』《明史》既刊定，祖望懷隱憂，遂自任之，以文存史。由此以視，其不肯趨謁張廷玉，張氏惡之，蓋亦有故，非僅以張廷玉、李紱不相能而受累也。文以存史，文好『敘事』，亦是接緒黃宗羲鼎革後憂遺民逸士事蹟湮沒，自任表彰之責，而撰『敘事之文』纍纍。祖望私淑梨洲，並親聞查慎行及父友萬經諸子之教。少時，萬經謂之曰：『子年尚少，能徐通諸家疏解，何患不了然？』（乾隆《鄞縣志》卷十七《人物》）年十六應鄉試，以古文謁慎行，慎行曰：『此劉原父之儔也。』（董秉純《全祖望年譜》）傳梨洲經史之學，熟誦其文章，從之表彰節烈，文亦以碑版見長，復能紆回曲折，質而不枯，博而不雜。所作每有深湛之思，不爲膚淺流俗，勃然而有生氣，於乾嘉間卓然號文章大家。

史夢蛟刻《鮚埼亭集》傳本甚多，大都有牌記：「鄞全謝山先生著，鮚埼亭集，姚江借樹山房藏板。」且大多爲後印本，屢經重修。《四部叢刊》景印本亦經重修，多有校改之字。國圖藏清乾隆四十五年王友亮抄本前四卷有後人批注，對勘以史刊初印本，批校甚詳。如王友亮抄本目錄卷八《明建寧兵備道僉事鄞倪公墳版文》眉批：「刻本作『備兵』。」此本已改作『兵備』。卷十六《大理悔廬陳公神道碑銘》眉批：「刻本作『碑文』。」此本已改作『碑銘』。抄本卷十八《刑部侍郎管禮部侍郎事坦齋王公神道碑銘》眉批：「刻本作『垣』。」此本已改作『坦』。卷二十四《子劉子祠堂配享碑》眉批：「刻本無『堂』字。」此本已有『堂』字。卷二十八《董永昌傳》眉批：「刻本無。」此本有之。正集卷一《聖清戎樂詞一十六篇》第三篇《宥朝鮮，志東征也》小字注『所謂扈倫四國』句，眉批：「『倫』，刻本作『偏』。」此本已改作『倫』。其校改大抵如是。

鮚埼亭集三十八卷、卷首世譜、年譜一卷　清嘉慶九年餘姚史夢蛟借樹山房刻本（清丁桂批校，並錄清沈登瀛批校、楊鳳苞批注）（紹興圖書館）

清全祖望撰，清董秉純撰《世譜》《年譜》。祖望有《經史問答》，已著錄。其《鮚埼亭集》三十八卷，前已著錄清嘉慶九年史夢蛟刻本。此亦史氏刊本，清道光間歸安丁桂朱墨筆批校，並錄清沈登瀛批校、楊鳳苞批注，十冊。曾爲清末徐樹蘭舊藏，鈐『古越藏書樓圖記』、『會稽徐尌蘭捐』圖記。

《目録》首葉眉端有丁桂墨筆《題記》，云：『是集舅氏柳橋先生據劉疎雨眠琴山館鈔本校，劉本據秋室楊先生本校，今從舅氏本。楊先生即史刻本，以他鈔本校之。他鈔本未及見，故舅氏本直曰楊爲秋室鈔本，于劉則曰眠琴鈔本，此用之于互異處，其時稱秋鈔、劉鈔者，省詞也。其從同者，概曰鈔本，亦曰楊、劉二鈔本。丁桂誌。』丁桂字景顔，號子香，歸安諸生。以古文名一時，著有《歐餘山房文集》。柳橋先生，即沈登瀛，字金坡，號柳橋，烏程人。府學生。善讀書，喜考史傳異同，留心鄉邦文獻。著有《湖州府志記疑》《南潯備志》《南潯著述總録》《南潯詩文彙録》《深柳堂雜著》《深柳堂文集》等書。丁桂爲登瀛姊子（見同治《湖州府志》卷七十六《人物傳》，清同治十三年刻本）。劉桐字舜揮，號疏雨，烏程人。貢生。家有眠琴山館，藏書甚富。著有《聽雨軒集》《楚游正續二草》（同治《湖州府志》卷六十一）。楊鳳苞字傳九，號秋室，歸安人。廪生。早以《西湖秋柳詞》有名於時，經學、小學皆有根柢，尤熟諳明末史事，嘗撰《南疆逸史跋》十三篇，補溫睿臨之未備，訂其譌誤。阮元督學浙江，拔入詁經精舍，與纂《經籍纂詁》。著有《采蘭簃詩集》四卷、《文集》四卷、《西湖秋柳詞》一卷等集。

按丁桂《題記》，此本迻録沈登瀛批校、楊鳳苞批注。沈氏批校原據於同郡劉桐眠琴山館抄本，眠琴山館抄本又據於楊鳳苞校本。楊氏校本原爲史夢蛟刻本，而據他抄本校之。因他抄本未及見，故登瀛稱秋室鈔本，丁桂沿之。此本批校甚細。如史刻本《目録》題曰：『鄞全祖望紹衣譔，餘姚史夢蛟竹房校。』朱校云：『鈔本作：全太史祖望著。受業蔣學鏡、董秉純、張炳、盧鎬。』『卷一』行下標一『頌』字，朱校云：『楊、劉二鈔本無「頌」字。』眉端朱批云：『秋鈔「卷一」二字頂格。』卷一首題《聖清戎樂詞一十六篇》，『聖清』二字，朱校旁標『皇雅』二字，眉端朱批云：『秋鈔有二字。』次題《三后聖德詩一十二篇》，眉端朱批云：『「一二」，秋鈔作「四」。按：作「四」是。』其《諸曲七篇》，眉端朱批云：『「諸」，秋改作「襍」。』正集卷一首葉第三行『頌』，朱校云：『劉抄本無「頌」。』第四行『皇雅』，朱筆下標『有序』二字，朱筆眉批云：『劉鈔本有「有序」二字。』第五行『聖清戎樂詞一十六篇』，朱筆校云：『劉鈔本無此行。』『二宗之豐功』以下三行，朱筆眉批云：『「自來」以下至「備者」二十六字，劉鈔本無。』《全氏世譜》首葉眉端有批語三則，其一云：『秋室先生鈔本作《全謝山先生世譜》，眠琴山館鈔本作《全太史謝山先生世譜》。』其二云：『《世譜》前半本謝山《桓谿祠堂碑》文，見《外集》十四卷。』其三云：『按：此秋室先生語也。集中眉上考證之說，皆出秋室先生。今明識之，後不更注。桂誌。』是集葉眉所錄考證，乃楊鳳苞批注。國圖藏章鈺批校《鮚埼亭集》（嘉慶九年史夢蛟刻、同治十一年印本），以未錄鳳苞注爲憾，其《題識》云：『江寧鄧氏藏有楊秋室箋注本，事蹟尤爲詳備，惜未迻寫。』此本則迻寫之。又如正集卷九《明故權兵部尚書兼翰林院侍講學士鄞張公神道碑銘》『而最後死者爲尚張公』句，朱筆眉批云：『尚書舉事始于乙酉，終於癸卯。通篇逐年順敘，故以「最後死」句立綱。』『方錢忠介公之集師也』句，朱筆夾批云：『此敘乙酉閏六月以後事。』此本校勘及批注，皆有可觀。

鮚埼亭集三十八卷、卷首世譜、年譜一卷　清嘉慶九年餘姚史夢蛟借樹山房刻、同治十一年印本（章鈺批校並錄清嚴元照、吳騫、張瑛、丁國鈞等校評）（國圖）

清全祖望撰，清董秉純撰《世譜》《年譜》。祖望有《經史問答》，已著錄。其《鮚埼亭集》三十八卷，前已著錄清嘉慶九年餘姚史夢蛟借樹山房刻本。此亦史氏刊本，同治十一年印行，章鈺批校並錄清嚴元照、吳騫、張瑛、丁國鈞等校評。合印清乾隆三十年萬福刻、嘉慶九年史夢蛟借樹山房重修本《經史問答》（四册），並清嘉慶十六年杭州汪繼培刻本《鮚埼亭集外編》五十卷（十六册），舊裝爲三十二册，後改裝三十三册（《鮚埼亭集》第九册、第十册原爲第九册）。鈐章鈺『四當齋』、『長洲章氏』、『式之手校』圖記。《鮚埼亭集》牌記、目錄、卷首一卷、正集三十八卷，俱用史氏舊板。《目錄》前增刻餘姚朱蘭同治十一年九月《序》，云：『是編刊自山西冀寧道同里史竹房姻丈。其《經史問答》十卷，則杭州萬氏所雕，丈爲並板以行者也。辛酉之亂，板片均無失損。茲裔孫雨湘茂才久華出是編刷行，以廣流布，亦足仰繼先志，抑亦雙韭所默呵也歟！惟此刻于原書蠹損處，悉未校補，第二十八卷尚脱去《李元仲別傳》。倘及暇綴緝蒐薙，以完是編之舊，則更幸矣。』

此本有朱、墨、藍三色批校評點。册端有近人吳昌綬題記，云：『宣統元年夏五月，於江南圖書館中同郡常熟丁秉衡明經國鈞案頭，見嚴修能先生批校《鮚埼亭集》，假歸過錄，事未及半，即有北征之役。庚戌三月，南歸攜卷，復從秉衡借《外集》，入京部署少定，乃得訖事。謝山稱引前人，好用郡望謚號，嚴氏一一注出，最便學者，餘亦足爲諍友者居多。繆小山太史別有蔣蓼厓校本，當再設法借校。丁巳十月仁和吳昌綬段讀一過，謹志册首。』接爲章鈺《題識》二則，其一云：『藍筆據海堂吳氏藏鈔本校，詳見吳本題語。乙卯三月，鈺記。』其二云：『全謝山先生《鮚埼亭集》，並時有杭堇浦先生評點本，見史夢蛟刊本《題識》。此本即吳兔牀氏傳錄堇浦批注。證以十八卷（注：此本十九卷）「此事不實。予在局中，《兩唐考異》出長洲沈歸愚」一條，二十七卷「六十二字，杭先生增」一條（注：此本二十八卷。二字，史氏已補），實無疑義。且「予在局中」等語，與兔牀平生蹤跡不合。唐鷦安但題爲槎翁手校，而不詳所本，未免失考。三十七卷有「鱣案」一條（注：此本三十八卷），審是簡莊手書。是此書先藏拜經樓，後經士鄉堂覆勘，誠抄本中劇蹟也。全書寫手不一，用紙則有格無格又不一。鷦安題爲馬仲安手抄本，知不足齋補。無論卷中無一字爲淥飲手筆，同時朋好借用板格，亦事之常，定爲鮑補，固無確據。且仲安與竹垞、初白往還，留有手札，見《拜經題跋》』，『是仲安爲康雍間人。謝山生康熙四十四年，卒乾隆二十年，年五十一。《年譜》謂卒年始手定文稾，則是仲安行輩遠在謝山之前，安有手抄全文之理？鷦翁僅認圖記，不加別白，何其疏也！竊意仲安兩印，或即兔牀舊藏，偶然盖用，爲篋中增重。且印文爲「朱馬思贊印」，殊足證明竹垞稱宗人、構吾宗之說。老友葉緣督《藏書紀事詩》曾發疑問，覩此則釋然矣。謝山此集，於明末東南遺獻表章最力。江寧鄧氏藏有楊秋室箋注本，事蹟尤爲詳備，卷帙煩多，惜未迻寫。曩年曾傳錄嚴九能校訂本，與此本互有勝處。承石蓮先生示讀，因併校一過，且手錄《李元仲別傳》一篇，以補史刻之闕。研玩所及，輒附管見，俟先生審定焉。乙卯三月，長洲章鈺記於析津。』

朱蘭《序》後，錄吳昌綬《題識》二則，其一云：『常熟丁國鈞秉衡段張純卿鈔藏嚴悔庵閱本迻錄。宣統元年四月，從秉衡借錄。』其二云：『丁《記》云：「《李元仲別傳》，張丈未抄補。聞李申蘭先生有之，當再段錄。」』《目錄》首葉，章鈺迻錄云：『悔菴居士嚴元照病中閱本，甲戌四月廿八日。』甲戌，即嘉慶十九年。此本藍筆迻錄吳氏從丁國鈞借錄嚴元照批校。《目錄》附史夢蛟《題識》後，有嚴元照嘉慶二十年七月廿二日《題識》一則，云：『史氏刻此書，校讎之功闕如，後一再修版，然仍多舛繆。其廿八卷《李元仲別傳》未曾付刊，《董永昌傳》脫後半篇，《李貞愍傳》中脫六十九字一段。其它譌字闕文，未容僂指。予臥病沈困中，承戴刑部以此見餉，支牀評校，稍有就緒，聊附諍友之義，未敢自詡功臣也。』於《李元仲別集》，章鈺批曰：『此文多語忌，疑有意去之，非佚脱也。鈺。』於《董永昌傳》，眉批曰：『疑脱《知永昌府董公墓表》後篇半，非《董永昌傳》也。』

此本章鈺詳爲批校，迻録嚴元照校評外，又録吴騫、張瑛、丁國鈞等人批語及陳鱣案語一條。卷十二《亭林先生神道表》眉端朱筆録吴騫批語四條，識云：『以上四條，均吴槎客先生寫記，見抄本。』。卷十三《沈甸華先生墓碣銘》朱筆眉批：『按：海昌陳乾初先生爲《大學辨》，先生復作《辨大學辨》，往復者數四，見《楊園先生集》。以上爲槎客先生記，見抄本。』卷二十一《古文篆韻題詞》眉批有『騫按：汗簡所引七十一家，此云八十八者，豈謝山誤記耶？○近歙汪氏刊本，乃西陂宋氏舊藏本，首列古文所出《書》傳，凡九十八家』云云。卷八《明錦衣徐公墓柱銘》文末録張瑛評：『通篇用「則」字十一，文法甚奇。瑛。』同卷《明管江杜秀才窆石志》『管江之血如渠，而賣炭趙翁者，或見烟焰中飛去』數句，眉批録張瑛評：『奇事奇文。瑛。』同卷《雪竇山人墳版文》眉批録國鈞評語，其一云：『據竹垞集《貞毅先生墓表》作壬寅。楊大瓢賓《祁奕喜、李兼汝傳》言：有江陰孔元章者，遇耕于西湖，自言從煌言所來，有所需。既而知其妄，批其頰。而耕所交，元章多知之，于是僞其耕書抵纘曾，纘曾又毆之。元章遂之鎮浙將軍所告變云云。是孔孟文應作江陰孔元章爲得實。國鈞。』其二云：『據楊大瓢賓《魏雪竇傳》，葬魏者，前爲仁和顧豹文，後爲錢塘項溶，非孫治也。且當時因雪竇事牽連遣戍者，爲李甲、楊春華。蓋緣纘曾以幼子託二人之故。先生謂經營其喪，因而被戍，殆但聞當時有二人遣戍，遂强以意爲之詞，并誤記其名也。楊大瓢文中有祁奕喜（名班孫）、李兼汝（名甲）合傳，載之甚詳。國鈞。』張瑛字純卿，丁國鈞字秉衡。嚴元照批校本，原爲張瑛所藏，國鈞從之迻錄，吳昌綬又從國鈞借錄，章鈺復從昌綬借錄。陳鱣案語，見卷三十八《元哈討不花祭祀莊田碑跋》：『四明汪灝爲之撰文』句，『汪』字旁校一『王』字，眉批云：『「王灝」，後又作「汪灝」，必有一誤，俟考。鱣按：當俱作「汪灝」。』章鈺《題記》曾舉隅之，謂吳騫校本先藏拜經樓，復經陳鱣士鄉堂覆勘。

鮚埼亭集三十八卷、卷首世譜、年譜一卷　清嘉慶九年餘姚史夢蛟借樹山房刻，同治十一年印本（余嘉錫批校，並錄清吳騫、陳鱣、嚴元照、唐翰題、章鈺、丁國鈞等批校）（浙圖）

清全祖望撰，清董秉純撰《世譜》《年譜》。祖望有《經史問答》，已著錄。其《鮚埼亭集》三十八卷，前已著錄清嘉慶九年餘姚史夢蛟借樹山房刻本。此亦史氏刊本，同治十一年印行，余嘉錫批校，並錄吳騫、陳鱣、嚴元照、唐翰題、章鈺、丁國鈞等批校。與合印清乾隆三十年萬福刻、嘉慶九年史夢蛟借樹山房重修本《經史問答》、清嘉慶十六年汪繼培刻本《鮚埼亭集外編》五十卷，裝爲三十二冊。《鮚埼亭集》牌記、目錄、卷首一卷、正集三十八卷，俱用史氏舊板。《目錄》前增刻朱蘭《序》。朱蘭《序》前，余嘉錫手抄杭世駿《全謝山鮚埼亭集序》、阮元《經史問答序》。嘉錫字季豫，號猥翁，常德人。此本鈐其『猥庵校讎』印。以所見拜經樓校本鈐印甚多，擇摹其第一冊中圖記。杭世駿《序》首葉摹印三：『新豐鄉人庚申以後所聚』，『海寧陳鱣觀』，『拜經樓吴氏藏書印』。分爲唐翰題、陳鱣、吴騫圖記。蓋拜經樓校本曾經陳鱣覆勘，後爲唐翰題所藏。此葉眉端有嘉錫批語：『拜經樓本印章甚多，今惟摹其第一册中所有者於此本。原印頗大，此縮小摹之，畧存形似而已。季豫。』《目録》首葉摹印二：『朱馬思贊之印』，『獻邨人仲安』。馬思贊字寒中，一字仲安，號漁村，海寧人。正集卷一首葉摹印二：『陳仲魚讀書記』，『鶚安校勘祕籍』。分爲陳鱣、唐翰題圖記。史刻本無《李元仲别傳》一篇，余嘉錫據徐行可傳録本補於集末，眉端題云：『此從武昌徐氏傳録本過録。行可曾用康熙本《寒支集》校其異同，今録於書眉。再以拜經樓吴氏本校之，吴本亦頗有長於集本者。蓋謝山所見之狗馬《史記》，非康熙刻本也。』

余嘉錫批校《鮚埼亭集》《經史問答》《鮚埼亭集外編》，逡録諸家批校。《鮚埼亭集》朱、墨、藍三色批校，己作外，逡録拜經樓校本、徐行可傳録本。《經史問答》録李宗蓮借抄孫志祖批校。《外編》朱、緑、藍、墨四色批校，大抵各有所屬，嚴元照批注用朱筆，方東樹用緑筆，佚名某氏用藍筆，戴鈞衡、蕭穆用墨筆，嘉錫自爲兼用朱、墨筆，而稱名自别。《鮚埼亭集》所逡録批校者，爲吴騫、陳鱣、嚴元照、唐翰題、章鈺、丁國鈞等人，與《外編》不同。《中國古籍總目》著録浙圖藏本《鮚埼亭集》三十八卷、《全謝山先生經史問答》十卷、附《年譜》一卷，作『清嘉慶九年史夢蛟借樹山房刻本』，『余嘉錫過録清吴騫、方東樹、戴鈞衡等批校』，版本著録既未確，更混淆二集批校者。

阮元《序》後，有《題識》三則并余嘉錫案語一條。其一録嚴元照《題識》『史氏刻是書，校讎之功闕如』云云，前著録章鈺批校本已具引。章鈺批校本原有其眉批一條，此本無。其二録趙彥偁

《題識》，云：『道光己酉仲夏，依修能嚴先生評本斠核一過，凡羡、脱、訛、奪，悉依更正。惟嚴先生於文字間頗事譏訶，語每失當，茲不具錄。先生名元照，一字悔庵，歸安人。著有《娱親雅言》一書。余時時訪購之，尚未獲見也。乃莽趙彦偁揮汗書。』其三錄唐翰題封題，云：『《鮚埼亭集》，馬仲安手抄本，知不足齋補，槎翁手校。』附嘉錫案語：『右一行，爲拜經樓校本第一册封面唐鷦安翰題識語，今逐錄於此。章式之鈺有《跋》一篇，在卷首副葉，今寫入《世譜》之後。』所謂章鈺《跋》，此本《世譜》後具錄之。前著錄章鈺批校本已具引。章氏力辨拜經樓校本非馬仲安手抄，謂唐翰題『僅認圖記，不加别白』。

此本所錄章鈺批校，與前著錄章鈺批校本不盡同。朱蘭《序》眉批『此文多語忌，疑有意去之』云云，二本同。卷一《聖清戎樂詞一十六篇》第一篇《長白雲，志受命也》，余嘉錫眉批：『此篇藍筆所增字，錄自徐行可本，徐則錄自章式之本，拜經樓本皆無之。今塗去，後仿此。』所謂藍筆增字，謂『時有大小東之説』，『大』字下旁增一『東』字；『前熊後袁』，『熊』下旁增『廷弼』，『袁』下旁增『崇煥』。嘉錫所見爲徐行可校本，徐氏校本錄自章鈺校本。檢前著錄章鈺批校本，未見增字，知章鈺批校《鮚埼亭集》非僅一本也。

諸家批語，或詳注刻本、抄本行格之異，或校勘字句，或涉言史事考證。如卷二《皇輿圖賦》『下綜夫千八百國之廣袤』句，藍筆批云：『「衺」，疑作「袤」。此吴兔床校。』前著錄章鈺批校本亦批云：『「衺」，疑作「袤」。』然未注明吴騫校語。卷八《雪竇山人墳版文》文末墨筆錄丁國鈞批語『據楊大瓢賓《魏雪竇傳》，葬魏者』云云，前著錄章鈺批校本，則錄丁批於眉端。此本又有余嘉錫眉批：『嘉錫案：葉調生廷琯《鷗陂漁話》卷三亦據大瓢文辨謝山之誤，說與丁氏同而加詳，文繁不錄。』卷十六《翰林院編修湛園姜先生墓表》爲姜宸英所作，自『是時枋臣方排睢州』以下至『困頓一生』數段，此本眉端有批語九條并余嘉錫案語一條。其一墨批：『紹聲案：所謂枋臣長子者，當爲納蘭容若。觀於投杯之後，始終執禮，亦非容若不能。』其二墨筆：『此事失實，安三未嘗干預朝事，亦豈藉甇甇一老書生爲輕重？查初白爲入幕之賓十餘年，不得成進士。其直南書房，則由京江之薦，非夤緣明府而得也。吳槎客評。』其三墨筆：『文亦拖沓，少遒逸之氣。槎客。』其四朱筆：『無根。』其五墨筆：『「一輩」，疑誤。杭本亦作「輩」。槎客。』其六墨筆：『以余所知，枋臣之子爲初白及門，乘閒云云，及投杯而起，係初白事，非西溟也。槎客。』其後有余嘉錫藍筆案語：『以上吳評，疑出自杭堇浦，而吳傳錄之耳。』其七朱筆：『以通榜爲古人之遺，似乎失言。』其八朱筆：『西溟成進士，年七十三。』其九朱筆：『殿試之後，始成進士，未有成進士而奉大對者。謝山身爲翰林，於此猶懵然耶？』其墨批五條中，四條記爲吳騫語，嘉錫疑其原爲杭世駿批語。朱筆四條，皆嚴元照評語。檢前著錄章鈺批校本，眉端批語計七條，朱筆三條爲吳騫語（按：有『此事失實』、『文亦拖沓』、『以余所知』三條，無校字一條）；藍筆三條爲嚴元照語（按：有『無根』、『以通榜爲古人之遺』、『殿試之後』三條，無『西溟成進士，年七十三』一條。『殿試之後』一條甚簡，云：『殿試之後，始成進士。』二語誤。」）；餘一條云：『用甚欠穩。』謂文中『先生以文頭責之』句。其間異同，由此可見之。

章鈺嘗贊拜經樓校本爲抄本中『劇蹟』。此本彙萃諸家批校評點，復增踵之，不愧佳本之稱。

鮚埼亭集三十八卷、卷首世譜、年譜一卷　清乾隆四十五年

王友亮抄本（佚名批注）（國圖）

清全祖望撰，清董秉純撰《世譜》《年譜》。祖望有《經史問答》，已著録。其《鮚埼亭集》三十八卷，前已著録清嘉慶九年餘姚史夢蛟借樹山房刻本。此爲清乾隆四十五年王友亮抄本，王友亮批校，佚名批注，共八册。無版匡、界格。每半葉十行，行二十一字。正集各卷端不題撰者名氏。集前録杭世駿《全謝山鮚埼亭集序》（題下注：『杭世駿《道古堂文集》卷九。』）。接爲董秉純撰《世譜》《年譜》及《全謝山先生鮚埼亭集目録》。《目録》題曰：『受業董秉純編次。』此本鈐『王友亮印』、『臥廬所得善本』、『江安傅氏藏園鑑定書籍之記』諸圖記。第一册端有王友亮手識一則：『乾隆庚子八月，從程魚門先生處假鈔。未得善本，不能校也。葑町識。』鈐『葑亭』圖記。知其爲友亮從程晉芳借抄之本。友亮字景南，號葑亭，上元人，祖籍婺源。乾隆三十年舉順天鄉試，四十六年成進士，授内閣中書，累官通政副使。嘉慶二年卒，年五十六。著有《雙佩齋詩集》《雙佩齋文集》《金陵雜詠》諸書（參見許雋超《王友亮年表》）。乾隆四十五年，友亮至都門。《書程魚門編修遺文後》云：『後七年庚子，余復來都。』（《雙佩齋文集》卷四）其借抄《鮚埼亭集》即在是年。

《全謝山先生年譜》題曰：『受業董秉純編輯。』文字與史刻本卷首《年譜》（卷端題曰：『餘姚史夢蛟竹房校。』）略異。如『康熙四十七年』條『便能粗解意句』，『意句』，史刻本作『章句』。『康熙五十七年』條

『從里中董次歐先生讀書張氏三餘草堂』，史刻本作『三餘堂草張氏』。『乾隆二十年』條『然病亦無所增也。至二月，而嗣子昭德病』，『增』字後，史刻本有一『減』字，『二月』，史刻本作『三月』；『於是即張孺人所葬先生高祖和州公大墓旁』，史刻本無『先生』二字；『即爲昭德附葬』，史刻本無『爲』字。史刻本末署『受業董秉純編輯』，此本標於前。按《年譜》載，乾隆三十六年秉純至京師，取乃師所遺叢殘舊稿，按全氏手定目錄重鈔。既得大半，作《年譜》一卷。此本所抄《年譜》，亦王友亮所錄，非後人據嘉慶九年史刊本補抄。《世譜》并然。

此本《目錄》列四十九卷之目，前三十八卷與史刻本目錄大抵同，僅題中時有異字，卷六有史刻本所無《明淮揚監軍道僉事鄞王公神道碑銘》一篇（國圖藏章鈺批校本《鮚埼亭集》目錄補之，題下注：『鈺補。』），卷二十八有史刻本所無《李元仲別傳》（國圖藏章鈺批校本《鮚埼亭集》目錄補之）。卷二十九至卷四十九爲《經史問答》十一卷之目（按：此本未見《經史問答》，或原亦抄錄，另裝爲冊）。史夢蛟重修本用乾隆三十年萬福刻板，仍爲十卷。其異者如下：此本第四十四卷爲《論語、大學、中庸問目答范鵬》，第四十五卷爲《論語、大學、中庸問目答盧鎬》，第四十六卷爲《孟子問目答郭景兆》附《爾雅》，第四十七卷爲《諸史問目答董秉純》，接下爲第四十八卷《諸史問目答盧鎬》、卷四十九《諸史問目答董秉純》。萬福刻本《經史問答》卷六爲《論語問目答范鵬》二十五條，卷七爲《大學、中庸、孟子問目答盧鎬》三十條、《爾雅問目》八條，卷八爲《諸史問目上答郭景兆》三十三條，接下爲卷九《諸史問目答盧鎬》四十六條、卷十《諸史問目答董秉純》四十九條。

此本與史刻本文字頗異，後人朱、墨兩筆校其異同甚悉，兼略注之，惜僅校注前四卷。《目錄》首葉眉端云：『朱筆依刻本增。』末葉眉端云：『以上目錄，庚子七月得刻本，對勘一過。』卷一首葉眉端題曰：『此卷多刻本所無者，八月十四日核畢。』其校者何人，今未得其詳。目錄、正集文字之異，批校已詳。如此本《目錄》卷十四《天石老人墓石志》眉批：『刻本作「天多」。』史刻本《目錄》作《天多老人墓石志》。卷十六《會稽姚公神道第二碑銘》眉批：『刻本無「銘」字。』史刻本作《會稽姚公神道第二碑》。卷二十《厲樊榭墓志銘》眉批：『刻本作「墓碣」。』史刻本作《厲樊榭墓碣銘》。卷三十七《宋廣平神道碑跋》《唐涼國長公主碑跋》眉批：『刻本《宋廣》在《唐涼》下。』史刻本序次爲《唐涼國長公主碑跋》《宋廣平神道碑跋》。正集文字之異尤多。如卷一《聖清戎樂詞一十六篇》第一篇《長白雲，志受命也》『大東小東國論狂』諸句注『時有大東小東之説』，史刻本作『時有大小東之説』；『前熊（注：廷弼）後袁（注：崇煥）』，史刻本無注。浙圖藏余嘉錫批校並錄吳騫等校評本則以藍筆增諸字，眉批謂增字錄自徐行可本，徐錄自章鈺本，拜經樓校本無之。《聖清戎樂詞一十六篇》第五篇《飛渡江，志定南國也》『立君非孟浪』，眉批：『「孟浪」，刻本作「罔壯」。』小字注『所謂扈倫四國』，眉批：『「倫」，刻本作「偏」。』『曰科爾沁』，眉批：『「科」，刻本作「耕」。』『曰扎賴特』，眉批：『「賴」，刻本作「魯」。』其注甚淺易。如卷一《聖清戎樂詞一十六篇》第二篇《俘插部，志西略也》，眉批云：『三娘子，插漢之婦，王象乾奉之維謹。』

王友亮抄寫此本，亦有批校，第略稍詳於卷十九至卷二十六，他卷偶作讐校。如卷十三《祁六公子墓碣銘》『時方寓山陰也』，眉批：『「也」字，原本衍。』『尋行遯去』，眉批：『「行」，原本衍。』卷二十《王立甫壙志銘》『立甫故雖孱瘦』，眉批：『「故」下衍「雖」字。』『予曰誥』，眉批：『「誥」，應依別本作「諸」。』同卷《姚薏田壙志銘》『娶集氏』，眉批：『「娶集氏」，「集」應依別本作「某」。』《張南漪墓誌銘》『會召對之期，在南漪』，眉批：「『在』下衍『南漪』二字。」『余命奚奴疾之以歸，南漪下階，蹐于草間』，眉批二則：「『疾』，應依別本作『扶』。」「『蹐』，應依別本作『踣』。」卷二十一《董次歐先生墓版文》『年二十，是儕非有作制舉文者』，眉批：「『是』，一本作『見』。」『則稍稍就繩堂墨』，眉批：「『繩』下，一本無『堂』字。」『然先生精力注所不在焉』，眉批：「『注所』一本作『所注』。」『少即師籬落』，眉批：「『少』下，一本無『即』字。」同卷《知永昌府董公墓表》眉批：「此篇別本不見。」『蔑山過此。及錄其傳，以告二子』，眉批：「『山』字，疑是『以』字。『及錄』，疑是『乃錄』。」其時距《鮚埼亭集》自全氏家中流出雖已二十五年，全氏文集尚未有刻本，友亮參校所用亦爲抄本，有苦無善本可校之嘆。其抄本及校記早出，於後世校勘此集，確有助益。

鮚埼亭集三十八卷（缺後八卷）　清抄本（清陳勱批校）（國圖）

清全祖望撰，清董秉純撰《世譜》《年譜》。祖望有《經史問答》，已著錄。其《鮚埼亭集》三十八卷，前已著錄清嘉慶九年餘姚史夢蛟借樹山房刻本。此爲清抄本，清陳勱朱、墨筆批校，存卷一至卷三十，共十二冊。封題『鮚埼亭集』。無版匡、界格。每半葉十二行，行二十字。各卷端題曰：『鄞全祖望紹衣。』集前無序，有《目錄》，止列前三十卷之目。鈐『運甓齋藏書印』、『黃裳藏本』諸圖記。原爲陳勱所藏，冊首有其《題識》，云：『《鮚埼亭內外編》俱已版行，此余家舊藏抄本三十卷，雖非全本，當取刻本校之，一正魚豕，亦或互有得失也。道光丙午八月之望，勱識。』又，「《李元仲別傳》，此本所有，而無其目，想係後時補鈔。今刻本則删之矣。』

此本《目録》碑傳之文，陳勱於題下多注明墓主、傳主名諱。第六卷末補《明淮揚監軍道僉事鄞王公神道碑銘》之題，正集有此文。第十四卷《中條陸先生墓表》《忍辱道人些詞》，其序次與史刻本同，陳勱據正集抄寫序次改爲《忍辱道人些詞》《中條陸先生墓表》。第十四卷《南嶽和尚退翁第二碑》，史刻本列卷十六末，陳勱初欲依刻本移置，後仍其舊。第二十八卷目録原無《李元仲傳》《董永昌傳》二題，正集有之，陳勱補其目，墨批云：『《李元仲别傳》，刻本無，諱世熊。』又，『《董永昌傳》，刻本列在此，諱雱。』正集《李元仲别傳》係另一人補抄，文字多有脱訛。文末有陳勱墨批：『此篇今餘姚史氏本未刻，而此寫手極惡不堪，當别借藏書善本，另録存之。』

此本集前無《世譜》《年譜》，《目録》僅列三十卷，且次第與史刊本略異（按：《中國古籍總目》著録此本，作『清抄本，國圖（附《全謝山先生世譜》一卷；附《全謝山先生年譜》一卷；存卷一至三十，清陳勵校並跋）』。此本實未附《世譜》《年譜》，且《世譜》《年譜》，史刻本合爲卷首一卷，非各作一卷。『陳勵』，當作『陳勱』）。《目録》卷八《明建寧備兵道僉事鄞倪公壙版文》，史刻初印本亦作『備兵』，重修本改作『兵備』。卷十四《天多老人墓石志》，題目同於史刻本，清乾隆四十五年王友亮抄本作『天石』。卷十五《會稽姚公神道第二碑銘》，史刻本無『銘』字，王友亮抄本則有之。卷十六《大理悔廬陳公神道碑銘》，史刻本初作『碑文』，後改『碑銘』，王友亮抄本則作『碑銘』。卷十八《刑部侍郎管禮部侍郎事垣齋王公神道碑銘》，『垣』字，陳勱改作『坦』，史刻初印本作『垣』，重修改作『坦』，王友亮抄本亦作『坦』。卷二十《陸茶塢墓志銘》在《方定思墓志銘》後，史刻本同，王友亮抄本《陸茶塢墓志銘》在前。卷二十二《黄丈肖堂墓版文》，史刻本作『墓志』，王友亮抄本作『墓版文』。正集卷一《宥朝鮮，志東征也》『所謂扈偏四國』，『曰耕爾沁』，曰『扎魯特』，史刻初印本同，重修改『偏』爲『倫』，改『耕』作『科』，改『魯』作『賴』，王友亮抄本分作『倫』、『科』、『賴』。《大討賊，志取北都也》一篇『爲我討賊清乾坤』，『清』字，旁校改『洗』字，史刻初印本作『洗』，重修改作『清』，王友亮抄本作『清』。《飛渡江，志定南國也》一篇『立君非孟浪』，史刻初印本『孟浪』作『罔卝』，重修改作『孟浪』，王友亮抄本作『孟浪』。由是知此本亦源出杭世駿所藏董秉純編《鮚埼亭集》，然非據史刻本或王友亮抄本寫錄。

此本卷十四《明故兵部員外郎蘗菴高公墓石表》『僅九人焉』以下一段文字：『晚年愈困，故人有通顯者，將往訪之，或曰：「此非周粟耶？」公瞿然謝之，竟不復往。公之在獄也，或授以琴法，始以琴自遣。』史刻本作：『嘗曰：「謝皋羽非易及矣，然而月泉之集，何其會之濫也，得無有妄豫其中者乎？惜不起而問之。」壬寅之在囚也，終日鼓琴。有仁和令者，亦解人也，以慮囚入，聞琴聲而異之。及見壁上所題詩，皆危言，嘆曰：「先生休矣！」顧左右曰：「爲我具酒餚來。」既至，拉公飲風波亭上。公固辭，令曰：「無傷也。」是日遂劇飲至漏下，相與賦詩而別，是後隔一日必至。及公事解，遣人謝之，竟不往謁。』王友亮抄本同於史刻本。陳勱據史刻本校之，錄此段異文於眉端。

鮚埼亭集三十八卷、卷首世譜、年譜一卷　清抄本（國圖）

清全祖望撰，清董秉純撰《世譜》《年譜》。祖望有《經史問答》，已著錄。其《鮚埼亭集》三十八卷，前已著録清嘉慶九年餘姚史夢蛟借樹山房刻本。此爲國圖藏清抄本，八册。無版匡、界格。每半葉十一行，行二十一字。各卷端題曰：『鄞全祖望紹衣。』集前抄杭世駿《全謝山鮚埼亭集序》。卷首爲《全謝山先生世譜》《全謝山先生年譜》一卷。《世譜》首葉題曰：『受業董秉純述。』《年譜》首葉題曰：『受業董秉純編輯。』其下爲《目録》，題曰：『受業董秉純編次。』

此本卷六有《明淮揚監軍道僉事鄞王公神道銘碑》，史刻本無之，王友亮抄本有之。卷八《明建寧兵備道僉事鄞倪公壙版文》，史刻初印本作『備兵』，後改『兵備』，王友亮抄本作『兵備』，陳勱批校本作『備兵』。卷十四末一篇爲《南嶽和尚退翁第二碑》，史刻本列於卷十六末，王友亮抄本、陳勱批校本皆在卷十四末。卷十六《大理悔盧陳公神道碑銘》，史刻本作『碑文』，王友亮抄本、陳勱批校本皆作『碑銘』。卷二十二《黄丈肖堂墓版文》，史刻本作『墓志』，王友亮抄本、陳勱批校本皆作『墓版文』。卷二十八末有《董永昌傳》《李元仲别傳》二篇。卷三十八末，目録列《林泉雅會圖跋》三篇之目，正集無之，蓋有殘闕也。按集前《目録》，卷三十九至四十九爲《經史問答》，凡十一卷，其目與王友亮抄本同，而萬福刻本、史夢蛟重修本皆十卷。正集則無《問答》之文。卷一《宥朝鮮，志東征也》一篇小注，『倫』不作『偏』，『科』不作『耕』，『賴』不作『魯』，與王友亮抄本及史刻重修本同，異於史刻初印本、陳勱批校本。卷十四《明故兵部員外郎蘗菴高公墓石表》『僅九人焉』以下『嘗曰』至『竟不往謁』一段文字，同於史刻本、王友亮抄本，異於陳勱批校本。此本抄寫甚工，與史刻本、王友亮抄本、陳勱批校本各有小異。如復檢卷首《年譜》一卷，文字與王友亮抄本同，而異於史刻本。然集中文字，又與王友亮抄本略異。如王本卷十三《祁六公子墓碣銘》『時方寓山陰也』，友亮校云：『「也」字，原本衍。』『尋行遯去』，友亮校云：『「行」，原本衍。』此本無『也』、『行』二字。王本卷二十《王立甫壙志銘》『立甫故雖孱瘦』，友亮校云：『「故」下衍「雖」字。』『予曰誥』，友亮校云：『「誥」，應依別本作「諾」。』此本『故』下無『雖』字，『諾』不作『誥』。又，此本《王立甫壙志銘》『浙長興縣人』，王本『浙』下有一『之』字。同卷《姚薏田壙志銘》『薏田之學，私淑義門。義門□□，莫之或先。』缺一字。王本作『義門徒，莫之或先』。卷二十《董次歐先生墓版文》一篇，友亮校記五條，皆云一本作某。所云作某者，正與此本文字合。友亮所言『別本』、『一本』，疑即此本。其與王友亮抄本，並有補於全氏文集之校勘。

鮚埼亭集外編五十卷　清嘉慶十六年杭州汪繼培刻本（清李慈銘批注）（國圖）

清全祖望撰，清董秉純、蔣學鏞編，清汪繼培重編。祖望有《經史問答》，已著錄。此爲其《鮚埼亭集外編》五十卷，清嘉慶十六年杭州汪繼培刻本，清李慈銘批注，十六册。每半葉十行，行二十一字。白口，單魚尾，左右雙闌。牌記曰：『鮚埼亭集外編，嘉慶辛未七月雕成。』版式沿於嘉慶九年史夢蛟刻《鮚埼亭集》三十八卷。各卷端題曰：『鄞全祖望紹衣。』集前有董秉純乾隆四十一年七月《題詞》及《外編目錄》，《目錄》後有汪繼培《題識》一則。鈐『李慈銘勘定圖籍之印』、『李慈銘讀』、『越縵堂主』圖記。曾爲李慈銘舊藏，董氏《題詞》後、汪繼培《題識》後各有慈銘手跋一則，《目錄》及正集有其批注手蹟。

是集爲祖望門人董秉純等人所編。祖望臨沒，手定《文集》五十卷，命送至揚州馬氏藏書樓。其稿後歸杭世駿，秉純屢索不得，不得已，乃取叢殘舊稿，按祖望手定之目重鈔。乾隆四十一年，官粵西那地州判，輯成《鮚埼亭集外編》五十卷。世駿所得《鮚埼亭集》亦流出，史夢蛟輾轉得之，以其爲全氏手澤，嘉慶九年付之剞劂，計三十八卷，卷首録秉純撰《世譜》《年譜》一卷，又購得《經史問答》乾隆三十年萬福刻板並印之。

秉純《題詞》云：『謝山先生易簀時，以詩文藁付純藏弆。手定凡六十卷，其餘殘篇剩簡及重出未刪之作，亦有整幅成帙者，幾滿一竹笥，純泣拜而受。先生喪畢，細爲搜檢，粘連補綴，又彙爲七十卷。其中與正集重複及別見於他作者，幾十之四。擬重刪定，以多先生手書，不忍塗乙，思更謄寫，衣食奔走，卒卒未及。歲丙戌，館東邨丘氏之松聲柏影樓，課徒之隙，手鈔得三百餘紙。後復南北歷録，作輟無定，雖船唇驢背，無弗挾與偕行，而竟未能蕆事。今丙申春，判那州，地僻政簡，署中寂靜，日課字四千，四閱月而卒業，於是重爲釐定』，『蓋先生之作，所以得去者有二：少年刻志經史之學，多與同學質證，散見於簡帖題跋，及後從遊多所問答，遂合編爲《經史問目》行世；歸里時倡真率社，拈鄉里宋元故跡及勝國革除節義諸公爲題，得詩三百餘篇，而從前攷索之作，皆爲複見，此所以不列於正集也。然簡帖所及，或不盡此一事；傳記志銘，體例既別，詳略不同，而文筆與詩思各有所長，豈得得彼舍此？故是集雖已略有刪節爲五十卷，而去取仍未定。當翻正集及詩集，審校其全文相類或意義已盡者，竟去之，或題義同而紀載議論有異，或文筆可獨存，則仍存之。蓋淘汰以歸粹精，予既非其人，則與其芟薙竄削，使蕩爲飄風，湮爲野蔓，無寧仍存緗篋，藏之名山，以俟後之虞山之於震川而已矣。嗟乎！先生著述不下三十餘種，今存者惟詩文正集、集外一百十五卷、《續甬上耆舊詩》七十卷、《國朝甬上耆舊詩》四十卷。然皆排定目錄，鈔十分之八而未畢。』秉純《年譜》稱祖望逝前手定文稿，刪其十七，得五十卷。此謂『手定凡六十卷』，蓋合《鮚埼亭文集》五十卷、《詩集》十卷而言之。《題詞》述祖望諸作『所以得去者有二』，其一即《經史問答》。祖望歿後，秉純檢其殘篇剩簡，彙爲七十卷。後歷十餘年，抄爲《外集》五十卷。又以未敢輕易去取，改動辭句，遂存未定之義，以俟後人。

秉純既歿，同學蔣學鏞取董本，重加審定，更正篇卷。蔣本較董本爲有條理，然辭句刪潤過多。汪繼培編刻《外編》，以董本爲主，參酌蔣本，重爲校錄，其篇卷更定從蔣本，校錄文字依於董本。其《題識》云：『全謝山先生《鮚埼亭集外編》五十卷，門人董少純手鈔於那地州判官署。少純既歿，同門蔣樗菴重加審定，更正篇卷，較有條理，惟辭句刪潤過多，閒有失其本意者。今所校錄，一以董本爲主，序次則從蔣本，其董本所無，補以蔣本者，注於目錄之下。董本以《讀易別錄》《孔子弟子姓名表》別爲附錄一卷，蔣本則編入第五十卷。今按：《讀易別錄》自爲一書，鮑氏業刊入《知不足齋叢書》。《弟子姓名表》，體例粗具，似非定本，故不入梓。先生他所撰著，《七校水經注》，就簡端行際，細書夾注，叢殘錯雜，理董爲難；《宋儒學案》，以補梨洲之遺，梨洲後人華陔大令復爲纂輯，僅有手藁；《續甬上耆舊詩》《國朝甬上耆舊詩》，皆未竟之緒，譌脱亦多；《四明望族表》，篇袠寥寥，不能單行；《公車徵士錄》，最先刻；《漢書地理志稽疑》，朱滄湄比部刻於鄞縣；《經史問答》十卷，杭州萬氏雕版，今歸餘姚史氏；《文集》三十八卷，史氏據杭堇浦侍御家舊本寫樣，或云即先生求序於侍御，祕而不出者，然與《年譜》所言《文集》五十卷之數不符，疑未能明也。原書中有蠹蝕，史刻悉仍其舊，第二十八卷脱去《李元仲別傳》，亦未校補。此外，《詩集》十卷、《句餘土音》二卷，出自先生手定，若能彙付剞劂，俾傳奕禩，所望於四方同志之士矣。』乾隆間，《鮚埼亭集》《外編》未即付梓，或與當時文字獄案酷烈有涉。嘉慶而後，羅職風氣漸息，始有史、汪之刻。《題識》不署撰者姓氏，其爲繼培之作無疑。繼培雖勤於校訂，然卷端僅題『鄞全祖望紹衣』，不題校刊名氏。

是集卷一至卷三爲賦；卷四至卷八爲碑銘；卷九至卷十一爲行狀；卷十二爲傳；卷十三爲廟碑；卷十四爲祠堂碑；卷十五爲雜碑銘；卷十六至卷二十二爲記；卷二十三至卷二十六爲序；卷二十七至卷三十五爲題跋；卷三十六至卷三十八爲論；卷三十九爲議；卷四十爲攷；卷四十一至卷四十六爲簡帖；卷四十七爲雜問目；卷四十八至卷四十九爲雜著；卷五十爲雜文。篇帙之富，倍勝於《鮚埼亭集》。《鮚埼亭集》收碑銘十九卷共九十七篇，題跋三卷共一百二十二篇，此集復得碑銘五卷計五十六篇，題跋九卷計二百九十餘篇。《鮚埼亭集》收序二卷，此則爲四卷。據《目錄》標注，卷二十二《江浙兩大獄記》、卷二十八《書漢書文帝功臣表後》、卷二十九《粵中版授官簿跋》、卷三十八《破惑論》、卷四十《彭城五諸侯攷》《董徵君墓攷》、卷四十一《奉慈溪馮明遠先生論燕號封國書》、卷四十三《答史雪汀問六陵遺事書》、卷四十四《答臨川先生問淳熙四君子世系帖子》、卷四十六《說杜工部杜鵑詩答李甘谷》《辨隸古書分書真書答董槑圃》《答族人祭始祖以下書》、卷四十七《答厲樊榭宋詩人問目》《答蔣生學鏞問湖上三廟緣起》諸篇，卷四十八雜著全卷十八篇，卷四十九雜著全卷二十二篇，皆培繼據蔣學鏞本所增。是集並以碑版、序記爲主，見其『敘事』之長，且載述有明人物史事、學術爲多，尤詳於明清鼎革之際野史，可存一代人物、興廢之大略，補《明史》、方志闕聞，訂正譌誤。如秉純《題詞》所云『皆枌榆掌故，舊史所闕，無一不有補於文獻，非聊爾銘山品水，可聽其去留者』。

其談經論史，摭取掌故，去僞存真，每發抒深湛之思。爲文根柢經史，博涉百家，重於關乎興廢治道之用，雖稍傷於蕪雜，然文風暢肆，敘事宛曲，真善學能文之家。衡正、外兩編，外編不在正集之下。或祖望手定其稿，嚴定去取，亦有所避忌歟？何正大之作，反不若率胸臆者。

《外集》批校評點亦多，其著者爲嚴元照、戴鈞衡、李慈銘、蕭穆、章鈺、余嘉錫諸家。此爲李慈銘批注本，其前《跋》云：『全氏之學，精實縝密，尤以道學文章自任。干宋以後儒術源流及明季忠臣節士，搜遺摭佚，拳拳斁生，乃至世家故族，南北之遷轉，中外之姻連，條貫縷晰，不啻圖譜，固數百年來絕學也。其平生出處，恬漠孤介，亦有洛閩典型。集中文章，皆非苟作，惜乎稍嫌繁雜，頗少翦裁。《外編》彌傷蕪秕，而議論考據，多足取資。又其綴葺畸零，皆志乘所未及，有志鄉邦文獻者，當奉爲至寶矣。』後《跋》云：『全氏於經史攷訂之外，頗以道學文章自任。迹其生平出處交際，恬漠孤介，誠有洛閩典型，而恃才好罵，氣象未稱。文章因不苟作，然謂之史料則可，謂之史才則非。其前集尚有一二佳者，《外編》率迂冗俚雜，全無翦裁。至於西河毛氏，峻詞深詆，所作外傳，訐發陰醜，幾如酗酒詈人，尤爲無謂。西河誠非長者，而學問奧衍，卓識絕人，於《易》則首追象數，於《詩》則剏尊毛、鄭，於《春秋》則獨闢胡傳，國朝漢學，允推首功，全氏亦不過隨其肩輩。即以文章論，西河所作諸傳論碑狀，篇篇可傳，恐當臥全氏於百尺樓下矣。越縵學人長孺甫書。』前《跋》尚恭，後《跋》則倨甚。蓋初讀其集，尚多許可。再讀其集，以祖望詆責毛奇齡，遂爲毛氏鳴不平，且斥祖望有史料而無史才，文章不足比於毛氏。其間又有論學之旨不相合之細故，此不詳說。《目錄》諸碑銘、行狀、傳題下，慈銘多簡注名氏、籍貫。如卷四《明故太師定西侯張公墓碑》注云：『名名振，江寧人。』廟碑、祠堂碑題下，多簡列小傳。如卷十二

《羊府君廟碑銘》注云：『名僎，唐季官明州刺史。』《裴府君廟碑銘》注云：『名肅，濟源人。唐貞元中，官浙東觀察使，平栗鍠之亂。』卷四十二至卷四十六簡帖亦大都有簡注，述其大略。如卷四十二《答沈東甫徵君論唐書帖子》注云：『言憲宗之崩，由郭后、穆宗之誣。』《答史雪汀問宋瀛國公遺事帖子》注云：『言順帝爲瀛國公子無疑，《符臺外集》《庚申外史》諸書可據。』記、序、題跋、論、議、考、雜問、雜著、雜文等則不注。正集批注，或自記讀書心得，或討論行文得失，或考證史事，或辨明學問是非。如卷四《明戶部右侍郎都察院右僉都御史贈戶部尚書崇明沈公神道碑銘》一篇，因文中所言前代海運事，眉批云：『損米可不問，損人亦可不計乎？民命至重，而僅權費之多寡，以爲利害，此非仁人之言也。然則海運者，特國家權宜捄急，萬不得已之策耳。我朝自道光季年始行海運，咸豐癸丑以後，江淮多梗，全恃乎此。近得西洋火輪船，以濟其用，而風濤沈溺者始尠少矣。』卷七《杭州府錢塘縣教諭左丈江樵墓幢銘》有眉批一條：『案：時俗相公之偁見于文字者，馮山公爲其老僕墓志始見之，謝山則《明太僕少卿眉仙馮公神道闕銘》及此銘凡兩見。此猶作《元史》者于《董摶霄傳》直言老爺，雖以俗語入文，古亦有之，然質而近俚，究所不取。』卷十二《七賢傳》有眉批一條：『案：三賓子于宣，崇禎癸未進士，官行人。國變被害，南都入之死難文臣范景文之列，賜謚忠節。或謂其被闖賊拷死，非殉節者，然未嘗從逆，故《明史》亦列之死事。黃梨洲《南雷文定》中爲于宣之妻作志，大書其節。』其批注大抵如是，乃讀書雜記，非爲祖望文章作注，或評其高下，然亦可爲讀鮚埼文集之一助。

國圖藏有李慈銘舊藏《鮚埼亭集》三十八卷、卷首《世譜》《年譜》一卷，清嘉慶九年史夢蛟借樹山房刻本，《經史問答》十卷，清乾隆三十年萬福刻、嘉慶九年史夢蛟重修本，共二十冊。集前增刻阮元

《序》（按：阮《序》原爲《經史問答》所作，此本置於《鮚埼亭集》前）。鈐『李愛伯讀書記』、『會稽李氏困學樓藏書印』。集中偶有慈銘批注。董秉純《世譜》葉眉批云：『據集中《與厲樊榭辨啓東墓志世系》，則遯初子名璧，字泉翁，乃昭孫之同祖兄弟，允堅之再從父也。』

鮚埼亭集外編五十卷　清嘉慶十六年杭州汪繼培刻本（章鈺批校，並錄清嚴元照校評）（國圖）

清全祖望撰，清董秉純、蔣學鏞編，清汪繼培重編。祖望有《經史問答》，已著錄。其《鮚埼亭集外編》五十卷，嘉慶十六年汪繼培刻行，前已著錄國圖藏清李慈銘批注本。此爲章鈺批校並錄清嚴元照校評本，亦十六册，與清嘉慶九年餘姚史夢蛟借樹山房刻、同治十一年印本《鮚埼亭集》，清乾隆三十年萬福刻、嘉慶九年史夢蛟重修本《經史問答》合裝爲三十三册。牌記係重雕，曰：『鮚埼亭集外編』無『嘉慶辛未七月雕成』八字。鈐章鈺『四當齋』、『長洲章氏』、『章鈺手校』圖記。

《鮚埼亭集》册首有吳昌綬《題識》，言宣統元年，從丁國鈞案頭見嚴元照批校《鮚埼亭集》，借錄未半，因故中輟。明年，復從丁氏借《外編》抄錄嚴氏校評，陸續成之。章鈺據吳氏校本迻寫此本。董秉純《題詞》末錄嚴元照《題識》二則，其一云：『董君誠可謂不負師門者矣，惜乎惟有墨守之功，未足爲全氏功臣也。』其二云：『文集分内外，必有義例。《鮚埼》之分，乃絶無義例可尋，不過夸多其所作之富而已。甲戌七月朔，元照力疾識。』《外編目錄》首葉錄嚴元照筆：『悔庵居士嚴元照病中閲本，甲戌四月廿八日識。』汪繼培《題識》葉眉錄嚴元照記：『《鮚埼亭集》三十卷，餘姚史氏所編刻。此集五十卷，不署刻姓氏，實蕭山汪吏部繼培也。吏部既成進士，便歸養親，讀書嗜古，恂恂雅飭。少余一歲，與余締交。昨戴刑部北上，枉顧山齋，知吏部已歸道山矣。乙亥七月廿二日午後，元照記。』又，『昨有會城書估陶姓來，素與汪吏部習者，問其疾，則曰所患頭風也。又曰吏部前身亦進士，爲山東萊陽縣，曾得人三千金而不救其死，今來索命，緣是病終不起云。十月六日，修能又記。』

嚴元照既謂史夢蛟刻《鮚埼亭集》少校讎之功，又謂《外編》之輯過於墨守。於祖望文章，欲爲『諍友』，故多指其疵漏。如《外編》卷一《西安學宫石經賦》，嚴氏評云：『篇法句法，埽地都盡。師心自用，遂至於此，可以爲戒。』卷四《明故太師定西侯張公墓碑》『予家先族母張孺人』、『先族父』，評云：『加「先」字殊不妥。』『而黄、張之隙始大搆』句下原注『此據黄丈宗羲、董丈守諭、高丈宇泰所紀』，評云：『其人既遠不相接，不合稱丈。』『癸巳，公以軍入長江，直抵金焦，遥望石頭城，拜祭孝陵，題詩慟哭』，批云：『張公金山寺題詩，據《監國紀年》《舟山紀略》，是壬辰十月，非癸巳也。』『蘆花寒月，如聞哀淚之潸潸』，批云：『淚不可聞。』卷五《明監察御史退山錢公墓石蓋文》開篇『退山侍御墓文，予既令其子濬恭』云云，批云：『如此下筆，似是濬恭之父執矣，得毋於義不安乎！』同卷《明故太僕寺少卿眉仙馮公神道闕銘》『公生於萬曆乙卯十一月二十一日，得年三十二歲』，批云：『古人志墓，書卒書葬，而不書生，元明人始生卒並書，從未有書生而不書卒如此文者。』卷七《汪孝子墓志銘》『娶唐氏，少房虞氏』，批云：『「少房」二字，似不應入古文中。』元照考訂，時可正全氏訛誤。其論文持法甚嚴，不免於苛責，然大都持之有故，不愧『諍友』。

鮚埼亭集外編五十卷 清嘉慶十六年杭州汪繼培刻本（余嘉錫批校，並録清嚴元照、方東樹、戴鈞衡、蕭穆校評）（浙圖）

清全祖望撰，清董秉純、蔣學鏞編，清汪繼培重編。祖望有《經史問答》，已著録。其《鮚埼亭集外編》五十卷，嘉慶十六年汪繼培刻行，前已著録國圖藏清李慈銘批注本、章鈺批校並録清嚴元照校評本。此爲余嘉錫批校並録清嚴元照、方東樹、戴鈞衡、蕭穆校評本，小十六册。合嘉慶九年餘姚史夢蛟借樹山房刻、同治十一年印本《鮚埼亭集》，清乾隆三十年萬福刻、嘉慶九年史夢蛟重修本《經史問答》，裝爲三十二册。牌記係重雕，僅曰：『鮚埼亭集外編。』鈐『武陵余氏讀已見書齋藏書』、『抱竹山農』、『藏之名山，傳之其人』圖記。

此本目録首葉，余嘉錫識云：『歸安嚴元照修能朱筆，桐城方東樹植之緑筆，某氏藍筆，桐城戴鈞衡存莊、蕭穆敬孚墨筆，嘉錫兼用朱、墨筆，稱名自別。』又有其《題識》一則，云：『余既命鈔胥過録嚴、方諸先生之評於此本之上，手自讎校。既竟，復念今年秋與傅沅叔先生增湘鄰居時，沅叔曾得一舊本《鮚埼亭集外編》，上有昔人評語，不署姓名，持以示余，屬爲攷定。余與倫哲如同讀之，終不知其爲何人，遂還之傅氏。憶其評語頗有可采，乃復假之沅叔。其書爲原刻初印本（板匡較此稍闊大），封面名下有「嘉慶辛未七月雕成」八小字。卷首有「珍芸閣王氏珍藏」、「守經閣王」、「慈水調梅居」、「馮氏珍藏書畫記」、「少眉賞鑒之章」諸印。相其鈐印次第，蓋先藏於王氏，然則書中評語，其諸出於王某歟？卷十二《毛檢討別傳》評有「乾隆己酉，館余氏，得見《西河全集》」之語，末署丁丑四月，乃嘉慶二十二年。卷三十六《秦穆公論》評語中自言曾著《左傳隨筆》，則其人亦窮經之士，當非無可蹤跡者，遂以藍筆錄其評語於卷中，并識之於此，以俟再考。要之，此所錄諸家之評，嚴氏爲最，不獨拾遺補闕，足爲全氏諍臣。即其論文，亦自出手眼，謹嚴有法，非通知著作體例者，不足語此。其他戴、蕭及某氏，亦各以所見，有所補益。惟方氏號稱能爲桐城古文，而其評中論文之語，識見乃苦不甚高，偶涉史事，且有甚可笑者。此非余好惡之私，讀者當自能辨之。甲戌夏曆十一月廿六日，狷庵又識。』今按：許朝埰，號榆村，海寧諸生。著有《左傳隨筆》一卷、《四傳合解》一卷、《通鑑一斑》二卷、《南北朝編年錄》一卷、《雲夢記》四卷、《讀史偶評》六卷，附錄三卷、《居家雜箴》一卷、《田居題掌錄》二卷、《榆村別墨》七卷、《敦睦堂集》等書（民國《杭州府志》卷八十六至九十三）。柯振嶽字霽青，號訥齋，晚號鳳山居士，慈谿人。早慧能文，操筆立就。嘉慶二十四年恩貢生（此據光緒《慈谿縣志》卷三十三《列傳十》。同集卷二十一《選舉下》則稱嘉慶二十五年恩貢），授教諭。年六十六卒（王約撰《行狀》，光緒《慈谿縣志》卷三十三《列傳十》）。著有《左傳隨筆》一卷一、《公羊隨筆》一卷、《穀梁隨筆》一卷、《蘭雪集》八卷、《續集》八卷、《藏修齋外集》一卷、《同音集》三卷、《竹院閒吟》一卷、《人影詩》一卷（光緒《慈谿縣志》卷四十九《藝文四》）。嘉錫所言某氏，疑即柯振嶽，而非許朝埰（北京雍和拍賣清康熙四十二年錢塘汪立名一隅草堂刊本《白香山詩長慶集》二十卷、《後集》十七卷、《別集》一卷、《補遺》二卷，鈐『守經軒王』、『吟弄』、『珍芸閣王氏珍藏』、『紉秋蘭以爲珮』圖記），俟考。

此本批校『某氏藍筆』，借錄自傅增湘藏本。嚴元照朱筆、方東樹綠筆、戴鈞衡與蕭穆墨筆，則錄自蕭穆校本，并參酌徐行可校本。董秉純《題詞》後錄嚴元照《題識》二則（『董君誠可謂不負師門者矣』一則、『文集分内外，必有義例』一則）、趙季梅《題識》一則、蕭穆《題識》一則及余嘉錫案一條。季梅《題識》云：『戊申九月，因公往崑山，獲歸安嚴修能校補《鮚埼亭集》。修能名元照，一字悔庵，著有《娛親雅言》，皆考證經史，辨析名物，不蹈宋人空談名理陋習。嘉定錢竹汀先生敘之，極其推獎。茲閱手校本，果皆實事求是，誠全氏之功臣也。十一月十九日，敘次得此書源委於松陵講舍。』蕭氏《題識》云：『以上乃丹徒趙季梅教授所藏嚴氏手校《鮚埼亭集》，首册季翁題識如此。癸酉八月廿二日照錄。』嘉錫案云：『此行乃蕭敬孚題記。』秉純《題詞》葉眉錄蕭穆《題記》二條、余嘉錫案語二條。蕭穆《題記》其一云：『《鮚埼亭集外編》，乃馬慎甫之伯父小眉先生藏本。余於庚申年托蘇强甫兄借來，照方植之先生批點本錄於此本中（注：批乃方山如代錄）。蓋余藏有《鮚埼亭集》及《經史問答》，亦是照植翁本校錄，得《外編》乃全也。今《外編》仍當還惠甫、慎甫。穆記。』其二云：『《鮚埼亭集外編》，方本共十二册。《目錄》至卷三爲一册，無壳評；卷四至七爲一册；卷八至十二爲一册；卷十三至十八爲一册，無壳評；卷十九至廿二爲一册；卷廿三至廿六爲一册；卷廿七至卅一爲一册；卷三十二至三十六爲一册；卷三十七至四十爲一册；卷四十一至四十三爲一册，無壳評；卷四十四至四十六爲一册；卷四十七至五十爲一册終焉。惟首本、四本、十本壳上無評語，餘皆有之。庚七月十二日巳刻記。』余嘉錫案云：『以上兩條，皆蕭敬孚先生親筆，以别紙書之，粘於副葉之上。所謂「庚七月」者，原本如此，蓋咸豐十年庚申也。植之先生書壳上評語，或記篇名人名，蓋姑識之，以備檢查，無甚深意。今自十九卷起，擇其稍有關係者錄之云爾。』又，『余親家翁武昌徐行可先生有過錄嚴九能先生批校本《鮚埼亭内外集》。嗣聞北平文祿堂書肆有嚴校原本，因以所藏寄兒子遜，屬爲之借校。及文祿以書來，余取視之，則亦蕭敬孚過錄本，非嚴筆也。蕭本有《内外集》，皆有嚴校語。有跋兩篇，見《敬孚類稿》卷七，茲僅存《外編》。以跋及題識，參互考之，蓋咸豐庚申從馬慎甫借方植之評本過錄，至同治癸酉，又從趙季梅假得嚴校本，復錄於書。然其中又有稱鈞衡記者，蓋出戴存莊手，則不知何時錄得矣。或戴與方相從討論，即批於方本之上乎？余欲令書手爲之補錄方、戴之評，繼以各家評語相糅莒，非鈔胥所能辨，因手自校讎。蕭本嚴評，有朱有墨，行可本則皆以朱，雖無大異同，然行可本頗羼入他人語，輒爲刪去之。其方、戴評語，則皆以墨，幸其書法不出一手，差可辨識。且方氏好談理學，評文喜發空論，正謝山所謂未能免學究氣者，故其所評，可望而知之，遂皆以綠筆錄出。方評之外，又有數人所書，疑不盡出於存莊。其間考明季事頗詳，似即敬孚所自評，以敬孚好讀明野史故也，然字畫又不類，疑不能明，則姑皆以墨筆錄之。既卒業，以手校本歸之行可，因命小史傳錄於家藏本之上，并識其緣起如此。甲戌十一月冬至後四日，武陵余嘉錫識於舊都東高房寓廬之讀已見書齋。』

此本所錄嚴元照評校，迻自蕭穆校本，復參酌徐行可校本。對勘前已著錄章鈺錄嚴元照評校本，詳略不同。如章鈺錄本，汪繼培《題識》葉眉存嚴元照題記『《鮚埼亭集》三十卷，餘姚史氏所編刻』一條，『昨有會城書估陶姓來』一條。此本《目錄》首葉眉端有元照題識四條，第二、四條與章鈺錄本同，第一、三條則其所無。第一條云：『癸酉三月，開化戴刑部敦元過山齋問疾，以全氏兩集見惠。甲戌五月十八日，修能力疾識。』第三條云：『中元，錢塘梁學士丈下世，年九十有三。余久病累年，頑鈍不死，而如學士、吏部者，乃不令之久居人世，何耶？元照記。』

方東樹之評，大抵隨記篇名人名，余嘉錫擇錄稍有關係者。如卷十九末葉，綠筆批云：『卷十九至二十二，外編五冊。此卷所敘述世家故族，遠軼《南北史》，惜乎止及一編。固以他處無若謝山之留心掌故，亦以他處未有鄞上之盛者，歷求之古，其惟潁上先賢及《洛陽伽藍記》乎？吾鄉若有人作龍眠世族文字，當可□□□洛不若鄞上之遠也。壬寅二月，植之漫識。』嘉錫案亦用綠筆：『此皆方氏手識於書衣之上者。敬孚先生以片紙綠之，沓置卷中，文義往往脫落不可解。今擇其首尾完具者錄之云爾。凡方氏所謂此卷者，皆舉一冊言之。』又墨筆案云：『方氏以此卷比之《洛陽伽藍記》，其實絕不相似。其亦昧於古書之流別矣。』方氏之評，無甚足觀。《鮚埼亭集》校評，蓋以吳騫、嚴元照爲上；《外編》之評，亦以元照爲最。

鮚埼亭外集五十卷、附讀易別錄、孔門弟子姓名表　清抄本

（佚名錄蔣學鏞批注）（國圖）

清全祖望撰，清董秉純編。祖望有《經史問答》，已著錄。其《鮚埼亭集外編》五十卷，前已著錄清嘉慶十六年杭州汪繼培刻本。此爲國圖藏《鮚埼亭外集》五十卷、附《讀易別錄》《孔門弟子姓名表》，清抄本，佚名錄蔣學鏞批注，十二冊。無版匡、界格。每半葉十行，行二十字。各卷端題曰：『鄞全祖望紹衣。』集前有董秉純乾隆四十一年七月《題詞》及《全謝山先生鮚埼亭集文外卷目錄》。《目錄》首葉題：『受業董秉純編次。』鈐『光熙所藏』圖記，爲晚近那木都魯·光熙舊藏。

此本與汪繼培刻本頗異。卷一爲《泰陵配天大禮賦》《西安府學宮石經賦》《聘禮圭璋特達賦》，汪

刊本收二篇，列《聘禮圭璋特達賦》入卷二（第二篇）。卷二爲《閣道賦》《九夏賦》《房心爲明堂賦》《東井賦》《石鏡舞山雞賦》，汪刊本卷二爲《九夏賦》《聘禮圭璋特達賦》《閣道賦》《房心爲明堂賦》《東井賦》，列《石鏡舞山雞賦》入卷三（第三篇）。卷三爲《衢尊賦》《土圭賦》《追琢其章賦》《宵雅肄三賦》《觀霧淞賦》《半夏賦》《曼陀羅賦》，汪刊本卷三爲《石鏡舞山雞賦》及其他六篇，而次序有異。卷四爲《明兵部尚書兼東閣大學士贈太保謚忠襄孫公神道碑銘》《明戶部右侍郎都察院右僉都御史贈戶部尚書崇明沈公神道碑銘》《明故兵部右侍郎兼都察院右僉都御史王公墓前石碑》《明故都察院右副都御史東王公神道闕銘》《明故太師定西侯張公墓碑文》，汪刊本卷四亦收碑銘五篇，『王公墓前石碑』作『王公墓碑』，『張公墓碑文』作『張公墓碑』，列《東王公神道闕銘》入卷五，末收《張太傅守墓僧無凡塔志銘》一篇。《僧無凡塔志銘》則爲此本卷五末一篇。此本卷二十四收《公是先生文鈔序》《唐說齋文鈔序》等文二十五篇，卷二十五收《讀史通表序》《歷朝人物世表序》等文十六篇。汪刊本卷二十四收《公是先生文鈔序》《唐說齋文鈔序》等文十六篇，《錢忠介公全集序》《張尚書集序》《雪交亭集序》《周先生囊雲集序》《觀日堂詩集引》《董戶部擘蘭集題詞》《馮侍郎遺書序》《陸大行環堵集序》《朋鶴草堂集序》諸篇編入卷二十五，卷二十五收《錢忠介公全集序》等文二十六篇。

諸如此類之異尚非其大者，其大者則爲汪刊本據蔣本所增者，此本無。卷二十二末一篇《江浙兩大獄記》注：『蔣增。』此本無； 卷二十三《史衛王周禮講義序》、卷二十八《書漢書文帝功臣表後》、卷二十九《粵中版授官簿跋》、卷四十《彭城五諸侯攷》《董徵君墓攷》、卷四十一《奉慈溪馮明遠先生論燕號封國書》、卷四十三《答史雪汀問六陵遺事書》、卷四十四《答臨川先生問淳熙四君子世系帖子》、卷四十六《說杜工部杜鵑詩答李甘谷》《辨隸古書分書真書答董罧圃》、卷四十七《答厲樊榭宋詩人問目》《答蔣生學鏞問湖上二廟緣起》諸篇，皆據蔣本增，此本無。此本卷四十八爲簡帖，收《與厲樊榭促應制科帖子》《答姚薏田》等文九篇。卷四十九爲問目，收《與鄭南谿長者論明儒學案目》《答沈東甫徵君文體雜目》等文十一篇。汪刊本則編諸文入以上簡帖、雜問諸卷，卷四十八收《武王不黜殷辨》《江源辨》《辨宋祁漢書校本》《辨南史陸法和傳》等雜著十八題，注云：『以下十八首，蔣增。』此本無。卷四十九收《記項燕事補注六國年表後》《拾漢豫章太守賈萌事》《記王荊公三經新義事附宋史經籍志》《記先少師事》等雜著二十二篇，注云：『以下二十二首，蔣增。』此本無。卷五十篇目同，而次第異。

按秉純《題辭》，祖望臨沒以詩文稿付秉純收藏。秉純彙抄其殘篇剩簡，初得七十卷，乾隆四十一年編爲《外集》五十卷。秉純歿後，蔣學鏞重訂之。汪繼培刻《鮚埼亭集外編》，取董本、蔣本重爲編校，《題識》云：『今所校錄，一以董本爲主，序次則從蔣本，其董本所無，補以蔣本者，注於目錄之下。董本以《讀易別錄》《孔子弟子姓名表》別爲附錄一卷，蔣本則編入第五十卷。』此本卷五十一爲附錄不列卷，依次收《讀易別錄上》《讀易別錄中》《讀易別錄下》《孔門弟子姓名表》。由是知此即據秉純所編原本寫錄。『外集』之名，殆秉純所擬。汪刊本名曰『外編』，據於蔣本。汪氏又以《讀易別錄》自爲一書，刊入《知不足齋叢書》，《孔門弟子姓名表》僅粗具體例，似非定本，故未刻入（參見汪繼培《題識》）。

如汪氏《題識》所言，蔣本字句『刪潤過多』，間失祖望本意，故校錄一以董本爲主，而取蔣本序次，用蔣本補董本所無。比勘董本與汪刊本，篇題多異，字句間亦有異。如卷四十八《與厲樊榭促應制科帖子》，汪刊本列入卷四十六，題作《與厲樊榭勸應制科書》。文中『以爲是學者之御率』，『御率』，汪刊本作『勸率』。卷十八《小江湖强堰記》『夾輸之功』，『輸』字，汪刊本卷十八作『輔』；『近者兩岸之沙』，『兩』字，汪刊本作『西』。汪刊本雖佳，此本亦可並傳也。

此本有批語，寫於眉端，字蹟與正集同出一手，頗可留意。如卷七《張丈韞山墓表銘》《柴丈漁山墓表文》二篇，前篇眉端批云：『張韞山、柴漁山二誌，已入正集，特其文有小異同。然正集係先生晚年定本，此二篇則少作耳，可删。』正集謂祖望手訂文集五十卷。史刻《鮚埼亭集》未收二文，汪刊《外編》有之。秉純歿後，史刊本、汪刊本始出。然則史夢蛟所得《鮚埼亭集》原無二篇歟？此本卷二十七《跋倪文正公兒易》眉批：『此篇先生手稿塗竄處多不相屬，予别揀得一清本，亦先生親筆，較此稍詳。』抄本錄文共七十九字，汪刊本卷二十七收此文一百二十八字，蓋即批語所言稍詳者。卷二十九《跋三垣筆記後》眉批：『李氏《三垣筆記》中多詆興化而頗袒荆溪，又論三案，往往祖述《要典》之説。其于周重馭則極口詈之，故列張捷、楊維垣于死難之列。蓋本與東林異趣，故是非與人相反耳。先生此跋頗有取焉，竊所不解，未敢以師説而附會之也。』卷四十五《答史雲汀問宋瀛國公事帖子》眉批：『此文事屬荒唐，急宜删去。』又一條云：『此事見于元明人紀載者極多，謂之疑案則可，安得竟以荒唐目之？』卷四十七《答董守素論漢隸帖子》眉批：『此文尚係先生少作。予家别有先生《答董睬圃論隸書隸古書分書真書異同帖》，乃晚年手稿，其説尤詳悉明劃。』察其辭意語氣，知數則批語出於謝山門人。《答董睬圃帖子》，即汪刊本卷四十六《辨隸古書分書真書答董睬圃》，集前目錄注云：『蔣增。』汪刊本未收《答董守素論漢隸帖子》。由是知其批語出蔣學鏞。汪刊本《跋倪文正公兒易》一百二十八字，即用蔣氏所得稍詳者。國圖藏另一部清抄本《鮚埼亭集外編》，蔣學鏞批注，卷二十九《跋三垣筆記後》眉批：『李氏《三垣筆記》多袒奄黨而抑東林。其論三案，亦時作微詞，特不敢明主《要典》耳。至興化、荆谿，其優劣雖五尺童子能知之，而映碧以荆谿爲其座主，乃云：使吳公去其怯，周公去其欲，即周召何遠之有？則比而周之矣。是欲借興化以雪荆谿，其實興化尚可雪，荆谿必無可雪也。其于周仲馭、介生二人，亦作一例觀，皆漫無黑白者。不知先生何以有取于是書。』文字與此本批語雖有異，其意同也。學鏞遵謝山之誨，不欲多録其師『少作』。《答史雲汀問宋瀛國公事帖子》批云『急宜删去』，即學鏞語。其又一條批云不必删，疑爲此本抄者所批。國圖藏清抄本《外編》（蔣學鏞批注），缺卷六至卷二十五。此本首尾完整，且可見董氏編次《外集》之舊貌，洵不易多得之本也。

鮚埼亭集外編四十卷（缺卷六至卷二十五） 清抄本（清蔣學鏞批注）（國圖）

清全祖望撰，清蔣學鏞編。祖望有《經史問答》，已著録。其《鮚埼亭集外編》五十卷，前已著録清嘉慶十六年杭州汪繼培刻本。此爲國圖藏《鮚埼亭集外編》四十卷，清抄本，蔣學鏞批注，缺卷六至卷二十五，存四册，與《鮚埼亭詩集》清抄本殘帙一册，合裝爲五册。無版匡、界格。每半葉十一行，行二十一字。各卷端不題撰者名氏。無序目。集末附壽序《祝萬儿沙前輩七秩序》一篇，末有蔣學鏞《題記》，云：『鏞録先生文畢，後檢得此篇。計九沙編修七秩，先生猶由成童，故字句不無繁冗，然徐、庾、楊、駱，英妙已自不凡。況稿中駢體絶少，因附載於卷末。』《中國古籍總目》著録董本《鮚埼亭外集》五十卷清抄本一種，未著録此本。

汪繼培據董本，參酌蔣本，編刊《鮚埼亭集外編》五十卷。今國圖藏董本清抄一種，蔣本則有此殘本存世，正可對觀其間異同及汪氏編刊去取之跡。繼培《題識》言董秉純手抄《鮚埼亭集外編》五十卷，然董本原名《鮚埼亭外集》。其言蔣本亦五十卷。此本雖中缺二十卷，然可確知爲四十卷。董本附録《讀易别録上》《讀易别録中》《讀易别録下》《孔門弟子姓名表》。此本卷四十爲《讀易别録上》《讀易别録下》《孔門弟子姓名表》。繼培《題識》稱『董本以《讀易别録》《孔子弟子姓名表》别爲附録一卷，蔣本則編入第五十卷』，則又略相合。蓋此爲蔣學鏞初編本，非『少純既歿，同門蔣樗菴重加審定，更正篇卷』之本。蓋學鏞重訂董本，增爲五十卷。繼培編刊《鮚埼亭集外編》，採用蔣氏後編本。而『外編』之名，已見於蔣氏初編本。

此本卷一至卷三爲賦。卷一收《泰陵配天大禮賦》《西安學宫石經賦》共二篇；卷二收《九夏賦》《聘禮圭璋特達賦》《閣道賦》《房心爲明堂賦》《東井賦》等賦五篇；卷三爲《土圭賦》《罍尊賦》《石鏡舞山雞賦》《追琢其璋賦》《宵雅肄三賦》《半夏賦》等賦六篇，無董本所收《觀霧淞賦》《曼陀羅賦》，汪刊本收此二篇。

卷四至卷五爲碑銘。卷四收《明兵部尚書兼東閣大學士贈太保孫忠襄公神道碑銘》《戶部右侍郎右僉都御史贈戶部尚書崇明沈公神道碑銘》《明故兵部右侍郎兼右僉都御史王公墓碑》《明故太師定西侯張公墓碑》《張太傅守墓僧無凡塔志銘》等五篇。卷五收《明淮揚監軍道僉事謚節愍王公神道碑銘》《故儀部韋菴李公阡表》《明嵩明州牧房仲錢公兩世窆域志銘》《明監察御史退山錢公墓石蓋文》《明職方主事兼三錢公墳銘》《明監紀推官叶虞錢公墓志銘》《明錢八將軍哀詞》《明故都督江公墓碑銘》《明故都察院右副都御史王公神道闕銘》《明故都察院右僉都御史眉仙馮公神道闕銘》等十篇。其篇目、次第，與汪刊本同，董本卷四至卷五亦收碑銘十五篇，次第頗異。卷五《明錢八將軍哀詞》，汪刊本作《明錢八將軍墓表》，題從董本。《明故都察院右僉都御史眉仙馮公神道闕銘》，汪刊本作《明故太僕寺少卿眉仙馮公神道闕銘》，題從董本。

卷二十六爲序。首葉第一行曰：『全謝山先生鮚埼亭集文外第二十六卷，序四』。前五卷首葉第一行曰『鮚埼亭集外編』，卷二十七以下又間作『文外』。卷二十六收《西湖金石文字錄序》《勵太鴻湖船錄序》《王右丞詩箋序》《史雪汀注李長吉詩序》《宋詩紀事序》《湯侍郎集序》《楊企山文集序》《受宜堂集序》《春凫集序》《祝豫堂詩集序》《鷺脰湖莊詩集序》《迎鑾新曲題詞》《梁太公紀恩詩序》《館中贈史侍郎歸里詩序》《送沈徵士彤南歸引》《送沈荻林之蔚州引》等文十六篇。汪刊本卷二十六收十五篇，而《鷺脰湖莊詩集序》已刻入《鮚埼亭集》卷三十二，題作《鷺脰山房詩集序》。蔣本『國朝諸老詩，阮亭以風調神韻擅場于北』，史刊本『詩』後有一『伯』字。董本卷二十六序四收十八篇，前十六篇篇題、序次與此本無異，其後多出《几日行菴文燕圖序》《公車徵士錄題詞》二篇。《鷺脰湖莊詩集序》一篇，董本題目同，『國朝諸老詩』後有一『伯』字。

卷二十七至卷三十五爲題跋，篇目、次序大抵與汪刊本同，略有小異。如卷卷三十一收《讀荀子》《跋賈太傅新書》等文三十二篇，汪刊本爲三十三篇，《再跋危學士芸林集》後多出《書何大復集序》一篇。篇題也偶有小異。如《書甬東耆舊詩後》，汪刊本作《書甬上耆舊詩後》。董本此卷則收《讀荀子》《跋賈太傅新書》等文三十七篇，其中有《書何大復集後》一篇。《書甬東耆舊詩後》一篇，題與蔣本同。

卷三十六爲論，收《春秋五霸失實論》《春秋四國强弱論》《秦穆公論》《楚莊王論》《叔仲惠伯論》《華元刦盟論》《孔子正名論》《萇弘論》等八篇。汪刊本收論十一篇，前八篇同，其後多出《亡吳論》《越句踐論》《信陵君論》三篇。《華元刦盟論》一篇，汪刊本題作《論華元刦盟事》。董本卷三十六收《春秋五伯失實論》《秦穆公論》《楚莊王論》《越句踐論》《春秋四國彊弱論》《亡吳論》《叔仲惠伯論》《萇弘論》《信陵君論》《論華元刦盟事》等十篇。汪刊本三十七又收論十七篇，卷三十八收論九篇（末一篇《破惑論》題下注：『蔣增。』此本未見《破惑論》），董本卷三十七收論十四篇，卷三十八收論十二篇。此本論僅一卷，得八篇。

卷三十七爲議，收《亞聖廟配享議上》《亞聖廟配享議中》《亞聖廟配享議下》等文十六篇，汪刊本卷三十九亦收此十六篇，序次同。董本卷三十九雖收議十六篇，而篇目、次第不盡同。

卷三十八爲考，收《毛詩初列學官考》《周禮正歲正月考》《古車乘考》《歷代封爵考》《彭城五諸侯考》《祁連山考》《燕雲失地考》《揚子雲生卒考》《陶淵明世系考》《河東柳氏遷吳考》《通鑑分修諸子考》《阿育王寺十二題考》《續甬上賜府考》《董徵君墓考》等文十四篇。汪刊本卷四十收此十四篇，序次同。《彭城五諸侯考》《董徵君墓考》兩篇題下各注：『蔣增。』因董本所無，而據蔣本收録。檢董本，卷四十收《古車乘考》等十二篇，無此二篇。

卷三十九爲雜問，收《答杭堇浦石經雜問》《答杭堇浦北齊書雜問》《答李朝陽唐書雜問》《答臨川先生雜問》《答厲樊榭宋詩人問目》《答沈徵君東甫文體雜問》《奉答萬九沙編修寧波府志雜問目》《奉寄九沙編修論寧志補遺雜目》《奉答九沙編修寧波府志糾謬雜目》《答葛巽亭日湖故事問目》《答蔣生學鏞問湖上三廟緣起》等文十一題。汪刊本卷四十七收雜文十二篇，多出《答諸生問思復堂集帖》篇，《答厲樊榭宋詩人問目》《答蔣生學鏞問湖上三廟緣起》二篇題下各注：『蔣增。』檢董本，卷四十九問目收《與鄭南谿長者論明儒學案目》《答沈東甫徵君文體雜目》等文十一篇，末一篇爲《共事諸生問思復堂集帖》，無《答厲樊榭宋詩人問目》《答蔣生學鏞問湖上三廟緣起》二篇。

據汪繼培《題識》『蔣本則編入第五十卷』云云，蔣學鏞尚有《外編》五十卷校本。今未見之，姑沿其說。以五十卷本以視此本，則四十卷本爲蔣氏初編。此本與汪刊本、董本篇題、次序、字句之異，前已略言之。其可留意者，尚有蔣學鏞批注。卷三十六《春秋五霸失實論》文末有蔣氏案語：『鏞按：景公終不足以言霸，觀于蜀之盟，諸望國皆從楚，晉避楚之衆，而不敢與爭。是上則有愧文襄，下亦不及悼公。』《孔子正名論》文末有評云：『此篇議論，尚不如劉原父之暢。』卷三十七《亞聖廟配享議中》眉批：『從祀但應以世次耳，先生此論恐亦未能免俗。』卷三十九《答沈徵君東甫文體雜問》第一條答『昨聞臨川侍郎語，以爲正史列傳外，不應擅爲人作傳』之問後，有蔣氏案語：『鏞憶侍先生時，問及作傳，先生所論大畧如此篇之旨。鏞謂：「其人微者，未必登于國史，則不妨爲之。如歐、曾之于桑懌、徐復是也。若達官，則自有國史在，恐當如亭林之言。」先生曰：「張中丞非達官乎？」鏞曰：「此又別傳之變例也。當時以中丞守睢陽，不當殺人以食。又疑巡、遠不同死，故李翰爲巡傳以辨謗，而韓公題後，兼以表遠之忠。否則如柳州僅爲《段太尉逸事狀》，上之史館，不敢竟擬作史傳也。」先生頷之。今附載其語于此。』答『杜牧之《燕將錄》乃傳體，何不曰傳而曰錄，古今文章家有之否』之問後，有蔣氏案語：『鏞按：此即古人不爲人作傳之證。近世虞山有《東征二士錄》，倣其例也。』蔣氏批注條目甚多，可爲校讀祖望書之助，惜汪刊本大都未錄。

鮚埼亭詩集十卷　清四明盧氏抱經樓抄本（國圖）

清全祖望撰。祖望有《經史問答》，已著錄。此爲其《鮚埼亭詩集》十卷，清四明盧氏抱經樓抄本，二冊。無版匡、界格。每半葉十行，行二十字。各卷端題曰：『甬上全祖望紹衣著。』集前有總目，無序題。鈐『四明盧氏抱經樓藏書印』、『小綠天藏書』、『孫毓修』圖記。集末有孫毓修手書《跋》，云：『謝山先生之於詩，未云當家，故其門弟子不與文集並刻。然學人之詩，亦具別致，且可攷見謝山一生日曆焉。道光末年，鄭氏箋經閣刊本甚草草。此四明盧氏抱經樓鈔本，較刻本多《句餘唱和集》一種。王梓材《宋元學案攷畧》云：「謝山卒，其書多歸抱經樓盧氏。」則此本當是青厓從稿本錄出。傳授之間，淵源可溯，宜與俗本不同也。卷六闕首葉，倩吾友姜佐禹依刻本寫之，又補《目錄》一葉。辛酉新曆七月十日休沐日，留菴書。』知集前《目錄》、卷六首葉爲姜殿揚所補。《四部叢刊》景印《鮚埼亭詩集》十卷，即據於無錫孫氏小綠天藏抱經樓抄本。

孫毓修《跋》稱祖望於詩『未云當家』，故門人弟子刻文集而未刻詩集。然謝山門人董秉純、蔣學鏞等以貧故，刻乃師文集頗艱，僅先梓《經史問答》十卷。《鮚埼亭集》《外編》之刻，皆非門人所爲。祖望生前手定《詩集》十卷、《文集》五十卷。《詩集》久未刻，非緣『未云當家』故。嘉慶十六年，汪繼培刻《外編》，《題識》猶云：『《詩集》十卷、《句餘土音》二卷，出自先生手定，若能彙付剞劂，俾傳奕禩，所望於四方同志之士矣。』按董秉純《全謝山先生年譜》，乾隆二十年七月，祖望病歿，葬具未備，『不得已盡出所藏書萬餘卷，歸之盧鎬族人，得白金二百金』。繆荃孫《雲自在龕隨筆》卷六云：『全謝山身後，門人中盧鎬配采（按：「采」，當作「京」字）賻以二百金，其嗣子以所藏書籍悉數歸之，即今所稱抱經樓是也。』盧鎬族人，即盧址也。毓修言盧氏抱經樓抄本係從稿本錄出，其説可信。又，張伯英家藏本《鮚埼亭詩集》有秉純《序》。按所言，祖望刪定諸小集，猶得詩一千八百五十六首。歿前重訂詩文集，授秉純。秉純思錄詩集定本，乾隆三十一年始卒事，計爲十卷，八百四十六首，不及前本之半。構不敢妄增，蓋以『皆先生手定云』。

是集按小集編排，至二十小集之多。卷一爲《祥琴集》《句餘唱和集》；卷二爲《虬骨集》《杪秋江行集》；卷三爲《七峯草堂唱和集》《五甲集》；卷四爲《抄詩集》《白五春光集》；卷五爲《吳船集》《韓江唱和第二集》；卷六爲《偷兒棄餘集》；卷七爲《漫興初集》《漫興二集》；卷八爲《望歲集》《采薇齋集》《西笑集》；卷九爲《雙韮山房夏課》《帖經餘事集》《病月集》；卷十爲《度嶺集》。祖望嘗問詩於查慎行，慎行《敬業堂詩集》《續集》按小集編排，有《漫與集》《望歲集》《夏課集》諸目，且喜自爲詩注。祖望賦詠自注及手訂詩集，不無效倣之意。是集去取甚嚴，二十小集，僅得十卷。

全氏文筆、詩思，各有所長，世人稱道其學問、文章，詩名爲所掩。袁枚《隨園詩話》卷六載其逸事云：『丁巳，散館外用，謝山不樂，賦詩呈李穆堂侍郎云：「生平坐笑陶彭澤，豈有牽絲百里才。秫米成醪身已去，先幾何待督郵來。」有乩仙傳謝山爲錢忠介公後身者，故有《舉子》詩云：「釋子語輪回，聞之輒加嗔。有客妄附會，云我具夙根。琅江老督相，于我乃前身。一笑妄應之，燕説謾云云。」』徐世昌《晚晴簃詩話》云：『謝山負氣忤俗，有節慨，相傳爲錢忠公肅樂後身』，『學淵博無涯涘，主蕺山、端溪書院，究心鄉邦文獻，表章節義如不及，故集中闡幽發潛之作爲多。』其詩如其文，談學論史，詩以存史，表章節義，闡幽發潛，自是一家。孫毓修稱其『學人之詩』，所言甚是。其學私淑梨洲，詩之近源亦在是。《續耆舊》卷三十八《雙瀑院長黄宗羲》：『而三黄詩，惟先生集尚流傳，若晦木、澤望，則姚人亦不能盡見其集，故備列之。先生之詩，不爲庸耳俗目所喜，即如閣百詩，且謂先生不在詩人之列。近日《折楊》《皇荂》之徒，尤妄生訾嗷，此皆不足與辨。』其論詩主於『詩皆意所寄』，厭棄雷同剿襲，不屑爭較工拙，拘泥聲律。《寶甈集序》云：『賦詩日工，去道日遠。』《鷃脰湖莊詩集序》云：『國朝諸老詩伯，阮亭以風調神韻擅場於北，竹垞以才藻魄力獨步於南，同岑異苔，屹然雙峙。而愚所心醉者，莫如宛陵施侍講之詩。宛陵至性深情，化才藻于何有，而孤行一往，無風調之可尋，所謂酸鹹之外，別有領會』，『邇來海内之言詩者，不爲齊風，即爲浙調』，『而宛陵一唱三嘆之音，庋閣已久。予雖大聲言之，而世人莫之聽也。』所作不計工拙，寄意深微，古體縱橫，近體奇崛。如卷一《燕子磯蘭若尋蒼翁題字》云：『江東王氣已全枯，豈有重興赤伏符。半夜秋風出靈谷，千船軍火竄焦湖。孤生逐日空三足，碧血沉淵尚一壺。此日彌甥輯遺事，可憐題字竟模糊。』卷六《午日秦淮燈船》云：『故國百年消爝火，遊人連櫂賞清時。曲廊高閣還無恙，不見當年丁繼之。』卷八《題寧人先生神道表後》五首其一云：『志在規恢四十年，老投華下聽啼鵑。可憐閒卻支天手，餘技猶能試計然。』其四云：『貞孝墳前四柿樹，寒芒終夜燭南州。直待魂歸皋復後，攀裾重與慟宗周（注：先生有「貞孝墳前四柿樹」詩）。』祖望不喜浙調、齊風雷同，不欲重複竹垞、漁洋詩路，傳梨洲詩脈，賦詠錚錚有雄氣。曹楙堅《讀鮚埼亭詩集》云：

『多半傳忠節，琅琅發古音。江湖小隱日，猨鶴大招心。甬上有遺獻，粵中餘病吟。斯人不可作，寒月照余襟。』《續耆舊》卷七十八《萬斯同小傳》云：『詩有詩人之詩，有文人之詩，有學人之詩。以安谿所舉三子而言，寧人則學人之詩之工者也，百詩則學人之詩之拙者也，先生則寔係學人之詩而兼有詩人風格。』萬斯同詩兼學人、詩人，今論祖望詩，當亦作如是觀。

鮚埼亭詩集十卷（存卷六至十）　清抄本（國圖）

清全祖望撰。祖望有《經史問答》，已著録。其《鮚埼亭詩集》十卷，前已著録四明盧氏抱經樓抄本。此爲國圖藏清抄本殘帙，存卷六至十，一册，與清抄本《鮚埼亭集外編》四十卷殘本合裝爲五册。無版匡、界格。每半葉十行，行二十一字。卷六、卷九卷端題曰：『甬上全祖望紹裔著。』卷七、卷八、卷十卷端題曰：『甬上全祖望謝山著。』卷六首葉鈐『謝山』圖記。抱經樓抄本後爲無錫孫毓修所藏，卷六首篇爲《萊陽姜忠肅公祠神絃曲》。毓修屬友人姜殿揚據道光間刻本補其首葉（見抱經樓抄本孫毓修《跋》）。此本卷六首篇爲《故光祿陳公士京遺集》。各卷所收小集之名，時附注於其第一首題下。如卷八《望谿侍郎以舊冬辱寄文抄，兼令覈審，未及復也，度夏于越，乃條上數紙，附之以詩》題下注：『以下《望歲集》。』卷九《五令君詩》題下注：『以下《雙韭山房夏課》。』抱經樓抄本大都注明小集之名。

此殘本篇章與抱經樓抄本略有小異。其篇目顯異者爲卷八。此不贅列。至於字句，二本則鮮異。卷六《湄園謁方丈望谿》四首其四『猶喜素絲在，未爲緇所移』句注『侍郎今年八十有七』，細辨之，『有』

原作『方』，墨筆塗改作『有』。抱經樓抄本、道光刊本皆作『方』。其偶異處，有補於校勘。如《望谿侍郎以舊冬辱寄文抄，兼令覈審，未及復也，度夏于越，乃條上數紙，附之以詩》三首其一詩末小字注：『侍郎不喜班《史》及柳儀曹集，聞者多以爲過，至以馬遷爲聞道，亦似浮于其分，而侍郎分之彌堅，莫能奪。』抱經樓抄本『過』後有一『當』字，『分之』作『守之』。道光刊本僅改『分之』作『守之』。同卷《病中突接辛浦守彌留之書，爲之一慟》詩序『幸惟先生是賴』，『是』字，塗乙難辨爲『身』抑或『自』。抱經樓抄本作『身』，旁校作『自』，道光刊本作『是』。卷九《配京贈研先以長句一首，未之知也，翌日更答之》，抱經樓抄本『知』作『和』，道光刊本亦作『和』。

此本雖鈐『謝山』之印，察其字蹟，不類祖望手書，故斷爲清抄本。

鮚埼亭詩集十卷　清道光十四年鄭爾齡箋經閣刻本（清李慈銘批校並跋）（國圖）

清全祖望撰。祖望有《經史問答》，已著録。其《鮚埼亭詩集》十卷，前已著録四明盧氏抱經樓抄本。此爲清道光十四年鄭爾齡箋經閣刻本，清李慈銘批校並跋，二册。每半葉十行，行二十一字。白口，單魚尾，左右雙闌。牌記曰：『鮚埼亭詩集，箋經閣藏。』各卷端題曰：『甬上全祖望紹衣著，谿上後學鄭爾齡校刊。』鈐『劫木莽』、『劫木道士』、『劫木庵道士際衍』諸圖記。集前列《鄞縣人物志本傳》及《總目》，集末有鄭爾齡道光十四年五月《跋》。其目爲卷一古今體詩五十五首，卷二古今體詩七十五首，卷三古今體詩五十一首，卷四古今體詩七十九首，卷五古今體詩八十五首，卷六古今體詩一百五首，卷七古今體詩一百五首，卷八古今體詩八十六首，卷九古今體詩八十八首，卷十古今體詩一百七首。卷中詩題下注明各小集之名。爾齡《跋》云：『先君子詩石先生嗜蓄書，築牋經閣藏之，計千有餘種。至鄉前輩著作，搜羅尤備。辛卯，欲刻全謝山先生《鮚埼亭詩集》，未果棄養。迄今四年矣，齡嘗訪求善本，冀成厥志。會定海厲駭谷志示齡甬上黄氏所藏董小鈍先生校本，齡深幸之，並取屠氏及二老閣諸本，悉心校讐，復請業師家金門先生詔覆加審閲，次第受梓。閲五十日，工竣。俾與《鮚埼亭内外文集》合爲全璧，固先君子之志，而亦讀先生書者所許也夫！道光十四年五月望前五日，谿上後學鄭爾齡菊人氏謹識。』

祖望手定《鮚埼亭詩集》十卷，不惟生前未刻，歿後七十餘年，始有刻本出。此即《詩集》初刻本。鄭爾齡刻集，底本用董秉純校本，參校二老閣諸本。卷一僅收《祥琴集》之詩，較抱經樓抄本少《句餘唱和集》。抱經樓抄本卷一《訪南谿，入鶴浦，坐雨即賦南谿家園》題下注：『以下《句餘唱和集》。』以下《書帶草堂》《二老閣》《半生亭》《石叟居》《大椿堂》《西江書屋》《一隅閣》《雪嶠和尚雙瓣香行》《複壁篇》《羊山吟》《鷗波道人漢書嘆》《阿育王山晉松歌》《柬鈍軒》《雙湖竹枝詞八首》《再疊雙湖竹枝詞八首》，皆《句餘唱和集》之詩。抱經樓抄本其一《祥琴集》至《題柳堂姬人劉氏王香圖》一首止，此本《題柳堂姬人劉氏王香圖》一首後，尚有《柬鈍軒》一首、《毘陵題惲日初先生集後》一首。其《柬鈍軒》一首，即《句餘唱和集》之詩，見於抱經樓抄本。《毘陵題惲日初先生集後》一首，抱經樓抄本所無。此本卷一收詩五十五首，抱經樓抄本則多出《句餘唱和集》所收二十八首。又，《句餘唱和集》，由《句餘土音》删定而來。董秉純《全謝山先生年譜》『乾隆七年』條載：『四月，糾同邑陳先生南臯、錢先生芍庭、李先生甘谷、胡先生君山、先君鈍軒先生爲真率社，重舉重四之會，壺觴一句再舉，至十月，得詩三百餘篇，皆枌社掌故，題曰《句餘土音》，後删定爲《句餘唱和集》。』祖望作有《句餘土音序》。又，卷二《夜與谷林坐天目山房看月，談及倪文正公築靈臺以種竹，乃以徽墨塗壁，谷林欣然思效之，率爾有作》『而今但有荒丘岑』下接『我過始寧淚滿襟』。抱經樓本二句間尚有『竹耶墨耶雙消沉』七字，知此本脱一句。

此本有李慈銘朱筆批校。集末有慈銘手書《跋》二則，其一云：『光緒己卯三月，從吾友蓴庭借讀此集，以朱筆圈識之。先生之詩，與聲律當家流連景物者不同。大氐直抒胸臆，語必有本，質實之過，亦傷蕪僿。然其大者多足以補史乘，徵文獻，發潛闡幽，聞者興起。其次賦物攷典，亦可佐雅詁，資韻談。即題序小注，皆非苟作，不當以字句工拙之間求之者也。是書蓴庭得之廠肆，上有印識，爲「劫木菴道士際衍」所藏，且有「臧諸行匧」語，是亦方外之勝侶矣。閏月三十日，禺中小雨紫藤陰下書，會稽李慈銘。』其二云：『先生自嶺南歸後，次年即卒。此集爲病中所自編，凡辛酉以前詩盡删之。董小鈍撰先生年譜，謂粤歸以後，有詩十餘首，不能成集，遂不復存也。惟先生卒於乙亥七月，其子昭德先於三月中殤，先生有《哭子》詩十首，爲詩之絶筆，是當坿載於後，而竟亦未收，則小鈍諸人之過矣。愛伯又書。』慈銘批語不足十條，略録如下：卷一《毘陵題惲日初先生集後》前二句眉批云：『此指安溪。』卷二《李易安蘭亭嘆》：『桑榆晚節嫁狙獪。』『狙獪』，朱筆校改『駔儈』，眉批云：『案：「駔儈」句，沿俗説之誤，近儒俞理初辯之極詳。』卷三《吴越武肅王校射圖歌》『鐃歌豫命皮日休』句，眉批云：『案：日休語誤。在武肅幕者，日休子光業也。』卷五《湯千戶歌》『此間鄉袞晚郎當，杭靄山前遊魂傷』二句，眉批云：『此指陳素菴。』同卷《過澗上徐高士昭法草堂》『曾聞湯憲使』句，眉批云：『此謂睢州也。然「憲使」二字，不雅。』卷八《同谷覓深寧先生墓不得》眉批云：『此詩似有脫落，不特辭氣未足甚，古亦無此格也。』同卷《寒食微雨，欲展先宗伯公墓，不果》《邸抄》二首，眉批曰：『二詩亦似未全。此格古人雖偶見之，然語意不了，豈得便止。』《二西詩》眉批曰『其禍驗於今日』云云。卷十《題故都督傳，示容生勸》眉批云：『案：「都」字當衍，或是「總」字之誤。』慈銘嘗批注《鮚埼亭集》《外編》，於《鮚埼亭集》尚多許可，於《外編》多譏貶之詞。此本批校嫌於粗略，其《跋》語之評，則確有識見。

鮚埼亭詩集十卷　清道光十四年鄭爾齡箋經閣刻本（孫鏘批校）（國圖）

清全祖望撰。祖望有《經史問答》，已著錄。其《鮚埼亭詩集》十卷，前已著錄四明盧氏抱經樓抄本。此爲清道光十四年鄭爾齡箋經閣刻本，清末民初孫鏘批校，二冊。牌記後空葉有孫鏘光緒十六年九月《題識》一則及錄陳銘海《小序》。陳氏《小序》云：『謝山先生著作甚富，自《鮚埼亭内外集》《續甬上耆舊詩》而外約十餘種，皆抄本，以卷帙浩繁，不能刻也。詩則惟《句餘土音》，家弦戶誦而已。余近年來，書窗無事，搜羅采訪，得先生所作《祥琴》《虬骨》等集，刪繁就簡，釐爲十卷，仍名之曰《鮚埼亭詩》，將付剞劂氏，以公同好。顧空囊羞澀，佽助無人，藏諸篋衍。後之人必有出而刻之，以副吾望，是固可操券而待者。嘉慶癸亥花朝，甬上陳基晴嶼氏書於鷗雨山房之蕉隱軒，時七十有九。』其下一行曰：『嘉慶庚辰歲長至月，魚山王梓柳汀氏録於臥雲書屋。』孫鏘《題識》云：『鏘案：陳氏《小序》，雖若無所發揮，而自云删繁就簡，則釐定之功不可沒也。乃箋經閣刻本既不録此序，僅取《鄞志》一篇冠諸首，亦不詳選定之人，以致後之修《鄞志·藝文》者亦第詳其子目而已。攷董氏作《年譜》，在乾隆辛卯，而諸集皆見。陳氏殆依年譜而次第之者。然《年譜》有《句餘唱和集》，而陳鈔本卷一末尚有十數首，獨此箋經閣删去，殆以《句餘土音》已刻故歟？光緒庚寅春，童君佐宸見舊板多訛，擬付手民重刊，而聞王君震孫有志刻是詩，中止。既而王氏寂然，而童君之意遂決。余嘗校其訛誤若干字，而於二卷《倪文正公靈臺種竹篇》校讀疑脱七字，苦無從引補。重九後一日回里，過訪竺君粹仲，語次及是集，云有魚山人抄本。喜出望外，索而觀之，則所脱者果有「竹耶墨耶雙消沈」七字，不勝拍案驚絕。余五載不到竺君館，而今乃遇此奇事，不可謂非謝山先生地下之靈有以呵護之也。其他藉以改正，或得以兩本互存同異者，擬録爲札記於卷後云。』

今按：陳基即陳銘海，嘗注《句餘土音》三卷，又搜羅祖望遺稿，重編爲一集，亦釐分十卷，名曰《鮚埼亭集》。陳氏抄本，今未訪見，未詳存世否。孫鏘亦未見陳氏抄本，止見王氏魚山抄本，且以爲鄭爾齡刊本《鮚埼亭集》十卷，即源出陳銘海編本。蓋不知鄭氏所用底本即董秉純校本，而董氏校本原出祖望手訂之本。今存抱經樓抄本，録自祖望手訂之本，卷一末收《句餘唱和集》之詩二十九首，僅《東鈍軒》一首，鄭氏刊本有之。未詳董氏抄本殘闕，抑或其原未録《句餘唱和集》。孫氏臆測『陳鈔本卷一末尚有十數首，獨此箋經閣删去，殆以《句餘土音》已刻故歟』，未確。

童佐宸重刻《鮚埼亭集》十卷，即清光緒十六年慈谿童氏大鄮山館刻本，《中國古籍總目》著録之。

孫鏘既校鄭刊本訛誤若干字，旋從友人竺粹仲處見王氏抄本，據以細作校勘，存其異同，將備修補之用。如卷一《攝山懷古》其一『百年御碑自孱主』句，眉批：『「主」，王抄誤「至」。』『右明徵君』，眉批云：『「右」，王作「詠」；「明」，王作「胡」。』今按：抱經樓抄本作分作『主』、『右』、『明』。《定林寺》『坡陀嬴馬哦詩處』句，眉批云：『「陀」、「嬴」，王作「它」、「羸」。』今按：抱經樓抄本分作『陀』、『羸』。《從朝天宮謁孝陵》『嗣孫底事學曹丕』句，眉批云：『「孫」，抄作「孤」。』今按：抱經樓抄本作『孫』。《秦淮河房追懷復社諸公》『歷詆太牢原過激』，眉批云：『「牢原」，土作「原誠」。』今按：抱經樓抄本作『牢原』。《臨川先生病中猶商古人出處之義，漫呈絕句五首，兼柬胡撫軍復齋》，眉批云：『「猶」下，抄有「惓惓」二字。』今按：抱經樓抄本無『惓惓』二字。《胡京兆鹿亭製墨最精，近日散亡殆盡，鈍軒貽予一丸，因賦一律》其二『五雲筆札絞而婉』句，眉批云：『「絞」，疑「姣」之訛，或「皎」之訛。』今按：抱經樓抄本作『絞』。卷二《明司天湯若望日晷歌》小字注『回紇之歷』，眉批云：『「之歷」，抄作「三歷」。』『星官俯首空沉吟』，眉批云：『「官」下，抄有「角萟」二字。』『北平暮樹泣秋霖』，眉批云：『抄作「墓」，俟攷《明史》。』『昨過南雷搜故物，片石瞥見委書林。二十八宿捫可拾，四游九道昭森森』，眉批云：『「林」下，抄有「依然」二字。』今按：抱經樓抄本作『三歷』，有『角藝』二字，『暮』作『墓』，又有『依然』二字。《兒未浹月而病，醫家言其體甚孱，漫作以解婦憂》眉批云：『「體」下，抄有「氣」字。』『小字注『用坡公語』，眉批云：『抄作「東坡」。』今按：抱經樓抄本有『氣』字，『坡公』不作『東坡』。諸本異同由此略見一斑，馮氏批校無多可觀，略可備參酌。

句餘土音三卷　清嘉慶十九年刻本（浙圖）

清全祖望撰，清董秉純重編。祖望有《經史問答》，已著録。此爲其《句餘土音》三卷，清嘉慶十九年刻本，二冊。每半葉十行，行二十一字。白口，單魚尾，左右雙闌。牌記曰：『嘉慶甲戌六月開雕，句餘土音。』各卷端題曰：『鄞全祖望紹衣。』集前有祖望乾隆七年十月《句餘土音序》並董秉純乾隆二十年九月既望《題識》，無目録。卷上起於《京邸與穆堂、孺廬諸丈爲重四之會，歸里以來，遂成昨夢，今年重四，偶與甘谷復舉此集，詩以紀事》，止於《南皋招集同人小敘，即賦南皋家園九首》；卷中起於《東廂故蹟詩》之《登三江亭，因與同人誦嘿成先生倡和詩》，止於《再疊雙湖竹枝詞》；卷下起於《甬上琴操》之《孫拾遺淨慧社操》，止於《鷗波道人漢書歎》。

祖望自京歸里，乾隆七年里居，倡爲率真社，得詩三百餘篇，手定《句餘土音》三卷。秉純《全謝山先生年譜》『乾隆七年』條：『三月，除服，吏部催赴選，有司以爲請。先生謂：「二喪竝及，當服五十四月。今雖遵例除服，而心喪有未盡。」辭之，有《心喪劄子答鄞令》，其實先生本無意出山也。四月，糾同邑陳先生南皐、錢先生芍庭、李先生甘谷、胡先生君山、先君鈍軒先生爲真率社』，『至十月，得詩三百餘篇，皆枌社掌故，題曰《句餘土音》。』秉純《鮚埼亭外集題詞》云：『拈鄉里宋元故跡及勝國革除節義諸公爲題，得詩三百餘篇，而從前攷索之作，皆爲複見，此所以不列於正集也』。祖望後刪定《句餘土音》爲《句餘唱和集》，手訂入《鮚埼亭詩集》。抱經樓抄本《鮚埼亭詩集》卷一收《句餘唱和集》之詩二十九首，其汰選之嚴可知也。

清人徐時棟嘗購得《句餘土音》稿本，《跋句餘土音稿本》云：『全謝山先生《句餘土音》稿本二冊，余以廉值得之賈人。首尾稍漫漶，中亦多蠹蝕，又裝訂錯亂不可讀。道光己亥五月，始爲排比補綴，重裝之，焕然改觀，足寶貴矣。此本不知何人所録，字亦端好，而先生以淡墨塗改乙注之，書眉紙尾，幾無隙處。《鳴鶴虞氏故蹟》一紙，則全出先生手，欹邪飛動，自然名貴。先生既歿，其高第弟子董小鈍刻是書，即據此爲本。卷中有校勘而與塗改之筆不類者，小鈍書也。原本無《柬鈍軒》詩，而小鈍增之。鈍軒，小鈍父，欲彰其親，故以意增入，而他日付刻，終復削去，以是見前輩於師長著作其矜重不苟如此。』（《烟嶼樓文集》卷三十二）稿本今未訪見，不知存世否。時棟謂秉純刻是書，即據於稿本。秉純刻本，今未見傳本，且諸家書目無著録。嘉慶十六年汪繼培刻《鮚埼亭集外編》，《題識》稱『《詩集》十卷、《句餘土音》二卷，出自先生手定，若能彙付剞劂，俾傳奕禩，所望於四方同志之士矣』。《句餘土音》至是尚未刻，三年後始開雕，秉純歿逾廿年，時棟誤記矣。又，周中孚《鄭堂讀書記》卷七十一著録《句餘土音》三卷（嘉慶甲戌刊本），云：『國朝全祖望撰。按：史竹房識《鮚埼亭集目録》後，云：「此外，《詩集》十卷、《句餘土音》三卷，出自先生手定，若能彙付剞劂，俾傳奕禩，所望于四方同志之士矣。」今《詩集》未見刊本，僅見是編，皆與其同里人詩社之作。《自序》稱：「題曰《土音》，以志其爲里社之言也。」然皆謝山一人之詩。前二卷皆詠其鄉之古蹟物產，下卷爲琴操、薤露詞、雜歌，則分詠其鄉明末人諸軼事也。前又有乾隆乙亥其門人董少鈍秉純《序》。』中孚所引『《詩集》十卷』云云，出自汪刊本《外編目録》後《題識》，乃汪繼培語，非史夢蛟所題。其曰『《句餘土音》三卷』，汪刊本實作『二卷』。中孚亦誤記。

此爲《句餘土音》初刻，殆據於秉純重編之本。祖望《序》云：『吾鄉詩社，其可考者，自宋元祐、紹聖之閒，時則有若豐清敏公、鄞江周公、懶堂舒公，而寓公則陳忠肅公、景迂晁公之徒豫焉。建炎而後，汪太府思溫、薛衡州朋龜、王宗正珩相與爲五老之會，以孝友倡鄉里敦龐之俗，而唱酬亦日出。乾道、淳熙之閒，丞相魏文節公杞、史文惠公浩竝歸田，張武子、朱新仲、柴張甫皆其東閣之彥，寓公則王季彝、葛天民之徒豫焉，綠野平原，篇什極盛。慶元、嘉定而後，楊文元公、袁正獻公、樓宣獻公，寓公則呂忠公，多唱和於史鴻禧碧沚館中。顧諸公以道學爲詩，不免率意，獨宣獻不在其例耳。同時高踈寮、史友林別有詩壇，則從事於苦吟者也』，『宋之亡也，遺老自相倡酬，時則深寧王公爲主盟，陳西麓尤工詩，寓公則舒閬風、劉正仲之徒咸豫焉』，『是宋、元三百年中，吾鄉社會之略也』，『明之詩社，一舉於洪兵部，再舉於屠尚書，三舉於張東沙，四舉於楊沔陽，五舉於先宮詹林泉之集，是則杲堂序之詳矣。六舉則甲申以後遺老所會，林評事荔堂有九人之敘，寓公余生生有湖上七子之編，高隱君鼓峰有石戶之吟，其中詩稱極盛，而尚未有人輯而彙之者。承平而後，詩盟中振，鄭高州寒邨、周即墨證山、姜編修湛園、董秀才缶堂、舒廣文後邨諸公爲一輩，胡京兆鹿亭、張大令蕚山諸公又爲一輩。雖其才力各有所至，未盡足以語古人，然要之高曾之規矩所寓也。數年以來，前輩凋落，珠槃之役，將以歇絶。予自京師歸，連遭荼苦，未能爲詩。除服而後，稍稍理舊業，與諸人有真率之約，杯盤隨意，浹月數舉。而有感於鄉先輩之遺事，多標其節目以爲題，雖未能該備，然頗有補志乘所未及者。其敢謂得與於斯文，亦聊以志枌榆之掌故爾。會予有索食之行，未能久豫此會，同社諸公因哀集四月以來之作，令予弁首。予爲述舊聞以貽之，而題曰《土音》，以志其爲里社之言也。』此序又見於《鮚埼亭集外編》卷二十五，文題同。其序爲擬編率真會集所作。秉純《題識》云：『真率之約，同社者陳丈南皋、錢丈芍庭、李丈甘谷、胡丈君山，暨先君子鈍軒先生，杯盤一旬再舉，而倡和則無虚日。後又益以范丈緘翁、董丈逸田、李丈海若、張丈月性、徐丈宏度、先伯父映泉先生、先季父梅圃先生，而史丈雪汀間預焉。先生本擬哀諸公作，都爲一集，是文其弁首也。後先生匆匆赴維揚，諸君子多未脱稿，所存惟南皋、甘谷、先君子數家而已。今純編定先生詩，不敢妄有所序，仍以先生原序冠之，而附記顛末云。』

南宋而後，甬上人物代出，風雅賡續不絶。如祖望所言，其社事始盛於南宋。由明迄清初，前後猶『六盛』。真率會踵之，雖不足與前代比，亦一時高會。是集前二卷詠鄉里古蹟物産，末一卷分詠明季人物軼事，不惟志枌社掌故，補史乘所缺，並皆有寄意，表彰節義而外，慕先賢餘風，有志乎古，托高情於逸韻，其神態可髣髴。如《王尚書汲古堂》云：『浙東學統遡明招，西山東澗遞正席。爰以大宗集大成，區區詞科乃餘力。稜稜風節遭殘宋，大聲疾呼終何益。從此扃户畢殘年，日聞空堂三太息。可憐困學紀中語，此志倔强固猶昔』，『莫謂茲堂僅百弓，足爲故國扶殘脈。遺文百卷歸羽陵，學案文案都剥蝕。流傳少作詞科書，猶爲弇陋資典册。』《黄文潔公寓亭》云：『乾淳正學誰能紹，乃以露纂兼雪抄。諸儒墜言肉貫弗，獨奉建安爲斗杓』，『行都廟社且塗地，何況區區一寓寮。圖書法物成敝屣，如醉如囈歌黍苗。』謝山之學，遠宗深寧、東發，二詩詠古蹟以論人物學術，可爲《深寧學案》《東發學案》注脚。《甬上擬薤露詞九首》分詠錢肅樂紀夢、馮京第乞師、華夏對簿、王家勤失路、沈履祥臨刑等九事，《又擬薤露詞九首》分詠錢肅範守城、黄志寧歸魂、朱漢生從亡等九事，《又擬薤露詞九首》分詠莊元辰祈死、錢肅典被擒、萬斯程奪囚等九事，此外復有《又擬薤露詞六首》《又擬薤露詞五首》《又擬薤露詞九首》等，咏明季甬上節烈義士，辭氣慷慨，不論工拙。所吟詠人物，乃甬上生氣所在，非徒爲於南宋殘明志佚以廣見聞。

句餘土音六卷　四明張氏約園抄本（張壽鏞批校）（國圖）

清全祖望撰，清董秉純等注。祖望有《經史問答》，已著録。其《句餘土音》三卷，前已著録嘉慶十九年刻本。此爲國圖藏《句餘土音》六卷，四明約園抄本，二册。無版匡、界格。每半葉十行，行二十字。各卷端不題撰者名氏。集前有祖望《句餘土音序》、董秉純《題識》，無目録。鈐「張壽鏞印」、「約園」、「約園藏書」。此本於自注外所增詩注，如「《詩話》」云云，殆出於謝山門人之手。《句餘土音》傳世刻本有三卷（嘉慶十九年刻本）、六卷（《嘉業堂叢書》本）之别；抄本有不分卷、三卷、六卷、八卷、三十二卷之别；其詩注有僅收自注、自注而外增謝山門人詩注、陳銘海補注及其他批注本之别。此本篇次、卷帙、詩注與嘉慶十九年刻本不同，與天一閣藏清抄本《句餘土音》八卷、清鄭伯度抄本六卷、清周文會抄本不分卷相較，亦咸各有異。

天一閣藏清抄本《句餘土音》八卷，一册，原朱鼎煦舊藏。無版匡、界格。每半葉十行，行二十字。各卷端不題撰者名氏。細校之，二抄本亦有差異。如卷一《趙袁州梅花墻》第一句「塵甑魚釜擅清芬」，「塵甑」，天一閣本作「甑塵」；第四句「侍郎橋下暗香聞」，天一閣本句末多出小注：「墻北有侍郎橋。』接下一首《袁進士祠》，題下注：『《詩話》：袁進士祠，故在湖心寺中。宋中所稱壽聖院者也。張東沙毀寺爲宅，因并徙祠，其亦甚矣。』天一閣本題下注有此條，『宋中』作『宋人』，『者也』作『者是也』。此條前又有一條：『公諱鏞，字天與，咸淳進士，以父憂未即仕。適元將遣游兵十八騎駐西山資教寺，鏞約知慶元府趙孟傳、將作少監謝元昌共出禦敵。二人曰：「爾先往，當以兵繼。」鏞即獨往，遂被執，而二人已密往降矣。元將奇鏞才，脅令降，鏞大罵，元將怒，縱火焚死。死之日，家人赴水從者十餘人。』此本詩句『謝趙真無賴』有句注：『謝昌元、趙孟傳。』天一閣本無。『豐呈好合襟』句注「豐太常存芳」，天一閣本作『豐太平存芳』。『精魂趨桑海』，天一閣本作『精神趨桑海』。『私嫌咲褊心』句注：『謂延祐志不立傳。』天一閣本作『謂袁清容作延祐志，不立傳。』『尚書成哀些』，教授補文林句注：『王尚書有挽詩，蔣景高作傳。』『王尚書』，天一閣本作『王深寧尚書』。又，復校嘉慶十九年刻本，其況如下：此本『塵甑』，刻本仍作『塵甑』；『侍郎橋下暗香聞』句下無注；『宋中』作『宋人』，『者也』仍作『者也』；無『公諱鏞』云云一條；『謝趙真無賴』句注作『謝尚書昌元、趙制使孟傳』；『豐太常存芳』作『豐太平存芳』；『精魂趨桑海』作『精魂迫桑海』；『王尚書有挽詩』作『王深寧有哀詞』；『謂延祐志不立傳』作「謂清容延祐志不立傳」。

天一閣藏清鄭伯度抄本《句餘土音》六卷，清鄭喬遷批校，一冊，原朱鼎煦舊藏。無版匡、界格。每半葉十行，行二十二字。卷端不題撰者名氏。集前有祖望《句餘土音序》。冊端空葉有鄭伯度弟喬遷《題識》云：『此先兄伯度遺蹟也。兄姿稟遲鈍，讀書雙眉蹙額，鼻磨紙上，屢盡日不能成誦。尤酷好書，見必抄之，是編乃其弱冠時所抄者。余年前曾假蔣樗庵孝廉校本錄一過，與此卷帙篇目多不合，且詩句亦有錯誤者。蓋此爲謝山稿本耳。時方學《易》，不遑訂正，聊書數語，歸兄子丙林，使寶藏之。甲戌端午前三日，耐生喬遷識。」喬遷字耐生，慈谿人。諸生，好爲古文。父鄭浩字芝室，爲鄭性長子大節之孫。喬遷發先世二老閣書及借閱范氏天一閣所藏，欲效梨洲、謝山，紀述明季浙東節義，徧尋荒冢斷碣。好飲酒賦詩，後皆棄去。年六十餘，將攜文遊京師，未行卒。梅曾亮爲作傳。喬遷題識在嘉慶十九年五月，《句餘土音》開雕在是年六月。鄭伯度，生平未詳。光緒《慈谿縣志》卷三十九《列女傳五》載旌表「鄭伯度妻包氏」。伯度卒於嘉慶十九年前，其抄《句餘土音》乃在弱冠之時。喬遷稱其所據爲祖望稿本，又言嘗假蔣學鏞校本寫錄，與此卷帙篇目多異。鄭伯成抄本已有詩注「《詩話》」云云，眉批又錄「純案」云云。此本詩注，與鄭伯度抄本多有相異者。如卷二《遂西行至豐清敏公紫清觀下看荷》三首其一詩末注：「即用清敏公《荷花》詩句，蔡京見而縮舌者也。見《宋史》。」鄭伯度抄本「見《宋史》」後有「公名稷，官樞密學士。蔡京得政，修故怨，歷貶之」等十八字。其二詩末注：「謂監倉殉建炎之難于江都，通守殉德祐之難于太平也。吏部父子，講學于朱、陸之間，均爲醇學。」鄭伯度抄本作：「監倉名治，殉建炎之難于江都。通守名存芳，殉德祐之難于太平。吏部名誼，父子講學于朱、陸，均爲醇儒。」其三詩末注：「布政自九江歸里，訪得紫清先業。見《水東日記》。」鄭伯度抄本作：「布政名慶，自九江歸，重訪得紫清觀先業。見《水東日記》。」接下《因拜董徵君墓》一首有詩注二條：「考異誰來楚客疑」句注：「湖廣亦有董孝子，同名同時。見《寶刻叢編》。」「年年瞻拜酹新醽」句注：「先檢討丙舍在焉。」鄭伯度抄本有詩注三條，後二條同，前一條則此本所無：「埏道長懷季海碑」句下注：「孝子廟中舊有唐徐浩所書碑刻，宋建炎兵燬。共稱明州三絕碑，謂裴王及此碑也。」眉端又有墨批二條：『純按：徐浩碑在廟，不在墓。而湖廣之孝子，乃晉人。先生作《孝子墓柱記》，已引《輿地碑目》書其事。』又，辨徐碑不在墓，而此猶云爾，豈其時尚未見《碑目》及崔太守碑耶？或一時誤及之歟？』其下《又東登崇法寺岡看荷》一首，題下無注，鄭伯度抄本則有小字注「即今祖關山」。又，校以嘉慶十九年刻本，其況如下：此本《遂西行至豐清敏公紫清觀下看荷》，刻本題中無『遂西行至』四字；《看荷》其一篇末詩注，刻本同，其二篇末詩注『均爲醇學』，刻本作『均爲碩德』，其三篇末詩注，刻本同；《因拜董徵君墓》詩注，刻本有注三條，後二條同，前一條同於鄭伯度抄本，僅『共稱』作『昔稱』之異。

天一閣藏清周文會抄本《句餘土音》不分卷，一冊。寫以格紙，每半葉九行，行二十五字。卷端題曰：『周文會軒採錄。』鈐『文會』、『軒採』圖記。集前有祖望《句餘土音序》，末署：『乾隆壬戌冬十月，雙韭山民全祖望。』周文會字軒採，號甬厓，鄞縣人。歲貢，嘉慶六年任樂清訓導（參見《兩浙輶軒續錄》《樂清縣志》）。周文會抄本内封有題記曰：『内壹件。乾隆拾貳年拾壹月。』不知與正集有關聯否。此本蓋抄時甚早。首題爲《賦得四明洞天土物》，第一首《赤堇山堇》詩云：『禮經養老物，濯濯柔枝新。冬葵與夏荁，接葉夸兼珍。在昔歐冶子，亦豫嘗真醇。阿誰謡傳謡，曾參乃殺人。』末有小字雙行注：『《詩話》：以「芨堇」之「堇」爲「堇荼」之「堇」，始于孔穎達，正所謂讀《爾雅》不熟也。延慶祐元志辨之甚核，而成化《寧波志》復沿《詩》疏之謬。』第二首《雙韭山韭》詩云：『勾餘長沙田，雙韭牙經尺。晚菘豈其倫，杳然秀三白。山人持并剪，新黃娛嘉客。居然十八種，足滿令公席。』末有小字注『《詩話》：大小韭，不知何以訛爲大小皎』云云。《句餘土音》抄本、刻本，卷一第一首大都爲《京邸與穆堂、孺盧諸丈爲重四之會，歸里以來，遂成昨夢』。此本亦然，《賦得四明洞天土物九首》爲卷一第三題，詩題較周文會抄本多出『九首』二字；《赤堇山堇》爲九首之第一首，《梨洲梨》爲第二首，《雙韭山韭》爲第三首，周文會抄本則《雙韭山韭》爲第二首。上引周文會本二首詩注，各附篇末，此本則在各篇題下。其文字之異，如『延慶祐元志』，當指延祐《四明志》，乃『延祐慶元志』之訛，此本不誤。又，嘉慶十九年刻本題作《賦得四明洞天土物詩》，《赤堇山堇》爲第一首，《雙韭山韭》爲第三首，注各附詩題下，『杳然秀三白』句作『流傳成三白』，『山人持并剪』句作『山人早及時』。

此本批校大都爲據刻本校異文及序次。如卷一《展重四日爲菖蒲生辰，酹之以詩》『阿誰傳致山神意』之『神』字，校云：『刻本「靈」。』《展重四日仍用前韻祝來禽》眉批云：『此首刻本在《錢集賢偃月堤》詩上。』《五色杜鵑》眉批云：『此詩刻本列《赤壁歌》詩後，分三絕，作《四明山中五色杜鵑盛開》。』卷四《大人占》眉批云：『「魚頭」二句，刻本在「竭臣力」上。「有是夫」，刻本作「命矣夫」。』《浮光杯》尾二句：『惜哉浮光杯，流落歸何人。』眉批云：『刻本作：「猶道浮光杯，二曜終不昏。」』其注如卷一《史忠定公洞天》『阿誰接武皮陸篇』句，眉批云：『皮日休、陸龜蒙有《南雷九題》詩。』《灊山先生信天緣堂》眉批云：『朱新仲名翌，舒州人。以太學生賜第。秦檜逐趙鼎，翌以鼎黨謫，已而得釋，遂卜居鄞。』

又，張壽鏞《約園雜著三編》卷三著録《陳新涯銘海補注全謝山句餘土音》三十二卷，云：『余所藏刻本爲嘉慶甲戌開雕者。其鈔本二冊余得之者，又與刻本不同。刻本不載詩話，而鈔本則有之（注：鈔本且略有校語）。刻本、鈔本皆有注，惟未詳備耳。』由是知約園抄本依於壽鏞所藏抄本二冊。今尚未訪見其所據原本，未能悉知具校改之況。

句餘土音補注六卷　《嘉業堂叢書》本

清全祖望撰，清陳銘海補注，劉承幹删定。祖望有《經史問答》，已著録。其《句餘土音》三卷，前已著録嘉慶十九年刻本。此爲《句餘土音補注》六卷，清陳銘海補注，劉承幹删定，《嘉業堂叢書》本，五册。每半葉十一行，行二十一字，小字雙行同。黑口，單魚尾，左右雙闌。各卷端題曰：『四明全祖望謝山氏著，後學陳銘海新涯氏補注。』集前有祖望《句餘土音自序》，集末有劉承幹民國十一年五月二十七日《跋》。《自序》文字與嘉慶十九年刻本略異，如『舒公』，此本作『舒氏』；『有感於鄉先輩之遺事』，此本『遺事』後有『缺失』二字；『聊以志枌榆之掌故爾』，此本作『聊以志枌社之掌故，亦未必無助乎爾』；『會予有索食之行，未能久豫此會』，此本作『會予將又有索食之行，未能久預此良會』。

《句餘土音補注》，一名『集注』，又名『增注』，傳世有刊本、抄本，有三卷本、六卷本、三十二卷本等。《八千卷樓書目》卷十七著録《句餘土音集注》三卷，云：『國朝陳銘海撰，抄本。』《嘉業堂叢書》本爲劉承幹據清抄本《句餘土音補注》三十二卷所删定者，其《跋》云：『《句餘土音補注》，鄞全謝山祖望撰，陳銘海補注。銘海字星涯，號鐵槎，諸生，爲謝山先生同里俊進。性嗜書，于鈔鄉先輩詩文集甚夥，卒年七十有七。此注有烟嶼樓藏本，無卷數，《鄞縣光緒新志·藝文》所著録也。余於書肆中見舊鈔本，則有三十二卷，分訂八厚册，以百金購歸。密字細書盈幅，徵引頗繁富，微嫌採擇未精。其見於《鮚埼亭內外集》者，反不免漏略，未知較烟嶼樓藏本何如。疑此或手鈔稾本，未經刪定者。余就其原文芟繁削蕪，最錄其有關甬東人物風土者，釐爲六卷，義取翔實，足以攷見一方掌故。案謝山先生自序其詩，謂「有感於鄉先輩遺事缺失，多標其節目以爲題」，「頗有補志乘所未及者」，足知其意，固欲藉詩以存鄉邦文獻。陳氏此注，旁搜遺事佚聞，足與詩意相發明，亦猶先生志也。惟其甄採務博，或亦未暇要刪，榛楛勿翦，讀者病焉。昔裴世期注《三國志》，自謂蜜蜂以兼採爲味，劉知幾譏其甘苦不分，難以味同萍實。余刪存此注，蓋亦竊附斯義。校刊既竣，重加披覽，句餘文獻，粲然在目，傳之將來，庶前人作注之苦心，差幸不負歟！』其底本《句餘土音補注》三十二卷，共二十四冊，今藏於浙圖。鈐『吳興劉氏嘉業堂藏書記』圖記。無版匡、界格。每半葉十行，行二十六字，小字雙行同。各卷端題曰：『四明全祖望紹衣甫著，後學陳銘海梅坪甫補注。』集前有祖望《句餘土音序》、陳銘海道光九年《敘》及《全太史句餘土音目錄》。陳《敘》云：『今老矣，若不追溯補注之由，後之人焉知余苦衷之所寄。』末署『道光九年二月花朝吉旦，梅坪陳銘海識於錦繡街之蕉隱軒。』承幹疑其爲陳氏手鈔稿本，似亦可信。《嘉業堂叢書》本頗有刪削改易。如抄本卷一《京邸與穆堂、孺廬諸丈爲重四之會，歸里以來，遂成昨夢，今年重四，偶與胡四禮在及之，欣然命酌，詩以紀事》補注云：『按：先生《鮚埼亭集》云：穆堂名紱，字巨來，學者稱爲穆堂先生，臨川人。少貧甚，讀書五行並下，落筆滾滾數千言，而無以爲生。江撫郎公一見，曰：「非凡人也。」因資給之。登康熙己丑進士，累官至攝吏部侍郎兼副都。公性剛，嶽嶽不阿，以是屢遭彈劾，幾致于死，賴世祖雅重公，默然保護之，得免。卒年七十有八。所著有《穆堂類稿》《八旗志書》等書。○孺廬名承蒼，字宇兆，南昌府人。其先世皆講學于陽明、念菴之門。太宜人李氏，賢母也，方孕公時，每默祝于影堂，曰：「不願生兒爲高官，但願負荷先世之學統。」故公少而喜談宋人講學之書，論者以爲得之胎教。登康熙癸巳進士，至學士。最與穆堂善，其左遷也，亦以穆堂故。于是杜門講學，無復出山之志。』此本『先生《鮚埼亭集》』前增『謝山』二字，『累官至』改作『入詞館，授編修，累遷至閣學』，『嶽嶽不阿』後增『爲同列所畏』五字，『世祖』改作『世宗』，『默然』刪『然』字，『得免』改作『得不死』，『穆堂類稿』後增『朱子晚年全論』六字。『宇兆』誤作『字兆』，『南昌府人』前增『江西』二字，『至學士』前增『入翰林』三字。

又，此本與嘉慶十九年刻本頗異，篇題字句皆然。其詩題之異，如此本卷一首篇《京邸與穆堂、孺廬諸丈爲重四之會，歸里以來，遂成昨夢，今年重四，偶與胡四禮在及之，欣然命酌，詩以紀事》，嘉慶十九年刻本題作《京邸與穆堂、孺廬諸丈爲重四之會，歸里以來，遂成昨夢，今年重四，偶與甘谷復舉此集，詩以紀事》。

陳氏補注《句餘土音》，徵引繁富，考據詳實，能闡幽抉微。劉承幹稱其『旁搜遺事佚聞，足與詩意相發明』，所言不虛。補注之失，在於蕪雜。吳慶坻《蕉廊脞錄》卷五云：『全謝山《句餘土音》三卷，嘉慶間廣州有刻本。癸丑，吳興劉翰怡京卿得鈔本八冊，分爲三十二卷，鄞人陳銘海星涯注。銘海諸生，性嗜書，手鈔鄉先輩詩文集盈篋，卒年七十七。著《鷗雨山莊詩草》（見光緒《鄞縣志·藝文七》）。注文極繁富，不免博而不精之弊。卷一至卷二十八皆甬上故事及詠四明土物。卷二十九爲《擬薤露詞》，凡七十五首。卷三十之三十二甬上雜歌，皆爲明季忠義而作。江東風節，炤灼千古，甬上一隅，遺聞軼事，可傳者如此之衆，以今絜古，當何如耶？』張壽鏞《約園雜著三編》卷三著錄陳銘海補注《句餘土音》三十二卷抄本，與劉承幹所藏三十二卷抄本同出一源，云：『陳銘海字星厓，又字新涯，號鐵槎，諸生，吾鄞人。嘉慶十年館於慈水陸氏，始有意補注斯書，日積月累，漸成卷帙。觀其《自序》，蓋成於道光九年也，凡十二卷。憶辛酉夏，在燕京遇沈子封年伯曾桐（注：其子炤爲余癸卯同年），謂有此書，因以貳百番得之。今閱嘉業堂劉氏壬戌刻本，《跋》謂於書肆中見舊鈔本三十二卷，則與此同源矣。劉氏刪爲六卷，此舊鈔猶可見其面目。然平心論之，陳之補注固大有可刪者在耳（注：全書今檢少三十一、三十二兩卷，計四冊，待補鈔）。乙酉約園。』

蘭江三家禮解鈔七卷　清道光十年刻本（金華博物館）

宋應鏞、邵淵、范鍾撰，清張作楠輯，清曹時校補。作楠字公潁，一字讓之，號丹邨，金華人。父承侶，字佳士，少嬰多故，未得卒業於學，乃悉心教子以竟其志。作楠年十六入麗正書院。從學曹開泰，入北麓詩社。嘉慶三年舉鄉試，十三年成進士。十七年冬，選授處州教授。暇日勤治經史、曆算之學。二十三年，選授桃源知縣，未任，調補陽湖令，明年到任。道光元年，陞太倉直隸州知州。父書『慎勿厭清貧』勖之。四年，江蘇巡撫陶澍薦爲徐州知府，稱其『守潔才優，辦事實心，輿情愛戴』。六年，兼徐州河務兵備道。明年，以未諳河工，經理不能裕如，兩江總督蔣攸銛奏聞，有旨歸部選用，作楠遂乞假歸。里居二十餘年，閉戶著書，優遊林下。道光三十年卒，年七十九。《清史稿》有傳。著有《翠微山房數學》十五種三十八卷（其中與江臨泰合著數種，一種爲臨泰著）、《四書同異》十二卷、《鄉黨述注》

一卷附《證文》一卷、《梅簃隨筆》四卷、《書事存稿》二卷、《翠微山房文集》十六卷、《翠微山房書目》五卷及《識小録》《愈愚録》《翠微山房筆録》若干卷（朱一新《擬國史儒林傳稿·張作楠傳》）、《補宋潛溪唐仲友補傳》一卷等書，輯《蘭江三家禮鈔》《唐氏遺書》《翠薇山房叢書》《北麓詩課》《舊雨録》《續舊雨録》諸書。

《蘭江三家禮解鈔》收南宋蘭溪應鏞《禮記纂義鈔》四卷、《補遺》一卷，邵淵《今是堂禮解鈔》一卷，范鍾《范文肅玉藻解鈔》一卷，刻於清道光十年，二册。《補遺》一卷爲曹時增輯，餘爲作楠所輯，曹時編校。每半葉十行，行二十一字。白口，雙魚尾，四周雙闌。封題『蘭江三家禮解鈔』，牌記曰『蘭江三家禮解鈔，應太常禮記纂義鈔四卷，今是堂禮解鈔一卷，范文肅玉藻解鈔一卷』。各卷端題撰者名氏。集前有作楠道光十年《序》，三家解義後各有曹時《跋》一則。

應鏞字子和，慶元五年進士，又登博學鴻詞科，官太常寺簿，出知開州。著《尚書約義》二十五卷、《禮記纂義》二十卷，皆不傳。邵淵字萬宗，淳熙八年進士，授郴州教授，改潭州。遷楚州倅，奉祠家居，名其堂曰今是。著《曲禮》《王制》《樂記》《大學》《中庸解》五篇及《讀易管見》《今是堂遺稿》。范鍾字仲和，嘉定二年進士，由武學博士出判太平州，陞知徽州，召授刑部郎官，遷尚書右郎，兼崇政殿説書，歷吏部郎中、國子司業、兵部侍郎等職。嘉熙三年拜端明殿學士，簽書樞密院事。明年，授參知政事。淳祐四年，知樞密院事，翌年特拜左丞相，兼樞密使，封東陽郡公。淳祐九年正月卒，謚文肅。爲相貞清守法，重惜名器，與杜範、李宗勉齊名。著《禮記解》（見《宋史》本傳。王崇炳《金華徵獻略》作嘉定元年進士，嘉熙二年拜端明殿學士，淳祐八年十一月卒。曹時《玉藻解鈔跋》多與崇炳所言合，然稱嘉熙六年乞歸，八年卒，顯誤。又稱事具《宋史》本傳。《宋史》所載實不然）。

三家禮解，宋時流傳未廣，元時蓋已佚。按作楠《序》，宋衛湜《禮記集說》採婺鄉賢呂祖謙、唐仲友、陳亮緒論，間及應、邵、范三家。作楠舊治《禮記》，嘗從《欽定禮記義疏》中錄得三家解義一百二十六條（應氏纂義一百十條、邵氏解義十條、范氏解義六條），以衛氏《集說》互勘，復得一百三十五條（邵氏解義四十六條、范氏解義十一條，餘爲應氏纂義七十八條）。後略增輯，屬曹時校補。曹時刪除煩複，《纂義》得一百九十一條，依經排纂，釐爲四卷，名曰《禮記纂義鈔》。既寫定，以《五經大全》覆校，復得二十五條，爲《補遺》一卷。前後計二百十六條。邵淵《禮記解》得五十六條，曹時依經編次一卷，定名《今是堂禮解鈔》。范鍾《禮記解》得十七條，皆在《玉藻》篇，曹時依經編次一卷，改題《范文肅玉藻解鈔》。是書存其崖略，雖不及原書什之一，然可備後人參酌。

今檢衛氏《集說》，引『金華應氏曰』一百八十二條。曹時《禮記纂義跋》謂存一百七十三條。未詳計法有異，抑或誤也。元陳澔《雲莊禮記集說》引『應氏曰』、『應氏謂』共八十一條。署納蘭性德撰《陳氏禮記集說補正》引應氏說作辯二十餘條。徐乾學《讀禮通考》引應氏說逾二十條。宋黄震《黄氏日鈔》之《讀禮記》引應氏說達三十條之多。

《纂義鈔》所輯各條，大都見於衛氏《集說》。然他書所載時多異文，且有作楠及曹時未採者。如《纂義鈔》卷一解《曲禮》『禮不妄說人，不辭費。禮不踰節，不侵侮，不好狎』，曰：『不妄說人，不辭費，所以養其正大簡易之心也。不踰節，所以致其審謹密察之功也。不侵侮，不好狎，所以持其莊敬純實之誠也。』見於衛氏《集說》卷二，文字悉同。《黄氏日鈔》卷十四《讀禮記》引應氏曰：『不妄說人，說人以道；不辭費，辭達而已，所以養其正大簡易。不踰節，不狎侮於人，所以致其謹審莊敬。』《纂義鈔》卷一解《曲禮》『爲人子者，居不主奧，坐不中席，行不中道，立不中門』，曰：『父子異宮，因各有西南隅之奧。然親在而自主之，亦有不安焉者，非特以同宮而避之也。若同宮，則父自主之矣。且道路之間，豈父之所統哉？而行不敢中者，蓋無往而不寓其敬親之意也。』見於衛氏《集說》卷三，文字同。《黄氏日鈔》卷十四《讀禮記》引邵氏、應氏各一條，應氏曰：『蓋無往不寓敬親之意。』《纂義鈔》卷一解《曲禮》『問國君之富，數地以對山澤之所出。問大夫之富，曰有宰食力，祭器食服不假。問士之富，以車數對。問庶人之富，數畜以對』，曰：『天子之富有四海，固不必問其富，其富無倫匹之可儗，故於禮無問答之可載。國君受封於上，有常制；上賦於下，有常奉，亦不必言也。惟山澤所產無常，其寶藏興廢原乎天，其封殖浚導資乎人，故數其所出以對，既見其寶藏不窮，且示其不求多於常賦之外也。大夫有家，臣受采地，曰有宰，則見其不親猥務；曰食力，則見其不爭民利；祭器衣服不假，則見其不侈於奉己，而厚於奉先也。士以車數，見其命賜之厚。庶人數畜，見其畜牧之勤。君子不苟於求富，故財不妄取；不驕於居富，故財不濫用。問對之間，蓋有深意寓焉。』見於衛氏《集說》卷十三。《黄氏日鈔》卷十四《讀禮記》引應氏曰：『數地以對山澤所出，蓋國君制賦有常，惟山澤所産無常，故數其所出以對。曰有宰，見其不親猥務；曰食力，見其不爭民利；曰祭器衣服不假，見其不侈於奉己，而厚於奉先。士以車數，見命賜之厚。庶人數畜，見畜牧之勤。君子不苟於求富，問對之間，有深意寓焉。』吴澄《禮記纂言》『問國君之富』條，亦引應氏，文字與《纂義鈔》大抵同，未詳原據應氏之書，抑或迻録衛氏《集說》。《黄氏日鈔》卷十八《讀禮記》之《禮運》『言偃復問曰：「如此乎禮之急也。」孔子曰：「夫禮，先王以承天之道，以治人之情，故失之者死，得之者生。《詩》曰：『相鼠有體，人而無禮。人而無禮，胡不遄死？』是故夫禮必本於天，殽於地，列於鬼神，達於喪祭、射御、冠昏、朝聘。故聖人以禮示之，故天下國家可得而正也」』條，引應氏曰：『天以一在上故曰本，地以二在下故曰殽。上數語言禮之功用，以明夫人生死之所由係。下四語總禮之體用，以明天下國家治亂之所由别也。大原出於天，故推其所自出而本之；效法之謂地，故因其成法而效之。列於鬼神者，充塞乾坤之間，昭布森列而不可紊也。達於喪祭至朝聘者，人道交際之用，周流上下，而無不通也。』此則《纂義鈔》卷二解《禮運》十條所未有。

邵氏《今是堂禮解鈔》解《曲禮》『爲人子者，居不主奥』條，曰：『事親之道，當自卑以尊其親，尤當自重以愛其身。主奥、中席，皆尊者所居。中道、中門，皆尊者所由。爲槩、爲尸，皆尊者之事。人子皆不敢當。既不嫌於逼其親矣，聽於無聲，常若親有命，視於無形，常若親在前，又不至於違其親，其尊之者，爲何如？不登高而下，皆愛其身也。』《黄氏日鈔》卷十四《讀禮記》引邵氏曰：『奥，中席，皆尊者所居。中道，中門，皆尊者所由。爲槩，爲尸，皆尊者之事。人子皆不敢當。』《今是堂禮解鈔》解《王制》『大國三卿，皆命於天子。下大夫五人，上士二十七人。次國三卿，二卿命於天子，一卿命於其君。下大夫五人，上士二十七人。小國二卿，皆命於其君。下大夫五人，上士二十七人』，曰：『大國欲其權不侔上，故三卿皆命於天子。小國欲其權足以制下，故二卿皆命於其君。次國則處乎大國、小國之間，故二卿命於天子，一卿命於其君。言下大夫，而不言上大夫者，以上大夫即卿，如前所謂諸侯之上大夫卿是也。言上士而不及下士者，以中、下之士有時而闕，如前所謂其有中士、下士者，數各居其上之三分是也。』《黄氏日鈔》卷十六《讀禮記》引邵氏云：『大國欲其權不侔上，故三卿皆命於天子。小國欲其權足以制下，故二卿皆命於其君。次國處大國、小國之間，故一卿命於天子，一卿命於其君。大夫言下不言上，以上大夫即卿。上言上不言中、下，以中、下士有時而缺。』

黄震所引應、邵之說，蓋多節略。衛氏《集說》等書所引亦時有未完。《三家禮解鈔》未臻盡善，可增輯者尚有之，其未完者及異文可作補注。雖然，作楠輯佚，篳路藍縷，存續先賢遺著，功不可沒也。

吴師道《邵氏今是堂稿跋》云：『吾鄉先輩，宋南渡後如邵公淵、應公鏞，特深究經學。邵於《易》《禮記》，應於《易》《書》《禮》，皆有論著成書。邵即朱子集中所稱長沙博士以張宣公《三家禮範》及公釋奠儀式刻之學宫者也。余嘗見應氏《書約義》及於衛湜《禮記集説》間得所引一二，他則未之識，淺陋自愧。二家子孫或謂無傳者，意其閟之爾，不然，豈不甚可惜哉』，『倘《易》《禮》二書存，盍并廣其傳，今是之不朽，本在茲與！』應、邵、范禮解不傳，今由作楠輯本以觀，三家皆邃於經學。如應氏解《曲禮》『問國君之富』條，頗具識見。曹時《禮記纂義跋》云：『立義雖時與鄭、孔異同，然皆平正篤實，不似郝敬、徐師曾輩之妄詆，亦不似陳澔、宗周、胡廣輩之淺陋。』《玉藻解鈔跋》云：『所分章段，間與孔疏異，然具有卓識，詮解經義，亦深得禮意。』所言大抵可信。

浙學之興，婺爲大宗，推論其源，范浚、鄭剛中並皆先河，東萊集其大成，應鏞、邵淵、范鍾不媿學者。南宋婺學，學者習於《五經》傳注，治《易》《書》《春秋》皆所長。呂祖謙、陳亮並重研史，主於經史不分。今以論之，應、邵、范三家，治浙學者，不當忽之。

翠微山房數學十五種三十八卷　清嘉道間刻、同光間重修本（金華博物館）

清張作楠撰，清江臨泰撰。作楠輯《蘭江三家禮解鈔》，已著録。此爲所撰《翠微山房數學》十五種三十八卷，清嘉道間刻、同光間重修本，二十四册。鈐『龍游鳳梧書院藏書』圖記。所收諸集原板嘉道間次第鏤刻，或每半葉九行，行二十二字，小字雙行同；或每半葉十行，行二十四字，小字雙行同。皆白口，單魚尾，左右雙闌。牌記曰：『翠薇山房數學，息園藏板。』集前有《翠薇山房數學總目》、烏程汪曰楨光緒五年正月《翠薇山房數學序》。是書十五種，非成於作楠一人之手。汪《序》云：『自乾隆、嘉慶以來，算學諸書新撰愈多，精深巧捷而益上，求其最切日用，爲官曹民事所必需者，莫如《翠微山房數學》一書。凡十五種，金華張氏作楠、全椒江氏臨泰同撰』，『各種次第付刊，彙集成編，久行于世。兵燹後，板頗殘缺。余同年友金華錢雪筠部曹孔福得之，鳩工補鋟，仍爲完帙。嘗以印本見寄，屬爲之序。余諾之，未及踐，而雪筠遽作古人。今板又爲吾鄉吴氏申甫所得，復以序請』，『雪筠繕完愛護之功，尤不可没，而申甫購板流通之意，亦有足嘉者。爰爲綴數語於簡端，從此印本將益夥，傳世當益廣。』《倉田通法》十四卷、《新測恒星圖表》一卷，爲全椒江臨泰補圖，《弧角設如》三卷爲臨泰補對數，《弧三角舉隅》一卷爲臨泰一人所著，《高弧細草》爲作楠、臨泰合撰，《揣籥續録》後二卷爲臨泰撰。臨泰字棣旃，號雲樵，全椒人。庠生。通音韻，精天文算學，善造儀器。作楠、齊彦槐延入幕中，頗相得。光緒二十三年，上海鴻寶齋石印《翠微山房數學》十五種，共八册，所據即重修本。

按集前《總目》，是書收《量倉通法》五卷，二冊；《方田通法補例》六卷，二冊；《倉田通法續編》三卷，一冊；《八線類編》三卷，一冊；《八線對數類編》二卷，一冊；《弧角設如》三卷，一冊；《弧三角舉隅》一卷，一冊；《揣籥小録》一卷，一冊；《揣籥續録》三卷，一冊；《高弧細草》一卷，一冊；《新測恒星圖表》一卷，一冊；《新測中星圖表》一卷，一冊；《新測更漏中星表》三卷，一冊；《金華晷漏中星表》二卷，一冊；《交食細草》三卷，一冊。舊裝蓋十七冊，此本二十四冊，乃後改裝。張之洞《書目答問》著録《翠微山房數學》三十八卷，原刻本，十五種。所列目録、卷數與此同。

《量倉通法》《方田通法補例》《倉田通法續編》三種，合爲《倉田通法》十四卷，集前有《倉田通法總目》，附江臨泰嘉慶二十五年《題識》。前二種集前又各有目録。《量倉通法》五卷，改裝爲四冊。各卷端題曰：『金華張作楠學算，錢塘范景福校訂，全椒江臨泰補圖。』考訂《唐書》《考工記》《九章算術》《夢溪筆談》《授時曆》等所載舊制舊法，附刻於葉眉以爲注。《方田通法補例》六卷，改裝爲三冊。各卷端題曰：『金華張作楠學算，錢塘范景福校訂，全椒江臨泰補圖。』《倉田通法續編》三卷，仍爲一冊。各卷端題曰：『金華張作楠學算，麗水俞俊編次，全椒江臨泰補圖。』《八線類編》改裝三冊，未標分卷，《總目》則稱三卷，一冊。卷端題曰：『金華張作楠輯。』《八線對數類編》裝爲一冊，《總目》則稱二卷，一冊。卷端題曰：『金華張作楠輯。』《弧角設如》三卷、《弧三角舉隅》一卷，合裝爲二冊。《弧角設如》各卷端題曰：『金華張楠撰算例，全椒江臨泰補對數。』集前有江臨泰《序》、齊彦槐道光元年十二月《序》。《弧三角舉隅》卷端題曰：『全椒江臨泰雲樵。』集前有臨泰道光二年《自識》。華世芳《近代疇人著述記》云：『全椒江雲樵臨泰，善用對數。所著《弧三角舉隅》（注：《續傳》誤爲張作楠作），簡明直捷，附刻于張丹邨《翠薇山房叢書》中。」（清光緒《學算筆談》本）《揣籥小録》一卷，仍裝一冊，卷端題曰：「金華張作楠學，全椒江臨泰校。」集前有趙懷玉嘉慶二十五年，并附懷玉寄書。《揣籥續録》三卷，仍裝一冊，卷端題曰：「金華張作楠學，全椒江臨泰校。」集前有作楠《自識》。《高弧細草》一卷，改裝二冊。卷端題曰：「金華張作楠丹邨，全椒江臨泰雲樵。」集前有作楠道光元年《自識》。《新測恒星圖表》一卷，仍裝一冊。卷端題曰：「金華張作楠衍表，全椒江臨泰繪圖。」《新測中星圖表》一卷，仍裝一冊。卷端題曰：「金華張作楠學。」《新測更漏中星表》三卷與《金華晷漏中星表》二卷，改裝三冊，冊頁錯亂甚，且有缺葉。《新測更漏中星表》，京師、江南、浙江各爲一卷，分題作《京師更漏中星表》《江南更漏中星表》《浙江更漏中星表》。卷一首葉殘缺，不見撰者題署。《金華晷漏中星表》，晷景表、更漏中星表各一卷，分題作《金華晷景表》《金華更漏中星表》（牌記曰「依道光癸未天正度」）。各卷端題曰：「金華張作楠學。」《交食細草》三卷，仍裝一冊。計卷首、卷上、卷下各一卷。各卷端題曰：「金華張作楠學。」卷首有作楠《自識》。

周中孚《鄭堂讀書記》卷四十四據《翠薇山房數學》本著録《揣籥小録》一卷云：「婺源齊梅麓彦槐以新製面東西日晷並所衍北極高度表贈，丹邨以之案極度低昂，可隨處測驗，因探其立法之根，即其法而變通之。易斜規爲平圓，從晷腰出弧線，以準北極，鐫之牙版，承以銅座，底置螺柱，以取地平。並因齊表，增入經度及各州縣度分，衍成北極經緯度分全表。其製晷及用晷之法，各爲圖說，附於表後，凡十五篇。取蘇文忠《日喻》篇中語，命之曰《揣籥小録》」，「書成於嘉慶庚辰，自爲之序。」著録《揣籥續録》三卷云：「上卷，國朝張作楠撰，中、下二卷，江臨泰撰」，「丹邨既撰《揣籥小録》，以備測時之用，復謹依《欽定曆象考成後編》實測黄赤大距二十三度二十九分推算，自極高十八度至五十五度，逐節氣加時太陽距地高度以列表，冠以《自序》及算例，並屬雲樵推得横、直二表日景長短，爲《表影立成》二卷，以補前錄所未備。』著錄《高弧細草》一卷云：『國朝張作楠、江臨泰同撰。是書用垂弧本法，逐節氣時刻求太陽距地高度，並用正切、餘切比例，加減太陽半徑，求横、直表景長短，作四十度以迄二十八度細草十三篇。内惟四十度、二十九度、二十八度三篇，爲丹邨在京師、金華、處州時所遞撰，其餘十篇，皆雲樵因丹邨條例而補成之也。』著錄《新測恒星圖表》一卷云：『恭惟《御定儀象考成》以測定之星，推其度數，觀其形象，序其次第，著之於圖，允爲觀象之津梁。第行之七十餘年，歲既漸差而東，經緯即隨之移動，學者往往執舊圖以驗今測，而疑與垂象不符。丹邨據江雪樵臨泰所製新測徑尺星球，因其宫次、度分，分三垣二十八舍，爲天漢經緯，列以爲表。並屬雲樵分黄赤道南北，繪總星圖各二』，『其曰《新測恒星圖表》者，以新法曆書本有《恒星圖表》，故加「新測」以别之。』著錄《新刻中星圖表》一卷云：『丹邨以湯道未之《中星表》、胡勵齋之《中星譜》作於康熙初年，各星經度，依新法曆書，與《御定儀象考成》星度多不同，且不列加減歲差，今恒星已東行二度餘，難憑測驗，因推得七十二候各中星時刻以立表，而冠以《四十五大星圖》，附以《中星時刻日差表》《太陽黄赤升度表》《各星赤道經度歲差表》，并附中星求時刻又法，時刻求中星又法，及二十八宿赤道、黄道積度二表。』著錄《更漏中星表》三卷云：『首京師一卷，附以江南、浙江各一卷。前有《自序》，稱閲者即數十年中星不同而悟歲差，即三省漏刻不同而悟里差，則於此事思過半矣。』著錄《金華晷漏中星表》二卷云：『丹邨作《更漏中星表》，末有浙江一卷，以推其異於京師、江南。然祇就省會而設，未能徧及他郡，又不兼及金華。丹邨因里人有錄其所衍金華高弧細草，附《中星更漏》後，以備驗時之用，而於歲差、里差之理，尚未能脗合，爰依金華北極高度，衍《晷景表》一卷，復依道光癸未天正度，成《更漏中星表》一卷，合爲是編。』著錄《交食細草》三卷云：『道光癸未季春之望，丹邨在蘇州，適同官在白日之下齊集護月。丹邨以救護日月，當以見食爲斷，因依欽天監交食法，推其帶食分杪時刻，及甲申六月朔日食，各得細草一卷。而于《御定曆象考成》上下編、後編，謹錄其要爲首卷。學者讀《考成》全帙，每以義蘊精深，無從入手爲憾，則是編誠可爲先路之導矣。』卷四十五著錄《量倉通法》五卷、《方田通法補例》六卷、《倉田通法續編》三卷、《八線類編》三卷、《八線對數類編》二卷、《弧角設如》三卷、《弧三角舉隅》一卷。茲不贅引。

作楠得父承侶之教，先習訓詁、音韻、文字，後治經，通經始治史，再及騷選、先秦諸子、漢唐以來諸大家集。舉進士後，習《三通》之學，凡禮樂、兵刑、天算、輿地、河防、食貨、選舉、官制、經籍、氏族、六書，務在洞悉損益、沿革。其考訂經史百家，撮錄典章制度，作爲古詩文，撰著甚富，最擅乃在算學一門。弱冠時，讀阮元《揅經室文集》，以時曆推算《詩經・小雅・十月之交》，不得其解。從友人借《律曆淵源》不得，恚而成疾（《翠微山房文鈔・行笈書目序》）。父鬻地二畝爲購書，或以爲癡，父笑曰：『更有癡於此者。』（曹時《誥授朝議大夫張麓樵先生行狀》）作楠漸精曆算，教授處州時，因巡撫阮元製量倉尺頒行各屬，不用斛率即知穀數，法甚捷，乃推其立法之根，又以量倉量田向無專書，現行丈量各訣立法未密，反復推算，成《量倉通法》五卷、《方田通法補例》六卷，合編《倉田通法》，後成續編三卷。知陽湖，撰《揣籥小錄》，探討割切二線詳盡。官太倉，撰《弧角設如》，釋例推作法之原。居官不事酬應，嘗曰：『與其浪費無益之酬應，不若將薄俸養活工匠，製儀器，刻算書，俾絕學大昌。』（朱一新《擬國史儒林傳稿・張作楠傳》，參見阮元《疇人傳》卷五十）故凡履任，丁匠自隨。其算學貫通中西古今，謂：『法取其密，何分今古？算取其捷，何問中西？』（齊彥槐《弧角設如序》）趙懷玉《揣籥小錄序》贊之『不囿中西之見』。江臨泰題《倉田通法》，稱其『融會中西，通貫爲一』，又曰：『丹邨博學好古，著作等身，不欲以曆算名家。今即是編求之，其體例之詳，立法之密，用心之細，引據之博，有專家所不能及者。其生平之實事求是，即此見其概矣。』

天算之學，清初王錫闡、梅文鼎號專精，黃宗羲亦力倡之，子百家、門人陳訏皆習之。江永、戴震而後，經學家多兼治天算，浙學專門之家，則爲作楠與李善蘭。善蘭著《則古昔齋算學》，凡十三種二十四卷，《清儒學案》立《壬叔學案》。作楠所著書求爲實學，不離浙學博通用實、開物成務之統，兼有皖派、吴派之長。阮元《疇人傳》爲立傳云：『生平酷嗜西人曆算之學，與婺源齊彥槐、全椒江臨泰相友善，以兩人皆同治西算也』，『所著書若干種，名《翠微山房算學叢書》，大率皆西人成法，推而演之。』論曰：『丹邨之學，謹守西法，依數推演，隨人步趨，無有心得，殆如屈曾發、徐朝俊之亞耳。其所著之書雖多，要皆採襲於《欽定數理精藴》《欽定曆象考成》《欽定儀象考成》，旁及秦、李諸書，亦如屈氏之《九數通考》而已。且屈書務在致用，而卷帙以簡便爲貴，故初學者至今寶之。張書則大率爲晷景、中星而設，又復務在全備，故卷帙雖多，半皆抄撮，世有目丹邨爲算胥者，韙矣。』其說不免苛責。《清儒學案》卷一百二十八《丹邨學案小序》辯云：『丹邨嗜算術，著書盈尺，或譏其無所發明。然於弧角之算，刪繁就簡，舍奧求通，俾後學得以循途而進，未可以爲質實而忽之。』汪曰楨《翠薇山房數學序》云：『通貫中西，實事求是，志在啟迪來學，示之軌式，俾得有所遵循，而未嘗矜新炫異，思與前人爭勝。間有辯論，詞氣俱和平，而不涉叫囂。此儒者務實之學，所以别於噉名之流也。』所言是矣。

翠薇山房叢書(存一百二十五卷)　清翠微山房紅格抄本(金華博物館)

清張作楠輯。作楠輯《蘭江三家禮解鈔》，已著録。此爲所編《翠薇山房叢書》，清翠微山房紅格抄本，十八册(存十六册)。每半葉十行，行二十二字。各書卷端首行均題『翠薇山房校録』。

第一册原封葉存，作楠手題『翠薇山房叢書』，並抄書名。目録葉缺。收唐仲友《九經發題》一卷、呂祖謙《古周易》一卷、陳亮《三國紀年》一卷、滕元發《孫威敏征南録》一卷、張淏《艮嶽記》一卷、趙友欽原本、王褘删訂《重修革象新書》二卷、黄機《竹齋詩餘》一卷。《古周易》《三國紀年》《征南録》《艮嶽記》《重修革相新書》前，各録《欽定四庫全書總目提要》一則。

第二册缺原封葉，目録葉全。收唐仲友《愚書》一卷、呂祖謙《臥游録》一卷、方鳳《金華游録》一卷、吴萊《南海古蹟記》一卷、宋濂《龍門子凝道記》三卷、章懋《楓山語録》一卷、陳亮《龍川詞》一卷(附《補遺》)。《楓山語録》《龍川詞》前，各録《四庫提要》。

第三册缺原封葉，目録葉全。收陳大猷《書集傳或問》二卷、方勺《青溪寇軌》一卷、王褘《華川巵辭》一卷、《青巖叢録》一卷。《書集傳或問》前，録《四庫提要》。

第四册原封葉、目録全。收陳亮《酌古論》四卷、呂祖謙《入越記》一卷、蘇籀《欒城遺言》一卷、朱震亨《格致餘論》一卷、朱震亨《局方發揮》一卷。《欒城遺言》《格致餘論》《局方發揮》前，各録《四庫提要》。

第五冊原封葉、目錄葉全。收呂祖謙《春秋左氏傳說上》卷一至十三。前錄《四庫提要》。

第六冊缺原封葉、目錄葉。收《春秋左氏傳說下》卷十四至二十，缺卷十四至十五、卷十七。

第七冊缺原封葉、目錄葉。收王柏《書疑》九卷（存卷七殘葉，存卷八至九），王柏《詩疑》二卷、黃溍《日損齋筆記》一卷。《詩疑》《日損齋筆記》前，各錄《四庫提要》。

第八冊原封葉、目錄葉全。收呂祖謙《少儀外傳》二卷、葛洪《涉史隨筆》一卷、陳亮《中興論》一卷、宋濂《諸子辨》一卷、張志和《元真子》三卷、宋濂《五氣大有寶書》一卷。《少儀外傳》前錄《四庫提要》。

第九冊原封葉、目錄葉全。收許謙《詩集傳名物鈔上》卷一至四。集前錄《四庫提要》。

第十冊原封葉、目錄葉全。收《詩集傳名物鈔下》卷五至八。

第十一冊原封葉全，無目錄葉。收俞成《螢雪叢說》二卷（上卷存殘葉）、宋濂《蘿山雜言》一卷、宋濂《燕書》一卷、吳師道《吳禮部詩話》一卷。

第十二冊原封葉、目錄葉全。收胡應麟《少室山房筆叢正集上》十三卷（甲部《經籍會通》四卷、乙部《史書佔畢》、丙部《九流緒論》三卷）。前錄《四庫提要》。

第十三冊原封葉、目錄葉全。收《少室山房筆叢正集中》十二卷（丁部《四部正譌》三卷、戊部《三墳補逸》二卷、己部《二酉綴遺》三卷、庚部《華陽博議》二卷、辛部《莊嶽委譚》二卷）。

第十四冊、十五冊缺。按今人張根芳抄目，收胡應麟《少室山房筆叢正集下》七卷（壬部《玉壺遐覽》四卷、癸部《雙樹幻鈔》三卷)、《少室山房筆叢續集》十六卷(甲部《丹鉛新錄》八卷、乙部《藝林學山》八卷)、宋濂《浦陽人物記》二卷、胡應麟《甲乙剩言》一卷。

第十六冊原封葉、目錄葉全。作楠手書封題『翠薇山房叢書(第十六冊)』。收許謙《四書叢説》卷一至四。目錄葉改題『翠薇山房叢書第十四冊』。

第十七冊原封葉缺，目錄葉存，題『翠薇山房叢書第十五冊』。收《四書叢説》卷五至八。

第十八冊原封葉缺，目錄葉存，題『翠薇山房叢書第十八冊』。收張淏《雲谷雜記》四卷、方勺《泊宅編》三卷、方勺《(宋本)泊宅編》十卷。

以上所存十六冊收書四十三種，凡一百三十四卷(其中缺九卷，殘二卷)。合散佚第十四冊、十五冊，共計四十六種一百六十卷。或曰全編原爲一百二十種，此十八冊或非全稿歟？今已不可知矣。其間有作楠手抄，亦有他人手蹟，或家人、門生所錄，未可詳考也(按：疑《臥游錄》《金華游錄》《南海古蹟記》《青溪寇軌》《華川巵辭》《青巖叢錄》《螢雪叢説》及《詩集傳名物鈔》卷三至四，爲作楠手錄，俟考)。此書未刻，且罕見著錄。《清史稿》本傳稱作楠『所著書匯刻曰《翠微山房叢書》』，實謂其《翠微山房數學》。

輯佚書，精校勘，通小學，爲清儒有功於後學之三事(皮錫瑞《經學歷史》)。作楠既輯應鏞、邵淵、范鍾三家禮解斷章殘簡爲《蘭江三家禮解鈔》，又蒐討散佚，編刻《金華唐氏遺書五種》(《九經發題》一卷、《詩解鈔》一卷、《魯軍制九問》一卷、《愚書》一卷、《悅齋文鈔》十卷)。《叢書》則網羅校錄金華先賢著述，尤究心於宋元人撰著，以爲一編，肇啟胡鳳丹、宗楙父子編纂《金華叢書》《續金華叢書》之端緒。《金華叢書》所收《古周易》《書疑》《詩疑》《詩集傳名物鈔》《左氏傳説》《讀四書叢説》《青溪寇軌》《涉史隨筆》《少儀外傳》

《楓山語録》《日損齋筆記》《青巖叢録》《泊宅編》《玄真子》《龍門子凝道記》，《續金華叢書》所收《格致餘論》《局方發揮》《吳禮部詩話》《龍川詞》《欒城先生遺言》，皆已先萃於此編。

翠薇山房文鈔不分卷　稿本（金華博物館）

清張作楠撰。作楠輯《蘭江三家禮解鈔》，已著録。此爲所撰《翠薇山房文鈔》不分卷，稿本，一冊。作楠手録，用翠微山房紅格紙。每半葉十行，行二十二字。卷端題曰：『金華張作楠丹邨。』今藏金華博物館，附裝《翠薇山房叢書》後。或誤以爲《叢書》之一冊。按朱一新《擬國史儒林傳稿·張作楠傳》，作楠有《文集》十六卷（《翠微山房遺詩》集前傳）。復按此本首篇《丹邨子傳》眉批『已録過』三字及多篇眉批『録過』二字，《文集》十六卷蓋所手訂，生前未刻。今徧訪未見，不知尚存天壤否。又，一新《張作楠傳》載其著述，未言及《翠微山房詩集》，十六卷之本或爲詩文合集，俟考。

是集收《丹邨子傳》《抱真子傳》《金烈女傳》《方玉海別傳》《干植三別傳》《連山曹公行狀》《葉鶴年焚香讀畫圖序》《贈陳禹功序》《韓子能新方歌訣序》《吳士文墓誌銘》《釋窮贈曹謹齋》《哭曹立人文》《哭陳慎齋文》《原牛》《鄉黨小箋序》《祝敏南傳》《我齋説》《行笈書目序》《量倉通法序》《方田通法補例序》《倉田通法續編序》《坐獵圖序》《郭黼堂總戎六十壽序》《城隍廟禱雨文》《告龍神文》、《葉伯碩五十初度序》《縉雲陳氏續修宗譜序》《縉雲陳氏家祠記》《喜聞過齋銘》《行笈續目序》《揣籥小録序》《揣籥續録序》《北極經緯度分全表説》《高弧細草序》《八線類編序》《八線對數類編序》《新測恒星圖表序》《新測中星圖表序》《書宜弦堂詩鈔目録後》《書雙桐書屋詩草後》《北麓詩課序》《舊雨録序》《弧角設如序》《弧三角釋例》《金華晷漏中星表序》《書王椒畦學浩畫張貞女折釵圖後》《俞母赫太夫人七十壽序》《仲柘菴振履作吏九規序》《重修婁東書院記》《與馮羊山慎中書》《城西四子詩詞合鈔序》《平原諸生譜序》《書漁古堂詩存後》《小題文鈔初編序》《小題文鈔二編序》，接下附《與陸鈍夫孝廉書》、道光三年太倉州正堂諭文一篇、與蘭堂書一篇（三篇非作楠手書，前二篇並有圈點），通計五十八篇。傳、行狀、墓誌銘、文序、壽序、説、書後、尺牘諸體文、雜著並録，未按體編次。是集見其算學名家本色，然若《弧三角釋例》之篇，已游弋古文之外。《郭黼堂總戎六十壽序》《城隍廟禱雨文》《告龍神文》三篇，題下皆注『代擬』。《揣籥小録序》《北極經緯序分全表説》等天算諸書序，大都眉批一『過』字，殆已刻入《翠微山房數學》，乃改定之稿，故鮮有校改。餘諸篇多眉批『已録』二字，字句頗多删易。《王植三别傳》一篇更有批云：『已另改，此稿不必存。』殆已另謄清。其文已附刻他集者，亦復删改。若《書宜弦堂詩鈔目録後》一篇，原爲道光二年作楠編刻乃師曹開泰《宜弦堂詩鈔》時所撰《題識》，刻於集前目録後。《文鈔》所録，改題書後，塗抹二十餘處，删『金華歲貢生』以下『少從邑人方一齋淇授舉子業，試輒高等。師知其不足傳也，悉棄去，專肆力於詩古文詞』數句，末删『仍冠東珊原序，示不敢專業』二句，增『師舉業之文，膾炙人口。師恥以時文名家，故無藏稿。濟之云潘竹溪手鈔最夥。竹溪名瀾，金華諸生』一段文字。

作楠自經史詩文及稗官野史、醫卜星相家言，靡不涉獵，窮經稽古，學問博洽。是集多考據之篇，蓋爲治學餘緒。序、記、傳、墓誌諸體文，承東浙之統，通經致用，質實有物。《丹邨子傳》《抱真子傳》

二篇自傳頗見奇氣，《北麓詩課序》《舊雨録序》並亦可誦讀。所著書未傳者尚多，據《文鈔》諸序可略窺之。

翠微山房遺詩不分卷

民國十三年木活字本（金華博物館）

清張作楠撰。作楠輯《蘭江三家禮解鈔》，已著録。此爲所撰《翠微山房遺詩》不分卷，民國十三年木活字本，合清人韓昌裔《淞雲詩草》不分卷裝爲一册。郭寶琮封題『張南郙、韓淞雲遺詩合刊』。一册。每半葉十行，行二十四字。白口，單魚尾，四周雙闌。卷端題曰：『金華張作枏丹郙撰，邑後學郭寶琮校録。』何韶簽題『翠微山房遺詩』，牌記曰『甲子浴佛節，古愚軒付梓』。集前有邵詠棠民國十三年四月《序》、朱一新《擬國史儒林傳稿·張作楠傳》，集後有郭寶琮民國十三仲春《跋》。邵《序》云：『吾邑嘉道年間，人才飈起，風流文采，照耀一時。丹村張先生與曹珩圃、方海槎諸師友，拈題賭韻，唱和無虚日，曾有《舊雨集》《北麓詩課》之刻。自是以後，遂無嗣響』，『吾友郭君地卿盡然傷之，爰輯先生遺詩，哀而付之梓，拾遺補闕，知傷心人别有懷抱也。予受而讀之，覺意真詞摯，先民矩矱，歷久如新。』郭《跋》云：『右槁不分卷數，内多詩社課作，但《北麓詩課》刻之於先，此蓋取課作及他作疊經删改，彙爲一編者也。惜未付梓，中更板蕩，首尾不完。凡遇闕文有可補者，謹遵《北麓詩課》《舊雨録》補入。其非課作，無從補者，仍留空格存疑。校録既竣，急付排印，保存鄉邦文獻，并償先君子未了之願。』《跋》後有寳琮手書題識：『作者一生倫常道德，及當時民情風俗，皆於詩中見之，與泛事吟咏者有别。前數年，擬付印刷，因殘缺過多，無從校補。後由程君稺翹家借得《北麓詩課》全帙，重加補綴，稍爲苟完，即付排印，以公同好，藉廣流傳。甲子夏日又識。』

此本爲近人郭寶琮據作楠手訂詩稿殘卷校録而成。按作楠道光二年《北麓詩課序》，乾隆五十三年至五十四年間，曹開泰（珩圃）與邑人方國泰（警齋）、方元鵾（海槎）、邵聲芳（勿齋）、方應鳳（醴泉）、方應麟（玉海）結北麓詩課。三年後，作楠與開泰從子曹位（立人）、陳仁言（慎齋）、金萼梅（月林）入詩社。嘉慶四年後，曹寅（謹齋）、馮慎中（羊山）及作楠弟作楫（舫齋）、族子允提（硯山）入社。分題唱和，極一時文酒之盛。作楠與慎中各録得課草。及官太倉，校刻開泰《宜弦堂詩鈔》，擬併輯課草。適慎中攜所藏本來，因合二本，編刻《北麓詩課》四卷（見《翠薇山房文鈔》）。既輯《北麓詩課》，檢篋中，復得詩文二百餘首，仿《唐詩紀事》例，編爲《舊雨録》二卷，附《詩課》後。《舊雨録序》云：『嗚呼！往事如昨，此中人已大半宿草，其存者又或老且病。而余待罪他方，久離桑梓，未知他日歸田，得續舊盟否？』（《翠薇山房文鈔》）《遺詩》所收詩二百四十餘篇，逾半出自《北麓詩課》《舊雨録》，所取課作尤多。

《舊雨録》，今未訪見。《北麓詩課》自收詩甚富，卷一録《游金華山三洞歌》《景陽宫詞》《後趙宫詞》十首、《王屋山道士歌》《燈花曲》《小春曲》《花窖歌》《寄衣篇》（五解）、《長别篇》《閨怨》六首；卷二録《淮陰釣臺》《候潮曲》六首、《牛車謡》四首、《臨湖殿行》《浯溪碑，用昌黎石鼓歌韻》《擬將進酒》四首、《擬折楊柳歌》二首、《擬子夜歌》二十首、《擬估客樂》《擬江陵樂》《擬青陽度》《擬夜度娘》《擬平西樂》《擬拔蒲歌》《擬作蠶絲》《擬楊叛兒》《擬自君之出矣》《擬飲酒樂》《擬思公子》《擬王孫遊》《擬起夜半》《擬何當行》二首、《擬欸乃曲》《擬寄衣曲》；卷三未録己作，卷四録《擬鄭若楹義門新樂府》八首（《鍼指血》《揚州祖》《縛渠魁》《築土中》《避兵行》《爭就獄》《斮左手》《憤姑惡》）、《金華新樂府》三十二首、《迎木主樂辭》七首、《題方平子應銓夢遊西湖圖》《題東坡納杖圖，爲夏璞子國光賦》《張貞女詩》《採樵曲》《九鯪灘蟋蟀》《催租行》《蕎花曲》《哀老人》《少婦別》《行乞婦》《卮言》十二首、《除夕祭詩草》。《詩課》共收詩九百九十一首，作楠自作爲一百五十首。《遺詩》採錄之篇逾半，然又有詩句改易。如《後趙宮詞》十首，《遺詩》錄爲首題，第一首末句，《詩課》原作『遙指官家射獵回』，此本改『遙指』爲『爭看』。第七首第三、四句，《詩課》原作『風飄紫袴鞭敲鐙，笑指城西閱馬臺』，此本改作『綸巾紫袴銀鏤帶，同上城西閱馬臺』。

作楠嘗賦《刪詩草》四首，可見其賦詠及刪改大旨。其一云：『刪詩如去莠，莠去苗益榮。改詩如改過，過改身益誠。壽世豈在多，所貴簡且精。寥寥蘇李詩，千古奉典型。』其二云：『吟風而弄月，但求一字新。譬之斷港中，何由掣長鯨。舉之以吾氣，氣盛聲自宏。本之以吾情，情至文自生。』其三云：『學如無底橐，百年無窮竟。初成自謂工，日久知其病。蓋棺斯已矣，未死何敢信。陳思曾有言，隨時必改定。』其四云：『閉門自吟賞，詩成不復刪。未讀古人作，亦覺有可觀。末學急傳世，定知未必傳。不見賦三都，遲遲以十年。』

作楠所詠頗有唐人才情。《後趙宮詞》《小春曲》《燈花曲》《山塘雜詠》《擬子夜歌》，流麗而具風致。如《山塘雜詠》五首其三云：『吳娘羞頰暈紅潮，小隊蠻妝百態嬌。碧玉洞簫青雀舫，一年慣向虎丘搖。』其五云：『踏青時節女兒忙，說採桃華不採桑。笑靨承顴花壓鬢，真娘墓下話真娘。』乃師曹開泰賦詩喜詠史懷古，作楠亦好之。課草《淮陰侯釣臺》云：『磻溪曾釣周，淮陰亦釣漢。時會際風雲，投竿起澤畔。惜哉鳥盡歎藏弓，徒有忠言謝蒯通。功高震主不早悟，遠愧留侯訪赤松。君不見，白水真人古未有，一時耿鄧皆師友，桐江尚有持竿叟。』所擅者乃在樂府、宫詞、雜詠。《發都門》二首其一懷述云：『滞迹京華歲欲終，獨騎瘦馬趁西風。囊金易盡同春雪，故土難忘似塞鴻。落拓恥求三語掾，飄零甘作九秋蓬。驪歌一曲悤悤去，回首燕臺夕照中。』有清奇之氣。《到家》三首其一云：『客游蹤迹類浮槎，喜近鄉關日未斜。五百灘頭人返棹，三千里外客歸家。卻翻亂帙蟲留篆，閒步荒階菊賸花。依舊寒齋謀下榻，呼童重障碧窗紗。』其二云：『行李蕭然返故關，歸來始覺此身閒。山妻煮茗談鄉夢，幼女牽衣索耳環。宦海險教衣化緇，高堂況已鬢添斑。生平最是難忘處，幾曲清溪幾疊山。』其三云：『故友尋盟屢橐然，閒窗翦燭話纏綿。新詩欲改慚無暇，舊雨重逢幸有緣。喜極翻疑身是夢，別來真覺日如年。從今好踐林泉約，坐數殘更不忍眠。』蓋如方元鵾，好聳峭清刻之調（戴殿泗《宜弦堂詩鈔序》），然又力去艱澀怪奇。其關注世情，有《佃戶謠》諸篇；官州縣、劇府，留心民瘼，詩以紀之，有《催租行》諸篇，皆可鑑世。《金華新樂府》師元白新樂府之意，紀世風，寓儆戒，尤多新意。詩序云：『昔白傅在長安，見時事足悲者，作《秦中吟》十首及《新樂府》五十篇，所謂「不求格律高，不務文字奇，但歌生民病，願得天子知」也。茲師其意，仿范石湖《村田樂府》，即里巷所聞見，播以俚詞，名曰《金華新樂府》。雖語多諷刺，然柱促弦急，實欲使聞者知戒，亦庶幾逋翁《哀囝》之意云爾。』如《分三熟》一首云：『磽田租輕十完五，肥田租重十完六。今年花早秋無收，田主許儂分三熟。田主有言儂敢辭，儂有一言田主知。豆熟需他納房税，麥黄早算完糧費。君今一歲三取之，凶年反比豐年利。田主曰嘻此舊例，有田那慮成荒地。隨例耶，改契耶，若決也未耶？』《送使君》云：『□場佳話古來有，或愿留韡或挂斗。後來花樣漸新奇，臨行諷製萬民衣。更有感恩胥若隸，邀得鄉愚來獻媚。平日何須撫字勤，臨時竟有耆紳至。上書人府頌使君，籲留表我攀轅意。明知大府不受欺，也好憑之入狀誌。歸來更囑莫遽散，餞別旗亭須好看。頃聞里正奉傳單，已飭沿街備香案。』他如《押契錢》《借穀錢》《輿夫謡》《踏江車》《燒石灰》《買補行》《送戲箱》，不惟諷刺，並亦可存史。作楠窮經博學，嗜算學考據，而其詩則詩人之詩，『意真詞摯』（邵詠棠《序》），不惟無頭巾氣，亦遠於獺祭成篇、輕佻逞才。似上『情至』諸作，已可稱道。

南宋以降，八婺之詩，凡有四盛。初盛於呂祖謙、陳亮諸子，學者而兼詩家，開婺詩興盛之端。再盛於宋元鼎革後，方鳳、吳渭諸子爲主盟，月泉吟社著聞於世。三盛於元明之際，黃溍、柳貫、吳萊、吳師道爲先導，宋濂、戴良、蘇伯衡、吳沉、張孟兼爲承繼，婺詩與吳中、江右、嶺南、閩中相並稱。四盛於乾嘉問，有北麓詩社之興，曹開泰、方元鵾爲主盟，作楠諸子爲中堅。郭寶琮《過坦溪，有懷曹珩圃先生》云：『溯從北麓主詩盟，春秋佳日集羣英。婺學積衰賴以振，長鎗大戟爭相鳴。』『林泉逸興適當年，詩酒風流稱絕代。逸民文苑俱足傳，輶軒采錄冠諸賢。』（《古愚廬吟草》）同時東陽葉蓁、樓上層並號詩家。戴殿泗《宜弦堂詩鈔序》云：『予所見婺州之能詩者三家，東陽葉栗垞蓁，其詩溫雅而超穎，金華方海槎元鵾，其詩聳峭而清刻，永康陳見吾尚濂，其詩春容而嫻麗。三子之致力於詩，不相聞問，而各有其深造自得之趣。最後見曹珩圃明經詩，若有以會合三家而自一子者』，『蓋曹君之詩，深於騷，近於史。騷人之清深，君所自得也。』自是而後，婺詩不復振，如邵《序》所云『遂無嗣響』。

義烏圖書館亦藏一部，首尾完善，無缺葉。金華一中所藏一部，鈐『王德棠印』，爲近人王德棠捐贈。中有缺葉，抄補以完。集末附抄葉，乃集中所闕《删詩草》詩句及《除夕祭詩草》一首，末題『郭寶琮親筆』。

翠薇山房詩鈔不分卷（殘）　稿本（金華博物館）

清張作楠撰。作楠《翠微山房詩鈔》不分卷，已著録民國十三年木活字本。此爲其稿本《翠薇山房詩鈔》殘卷，一册。作楠手録，寫於翠微山房紅格紙上。每半葉十行，行二十二字。與《翠薇山房文鈔》並藏於金華博物館。《文鈔》附裝於《翠薇山房叢書》後，此本另裝，館目作《丹邨遺稿》，未詳其即《翠薇山房詩鈔》稿本，郭寶琮校録排印《翠微山房詩鈔》即據於此本。

此本首尾俱殘。今裝首葉録《和樓岱峰樂府體詩》之《雉之雊》末句、《雙燕來》全首。自此下至《金華新樂府》之《借穀錢》一首，篇題、次序與郭本同。郭本此前有《後趙宫詞》《十月十六夜作》《哭女》《長别篇》《寄衣篇》《自洞殿至白水巖》《折楊柳歌》《斑竹褶疊詞》《估客樂，送慶怡之天津》《燈花曲》《寄默兄》《件石先生歌，爲家乾齋學健賦》《嗟哉方生行，爲渭聖賦》《寒食聞野哭》《阿姊歸》《佃戶謡》《書樓岱峰之望悼亡詩後》諸詩。此本《金華新樂府》之《輿夫謡》以下，接爲《後趙宫詞》後五首、《寄衣篇》《自洞殿至白水巖》《折楊柳歌》《斑竹褶疊詞》《估客樂，送慶怡之天津》《燈花曲》《寄默兄》《件石先生歌，爲家乾齋學健賦》《嗟哉方生行，爲方渭聖賦》《寒食聞野哭》《阿姊歸》《佃戶謡》《書樓岱峰之望悼亡詩後》及《和樓岱峰樂府體詩》之前數首。而後接《金華新樂府》之《買補行》《送戲箱》

《送使君》《米單頭》《倉中鼠》《□訟鬼》《請里書》《鸕鳥船》《南棗客》《採茶婦》《舵樓女》諸篇及《游金華山三洞歌》《宜樓小集，贈方醴泉應鳳、玉海應麟昆季》，多殘葉。蓋重裝錯亂，闕詩僅卷前《後趙宫詞》前五首、《十月十六夜作》《哭女》《長别篇》，卷末《重游滄浪亭，呈梁芷林方伯》《舟中有示予課耕圖者，戲題三絶句》《題孫也園問心圖》《喫衣篇》《著飯篇》數首。

作楠手訂詩集，頗事推敲，此本改易手蹟甚少，蓋爲謄清本。《臨湖殿行》『□□□□承天位』句，前四字塗抹，改作『論功允合』。《寄曹曉亭文釗》『學釣□釣三千六白軸』句，第三字塗抹，改作『須』。《贈應藕船泰華，再用縣齋韻》句中注『藕船爲乾隆甲寅副貢』，抹删『爲』字。郭本文字大都同，偶有異字。然此本《輿夫謠》一篇，猶可見原作之貌及作楠多改易之況。詩云：『催卜忙，官下鄉。輿夫□輿□身□，獰奴健隸夾兩旁。鄉民惕息竄遠方，有田不敢歸插秧（一解）。從官到山北，山北老翁家四壁。老翁踰垣走，繫其妻子鞭一百。鞭一百，莫嗟吁。爾賦有逋，罰及爾膚。勞我循吏僕僕行修途，使予汗如酥（二解）。□官到江湄，江湄家家午未炊。視其筐中有新麥，機上有新絲。攜絲□麥換美酒，若輩安坐尚苦饑，寧我獨□□（三解）。口杲杲，面黧黑。汗淫淫，透衣襫。□月從官來，五月未遑休息。有□□□絲莫織，國課早完饑亦得。官吁哉，吏呼哉。爾瘦哉，予亦痡哉（四解）。』槁本漫漶，『日杲杲』以下抹删，難以識讀。郭本則作：『催下鄉，輿夫忙，問官何事勸輸將。村民觳觫竄遠方，芒種不敢歸插秧。歸插秧，怕獰隸。不插秧，荒田地。官也明知東作興，催科不力干嚴儀。嗟我輿夫，汗流如珠。嗟爾農夫，田地荒蕪。縱爾荒蕪不爾赦，年年此厄竟不怕。官吁哉，隸呼哉。爾瘦哉，予亦痡哉！』面目幾盡改矣。

書後

余追隨黃先生靈庚，昌言復興浙學，蓋有前因也。憶廿年前，負笈姑蘇，迪昌嚴師每言東浙多骨鯁之士，百折不回，感慨之意，溢於辭表。吾師墓木已拱，其言今猶在耳。昔撰《晚明詩歌研究》，東浙詩人僅略及數家。殆爲當時風氣所掣，推尊公安、竟陵，不覺情已過實。讀書不多，不能不糊心眯目，道聽途説。客寓中州，稍泛覽東浙士人之集。得英德郭師指授，撰《初明詩歌研究》，多述浙人之詩。然由明清浙詩以窺浙學，所得終淺。己丑冬杪，移家金華北山之下，讀宋景濂、方希古、黃梨洲、查悔餘、全謝山諸家書，復上溯呂東萊、陳同甫、葉正則，漸知學問廣大。黃先生倡議興復麗澤書院，久不果。癸巳秋後，余與先生相商，謀創爲浙學研究院。既而舉步維艱，笑之者、窘之者各有其人。幸遇浙省倡建重點大學，藉諸師友竭力襄助，庶成其事。不數年，浙學討論日興。俛思當日艱虞，良可慰也。先是梅先生新林作『浙東學派編年史』，屬撰『浙東文獻志』。余蒐討浙學之書，同時不忘明人之集，隨記所見偶得，積至千二百條約二百萬言。其二百餘條，已刊入《寧海叢書》。今合併其重作檢校者三百五十條，名之曰《東浙讀書記》，餘俟再檢校後，録爲《續編》。

世道易變，通經學古，道終不易。先師爲門人講授，特重於察乎『世道人心』。余記之不忘，初不識其亦此意。顧亭林嘗云『讀九經自考文始，考文自知音始，以至諸子百家之書，亦莫不然』。曩與沈先生伯俊言吾輩後生先天體弱，奈何！先生嘿然，答數語，已不能悉記。伯俊先生今亦溘然長逝，追憶復爲一慟。小學固余所不知，讀經學古無望，所可賈勇者，唯多讀書耳。

讀書先自校書始。余雖久聞其語，年近不惑，始專心從校書入手，知以前不得法門，糊心眯目，固所不免。繼知高談闊論，常爲『一筆糊塗賬』。乃用心校讎考訂，欲求能清晰幾分便是幾分。茲編所錄，大都述其一孔之見。如傅寅《禹貢集解》，四庫館臣未睹宋本，而見通志堂本，又見《永樂大典》載其書有異，以爲當時所見即宋時原本，通志堂本傳寫錯漏，書名竄改爲『集解』，因重作輯錄，即《四庫全書》所收《禹貢說斷》四卷。館臣不知通志堂本亦據於宋刻，元時修板刷印而已，宋刻元修本尚存，『經解』之名非通志堂本竄改。葉適《習學記言序目》五十卷，今著錄作清抄本（清唐翰題、清吴重憙跋，丁秉衡校）者，實爲明黑格抄本（清嚴長明、唐翰題校），吴重憙封題『湖州嚴氏抄本』亦誤。舒岳祥《閬風集》，館臣重輯《永樂大典》本，改易多所未當。《嘉業堂叢書》本《閬風集》所用底本非徑抄《庫》本。《中華再造善本》景印王應麟《通鑑地理通釋》正德初南國子監補刊本，臺圖藏本印時甚早，遠較此本爲善。《困學紀聞》大黑口十行本，久爲鑒藏家斷爲元刊本，近人傅增湘、李盛鐸等疑爲明翻刻本，不知其亦『真元刊』，第書賈反覆修補，漸失其真。《困學紀聞》箋證，閻若璩、何焯、全祖望、翁元圻、方槃如、程瑶田、方粹然、錢大昕、屠繼序、萬希槐、趙敬襄諸家外，尚有蔣杲、李集、李慈銘等數家須留意。國圖藏《仁山文集》卷端所題『後學』喻良能校、『門人』方逢辰等刊乃後人杜撰，上圖藏清抄本、臺圖藏舊抄本亦然。《四部叢刊》景印明景泰間徐庸刊本《大全集》，實是正德、嘉靖間刻『白口本』。清康熙間竹素園本《大全集》，刻者長洲許廷鑅稱購得徐庸景泰刻本，重加校讎，然所據當爲正德、嘉靖間刻本。《庫》本《大全集》，《提要》不明言所據何本，校讎文字，知所據爲竹素園本。《楊孟載手錄眉菴集》爲人疑非楊基手蹟，今考知確爲楊氏手錄。其他偶得具在編中，覽之可見。

讀書之要，在於務去聰明，歸於實學。言之甚易，爲之則難。嘗與友人論及：今世有其人非不聰明，八股樣文章非不精熟，奔競不可謂不用力，鑽營不可謂不用心，所惜不能多專心讀書耳。塵俗喧囂，人事紛雜，名利熙攘，雖有人欲窗明几靜，焚香讀書，難矣哉！余本魯人，久居於浙。東浙前賢尚於事功，今則多好功利之徒。朱子嘗斥浙人好功利，余初以爲苛矣。及染於功利，復爲功利輩所窘，乃深自悔。事功、功利非一途，朱子所言雖嫌於苛，要亦警心。來日茫茫，不知其歸，天命非愚拙所能知。幸多同道，不至『踽踽獨行』。斯編既成，聊作數語書後。至其淺陋錯謬，冀方家指正，令過改有望也。

己亥歲夏月，李聖華書於里仁書屋